ullstein

WENDY HOLDEN hat als Journalistin für *The Sunday Times*, *Tatle* und *The Mail on Sunday* gearbeitet, bevor sie sich dem Schreiben von Büchern zugewendet hat. Sie hat dreizehn Romane geschrieben, von denen jeder ein Bestseller in Großbritannien war.
Sie lebt mit ihrem Mann und ihren beiden Kindern in Derbyshire.

Von Wendy Holden ist in unserem Hause bereits erschienen:
Wallis und Edward. Eine Liebe, stärker als die Krone

Wendy Holden

Teatime mit Lilibet

Roman

Aus dem Englischen
von Elfriede Peschel

Ullstein

Besuchen Sie uns im Internet:
www.ullstein.de

Wir verpflichten uns zu Nachhaltigkeit
- Klimaneutrales Produkt
- Papiere aus nachhaltiger Waldwirtschaft und anderen kontrollierten Quellen
- ullstein.de/nachhaltigkeit

MIX
Papier
FSC FSC® C083411

Ungekürzte Ausgabe im Ullstein Taschenbuch
1. Auflage Dezember 2021

Titel der englischen Originalausgabe: *The Governess* (Welbeck Publishing Group, London, 2020)
Umschlaggestaltung: zero-media.net, München
Titelabbildung: Composing-Element (Ornament): © FinePic®, München; Kinder: © Lisa Sheridan / getty images; Landschaft u. Schloss im Hintergrund: mauritius images / Westend61 / © WeEmm
Gesetzt aus der Quadraat Pro powered by pepyrus.com
Druck und Bindearbeiten: CPI books GmbH, Leck
ISBN 978-3-548-06484-0

Prolog

Aberdeen, Schottland
Juli 1987

Alles war bereit. Auf dem Mahagonitisch im Esszimmer lag eine weiße Spitzendecke. Die Goldränder der Porzellantassen funkelten im Sonnenlicht, das durch das breite Erkerfenster fiel. Teller mit kleinen weißen Leinenservietten standen bereit. Silberne Kuchengabeln waren aus ihren Schachteln geholt worden und glänzten ebenso wie die Zuckerzange und das silberne Sahnekännchen.

In der kühlen Küche warteten Sandwiches auf dem besten Geschirr. Mit Räucherlachs, Hühnchen, Schinken und Gurke und allesamt ohne Brotrinde. Daneben die runden Marmeladesandwiches »Marmelade-Pennys«, die sie immer am liebsten gemocht hatte. Außerdem Scones und Muffins und ein prachtvoller Schokoladenkuchen.

Überall standen Blumen verteilt, extra für diesen Anlass gekauft. Vasen und Krüge waren aus dunklen Schränken hervorgeholt, gespült und einsatzbereit. Pastellfarbene Sommerblüten überzogen sämtliche Oberflächen wie Schnee, und schwerer Rosenduft mischte sich mit dem von Bienenwachspolitur.

Am anderen Ende des Flurs, im Wohnzimmer mit der hohen Decke, stand eine groß gewachsene alte Frau in einem blassrosa Kleid kerzengerade am Fenster. Perlen schimmerten um ihren Hals, und auf ihrer Brust funkelte ein Orden. In ihren großen, leicht schräg stehenden Augen brannte Vorfreude. Ihr Atem ging rasch, die Finger klammerten sich ans Fensterbrett. Ihr ganzes Sein konzentrierte sich auf das Ende der Straße, wo diese in die viel befahrene Hauptstraße mündete. Von dorther würden ihre Besucher kommen.

Sie waren noch nie hier gewesen, in ihrer schönen großen Villa in einer der besten Straßen der Stadt, erbaut aus einheimischem grauen Granit. Bei trister Witterung wirkte er finster, aber bei Sonnenschein und vor einem blauen Himmel glitzerte er.

Das Licht, das durch das große Fenster des Wohnzimmers drang, fiel auf einen eleganten Kaminsims aus Stein. Darauf reihten sich silber gerahmte Fotografien. Eine davon zeigte zwei lächelnde kleine Mädchen, identisch gekleidet mit rot karierten Kilts und Pullovern. Das ältere der beiden hielt einen braunen Hund mit spitzen Ohren, den das jüngere Mädchen streichelte. Sie standen vor einer Tulpenrabatte, und hinter ihnen ragten Schlosstürme auf.

Auf dem Foto daneben sah man dieselben Mädchen mit Krönchen. Sie wirkten äußerst ernst in ihren langen weißen Kleidern und den fließenden, pelzverbrämten Samtumhängen. Hinter ihnen standen ein Mann und eine Frau, ebenfalls in Umhängen und mit juwelenschweren Kronen. Der Mann wirkte besorgt, der Blick der Frau jedoch war von stählerner Entschlossenheit.

Die alte Dame wartete in der Stille des Wohnzimmers und stieß von Zeit zu Zeit einen Seufzer aus, als würde ein lang gehegter Traum Wirklichkeit werden. Vielleicht würde er sich nun endlich erfüllen. Sie hörte nie auf zu hoffen. Hoffnung war es, die sie Jahr für Jahr das Silber polieren, die Blumen mit Bedacht aussuchen und die Sandwiches schneiden ließ.

Nur das Ticken der Standuhr gab der Stille einen Rhythmus. Dazu tanzten Flammen in der Höhlung des Kamins. Auch wenn

Sommer war, die Kälte steckte in den großen schottischen Häusern, und in schottischen Schlössern war es sogar noch kälter. Es gab nur wenige, die das besser wussten als sie.

Jetzt hielt die Frau den Atem an. Der Moment war gekommen. Auf der vom Flughafen herführenden Straße näherte sich eine Limousine. Das dürfte die Polizeieskorte sein. Ihre Gäste saßen sicherlich im Wagen dahinter. Die alten Hände krampften sich noch fester um die Fensterbank. Sie glaubte, im Fond blass ein vertrautes Gesicht zu sehen.

Auf dem Beifahrersitz des Wagens öffnete ein kauzig aussehender junger Mann einen Diplomatenkoffer. Er war neu in seinem Job, und seine Bewegungen verrieten, wie nervös er war. Er holte ein Blatt Papier heraus und drehte seinen Nadelstreifenkörper nach hinten. Dort saßen zwei dunkelhaarige Frauen mittleren Alters, deren Ähnlichkeit ins Auge sprang.

Die eine war stark geschminkt, tief gebräunt und trug ein Kleid in leuchtendem Korallenrot, dazu weißen Modeschmuck. Die andere war konservativer gekleidet, mit beigem Twinset, Kilt und einer doppelreihigen Perlenkette. Ihr fiel eine dunkle Welle in die Stirn.

Der neue Stallmeister räusperte sich respektvoll. »Wenn ich es erwähnen dürfte, Ma'am. Wir werden nun gleich an der Straße vorbeikommen, an der eine frühere Angestellte des königlichen Hofs lebt.«

Die Frau im Twinset hatte starr aus dem Fenster gesehen. Jetzt blickte sie den Stallmeister an.

»Sie heißt Marion Crawford. Sie sagt, sie sei siebzehn Jahre lang die Gouvernante Ihrer Majestät gewesen. Mir wurde gesagt, dass sie jedes Jahr schreibt und Ihre Majestät einlädt, auf dem Weg nach Balmoral bei ihr zum Tee vorbeizukommen.« Der Stallmeister hielt inne. »Ich dachte, vielleicht ...«

Die sonnengebräunte Frau unterbrach ihn in schrillem Ton. »Briefe von Marion Crawford sollte man nur mit einer sehr langen Pinzette anfassen!« Sie sah aufgebracht ihre Schwester an. »Lilibet?«

Es kam keine Antwort. Der Chauffeur trat sanft auf die Bremse.

Oben im Haus hinter dem spiegelnden Wohnzimmerfenster winkte die faltige Hand. Die Wagen hatten ihr Tempo verlangsamt! Endlich, nach so vielen Jahren, würden sie in die Allee abbiegen und in ihre Einfahrt fahren! Sie hatte die Tore geöffnet, wie sie das immer tat.

»*Lilibet!*«, drängte die Frau im leuchtend korallenroten Kleid.

TEIL EINS

EDINBURGH, 1932

Erstes Kapitel

Das Klassenzimmer war düster. Alles war braun, von den Pulten mit ihren Deckeln und Tintenfässern bis zu den Holzformen und Dielenbrettern. Braun war die schwere Bakelituhr und braun der Bilderrahmen um einen glupschäugigen König George V und eine versteinerte Königin Mary. Ein brauner Lederriemen lag in der knochigen Hand des Schulmeisters. Er sah abgewetzt aus, als wäre er oft im Gebrauch.

Sein Anblick ließ Marion zusammenzucken. Körperliche Züchtigung hatte ihrer Ansicht nach in modernen Klassenzimmern nichts verloren. Genauso wenig wie Dr. Stone, der hagere, schwarz gewandete Schulmeister, in dessen Unterrichtsstunde sie saß.

»Ich hatte mit jemand viel Älterem gerechnet«, hatte er bei der Begrüßung gebrummt. »Und *männlich.*«

Marion fand keine Erklärung dafür, warum Miss Golspie, die Leiterin des Lehrerkollegs, sie losgeschickt hatte, um sich eine solche Einrichtung anzusehen. Glenlorne war Edinburghs teuerste weiterführende Privatschule. Sie war für die Söhne der reichen Bürger der Stadt gedacht, die anschließend eine der gefragten Internatsschulen besuchen würden. Und Miss Golspie wusste sehr wohl, dass nichts dergleichen Marion ansprach. Ihr Interesse galt dem anderen Ende des sozialen Gefälles.

Dass Dr. Stone ständig auf ihr Haar starrte und alle seine Bemerkungen an dieses richtete, als wollte er sich darüber lustig machen, war auch nicht hilfreich. Die neue Kurzhaarfrisur sollte ein modisches Statement sein und schickes Aussehen mit emanzipierter Haltung verbinden.

»Nehmen Sie hinten Platz«, wies Dr. Stone ihre Haare an.

Marion sammelte ihre Kräfte. Sie hatte genug davon. Wenigstens *hatte* sie Haare, wenn sie auch kurz waren. An seinem schaurigen gelben Schädel hingegen klebten nur ein paar fettige Strähnen. »Wenn Sie nichts dagegen haben«, informierte sie ihn knapp, »ziehe ich es vor, dem Unterricht von vorn zu folgen.«

Auf der Suche nach einem freien Stuhl entdeckte sie einen in der dunklen Ecke, die Sitzfläche der Wand zugekehrt. Durch die Holzstreben der Rückenlehne sah sie einen weißen Spitzhut. War das möglich? In heutiger Zeit?

»Wollen Sie damit sagen, Sie möchten auf dem Stuhl für die *Dummköpfe* Platz nehmen?« Der Ton des Schulmeisters war voller Belustigung.

Marion ging nicht darauf ein. Sie griff mit den Fingerspitzen nach der demütigenden Kopfbedeckung und ließ sie zu Boden fallen. Dann nahm sie den Stuhl, setzte sich gelassen hin und wandte sich mit einem Lächeln der Klasse zu. Zwei Reihen Jungs schauten sie mit großen Augen an.

Mit einem scharfen Knall schlug Dr. Stone den Riemen in seine Handfläche. Die Jungs auf ihren Stühlen zuckten zusammen. »Das«, sagte er mit offensichtlichem Widerwillen, »ist Miss Crawley.«

»Guten Morgen, Miss Crawley«, sagten die Jungs im Chor.

»Craw*ford*«, korrigierte sie geduldig. Sie war davon ausgegangen, dass sie diese kleinen schottischen Lord Fauntleroys verachten würde. Stattdessen taten sie ihr leid. Sie sahen so unbedarft aus in ihren kleinen grauen Blazern und hatten etwas Besseres verdient als diesen alten Sadisten.

Noch ein Riemenschlag in die Handfläche. Wieder zuckten alle zusammen. »Miss Crawley macht eine Ausbildung zur Lehrerin und wird als Teil ihres Unterrichts unsere Geografie-Stunde beobachten. Die Worte »Lehrerin« und »Unterricht« betonte er verächtlich.

Die Jungs richteten neugierige Blicke unter ihren verzierten Kappen auf sie. Marion lächelte zurück. *Achtet nicht auf dieses ungehobelte alte Fossil*, vermittelte das Lächeln. *Frauen können jetzt Abschlüsse machen, sie können eine Berufsausbildung machen. Erzählt es euren Schwestern! Erzählt es euren Müttern!*

Dr. Stone, der seinen Riemen abgelegt hatte, schrieb etwas an die Tafel. Die Kreide quietschte bei jeder Bewegung seiner knochigen gelben Hand. *The British Empire*, verkündete das unordentliche Gekritzel. Nun wurde vom Pult unter der Tafel ein langer, dünner Stock hervorgeholt. Das kollektive Einatmen verriet, dass auch dieser schmerzhafte Strafen ausgeteilt hatte.

Der Stock rappelte übers Glas, unter dem die große Weltkarte zu sehen war. »Könnt ihr«, knurrte Stone, »eine Farbe erkennen, die überall auftaucht?«

Mehrere Hände schossen in die Höhe. »Rosa, Sir?«

Hinter der stahlgerahmten Brille war ein triumphierendes Funkeln zu erkennen. »Ganz genau! Rosa ist die Farbe des British Empire! Es gibt keinen Kontinent auf Erden, auf dem unsere großartige und ruhmreiche Nation nicht über Territorien verfügt!«

Marion rutschte auf ihrem Stuhl herum. Altmodischer Chauvinismus dieser Sorte bereitete ihr Unwohlsein.

»Und so ist man, selbst wenn man sich *hier* befindet« – der Stock landete auf der Westseite Afrikas –, »ein britischer Untertan.«

»Dann sind sie dort also genauso wie wir, Sir?«, erdreistete sich ein kleiner Junge. Er wich zurück, als sein Meister ihn wütend angriff.

»Sie sind *ganz und gar* nicht wie wir! Sie sind *Kolonialuntertanen*!«

»Aber worin liegt der Unterschied, Sir?«

»Sie«, knurrte Dr. Stone, »sind *unzivilisiert.*«

Als sie wieder zurück im Moray House Teacher Training College war, eilte sie empört und aufgewühlt mit klappernden Absätzen über die nach Bienenwachs duftenden Korridore zur Rektorin.

»Treten Sie ein.«

Miss Golspies Büro war hell und modern, an den mit heller Eiche verkleideten Wänden reihten sich vollgestopfte Bücherregale. Farbakzente setzten Teppiche, Bilder und Vasen. Die Rektorin, die in einem abstrakt gemusterten Kleid genauso zeitgemäß wie ihre Umgebung war, blickte von ihrem Schreibtisch auf. Überraschung stand ihr ins schöne, intelligente Gesicht geschrieben, das von einem exakt geschnittenen grauen Bob gerahmt war. »Meine liebe Marion. Sie sehen blass aus.« Sie hob eine bunt gemusterte Tasse hoch. »Tee?«

»Ja bitte.«

Miss Golspie schenkte eine zweite Tasse aus der Clarice-Cliff-Teekanne, reichte sie ihr und zeigte dann auf das große orangerote Sofa im Erkerfenster. »Nehmen Sie Platz, und erzählen Sie mir alles.«

Marion setzte sich und berichtete. Erschüttert hatte sie alles, am meisten jedoch die Bemerkung *unzivilisiert*. »Es ist so *falsch*, derart über Menschen zu sprechen«, schäumte sie. »Wir sind alle gleich – oder sollten es sein. Wie viele andere Lehrer erzählen Kindern derart altmodische, vorurteilsbehaftete Dinge?«

»Nicht wenige, würde ich sagen«, antwortete Miss Golspie trocken. »Jedenfalls an solchen Schulen.«

Marions große Augen loderten. »Niemals würde ich an einem solchen Ort unterrichten!«

Die Rektorin stellte ihre Tasse zurück auf den Unterteller. »Sie können gewisse Gesinnungen nicht einfach ignorieren, weil sie Ihnen nicht gefallen. Ansonsten würden diese Gesinnungen siegen. Wenn Sie etwas verändern wollen, müssen Sie dagegen angehen und die Richtigen verteidigen.«

»Bei Ihnen hört sich das nach Krieg an«, murmelte Marion.

»Was ist der Kampf gegen Ignoranz auch anderes?«

Im darauf folgenden Schweigen trank Marion ihren Tee. Er hatte ein ungewöhnliches, rauchiges Aroma. »Lapsang Souchong«, sagte die Rektorin mit einem Lächeln, als würde sie ihr die Frage ansehen. »Als ich in China unterrichtete, habe ich Geschmack daran gefunden.«

Miss Golspies früheres Leben war eindeutig abenteuerlich gewesen und hatte abgefärbt auf ihren exotischen Geschmack und ihre engagierte Persönlichkeit. Marion kannte niemanden, der so interessiert und interessant war wie sie, immer voller Energie und Ideen, eine ständige Inspiration für ihre Studenten. Sie dürfte in etwa genauso alt sein wie Dr. Stone, aber damit hörten die Übereinstimmungen auch schon auf. Die Vorstellung, dass sie sich auf demselben Planeten befanden, war schon erstaunlich genug, geschweige denn in derselben Stadt und im selben Beruf.

»Warum haben Sie mich nach Glenlore geschickt?« Inzwischen hatte sie sich so weit beruhigt, diese Frage stellen zu können. »Es ist kaum ein Ort nach meinem Geschmack.«

Die Rektorin betrachtete sie über den Rand ihrer Teetasse hinweg mit wachen dunklen Augen. »Sie geben den Slums den Vorzug.«

Marion warf ihr einen kurzen Blick zu. Miss Golspie hatte sie immer darin unterstützt, dort zu unterrichten. »Ja«, sagte sie entschlossen. »Jemand muss es tun.«

Drei Jahre nach dem Börsensturz an der Wallstreet und den sich daran anschließenden ökonomischen Nöten hielt sich noch immer der Glaube, dass die Armen ihre Lebensumstände größtenteils selbst verschuldet hatten. Aber selbst wenn das stimmen würde, was Marion bezweifelte, war es gewiss nicht die Schuld der Kinder. Erst hatte rein professionelle Neugierde sie einen Blick in die stinkenden Gassen am Grassmarket werfen lassen, eins von Edinburghs besonders berüchtigten Elendsquartieren, aber Mitgefühl und Empörung hatten sie seitdem jeden Samstag erneut hingehen lassen. Dreck und Gestank waren schon schlimm genug, aber zu sehen, was das Elend mit dem Geist anstellte, ließ ihr den Atem stocken. Slumkinder hatten Probleme, sich zu konzentrieren, sie lernten nur langsam, zudem führte mangelhafte Ernährung häufig zu Seh- und Hörproblemen. Sie brauchten eine Ewigkeit, um ein einfaches Buch durchzulesen. Die Alphabetisierungsrate ging gegen null, und das bedeutete, dass ihre Chancen, jemals aus dem Grassmarketviertel herauszukommen, einen Job zu haben oder ein nur annähernd einträgliches Leben führen zu können, ebenfalls bei null lagen. Es sei denn, sie nahm sich ihrer an.

Miss Golspie betrachtete sie nachdenklich. »Ich verstehe, dass Sie so empfinden. Aber was ist mit dem anderen Ende der Skala?«

»Die Vermögenden?« Marion war verwirrt. »Die brauchen meine Hilfe nicht.«

»Sind Sie sich da ganz sicher?«

»Natürlich. Sie machen die Elite aus. Sie genießen sämtliche Vorteile.«

»Sie haben Dr. Stone«, hielt die Rektorin ihr entgegen. »Und Sie sagten gerade, dass die Kinder in seiner Klasse Ihnen leidtäten.«

»Tun sie auch. Sehr.«

»Welche Art Vorteil ist es dann?«

Marion dachte darüber nach. »Ich weiß nicht recht, worauf Sie hinauswollen«, sagte sie schließlich.

Isabel Golspie lehnte sich in ihrem Stuhl zurück und lächelte. »Was ich damit sagen möchte«, erwiderte sie, »ist ziemlich radikal. Ich möchte darauf hinweisen, dass bei aller Bewunderung dafür, dass Sie der alleruntersten Schicht der Gesellschaft helfen möchten, auch die Oberschicht Sie braucht. Und wenn Sie dieser helfen können, helfen Sie damit auch der anderen.«

Nun verstand Marion überhaupt nichts mehr. Sollte Miss Golspie damit jedoch andeuten wollen, sie solle in Glenlore unterrichten, konnte sie das vergessen.

Die Rektorin trank in aller Ruhe ihren Tee. »Sie haben gesehen, wie es auf einer Eliteschule zugeht. Diese kleinen Jungs werden eines Tages über Macht verfügen. Und einer ihre wichtigsten Kindheitseinflüsse wird Dr. Stone gewesen sein. Wie sollen wir uns auf diese Weise zu einer gerechteren Gesellschaft entwickeln?«

Marion stierte auf ihre Teetasse, den braunen Tee darin, dessen Name ihr bereits wieder entfallen war. Aber sie erinnerte sich an den Riemen, die Narrenkappe, die Angst in den Gesichtern der kleinen Jungs. »Ich möchte in den Slums arbeiten«, sagte sie stur.

»Genau das ist der Grund, weshalb Sie die Vermögenden unterrichten sollten«, schlug Miss Golspie vor. »Wer sonst soll ihnen sagen, wie arme Menschen leben? Von Feminismus, Chancengleichheit, sozialer Gerechtigkeit und all den anderen Dingen erzählen, die Ihnen am Herzen liegen? Nicht Dr. Stone, dessen können Sie gewiss sein.«

Zweites Kapitel

Der nächste Tag war ein Samstag, der Tag, an dem Marion die Elendsviertel aufzusuchen pflegte. Wie immer, wenn sie zum Grassmarket ging, machte sie sich hübsch. Die Kinder, die dort lebten, sahen genug schmutzige Lumpen. Sie wollte ihnen Hoffnung geben und Freude machen, indem sie ihre elegantesten und fröhlichsten Kleider trug.

Befriedigt stellte sie fest, dass ihr neues rosa Kleid schwungvoll ihre Knie umspielte. Dass es den Schnitt dafür als kostenlose Zeitschriftenbeilage gegeben hatte, sah man ihm nicht an. Ihre Mutter war sehr geschickt im Nähen, und die tief angesetzte Taille fiel perfekt. Auch die Länge war genau richtig und brachte ihre schlanken Beine zur Geltung.

Sie beeilte sich, als könnte schiere Geschwindigkeit die Worte von Miss Golspie hinter sich lassen, die in ihren Träumen die ganze Nacht über nachgeklungen hatten. Das Argument der Rektorin konnte sie nachvollziehen, es war wie immer scharfsinnig. Aber sie hatte sich nun mal voll und ganz den Armen von Edinburgh verschrieben.

Beim Überqueren der Straße schaffte sie es gerade noch, dem vorbeibrausenden Wagen auszuweichen, einem glänzenden Gefährt mit königlichem Wappen. Der gerade niedergegangene heftige Platzregen hatte Pfützen in der Gosse zurückgelassen, durch die nun die Reifen pflügten. Eine Welle Schmutzwasser spritzte hoch und verteilte sich auf ihrem Kleid und den Strümpfen.

Marion fluchte leise. Wie die Menschen beidseits der Straße starrte sie dem Wagen hinterher, der auf dem Weg zum Palast in Holyrood war. War die königliche Familie auf einem ihrer regelmäßigen Ausflüge unterwegs? Sie musste an George V an der

Wand von Dr. Stone denken. Hatte der glupschäugige König und Kaiser ihr Kleid ruiniert? In ihr regten sich antiroyale Gefühle.

»Hilft das?« Die Stimme kam von hinten. Ein junger Mann streckte ihr ein zerknittertes Taschentuch hin.

»Danke!«, Sie nahm es rasch, ohne genauer hinzusehen. Ihr Kleid hatte Vorrang. Aber als sie es abtupfte, wanderte ihr Blick vom schmutzigen Stoff zur Fußbekleidung neben ihr auf dem Gehweg. Das braune Leder war abgewetzt, und ein Schnürsenkel hatte sich gelöst. Aber es waren gute Schuhe, teuer.

»Ich sollte mich vorstellen«, sagte er. »Ich bin Valentine.«

»*Valentine?*« Sie hörte auf zu tupfen und blickte auf. Ein Paar dunkel schimmernde Augen sahen sie an. »Wie auf der Karte?«

»Das sagen alle«, entgegnete er gelassen. »Aber eigentlich wie der eine der *Zwei Herren aus Verona*.«

Sie richtete sich auf. »Das Stück habe ich nie gesehen.«

»Auch das sagen alle. Wie heißen Sie?«

»Marion.«

»Wie nach *Maid?*«

»Das sagen alle.« Es stimmte zwar nicht, aber das brauchte er nicht zu erfahren.

Er grinste. Er sah sehr gut aus. Knisternde Energie umgab ihn. Obwohl er kleiner war als sie – wie die meisten Männer –, wirkte er kräftig. Die Strähne seines vollen dunklen Haars, die ihm ins Auge hing, verlieh ihm etwas Jungenhaftes, obwohl er in ihrem Alter sein dürfte, einundzwanzig schätzte sie. Zu den abgewetzten Schuhen gehörten ein abgetragenes Tweedjackett, eine zerknitterte Flanellhose und ein roter Schal, der wie eine Flamme leuchtete. Er trug eine große grüne Segeltuchtasche mit Klappe über der Schulter. Was auch immer drin war, es sah sperrig und schwer aus. Bücher?

»Sind Sie Student?«, fragte sie ihn. Die Universität war voll mit aufgeblasenen jungen Männern, die sich durch die Straßen bewegten, als gehörte ihnen die Welt.

Er nickte. »Bekenne mich schuldig.«

»Vermutlich englisch.«

»Tatsächlich studiere ich Geschichte.«

Sie verdrehte die Augen. »Ich meine Sie. *Sie sind* englischer Abstammung.« Seiner Aussprache nach war er es, auch wenn diese nicht ganz so kalt und abgehackt war. Seine Stimme war tief und warm, und er verhaspelte sich, was sie sehr anziehend fand.

Er sah sie enttäuscht an. »Ist das so offensichtlich?«

»Nun, schottisch klingen Sie nicht.«

»Lässt sich auch nur schwer aussprechen«, erwiderte er todernst. »Selbst für Schotten. Die Menschen in Glasgow scheinen fürchterlich damit zu kämpfen.«

Das brachte sie zum Lachen.

Er wirkte sehr zufrieden. »Ich bin aus London«, sagte er. »Schon mal dort gewesen?«

Sie schüttelte den Kopf. Sie war noch nie außerhalb Schottlands gewesen. Und plötzlich kam sie sich beschränkt und provinziell vor. Sie gab ihm das Taschentuch zurück. »Ich muss gehen.«

»Darf ich Sie begleiten?«, fragte er.

Sie sah ihn an. »Warum?«

»Weil Sie hübsch sind?«

Das brachte sie erneut zum Lachen. Was für ein Schmeichler. Sie war nicht hübsch. Sie hatte schöne große Augen, und ihr kastanienbraunes Haar sah gut aus, wenn es jetzt auch kurz war. Dieser verflixte Kurzhaarschnitt. Er lenkte die Aufmerksamkeit auf ihre Nase, die zu lang war, und betonte, dass sie zu hochgewachsen und viel zu dünn war. *Ein langer Schluck Wasser*, nannte ihre Mutter sie.

Na gut. Sie hatte nicht vor, sich mit ihrem Aussehen ihren Lebensunterhalt zu sichern. Heutzutage standen Frauen mehr Möglichkeiten offen.

»Ihre Frisur gefällt mir«, sagte Valentine und schickte eine riesige Welle der Erleichterung durch sie.

Sie lächelte dankbar und lief los.

Er lief neben ihr her. Das war unerwartet, aber nicht unerwünscht. »Wohin gehen Sie?«

»Zum Grassmarket.«

Er riss die dunklen Augen auf. »*Sie* ... leben *dort*?«

Sie war versucht, ihn auf den Arm zu nehmen, sagte dann aber doch die Wahrheit. »Nein, ich unterrichte dort in meiner Freizeit.« Jetzt würde er sie mit Sicherheit in Ruhe lassen. Die meisten Leute waren schockiert, wenn sie hörten, dass sie sich für die Slums interessierte.

Doch er blieb an ihrer Seite und verlagerte die schwere Tasche auf seine andere Schulter. »Ich bin zutiefst beeindruckt.«

Etwas an dieser übertriebenen Behauptung trieb sie in die Defensive. »Das ist nicht nötig«, erwiderte sie steif. »Ich mache eine Ausbildung zur Lehrerin. Dabei gilt mein besonderes Interesse unterprivilegierten Kindern.«

Jetzt sollte er eigentlich das Weite suchen. Aber er hielt weiter Schritt mit ihr. »Tatsächlich?«, sagte er strahlend. »Das ist ja höchst faszinierend.«

»Kann man wohl sagen«, bestätigte sie.

Sie hatten jetzt fast den Anfang der Royal Mile erreicht. Der Himmel hatte aufgeklart und war blau, strahlend und schön. Im Norden funkelte der Meeresarm Firth of Forth wie ein Teppich aus Saphiren. Im Süden erhob sich der gewaltige graue Hügel von Arthur's Seat über die Dächer und Türme. Über dem großen schwarzen steinernen Tor des Edinburgh Castle glänzte das Motto des Wappens in der Sonne: »Nemo Me Impune Lacessit.«

»Niemand fordert mich ungestraft heraus«, übersetzte Valentine lässig.

»Oder«, sagte Marion, wie die Schotten es sagen würden: »Leg dich nicht mit mir an, sonst!«

»Aber man *hat* sich mit ihnen angelegt«, legte er dar. »Maria I. und Charles I. verloren ihre Köpfe. Und James II. und Bonnie Prince Charlie verloren ihre Königreiche. Die da unten« – er nickte Richtung Holyrood am anderen Ende der langen Straße – »müssen sich in Acht nehmen.«

Marion schielte auf ihr Kleid. Der feuchte Saum, umrandet von einer grauen Schmutzborte, klebte an ihren knochigen Knien. »Das sollten sie«, stimmte sie ihm zu. »Sehen Sie nur, was die mit meinem Kleid angestellt haben.«

»Das habe ich nicht gemeint«, sagte er. Sein neckischer Ton war verschwunden, und er klang nun ein wenig ungeduldig.

Sein Gesicht unter dem widerspenstigen dunklen Haar war ernst geworden. Die Züge waren schön modelliert, wie sie feststellte, die Lippen voll und wohlgeformt, die Wangenknochen betont.

»Was meinen Sie dann?«, hakte sie nach. »Wovor müssen die sich in Acht nehmen?«

»Vor der internationalen proletarischen Revolution«, erklärte er.

Sie erschauderte. »Sie sind Republikaner?«

»Sie sind nah dran.« Die dunklen Augen schimmerten. »Die Monarchie ist eine überholte Institution. Wie lässt sich ein System, dessen Privilegien, Macht und Positionen sich einzig auf den Zufall der Geburt gründen, überhaupt rechtfertigen? In der modernen Welt hat das keinen Platz mehr.« Er hielte inne, bevor er aufgewühlt ergänzte: »Wie der Frühling auf den Winter folgen muss, ist der Triumph der Arbeiter über die herrschenden Klassen historisch unausweichlich.«

Sie spürte, wie ihr der Mund offen stand. »Sie sind Kommunist!«

»Und wenn schon? Was, wenn ich ein Roter unter Ihrem Bett bin?«

Sein amüsierter Blick hielt ihren fest. Sie stellte sich ihn unter ihrem Bett, sogar in ihrem Bett vor. Gleich darauf versuchte sie das Bild loszuwerden, aber es war zu spät – ein warmes Gefühl hatte sich in sie gebohrt, tief in den Unterleib.

Jetzt hatte er die Klappe seiner Tasche zurückgeschlagen. Drinnen stapelten sich keine Bücher, sondern jede Menge Zeitungen. Sie trugen die roten Symbole von Hammer und Sichel und den Titel *The Daily Worker*. Er grinste sie an. »Kann ich Ihr Interesse an einem Exemplar wecken, Madam? Was Aufregendes für die Zugfahrt?«

Sie starrte ihn an. »Sie verkaufen *die*? *Hier*?« Das ehrwürdige Edinburgh war keine besonders linke Stadt.

»Das ist die Aufgabe aller Parteimitglieder. Es ist unsere sozialistische Pflicht. Die Verbreitung des Worts.«

»Und welches Wort ist das genau?« Marion war neugierig. Sie interessierte sich für Politik, wusste aber wenig Bescheid über den Kommunismus, den sie mit wilden, bärtigen Russen, gewaltsamen Aufständen und ermordeten Zaren verband. Nicht mit wohlerzogenen jungen Männern aus England.

»Nun.« Er zögerte. »Glauben Sie an die Gleichheit der Geschlechter?«

»Absolut.«

»Und sind Sie auch der Ansicht, dass alle sozial und ökonomisch gleichgestellt sein sollten?«

Sie nickte heftig.

»Glauben Sie eher an die Liebe als an das Geld?«

»Äh ...« Sie sah ihn an. Er grinste, und eine Hitzewelle erfasste ihren Hals. Sie spürte wieder seine knisternde Energie. Allein schon seine Nähe war aufregend. Noch nie war ihr jemand wie er begegnet. Sie suchte nach einer klugen Antwort, fand aber kcine und beschloss, dass sie genug von diesem Fremden hatte, der ihr ungewollt den Kopf verdrehte.

»Ich muss los«, murmelte sie, drehte sich um und klapperte über die dunklen Stufen, die vom Burgfelsen wegführten. Sie rechnete fast damit, seine Schritte zu hören. Als diese ausblieben, mischte sich Bedauern in ihre Erleichterung. Als sie das Knäuel in ihrer Tasche spürte, merkte sie, dass sie noch immer sein Taschentuch hatte.

Die Treppe endete in schmutzigen Pflastersteinen und düsteren, vergammelten Eingängen. Diese kaputten Häuser mit ihren hohen Giebeln waren einst das Zuhause der Aristokratie der Stadt gewesen. Nun beherbergten sie – wenn dies das richtige Wort war – das andere Extrem. Sie holte tief Luft und stürzte sich in das Labyrinth düsterer Gassen.

Die Wohnng der McGintys befand sich im ersten Stock, in den man über eine kaputte Treppe ohne Geländer gelangte.

Das ramponierte Portal drohte unter ihrem Klopfen einzustürzen. Ein kleines blasses Gesicht tauchte im Türspalt auf, und der anfangs argwöhnische Ausdruck flammte zu plötzlichem Entzücken auf. »Miss Crawford!«

Es war Annie gewesen, die Marion im vergangenen Winter zum ersten Mal zum Grassmarket gebracht hatte. Sie war acht, sah aber drei Jahre jünger aus. Ihr Vater war Leierkastenmann, der seine Runden durch die Straßen Edinburghs drehte und seine Tochter mitnahm. Es war ein feuchter, eisiger Tag gewesen, und die nackten Füße des Kindes hatten auf dem frostglänzenden

Pflaster kalt und verletzlich ausgesehen. Und doch hatte es *Loch Lomond* mit herziger Begeisterung gesungen.

Auch Marions Mantel war alt, und ihre Schuhe hatten bessere Tage gesehen. Aber sie war dankbar dafür, als sie unter einer nahe gelegenen Ladenmarkise Schutz suchte und vorgab, das dort ausliegende Besteck zu betrachten. Sie bekam ihre Chance, als der Leierkasten zu spielen aufhörte. Der Vater hatte sich entfernt, und so war sie auf das Mädchen zugegangen.

»Warum bist du nicht in der Schule?«, erkundigte sie sich vorsichtig und zuckte zusammen, als sie auf den dünnen Ärmchen des Kindes die blauen Striemen sah. Der Schorf an der Stirn direkt am Ansatz der schmutzigen Haare ließ auf eine einst klaffende Wunde schließen.

Annies große Augen waren voller Angst auf sie gerichtet. Sie würde ja, sagte sie, sei gern zur Schule gegangen, aber sie müsse halt immer mit, wenn ihr Vater mit der Drehorgel losziehe. In dem Moment kam der Vater aus der Tür eines ranzigen Pubs. Er hatte die kleinen, arglistigen Augen eines Kampfhunds und wischte sich mit dem Rücken seiner schmutzigen Hand den Mund ab. Er sprach das Kind grob an und schleifte es mit sich und entwand dabei den dünnen Fingern seiner Tochter den Sixpence, den Marion ihr zugesteckt hatte. In diskretem Abstand war sie den beiden nachgegangen und hatte nicht nur zum Grassmarket, sondern auch zu dem gefunden, was sie für ihre Bestimmung hielt.

Zum Glück war McGinty jetzt nicht da. Annies Mutter, ein blasses, verkümmertes Geschöpf, das als Näherin arbeitete, lag mit geschlossenen Augen im Bett. Sie hatte einen schmutzigen Lappen um den Kopf gebunden. »Ma hat Kopfweh«, sagte Annie.

Marion sah sie an und hätte gern geholfen. Aber sie war kein Arzt und konnte schon gar keinen Klempner, Glaser, Zimmermann, Elektriker oder anderen Handwerker ersetzen, der diese armselige Behausung halbwegs bewohnbar hätte machen können. Sie war nur eine Lehrerin und auch als solche noch nicht ganz qualifiziert.

Aber das war schon mal ein Anfang. Wenn Annie lesen und schreiben und auch ein wenig rechnen lernte, könnte sie richtige Arbeit finden. Und dieser elenden Bruchbude entfliehen. Hoffentlich zusammen mit ihrer Mutter.

Annie stupste sie an. »Woll'n ma les'n, Miss Crawford?«

»Entschuldige, Annie. Natürlich tun wir das.« Eilends holte Marion *Die Prinzessin auf der Erbse* aus ihrer Tasche.

Eine unglückliche Wahl, wie sie jetzt feststellte. Aber Annie schien ihre Umstände nicht mit denen der Glücklicheren zu vergleichen. Ihr gefielen einfach die Bilder des schön geschnitzten Himmelbetts mit seinen aufeinandergestapelten gemusterten Matratzen.

» ... sie war eine *echte* Prinzessin!«

Als das spindeldürre Kind diese einfachen Worte buchstabierte, zog es Marion das Herz zusammen. Das war es, was sie tun wollte – Kindern wie diesem helfen, sich gegen die Verhältnisse aufzulehnen und sich aus ihnen zu befreien. Die Sprösslinge der Reichen brauchten sie nicht, die konnten sich um sich selbst kümmern. Bis zur Revolution natürlich. Sie musste lächeln, als sie an Valentine und seine Philosophie dachte.

Sie stimmte ihm zu, dass eine Revolution notwendig war. Aber nicht die große, gewaltsame, die er befürwortete und welche ein Land gegen sich selbst aufbrachte. Ihre Revolution würde die Sparmaßnahmen der Gemeindevertretung rückgängig machen, sodass Schulen wieder Bücher bekämen, die im Moment Mangelware waren. Sie hatte viele Abende damit zugebracht, alte Exemplare zu reparieren und Seiten eingeklebt, um sie wieder lesbar zu machen. Aber gegen undichte Dächer, marode Boiler und einen himmelschreienden Mangel an Füllern und Bleistiften, ja sogar Tafeln war sie machtlos. Während ihrer Ausbildung hatte sie nicht selten Landkarten auf die Mauern von Spielplätzen gemalt, um frierenden Kindern Geografie nahezubringen. Die Mittel des Bildungsetats waren eine nationale Schande. Aber beim Wohnungsetat sah es sogar noch schlimmer aus. Die Slums sollten abgerissen werden, es war haarsträubend, dass Kinder wie Annie noch im Jahr 1932 unter Bedingungen leben mussten, die selbst Charles Dickens schockiert hätten. Welche Chancen hatten sie, wenn sie nicht wäre?

Miss Golspie lag falsch, befand Marion. Ihre Zukunft sah sie nicht bei den Wohlhabenden und Mächtigen, sondern hier bei den Ärmsten der Armen.

Drittes Kapitel

Sie blieb länger als beabsichtigt. Als sie sich auf den Heimweg machte, breitete sich bereits das goldene Abendlicht über der Altstadt aus. Sie war das Herzstück der Stadt, und hier spürte man ihren düsteren Zauber ganz besonders.

»Marion Crawford?«

Eine rotwangige junge Frau, adrett gekleidet und mit einem dunklen Haarknoten, sah sie neugierig an. »Marion Crawford, bist du es wirklich?«

»Ethel.« Marion konnte das Gesicht endlich in der letzten Reihe ihres einstigen Klassenzimmers einordnen. Sie und Ethel McKinley waren gleich alt. Aber allem Anschein nach verband sie sonst nichts. Da waren der Ehering und ein schlafendes Baby, das auf Ethels hübschen Mantel sabberte.

Ethel starrte auf Marions Haare. Oder den Rest davon. »Hast du sie abschneiden lassen?«

Marion errötete. Als sie den weißen Glockenhut abnahm und ihre braune Kurzhaarfrisur mit Seitenscheitel entblößte, machte Ethel große Augen.

»Das ist modern«, verteidigte sich Marion. »Das ist ein Eton Crop.«

»Eaten?« Ethel lächelte spöttisch. »Wer hat da dran geknabbert?«

Dieser Anflug von Witz machte Marion ungeduldig. Wie konnte Ethel sich anmaßen, sich über sie lustig zu machen? Was hatte sie schon aus ihrem Leben gemacht, außer zu heiraten? Und Babys zu bekommen? Das konnte schließlich jeder.

»Eton«, sagte sie. »Das ist eine Schule. Eine teure Knabenschule in der Nähe von London. Wie ich sehe, bist du Mutter«, ergänzte sie, um das Thema zu wechseln.

Ethel war wie sie selbst gerade mal zwanzig. Zu jung, um verheiratet zu sein und Kinder zu haben, zumal wenn einem so viele andere Möglichkeiten offenstanden. Frauen hatten heutzutage Berufe – wusste Ethel das nicht?

»Das ist Elizabeth«, stellte Ethel sie stolz vor und verlagerte das Kind in ihren Armen.

»Reizend«, sagte Marion höflich.

»Nach der kleinen Prinzessin«, soufflierte Ethel.

»Oh … ja.«

Prinzessin Elizabeth und ihre jüngere Schwester Margaret Rose waren die Töchter des Herzogs und der Herzogin von York. Wie der Rest des Landes hatte auch Marion ihre Fotos in den Zeitungen gesehen: weiße Söckchen, blaue Augen, goldblonde Haare, Rüschenkleidchen. Doch sie verfolgte die Ereignisse im Königshaus nicht. Das war etwas, wofür sich die ältere Generation interessierte, aber nicht die ihre. Ethel konnte einem fast leidtun.

Ärgerlicherweise schien Ethel sie auf dieselbe Weise zu betrachten. »Dann bist du also noch nicht verheiratet?« Sie starrte auf Marions nackten Ringfinger.

»Ich möchte einen Beruf, weder Mann noch Ring!«, hätte Marion am liebsten gerufen. Stattdessen erläuterte sie geduldig: »Ich studiere. Am Moray House in Edinburgh. Das ist eine pädagogische Hochschule.«

»Dann wirst du also Lehrerin?«, schloss Ethel messerscharf.

»Ganz genau.«

»An einer teuren Schule, wie der, die du gerade erwähnt hast?«

»Eton?« Marion musste sich ein Schnauben verkneifen. »Nicht wirklich. Ich habe eigentlich vor, in den Slums zu arbeiten.«

»In den Slums!« Wie nicht anders zu erwarten, brachte das Ethel aus der Fassung. Sie entschuldigte sich und eilte davon.

Marion grinste in sich hinein und ging weiter. Sie kam an einer Straßeneinmündung vorbei, an der sich eine Gruppe junger Männer versammelt hatte. Sie schrien und lachten und traten, wie sie undeutlich erkennen konnte, auf etwas ein, das auf dem Boden lag. Oder jemanden. War das nicht ein Mensch inmitten all der schwarzbehosten Beine und glänzenden Stiefel? Sie traten mit aller Kraft zu. Sie würden ihn umbringen.

Ohne lang zu überlegen, rannte sie auf die Gasse zu, auf deren Pflaster überall Zeitungen verstreut lagen. Zwischen den stoßenden Füßen sah sie einen jungen Mann in Embryohaltung liegen. Er sah aus, als wäre er bereits tot.

Der nächststehende Schläger wirbelte herum und erblickte sie. Sein geöltes Haar lag glatt am Schädel und wurde über einem grausam schönen Gesicht durch einen Scheitel geteilt. In seinen wachsamen Augen lag ein metallisches Glitzern. »Es ist nicht die Polizei«, sagte er verächtlich. »Es ist nur eine Frau.«

Jeglicher Drang, ihren Standpunkt zu vertreten, verging Marion, als sie sich von schwarz gekleideten Männern mit finsteren Mienen eingekesselt sah. So groß sie selbst war, sie wirkten größer.

»Seht mal, was wir da haben«, höhnte einer.

Als sie zurückzuweichen versuchte, schoss etwas auf sie zu und packte sie. Eine Hand im schwarzen Handschuh umklammerte das unschuldige Rosa ihres Kleiderärmels.

»Was soll die Eile, Süße?«

»Lust auf einen Drink?«

»Na los doch!«

In ihren Schläfen pulsierte Panik. »Lassen Sie mich los!« Sie versuchte, den Lederhandschuh abzuschütteln, der sich nun auf ihre Brust zubewegte.

»Möchtest wohl nach Hause zu deinem Liebsten?« Der Mann war ein brutaler Fleischklops. Sie konnte seinen sauren Atem riechen. Die Nase mit ihren Flecken und Poren presste sich an ihre. Schmerz durchzuckte sie, als er nach ihrer Brust griff und kräftig zudrückte. »Ich werde dein Liebster sein. Gib uns einen Kuss!«

Marion war angewidert und hatte entsetzliche Angst. Schließlich befand sie sich im dunkelsten Teil der Einfahrt, und keiner, der vorbeiging, würde etwas mitbekommen. Sie könnten sie zu Boden stoßen und mit ihr anstellen, was sie wollten. Dank enormer Willenskraft presste sie mit fester Stimme hervor: »Lassen Sie mich los!«

Sie quittierten es mit Gelächter und ahmten sie verächtlich nach. Der mit dem sauren Atem ließ sie jetzt los, und einer der anderen übernahm. »Komm schon.« Er berührte ihre Lippen mit einem behandschuhten Finger. »Such dir einen von uns aus.« Der

Finger zeichnete ihr Kinn nach. Die Augen funkelten. »Oder wir übernehmen das für dich.«

Instinktiv handelte sie. Sie hob ihr Knie unvermittelt und schnell und verfolgte, wie seine Augen sich vor Schmerz und Wut weiteten. Fluchend und brüllend schwankte er davon. Jetzt packte der mit dem sauren Atem wieder fester zu. Während er die andere Faust hob, sah Marion im von oben einfallenden Licht das Glitzern seines Schlagrings. Sie schloss die Augen und wappnete sich für den abscheulichen Aufprall harten Metalls auf weichem Fleisch und zarten Knochen.

Er kam nie. Plötzlich ertönten Schreie am Ende der Einfahrt und die scharfen Pfiffe von Trillerpfeifen der Polizei. Die Männer in Schwarz tauchten auf der Stelle ab und verschwanden in der dunklen Gasse. Wie von weit her hörte sie das Getrappel von Stiefeln mit stählernen Kappen, die vermutlich über Feuerleitern das Weite suchten. Auf dem schmutzigen Pflaster lag der junge dunkelhaarige Mann ganz still, das weiße Hemd von Blut befleckt. Er kam ihr irgendwie bekannt vor.

»Sie sind tapfer, Maid Marion«, sagte Valentine.

»Sie meinen wohl eher dumm«, murmelte sie.

Eine halbe Stunde nach dem beängstigenden Scharmützel saßen sie im nächstgelegenen Pub. Es war ein übler Laden, das hatte aber den Vorteil, dass keiner mit der Wimper zuckte, als sie Valentine halb tragend, halb schleifend dorthin brachte und ihm für den Schock ein Glas Whisky spendierte. Sich selbst hatte sie auch einen geholt.

Er war in viel besserer Verfassung, als dies anfangs menschenmöglich schien. Offenbar war sie genau im richtigen Moment aufgetaucht, bevor die Schlägerei wirklich aus dem Ruder gelaufen war. Wie sich herausstellte, war das blutige Rot, das seine Brust bedeckte, sein roter Schal. »Der Trick ist, man muss sich zusammenrollen wie ein Igel«, sagte er. »Mach dich so klein wie möglich. Auf diese Weise können sie einen nicht am Kopf treffen.«

Wie ihr schien, hatte sein Kopf das recht gut überlebt. Er hatte ein blaues Auge, eine aufgeplatzte Lippe und eine geschwollene Wange, aber seine Zähne hatten überlebt. Sein Lächeln war noch immer breit und sonnig. »Das hört sich ganz so an, als hätten Sie Übung darin«, sagte sie.

»Berufsrisiko.« Er zeigte mit dem Kopf auf die Zeitungen. Sie folgte seinem Blick. Die sauberen hatte sie in der Gasse aufgehoben und zurück in die Tasche gesteckt, die sie am Fuß einer Mauer gefunden hatte. »Nicht alle sind Freunde der Kommunisten. Am wenigsten die Anhänger Mussolinis. Wissen Sie, wer das ist?«

Sein ziemlich herablassender Ton versetzte ihr einen Stich, nach allem, was sie gerade für ihn getan hatte. »Ich lese Zeitungen«, blaffte sie. »Er ist der Führer der italienischen Faschisten.«

Er grinste. »Sehr gut. Er ist auch das Vorbild für unseren lieben Mr Mosley, der ihm zu Ehren gerade seine eigene British Union of Fascists gegründet hat. Tatsächlich haben Sie mich gerade aus deren freundlicher Umarmung befreit.«

Marion war neugierig. »Warum mögen die Faschisten keine Kommunisten?«

Sie erwartete eine lange, eloquente Erklärung, aber Valentine zögerte. »Es geht im Grunde genommen um den Staat«, sagte er nach einer Pause.

»Den Staat?«

»Im Kommunismus läuft ohne den Staat nichts.«

»Verstehe. Und im Faschismus?«

»Nun, dort steht der Staat an erster Stelle. Im Grunde genommen ist das der Unterschied.«

Marion zog die Stirn kraus. »Ist das ein Unterschied?«

Valentine nahm einen tiefen Zug von seiner Zigarette und

blies den Rauch durch den Mund aus. Was merkwürdigerweise eine erotische Wirkung hatte. Er rieb sich die Stirn. »Hören Sie, normalerweise würde ich mit Feuereifer einsteigen. Aber mein Kopf verstehen Sie?«

Sie fühlte sich schuldig. Er war verletzt worden. Unter diesen Umständen dürfte es nicht allzu fair sein, eine ideologische Debatte vom Zaun zu brechen.

Er betrachtete sein leeres Glas. »Noch was zu trinken? Es hilft wirklich gegen den Schmerz. Nein, wirklich, es geht mir gut. Ich gehe zur Theke. Äh, leihen Sie mir ein paar Schilling?«

Während sie auf ihn wartete, blätterte sie im *Daily Worker*. Er kehrte mit zwei Gläsern Whisky pro Hand zurück. »Ich dachte, ich spare mir die Mühe, noch mal welche holen zu müssen«, sagte er und schob die vier Gläser achtlos über den Tisch. Indem sie rasch ihre Hand ausstreckte, damit sie nicht umkippten, versuchte sie zu verdrängen, dass sie den Rest ihres Geldes repräsentierten. Sie hatte mit dem Wechselgeld gerechnet.

»Verkaufen Sie viele davon?«, fragte sie und zeigte auf den *Daily Worker*, während Valentine sein erstes Glas in einem Zug runterkippte.

»Schon viel besser! Verzeihung, was haben Sie gesagt?«

Sie wiederholte die Frage und ergänzte: »Sehr interessant sieht die Zeitung ja nicht aus.«

»Wenn Sie damit meinen, dass sich darin nichts von der Verderbtheit und Unterhaltung der Populärpresse findet, ist das Absicht.«

»Tatsächlich? Warum?«

»Natürlich um die Massen nicht vom Kampf abzulenken.«

»Aber was ist, wenn sie abgelenkt werden möchten?« Sie blätterte belustigt die Seiten durch. »Es gibt keine Comics, keine Mode. Da stehen nicht mal Tipps fürs Pferderennen drin.«

»Tipps fürs Pferderennen werden die Zitadellen der Bourgeoisie nicht zum Einsturz bringen«, sagte Valentine ernsthaft. »Und Mode auch nicht.«

Sie faltete die Zeitung zusammen. »Besonders viel Spaß scheint die Revolution nicht zu machen.«

Er zuckte die Achseln und griff nach seinem zweiten Glas. »Proletarier aller Länder, vereinigt euch!«

Sie setzte ihr erstes Glas an die Lippen. Schon der kleinste Schluck brannte sich feurig in ihre Kehle ein. Er hatte sich eindeutig für Quantität anstelle von Qualität entschieden. »Was arbeiten Sie denn?«, fragte sie, weil ihr plötzlich einfiel, dass sie keine Ahnung hatte.

»Ich bin Student«, sagte er ein wenig abwehrend.

»Dann haben Sie also nie wirklich gearbeitet? Nie eine Stelle gehabt?« Dabei umspielte ein Lächeln ihre Mundwinkel.

Achselzuckend entgegnete er: »Jeder nach seinen Fähigkeiten, jeder nach seinen Bedürfnissen.«

»Was soll *das* nun wieder heißen?«

Er streckte seine Hand aus. »Es bedeutet, dass ich gern Ihren übrigen Whisky hätte, wenn Sie ihn nicht wollen. Nieder mit der Bourgeoisie!«

Viertes Kapitel

Sie war davon ausgegangen, dass ihre Mutter bereits im Bett liegen würde. Aber als sie die kleine Straße entlanghastete, fiel Licht durch den Spalt der Wohnzimmervorhänge. Sie steckte den Schlüssel ins Schloss und betrat den vollgestellten Flur.

»Marion?«

Sie ging zur Schwelle des winzigen Wohnzimmers. Vor den

hellen Strahlen einer Tischlampe sah sie die Silhouette ihrer Mutter, die auf ihrem Stuhl am Feuer saß und nähte. Der vertraute Anblick erfüllte sie mit tiefer Zuneigung. »Hallo, Mutter! Tut mir leid, dass ich so spät komme.«

Mrs Crawfords unscheinbares Gesicht lächelte nicht wie üblich. Es war gezeichnet von Sorge und Entrüstung. »Du kommst schrecklich spät! Wir hatten keine Ahnung, wo du warst!«

»Wir?«

»Ja, Peter war hier. Oder hattest du vergessen, dass er kommen wollte?«

Peter! Ihr Freund aus dem Jahrgang über ihr am Lehrerkolleg. Sie wollten gemeinsam in die Operette gehen – *Der Mikado*. Sie ließ sich in den gegenüberstehenden Stuhl sinken, bedeckte ihr Gesicht mit den Händen und stöhnte.

»Er hat bis zur letzten Minute hier gewartet«, ergänzte Mrs Crawford. »Er ist nur gegangen, weil er dachte, du seist schon unterwegs, um ihn dort zu treffen.«

Marion malte sich Peters Kopf auf dem langen Hals aus, der mit seinen hellen, kurzsichtigen Augen durch seine Brille sorgenvoll die Menge im Foyer absuchte. »Also wirklich, Marion. Wie kannst du ihn so behandeln? Er ist so ein netter Junge. Und dir treu ergeben.«

»Nein, das *ist* er nicht, Mutter. Wir sind nur Freunde.« Sie mochte Peter, aber das war auch schon alles. Ihre Mutter war es, die ihn liebte. Er war ernsthaft, höflich, zuverlässig und arbeitete hart – beste Voraussetzungen für den perfekten Schwiegersohn. Aber der Gedanke, ihn zu heiraten, das Bett mit ihm zu teilen, nein!

Ihre Mutter stieß einen entsetzten Seufzer aus. »Was ist mit deinem *Kleid* passiert? Ich habe es dir doch gerade erst genäht. Ist das *Blut*?«

»Ähm, ja. Es gab einen Kampf, weißt du, und …«

»Kampf?« Es war ein Aufschrei.

»Nicht *ich*. Ich habe nur jemandem geholfen, der verletzt war.« Sie beugte sich vor und umarmte ihre sitzende Mutter. »Nimm es einfach hin als gute Tat«, bedrängte Marion sie und lächelte. »Marion, die gute Samariterin.«

»Du bist unverbesserlich«, entgegnete Mrs Crawford, aber zu Marions Erleichterung voller Stolz. Ihre Mutter wurde nur selten, wenn überhaupt wütend. Seit dem Tod des Vaters waren die beiden einander alles. Aber das heute hätte auch anders ausgehen können, und vermutlich sollte sie es als Zeichen nehmen, dass ein Wiedersehen mit Valentine keine gute Idee war. Sie hatte ihn gerade erst kennengelernt und seitdem nur Ärger mit ihm gehabt.

Am nächsten Tag war die Welt irgendwie heller und klarer. Sie spürte eine Leichtigkeit in ihrem Herzen, die sie fast schwindelig machte. Doch damit war es rasch vorbei, als sie sich klarmachte, dass sie Peter ins Gesicht sehen und sich entschuldigen musste.

Natürlich würde er das hinnehmen. Die Tatsache, dass er so durch und durch gut und nett war, machte alles nur noch schlimmer. Wenn sie ihn doch nur so lieben könnte, wie sie wusste, dass er sie liebte. Sie passten, wie ihre Mutter nie müde wurde zu betonen, ganz außergewöhnlich gut zusammen.

Vor zwei Jahren hatte sie ihn in ihrem ersten Semester kennengelernt. Außer ihrem Interesse am Unterrichten einte sie auch die Liebe zu Wanderungen und zur Musik, zur Literatur und Kunst. Beide kamen aus einfachen Verhältnissen: Marions Vater, der tot war, hatte bei der Eisenbahn gearbeitet, der von Peter war Postbote. Sein Ziel war es, als erster Sohn eines Postboten nach Eton zu gehen, wenn auch in professioneller Funktion. Er war entschlossen, an den großen Privatschulen zu unterrichten, wie er sie nannte, zu denen ihm als Junge der Zutritt aufgrund seiner Armut verwehrt gewesen war. Marion bewunderte seinen Ehrgeiz, aber nicht sein Ziel. Schon gar nicht nach ihrer Erfahrung in Glenlorne.

Sie betrat das Kolleg und eilte durch die Flure mit den grün gefliesten Wänden und dem Fischgrätparkett. Sie traf Peter in der Bibliothek an, wo er arglos in seinem hellblauen Pullover über seinen Büchern brütete. Seine Freude, sie zu sehen, verstärkte ihre Schuldgefühle tausendfach.

»Es tut mir so leid wegen gestern«, begann sie.

»Pst!«, mahnte die Bibliothekarin.

»Ja, es war schade«, flüsterte Peter leise. »Du hast eine ganz wunderbare Nanki-Puh verpasst.«

»Pssst!«

»Ein andermal«, sagte Marion, die nicht vorhatte zu bleiben. Miss Golspies Unterrichtsstunde über Fröbel begann gleich.

»Hast du denn später Zeit? Ich muss dir was erzählen.« Durch seine blitzblank geputzten runden Brillengläser funkelten Peters helle Augen aufgeregter, als sie das von ihm gewohnt war. »Lass uns auf einen Tee zu Jenners gehen«, ergänzte er mit untypischer Impulsivität.

Jenners war das schickste Kaufhaus in Edinburgh mit entsprechenden Restaurantpreisen. Was er ihr zu erzählen hatte, musste etwas Wichtiges sein.

Hinter dem Bücherregal lauerte die Bibliothekarin. »Ich muss doch *sehr* bitten.«

Als Marion am Ende der Stunde über Fröbel ihre Bücher zusammenpackte, sprach Miss Golspie sie an. »Hat Ihnen das gefallen? Sie sahen jedenfalls ganz so aus. Ihre Hand ist vor lauter Notizen gar nicht mehr zur Ruhe gekommen.«

Marion lächelte ihre Lehrerin an. »Was für ein bemerkenswerter Mann. Ich hatte keine Ahnung, dass er den Kindergarten erfunden hat. Und davon ausging, dass jedes Kind über ein Innenleben verfügt, das durch sorgfältige Erziehungsarbeit gedeihen kann.« In ihrer Begeisterung sprudelten die Worte nur so aus ihr heraus. »Ganz besonders gefiel mir seine Überzeugung, dass die Kindheit ein eigenes kostbares Stadium ist, das für sich selbst steht und nicht nur aufs Erwachsensein vorbereitet.« Sie hatte dabei an Annie denken müssen und brannte vor Entrüstung und Mitleid. Annies Kindheit war bereits vorbei, sofern sie überhaupt stattgefunden hatte.

»Ich gebe zu, dass Fröbel mir der Liebste ist.« Miss Golspie warf sich den aquamarinfarbenen Schal über die Schulter eines Pinafore-Kleids aus rotem Samt. »Es ist so unglaublich, dass ein Deutscher bereits zu Beginn des neunzehnten Jahrhunderts diese Idee von der Wichtigkeit des Spiels und das Lernen von der Natur entwickelt hat. Jetzt, hundert Jahre später, gibt es noch immer Menschen, die davon keine Ahnung haben.«

Ihre Blicke trafen sich. Es gab keinen Zweifel, auf wen sie sich bezog, aber Marion enthielt sich einer Reaktion. Sie wollte sich nicht auf diesen Weg ziehen lassen.

Miss Golspie lächelte. »Kommen Sie doch bitte später zu mir ins Büro.« Ihr Ton war zwanglos. »Es gibt da etwas, worüber ich gern mit Ihnen sprechen möchte.«

Marion schaute der farbenfroh gewandeten Gestalt hinterher und wunderte sich über diesen Zufall Auch Peter hatte ihr was zu sagen. Zwei Leute am selben Tag.

Später trat Marion dann in das eichenvertäfelte Reich der Rektorin. Der Duft von Lapsang Souchong erfüllte die Luft. »Setzen Sie sich. Tee?« Miss Golspie zeigte auf eine Tasse.

»Nein danke. Ich gehe zufällig nach unserem Gespräch zu Jenners zum Tee.«

»Zu Jenners! Dann komme ich am besten gleich zur Sache.« Miss Golspie betrachtete sie durch ihre übergroße Brille in Limettengrün. In ihrem Freundeskreis gab es viele Künstler, einer von ihnen dürfte dieses Unikat entworfen haben. Vielleicht der- oder dieselbe, von dem das neue wie ein Lippenpaar geformte Kissen stammte. Marion starrte darauf, als sie sich in die weichen Tiefen des orangen Sofas sinken ließ.

»Lady Rose Leveson-Gower hat mir geschrieben«, begann Miss Golspie. »Ihr Ehemann ist der befehlshabende Admiral in Rosyth.«

Rosyth war die Basis der Royal Navy in Edinburgh. Marion nickte verständnisvoll in Anerkennung des hohen Ansehens, konnte aber nicht erkennen, was das mit ihr zu tun hatte.

»Sie bat mich um eine Empfehlung, da sie jemanden sucht, der während des Sommers ihre Tochter Lady Mary unterrichtet. Ich dachte dabei an Sie.«

»An mich?« Marion starrte sie an. »Aber Sie kennen meine Einstellung zum Unterrichten von Aristokraten.«

Anders als von ihrer Schülerin befürchtet reagierte Miss Golspie darauf weder mit Wut noch mit Ungeduld. »Das stimmt«, sagte sie knapp. »Das haben Sie mehr als deutlich zum Ausdruck gebracht. Und es liegt natürlich vollkommen bei Ihnen, ob sie den Job annehmen oder nicht. Ich bin nur die Botin. Lady Rose hat mich um meine beste Schülerin gebeten, die Sie zweifellos sind, und ich dachte, dass Sie das Geld sicherlich brauchen können.«

Als Marion klar wurde, wie undankbar sie war, errötete sie. Man machte ihr schließlich ein großes Kompliment. Die beste Schülerin, wobei sie noch nicht mal im Abschlussjahr war! Und das Geld wäre höchst willkommen, das stand außer Frage. Aber dennoch wollte sie es nicht annehmen. Sie blickte auf in der Absicht, Nein zu sagen.

Miss Golspie beobachtete sie über ihre Brille hinweg mit einem Ausdruck gelassenen Interesses. »Dann werden Sie also darüber nachdenken?«

Marion, der bereits ein kategorisches Nein auf den Lippen lag, nickte zögerlich. »Ich werde es mir überlegen.«

Später, bei Jenners, saßen sie und Peter inmitten silberner Teekannen, Topfpalmen und Etageren, die unter ihrer Kuchenlast ächzten. Ein kleines Orchester spielte Walzermelodien. Es war ein heißer Abend, und Ventilatoren aus Teak verquirlten die Luft. Jetzt fehlten nur noch ein paar Elefanten, dachte Marion und fächelte sich mit ihrer Serviette Luft zu. Sie musste grinsen, als wie aufs Stichwort zwei breit gebaute ältere Damen würdevoll vorbeistolzierten.

Peters Gesicht war von der Hitze gerötet. Seine hellen Haare klebten an der Stirn. Er griff nach einem Eiersandwich. »Man hat mir einen Job angeboten«, verkündete er. »Eine Festanstellung als Lehrer.«

»Das ist ja *wunderbar*, Peter!«

Er biss ab und sah sie an. »Ist wirklich ziemlich gut, oder?«

»Wo? Eton?«

Er schüttelte den Kopf. Er sollte irgendwo in der Nähe von Invernes als Junglehrer für klassische Literatur arbeiten. »Aber es ist ein Anfang.«

»Herzlichen Glückwunsch«, sagte Marion warmherzig und wunderte sich, warum er sie dauernd anstarrte. Aus irgendeinem Grund war er nervös.

»Ich habe mich gefragt ...«, sagte er. »Ich will damit sagen, dass ich dich fragen wollte ...«

»Was denn?«, bedrängte sie ihn. Er hatte seine Sitzposition verändert, und der Topffarn hinter ihm schien nun aus seinem Kopf zu sprießen. Es fiel ihr schwer, nicht loszulachen. »Heraus damit, Peter! Du machst mich nervös.«

»Willst du mich heiraten?«, platzte es aus ihm heraus.

Marion knallte ihre Tasse auf die Untertasse und hielt sich an den Stuhllehnen fest. Es drehte sich alles um sie, als hätte sie Gin und keinen Earl Grey getrunken. Heiraten? Sie war erst zwanzig. Das Leben mit all seinen Möglichkeiten lag wie eine verheißungsvolle Straße vor ihr. »Aber du wirst doch an dieser Schule arbeiten«, entgegnete sie.

»Noch etwas Tee, Madam?« Eine Bedienung, die offensichtlich gelauscht hatte, tauchte mit einer silbernen Kanne auf.

»Ja! Du würdest mit mir kommen«, sagte Peter, als sie sich entfernt hatte. Er wirkte erleichtert, als wäre eine große Last von ihm genommen. Fröhlich biss er in sein Sandwich. »Wir würden in der Schule wohnen.«

Marion, an die er die Last übertragen hatte, stellte sich vor, wie die verheißungsvolle Straße ihres Leben sich in der Einfahrt einer muffigen Lehranstalt verlor, umgeben von Bergen, abgeschnitten von Lochs und mit Kollegen, die höchstwahrscheinlich ähnlich gepolt waren wie Dr. Stone. Und dazu noch mit Peter, den sie gernhatte, aber niemals lieben könnte. Es war nicht die Spur einer körperlichen Anziehung vorhanden.

»Was sagst du dazu?« Er lächelte ermutigend, zwischen seinen Zähnen hatte sich etwas Kresse festgesetzt.

Sie atmete tief durch. »Ich fühle mich sehr geschmeichelt, Peter.«

Sie sah das Leuchten der Hoffnung in seinen hellen Augen und fühlte sich schrecklich. »Aber die Wahrheit ist«, beeilte sie sich hinzuzufügen, »dass ich jetzt noch nicht ans Heiraten denke.

Meine Arbeit steht an erster Stelle, und ich habe noch ein weiteres Studienjahr vor mir.«

Peter senkte den Blick. »Ich verstehe. Deine Arbeit ist dir sehr wichtig. Und du bist wirklich eine unheimlich gute Lehrerin, Marion. Du bist Miss Golspies beste Studentin, das weiß jeder.«

Sie war gerührt. Er war mit Sicherheit verletzt, aber dennoch großzügig. Er war so ein guter Mensch. Wenn sie ihn doch nur lieben könnte. Aber die Liebe funktionierte offenbar nicht so einfach. Die passendste Person war nicht notwendigerweise auch die, von der man sich angezogen fühlte. Als sie im Geiste ein Paar dunkle Augen schimmern sah, wurde sie rot.

Vor Jenners trennten sie sich. Sie sah ihm hinterher, als er die Princes Street entlangging, ließ ihm ein paar Minuten Vorsprung und trat dann auf Schleichwegen den Heimweg an. Dort bestand keine Gefahr, dass er sie sah, und die kleinen Gassen waren schattig und kühl.

Als sie an einem Pub vorbeilief, kam eine vertraute Gestalt heraus. »Maid Marion!«

Er tauchte so überraschend auf, dass sie das instinktiv freudige Lächeln nicht mehr zurückhalten konnte.

Er trug noch dieselben Klamotten wie gestern: den roten Schal, das blutbespritzte Hemd, das schmutzverkrustete Jackett. Auf seinem Kinn lag ein Bartschatten. Doch auch die Energie, die ihr in Erinnerung geblieben war, war noch da – das Funkeln und elektrisierende Knistern und das Feuer in seinen Augen. Wieder war sie ganz davon erfüllt, dass sie es hier mit jemand zu tun hatte, der erregend, unberechenbar und aufregend war.

»Wie geht es Ihnen?«, fragte sie. Offenbar besser, wie es aussah. Er war federnden Schritts aus dem Pub gekommen.

Zur Antwort umklammerte Valentine seinen Arm. »Es kommt

und geht«, sagte er und zuckte zusammen. »Wenn Sie mir helfen könnten, nach Hause zu kommen, wäre das wunderbar.«

Sie starrte ihn fassungslos an und hätte am liebsten gelacht. Er war unglaublich unverfroren. Doch offenbar ohne jede Scham erwiderte er ihren Blick forschend und mit weit aufgerissenen Augen. »Bitte?«, bettelte er und erinnerte plötzlich so sehr an einen hilflosen Jungen, dass Widerstand zwecklos war. Stöhnend gab sie nach.

»Was haben Sie denn im Pub gemacht?«, fragte sie ihn, während sie ihn mitzog. Die Erinnerung an die verlorenen Schillings schmerzte noch immer. Es war peinlich gewesen, Peter für den Tee zahlen zu lassen, anstatt sich die Kosten zu teilen, zumal sie ihm seine Hoffnungen genommen hatte.

Valentine hakte sich bei ihr unter und stützte sich schwer auf sie, unterstrich dies noch durch gelegentliches Stöhnen, als hätte er große Schmerzen. »Pub?«

Marion drehte sich halb um und zeigte mit ihrer freien Hand darauf. »Der hier. Die Kneipe, aus der ich Sie gerade habe herauskommen sehen.«

Er fuhr sich mit der Hand durch sein ungekämmtes Haar. »Oh, *dieser* Pub«, sagte er, als sähe er ihn zum ersten Mal. »Wir waren nicht im Schankraum, sondern oben. Hatten ein Meeting.«

»Wir?« Sie sah ihn sich genauer an, war nicht völlig überzeugt.

Er hielt ihrem Blick stand und zuckte mit keiner Wimper. »Die kommunistische Partei der Universität.«

»Der Pub lässt die kommunistische Partei dort oben Treffen abhalten?« Eine höchst unwahrscheinliche Vorstellung.

Seine Haare fielen nach vorn, als er heftig nickte. »Absolut. Dort planen wir den Tod des Imperialismus und die Epoche der internationalen proletarischen Revolution. Eine Zeit, in der Männer und Frauen, die an ihren Arbeitsplätzen und in ihren Gemeinschaften für die Niederlage des Kapitalismus kämpfen, endlich eine gerechtere und gleichberechtigtere Gesellschaft herbeiführen werden.«

Die Dramatik und die Wucht seiner Rede sowie das strahlende Lächeln, mit dem er sie beendete, hatten zur Folge, dass sie zu perplex war, um noch einen klaren Gedanken zu fassen. Als ihr Verstand wieder einsetzte und sie detaillierte Fragen ins Auge fasste, hatte Valentine zu singen begonnen. Es war kein Lied, das Marion kannte, aber die Melodie war eingängig und der Text zündend. Es ging um Arbeiter, die aus ihrem Schlaf aufwachten. Sie fragte sich, wann Valentine wohl aus seinem erwacht war. Allem Anschein nach hatte er in seinen Kleidern geschlafen.

Das Lied hatte viele Strophen, und währenddessen hatten sie sich dem Universitätsgelände genähert. Die Straßen wurden prächtiger, hier gab der Neoklassizismus mit seinen Kuppeln und Portikus, kannelierten Säulen und eleganten breiten Stufen den Ton an.

»Völker, hört die Signale/ Auf zum letzten Gefecht / Die Internationale / Erkämpft das Menschenrecht«, kam Valentine zum Schluss und fuchtelte dazu mit geballter Faust. »Auhhh«, stöhnte er gleich darauf, als ihm offenbar wieder einfiel, dass er verletzt war.

Als sie an der Portiersloge vorbeikamen, erhob sich drinnen eine Gestalt mit Melone.

»Mackenzie!« Valentine schlug dem Universitätsbediensteten kameradschaftlich auf die Schulter. »Wie geht es Ihnen an diesem wunderschönen Abend?«

Der Universitätsbedienstete ließ sich von dieser Charmeoffensive nicht beeindrucken. »Mir ginge es besser, wenn Sie die Gebühren bezahlen würden, die Sie uns schulden, Sir.« Er musterte

Marion mit einem finsteren Blick. »Und hier übernachten auch keine jungen Damen mehr.«

Nachdem Valentine ihn verunsichert angelächelt hatte, überquerte er im Eilschritt den Rasen, wobei sein Humpeln auf wundersame Weise nachließ. Marion eilte ihm hinterher. »Was meint er damit, dass hier keine jungen Damen mehr übernachten?«

»Ich habe nicht die leiseste Ahnung. Er muss mich mit jemand anderem verwechselt haben«, warf ihr Valentine über die Schulter zu und steigerte sein Tempo. Die Grünfläche war von imposanten grauen Gebäuden umgeben. In eins davon rannte er hinein – wohl ein Studentenwohnheim, vermutete Marion, als sie die Briefkästen im Flur sah. In einem davon schienen besonders viele Karten und Einladungen zu stecken. Valentine hielt inne und schob sich den ganzen Packen in seine Tasche, bevor er eine Holztreppe hinaufpolterte.

Sein Zimmer war abstoßend. Eine Schranktür hing offen in den Angeln, und man sah einen Wust an Papieren. Seine Kleider hingegen lagen über den Fußboden verteilt und sahen alle noch schmutziger und zerknautschter aus als die, in denen er zusammengeschlagen worden war. Überall Zeitungen und leere Flaschen entlang der Scheuerleisten, Bücherstapel und überquellende Aschenbecher. Darüber hing der saure Gestank von abgestandenem Rauch.

»Können Sie vielleicht ein Fenster aufmachen?«, forderte sie ihn auf, um zu verbergen, wie unwohl sie sich fühlte. Was machte sie hier? Sie hatte eigentlich vorgehabt, ihn an der Portiersloge allein zu lassen, war ihm dann aber doch gefolgt.

Er zog die halb geschlossenen Vorhänge auf. So wie er am Fenster zerrte und rappelte, musste sie annehmen, dass dies wohl sein erster Versuch war, es zu öffnen. Sie kam ihm zu Hilfe. »Sie müssen den hier zurückschieben«, erklärte sie und bediente den

Hebel, der den Schieberrahmen unten hielt. »Sonst geht es nicht auf.«

Dass es ihm an praktischen Fähigkeiten mangelte, brachte ihn genauso wenig in Verlegenheit wie das allgemeine Durcheinander und das Fehlen von Mobiliar. »Ich habe keinen Tee«, sagte er, während er in einer halb aufgezogenen Schublade kramte, »aber ich kann Ihnen das hier anbieten.« Er förderte eine Flasche Whisky zutage und schwenkte sie vor ihr.

Sie warf einen zweifelnden Blick darauf. »Haben Sie denn keine Gläser? Tassen?«

Er schüttelte lässig den Kopf. »Die sind ein bourgeoises Konstrukt. Wir werden direkt aus der Flasche trinken müssen.«

Er reichte sie ihr. Sie machte sich auf das Schlimmste gefasst und trank einen Schluck. Das Zeug war noch übler als das, was sie im Pub getrunken hatten, aber nach dem anfänglichen Brennen wurde ihr warm, und sie spürte, wie sie sich entspannte. Sie fühlte sich gleich weniger fehl am Platz, sah sich um und ließ alles auf sich wirken.

Jenseits des Durcheinanders prägte die Ästhetik der Sowjetkultur den Raum. Plakate von muskulösen Bauern, die mit Spaten fuchtelten oder auf Traktoren saßen, klebten planlos an den Wänden.

»Setzen Sie sich«, unterbrach Valentine ihre Gedanken.

Sie lachte. »Wohin denn? Sie haben ja keine Stühle.« Offenbar waren auch diese ein bourgeoises Konstrukt.

»Hier ist genug Platz.« Er setzte sich aufs ungemachte Bett mit den zerwühlten Laken und der halb darunter verschwundenen Zudecke. Er klopfte einladend auf die Matratze. »Kommen Sie.«

Die Entrüstung, die sie empfand, war schwach im Vergleich zu dem sie begleitenden plötzlichen Verlangen. Sie wich zurück an die Wand, verschränkte die Arme vor der Brust und gab sich unbekümmert. »Hier übernachten keine jungen Damen mehr, denken Sie dran.«

Er sprang entnervt auf. »Er hat mich mit jemandem verwechselt, das sagte ich doch.«

»Und trotzdem gehe ich jetzt.«

Er stand nun dicht vor ihr, und völlig unvermittelt küsste er sie. Niemand hatte sie jemals so geküsst, mit solcher Zärtlichkeit, die zu einem Drängen wurde. Sie klammerte sich an ihn. Als ihre Lippen sich von seinen lösten, schienen sie auf die doppelte Größe angeschwollen zu sein. Seine waren es natürlich wegen der Schlägerei. »Hat das nicht wehgetan?«, fragte sie, als sie ihre Sprache wiederfand.

»Ganz und gar nicht. Lust ist ein Narkotikum. Findest du nicht?«

»Ich ... ich weiß nicht.«

In seinen Augen war ein wölfischer Glanz. »Willst du es nicht herausfinden?«

Willenlos ließ sie sich zurück zu dem zerwühlten Bett führen. Und ohne zu wissen, wie ihr geschah, hatte er sie schon hingelegt, ihre Knie auseinandergeschoben und begann ihr die Knöpfe zu öffnen.

»Stopp!«, schrie Marion und rappelte sich mit Mühe wieder hoch. Ihre Wangen brannten, und in der Brust lief ihr Herz Amok. Sie warf ihm einen hitzigen Blick zu.

Er grinste sie vom Kissen aus an, die Hände hinter dem Kopf verschränkt. »Verzeihung. Mein Fehler. Ich dachte, du seist eine unabhängige Frau. Die eigene Entscheidungen trifft.«

»Das bin ich!«, erwiderte sie verärgert. »Und eine meiner unabhängigen Entscheidungen ist die, dir das nicht zu erlauben.«

Sie knöpfte alles wieder zu und stieg verlegen über das Chaos zur Tür.

Auf dem Kaminsims stand eine kleine Büste aus Stein. Im Vorbeigehen warf sie einen Blick darauf. Es war ein streng blickender bärtiger Mann.

»Wladimir Iljitsch«, sagte Valentine, der sich auf dem Bett fläzte.

»Wer?«

»Lenin. Der größte Revolutionsführer, den die Welt je gesehen hat.«

Sie starrte auf das gemeißelte Gesicht. »Tatsächlich? Warum war er so groß?« Lenin hatte das Kommando, als der Zar und seine Familie im Keller erschossen wurden. Sie erinnerte sich an die grässlichen Einzelheiten: die in die Korsetts eingenähten Diamanten, die geschorenen Köpfe der Mädchen, der verängstigte kleine Junge.

»Das zu erklären«, begann Valentine nonchalant, »würde viel zu lange dauern.«

Sie beäugte ihn argwöhnisch, und ihr fiel die Diskussion mit ihm über Faschisten und Kommunisten wieder ein. Wie viel Ahnung hatte Valentine wirklich von revolutionärer Politik?

»Was war so großartig daran, die Romanows umzubringen?«, fragte sie.

»Sie waren Volksfeinde.«

»Aber warum?« Die meisten von ihnen waren Mädchen im Teenageralter gewesen. Bei diesem Gedanken drehte es ihr den Magen um.

»Sie ... waren es einfach.«

Ihr lag auf der Zunge, ihm ignoranten Dogmatismus vorzuwerfen, doch da kam ihr Miss Golspie in den Sinn mit ihren leuchtenden Schals, der grünen Brille und alledem. Sie erinnerte sich an das Gespräch vom Nachmittag, als sie erklärt hatte, sich nicht für das Unterrichten von Aristokraten zu interessieren. Vielleicht war sie auch nicht frei von Dogmatismus.

Sie starrte in Lenins scharfe kleine Augen. Vielleicht sollte sie den Job bei den Leveson-Gowers annehmen. Dafür sprachen gute Gründe: das Geld, das Kompliment von Miss Golspie und all die früheren Argumente, dass die Kinder der Reichen von den Armen wissen mussten, um der Gesellschaft zu nutzen. Sie betrachtete das harte, unnachgiebige Gesicht des Bolschewistenführers. Hätte man das in Russland nicht versäumt, wäre Lenin womöglich nicht der größte Revolutionsführer geworden, den die Welt je gesehen hatte. Sofern er das tatsächlich gewesen war.

Fünftes Kapitel

Marion nahm den Job bei den Leveson-Gowers an. Tag für Tag machte sie einen Spaziergang entlang des Meeresarms nach Rosyth, wo der Forth silbern durch die Bäume blitzte. Der Pfad durch den Wald war von Wildblumen gesäumt: blauer Storchschnabel, rosa Lichtnelke, weiße Sternmiere, Ruprechtskraut. Es freute Marion zu sehen, wie sie ihr im Vorbeigehen erwartungsvoll die Köpfchen zudrehten. Sie pflückte welche und steckte sie in ihr Hutband.

»Du arbeitest für die Unterdrücker der Armen«, lautete Valentines höhnischer Kommentar, wie auch nicht anders zu erwarten war. »Die aristokratischen Oberherren. Die kapitalistischen Speichellecker.«

Marion verdrehte die Augen. »Sie sind überhaupt nicht so«, betonte sie hartnäckig. Die Leveson-Gowers schienen in der Tat ein recht einfaches Leben zu führen. Gute Manieren standen hoch oben auf der Agenda, und sie hatte von keinem von ihnen jemals eine herablassende Bemerkung gehört. Aber auch geflucht hatte keiner. Was man beides von Valentine nicht behaupten konnte.

»Sie haben doch überhaupt keine Ahnung, wie die meisten Menschen leben«, schwadronierte er.

Marion sah ihm streng in die Augen. »Doch, das haben sie.« In Übereinstimmung mit Miss Golspies Ermahnungen nahm sie ihre neue Verantwortung ernst. In den Unterricht ihrer neuen Schülerin Lady Mary Leveson-Gower flossen deshalb konsequenterweise die neuesten wissenschaftlichen, politischen und sozialen Entwicklungen ein.

»Fühlst du dich nicht wie eine Bedienstete?«, spottete er daraufhin.

Sie lachte. »Tatsächlich fühlen sich die Bediensteten im Admiralty House nicht wie Diener.«

Er starrte sie an. »Wie meinst du das?«

»Sie sind viel herrschaftlicher als die Familie.«

Es war seltsam, aber wahr, dass diejenigen, die für die Leveson-Gowers arbeiteten, sich den Status ihrer Arbeitgeber anzueignen schienen. Vor allem die Köchin ließ sich keine Gelegenheit entgehen, die großartigen Verbindungen der Familie auszuposaunen. Wenn Marion auf ihrem Weg ins Haus und aus dem Haus die Küche passierte, bekam sie von der Köchin immer etwas Klatsch serviert. Wusste Marion, dass Lady Rose ihre Schwester »Buffy« nannte? Es interessierte sie herzlich wenig. Wusste Marion, dass Lady Rose' Ehemann, der Ehrenwerte William Spencer Leveson-Gower, von all seinen Freunden »Wisp« genannt wurde? Das war tatsächlich ziemlich lustig, denn man stellte sich darunter jemand Zartes vor, wohingegen der Admiral gut und gern über hundert Kilo auf die Waage brachte.

Nach Aussage der Köchin hätte Lady Rose sogar noch was Besseres als den Befehlshabenden Admiral von Rosyth haben können. Dies wiederum war einleuchtend. Lady Rose war eine üppige, romantische Schönheit mit einem vollen ovalen Gesicht und einem Teint wie Sahne. Sie hatte elegant geschwungene dunkle Brauen, eine schmale, gerade Nase und glänzend blonde Haare. Ihre Augen waren besonders auffällig – ein leuchtendes Violett.

»Oh ja!« Der Köchin quollen vor Erregung fast die Augen heraus. »Es heißt, es wurde mehr als zwanzigmal um die Hand von Ihrer Ladyschaft angehalten! Man sagt, sie sei sogar vom Prinzen von Wales bewundert worden!«

»Donnerwetter«, sagte Marion, wohl wissend, dass sich die Köchin ihrer Ironie gar nicht bewusst war.

Mrs Crawford hingegen, die ganz erpicht auf das aristokratische Treiben war, genoss dies alles. Und so erzählte Marion ihr alles, was ihr im Gedächtnis haften geblieben war. So verzweifelt, wie ihre Mutter wegen Peters Abreise war – sie hatte glücklicherweise nie von dem Heiratsantrag erfahren –, so wohltuend war es, sie sich in der warmen Sonne beinah königlicher Gesellschaft baden zu sehen. Jede Freundin, Nachbarin oder Schlange vor dem Metzger wusste Bescheid von der neuen Nähe ihrer Tochter zu den Bedeutsamen und Guten.

Die neue Nähe ihrer Tochter zu Valentine gab weniger Grund zum Feiern. Mrs Crawford war nicht nur immun gegen seinen Charme, sondern verübelte ihm auch seine vertrauliche Art. Peter hätte nicht im Traum daran gedacht, einfach so, ohne Vorwarnung, hereinzuschneien, sie mit »Mrs C« anzusprechen und sich aus der Speisekammer zu bedienen. Marion hörte sich ihre Klagen an und dachte dabei, dass Valentine sich noch viele andere Dinge herausnahm, die Peter niemals in den Sinn gekommen wären, aber alle höchst vergnüglich waren.

Sie hatte sich ihm noch nicht hingegeben, obwohl dies jetzt

nur noch eine Formsache war. Wenn sie sich küssten, fand seine Hand den Weg unter ihre Bluse oder unter ihren Rock, fast ohne dass sie es bemerkte. Zuvor hatte sie nie wirklich an die Liebe geglaubt, nicht an die, die einem den Kopf verdrehte und wie ein Blitz einschlug, wie es in den Liebesromanen geschildert wurde. Aber jetzt fragte sie sich, ob die Leidenschaft, die das Herz höherschlagen ließ, nicht doch real war. Träumerisch schwebte sie durchs Haus, und das Gemurre ihrer Mutter perlte an ihr ab wie Wasser vom Rücken einer Ente.

»Er redet die ganze Zeit von der Arbeiterklasse, hat aber noch keinen einzigen Tag in seinem Leben gearbeitet.«

Obwohl Marion das genauso sah, fühlte sie sich genötigt, ihn zu verteidigen. »Er ist Student, Mutter.«

»Aber welche Intentionen verfolgt er?«, wollte Mrs Crawford wissen.

Die Niederlage des Kapitalismus wäre ganz offensichtlich keine akzeptable Antwort gewesen. Und so wurde Marion stattdessen aufbrausend. »Mutter! Wir haben 1932. Junge Frauen brauchen keine Männer mit Intentionen. Sie haben jetzt eigene Absichten.«

Valentines Intentionen bewegten sich nicht im Bereich dessen, was Mrs Crawford gutgeheißen hätte. Die Tatsache, dass Marions Mutter auch ihn nicht guthieß, trieb die beiden dazu, bei jeder Witterung zu Wanderungen in die Berge aufzubrechen. Hier offenbarten die Intentionen sich auf besonnten Heidekrautbetten oder bei überraschenden Regenschauern in Höhlen. Marion wehrte sie ab – doch zugegebenermaßen mit nachlassendem Widerstand.

Eines Nachmittags waren sie zum Picknick aufgebrochen und folgten einem sandigen Pfad zwischen duftendem Heidekraut und von der Sonne gewärmten Felsen. Ihr Weg wand sich vorbei an silbernen Birken und leuchtend gelbem Ginster. Unter einem strahlend blauen Himmel mit kreisenden Vögeln machten sie im Sonnenschein Rast. Unter ihnen erstreckte sich der Firth of Forth, dessen Oberfläche sich im Windhauch wie blaue Seide kräuselte.

»Ich habe ein Geschenk für dich«, verkündete Valentine. Sie war überrascht. Normalerweise war sie diejenige, die Geschenke machte. Neue Hemden, eine Hose, zwei gebrauchte Stühle für sein Zimmer.

Er kramte in seiner Jackentasche und zog eine braune Papiertüte heraus, in der etwas Hartes, Eckiges steckte. »Hoffentlich kannst du es brauchen.« Sein Gesicht war ernst, aber er musste sich ganz offensichtlich das Lachen verkneifen.

Marion holte ein kleines Büchlein mit einem hellgrauen Umschlag heraus. *Das vollständige Buch der Etikette.*

»Nachdem du jetzt in derart erhabenen Kreisen verkehrst, musst du doch wissen, welche Sorte von Buttermesser bei welcher Sorte von Bischof zum Einsatz kommt.«

Sie verbuchte dies als kleinen Sieg, weil er seine Scherzattacken zurückgefahren hatte. Und diese hier war richtig gut. Sie blätterte durch das Büchlein und lachte. »Ein Gentleman sollte am Strand niemals einen Straßenanzug tragen.«

»Nur schwarze Krawatte«, ergänzte Valentine prustend. »Dazu Gamaschen und einen Zylinder.«

»Und absolut *keinen* Schmuck in den Dünen.«

»Gott behüte. Hat man in Blackpool schon mal ein Diadem gesehen?«

»Haha!«

»Hihi!«

»Niemand, abgesehen von einem absoluten Snob, wird schlecht von einem denken, wenn man irrtümlich die falsche Gabel bei Tisch benutzt.«

»Da bin ich aber erleichtert. Gib her, jetzt bin ich dran. Oh, sieh mal an. Es spricht für sehr schlechten Umgangston, jemanden als Herrn oder Mann zu bezeichnen. Man sollte immer bemüht sein, den wiederholten Gebrauch von Slang und bedeutungslosen Ergüssen zu vermeiden.« Valentine johlte. »*Bedeutungslose Ergüsse!*«

Jetzt hatte Marion das Buch wieder. »Fast jeder kennt die Geschichte der zwei Männer, die zwanzig Jahre auf einer einsamen Insel verbrachten, ohne miteinander zu sprechen, weil sie einander nicht vorgestellt worden waren.« Sie wischte sich über die tränenden Augen. »Ist das so?«

»Oh, absolut.«

»Haha!«

Valentine packte ihr Picknick aus und breitete es auf einem Felsen aus. Im Rucksack waren hart gekochte Eier und Limonade, dazu Kuchen, der aus der Speisekammer gemopst worden war, als ihre Mutter nicht hinsah. Mrs Crawford, die Peter regelmäßig mit ihrem Gebackenen umgarnt hatte, würde Valentine niemals Zugriff auf ihren Victoria Sponge Cake erlauben.

»Beim Betreten eines Restaurants wird der älteste Mann der Gruppe vorgehen, damit er einen Tisch bestellen kann.«

Marion legte sich eins der Sandwichpakete auf den Kopf. »Eine aufrechte Haltung und würdevolles Gebaren sind entscheidend für korrektes Auftreten.«

Valentine zeigte auf den Felsen. »Wollen Madam dort Platz nehmen?«

»Aber ja, besten Dank, freundlicher Herr!«

Nachdem sie gegessen hatten, legten sie sich hin. Der satte Duft der warmen Luft war berauschend wie Wein. Als Valentine anfing, sie zu küssen, drehte sie sich weg. Sie beobachtete, wie sein Gesicht vor Enttäuschung zusammensackte, sich dann aber vor Überraschung straffte, als sie aufstand, ihr Kleid aufknöpfte und ihre Unterwäsche auszog. Sie stand über ihm und streckte sich der Sonne entgegen.

Er starrte zu ihr hoch. »Bist du dir sicher?«

Sie nickte. Noch nie war sie sich einer Sache so sicher gewesen.

Danach lagen sie im Heidekraut. Aus plötzlicher Neugier befragte sie ihn zu seiner Kindheit, und er erzählte ihr, dass er eine Reihe von Internaten besucht hatte und von einigen geflogen war.

»Hat das deiner Mutter nichts ausgemacht?« Sie wollte sich nicht ausmalen, was ihre eigene Mutter dazu gesagt hätte.

»Sie hat es kaum mitbekommen.« Sein Ton war verächtlich. »War viel zu sehr damit beschäftigt, mit ihrem zweiten Ehemann durch Monte Carlo zu düsen.«

Es hörte sich an wie das Leben aus einer anderen Welt. Sie kehrte zu dem Thema zurück, das sie am meisten interessierte. »Warum haben die Schulen dich rausgeworfen?«

Er fuchtelte mit seiner Zigarette herum. »Lass es mich aufzählen. Erst haben wir uns geweigert, dem Officer's Trainings Corps beizutreten. Dann haben wir eine Statue des Königs mit roter Farbe bemalt.«

»Wir?«

»Ich und Esmond«, sagte er, als müsste der Name ihr etwas sagen.

»Esmond?«

»Mein Cousin. Wir sind zusammen zur Schule gegangen. Jedenfalls auf eine der Schulen. Er hat mich übrigens zum Kommunismus gebracht.« Dass er diesen Esmond verehrte, war offensichtlich.

»Am Armistice Day haben wir Antikriegsflugblätter in sämtliche Gebetsbücher gelegt. Sie sind während der zweiminütigen

Schweigepause herabgeflattert, als alle des Waffenstillstands nach dem Ersten Weltkrieg gedachten, und haben einen Aufruhr ungeahnten Ausmaßes verursacht.«

»Das kann ich mir gut vorstellen. Aber warum habt ihr zu so extremen Mitteln gegriffen?«

»Weil Privatschulen ein gemeines und überholtes Klassensystem lebendig erhalten«, lautete die Antwort. Seine Schlagfertigkeit machte sie wütend. Ihm schien gar nicht bewusst zu sein, wie privilegiert er war.

»Das tun auch die Slums«, blaffte sie. »Aber die lassen sich leider nicht ganz so leicht verlassen.«

Valentine stützte sich auf seinen Ellbogen. »Nun sei nicht so überheblich. Du arbeitest immerhin für die Schwester der Herzogin von York.«

»Nur während des Sommers. Einige von uns müssen Geld verdienen, weißt du. Wir verfügen nicht alle über Privilegien, die man uns auf dem Silbertablett serviert hat.«

»Manche von uns nutzen ihr Privileg, um das Bewusstsein der Arbeiter zu schärfen. Und wir geben uns nicht als auf Gleichberechtigung bedachte Feministinnen aus, obwohl wir zu Speichelleckern der Aristokratie werden. «

Ihr blieb die Luft weg. »Wie kannst du es *wagen*? «

Sein Lachen war tief. »Du bist schön, wenn du wütend bist.«

Sie sah ihn finster an, doch innerlich schmolz sie bereits. Er sah so verdammt gut aus, und dieses Geplänkel erregte sie. Sie rollte sich auf den Rücken und täuschte ihre Abwehr nur vor, als er auf sie sprang.

»Und wie kommen Sie mit Mary zurecht?«, erkundigte sich die so überaus bewunderte Lady Rose, nachdem einige Wochen vergangen waren. Der Tag war zu Ende, sie hatte Marion ins Wohnzimmer gebeten, wo die Luft von dem Duft pulsierte, der den auf polierten Oberflächen verteilten Vasen entstieg. Lady Rose liebte Blumen, und es gab Rosen in jeder Größe und jeder Rotschattierung.

»Sehr gut«, sagte Marion aufrichtig. Mary war ein zartes Kind mit hellen Haaren, das seinen Mangel an körperlicher Kraft mit gewaltigem Interesse am Unterricht kompensierte. »Sie ist ein kluges Mädchen«, ergänzte sie.

»Sie sagte mir, Sie haben ihr von den Suffragetten erzählt.« Lady Rose spielte mit einer langen Perlenkette.

Marion musterte sie. War Lady Rose schockiert? »Moderne Frauen müssen über die moderne Welt Bescheid wissen«, erwiderte sie entschlossen. »Wir haben über das Wahlrecht gesprochen, und ich fand, sie sollte erfahren, dass es vornehmlich den Suffragetten zu verdanken ist, dass auch die Frauen es endlich bekommen haben.«

Die violetten Augen funkelten. »In der Tat. Allem Anschein nach haben Sie sie regelrecht befeuert. Sie hat ihrem Vater einen Vortrag über das geschlechtsspezifische Lohngefälle und Gleichberechtigung gehalten.« Lady Rose ließ daraufhin ihr helles Lachen hören. »Und natürlich ist sie höchst angetan von dem Gespenst, das Europa heimsucht. Sie hat einfach furchterregende Zeichnungen davon angefertigt.«

Die Eingangssätze von *Das Kommunistische Manifest* hatten Mary tatsächlich sehr beeindruckt, wenngleich ihre Fragen sich dann weniger auf den dialektischen Materialismus, sondern darauf bezogen, wie dieses Gespenst aussah, das in Europa umging. War es ein Skelett?

»Und sie hat mir von diesen klugen Intellektuellen in Cambridge erzählt, die das Atom spalten.«

»Cockroft und Walton, ja.« Mary, die eine naturwissenschaftliche Veranlagung hatte, war von der Kraft und der Geschwindigkeit des gerade erst durchgeführten sensationellen Experiments fasziniert gewesen. »Hatten Sie überlegt, Mary auf die Schule zu schicken?«, fragte sie. Es schien naheliegend zu sein, wenn sie selbst im Herbst wieder aufs Lehrerkolleg zurückkehrte.

Jetzt jedoch schien sie etwas Schockierendes gesagt zu haben. Lady Rose' schöne Augen weiteten sich erstaunt. Eine Sekunde lang wurde ihr hübsches ovales Gesicht ausdruckslos, bevor es wieder die gewohnt freundliche Miene annahm. »Du liebe Güte, Miss Crawford. Das wird wohl kaum nötig sein, finden Sie nicht? Als ich aufwuchs, hatten meine Schwestern und ich auch nur eine Gouvernante. Und wir sind alle gut verheiratet.« Lady Rose hielt inne. »Eine von uns sogar *sehr* gut«, ergänzte sie bedeutungsvoll.

Marion sah Lady Rose fassungslos an. Hatte ihr denn keiner gesagt, dass gut verheiratet sein, wie sie es nannte, nicht mehr der Weg zu einem interessanten Leben darstellte? Wenn er es je gewesen war. Frauen konnten jetzt Universitätsabschlüsse machen, Berufe ausüben. Lady Rose steckte noch im Mittelalter.

Etwa eine Woche später begrüßte Mary ihre Lehrerin im Schulraum voller Begeisterung. »Großartige Neuigkeiten, Miss Crawford! Tante Peter kommt morgen zu uns.«

Dieser seltsame Name ließ auf ein Mannweib im Hosenanzug und mit Monokel schließen. »Wie reizend«, sagte sie. Sie nahm einen schmalen Band vom Tisch. »Sitzt du auch bequem? Sollen wir mal sehen, was Alan Breck und David Balfour als Nächstes gemacht haben?«

Bald schon waren sie in *Entführt* vertieft. Ob sie eine Jakobiterin gewesen wäre?, wollte Mary von Marion wissen.

»Auf gar keinen Fall. Sie wurden schrecklich in die Irre geleitet.«

»Ich wäre Bonnie Prince Charlie gefolgt!«, sagte Mary inbrünstig.

»Er hat seine Leute im Stich gelassen«, betonte Marion. »Sie schenkten ihm ihr Herz, aber er verriet sie und floh ins Ausland. Er ist nie zurückgekommen.«

Mary dachte über dieses armselige königliche Verhalten nach. »Ich bin froh, dass Prinzen sich heute nicht mehr so verhalten.«

Später holte Marion sich ihren Hut für den Rückweg. Die am Morgen gepflückten Blumen hingen schlaff über die Krempe. Lady Rose tauchte auf, offenbar wollte sie ausgehen. Sie trug einen perlgrauen Glockenhut, geschmückt mit einer farblich passenden Feder.

»Miss Crawford!«, rief sie. »Ich bin überaus froh, Sie noch erwischt zu haben.«

Marion wartete zögerlich. War ihr Marions kompromisslose Meinung über Charles Edward Stuart zu Ohren gekommen? Einige Schotten würden mit Sicherheit Anstoß daran nehmen.

»Wir haben morgen Besuch«, sagte Lady Rose.

Marion nickte, und die schlappe Hutzierde nickte mit. »Mary erwähnte Tante Peter.«

Zu ihrer Überraschung fing Lady Rose lauthals zu lachen an. »Ihr richtiger Name ist Elizabeth. Die Kinder konnten es nicht aussprechen und haben sie deshalb Peter genannt.«

Tante Elizabeth. Es gab nur eine Tante Elizabeth, die Marion kannte. Die berühmteste Tante Elizabeth dieses Planeten.

Lady Rose' blaue Augen zwinkerten. »Heutzutage müssen wir sie natürlich Ihre Königliche Hoheit die Herzogin von York nennen.«

Marion rechnete damit, gesagt zu bekommen, dass ihre Anwesenheit nicht erforderlich sei, wenn die Familie mit ihrem königlichen Besuch befasst war. Auch gut. Sie könnte die Zeit nutzen, um sich auf das neue Semester im Herbst vorzubereiten.

»Ich hätte gern, dass Sie sie kennenlernen«, schloss Lady Rose.

Sechstes Kapitel

Am nächsten Tag war Mary ungewöhnlich aufgedreht, weshalb Marion Nachsicht zeigte und mit ihr auf dem Rasen spielte. Als sie zum zweiten Frühstück wieder ins Haus kamen, fing eines der Hausmädchen sie am Eingang ab. »Sie werden im Salon erwartet.«

Weil ihr plötzlich die königlichen Besucher wieder einfielen, warf Marion einen Blick auf ihren Rock. Er war am Saum nass und mit großen Grasflecken verziert. Sie hob das Kinn. Sie würden sie nehmen müssen, wie sie war.

Der Salon war ein in die Länge gezogenes Rechteck. Goldgerahmte Bilder hingen von einer Leiste, und aus den Erkerfenstern am Ende blickte man aufs Meer.

Lady Rose schwebte lächelnd heran. »Miss Crawford! Kommen Sie, und lernen Sie meine Schwester kennen.« Man führte sie am Arm zu ihr. »Bei der ersten Begegnung wird sie mit Ihre Königliche Hoheit begrüßt«, ergänzte Lady Rose. »Aber danach können Sie Ma'am sagen. Wie in *jam*.«

Die Herzogin von York saß auf einer der Fensterbänke. Sie sah ihrer Schwester ähnlich, wenn auch mit dunkleren, kräftigeren Brauen, dunkleren Haaren und einem breiteren Gesicht. Sie hatte perfekte Porzellanhaut, und ihre Augen waren von einem stechenden Blau. Hände und Füße waren puppenhaft klein. Erstere funkelten von Diamanten, Letztere steckten in hochhackigen Schuhen. Ihr Kleid war aus blauem Chiffon, geschmückt mit dem weichen Glanz einer mehrreihigen Perlenkette.

Marion war sich plötzlich ihres fleckigen Rocks und ihrer klobigen, praktischen Schuhe allzu bewusst.

Die Herzogin betrachtete sie mit schelmischem Entzücken. »Die berühmte Miss Crawford!« Sie sprach mit erregter hoher Stimme und Betonung. »Rose hat mir schon erzählt, welchen Weg sie jeden Tag zu *Fuß* zurücklegen! Ganze Meilen! Sie sind so stark wie ein *Pferd*, behauptet sie.«

Es fiel schwer, mit so viel Überschwang umzugehen. »Ich genieße es zu wandern«, erwiderte Marion. »Ihre Königliche Hoheit«, schob sie rasch nach, was die Herzogin mit einer verschmitzten Ist-mir-völlig-gleichgültig-Handbewegung abtat.

»Und die Landschaft in dieser Umgebung ist *sehr* schön. *O Caledonia*, so streng und wild!« Die mädchenhafte kleine Gestalt in Blau beugte sich vor. »Wir Schotten müssen zusammenhalten!«

Marion hatte alle Mühe, sich ihre Überraschung nicht anmerken zu lassen. Dass die Herzogin Schottin war, hatte sie nicht gewusst. Sie hörte sich auch nicht so an.

»Ich könnte mir denken, dass Sie einige brutale Examina absolviert haben, Miss Crawford?«

»Einige«, gab Marion zu. »Marm. Mam.«

»Ich habe nur eine Prüfung über mich ergehen lassen. An einem *entsetzlichen* Ort namens Hackney. Dort musste ich Tapioka essen, und ich könnte noch heute *kochen* vor Wut, wenn ich überlege, dass ich diesen Müll für nichts und wieder nichts hinuntergewürgt habe! Ich habe nicht bestanden, verstehen Sie«, gestand die Herzogin. »Ganz unter uns, eine Geistesgröße bin ich nicht.«

Sie war wie eine Gestalt aus einem Werk von P. G. Wodehouse, überlegte Marion, als die Herzogin wie aufs Stichwort winkte und rief: »Bertie!«

Marion drehte sich um. Bertie war ein schlanker dunkelhaariger Mann, der sich mit Admiral Leveson-Gower unterhielt. Er kam sofort herbeigeeilt. Auch er war hervorragend gekleidet, trug einen maßgeschneiderten Tweedanzug. Rauchkringel stiegen von der Zigarette auf, die er zwischen seinen dünnen Fingern hielt.

Er sah die Herzogin bewundernd an. »Darling?«

»Das ist die erstaunliche Miss Crawford!«, schwärmte seine Frau. »Sie wandert tatsächlich *Hunderte* von Kilometern jeden Tag und hat *Tausende* teuflischer Examina bestanden!«

Prinz Albert schien an die Übertreibungen seiner Frau gewöhnt zu sein. »Guten M-m-morgen, Miss Crawford«, sagte er nach mehreren abgebrochenen Bemühungen, den Satz zu meistern.

Seine Frau betrachtete ihn schadenfroh. »Ich habe ihr gerade erzählt, wie hoffnungslos *dumm* wir beide sind!«

»Oh ja, schrecklich d-dumm«, stimmte der Herzog ihr zu. In m-meiner Klasse am Osborne Naval College hat man m-mich auf Platz siebenundsechzig von achtundsechzig g-g-gesetzt.«

»Aber das war nicht sein Fehler.« Die Herzogin wandte sich an Marion. »Die Jugend meines Ehemanns wurde von einer Reihe ältlicher Tutoren *verdorben*. Habe ich recht, Bertie?«

Der Herzog zog an seiner Zigarette und nickte. »Madame Bricka war die Erste. Sie hatte m-m-meine M-mutter als kleines M-mädchen unterrichtet, aber sie war ziemlich a-a ...« Er fing zu husten an.

»Alt, Bertie.« Seine Frau streckte die Hand aus und zupfte den Ärmel seines Jacketts zurecht. »Erinnere dich an Mr Logue. Im dichten Fichtendickicht nicken dicke Fichten tüchtig.«

Das war offensichtlich eine Art Atemübung. Marion beobachtete, wie der Herzog sich an dem Zungenbrecher versuchte. »Fürchte dich n-nicht – oh *verdammt*!!«

Seine Frau behielt ihr aufmunterndes Lächeln bei. »Vergiss nicht zu *atmen*.«

Der Herzog konzentrierte sich aufs Atmen. Es schien zu funktionieren. »Und ziemlich dick war sie auch. Kam immer mit ihren verdammten f-französischen und deutschen Fibeln an.«

Die Herzogin kicherte. »Und wie hieß der noch mal mit dem *gewaltigen* Schnauzbart?«

Der Herzog zog wieder an seiner Zigarette und saugte dabei seine dünnen Wangen in die knochigen Höhlungen seines Gesichts. »Das war H-Hansell. Trug Tweed und rauchte Pfeife und war ein K-k-kon – oh *verdammt! Verdammt!*«

»Konservativer?«, schlug die Herzogin gelassen vor. »*Tief* atmen, Bertie!«

Der Herzog warf ihr einen dankbaren Blick zu und versuchte es dann erneut. »Nein, ein Con...Con...Connaisseur. Von sa-saksak..., oh *verdammt!*«

Es dauerte eine Weile, »sakraler Baukunst« hervorzubringen. Doch der Kampf schien die Herzogin nicht im Geringsten aufzuregen. »Und erzähl Miss Crawford von dem, der *Kaulquappen* aß!«

»Oh ja! Mr H-h-h ...«

»Hua!«

»Richtig. Meine Brüder und ich haben in einem Teich in Sandringham geangelt. Wir fischten viele K-k-kaulquappen heraus und brachten die Köchin dazu, sie ihm als eine D-de-delikatesse auf T-t-toast zu servieren.«

»*Bertie!*« Die Herzogin kreischte nun vor Lachen. »Was muss Miss Crawford *denken?*«

Mrs Crawford wartete bereits mit einem ganzen Katalog von Fragen, als Marion nach Hause kam. »Was hat Ihre Königliche Hoheit getragen?«

»Blau«, lautete die knappe Antwort Marions. Sie war erschöpft. Wegen des königlichen Besuchs hatte der Tag länger als sonst gedauert, und sie war froh, dass er zu Ende war.

»*Blau?*«, wiederholte ihre Mutter. »Ist das alles?«

Gehorsam fasste Marion die Details zusammen. Nachdem sich die anfängliche Aufregung gelegt hatte, war ihr aufgefallen, dass sich die Herzogin, die schließlich eine junge Frau war, wie eine viel ältere kleidete. Ihr aus kostbarem Stoff gefertigtes Kleid entsprach nicht mehr der Mode, doch mit ihrer zweifellos gedrungenen und flachbrüstigen Figur hätte ihr der neue Stil mit nach unten verschobener Taille nicht geschmeichelt. Ihre Mutter hing ihr an den Lippen.

»Frisur?«, forderte sie, als der Bericht über die Kleidung abgeschlossen war.

Auch die war ein wenig altmodisch gewesen: Stirnfransen mit einem Nackenknoten. Marion fand, dass hier eine Chance vertan war, denn die Herzogin könnte sich doch sehr wahrscheinlich die besten Friseure leisten.

»Waren die kleinen Prinzessinnen auch da?«, wollte Mrs Crawford als Nächstes wissen.

Marion unterdrückte ein Gähnen. »Sie waren beim König in Balmoral.«

»Balmoral!«, wiederholte Mrs Crawford wie geblendet. »Und der Herzog? Wie sah er aus?«

Marion nahm ihre letzte Kraft zusammen. »Ein wie mit dem Lineal gezogener Seitenscheitel und spiegelblank polierte Schuhe. Oh, und er hat einen Sprachfehler.«

»Du liebe Güte! Ein Stotterer?«

Marion hätte sich in den Hintern treten können, damit eine neue Fragerunde eröffnet zu haben. Sie bewegte sich Richtung Wohnzimmertür. »Das ist leider alles, woran ich mich noch erinnern kann, Ma. Das war's, die Begegnung mit dem Königshaus ist vorbei.«

Der Leveson-Gower-Haushalt erholte sich langsam von der Aufregung. Die Hausmädchen hatten noch ein paar Tage lang Gesprächsstoff, und die Köchin ließ kaum eine Gelegenheit ungenutzt, ihr sehr kurzes Gespräch mit der Herzogin wiederzugeben. »Ich habe sie gefragt, wie alt die Prinzessinnen jetzt sind«, erzählte sie wie ein Grammofon mit hängender Nadel. »Und Ihre Königliche Hoheit sah mich einfach an, so wie ich Sie jetzt ansehe, und sagte: ›Fünf und zwei!‹« Verwundert schüttelte die Köchin ihre fleischigen Wangen. »Fünf und zwei!«

Eines Nachmittags, als Marion gerade aufbrechen wollte, passte Lady Rose sie im Flur ab. »Dürfte ich Sie kurz sprechen, Miss Crawford? Im Wohnzimmer?«

Wie immer beherrschte Lady Rose' Wohnzimmer der Duft einer Überfülle an Rosen. Er vermischte sich mit dem des Zedernholzes im Kamin, in dem selbst an den heißesten Tagen ein Feuer brannte.

Während Ihre Ladyschaft anmutig auf ein gestreiftes Seidensofa niedersank, steckte sie sich eine dunkelgoldene Haarsträhne hinters Ohr. »Allem Anschein nach«, begann sie mit ihrer weichen Stimme, »haben Sie Eindruck gemacht, Miss Crawford.«

»Eindruck?«

»Meine Schwester hätte gern, dass Sie die Erziehung ihrer Töchter übernehmen.«

Marion starrte sie an. Ihr Kopf war völlig leer.

Lady Rose ließ sich in die Polster fallen und lachte schallend. »Miss Crawford! Sie sollten Ihr Gesicht sehen!«

Die Wärme und der Blumenduft wurden plötzlich übermächtig. »Sie meinen«, hakte Marion vorsichtig nach, »Ihre Schwester, die Herzogin von York?«

»In der Tat«, erwiderte Lady Rose augenzwinkernd.

»Ihre Töchter Prinzessin Elizabeth und Prinzessin Margaret?«

»Die Prinzessin Margaret *Rose*, ja«, korrigierte Lady Rose. »Meine Schwester findet, Sie wären perfekt dafür geeignet.« Die Diamanten in ihren Ohren glitzerten im Sonnenlicht, das durch die Fenster fiel. »Was sagen Sie dazu, Miss Crawford?«

Siebtes Kapitel

Marion holte tief Luft und versuchte, ihre durcheinanderwirbelnden Gedanken zu sammeln. Das stand natürlich außer Frage. Sie hatte andere Pläne, völlig andere. »Ich fühle mich geehrt, gefragt zu werden ...«

»Natürlich!«

» ... aber ich werde das Angebot der Herzogin ablehnen müssen.«

»Wie bitte?« Aus dem Gesicht von Lady Rose wich alle Farbe. »Ab...lehnen?«, sagte sie völlig fassungslos.

»Ich habe andere Verpflichtungen«, erwiderte Marion entschlossen. »Meine Kurse am Lehrerkolleg. Danach habe ich die Absicht, die Armen zu unterrichten.«

Nun war es an Lady Rose, sie erstaunt anzusehen. »Die ...?« Das Wort wollte ihr nicht über die Lippen. Sie versuchte es noch mal. »Die ...?« Ihre Augen traten hervor, und sie schluckte.

»In den Slums«, setzte Marion noch eins obendrauf.

Das Schweigen, das darauf folgte, wurde nur von gelegentlichem Knacken im Kamin unterbrochen. Lady Rose starrte ins Feuer. Dann wandte sie sich an Marion. Sie schien sich gefasst zu haben, wenngleich ihren Augen noch Spuren des Entsetzens anhafteten.

»Miss Crawford. Es liegt auf der Hand, dass Sie eine Berufung haben, aber welche höhere Berufung könnte es geben, als Ihrem König und seiner Familie zu dienen? Welch größere Ehre oder wichtigere Aufgabe gibt es, als die jungen Köpfe der nächsten Generation imperialer Herrscher zu formen?«

Marion starrte sie an. Diese geschickte Volte kam unerwartet. Sie hatte die Karte ausgespielt, und Lady Rose bediente diese nicht nur, sondern übertrumpfte sie noch mit Schmeichelei. Außerdem klang in ihren Worten das Echo von Miss Golspie nach. *Sie sollten die Vermögenden unterrichten.* Aber das hatte sie den Sommer über gemacht. Sie hatte ihre Pflicht getan.

»Das Leben in London würde Ihnen sicherlich gefallen«, ergänzte Lady Rose, um ihren Vorteil zu sichern. »Ein hübsches junges Mädchen wie Sie hätte dort eine wunderbare Zeit.«

Marion unterdrückte den Anflug einer Sehnsucht. Die Tatsache, dass Valentine aus der Hauptstadt kam, bestärkte in ihr den Wunsch, diese kennenzulernen. Aber zum Reisen bliebe später noch Zeit in einer vagen Zukunft. Im Moment war die Arbeit für das Königshaus nicht Teil ihrer Planung. Ihre Berufung galt dem gegenteiligen Extrem der Gesellschaft.

»Ich bedauere, aber ich kann nicht«, sagte sie mit Nachdruck.

Lady Rose erhob sich. Enttäuschung stand in den violetten Augen. »Sehr wohl, Miss Crawford. Ich werde es meine Schwester wissen lassen.«

Auf ihrem Heimweg unter den Bäumen ging Marion das erstaunliche Gespräch im Geiste noch mal durch. Hatte sie richtig gehandelt? Was ihren eigenen Standpunkt betraf, definitiv ja. Was Lady Rose und die Yorks betraf, würde die durch ihre Absage entstandene Unannehmlichkeit sicherlich dadurch abgemildert, dass keine andere Hauslehrerin auf diesem Planeten sich diese Chance entgehen lassen würde.

Andererseits wäre ihre Mutter am Boden zerstört. Bei diesem Gedanken beschlich Marion ein mulmiges Gefühl.

Mrs Crawfords Interesse an der königlichen Familie hatte sich in letzter Zeit zur Manie ausgewachsen. Sie hatte Porträts der Royals im Wohnzimmer aufgehängt und mehrere Sammelalben – große, selbst gemachte Dinger aus braunem Papier, die von Bindfäden zusammengehalten wurden – mit aus Zeitungen geschnittenen Fotos gefüllt. Die kleinen Prinzessinnen hatten sogar ein eigenes Sammelalbum.

Nein, noch konnte sie nicht nach Hause. Ihre Mutter würde spüren, dass sie Schuldgefühle hatte, und sie mit der Hartnäckigkeit eines Barristers ins Kreuzverhör nehmen. Sie brauchte Zeit, um ihre Fassung zurückzugewinnen.

Am Waldrand zögerte Marion. Es war heiß und drückend, und die Luft war spannungsgeladen. Zwischen den raschelnden Blättern schimmerte das Licht gewittergelb.

Sie wollte, beschloss sie, Valentine aufsuchen. Er erwartete sie nicht, es wäre eine Überraschung. Von den Yorks würde sie ihm erst mal nichts erzählen. Es war auch nicht nötig, da er anders als ihre scharfsichtige Mutter sehr wahrscheinlich keinen Verdacht hegen würde und sie ihn, würde sie diese Information preisgeben, nur zu triumphierendem Spott einladen würde.

Bis sie in der Stadt angekommen war, hatten sich schwarze Wolkengebilde aufgetürmt. Bald würde die Hölle losbrechen. Sie eilte die Princes Street entlang. Sie musste zusehen, dass sie schnellstmöglich ein Dach über dem Kopf hatte. Derselbe Gedanke bewegte offenbar auch alle anderen. Sie warfen besorgte Blicke nach oben, bevor sie ihr Tempo verdoppelten.

Regen setzte ein und wurde schnell heftiger. In Windeseile war er ein einziger grauer Vorhang, der auf die Gehwege trommelte und in den Rinnsteinen gurgelte. Marions durchweichter Hut hing ihr ins Gesicht und war nun zusammen mit den tropfenden Blumen hoffnungslos ruiniert. Die Haare klebten ihr im Nacken und der Rock an ihren Beinen. Das Wasser in ihren Schuhen blubberte und quatschte, und die Absätze rutschten auf den schlüpfrigen Pflastersteinen weg.

Auf den Straßen waren kaum noch Leute unterwegs. Durch den Regen war es so dunkel, dass die wenigen Autos, die noch vorbeikamen, ihre Scheinwerfer eingeschaltet hatten. Sie schimmerten wie gelbe Augen durch den rauschenden Regen. Darüber rollte und krachte der Donner.

Endlich tauchten die Umrisse der Universität grau und verschwommen aus dem Wolkenbruch auf. Die Hand noch immer auf dem ruinierten Hut rannte Marion mit quatschenden Füßen und sich in den Schlamm bohrenden Absätzen übers nasse Gras. Über die breiten Stufen des Hauptgebäudes ergoss sich ein Wasserfall.

Sie rannte durch die Passage und sprang dann über die Holztreppe nach oben. Seine Tür ragte vor ihr auf. Sie drehte den Türknopf und riss sie auf.

Ihr fröhlicher Gruß blieb ihr im Hals stecken. Zwei Menschen lagen auf dem Bett inmitten der vertrauten zerwühlten Laken. Einer davon war Valentine, die Augen in Ekstase geschlossen, während er seinen Leib zwischen ein Paar weiße Schenkel bohrte.

Sie blieb wie angewurzelt stehen und starrte darauf. Aber etwas bewegte sich auf ihrem Gesicht, etwas Warmes. Eine heiße Träne glitt langsam über ihre Wange.

Achtes Kapitel

Es war wie ein Sturz ins Bodenlose. Als würde sie ertrinken, immer und immer wieder. Auf die düstere Verzweiflung folgte ein glühender Schmerz, der sich bei jeder Bewegung in ihr Herz bohrte. Es war der Zorn, wie sie sich klarmachte. Und er setzte sich fest, war das Letzte, was sie nachts, bevor sie endlich kurzen Schlaf fand, spürte, und das Erste, wenn sie am Morgen mit schweren Lidern aufwachte.

Der Zorn richtete sich weitgehend gegen sie selbst. Sie war eine Närrin. Und Valentine war ein Betrüger. Die Massen waren ihm egal, ihm ging es nur um sich selbst. Sie wollte ihn nie wiedersehen. Sollte er doch zusammen mit all den anderen anmaßenden Pseudosozialisten verrotten. So viel also zum Niederreißen der Zitadellen der Bourgeoisie. Ihm ging es nur darum, möglichst viele Höschen herunterzureißen.

Ihre Mutter, der sie eine bereinigte Version der Ereignisse erzählt hatte, war keine Hilfe. »Ich habe es dir *gesagt*«, betonte Mrs Crawford und rieb eine große Handvoll Salz in Marions Wunde, »ich habe ihm *nie* getraut.«

Ihre Entrüstung steigerte sich noch, als sie herausfand, welchen Job ihre Tochter ausgeschlagen hatte. Sie machte Valentine auch dafür verantwortlich, und es gab keinen Grund, ihr zu widersprechen.

Marion vergrub sich in ihre Bücher und bereitete sich auf das neue Semester vor. Aber es fiel ihr schwer, sich zu konzentrieren. Die ständige Kritik ihrer Mutter und Valentines Verrat machten ihr das Leben in Edinburgh nicht leichter. Wenn sie sich durch die Stadt bewegte, erinnerte jede Straße sie an ihre Schande und Demütigung, wohingegen ihr in ihrem Zuhause, das sie früher als Paradies empfunden hatte, eisiges Schweigen und märtyrerhafte

Seufzer entgegenschlugen. Die Porträts der königlichen Familie halfen dabei wenig. Sie blickten mit ihren blauen Augen tadelnd auf sie herab. Ihre Gemütslage erlaubte es auch nicht, Annie und den Grassmarket aufzusuchen. Dafür fehlte ihr einfach die Kraft.

Der Drang, wenigstens vorübergehend dem allen zu entfliehen, wurde stärker. In ihrer Verzweiflung kam ihr sogar Peter in den Sinn, vielleicht stand sein Heiratsangebot noch. Aber mal ganz abgesehen von den romantischen Aspekten war ein Internat in den Highlands wirklich die Antwort?

Die Stelle bei den Yorks, die sie lässig abgelehnt hatte, schien ihr nun neue Möglichkeiten zu eröffnen. Sie hätte wenigstens für eine Weile nach London gehen können. Außerdem würde diese Arbeit vollkommen im Einklang mit der Empfehlung sein, die Miss Golspie Anfang des Sommers ausgesprochen hatte. *Sie sollten die Wohlhabenden unterrichten.* Und Lady Rose hatte sie bekräftigt. *Welche höhere Berufung könnte es geben, als Ihrem König und seiner Familie zu dienen? Welche größere Ehre oder wichtigere Aufgabe gibt es, als die jungen Köpfe der nächsten Generation imperialer Herrscher zu formen?*

Sie hatte ihre Chance vertan. Aber jetzt war es zu spät. Jemand anders würde die Stelle bekommen. Denn wie ihre Mutter nicht müde wurde zu behaupten, würde sich die ganze Welt darum reißen, sich um die berühmten kleinen Prinzessinnen zu kümmern.

Marion gab sich wieder einmal diesen düsteren Überlegungen hin, als zu ihrer großen Überraschung Valentine eines Nachmittags auftauchte und sich in ihr Haus schlich, als wäre nichts gewesen. Er hatte durch bewusste Planung oder vermutlich einfach Glück einen Zeitpunkt erwischt, an dem ihre Mutter außer Haus war.

Sie saß mit ihren Lehrbüchern an dem kleinen Klapptisch. Das Wohnzimmer war für einen Tisch, der dauerhaft dort stand, zu klein. Als Valentine sich in Mrs Crawfords Sessel neben dem

Kamin plumpsen ließ und sich eine Zigarette anzündete, war sie zu verdutzt, um ihn davon abzuhalten.

Er sah sie mit offenem, ernstem Blick an. »Ich möchte dich nicht verlieren«, sagte er.

Ein übermächtiger Drang, laut loszulachen, packte sie, gemischt mit dem Verlangen, ihn mit einer Vase zu erschlagen. »Dafür ist es jetzt ein bisschen spät, findest du nicht?«, sagte sie so ruhig, wie es ihr möglich war. »Ich habe dich mit einer anderen erwischt.«

»Ja, schon, aber das ändert doch nichts.«

Sie kniff fassungslos die Augen zu. »*Das ändert nichts?*«

»Es ist möglich, zwei Menschen gleichzeitig zu lieben.«

»Was?«

»Ich nenne es ›Überdenken konventioneller Beziehungen‹.« Er lächelte gespannt. »Eine neue Art des Liebens, für die moderne Zeit.«

Sie spürte, wie ihr der Mund offen stand.

»Ich kann euch beide lieben«, sprach er weiter, als wäre es die einfachste Sache der Welt. »Warum auch nicht?«

Marion war sprachlos. Doch jemand anders übernahm für sie.

»Raus hier!« Es war ihre Mutter, die gesprochen hatte. Keiner von beiden hatte sie reinkommen hören. Mrs Crawford erinnerte in ihrem Zorn an ein rachsüchtiges Wesen aus der Sagenwelt. Mit einem gefährlichen Glitzern in den Augen sah sie Valentine an. »Sie haben genug Schaden angerichtet«, knurrte sie.

Das brauchte man Valentine nicht zweimal sagen. Er ergriff die Flucht und nahm seine neue Art des Liebens mit.

»Gott sei Dank sind wir den jetzt los!«, brüllte Mrs Crawford ihm hinterher und kümmerte sich dabei ausnahmsweise einmal nicht darum, was die Nachbarn sagen könnten. Die Tür schlug zu. Ein Bild fiel von der Wand. Es war eins der neuen von der Königin.

»Das hier lag auf der Fußmatte. Scheint gerade mit der Post gekommen zu sein.« Ihre Mutter drückte ihr etwas in die Hand. »Sieht wichtig aus. Mal abgesehen von dem Schmutz darauf. Dein Freund hat es geschafft, draufzutrampeln, als er gekommen ist.«

»Er ist nicht mein Freund.« Sie nahm verärgert den Brief an sich. Neben dem schwarzen Stiefelabdruck trug er eine geprägte Krone. Marion öffnete ihn und zog zwei mit großer geschwungener Handschrift beschriebene Seiten aus kräftigem Papier heraus ... Die Adresse war in Großbuchstaben eingeprägt: »The Royal Lodge, Windsor Great Park«.

Sie las ihn und konnte es kaum fassen. »Er kommt von der Herzogin von York«, sagte sie langsam.

Mrs Crawfords Wut verwandelte sich in heftigste Erregung. »Was will sie? Was steht da?«

»Warum kommen Sie nicht für einen Monat zu uns, um zu sehen, ob Sie uns und wir Sie mögen?«, hatte die Herzogin geschrieben.

Sie bekam schließlich doch noch eine zweite Chance.

TEIL ZWEI

145 PICCADILLY

Neuntes Kapitel

Marion starrte aus dem Fenster, als der Zug nach Süden durch die Landschaft brauste. Dunkle, zerzauste Hecken und dicht belaubte grüne Bäume säumten die hügeligen goldenen Spätsommerweiden. Entlang der Gleise blühten unter den Schwaden der Dampflok fröhlich gelbes Kreuzkraut und violette Berberitze. Marion fragte sich, ob sie es merken würde, wenn sie über die Grenze fuhren. Würde es ihr einen Stich versetzen? Ein Zeichen für die echte Schottin, dass sie ihr Heimatland verlassen hatte und sich auf fremdem Gebiet, dem Land der Engländer, befand?

Über ihr ruhte ihr Koffer auf der Gepäckablage. Hauptsächlich mit alten Kleidern gefüllt. Auch ihr hellblauer Mantel war abgetragen. Ihr Budget ließ keine neuen Sachen zu, auch die königliche Familie zahlte nicht gerade viel. Ihre Mutter hatte Schnittmuster für Ballkleider kaufen wollen. »Ich werde dort arbeiten, Mutter«, hatte Marion sie aufgezogen. »Nicht tanzen. Und für die paar Wochen lohnte es sich nicht, was Neues zu nähen. Wenn sie mich in guten Kleidern sehen wollen, sollten sie mir auch gutes Geld bezahlen.«

Da Marion auch dort wohnte, zahlte man ihr sogar noch weniger, als sie von Lady Rose bekommen hatte. Sie würde ein Zimmer im Wochenenddomizil der Yorks haben – der Royal Lodge in Windsor – und unter der Woche in ihrem Haus in Piccadilly.

»Zwei Häuser!«, hatte sie zu ihrer Mutter gesagt.

»Sie sind Mitglieder des Königshauses«, lautete Mrs Crawfords Antwort darauf, als würde das alles erklären.

»Sie sind Mitglieder des Königshauses«, hatte Miss Golspie

zustimmend gemeint, als Marion sie aufsuchte. Die Augen der Rektorin über der farbigen Lesebrille glänzten.

»Dann haben Sie also nichts dagegen, wenn ich meine Rückkehr ins Moray House verschiebe?« Fast hatte Marion gehofft, auf Widerstand zu stoßen. Nachdem nun alle Vereinbarungen getroffen waren, fragte sie sich, ob sie tatsächlich das Richtige getan hatte.

Unter dem Porträt der Begründerin von Girton, dem ersten Hochschulinstitut für Frauen, schob die Rektorin ihre Finger ineinander und legte ihr Kinn darauf. »Ganz und gar nicht. Ich sehe dies im Gegenteil als eine dienstliche Entsendung. Eine Erweiterung Ihrer Aufgabe, das Alltagsleben jenen nahezubringen, die, sagen wir, ein wenig fern davon sind.« Miss Golspie lächelte.

Marion antwortete mit einem zögerlichen Nicken. »Ein wenig fern« war nicht ganz der richtige Ausdruck. Wie eine oberflächliche Durchsicht von Mrs Crawfords Sammelalben zeigte, war die Entfernung zwischen Prinzessin Elizabeth und dem normalen Leben so groß wie die zwischen der Erde und einem besonders weit entfernten Planeten. Sie sah nicht einmal aus wie ein kleines Mädchen, sondern wie eine ordentlich gebürstete Puppe in Weiß und Gold in einem überladenen Rüschenkleid.

Ihr vollständiger Name lautete Elizabeth Alexandra Mary. Sie kam im April 1926 in London zur Welt, war Dritte in der Thronfolge, und ihre Ankunft war mit einundzwanzig Kanonenschüssen vom Tower of London und Gratulationstelegrammen von neun regierenden Königen, einer Königin und einem Kaiser gewürdigt worden. Zu ihrem ersten Geburtstag hatte sie drei Tonnen Spielzeug von den Untertanen der Antipoden bekommen. Die Franzosen, die sich den Rang nicht nehmen lassen wollten, schenkten ihr später zwei Puppen, zu deren hundertfünfzig Accessoires Handschuhe, Schmuckschatullen, mit Perlen besetzte

Beutel, Fächer, Sonnenschirme, Haarbürsten aus Schildpatt und eigenes Schreibpapier mit Monogramm gehörten. Im gesamten Empire sah man ihr Konterfei auf Fahnen, Briefmarken und Bonbondosen. Bei Madame Tussauds konnte man sie in Wachs bewundern, Stationen in Kinderkrankenhäusern trugen ihren Namen, und kürzlich hatte man eine Flagge über Princess Elizabeth Land im nördlichen Kanada gehisst. Nichts davon schien eine wohlausgewogene Sicht auf die eigene Person oder auf andere zu befördern.

»Aber was kann ich mit ihr tun?«, wollte Marion in ihrer Panik von Miss Golspie wissen. »Wie kann ich so jemandem zeigen, was normal ist?«

Die mit einem blauen Ring aus Bakelit geschmückte Hand der Rektorin winkte ab. Die hölzernen Armbänder klapperten. »Lassen Sie Ihrer Fantasie freien Lauf, meine Liebe!«

»Aber.« Marion blinzelte.

»Gehen Sie raus mit ihr! London ist ein einziges großes Freiluftklassenzimmer! Fahren Sie Bus mit ihr. Gehen Sie in die Parks! Zu Woolworths!«

»*Woolworths*?«

Miss Golspies Augen funkelten verschmitzt. »Warum denn nicht? Sie können sich sicher sein, dass sie noch nie dort war. Es wäre ein königliches erstes Mal!«

Marion überlegte. Nachdem Überraschung und Panik sich gelegt hatten, verstand sie, was gemeint war. Ein völlig anderes Curriculum, Lektionen, wie sie noch keinem königlichen Kind zuvor zuteilgeworden waren.

Selbst mit diesen Absichten im Hinterkopf fiel ihr der Abschied von Annie schwer. In den Wochen, seit sie zuletzt bei ihr gewesen war, schien der Grassmarket, sofern dies überhaupt möglich war, noch mehr heruntergekommen zu sein.

»Setz'nse sich doch, Miss Crawford«, sagte Annies Mutter und rang sich ein zuckendes Lächeln ab, wodurch das Fehlen der Zähne traurig offenbar wurde. Sie hatte noch immer einen Lappen um den Kopf gebunden. Als Marion ihren Platz auf dem einzigen Bett eingenommen hatte, das zugleich als Sofa diente, hielt sie Ausschau nach Mrs McGintys Schneiderpuppe. Für gewöhnlich stand diese am Fenster, wo sich ein wenig des spärlichen Lichts bündelte, das es in den Innenhof schaffte. Wie sie erfuhr, hatte die Familie sie verkauft.

»Mas Augen sin zu schlecht«, erklärte Annie traurig. »Schöne Sach'n näh'n kannse nich mehr. Hat ihre Anstellung verlor'n.«

Der Gedanke, was aus ihnen werden würde, quälte Marion.

»Grob näh'n geht noch.« Annies Mutter lächelte tapfer. »Und Stopfarbeiten für die Nachbarn.«

»Ich mach Hausarbeit«, ergänzte ihre Tochter stolz. »Nehm Wäsche an. Stell mich mit mei'm Zinkkübel und dem Wäschestampfer hinten an.«

Ein Kind von sechs Jahren, das Hausarbeit verrichtete und Wäsche wusch! Eine große Welle von Schuld und Zweifel brach über Marion herein, und sie hatte Mühe, sich zusammenzureißen. Sie musste an Miss Golspies Worte denken. Sie nahm das jetzt alles von der anderen Seite in Angriff.

Sie hatte beschlossen, nicht zu sagen, wohin sie ging. Der Kontrast wäre zu grausam, die Erklärung zu kompliziert. Und die Trennung war ja ohnehin nur vorübergehend. »Ich werde nicht lang weg sein«, hatte sie versprochen.

Annie hatte sich an sie gedrückt. Der Geruch ihres ungewaschenen kleinen Körpers stieg Marion in die Nase. »Miss Crawford, darf ich mitkomm'?«

Marion hatte ihre Stirn auf die schmutzigen Haare des Kinds gelegt. »Oh, Annie«, sagte sie leise. »Ich wünschte, du könntest es.«

Der Zug ratterte durchs Land, hielt an, fuhr ab, und das immer in den hässlichsten Gegenden jeder Stadt. Durham. York. Leeds. Doncaster. Die Schornsteine der Fabriken und die rußschwarzen Häuserreihen sahen alle gleich aus. So viele arme Leute, sagte sich Marion. Und was tat sie, sie diente den Reichsten. Es war wirklich verrückt.

Aber sie biss die Zähne zusammen, dachte an Miss Golspie und plante in Gedanken das alternative Curriculum. Wie von Miss Golspie vorgeschlagen, würde eine Fahrt mit dem Bus und Einkaufen bei Woolworths dazugehören. Und um Einblicke zu geben, wie die Nation geführt und geschützt wurde, könnten sie das Parlament besuchen – aber nur die Zuschauertribüne – und eine Polizeiwache. Die Hafenanlagen von London für den Handel. Die Bank of England, damit Elizabeth erfuhr, was es mit dem Geld auf sich hatte, von dem ihre Familie so viel und die meisten Menschen so wenig hatten.

Nachdem Sie sich Notizen gemacht hatte, nahm Marion sich *Teacher's World* vor, das Heft, das sie sich am Bahnhof gekauft hatte. Von den Fachzeitschriften war ihr diese hier die liebste wegen der Kolumnistin Enid Blyton. Ihr mit dem Ziel, Kinder für Tiere zu interessieren, wöchentlicher »Letter From Bobs« war angeblich von ihrem Foxterrier verfasst und eins von Marions heimlichen Vergnügungen. Diese Woche hatte Bobs den Postboten gejagt und in Enids Blumenbeeten Chaos angerichtet. Blyton war eine talentierte Autorin. Sie könnte sicherlich ganz wunderbare Kinderbücher schreiben.

Ob Prinzessin Elizabeth an »Letter From Bobs« Gefallen

fände? Hatten die Yorks überhaupt Hunde? Sie wusste so wenig Bescheid über das, was sie erwartete.

Mit Dösen und Lesen verstrichen die Stunden. Menschen kamen und gingen. Offenbar war sie eingeschlafen, denn als sie aufschreckte, sah sie das Schild »King's Cross« am Fenster vorbeigleiten. Sic traf in London ein.

Sie hatte sich darauf gefreut, die Stadt zu sehen. Aber nun überlagerte die Notwendigkeit, ihr Gepäck herunterzuholen, die richtige U-Bahn-Linie und die Anschlussverbindungen zu finden, alles andere. Nur knapp erwischte sie den nach Windsor fahrenden Zug, und etwa eine Stunde später, als dieser eine Kurve nahm, sah sie in der Ferne eine gewaltige Anhäufung von Mauern und Türmen aufragen. Vor dem grellen Farbenspiel des Sonnenuntergangs hoben sich die Zinnen wie schwarze Zähne ab. Eine Fahne flatterte. Sie war durch ganz England gefahren und jetzt fast da.

Der Bahnhof von Windsor und Eton lag still und dunkel. Als sie ihren Koffer auf den Bahnsteig zerrte, tauchte jemand in einer dunkelgrünen Uniform auf.

»Miss Crawford? Ich werd verrückt, so 'n junges Ding! Ich hatte mit jemand Älterem gerechnet. Ist das Ihr Gepäck?« Sein krächzender Londoner Akzent klang ungewohnt in ihren Ohren.

»Ja, ja und ja«, bestätigte Marion amüsiert.

Sie war noch nie in einem Auto gefahren. Es war aufregend, wenn auch laut, und es roch stark nach Zigaretten. Bald schon hatten sie die Stadt hinter sich gelassen. Beim Blick hinaus sah sie nur Dunkelheit und die sich schwach abzeichnenden Umrisse von Bäumen.

»Hier wär'n wir«, sagte der Fahrer, als ein Paar weiß gestrichene Torflügel vorbeiflogen. Vor ihnen lag ein hell erleuchtetes großes Gebäude.

Eine würdevolle Gestalt im Frack tauchte im Eingang auf, silbriges Haar schimmerte im Licht. »Miss Crawford? Ich bin Mr Ainslie, der Butler. Ihre Königlichen Hoheiten der Herzog und die Herzogin von York sind heute Abend in London.«

Marion atmete erleichtert auf. In diesem Fall konnte sie sofort zu Bett gehen. Inzwischen war sie so müde, dass sie auch auf dem Fußboden geschlafen hätte.

»Ihre Königliche Hoheit Prinzessin Elizabeth jedoch«, ergänzte Mr Ainslie ernst, »wollte Ihretwegen aufbleiben. Wenn Sie mir nach oben folgen?«

Alle Hoffnung auf Ruhe sank – jedenfalls in unmittelbarer Zukunft –, und Marion stolperte Ainslie missmutig durch einen riesigen geschmückten Raum hinterher. Sie glaubte sich in einem Traum. Gesichter blickten aus goldgerahmten Ölgemälden an der Wand auf sie herab. Eine Reihe riesiger Bogenfenster öffnete sich zur schwarzen Nacht.

Nach mehreren Passagen und Treppenfluchten blieb Ainslie vor einer weiß gestrichenen Tür stehen, die sich auf sein Klopfen hin sofort öffnete. Eine große schwarz gekleidete Gestalt zeichnete sich im Türrahmen ab. Sie hatte ein kantiges Kinn und glitzernde Augen, die Marion kalt von Kopf bis Fuß musterten.

»Miss Crawford, Mrs Knight. Die Kinderfrau Prinzessin Elizabeth'.« Und schon stürzte Ainslie davon, als könnte er nicht schnell genug wegkommen.

Marion sah, wie die glitzernden Augen die Details ihres abgetragenen Mantels in sich aufnahmen. Dann hatte sich der schwarze Rücken umgedreht, und die strammen Beine in den vernünftigen Schuhen stapften davon. Marion folgte ihr durch ein Kinderzimmer mit rosa Wänden, vor denen ein Tisch und Stühle, Bücherregale und Schränke standen. Ob darin die drei Tonnen

Spielsachen und die Puppen mit ihrem eigenen Briefpapier aufbewahrt wurden?

Es war schlichter, als sie erwartet hatte, vergleichbar mit der Erfahrung, die sie auch in Rosyth gemacht hatte. Das Kinderschlafzimmer war in der Tat fast identisch: ein in weichen Brauntönen gehaltener Raum mit einem Kamin, vor dem ein Trockengestell, ein Teppich und ein Sessel standen. Gegenüber, in einem Kinderbett mit Eisengestell, setzte sich eine kleine Gestalt mit wuscheligem Lockenkopf auf.

Marion sah sie erstaunt an. Die berühmteste Sechsjährige der Welt sah so völlig anders aus als die mit Rüschen verzierte Puppe auf den Fotos. Sie trug ein schlichtes Nachthemd mit einem zarten Rosenmuster und hielt zwei Morgenrockkordeln in den Händen. Diese waren an den Bettpfosten festgemacht, und sie riss und zog wild daran. »Trabt weiter!«, befahl sie mit ihrer hohen, zarten Stimme.

Es war ein unerwartet komischer Anblick. »Fährst du immer im Bett mit der Kutsche aus?«, fragte Marion.

Die blonden Locken nickten. »Ja. Immer. Ich drehe vor dem Schlafengehen immer ein oder zwei Runden durch den Park. Das trainiert meine Pferde.«

Nun trat Mrs Knight vor. »Das ist Miss Crawford.« Es klang, als würde Sie etwas Furchtbares ankündigen.

Die Prinzessin ließ die Morgenrockkordeln fallen. Zum ersten Mal betrachtete sie Marion genau. Sie hatte die wachen, stechend blauen Augen ihrer Mutter. »Warum hast du keine Haare?«

Mrs Knight ließ ein gedämpftes Schnauben vernehmen. Ohne auf sie zu achten, setzte Marion ihren Hut ab. »Ich habe eigentlich genug davon. Es ist eine Eton-Crop-Frisur.«

Diese Erklärung schien die Prinzessin zufriedenzustellen. Sie nickte und griff wieder nach den Zügeln. Sie nahm eine offenbar ziemlich gefährliche und schwierige Biegung, bevor sie auf ihre direkte Art fragte: »Wirst du bei uns bleiben?«

Marion zögerte. »Eine kleine Weile schon.«

Nun mischte Mrs Knight sich ein. »Höchste Zeit für uns zu schlafen«, sagte sie streng.

Die Prinzessin ließ sich zudecken. Aber dann richtete sie sich unvermittelt wieder auf und sah Marion in die Augen. »Spielst du morgen mit mir?«

»Äh, ja. Natürlich.«

Ein breites Grinsen erhellte das Kindergesicht, und der sonst ernste Ausdruck veränderte sich völlig. Die Wirkung war verwirrend. Marion hatte sich noch nicht wieder gefangen, da ergänzte die Prinzessin fröhlich: »Gute Nacht! Wir sehen uns morgen.«

Zehntes Kapitel

Marion schlief tief und hatte beim Aufwachen das Gefühl, aus den Tiefen des Ozeans aufzutauchen. Sie fand sich in einem ihr nicht vertrauten Bett wieder und starrte eine merkwürdige weiße Zimmerdecke an. Wo war sie?

Blitzartig war alles wieder da. Die Royal Lodge. Ein Drache im Kinderzimmer. Vor dem Schlafengehen einmal um den Park.

Sie befreite sich aus den Decken und trat ans Fenster. Hinter den Vorhängen mit Blumenmuster brach das Sonnenlicht durch belaubte Zweige. Darunter erstreckte sich eine Rasenfläche, die in Blumenbeete überging. Vögel hüpften umher.

Ein Geräusch, fern, aber deutlich, erreichte ihr Ohr. Vielleicht der Schrei eines Kindes. Alarmiert schlüpfte sie in ihren alten Morgenrock und ging zur Tür. Der Korridor war leer, aber hier war der Lärm lauter. Definitiv Schreie. Dumpfe Schläge und Gebrüll.

Sie musste an das kleine Mädchen im Bett denken, das ihr Gespann antrieb. Das breite Grinsen. War sie in Gefahr? Warum war nirgendwo Personal zu sehen. Barfuß, wie sie war, eilte Marion dem Geräusch nach den Flur entlang.

Eine Etage tiefer und hinter einer Biegung stand eine Tür zu einem großen Schlafzimmer offen. Mitten auf einem blauen Teppich stand mit dem Rücken zur Tür ein Kind in einem Nachthemd mit Rosenmuster. Es hielt ein großes, mit Spitze umrandetes Kissen im Arm.

»Elizabeth?«

Die Prinzessin wirbelte herum, ihre Wangen waren gerötet, und ihre blauen Augen glänzten vor Aufregung. »Miss Crawford!«, rief sie, gerade als ein kleineres, pummeligeres Kind hinter der Tür hervorkam.

Unter Triumphgeheul schlug die Kleine mit einem Kissen heftig auf ihre Schwester ein.

»Margaret, du *Scheusal*! Ich hab dich nicht gesehen!«

Während die ältere Prinzessin lauthals Rache schwörend der kreischenden Jüngeren hinterherjagte, bemerkte Marion das große, breite Bett. Unter dem blauseidenen Bettüberwurf drängten sich zwei große wackelnde Formen aneinander. Als sie von Kissen bombardiert wurden, tauchten zwei protestierende rote Gesichter auf.

Zu ihrem Erstaunen blickte Marion auf den Herzog und die Herzogin von York. »Ergebt euch!«, forderte die jüngere Prinzessin und drohte ihren Eltern mit dem Kissen.

»Niemals!« Die Herzogin, deren dunkle Haare sich über die Wangen ergossen, spielte theatralisch eine Filmheldin, indem sie sich den Handrücken an die Stirn drückte.

»Fleh um Gnade!«, forderte Elizabeth ihren Vater auf, der sich die schmalen Hände vors Gesicht hielt, während sie mit all ihrer Kraft auf ihn eindrosch.

»N-n-niemals!«, keuchte er, bevor er einen Hustenanfall bekam.

Ein von Margaret geworfenes Kissen landete auf dem polierten Schminktisch und fegte sämtliche Utensilien zu Boden. Eine Parfümflasche aus Kristall knallte gegen eine silberne Bürste. Als der silberne Deckel einer Dose abfiel, ergoss sich Talkumpuder. Freudenschreie begrüßten die Zerstörung.

Marion atmete den intensiven Duft ein, der dem Fleck auf dem Teppich entstieg. Sie wusste nicht, was sie sagen sollte. Jetzt entdeckte die Herzogin sie. »Miss Crawford! Was *müssen* Sie von uns denken?«

Die Herzogin trug einen Pyjama aus schwerer Seide. Marion überlegte kurz, was sie wohl von ihr denken musste, in ihrem verschlissenen Morgenmantel und mit den großen schottischen Füßen nackt auf dem Teppich.

Die Herzogin brach in schallendes Gelächter aus. »Ich hätte erwähnen sollen, dass wir am Morgen immer herumtollen! Wir möchten, dass unsere Mädchen so normal und gewöhnlich wie möglich aufwachsen!«

Als Marion in ihr Zimmer zurückkehrte, hallten das Gekreische, die Schlachtrufe und das Gebrüll ihr im Flur hinterher. Es war alles einfach unglaublich, vor allem aber die Erklärung der Herzogin. War es normal und gewöhnlich, auf die eigenen Eltern gleich am frühen Morgen mit Kissen einzuprügeln? Und wer räumte das Schlafzimmer nach so einer Tollerei auf? Sie war froh, dass sie das nicht war.

Als sie jedoch das große braune Tablett sah, das man ihr vor die Tür gestellt hatte, hob sich ihre Stimmung schlagartig. Mit größter Präzision waren darauf eine silberne Teekanne, eine wappenverzierte Porzellantasse mit Untertasse, zwei gekochte Eier, ein silberner Toasthalter sowie mit dem königlichen Wappen gestempelte Butter platziert. Eine blütenweiße Serviette im Silberring und eine Zeitung, die wie gebügelt aussah, vervollkommneten das Frühstückstablett.

In ihrem Zimmer breitete Marion die Zeitung auf ihrem kleinen, aber zweckdienlichen Schreibtisch aus und las, während sie aß. Es waren keine guten Nachrichten. Die Arbeitslosenzahlen waren erneut gestiegen und lagen nun bei fast drei Millionen. Der Norden Englands, ihre schottische Heimat und die Täler von South Wales waren die Gebiete, wo die Not am größten war. Kürzungen der Sozialhilfe machten alles noch schlimmer, und mehrere Hungermärsche aus dem ganzen Land – aus Schottland, South Wales und dem Norden, überall dort, wo Arbeitslosigkeit und Armut besonders hart zuschlugen – waren unterwegs nach London, um auf die verzweifelte Not aufmerksam zu machen und die Abschaffung der verhassten Bedürftigkeitsprüfung zu fordern. Diese hatte man 1931 als Teil eines allgemeinen Sparpakets eingeführt, was zur Folge hatte, dass man die minimale Arbeitslosenunterstützung nur bewilligt bekam, wenn der Antragsteller seinen gesamten Haushalt in einer in die Privatsphäre eingreifenden, demütigenden Untersuchung offenlegte. Pensionen, Ersparnisse, selbst das Hab und Gut der Familie wurden einkalkuliert. Marion las von den kleinen Gruppen, die sich auf den Weg gemacht hatten und oft nur dank der restlichen Familie etwas am Leib hatten – die Hose des Vaters, den Mantel des Bruders, die Stiefel des Onkels –, und Wut kochte in ihr hoch. Wie konnten Menschen im Jahr 1932 noch immer so leben?

Sie betrachtete das silberne Messer in ihrer Hand und die Butter mit dem königlichen Wappen, und ihr verging der eben noch gesunde Appetit.

Als sie sich gerade fertig angekleidet hatte, wurde ihre Zimmertür aufgerissen. »Miss Crawford! Ich bin gekommen, um sie zum Little House zu bringen!«

Prinzessin Elizabeth trug ein vorne geschnürtes rosa Kleid mit weißen Flügelärmeln. Es erinnerte ein wenig an ein Dirndl, wenn auch ziemlich überladen. Die Haare waren tadellos gebürstet, und ihre Schuhe waren spiegelblank. Zwei weiße Socken waren bis zu den fleckenlosen Knien hochgezogen.

Es war ein ganz anderes Kind als die Kissenwerferin im Schlafzimmer.

»Was ist denn das Little House?«, fragte Marion.

»Das haben mir die Leute aus Wales geschenkt«, sagte die Prinzessin leichthin. »Echt nett von ihnen, oder?«

Marion schielte auf die Zeitung mit den verkniffenen Gesichtern der Menschen dieses Fürstentums. »Sehr nett.«

»Kommen Sie!«, drängte das Kind aufgeregt.

Der Garten stand bereits in voller Blüte, wohingegen sich in Schottland erst die Knospen gezeigt hatten. Die Royal Lodge war, wie Marion jetzt bei Tageslicht sah, nicht weiß, sondern in einem zarten Rosa gestrichen. Mit einer Reihe französischer Bogenfenster und den Bekrönungen an der Balustrade wirkte das Gebäude überraschend exotisch, zumal mit den verschiedenfarbigen Rhododendronbüschen, die sich vor der zartgrünen Baumkulisse abhoben.

»Ich wette, du kletterst gern auf diese Bäume«, bemerkte Marion, als sie an einer prächtigen Libanonzeder vorbeiliefen.

»Ich bin noch nie auf einen Baum geklettert.«

»Nie?«

»Das würde Alah nicht gefallen. Ich muss auf den Wegen bleiben und darauf achten, meine Kleider nicht schmutzig zu machen.«

»Allah?« Was hatte der Gott des Islams damit zu tun?

»Mrs Knight«, schob die Prinzessin erklärend nach. »Sehen Sie! Hier ist das Little House.«

Das Little House war eigentlich ziemlich groß, viel größer, als Marion es sich vorgestellt hatte. Es war in der Tat ein vollständiges Haus im passenden Maßstab für eine Sechsjährige. Ein kleiner quadratischer Kamin überragte die blassblauen Hausmauern, aus denen im Erdgeschoss zwei große weiße Erkerfenster mit Gitterwerk hervorstanden. Drei weitere Fenster waren auf Höhe des Obergeschosses unter einem geschwungenen goldenen Strohdach eingelassen. Vor dem Haus stand eine niedrige Ziegelmauer, und eine runde Grasfläche diente als Sonnenuhr. Über der eleganten Haustür standen Worte in schwarzen gotischen Buchstaben.

»Es heißt ›Y Bwythyn Bach‹«, erklärte Elizabeth. »Das ist Walisisch für The Little House. Kommen Sie rein. Passen Sie auf Ihren Kopf auf!«

Gebückt folgte Marion Elizabeth durch die niedrige Haustür und blickte sich erstaunt um. Die verkleinerte Welt war bis ins winzigste Detail vollkommen. Es gab kleine Stühle, eine Standuhr in Kindergröße, blaue Chintzvorhänge an den Fenstern, die sich aufziehen ließen.

Elizabeth schaltete die Lampen ein und aus. »Es gibt Strom.«

Marion musste wieder an die Zeitung denken. Die Hungermärsche. »Wusstest du, dass die meisten Menschen in Wales keinen Strom haben?«, fragte sie mit Bedacht.

Ein Paar ernste blaue Augen wandten sich ihr zu. »Aber sie haben jede Menge *Kohle*, Miss Crawford. Oma hat mir das erzählt. Sie war schon in vielen Bergwerken.«

Marion kniff die Augen zusammen. Das Kind hatte nicht den blassesten Schimmer, wie die Menschen lebten. Höchste Zeit, dass es davon erfuhr. »Die meisten Bergwerke sind jetzt geschlossen«, erwiderte sie kategorisch.

Elizabeth klatschte in die Hände. »Prima! Das wird die Bergleute sehr freuen.«

»Äh, nicht wirklich.«

Die großen Augen sahen sie vorwurfsvoll an. »Aber Oma meinte, es sei eine fürchterlich schmutzige Arbeit. Oder?«

»Nun, schon, aber ...«

»Da sehen Sie's.« Und höchst zufrieden sprang die Prinzessin davon in die winzige Küche.

Marion zögerte, bevor sie ihr folgte. Sie war bestürzt. Wo sollte sie anfangen, wenn gar kein Realitätsbewusstsein vorhanden war?

Vielleicht mit dem Abtropfbrett. »Apropos fürchterlich schmutzig.« Sie zog einen Finger durch die dicke Staubschicht. »Warum machst du hier nicht sauber?«

»Sauber machen?«, fragte die Prinzessin überrascht. »Ich weiß nicht, wie.«

Marion sah sie an. »Oje.«

»Was ist denn?«, fragte sie bestürzt.

»Die Leute von Wales wären aufgebracht, wenn sie wüssten, wie schmutzig es ist. Sie würden es womöglich zurückhaben wollen.«

»Oh, Miss Crawford!« Panisch hüpfte die Prinzessin von einem Bein aufs andere. »Was sollen wir tun?«

Marion öffnete die winzigen Schränke in der Küche. Drinnen lagen diverse Bürsten sowie ein kleiner Mopp mit Eimer. »Sauber machen natürlich.«

Die Prinzessin erwies sich als begnadete Hausfrau. Besonderen Spaß machte ihr das Quietschgeräusch auf den Fensterscheiben, wenn sie diese mit Zeitungspapier abrieb. Sie schüttelte die

Kissen des kindgerechten Himmelbetts im Obergeschoss auf und putzte sogar das Toilettenbecken mit Ajax aus einem Miniaturbehältnis. In der Miniaturspüle der Küche bearbeitete sie das klebrige Geschirr aus dem Miniaturküchenschrank.

»Das macht so viel Spaß«, sagte sie schnaufend und grinste dabei, die Arme bis zu den Ellbogen in Seifenschaum.

»Nicht wahr?«, stimmte Marion ihr zu und versuchte dabei nicht an Annie McGinty zu denken, die gezwungen war, gemeinsam mit ihrer Mutter als Reinigungskraft zu arbeiten.

Elftes Kapitel

Es war Mittagszeit in der Royal Lodge, und Marion stand hinter einem Stuhl im Speisezimmer mit schönem Blick auf den Garten. Die Einladung, mit der Familie zu speisen, kam überraschend.

»Ihre Königlichen Hoheiten sind sehr informell«, hatte Ainslies Anweisung gelautet. Er schien sich des Widerspruchs seiner Worte nicht bewusst zu sein.

Informell! Marion nutzte die Wartezeit, um den mit funkelnden Gläsern gedeckten polierten Tisch zu betrachten, auf denen Löwe und Einhorn eingraviert waren. Der Platzteller vor ihr hatte einen Goldrand und war mit der kunstvollen Darstellung eines Pfaus bemalt. Sie drehte ihn um. *Meißen 1787*. Der Teller war mit militärischer Präzision zwischen einer vollständigen Garnitur glänzenden Silberbestecks eingebettet, die sich beidseits wie Flügel ausbreitete. Zwei Diener standen neben einem geschnitzten Sideboard mit schweren Silberplatten. Marion gab sich Mühe, nicht allzu neugierig zu wirken. Ihr war nicht klar gewesen, dass es außer in Märchen tatsächlich Diener gab. Die hier waren sehr groß und sahen sich ähnlich, als hätte man sie unter diesem Aspekt ausgewählt. Sie trugen schwarze Fräcke und Kniehosen, scharlachrote Westen, strahlend weiße Hemden und Strümpfe und Schnallenschuhe. Waren ihre Haare tatsächlich *gepudert*? Sie wirkten merkwürdig weiß und steif.

Sie versuchte, sich auf ihre Mappe mit den Notizen zu konzentrieren. Mit dem Curriculum hatte sie sich große Mühe gegeben. Jeden Morgen würde sie jeweils eine halbe Stunde drei verschiedene Fächer unterrichten, dann folgte eine Spielpause im Garten. Danach Lesen.

Die wichtigsten Lektionen wären jedoch dem Nachmittag vorbehalten, denn dann fand Elizabeth' Erziehung für das wirkliche Leben statt. Nach den Dienern und den Platztellern, aber vor allem, nachdem sie die Prinzessin kennengelernt hatte, schien ihr das wichtiger denn je. Sie war ein echtes kleines Mädchen in einem höchst irrealen Umfeld.

Marion blätterte ihre Notizen durch. Einem plötzlichen Einfall folgend hatte sie nachträglich noch eine Ausgabe von *Teacher's World* dazugesteckt. Sie schlug »Letter From Bobs« auf und las ihn wieder.

Prinzessin Elizabeth kam ins Zimmer gewirbelt. »Warum lachen Sie, Miss Crawford?«

Marion zeigte es ihr. Die Augen der Prinzessin wurden beim Lesen immer größer. »Ich *liebe* Bobs!«, rief sie.

Ihre Inbrunst war offenkundig. »Hast du denn einen Hund?«, fragte Marion.

Elizabeth schüttelte traurig den Kopf.

»Vielleicht solltest du dir einen wünschen. Hier ist genügend Platz. Wir könnten Spaziergänge mit ihm machen.« Dann fiel ihr ein, dass sie schon wieder weg sein würde, bis ein Hund hier eintraf.

Glücklicherweise wurden sie nun unterbrochen. Stimmen näherten sich.

»Ja, aber du kennst ja P-papa«, sagte der Herzog. »Seit fünfzig Jahren verwendet er d-denselben Kragenknopf, dieselben Bürsten, von denen er nur eine mit neuen Borsten hat versehen lassen.«

Als sie ihre Tochter sah, strahlte die Herzogin. Sie trug ein Kleid in Nebelblau, dazu weiße hochhackige Schuhe mit Zehenlöchern.

Der Herzog wirkte mit seinem blütenweißen Kragen, der Seidenkrawatte und dem Tweedjackett zerbrechlich. Vielleicht verlangte die Kissenschlacht vom Morgen ihren Tribut. Er sah müder aus, als Marion ihn aus Rosyth in Erinnerung hatte. Zwischen seinen schlanken Fingern qualmte eine Zigarette.

»Einen schönen Mittag, Miss Crawford«, sagte die Herzogin, »oder sollte ich wie die Franzosen *rebonjour* sagen?« Ihre blauen Augen blitzten.

Marion kam hinter ihrem Stuhl hervor und nickte reflexhaft, um damit alle Möglichkeiten eines Hofknickses abzudecken. »Ihre Königlichen Hoheiten …«

Die Herzogin winkte mit ihrer weißen Hand ab. »Ach, Sir und Ma'am reichen vollkommen und natürlich Lilibet. Wir müssen uns einen Kosenamen für Sie ausdenken, Miss Crawford. Wir vier sind ganz wild auf Kosenamen.«

Wir vier. Es klang nach großer Nähe und Zärtlichkeit. Und man wollte sie mit einschließen, mit einem Kosenamen. Marion wurde vor Freude ganz warm, doch dann fiel es ihr wieder ein. Sie würde wieder gehen. Sie blieb nicht.

Die Prinzessin eilte begeistert auf die beiden zu. »Mami! Papa! Miss Crawford meint, wir sollten einen Hund haben!«

Die Herzogin war überrascht, lächelte dann aber. »Nun, das müssen wir uns noch überlegen, mein Schatz.«

Ainslie trat ein. Champagner wurde eingeschenkt, aber Marion lehnte ab. Beim ersten Mittagessen mit ihren neuen Arbeitgebern schien es ihr nicht klug zu sein, Alkohol zu trinken, egal wie kurz ihr Aufenthalt hier auch war.

»Ach, nehmen Sie doch einen Schluck, Miss Crawford!«, drängte sie die Herzogin, und Marion konnte nur hilflos zusehen, wie Ainslie das Glas an ihrem Platz füllte. Sie trank einen Schluck, er sprudelte anfangs auf ihrer Zunge und hatte einen kräftigen Geschmack. Sie fühlte sich auf Anhieb entspannt. Es war wie ein Zauber.

Der Herzog wandte sich nun zum ersten Mal direkt an sie und sprach auf seine langsame, bedächtige Weise: »Wie finden Sie die Royal Lodge, Miss C-crawford?«

»Es ist wunderschön hier, Sir. Ich habe es sehr genossen, The Little House zu sehen.« Marion streifte Elizabeth mit einem Lächeln. Sofort hörte das Kind auf, seine Suppe zu löffeln.

»Miss Crawford war überrascht, dass es elektrisches Licht gibt, Papa. Sie sagte, die meisten Waliser haben das nicht!«

Marion schoss die Röte so heftig ins Gesicht, dass sie glaubte, ihre Wangen würden verbrennen.

Es folgte sekundenlanges Schweigen, dann sagte der Herzog: »Miss C-crawford hat in der Tat recht, Lilibet. Es gibt g-gewaltige Probleme in Wales, und wir müssen helfen, so gut wir können.«

Die Herzogin strahlte. »Mein Mann interessiert sich sehr für die Lebensbedingungen der Arbeiter, Miss Crawford. Er ist sogar das erste Mitglied der königlichen Familie, das eine Gewerkschaft besucht hat!«

»Die Amalgamated Engineering Union, P-peckham, um genau zu ein«, ergänzte ihr Ehemann. »Sie hat 1800 Zweigstellen und vertritt 320.000 Mitglieder.«

Jetzt entdeckte die Herzogin Marions Notizen. »Und was haben Sie da für eine beeindruckende Mappe, Miss Crawford?«

Marion freute sich, sie ihr geben zu können. »Einige Ideen für das, was Prinzessin Elizabeth und ich im Klassenzimmer durchnehmen könnten.«

Die Herzogin sah die Mappe an, als würde sie sie gleich beißen. »Miss Crawford. Sie dürfen Lilibet nicht zu hart rannehmen. Wir möchten, dass sie *Freude* hat am Unterricht. Eine normale, *fröhliche* Zeit hat!«

Marion war irritiert. Selbst Lady Rose hatte mehr Interesse gezeigt. »Wir werden sehr viel lesen«, erwiderte sie ziemlich verzweifelt. »Haben Sie irgendwelche Empfehlungen?«

Zu ihrer Erleichterung sah sie das breite Gesicht der Herzogin mit dem Porzellanteint zu einem strahlenden Lächeln erblühen. »Das habe ich in der Tat! Die bedeutendsten englischen Schriftsteller!«

Marion wartete. Brontë? Dickens? Austen? Sie hatte vor, die Prinzessin mit allen in kleinen, sorgfältig ausgewählten Auszügen bekannt zu machen.

»P. G. Wodehouse! Es gibt einfach nichts Besseres zur Aufmunterung, wenn man ein wenig kraftlos ist!«

Marion suchte noch nach einer Antwort, als der Herzog einwarf: »Ich verstehe nicht ganz.« Er hielt die Zeitschrift mit der Kolumne »Letters From Bobs« hoch. »Das scheint K-korrespondenz von einem Hund zu sein.«

Als eine lachende Prinzessin Elizabeth sich die Hand vor den Mund hielt, erklärte Marion rasch, dass dahinter Enid Blyton stecke.

»Danke, Ainslie«, murmelte die Herzogin undeutlich, als der Butler ihr aus der mit Leinen umwickelten Flasche nachschenkte.

Der Lunch wurde fortgesetzt, indem der Herzog und die Herzogin sich unterhielten. Marion beschloss, die Prinzessin noch mal auf das Thema Bücher anzusprechen, und fragte sie, ob sie *Peter Pan* gelesen hatte – eins der schönsten Kinderbücher, das ihrer Ansicht nach je geschrieben worden war.

»Nein, aber Schottland kennt Mr Barrie sehr gut. Er kommt oft nach Glamis.«

Dank der Köchin in Rosyth wusste Marion, dass dies eine große mittelalterliche Festung inmitten der goldenen Felder von Angus war. Und genau dort war die Herzogin als jüngste Tochter des Earl of Strathmore aufgewachsen. Es war eine so große Anlage, dass sie anstatt eines ganz gewöhnlichen oder eines Gartengespensts ihr eigenes Monster hatte, das sich stöhnend und mit seinen Ketten klirrend durch die Flure schleppte.

Ihr Blick fiel nun auf den Teller der Prinzessin, und sie traute ihren Augen nicht. Elizabeth hatte ihr Fleisch in ordentliche kleine Rechtecke zerteilt und das Gemüse in separaten Bereichen angeordnet.

Ganz offensichtlich war das ein ausgeprägtes Ritual. Die Prinzessin hielt Messer und Gabel absolut gerade beidseits des Tellers, während sie fünf Bissen Hammelfleisch abzählte. Dann nahm sie die Gabel und aß fünf Erbsen, bevor sie eine Karotte in fünf gleiche Stücke schnitt und aß. Dann wandte sie sich wieder dem Hammelfleisch zu. Jedes Mal, wenn sie einen Schluck aus ihrem silbernen Taufbecher mit der eingravierten Rose trank, stellte sie ihn in exakt derselben Position wieder ab, sodass die Rose sie ansah.

Kurz darauf wurde die Zimmertür aufgestoßen, und ein kleines, pausbäckiges Gesicht unter einem goldenen Haarkranz lugte herein. Eine hochgewachsene düstere Erscheinung schob das Kind sanft ins Zimmer und verschwand dann wieder.

»Margaret!«, rief der Herzog und drückte seine Zigarette in einem kleinen silbernen Aschenbecher aus.

»Will Zucker essen!«, verkündete die jüngste Prinzessin und kam auf ihren pummeligen Beinen angewackelt und streckte das Patschhändchen aus. Und wie von ihm offensichtlich erwartet wurde, nahm der Herzog einen Löffel und tauchte ihn in die Schale mit den Zuckerkristallen. Ohne zu zögern, stopfte Margaret sich die ganze Portion in den Mund.

Elizabeth hingegen sortierte weiterhin ihre Stücke der Größe nach und reihte sie so auf, dass immer der gleiche Abstand dazwischen gewahrt war, bevor sie bedächtig eins nach dem anderen aß. Zum ersten Mal fiel Marion auf, dass ihre Nägel abgebissen waren. Sie waren bis aufs rohe Fleisch abgeknabbert.

Die Herzogin tupfte sich die roten Lippen mit der Serviette und verkündete: »Der König und die Königin kommen heute Nachmittag zum Tee.«

»Um Miss Crawford auszuspionieren?«, erkundigte sich Elizabeth. Ihr Gesicht leuchtete jetzt interessiert.

Marion wurde beklommen zumute. Die Vorstellung, von George V, dem König und Kaiser, begutachtet zu werden, war unangenehm und unfassbar. Er war ein Konterfei auf einer Briefmarke oder ein Plakat an einer Wand. Keine Person. Und er sah immer griesgrämig aus.

Seine allererste Radioansprache, die vergangene Weihnachten gesendet wurde, war ein einziges Geknurre gewesen.

Man wies Marion an, im Garten zu warten, wo sie nervös hin und her lief. Die Rasenfläche ging in ein kleines Wäldchen über, in dem mehrere ehrwürdige Eichen standen. Es war der Nationalbaum, und einer Eingebung folgend probte sie ihre Hofknickse vor den breiten Stämmen.

Die Geste war wirklich zu albern und zudem im Gras schwer auszuführen, ohne umzukippen. Ironisch neigte sie ihr Haupt und hauchte ein respektvolles »Eure Majestät«, bevor sie, so tief sie konnte, die Knie beugte.

Über ihr hüpften Vögel zwitschernd durchs Geäst. Sie schienen sich über diese ironische Höflichkeitsbekundung zu amüsieren. Aber jetzt vernahm Marions Ohr ein Geräusch, das kein Vogel machen konnte. Sie drehte sich um und sah unverkennbar den König und Kaiser mit seiner Gemahlin die breiten Stufen herabschreiten. Hatten sie mitbekommen, wie sie vor den Eichen knickste? Sie verfolgte, wie Königin Mary und König George sich wie lebendig werdende Fotografien langsam und bedächtig auf sie zubewegten.

Zwölftes Kapitel

Königin Mary war so groß wie Marion. Sie blieb vollkommen aufrecht stehen, strahlte eisige Würde aus. Sie war keine lebendig gewordene Fotografie, wie Marion sie anfangs gesehen hatte. Sie war etwas viel Seltsameres. Auf den Fotos, wo alles monochrom war, ließ sich nicht sofort erkennen, dass sie der Mode des vergangenen Jahrhunderts den Vorzug gab. Aber im wirklichen Leben wirkte ihre lavendelblaue Kleidung völlig bizarr.

Der Halsausschnitt reichte bis zum Kinn, und die Ärmel erinnerten an kräftige Hammelhachsen, eng geknöpft am Handgelenk über den Handschuhen. Die langen Röcke fielen bis zu den Fußknöcheln und verschmolzen mit Füßen der Schuhgröße fünfundvierzig. Ihr Busen war gewaltig, aber formlos, wie mit einem Kissen ausgestopft. Ihre ausladende Toque sah mit den vielen Malvenblüten eher wie ein Blumentopf aus. Aber was Marion am meisten erstaunte, waren die grauen Löckchen am Haaransatz, die nicht echt und mit Haarnadeln befestigt waren.

Der grau gewandete König schien schon eher dem Hier und Jetzt anzugehören – auch wenn die weiße Gardenie im Knopfloch und die seitlichen Bügelfalten seiner Hose an frühere Zeiten erinnerten. Neben seiner Ehefrau wirkte er klein und verletzlich. Seine Augen waren groß, blau und wässrig wie die seines Sohnes, doch er hatte nicht die leichenhafte Blässe des Herzogs. Über seinem Bart, in dessen Grau sich, vermutlich dem Tabak geschuldet, Gelb mischte, leuchteten seine Wangen in feurigem Rot.

Die Königin stützte sich auf ihren zusammengeklappten malvenfarbenen Schirm und verfolgte mit kritischer Miene Marions wackeligen Hofknicks. »Sie sind Miss Crawford?« Ihr deutscher Akzent war unüberhörbar. »Sie sind die Gouvernante?«

»Die bin ich, Ihre Majestät.«

Das Gesicht der Königin war gepudert, doch man sah den Damenbart. Die Augen waren klein, aber sehr aufgeweckt.

»Ich erinnere mich noch so gut an meine alte Gouvernante«, erklärte sie und verzog ihre Lippen zu einem wehmütigen Lächeln. »Madame Bricka.«

Bei diesem Namen klingelte etwas. Die Dicke mit den verdammten Lehrbüchern. Marion erinnerte sich.

Die Königin sprach weiter, und die Erinnerungen verwandelten ihr gepudertes Gesicht. »Ich war so eine neugierige Schülerin! So begierig, etwas zu lernen! Ich habe meine liebe Bricka mit Fragen zu allem gelöchert, was es unter der Sonne gibt! Und sie auch danach suchen lassen, bis sie die Antworten fand.«

Marion konnte sich die derart ausgenutzte Gouvernante gut

vorstellen, wie sie sich in einer großen, düsteren Bibliothek durch Nachschlagewerke arbeitete.

Der König, der an der Seite seiner Frau gestanden und gelegentlich gegrunzt hatte, drosch nun mit seinem Stock auf den Rasen ein. »BRINGEN SIE MARGARET UND LILIBET UM HIMMELS WILLEN EINE ANSTÄNDIGE HANDSCHRIFT BEI, MEHR VERLANGE ICH GAR NICHT«, forderte er mit dröhnender Stimme, die Marion heftig zusammenzucken ließ.

Ihn als verletzlich einzuschätzen, war ein Irrtum gewesen. Er war Furcht einflößend. Seine Stimme war niederschmetternd, ohrenbetäubend und hallte durch den Garten wie die Stoßwellen einer Explosion. Er war bei der Marine gewesen, erinnerte sie sich.

»KEINS MEINER KINDER KANN ANSTÄNDIG SCHREIBEN!«, schob der Monarch brüllend nach.

Er bezog sich damit eindeutig auf die endlosen handschriftlichen Übungen, wie sie auf viktorianischen Schulen beliebt waren, wo man kleinen Händen eine perfekte und penible, gestochene Handschrift aufzwang. Lehrer heutzutage fanden, dass die Unterrichtszeit auf bessere Weise genutzt werden sollte. Man ermutigte die Schüler, sich nicht mit Schrift abzumühen oder passiv Stundenpläne zu rezitieren, sondern selbst Dinge herauszufinden. Man führte sie aus den Klassenzimmern heraus, um die Ressourcen der Natur zu nutzen. Sie kletterten auf Hügel, um Landschaften kennenzulernen, und suchten Parks auf, um Pflanzen und das Leben der Teiche zu studieren.

Marion überlegte, ob es Sinn machte, etwas davon zu erwähnen, und ob die Worte ihr überhaupt über die Lippen kämen, wenn sie es versuchen würde.

»UND SIE WERDEN POESIE UNTERRICHTEN?«, ergänzte der König unvermittelt. »ICH HABE IMMER DAS GEDICHT MITTEN IM KALTEN WINTER GEMOCHT. SEHR GUT IST DAS!«

»Sehr gut gewählt«, stimmte Marion ihm höflich zu.

Das königliche Ohr wandte sich ihr zu. »SIE HABEN SICH DAMIT SEINERZEIT GEQUÄLT? JA?«

Dem war tatsächlich so. Nicht mit der Autorin Christina Rossetti, aber mit dem überholten erzieherischen Korsett, das der König zu bevorzugen schien. Gott sei Dank lebte er in sicherer Distanz im Buckingham Palace und würde sich wohl kaum in ihr Programm einmischen. Als König und Königin sich abrupt umdrehten und davonstapften, tauchten der Herzog und die Herzogin auf der Terrasse auf. Es war wie in einem Theaterstück, sagte sich Marion. Eine Gruppe Schauspieler trat ab, die andere trat auf.

Die Yorks schienen jetzt andere Rollen zu spielen. Sie hatten sich umgezogen. Der Herzog trug einen schmutzigen blauen Overall und die Herzogin Gummistiefel und einen alten Tweedmantel, der von einem Strick zusammengehalten wurde. Sie sahen aus wie ein Landstreicherpärchen.

Marion rechnete damit, dass man sich erkundigte, wie das Gespräch gelaufen war, aber die Herzogin hatte andere Prioritäten. »Ich hoffe doch, Sie haben einen grünen Daumen!«, rief sie munter.

Als sie sich klarmachte, dass Gartenarbeit von ihr erwartet wurde, nahm Marion das mit einer Mischung aus Empörung und Verzweiflung auf. Sie war nicht nach London gekommen, um in Blumenbeeten zu wühlen. Sie war gekommen, um das Highlife zu erleben, die Galerien, die kulturellen Möglichkeiten.

Eine Stunde später war ihr gutes Kostüm von den Dornenranken schlimm zugerichtet, ihre Strümpfe ebenso. Letztere konnte man nur noch wegwerfen, und alles stank nach Rauch von dem brennenden Laubhaufen, den der Herzog immer weiter fütterte. Verärgert dachte Marion an die riesigen Kleiderschränke im

Schlafzimmer der Herzogin und den winzigen Schrank in ihrem Zimmer.

»Eau de Bonfire!«, verkündete die vorbeistapfende Herzogin. »Es gibt einfach keinen Duft wie diesen!«

Vor allem nicht, wenn man ihn nicht mehr loswerden kann, überlegte Marion und betrachtete verzweifelt ihre Hände. Sie hatte sich beim Versuch, Löwenzahnwurzeln so groß wie Pastinaken herauszuziehen, sämtliche Fingernägel abgebrochen. Ihren anfänglichen Eindruck, dass die Yorks seltsam waren, musste sie korrigieren – sie waren verrückt. Auf jeden Fall wahnhaft. Sie dachte an die Zeitungsberichte, die sie erst am Morgen gelesen hatte, jetzt aber jahrealt zu sein schienen. Im ganzen Land waren die Menschen ohne Arbeit und am Verhungern, und hier stolzierte der Sohn des Königs, dem ein ganzes Haus voller Diener zur Verfügung stand, in Gummistiefeln herum wie eine moderne männliche Marie-Antoinette. Einfach lächerlich.

Hinter ihrem Rücken wurde gelacht, es war wieder die Herzogin. »Robert Louis Stevenson sagte einmal, es gäbe *nichts* Interessanteres als Unkrautjäten!«

Robert Louis Stevenson irrte sich, befand Marion finster. Oder er scherzte. Sie setzte sich auf die schlammigen Hacken dessen, was einmal ihre auf Hochglanz polierten Pumps gewesen waren, und beobachtete ihre Kollegen, die alle wenig Begeisterung an Gartenarbeit erkennen ließen.

Ainslie, der Butler, steuerte so würdevoll, wie das möglich war, eine Schubkarre, der Chauffeur harkte Blätter zusammen, was seine sonst aufgekratzte Art ziemlich dämpfte. Nicht weit von ihm entfernt konnte man den Herzog wie einen Verrückten sägen sehen. Auf dem Boden um ihn herum lagen große Äste, die er bereits abgehackt hatte. Dazwischen war sein Werkzeug verstreut, Gerätschaften, die so scharf aussahen, als könnte man sich schon beim bloßen Hinsehen schneiden. Sie musste wieder an Marie-Antoinette denken. Diese Leute hatten fast einen wütenden Mob verdient, der über sie herfiel.

»Spielen wir Ball, Miss Crawford?«

Prinzessin Elizabeth stand hinter ihr und hielt ihr erwartungsvoll einen roten Ball hin. Im Unterschied zu ihren Eltern in Landstreicherkleidern trug sie noch immer die verspielte Kleidung von vorhin. Sie wirkte jetzt sogar noch übertriebener, man hatte ein weißes Band hinzugefügt, vermutlich zu Ehren ihrer Großeltern. Hatte sie keine Kleidung für draußen?, fragte sich Marion. Aber dann fiel ihr ein, dass Elizabeth noch nie auf einen Baum geklettert war, sich an die Wege halten musste und nicht schmutzig werden durfte. Auch das war lächerlich und traurig dazu. Kinder mussten Kinder sein dürfen und keine zimperlichen Miniaturerwachsenen.

Sie kam auf die Beine und wischte sich die Hände am Rock ab. Das machte jetzt ohnehin keinen Unterschied mehr, so schmutzig, wie er war.

Der rote Ball flog zwischen ihnen hin und her. Die Prinzessin ließ ihn ständig fallen.

»Butterfinger!«, neckte Marion sie.

Elizabeth untersuchte eingehend die Hände mit den abgebissenen Nägeln. »Da ist keine Butter an meinen Fingern, Miss Crawford.«

Marion lachte. »Nein, ich meine damit, dass du nicht sehr gut bist im Fangen.«

Sie versuchten es erneut, aber mit kaum mehr Erfolg. Als sie ihn noch mal aufhob, sah Marion, dass Elizabeth sie nachdenklich ansah.

»Was ist denn?«

»Ich versuche, mir einen Kosenamen für Sie auszudenken.«

»Warum?«

»Weil in unserer Familie jeder einen Kosenamen hat.«

»Können wir nicht bei Miss Crawford bleiben?

Die goldenen Locken schüttelten sich ablehnend. »Sie brauchen einen Kosenamen. Alah ist Alah, und meine Schwester wird Bud genannt, weil sie noch zu klein ist, um eine richtige Rose zu sein. Wie ist Ihr Vorname?«

Marion sagte ihn ihr.

»Ich könnte Sie wohl so nennen«, überlegte Elizabeth. »Die Hofdamen meiner Großmama nenne ich Cynthia und Helen.«

Marion war sich sicher, dass sie nicht mit irgendwelchen furchterregenden alten Schachteln in einen Topf geworfen werden wollte, die sich um Königin Mary kümmerten. Aber ein Kosename für sie schien Zeitverschwendung zu sein. Sobald der Monat zu Ende war, würde sie weg sein.

Die Prinzessin ließ auch den nächsten Ball fallen. »Oh, Crawfie!«, jammerte sie verzweifelt. Dann erhellte sich das kleine Gesicht. »*Crawfie*! So werde ich Sie nennen! Crawfie!«

Der Tag endete, wie er begonnen hatte, mit einer großen Tollerei. Erst fand im Wohnzimmer ein aufregendes Kartenspiel statt, bei dem beide Mädchen, aber vor allem die kleine Margaret, richtig aufdrehten und sogar fast ausrasteten, obwohl sie sich eigentlich beruhigen sollten, bevor sie zu Bett gingen. Dann folgte ausgelassener Spaß im Badezimmer. In ihrem Schlafzimmer, wo Marion an ihre Mutter schrieb, konnte sie die Yorks und ihre Töchter platschen und kreischen hören.

Mein Schlafzimmer ist klein, mit einem Einzelbett, auf dem ein weißer Bettüberwurf liegt. Der Fußboden ist Linoleum, aber mit einem Teppich, es gibt einen kleinen Schrank, in dem, wie ich beim Öffnen zu meinem großen Erstaunen feststellte, alle meine Sachen aufge-

hängt worden waren, sogar die Unterwäsche ist in Schubladen verstaut! In Anbetracht des Zustands, in dem einige sich befinden, hätte ich das lieber selbst getan, aber offenbar ist es ganz normal, dass jemand dir die Tasche auspackt, wenn du bei Mitgliedern des Königshauses wohnst.

Es gibt auch einen kleinen Sessel und einen Ofen, der mit drei elektrischen Spiralen heizt. Ich schreibe dir an dem kleinen Schreibtisch, und da ich wohl wenig Gelegenheit haben werde, dieses besondere Briefpapier der Royal Lodge zu benutzen, mache ich jetzt Gebrauch davon.

Sie hielt inne und bemerkte, dass das Geschrei aufgehört hatte. Durch die halb geöffnete Tür sah sie die Eltern fröhlich Arm in Arm vorbeigehen. Ihnen folgte eine Prozession von tropfnassen Hausmädchen mit durchgeweichten Handtüchern. Marion fragte sich, wie sie ihre Kleider und Schuhe trockneten und ob sie das, wenn sie im Dienst waren, überhaupt konnten.

Sie versuchte Blickkontakt zu ihnen aufzunehmen, aber keine sah zu ihr hin, von einem Lächeln ganz zu schweigen. Offensichtlich wollten sie ihr Mitgefühl nicht, noch weniger ihre Freundschaft. Das war ihr in Rosyth nicht anders ergangen. Bis auf die geschwätzige Köchin schienen alle anderen vom Personal ihr aus dem Weg zu gehen.

Doch sie wollte sich das nicht zu Herzen nehmen. Schon bald wäre sie wieder weg, was machte es da? Und bis dahin würde sie die Badezimmer, die den Hausmädchen so viel Arbeit machten, genießen. Sie, die nie eins gehabt hatte, brauchte nur über den Treppenabsatz zu gehen und hatte nun eins für sich allein.

Mein eigenes kleines, weiß gefliestes Badezimmer hat elektrisches Licht und fließend Warmwasser und – du wirst es nie erraten, Mut-

ter, niemals nie – meine eigene Toilette!!! Kein Rausgehen mehr bei jedem Wetter, um vor Spinnen zurückzuschaudern und Zeitungspapierstreifen von einem Nagel zu reißen! Nun, jedenfalls nicht für die nächsten vier Wochen!

Dreizehntes Kapitel

Zwei riesige königliche Limousinen waren nötig, um die Rückfahrt vom Royal Lodge zum Londoner Zuhause der Yorks in Piccadilly zu bewerkstelligen. Der Herzog und die Herzogin fuhren in der ersten ab. Marion und die Prinzessinnen folgten in der zweiten zusammen mit Mrs Knight, der sie weitgehend aus dem Weg gegangen war, die aber jetzt, als wäre es ihr Recht, den Platz in Fahrtrichtung in Beschlag nahm. Besitzergreifend hatte sie Prinzessin Margaret auf ihren Schoß gesetzt, deren weißes Kleid eine einzige Rüsche war. Sie war zwar das kleinste und jüngste Familienmitglied, doch für eine solche Behandlung eindeutig zu groß und zu alt und wand sich dementsprechend heftig ...

Marion, die auf dem Notsitz mit dem Rücken zum Fahrer saß, kämpfte gegen ihre Übelkeit an, indem sie Elizabeth nach ihrer Lektüre fragte. »Hast du *Alice im Wunderland* gelesen?«

»Ja, und es ist albern.«

Nanny Knight, die möglicherweise diese Ansicht über Carrolls Meisterwerk befördert hatte, schnaubte.

»Magst du Märchen?«, fragte Marion.

Zwei ernste blaue Augen sahen sie an. »Die sind auch albern, Crawfie. Da geht es nur um Prinzessinnen. Ich bin eine Prinzessin, aber die sind mir gar nicht ähnlich.«

Marion lachte. »Dagegen lässt sich nur schwer was einwenden.«

Als sie in der Stadt ankamen, regnete es. Während sie im Trockenen saßen, hatten durchnässte Londoner es eilig, hinunter zu den U-Bahn-Stationen zu kommen. Elizabeth drückte sich die Nase an der Scheibe platt, und ihr Blick hatte dabei etwas so Sehnsuchtsvolles, dass es Marion auf eine Idee brachte.

»Bist du schon mal im Untergrund gewesen?«, fragte sie.

Das Kind sah sie an. »Nein, Crawfie. Sie?«

»Ja. Als ich von Schottland kam und umsteigen musste. Es hat Spaß gemacht.«

»Kann ich mir nicht vorstellen«, kam die prompte Reaktion von Mrs Knight.

Marion fragte sich, was genau diese mürrische Nanny unter Spaß verstand. Oder war sie eifersüchtig? Dass die Prinzessin so häufig von »Crawfie« Gebrauch machte, schien bewirkt zu haben, dass sich die ohnehin schon harten Lippen noch mehr zusammenpressten und die stechenden Augen noch strenger funkelten.

Sie öffnete ihre Handtasche. Irgendwo in deren Tiefen lag der neue Plan der U-Bahn, den sie sich am Bahnhof King's Cross mitgenommen hatte. Er war genial, fast ein Kunstwerk, und zeigte sämtliche Haltestellen und die verschiedenen Linien in unterschiedlichen Farben. Die Dame am Ticketschalter, von der sie ihn bekommen hatte, war richtig stolz darauf gewesen.

»Hier«, sagte sie und reichte ihn der Prinzessin. »Das ist sehr klug gemacht. Auf diesem Plan siehst du alle U-Bahn-Stationen Londons, die alle mit wunderbar geraden Linien und mit demselben Abstand miteinander verbunden sind.« Man konnte sich kaum etwas Geeigneteres für Elizabeth' starkes Ordnungsgefühl vorstellen. »Er ist ordentlich, praktisch und leicht verständlich«, endete sie.

Elizabeth griff sofort danach und vertiefte sich darin. Dann stieß sie einen aufgeregten Seufzer aus. »Ich *verstehe*! Wenn ich am

Hyde Park Corner bin und nach Elephant & Castle möchte – was ist das für ein *lustiger* Name!« Sie blickte auf und grinste ihr breitestes Grinsen.

Es war, als würde man von einer Flamme berührt, Marion spürte, wie etwas in ihr aufleuchtete und erglühte. Sie lächelte zurück. »Ja, wie also würdest du dorthin kommen?«

Der goldene Lockenkopf neigte sich wieder. »Ich würde zum Piccadilly Circus fahren und in die Bakerloo umsteigen.«

»Du sollst im Auto nicht lesen, dir wird übel«, mahnte Mrs Knight.

Marion beobachtete, wie die Prinzessin mit ihrem Finger über den Plan strich und begeistert die unbekannten Namen aussprach.

»Tooting! Wie eine Hupe! Barking! Wie ein Hund!« Unvorstellbar, dass sie im Imperium ihrer Großeltern lebte und so gut wie gar nichts darüber wusste. Hier bot sich die erste Gelegenheit, die Prinzessin mit der realen Welt bekannt zu machen. Sie beugte sich lächelnd vor.

»Vielleicht sollten wir mal mit der U-Bahn fahren«, schlug sie vor. Eigentlich wollte sie diese selbst erforschen. Ihre Erfahrung war nur kurz gewesen, von einer größeren Endhaltestelle zur nächsten.

Elizabeth blickte auf, und in ihren blauen Augen blitzte helle Begeisterung, aber Mrs Knight hatte das erste Wort.

»Ein lächerlicher Vorschlag!«, blaffte sie, und ihre Augen funkelten wütend unter ihrer Hutkrempe. »Ein kleines, kostbares Kind an einen solchen Ort mitzunehmen, wo wer weiß welche Gefahren lauern!«

»Gefahren!«, hauchte die Prinzessin erregt.

Marion war versucht, etwas zu erwidern, aber der wütende

Blick der Nanny legte nahe, dass Vorsicht besser war als Nachsicht.

Piccadilly 145, wo sie bald darauf eintrafen, war ein viergeschossiges graues Gebäude, eingebettet in eine Reihe eleganter klassischer Häuser, die von breiten Gehwegen umgeben waren. Anhand ihres Stadtplans hatte Marion sich bereits kundig gemacht, dass es in der Nähe der großen Museen und Galerien lag, wie auch der Parks und natürlich der Geschäfte. Jetzt stellte sich Vorfreude ein. Das war es, was sie sich vorgestellt hatte.

Das Haus hatte Doppelfenster, einen elektrischen Fahrstuhl, und in den Blumenkästen vor den Fenstern der Fassade blühten blaue Hortensien, eine dekorative Note, wie Marion sie noch nie gesehen hatte. Im obersten Stockwerk, wo sich unter einer großen Glaskuppel eine Rundgalerie befand, lagen die Kinderzimmer. Entlang der ganzen Galerie stand eine Sammlung von Spielzeugpferden, die Schweife der Wand zugekehrt. Die absolute Präzision, mit der sie angeordnet waren, alle mit ordentlichem Abstand, gesattelt und gebürstet, hatte etwas Vertrautes und zugleich Alarmierendes.

Marion war froh, dass ihr Zimmer zur Straße hinausging. So würde sie alles mitbekommen, was sich dort abspielte. Als sie das Schiebefenster öffnete und sich hinauslehnte, ging die Begeisterung mit ihr durch. London mit all dem Lärm und Gewimmel! Wie seltsam die Umstände auch waren und wenngleich die Dauer begrenzt war, sie war hier im Zentrum des Empires in der größten Stadt der Welt. Fasziniert starrte sie hinab auf die große breite Durchgangsstraße.

Hier war so viel Leben. Die mit bunten Plakaten beklebten und mit Fahrgästen vollgepackten Doppelstockbusse donnerten bimmelnd vorbei. Dazu Autos, vor Kutschen gespannte Kaltblüter, Menschen auf Fahrrädern.

Auf der gegenüberliegenden Straßenseite lag hinter einem hübschen schwarzen Zaun ein Park. Es hatte aufgehört zu regnen, und die Sonne brach durch die Wolken, ein letzter Tusch des Abends. Im Gras und auf den Bäumen glitzerte es. Amseln sangen. Hinter den Zweigen konnte Marion das goldene Dach eines vertrauten Gebäudes und eine lange Säulenfassade ausmachen. Ihr Herz machte einen kleinen Satz. Lag der Buckingham Palace so nah?

Es war ein seltsamer Gedanke, dass sie tatsächlich den König und die Königin kennengelernt hatte. Und noch seltsamer war die Erinnerung an die beiden. Gewöhnliche Menschen konnten sich davon keine Vorstellung machen, aber natürlich lernten auch nur wenige gewöhnliche Menschen jemals die königliche Familie kennen. Vielleicht war das auch gut so. Die von Valentine vorhergesagte Revolution würde sonst womöglich früher kommen.

Was da von fern immer lauter wurde, hörte sich an, als würden Menschen singen. Offenbar bewegte sich eine Prozession über die Piccadilly. Aufgeregt lehnte sie sich weiter hinaus.

Es schien etwas Großes zu sein, und die Massen bewegten sich schnell wie eine dunkle Welle über die ganze Straßenbreite. Über ihr wurden große rote Banner geschwenkt. Es schien ein Demonstrationszug zu sein. Die Luft war von Erregung und Aufruhr erfüllt. Männer in dunkelblauen Uniformen eilten an beiden Seiten mit, Polizisten, wie sie sich klarmachte. Diesen folgten, ebenfalls im Laufschritt, ganz gewöhnliche Männer und Frauen, Londoner, die auf die Marschierenden gafften, als wären sie eine Kuriosität.

Was ging da vor sich? Die Mitte der Piccadilly war ein Meer aus Mützen. Es wurde geschrien. Männerstimmen, die unverständliche Schlachtrufe brüllten. Sie sangen etwas, sie erkannte die Melodie. Valentine hatte sie ihr bei ihrer ersten Begegnung vorgesungen, es war »Die Internationale«, das Kampflied der Sozialisten.

»Völker, hört die Signale!
Auf zum letzten Gefecht!
Die Internationale
Erkämpft das Menschenrecht.«

Ihre Hand flog an den Mund. Das war einer der Hungermärsche, von denen sie in der Zeitung gelesen hatte. Eine der Delegationen der verzweifelten Arbeitslosen aus den Städten, in denen die Industrie weggebrochen war. Ihr Herzschlag beschleunigte sich, als sie auf einigen Bannern weiß auf rot Hammer und Sichel ausmachte.

»DIE JUGEND VON LANCASHIRE
KÄMPFT GEGEN DIE HUNGERSNOT.«

»MANCHESTERFRAKTION
KAMPF DEM HUNGER.«

Sie hatte einen Kloß im Hals. So viel Elend ließ sie verzweifeln. Die Marschierenden waren jetzt deutlich zu erkennen, es waren Männer allen Alters in schäbiger Kleidung. Sie hatten knochige, hungrige Gesichter. Vor allem die jungen Männer rührten sie, sie liefen aufrechter und strahlten trotzigen Stolz aus. In ihren auf die großen Häuser gerichteten Blicken spiegelte sich eine Mischung aus Verachtung und Ehrfurcht. Ein großer, breitschultriger junger Mann mit Kamera fiel ihr auf. Er schien nicht Teil der Demonstration zu sein, sondern diese zu dokumentieren, während er nebenherrannte.

Die Marschierenden befanden sich jetzt direkt unter ihr. Und sie wurde Zeugin, wie sie von den sie flankierenden Polizisten johlend angerempelt wurden. Sie hatten Knüppel und Schlagstöcke, mit denen sie ihre Opfer drangsalierten. Offenbar waren sie entschlossen, eine Reaktion zu provozieren, vermutlich um dann die Marschierenden als gewaltbereite Unruhestifter brandmarken zu können.

Es war ungeheuerlich, fand Marion. Diese Menschen hatten ein Recht auf friedlichen Protest. Sie und ihre Familien litten Not. Warum sonst sollten sie Hunderte von Kilometern laufen, gezwungen, unter Hecken zu schlafen und von den paar Happen zu leben, die man ihnen in den Städten, durch die sie kamen, zusteckte.

Jetzt wanderte ihr Blick ans Ende der Prozession, zu den letzten Bannern und Fahnen, den armseligen abgerissenen Kleidern. Noch immer sangen sie tapfer, und ihre Stimmen übertönten die Schreie und das Hupen des Verkehrs, der im Schritttempo folgte. Sie bogen an der Ecke in den Park ab und waren verschwunden.

Marion saß auf dem Bett und legte den Kopf in die Hände. Die wunderbare Erregung war dahin. Jetzt empfand sie nur noch Wut, Mitleid und Schuld. Ihre Sympathien galten ausschließlich den Marschierenden, aber jene, die nach oben geblickt und sie gesehen hatten, mussten das Gegenteil annehmen. Nun war sie hier, im Haus eines Herzogs, der zum Königshaus gehörte. Was machte sie hier?

Eine hohe, piepsige Stimme riss sie aus ihren turbulenten Gedanken. Prinzessin Elizabeth war draußen in der Galerie. Auch das tiefe Knurren von Mrs Knight war zu hören. Marion ging zur

Tür und öffnete diese einen Spaltbreit. Sie war zu aufgewühlt, um sich ganz zu zeigen.

Im golden durch die Glaskuppel einfallenden Abendlicht verkörperte die Prinzessin in ihrem rosa Morgenmantel mit den passenden Pantoffeln eine behütete und beschützte Kindheit. Sie kniete mit einer kleinen Bürste vor einem ihrer Spielzeugpferde. Offenbar folgten ihre Bewegungen, mit denen sie das Fell bürstete, einem bestimmten Muster. Mit demselben Zeremoniell kämmte sie danach Mähne und Schweif. Zuletzt streifte sie einen kleinen Korb über den Kopf des Pferdes. »Dein Futtersack, Blitz«, sagte sie und tätschelte es. »Lass dir dein Futter schmecken.«

Sie ging zum nächsten, nahm behutsam Sattel und Zaumzeug ab und bürstete und kämmte es auf dieselbe Weise. Wollte sie das wirklich mit jedem einzelnen Pferd machen, überlegte Marion? Es waren bestimmt dreißig. Es würde *Stunden* dauern.

Mrs Knight schien denselben Gedanken zu haben. »Nun komm schon, Lilibet«, mahnte sie, »höchste Zeit, Großpapa England über den Park hinweg zuzuwinken.«

»Aber, Alah, Sie wissen doch, dass ich *alle* meine Pferde striegeln muss.« Elizabeth' eindringliche Stimme hatte einen panischen Unterton.

»Du wirst doch aber Seine Majestät nicht enttäuschen wollen. Du weißt, dass er immer mit seinem Fernglas vom Palast zu dir herüberblickt.«

»Aber sind die ganzen Männer da draußen wieder weg?« Elizabeth nahm den nächsten Sattel samt Zaumzeug ab. Ihre Bewegungen wurden jetzt schneller und hektischerer.

»Alle weg«, sagte Mrs Knight tröstend. »Die netten Polizisten haben sie alle weggebracht.«

»Was haben sie denn falsch gemacht, Alah?«

»Ärger bereitet.«

»Warum?«

»Weil ein paar sehr schlimme Leute es ihnen befohlen haben.«

Marion hielt die Luft an. Der Drang, aus ihrem Zimmer herauszustürmen, war stark, aber tief in ihrem Inneren wusste sie, dass es nichts bringen würde, im Flur herumzuschreien. Sie würde die Prinzessin auf andere Weise aufklären müssen.

Vierzehntes Kapitel

Der Unterricht begann am nächsten Morgen an einem hastig improvisierten Ort. Offenbar hatte niemand an einen Unterrichtsraum gedacht. Im Piccadilly-Haus gab es Empfangsräume, eine Bibliothek und einen Wintergarten, Lagerräume, Küchen – aber dass Marion ein Zimmer brauchte, in dem sie unterrichten konnte, schien keinem in den Sinn gekommen zu sein, bis gestern Abend, als sie das Thema angesprochen hatte.

»Ihre Königliche Hoheit meint, Sie könnten ihr Boudoir benutzen«, lautete Ainslies Antwort, den Marion in ihrer Verzweiflung losgeschickt hatte, um nachzufragen.

Marion war über eine halbe Stunde vor ihrer Schülerin im Boudoir. Sie sah sich um und stöhnte. Wie könnte dieser verspielte Raum im Erdgeschoss, der mit seidenbezogenen Polstermöbeln, Spiegeln und Uhren vollgestellt war, in einen vernünftigen Ort zum Lernen umgestaltet werden? Der einzige Gegenstand, der im Entferntesten an einen Schreibtisch erinnerte, war mit Goldschnitzerei und Intarsien versehen. Mit seiner gedrungenen gewölbten Form und den gebogenen Beinen erinnerte er Marion an das hintere Ende einer Bulldogge.

Der Unterricht sollte um neun Uhr beginnen, aber die goldverschnörkelte Uhr auf dem gemeißelten Kaminsims hatte bereits die nächste Viertelstunde geschlagen, und noch immer war niemand gekommen.

Ihr Blick fiel auf die langen Fenster des Boudoirs. Zwischen den sich überlagernden Bahnen der Seidenvorhänge war blauer Himmel zu sehen. Dann betrachtete sie die in Gold gerahmten Ölgemälde an den Wänden – hauptsächlich Landschaften – und trommelte frustriert mit den Füßen. Als es halb schlug, stand sie auf und marschierte verärgert hinaus auf den Flur.

Dieser war breit und düster und wurde von zwei riesigen Elefantenstoßzähnen an der Wand und der Statue eines afrikanischen Dieners in prunkvoller Livree dominiert. Keins von beidem gehörte Marions Auffassung nach ins zwanzigste Jahrhundert. Sie lauschte. War dies das Lachen Elizabeth'?

Sie stieg langsam die Treppe hinauf, wobei ihre Absätze im weichen pfirsichfarbenen Teppich versanken. Sie wusste, dass sich das Schlafzimmer der Yorks im ersten Stock befand. Jetzt wurde das Geräusch lauter: Kinder, die begeistert kreischten. Marion blieb wie angewurzelt stehen, als sie begriff, worum es sich handelte. Die morgendliche Tollerei in der Royal Lodge fand auch hier statt. Ungeachtet des Zeitplans der Hauslehrerin.

Eine gute Stunde später kam Elizabeth dann, wie immer herausgeputzt, in weißer Spitze. »Guten Morgen, Crawfie!«

Marion verkniff sich die bissige Erwiderung, die ihr auf den Lippen lag. Die Prinzessin konnte nichts dafür, dass sie zu spät kam. Schuld daran hatten eher ihre Eltern oder, sehr viel wahrscheinlicher, der große schwarze Schatten, der sie in ihr Zimmer gescheucht und sich dann zurückgezogen und die Tür mit einem triumphierenden Klacken geschlossen hatte. Hatte Mrs Knight überhaupt den Stundenplan an den Herzog und die Herzogin weitergegeben?

Elizabeth saß am improvisierten Schreibtisch, der dekorativen Bulldogge. Für die nötige Sitzhöhe hatte Marion mehrere rosa Seidenkissen auf das rosa Seidensofa getürmt. Elizabeth' Füße in geknöpften Satinslippern baumelten zwischen den geschnitzten Goldbeinen. Dies war das genaue Gegenteil von alledem, was sie jemals hatte tun wollen, sagte sich Marion. Miss Golspie hatte die Situation offensichtlich falsch eingeschätzt. Wenn schon das Organisieren einer normalen Unterrichtsstunde sich als derart schwierig erwies, wie sollte sie dann erst ihren alternativen Stundenplan umsetzen? Die Versuchung, alles hinzuschmeißen, war groß.

Dann beruhigte sie sich damit, dass es ja nur für einige Wochen sei. Mrs Knight legte es sicherlich darauf an, sie besiegt zu sehen, bevor sie überhaupt begonnen hatte. Aber warum? Sie waren für verschiedene Aspekte derselben Aufgabe zuständig, zusammenzuarbeiten wäre sinnvoller.

Etwas an Elizabeth' Kleid fiel Marion erst jetzt auf. Die Rüschen sahen aus, als wären sie alle mit der Hand gebügelt – sogar *plissiert* mit einem Spezialbügeleisen –, was Mrs Knight Stunden gekostet haben musste. Über den Rücken zogen sich Hunderte kniffeliger Stoffknöpfe. Knöpfe, mit denen nur eine Nanny umgehen konnte. Gab es hier eine Agenda, die etwas mit der Dauer der Anstellung zu tun hatte?

»Wir werden mit Shakespeare anfangen«, verkündete sie fröhlich.

Als Elizabeth sofort ein langes Gesicht zog, stellte Marion sich vor, wie die Großmutter des Kindes mit einem unhandlichen alten Buch herumfuchtelte, und vermutete, dass jede mögliche Liebe für den Nationaldichter vielleicht bereits zunichtegemacht worden war. Aber es gab natürlich mehr als eine Möglichkeit, ihn jemandem nahezubringen.

»Nur ein kleines Gedicht, aber wirklich reizend«, sagte sie. »Schließ deine Augen und zähl all die schönen Bilder, die darin vorkommen.« Dann rezitierte sie aus dem Gedächtnis die schönen Verse aus *Liebes Leid und Lust*.

Wenn Eis in Zapfen hängt am Dach …

Als sie zu der Zeile kam, wo Marians Nase spröde und rot ist, hielt sie inne und tippte sich auf die eigene. Wie erhofft, musste die Prinzessin kichern. Die fetttriefende Joan hatte einen ähnlichen Effekt.

Nach einer halben Stunde wechselte sie zu Naturwissenschaft. Elizabeth hatte keine Ahnung, was das war.

»Hier geht es darum, wie alles funktioniert«, erklärte Marion.

Verwundert sahen die blauen Augen sie an. »Sorgt nicht Gott dafür, dass alles funktioniert?«

Die junge Lehrerin zögerte. Sie bewegte sich hier auf dünnem Eis. »Er hat ein wenig Hilfe«, erwiderte sie lächelnd. »Jetzt nimm deine Stifte.« Es waren ihre eigenen. Mrs Knight um etwas zu bitten, war ein Kampf für einen anderen Tag.

Ihr fiel auf, dass die Prinzessin die Stifte in präzisen Reihen anordnete, mit immer gleichem Abstand. Es war ein Widerhall ihres methodischen Vorgehens beim Essen und auch ihres Umgangs mit den Spielpferden. Marion hatte sich in ihrer Ausbildung auch mit Kinderpsychologie befasst und wusste dies deshalb als zwanghaftes Verhalten zu deuten: ein Verhalten, das dem Bedürfnis diente, unkontrollierbare Umstände zu kontrollieren. Doch an einem Ort wie diesem, wo alles geregelt war und die Kinder gehätschelt wurden, hätte sie nicht gedacht, diese Auffälligkeit anzutreffen.

»Warum tust du das?«, fragte sie Elizabeth.

Die Prinzessin blickte erstaunt auf. »Weil ich mich dann sicher fühle.«

»Sicher?«, hakte Marion nach. »Sicher wovor?«

Doch ehe das Kind antworten konnte, schwang die Tür auf. Ein Paar fröhliche blaue Augen tauchten unter einem mit Federn geschmückten Hut über einer puderblauen Pelzstola auf.

»Ma'am.« Marion erhob sich und machte einen Knicks. Doch die Augen der Herzogin blickten auf ihre Tochter. Lilibet malte mit gerunzelter Stirn eine kleine Pflanze, die aus dem Garten stammte.

»Kunstunterricht. Wie entzückend.«

»Eigentlich, Ma'am, studieren wir die Natur.«

»Aber Lilibet malt«, betonte die Herzogin lächelnd.

»Ganz genau, Ma'am. Aber sie lernt dabei die wesentlichen Fakten der Pflanzenbiologie sehr viel effektiver.«

Fast unmerklich geriet das Lächeln aus dem Gleichgewicht. »Aber … Naturwissenschaft. Braucht man dazu nicht eine Schautafel? Und Fakten? So jedenfalls habe ich das gelernt.«

»Heutzutage«, erklärte Marion behutsam, »geht man davon aus, dass ein Kind durch Aktivität und Erfahrung leichter lernt.«

»Das ist ja außergewöhnlich …« Die blauen Augen blinzelten heftig. »Vergessen Sie bitte nicht, dass Lilibet heute Morgen eine Tanzstunde bei Madame Vacani hat.«

»Wie bitte?«

Elizabeth of York verschwand schon wieder durch die verzierte Tür. »Lilibet *liebt* den Tanz, Miss Crawford«, warf sie über ihre blau bepelzte Schulter. »Und natürlich ist es für eine junge Dame eine *so* wichtige Fertigkeit. In ihrem Leben werden Bälle eine *große* Rolle spielen.«

In Marions Entrüstung mischte sich der verrückte Drang, laut loszulachen. Doch der verabschiedete sich mit den Worten der

Herzogin: »Außerdem wird der Unterricht eine ganz wunderbare Gelegenheit für Sie sein, Alah besser kennenzulernen!«

»Mrs Knight kommt auch mit?« Warum waren zwei erwachsene Frauen vonnöten, um ein kleines Mädchen zu begleiten?

Aber die Herzogin war bereits gegangen.

Während der folgenden Stunde, die sie wartend im Flur verbrachte, überdachte Marion wütend ihren Lehrplan. An diesem Morgen wäre Rechnen an der Reihe gewesen. Sie hatte vorgehabt, mit Süßigkeiten einfaches Addieren und Subtrahieren zu demonstrieren. Danach Geschichte, wofür sie eine Lektüre der aktuellen Nachrichten mittels *The Children's Newspaper* vorgesehen hatte.

Bis Elizabeth wiederkam, hatte sie jedes Detail der Livree des afrikanischen Dieners studiert. Die Prinzessin trug nun ein weißes Cape aus Schwanendaunen, ergänzt um Rüschen, und eine schwarz aufragende Gestalt folgte dem Mädchen.

Mrs Knight stieg als Erste in den Wagen, wobei sie die Prinzessin fest an der Hand hielt, wie um zu demonstrieren, dass sie ihr gehörte.

Der Daimler glitt davon, hielt aber fast sofort wieder an und bog durch ein großes Tor mit weißen Pfosten, auf dem das Wort »IN« in weißen Großbuchstaben stand. Dahinter lag ein gepflasterter Hof voll schwarzer Limousinen wie der ihren. Die Autos bewegten sich im Schritttempo und entließen dann Kinder in Rüschenkleidern ähnlich dem von Elizabeth vor einer breiten Treppenflucht, die zu der mit Säulen bestandenen Fassade eines riesigen Gebäudes führte.

Marion starrte durch die Scheibe daran hoch. Das war die Tanzschule? Unvermittelt kam ihr der Gedanke an Annie McGinty, die gezwungen war, barfuß auf gefrorenem Straßenpflaster zu tanzen, und das versetzte ihr einen Stich ins Herz.

Drinnen roter Teppich, Lüster und lautes Geschnatter. In der Lobby wimmelte es von Kindern: Mädchen in weißen Rüschen, bronzefarbenen Sandalen und mit Bändern im Haar und Jungs in dunklen Knickerbockeranzügen mit runden weißen Krägen. Von dem, was sie anfangs als große Menge eingeschätzt hatte, entpuppte sich mindestens die Hälfte als schwarz gekleidete Nannys wie Mrs Knight und nervös wirkende Frauen mit altmodisch zum Knoten aufgesteckten Haaren und schlecht sitzenden Kostümen. Vermutlich die Hauslehrerinnen.

Sie wandte sich von diesem nicht willkommenen Spiegelbild ab und betrachtete stattdessen die kannelierten Säulen und Marmorstatuen, die vergoldeten Spiegel und farbenprächtigen Bilder, die hohen Steinvasen, aus denen duftende Blumen quollen, und sagte sich, dass selbst der Buckingham Palace kaum prächtiger sein konnte.

Andererseits hatte Elizabeth hier wenigstens Gelegenheit, unter Kinder ihres Alters zu kommen. Dann fiel ihr Blick auf den Teppich. Zwischen den weißen Satinschuhen der Prinzessin und den Schuhen aller anderen war ein Abstand von bestimmt sechzig Zentimetern.

Die anderen Kinder starrten sie ganz unverhohlen an, als wäre sie ein Tier im Zoo. Die Erwachsenen glotzten sie an wie einen Filmstar. Elizabeth erwiderte die Blicke scheu, aber auch so, als wäre sie daran gewöhnt.

Empörung und Mitleid erfüllten Marion. Auch wenn sie die berühmteste Sechsjährige der Welt war, die im gesamten Empire auf Briefmarken und Pralinendosen prunkte, war die Prinzessin noch immer ein sechsjähriges Kind. Und dies war ein privater Anlass unter Gleichaltrigen. Sie bedachte die Nannys mit finsteren Blicken, wenigstens sie hätten mehr Vernunft zeigen müssen. Aber sie waren viel zu beschäftigt damit, Elizabeth anzustarren, als Marion zu bemerken. Und hinter der Prinzessin stand Nanny Knight und badete im Abglanz des Ruhms wie ein Seelöwe in der Sonne.

Jetzt jedoch schien es loszugehen. Die Kinder und ihre Nannys stiegen langsam über die große, breite Treppe mit dem dicken roten Teppich, umrahmt von vergoldeten Balustraden, nach oben. Dort wartete das Empfangskomitee. Eine Frau mit dunklen Haaren, langen Perlenketten und in einem silbernen modernen Kleid mit tief angesetzter Taille stand neben einem hochnäsig wirkenden Jungen, der große Ähnlichkeit mit ihr hatte. Waren dies die Tanzlehrer? Auf Marion machten sie den Eindruck, als gehörte ihnen das Haus.

Sie hatte recht. Die Frau knickste so tief vor Elizabeth, dass Marion dachte, sie würde gleich niederknien. »Ihre Königliche Hoheit«, sagte sie überschwänglich. »Wir fühlen uns geehrt von Ihrem Besuch in unserem bescheidenen Heim.«

Es ist doch nur ein Tanzkurs, hätte Marion am liebsten geschrien. Und was das »bescheiden« betraf, es war einfach nur lächerlich. Das Maß an Ehrerbietung war widerlich.

Aber Elizabeth schien daran gewöhnt zu sein. »Guten Morgen«, sagte sie mit ihrer hellen, klaren Stimme. Sie wandte sich dem Jungen zu. »Hallo!«

Er senkte seinen glatten Kopf mit dem Seitenscheitel, und seine Verbeugung war sogar noch tiefer als der Knicks seiner Mutter. Die Geste bekam etwas Komisches, weil er dabei seine Brille mit einem Finger festhalten musste.

Weder der Junge noch seine Mutter nahm auch nur die geringste Notiz von Marion, Mrs Knight bekam einen gemurmelten Gruß, den sie erwiderte, indem sie erhaben nickte. Zu dritt gegen sie weiter durch eine breite, verzierte Türöffnung.

Der Raum dahinter war so riesig wie prunkvoll. Die Wände

waren mit hellblauem Stoff ausgeschlagen, verziert mit silbernen Schnörkeln und eingelassenen Spiegeln. Die Kinder tollten herum, gefolgt von ihren Nannys. Allem Anschein nach hielt Elizabeth ziemlich sehnsüchtig Ausschau nach Marion, als würde sie gern mitmachen, wusste aber nicht wie.

Eine plumpe Frau, die weißen Haare in akkurate Wellen gelegt, stand lächelnd vorn im Raum. Sie hielt einen langen Holzstock in der Hand. Neben ihr befand sich ein prachtvoller schwarz lackierter Flügel, an dem eine Frau mit Hakennase durch Noten blätterte.

»Gehören Sie zu Prinzessin Elizabeth?«, fragte eine atemlose Stimme, die neben Marion auftauchte. Marion drehte sich um. Es war eine der zerknautschten Frauen, die sie neugierig ansah.

»Ähm, ja«, gab Marion zu und ergänzte, damit es keine Verwechslung mit Mrs Knight gab, »ich bin die Gouvernante.«

»Ich bin auch Gouvernante«, sagte die Frau trübsinnig. Sie wirkte sehr müde. Die dunklen Ringe unter ihren großen Augen passten zu ihrem tristen Kostüm.

»Haben Sie keine Freude am Unterrichten?«, erkundigte Marion sich neugierig.

»Freude daran, Lord Peregrine und Lady Annabel zu unterrichten?« Kurz leuchteten ihre müden Augen wild auf, als wollte sie in hysterisches Lachen ausbrechen oder losschreien. Sie beugte sich vor und setzte mit dieser Bewegung einen strengen Hauch von Mottenkugeln frei. »Es kommt dem Unterrichten von einem Paar Tieren gleich«, flüsterte sie. Dabei standen ihre Zähne alarmierend hervor.

Die genannten Kinder tollten im Moment offenbar durch den Ballsaal. »Oh Gott«, sagte Marion mitfühlend.

Die Frau lenkte sie wieder zurück aufs Thema. »Aber Sie sind die Gouvernante von Prinzessin Elizabeth! Das muss doch wundervoll sein!«

»Es ist ein Job«, sagte Marion. »Und die Prinzessin ist ein sechsjähriges Mädchen.«

Damit wollte sie ausdrücken, dass ihr Schützling nur ein Kind wie jedes andere auch war und die Aufgaben einer Hauslehrerin überall die gleichen waren. Aber so waren ihre Worte eindeutig nicht angekommen. Die erschöpften Augäpfel glänzten. »Ja! Und was für ein Job! Bei der königlichen Familie zu leben!«

»Ich gehöre nicht dazu«, konterte Marion lächelnd.

»Nein, aber Sie wissen, was wirklich los ist! Sie sind eingeweiht, während wir anderen nur Zaungäste sind.«

»Ich bin hier, um zu unterrichten.« Marion wurde ungeduldig. Diese geknechtete Gestalt mit den vorstehenden Zähnen bereitete ihr Unbehagen. Sie war ganz offensichtlich einsam, wahrscheinlich unverheiratet, und sie wurde eindeutig nicht geschätzt und gab Marion das Gefühl, in der Falle zu sitzen, fast als würde sie ihre eigene Zukunft vor sich sehen. »Außerdem ist es ohnehin nur vorübergehend«, ergänzte sie mit Nachdruck.

Die weißhaarige Tanzlehrerin klopfte nun mit ihrem Stock auf den gewienerten Holzboden. Die Spiegel warfen das Echo zurück. »Guten Morgen, Kinder«, deklamierte sie theatralisch.

Das Geplapper hörte auf. Die jungen Gesichter blickten hoch, einige mussten dafür von ihren Nannys angestupst werden. »Guten Morgen, Madame!«

»Sucht eure Partner, der Unterricht beginnt!« Sie zeigte auf die unter ihrem Pantoffel stehende Klavierspielerin. »Bitte Musik, Miss Bird.«

Miss Bird spielte auf. Auf ein Nicken seiner Mutter hin bewegte der Gastgeber sich zielstrebig auf Elizabeth zu. Marion, die sich auf einen der verzierten Stühle gesetzt hatte, die entlang der

Wände standen, verfolgte erstaunt, wie an die zwanzig Kinder die Komplexität eines Walzers meisterten, wobei Miss Vacani jeden Takt mit einem Schlag ihres Stock begleitete. »*Eins* zwei drei, *eins* zwei drei.«

Welchen Sinn sollte das Ganze haben? Eine Vorbereitung aufs moderne Leben doch wohl sicher nicht?

Der nächste Tanz war eine Quadrille, die Marion wieder an *Alice im Wunderland* denken ließ, an den Tanz mit einem Hummer. Während stockend die einzelnen Schritte eingeübt wurden, begleitet von Madame Vacanis ermutigend gebrüllten Worten oder Korrekturen (»Jawohl, Algernon! Nein, Celia!«), tauchten Diener mit Tabletts voll Gläsern und Tellern auf, die sie zu einem Tisch im hinteren Teil des Raums trugen. In ihren Kostümen sowie der aufrechten Haltung und den gleitenden Bewegungen erinnerten sie eher an Tänzer als die Kinder.

Ein Menuett folgte. Eins musste Marion Madame Vacani lassen, die Kinder waren sehr diszipliniert und führten die Bewegungen akkurat aus, wenn auch ohne Begeisterung. Nur ein Kind schien aus der Reihe zu tanzen, indem es Grimassen schnitt.

Dann kam die Pause. Die Nannys erhoben sich von ihren Randplätzen und stürzten sich in die Menge wie auf einen Fußballplatz und rannten zwischen ihren Schützlingen umher.

»Möchtest du etwas? Möchtest du *dorthin* gehen?«, bedrängten sie sie flüsternd. Sie meinten das Klo, wie Marion sich verächtlich klarmachte. Warum sagten sie es dann nicht?

Elizabeth schien nicht dorthin zu müssen. Sie drängte zum Essenstisch vor. Hier gab es Platten mit Sandwiches – dreieckige mit Ei, Sardine oder Honig oder runde mit Erdbeermarmelade – und Teller mit winzigen Küchlein: herzförmig, sternförmig, rund oder dreieckig, mit einem Guss aus Schokolade, mit Zitronen- oder Orangengeschmack, alle reichlich verziert mit Silberkugeln.

In großen Kristallkrügen gab es Zitronen- und Orangenlimonade, alles offenbar frisch zubereitet. Für eine Pause während der Tanzstunde unerwartet üppig. Marion fragte sich, ob man sich dies alles ausgedacht hatte, um Elizabeth zu beeindrucken.

Wenn dem so war, so fiel es offensichtlich auf fruchtlosen Boden. Denn als die Prinzessin vor einem Teller mit Schokokeksen zögerte, ragte sofort Mrs Knights hochgewachsene Gestalt hinter ihr auf.

Das kleine Mädchen drehte sich um: »Darf ich?« Ihr Ton war flehend.

Aber die Nanny schüttelte den Kopf. »Wir bleiben bei Brot und Butter.«

»Nicht mal einen Marmeladentaler?«, fragte die Prinzessin.

Mrs Knights großes, kantiges Gesicht wurde streng. »Wir haben unseren sauren Bauch.«

Als Marion sah, wie Elizabeth' Gesicht lang wurde, wollte sie ihr beispringen. »Leidet sie wirklich unter zu viel Magensäure?«, fragte sie, wobei Mrs Knight sie geflissentlich ignorierte und Elizabeth sich ihrem Schicksal ergab und auf den Teller gehorsam ein Stück Brot mit Butter legte, während die anderen Kinder um sie herum sich gierig Sardinensandwiches und Schokokekse aufhäuften.

Kurz darauf verschwand Mrs Knight. Marion blickte sich um und erspähte sie schließlich in der Mitte des Raums im Zentrum eines sie offenbar bewundernden Zirkels ihrer Kolleginnen.

Als sie Elizabeth' blonden Kopf folgsam über das eingeschränkte Mahl gebeugt sah, trat Marion an sie heran. »Ich glaube nicht, dass es dir schadet, wenn du einen Schokokeks nimmst. Was meinst du?«

Die großen blauen Augen blickten verwundert zu ihr auf. Sie

schien antworten zu wollen, doch dann mischte sich jemand anders ein.

»Lilibet!«

Es war ein Mädchen mit wuscheligen braunen Haaren, einer sehr geraden, langen Nase und dem stechendsten Blick, den Marion je gesehen hatte. Es war das Kind, das sich während der Tanzstunde danebenbenommen hatte.

Die Prinzessin drehte sich um. »Oh, hallo, Magdalene!«

»Ich bin am Verhungern.« Magdalene grapschte sich einen Teller und häufte alles darauf, was sie in die Finger bekam. Elizabeth verfolgte bewundernd, wie der wackelige Turm aus Sardinensandwiches und Marmeladentalern wuchs.

Den Mund voll Marmeladentaler sagte Magdalene: »Zeig mir deine Zehen, Lilibet!«

»Warum?«

»Weil die Mädchen in meiner Schule sagen, dass du Schwimmhäute hast.«

»Die Mädchen *in deiner Schule* sprechen über mich?« Es schien Elizabeth zu überraschen, und sie zog gehorsam eine Socke aus. Marion blickte sich rasch um. Mrs Knight war noch immer nirgendwo zu sehen.

»Alle reden ständig über dich, Dummerchen«, stellte Magdalene nüchtern fest. »Und sogar noch mehr über deinen Onkel.«

»Welchen Onkel?«

»Den, der mal den Thron erbt und nicht heiraten will.« Magdalene nahm den nächsten Bissen. »Ich habe meine Eltern darüber reden gehört. Georgie und Mary sollen sehr besorgt sein.«

Marion mischte sich ein. »Magdalene, es ist nicht sehr respektvoll, so über Ihre Majestäten zu sprechen ...«

Das Kind mit der langen Nase bedachte sie mit einem verächtlichen Blick, bevor es sich wieder an die Prinzessin wandte. »Sie sind ganz außer sich«, redete sie erbarmungslos weiter. »Deine ganze Familie ist es.«

Grinsend schob Magdalene sich den nächsten Marmeladentaler in den Mund. Die Prinzessin hingegen zog die Stirn kraus und starrte auf ihre abgebissenen Nägel. Dann wurde auf den Boden geklopft, und der Unterricht ging weiter.

Marion, die vom Rand aus zusah, fragte sich, ob dieser Austausch womöglich Elizabeth' obsessive Ordnungsliebe zu erklären vermochte. *Weil ich mich dann sicher fühle.* Es würde Sinn ergeben, wenn es in der Familie eine tief sitzende Sorge gab.

Aber wer hätte gedacht, diese Sorge könnte der goldene Prinz von Wales sein, der Schwarm des ganzen Weltreichs. Ein erstaunlicher Gedanke. Für die Welt da draußen war Prinz Edward, gut aussehend wie ein Filmstar und mit entsprechendem Charisma ausgestattet, der Inbegriff des perfekten Thronerben. Als sie nun erfuhr, dass er dies vor allem in diesen Kreisen nicht war, wühlte das Marion seltsam auf. So also musste es sich anfühlen, zum inneren Kreis zu gehören und die Wahrheit zu kennen. Genau wie die geknechtete Gouvernante es angedeutet hatte.

Dieser Gedanke ließ sie sich auf der Stelle zusammenreißen. Sie erinnerte sich, wie wenig es sie beeindruckt hatte, als die Köchin in Rosyth Lady Rose' kurzes prinzliches Techtelmechtel beschrieben hatte. Sie durfte sich nicht von der königlichen Familie blenden lassen, sagte sie sich. Sie gehörte nicht dazu, wie sie das auch vorhin der Gouvernante gegenüber zum Ausdruck gebracht hatte. Weit entfernt davon. Sie war hier, um ihre Arbeit zu machen. Und Magdalene war nur ein Kind, ein offensichtlich boshaftes. Vermutlich redete sie nur Blödsinn daher.

Als Marion später in ihrem Zimmer war und Geräusche von unten vernahm, trat sie neugierig ans Geländer. Jemand war gerade durch die Eingangstür gekommen. Jemand, dessen blonde Haare seitlich gescheitelt waren und der einen Anzug mit einem so auffälligen Karomuster trug, dass es ihr noch vier Stockwerke höher ins Auge sprang.

Eine heiße Welle der Erregung erfasste sie von den Zehen bis in die Fingerspitzen. Er war es in Fleisch und Blut. Der berühmte Prinz von Wales! Der Liebling des Empires! Sie war so aufgewühlt, dass ihr schwindelig wurde, und es dauerte ein wenig, bis ihr wieder einfiel, dass sie sich nicht beeindrucken lassen wollte.

»Jemand da?«, rief das Idol, über dem die Sonne nie unterging. »*Hallo!*«

Die Herzogin erschien in einem hellen, glitzernden Abendkleid. Sie hatte einen Cocktail in der Hand, und der Lüster im Flur brachte ihre nackten Arme und Schultern schimmernd zur Geltung. Sie küsste ihren Schwager herzlich, sogar ausgiebig.

»Elizabeth!« Er nahm die Zigarette aus dem Mund, um ihren Kuss zu erwidern. »Wie geht's meinem Lieblingsmädchen. Hast du wieder mal eine Show abgezogen?«

Sie kicherte. »Es ist doch alles Show. Morgen halte ich eine Rede vor dem Bund zur Unterstützung der Frauen.«

Eine Show abziehen? Marion, die das Gespräch von der Galerie aus verfolgte, runzelte die Stirn. Verstanden sie so ihre offiziellen Pflichten?

Der Prinz ließ ein bitteres Lachen hören. »Dann will ich hoffen, dass du ein paar Frauen findest, die mich unterstützen!«

»Du bist unverbesserlich! Du brauchst dir doch nur eine nette Prinzessin zu suchen und dich häuslich niederzulassen!«

Der Prinz reagierte auf diese muntere Hänselei mit einem Seufzer. »Nicht doch. Papa hat eine ganze Liste zusammengestellt. Die reicht von Ingrid von Schweden zu Thyra von Mecklenburg-Schwerin, die gerade mal fünfzehn ist! Und ich soll mir eine aussuchen! Oh mein Gott, ich *hasse* es, der Prinz von Wales zu sein!«

Die Herzogin schien seine Tirade nicht zu beeindrucken. Es lag auf der Hand, dass es für sie nichts Neues war. »Du weißt, dass du es nicht so meinst«, erwiderte sie lebhaft.

»Ich meine es aber so! Es ist nichts weiter als albernes prinzliches Theater. Je älter ich werde, umso mehr mache ich mich zum Narren, und das ist weiß Gott nicht schwer. Warum sollte es jemanden kümmern? Ich bin nicht besser als alle anderen!«

»Vielleicht nicht«, entgegnete seine Schwägerin leichthin, »aber die Monarchie hängt nun mal von Menschen ab, die glauben, dass ihre Vertreter besser sind als sie. Eine bessere Version von sich selbst.«

Marions Finger klammerten sich an das Treppengeländer. Als *hoffnungslos dumm* hatte die Herzogin sich im Admiralty House beschrieben. Wohl kaum. Sie schien ein besseres Verständnis von der königlichen Rolle zu haben als der Thronerbe.

Der Prinz schnaubte verächtlich. »Nun, ich bin keine bessere Version von irgendjemand! Manche Männer sind an ihre Schreibtische gekettet! Ich bin an den Banketttisch gekettet! Allein in der letzten Woche habe ich die Welsh Guards inspiziert, Preise beim Boxwettkampf der Polizei verliehen, die neuen Räumlichkeiten der Chartered Auctioneers und das Estate Agents' Institute eröffnet und dem Apothekerverband Zertifikate verliehen.«

»Und«, sagte die Herzogin, als er seine erstaunliche Rede beendet hatte, »hast es, wie ich mir sicher bin, voll und ganz genossen.«

»Aber es ist so langweilig!« Der Prinz klang gereizt und frustriert. »So unerbittlich und verdammt *langweilig*.«

Seine Schwägerin ließ daraufhin ein helles Kichern hören.

»Unsinn. Es ist doch ganz leicht. Du musst einfach nur schauspielern.« Sie lief mit ausgestreckter Hand umher und begrüßte die unsichtbare Menge von Bewunderern. »Kommen Sie von weit her?«, fragte sie die Pendeluhr. Dann einen Tisch: »Wie alt ist Ihr entzückendes Baby?«

»Siehst du! Du beherrschst das so viel besser als ich!«

»Was für ein hübscher Mantel!«, schmeichelte die Herzogin der Haustür. »Du meine Güte, heute ist es aber kalt, nicht wahr? Und Sie sind *Klempner?*« Das galt einem Fenster. »Das ist ganz *wunderbar*. Ich habe schon immer wissen *wollen*, wie Rohre funktionieren!«

Sie war wirklich ausgezeichnet darin, wie die von oben zusehende Marion anerkennen musste. Der Prinz wollte sich aber nicht beruhigen lassen. »Morgen muss ich eine Krankenstation eröffnen«, schmollte er. »Ich *hasse* Krankenhäuser. *Abscheuliche* Orte.«

»Nein, nein, nein, mein Lieber«, korrigierte die Herzogin ihn. »Da liegst du ganz falsch. Wir sind die britische königliche Familie. Wir *lieben* Krankenhäuser!«

Und plötzlich schien die Stimmung des Prinzen umzuschlagen. »Weißt du was, mir ist gerade die Lösung eingefallen. Du und Bertie, ihr solltet König und Königin sein. Nicht ich und irgendeine unglückliche Erzherzogin Mitteleuropas, die ich mir aus Papas verdammter Liste herauspicken soll.«

Schlagartig schien sich der Humor der Herzogin in nichts aufzulösen. »Nicht mal im Scherz!«, tadelte sie ihn.

Jetzt tauchte auch der Herzog auf, ebenfalls mit einem Cocktail in der Hand und der üblichen qualmenden Zigarette zwischen den Fingern. Sein Bruder klopfte ihm auf den Rücken. »Bertie! Wie geht's dem Vorarbeiter?«

Der Schlag auf die Schulterblätter löste beim Herzog einen Hustenanfall aus. »Sch-schade, dass du mich so nennst.«

»Gar nicht«, frotzelte sein Bruder. »Papa hat sich erst kürzlich endlos über irgendeine Gewerkschaft ausgelassen, der du einen Überraschungsbesuch abgestattet hast.«

»Die Amalgamated E-e-engineering Union, ja. Sie hat t-tausendachthundert Zw-zweigstellen und über t-t … oh Mist!«

»Dreihundertundzwanzigtausend Mitglieder«, sprang ihm die Herzogin rasch bei.

Der Prinz schien gar nicht hinzuhören. Er sah sich in der Empfangshalle um. »Ich komme gern hierher, wisst ihr. So ein fröhliches kleines Zuhause. Ich wünschte, ich hätte so etwas.« Sein Ton war wehmütig. »Du bist ein glücklicher Kerl, Bertie.«

Er gefiel sich in seinem Selbstmitleid, fand Marion. Plötzlich blickte er hoch und sorgte dafür, dass sie alarmiert zurückwich. Hatte er sie gesehen?

Dann erhob er seine seltsam hohe Stimme, den Blick nach oben gerichtet. »*Und wo sind meine Lieblingsmädchen?*«

Als hätte er seine Trägheit abgestreift, nahm er die Treppenstufen mit so schnellen Schritten, dass Marion keine Zeit blieb zu reagieren. Sie stand noch immer wie angewurzelt da, als er sie entdeckte, stehen blieb und sie anstarrte. Ihn anzusehen war, wie in eine blaue Sonne zu blicken.

»Na so was! Wen haben wir denn da?«

Marion hatte es die Sprache verschlagen. Trotz allem, was sie gerade gesehen und gehört hatte, war sie überwältigt und geblendet.

»Oh, das ist Crawfie.« Die Herzogin, die hinter ihrem Schwager nach oben gestiegen war, holte ihn nun ein wenig keuchend, aber noch immer mit dem Cocktailglas in der Hand ein. »Die neue Gouvernante«, ergänzte sie und sah ihre Angestellte fragend an.

»Gouvernante, hä?« Sein seltsam unsteter Blick musterte sie von Kopf bis Fuß. »Kennen Sie sich mit Büchern aus?«

»Ja, Sir.« Langsam kehrten ihre Lebensgeister zurück. Ihr fiel auf, dass er sehr klein war. Regelrecht winzig. Er und die Herzogin waren beinah gleich groß.

Er kramte in der Tasche seines karierten Anzugs. »Lady Desborough gab mir heute ein komisches Büchlein. Haben Sie davon schon mal gehört?«

Marion hob den Blick und brach, als sie den Umschlag von »Jane Eyre« sah, über diesen unerwarteten Scherz in Lachen aus. Wie nett, dass der Prinz ihr die Befangenheit nehmen wollte. Dann erst merkte sie, dass er sie anstarrte, weit davon entfernt, ihr Lächeln zu erwidern. Er schien verdutzt zu sein.

Nun durchbrachen Schreie den Frieden im Obergeschoss. Zwei kleine Gestalten kamen auf allen vieren aus dem Kinderzimmer geschossen, dicht gefolgt von Mrs Knight.

Fünfzehntes Kapitel

Am nächsten Tag mied Marion das Boudoir.

»Wir haben heute Unterricht im Garten«, befand sie. Dort waren zufällige Unterbrechungen weniger wahrscheinlich, und es stand auch mehr im Einklang mit den Prinzipien von Dr. Fröbel.

»Aber ich werde schmutzig werden«, lautete die entsetzte Reaktion der Prinzessin. »Alah wird sauer sein.«

»Hast du denn wirklich keine Spielkleider?« Marion war entschlossen, mit der Herzogin darüber zu sprechen. Das Kind konnte nicht sein ganzes Leben in plissierten Rüschen verbringen.

»So«, sagte Marion und fischte mehrere kleine weiße Papiertüten aus ihrer Handtasche. »Erste Stunde. Mathematik.«

Sie war am Morgen zeitig aufgestanden und hatte sich auf die

Suche nach einem Süßigkeitenladen gemacht. Den nächstgelegenen fand sie an der Victoria Station, einen halbstündigen Spaziergang vom Piccadilly-Haus entfernt. Mit den Ergebnissen ihrer Suche wollte sie die Prinzipien von Addition und Subtraktion veranschaulichen. Aber Lilibets Interesse galt den Süßigkeiten selbst. »Was ist das?«, fragte sie und betrachtete neugierig ein Lakritzkonfekt.

Wie sich herausstellte, hatte sie noch nie eins bekommen, auch kein Ochsenauge. Und sie hatte auch keine Ahnung, was eine Zauberkugel war. Ihre Vorstellung von Süßigkeiten beschränkte sich auf die raffinierten viktorianischen Konfektkreationen aus den königlichen Küchen: Veilchencreme, vergoldetes Marzipan und dergleichen.

»Du hast also zehn Zitronenbrausebonbons«, begann Marion, »wenn du nun fünf davon wegnimmst, wie viele bleiben dann noch?«

»Zitronenbrausebonbons?« Elizabeth bestaunte die gelbe Süßigkeit. »Werden die so genannt?«

Marion wiederholte die Frage.

»Ist da Brause drin? Was ist Brause?«

Marion lächelte. »Wenn du mir das Ergebnis sagst, darfst du eins kosten.«

Etwas ließ sie aufblicken. Die kleine, verspielt gekleidete Herzogin kam auf sie zu. Zu ihrer Pelzstola in Taubenblau trug sie einen farblich passenden Hut, aus dessen aufgebogener Krempe hohe Federn sprossen. Gemeinsam mit den Absätzen sollten sie vermutlich mehr Größe suggerieren. Aber der Effekt war genau gegenteilig.

Mehrere Reihen Perlen schimmerten um ihren Hals, an Fingern und Handgelenken funkelten Diamanten.

»Da werden Süßigkeiten gegessen! Das ist aber entzückend!«

»Tatsächlich, Ma'am, lernen wir rechnen.«

Die lavendelblauen Augen blinzelten heftig. »Du liebe Güte. Diese modernen Methoden. Nun, sie werden Lilibet zu Mr Adams bringen. Er erwartet sie.«

Marion blickte sie verdutzt an. »Das hat mir gegenüber keiner erwähnt.«

»Dann wird man es wohl vergessen haben.« Die Herzogin strahlte. »Komm schon, Lilibet!«

Allem Anschein nach sollte auch sie mitkommen. Aber Marion wich nicht von der Stelle. »Wer ist Mr Adams?«

»Er macht Fotos. Blitzlichtgewitter!« Die Herzogin ließ ihre Zähne aufblitzen. »Lustiger kleiner Mann. Hopp-hopp, Lilibet.«

»Aber wir haben gerade erst mit dem Unterricht begonnen«, betonte Marion. Warum war fotografiert zu werden wichtiger, als unterrichtet zu werden?

Der Blick der Herzogin blieb unerschüttert. »Deine Süßigkeiten kannst du später essen. Owen fährt den Wagen vor.«

»Da wären wir«, verkündete der Chauffeur. Bereits ungeduldig wegen der Unterbrechung, fand Marion es umso lächerlicher, dass sie, keine zwei Minuten nachdem sie in den Daimler gestiegen war, schon wieder ausstieg. Vor ihr erhob sich eine imposante Fassade mit in Stein gemeißelten Ornamenten. »Kinderstudio«, stand auf dem Messingschild neben der Tür. Sie beäugte diese verächtlich. Was für eine Zeitverschwendung. Elizabeth sollte lernen und nicht für Fotos posieren.

Der Empfangsbereich, den sie sich gewienert und düster vorgestellt hatte, war mit seinem fröhlichen Gelb und Blau die erste Überraschung. Die zweite war eine Erscheinung, die plötzlich groß und strahlend aus der Tür kam in einem kurzen weißen Kittel über dem Anzug und mit einer wilden Mähne weißer Haare, die ein lebhaftes Gesicht mit Adlernase rahmten, dominiert von einem gewaltigen dunklen Schnauzbart.

»Guten Morgen!« Er streckte Marion freundlich seine Hand entgegen. »Ich bin Marcus Adams. Kommen Sie rein, kommen Sie.«

Etwas Fantastisches und Exzentrisches umgab ihn, aber zugleich auch etwas Beruhigendes und Liebenswertes. Unter dramatischen schwarzen Augenbrauen saßen kluge, funkelnde Augen.

Er führte sie zu der Tür, durch die er gerade hereingekommen war. Der Raum dahinter sah aus wie ein großes Spielzimmer. Es gab Regale mit Spielsachen, einen Teppich, Kissen. Lilibet ging sofort darauf zu und nahm ein Spielzeugpferd. Marion sah sich neugierig um.

Adams kicherte. »Sie suchen nach der Kamera? Die werden Sie erst einmal nicht sehen. Ich habe ein Jahr darauf verwandt, mein Fotoatelier für Kinder so einzurichten, dass keinerlei Ausrüstung zu sehen ist. Keine grellen Lampen, keine großen Linsen und vor allem kein fürchterliches schwarzes Tuch, um darunter zu verschwinden und den Kleinen einen Schrecken einzujagen. Ich möchte, dass meine jungen Modelle völlig unbefangen sein können.«

Marion staunte. Ein königliches Fotoatelier war der letzte Ort, an dem sie erwartet hatte, die spielzentrierten Prinzipien ihres geliebten Dr. Fröbel umgesetzt zu sehen. »Sie haben ein ganz wunderbares Verständnis vom Wesen des Kindes.«

Mr Adams zog seine beeindruckenden Augenbrauen zusammen. »Fotografie, meine Liebe, ist fünfundneunzig Prozent Psychologie und nur fünf Prozent Handwerk. Wenn deine Modelle fröhlich sind, bekommst du auch fröhliche Bilder.« Dabei sah er

Elizabeth an, die zufrieden ihr Pferd über den Teppich galoppieren ließ. »Bereit, meine Liebe?«

Die Prinzessin strahlte und nickte. Adams ging in den hinteren Teil des Raums, wo er eine große Kiste auf Rädern herumschwenkte. Darauf befand sich ein Metallrahmen, in dem eine weitere Kiste montiert war. Die zweite Kiste war eine Kamera, wie Marion jetzt erkannte, als er sie drehte. Aber es war keine Kamera, wie Marion sie kannte. Es war ein ausgeklügeltes Gerät mit einem langen Gummischlauch, der mit einem Gummiballon verbunden war.

»Hab ich selbst gebaut«, erklärte Adams und schob das Ding über den Teppich. »Damit kann ich mich überall im Raum bewegen, und weil es wie ein Spielzeug aussieht, betrachten die Kinder es auch als solches.« Er lächelte Marion zu. »Und jetzt gehen Sie, meine Liebe.«

Das angenehme Gefühl verschwand abrupt. »Gehen?«

Adam zeigte auf den hinteren Teil des Raums, dessen Wand sich als Glasscheibe entpuppte, hinter der sie Stühle erkennen konnte. »Wartegehege für die Eltern. Oder üblicherweise die Nannys.« Er sah sie neugierig an. »Wie geht es übrigens unserer lieben Mrs Knight?«

»Sehr gut.« Marion verzog keine Miene.

»Das sehe ich, wenn ich mir all die Schleifen und Knöpfe anschaue. Aber ich werde tun, was ich kann, um sie wie ein echtes Kind und nicht wie eine Puppe aussehen zu lassen.«

Im Elterngehege schaute Marion durch die Scheibe in der Erwartung, dass er sofort mit dem Fotografieren loslegen würde. Doch das geschah nicht. Lilibet spielte weiter, und Adams lehnte an seiner Kamera und plauderte mit ihr.

»Eine Tasse Tee?«, erkundigte sich höflich jemand hinter ihr. Marion drehte sich um. Sie sah in das Gesicht eines jungen Mannes, der so gut aussah, dass es ihr die Röte ins Gesicht trieb. Er war groß und breitschultrig und hatte helles, gewelltes Haar. Seine aufgekrempelten weißen Hemdsärmel entblößten kräftige gebräunte Unterarme, und seine Wangen waren rosig angehaucht. Sie kannte ihn von irgendwoher, aber woher?

Er streckte ihr die Hand hin. »Ich bin Tom Parker, Mr Adams' Assistent.«

Er sprach mit weichem, rollendem Akzent. Ein Engländer, aber nicht aus London, sagte sie sich. Kam nicht aus der vermögenden Upperclass wie die Yorks.

»Sie haben einen interessanten Händedruck«, bemerkte er.

Beschämt wurde ihr bewusst, dass sie ihm den royalen Händedruck gegeben hatte. Mit der Handfläche nach oben, lasch und wie von Ainslie angewiesen, der ihn ihr beigebracht hatte: »Auf gar keinen Fall drücken.«

»Ein Stück oder zwei? Im Tee?«

»Zwei«, platzte es aus Marion heraus, die normalweise überhaupt keinen Zucker nahm. Jetzt erinnerte sie sich erschrocken, wo sie ihn schon mal gesehen hatte. Ausgerechnet auf dem Marsch der Arbeitslosen. Er war derjenige, der mit der Kamera nebenhergelaufen war.

»Ich habe Sie gesehen«, teilte sie ihm mit. »Ich vermute es jedenfalls. Gestern auf dem Marsch durch die Piccadilly.«

Die rosige Farbe wich aus seinem Gesicht. »Sie waren da?«

»Mein Fenster geht auf die Straße hinaus.«

Er zog die Brauen zusammen und sagte nichts mehr. Sie hatte das unangenehme Gefühl, etwas aufgedeckt zu haben, was eigentlich verborgen bleiben sollte. Sie starrte durch die Scheibe. Mr Adams bewegte seine merkwürdige Kamera durch den Raum, und Lilibet blickte entzückt zu ihr hoch. Es lag auf der Hand, dass dabei schöne Fotos herauskommen würden.

»Er ist brillant«, bemerkte Marion.

»Ein großer Künstler«, bestätigte Tom.

Das interessierte sie. »Sie halten Fotografie für Kunst?«

»Eine der großen Kunstformen des zwanzigsten Jahrhunderts«, sagte er schlicht. »Was Mr Adams macht, ist die moderne Entsprechung für all die Menschen in der National Portrait Gallery.«

»Ich war noch nie in der National Portrait Gallery«, sagte sie ein wenig wehmütig. »Ich bin gerade erst nach London gekommen.«

Die grauen Augen blickten freundlicher. »Wenn das so ist«, sagte Tom galant, »dann lassen Sie mich der Erste sein, der Sie dorthin begleitet.«

Gelegenheit dazu ergab sich zwei Nachmittage später, als Elizabeth zum Gesangsunterricht bei Lady Cavan musste. Nach der Tanzstunde konnte sie sich nur zu gut vorstellen, was dort ablief. Allein der Gedanke daran ließ Marion schaudern, und so war sie erleichtert, dass sie nicht mitmusste.

Der Museumsbesuch mit Dr. Adams Assistenten war hingegen eine erfreuliche Aussicht. Tom umgab ein Geheimnis. Warum arbeitete er für einen Hoffotografen, machte aber Fotos von Hungermärschen? Aber auch auf das Museum freute sie sich. Sie würde etwas lernen, das sie später an Elizabeth weitergeben konnte. Und natürlich sah Tom auch gut aus, obwohl nach ihrer Erfahrung mit Valentine eine Liebesbeziehung das Letzte wäre, was sie im Moment wollte.

Dennoch kam sie nicht umhin, die beiden zu vergleichen. Valentine beispielsweise war berüchtigt für seine Unpünktlichkeit. Aber Tom stand, genau wie er gesagt hatte, bereits unter dem kunstvollen Portal der National Portrait Gallery und wartete. Sie eilte auf ihn zu und fühlte sich trotz ihres Lächelns nicht ganz wohl dabei. Zum ersten Mal, seit sie nach London gekommen war, wünschte sie sich, bessere Kleidung zu haben. Ihr einziges gutes Kostüm war nicht nur ramponiert vom Garten der Royal Lodge, sondern verströmte zudem den strengen Geruch von Eau de Bonfire.

Tom, der noch umwerfender aussah, als sie ihn in Erinnerung hatte, und in seiner gebügelten Flanellhose und einem gepflegten Tweedjackett eine gute Figur machte, schien die Ruhe selbst zu sein. Er begrüßte sie mit einem freundlichen Lächeln und geleitete sie durch die Drehtür – wieder im krassen Gegensatz zu Valentine, der immer als Erster vorangeprescht war. Beeindruckt ließ sie Mosaik und Marmor auf sich wirken. »Ein erstaunlicher Bau.«

»Wie es sich für einen Ort gehört, der die Bilder der besonders inspirierenden Gestalten der Nation beherbergt«, erwiderte er und erläuterte dann, dass der Sammlung die Idee zugrunde lag, dass die Öffentlichkeit, zeigte man ihr die Bilder der Großartigen und Guten, selbst auch großartig und gut werden würde.

»Zugegebenermaßen haben nicht alle hier diesen hohen moralischen Ansprüchen genügt«, ergänzte er.

Sie waren durch die Säle gegangen und standen nun vor dem Porträt einer lächelnden dunkelhaarigen Frau mit einer Katze, deren Pfote in einem Glas mit Goldfischen hing. »Eine sehr berühmte Kurtisane«, grinste Tom. »Sie hieß Kitty Fisher. Die Symbolik fiel hier ein wenig zu wörtlich aus.«

Seine klaren Augen verbanden sich mit ihren, und die Vorstellung einer Kurtisane, vereint mit Assoziationen erotischer Lust, schien zwischen ihnen in der Luft zu hängen. Marion war erleichtert, als sie weitergingen. »Das wollte ich Ihnen zeigen«, sagte

Tom und blieb vor einem riesigen Gemälde stehen. »Das war der Marcus Adams des sechzehnten Jahrhunderts.«

Sie standen vor Hans Holbeins großartiger Zeichnung von Henry VIII mit breiten Schultern, kräftigen Beinen, massiger Brust und herausforderndem Blick. Marion runzelte die Stirn. Die resolute Männlichkeit vor ihr und die süßen Fotos von einer lachenden Prinzessin Elizabeth schienen in ihren Augen wenig gemein zu haben.

»Ein absoluter Meister der Hofmalerei«, fuhr Tom fort.

Kann man wohl sagen, überlegte Marion, den Blick hilflos auf Henrys gewaltige Schamkapsel gerichtet. »Sie meinen Holbein?« Sie war durcheinander.

»Ja und auch Mr Adams. Sie machen beide exakt dasselbe.«

Sie wandte sich ihm amüsiert zu. »Aber im Ergebnis doch wohl völlig verschieden, oder?«

Er schüttelte den Kopf. »Bei Hofe geht es nur ums Bild. Das wussten die Tudors besser als andere. Kommen Sie mit hier rüber.« Er nahm ihren Arm und schickte damit einen gewaltigen Freudenschauer direkt in ihr Herz, das plötzlich hell aufzuleuchten schien.

Nachdem sie sich etwas gefangen hatte, sah sie sich vor einem Gemälde, das eine vergleichbare Strahlkraft hatte: Spitze, Gold, Satin, Perlen und üppige Stickerei. Das Gesicht in dessen Mitte lächelte beherrscht und gelassen.

»Elizabeth die Erste«, erläuterte Tom. »Eine Frau, die wie danach erst wieder Elizabeth von York sich auf brillante Weise in Szene zu setzen und zu manipulieren verstand.«

Marion sah ihn fassungslos an. »Was?«

»Die Herzogin. Sie ist allen anderen um Längen voraus. Ein PR-Genie, wie Mr Adams sagt.«

»PR?«

»Public Relations. Man kontrolliert die Sicht der Öffentlichkeit auf einen selbst. Indem man dafür sorgt, dass die Öffentlichkeit sieht, was sie sehen soll, und denkt, was sie denken soll.«

Das konnte er wohl nur scherzhaft meinen, und doch sah sie, dass dem nicht so war. »Aber warum sollte sie das tun wollen?«

Er sah sie belustigt an. »Auf einen einfachen Nenner gebracht: der Macht wegen. Monarchen führen die Nation nicht mehr in die Schlacht. Wir haben uns vom Gottesgnadentum entfernt. Der Thron steht heutzutage für Ansehen und Prominenz. Und die Herzogin weiß das besser als jeder andere. Warum sonst lässt sie ihre Töchter ständig fotografieren und versorgt die Zeitungen mit den Bildern?«

Jetzt verstand Marion, was er meinte und dass es sogar stimmen konnte. Sie erinnerte sich an die Szene in der Diele mit dem Prinzen von Wales. »Davon hatte ich keine Ahnung«, sagte sie.

Tom lächelte ihr aufmunternd zu. »Keine Sorge. Das ist auch nicht nötig. Es ist auch nur einer der Gründe, warum die Fotografie die wichtigste Kunstform des zwanzigsten Jahrhunderts ist.«

Sie sah ihn nachdenklich an. »Sie sind davon überzeugt, nicht wahr?«

Er nickte. »Eines Tages werden Fotografen die Anerkennung bekommen, die sie verdienen. Vielleicht wird eines Tages sogar eine Prinzessin tatsächlich einen Fotografen heiraten, anstatt ihm nur Modell zu sitzen.«

Marion lachte. »Jetzt scherzen Sie aber wirklich.«

»Vielleicht. Egal, haben Sie Hunger? Unten gibt es einen guten Tearoom.«

Gegenstand von Toms Interesse zu sein, war wie ein Sonnenbad. Bei Tee und Zuckerschnecken stellte er ihr in einer halben Stunde mehr Fragen als Valentine in der ganzen Zeit, die sie miteinander verbracht hatten.

Sie erzählte ihm von ihrer Ausbildung und von Annie. Fassungslosigkeit lag auf seinem breiten, offenen Gesicht. »Sie wollen in den Elendsvierteln arbeiten? Was machen Sie dann hier bei den Yorks?«

Sie holte tief Luft und erzählte ihm dann von Miss Golspie und ihrer Mission, die Prinzessin mit dem Alltäglichen bekannt zu machen. Sie hatte befürchtet, nicht verstanden oder womöglich sogar belächelt zu werden. Aber er wirkte interessiert, sogar verständnisvoll. »Ich bin in einer vergleichbaren Situation«, sagte er und schenkte beiden Tee nach. »Mr Adams bringt mir bei, die königliche Familie zu fotografieren, aber das ist nicht das, was ich eigentlich tun möchte.«

Sie erinnerte sich: der Hungermarsch, er, der mit seiner Kamera mitlief, seine verhaltene Reaktion, als sie ihn im Atelier darauf ansprach. Die Aufregung und die Enthüllungen des Museumsbesuchs hatten dies alles verdrängt. Sie sagte lächelnd: »Sie wollen keine Fotos von Prinzessinnen machen?«

Seine grauen Augen waren ernst. »Verstehen Sie mich nicht falsch. Mr Adams ist mir ein großartiger Lehrer gewesen. Alles, was ich über Fotografie und Kameras weiß, habe ich von ihm gelernt. Aber ich möchte eine andere Richtung einschlagen.«

»Welche Richtung?«

»Fotojournalismus.«

»Was ist das? Davon habe ich noch nie gehört.«

Lächelnd meinte er: »Das habe ich erfunden. Das Wort, meine ich. Es ist Journalismus, aber mit Fotos. Man berichtet über Ereignisse wie Reporter. Aber man tut dies mit Bildern, nicht mit Worten.«

»Sie denken dabei etwa an die Polizei, die auf die Marschierenden losgegangen ist, um sie zu provozieren?«

»Genau.« Seine Augen glänzten befriedigt. »Die Wahrheit

über etwas offenlegen. Das aufschlussreiche Detail finden. Ein Bild kann so viel aussagen.«

»Oder so wenig«, sagte Marion und dachte dabei an die perfekten königlichen Porträts.

Er lächelte. »Ja, genau. Beim Fotojournalismus geht es darum, dass nichts planbar ist. Er ist spontan, auf den Punkt.«

Sie dachte darüber nach. »Und was machen Fotojournalisten dann mit ihren Bildern?«

»Dasselbe, was Journalisten mit ihren Worten machen. Sie verkaufen sie an Zeitungen und Illustrierte.«

Das überraschte sie. »Aber wer will schon Fotos von Polizisten, die auf Marschierende einprügeln?«

»Es gibt dafür tatsächlich einen wachsenden Markt. Einige Zeitungsverleger wollen zeigen, wie es wirklich zugeht in der Welt. Und nicht nur Teil einer königlichen Öffentlichkeitsarbeit sein.«

Ein schrecklicher Gedanke dämmerte ihr. »Sie sind nicht etwa Kommunist?« Sie war sich nicht sicher, ob sie noch einen ertragen konnte.

Er wollte gerade in einen Scone beißen. Das Gelächter, das diese Frage bei ihm auslöste, ließ ihn nach seiner Serviette greifen. Seine breiten Schultern hoben sich. »Nichts dergleichen«, japste er, und seine Augen tränten. »Tatsache ist, dass ich keinerlei Extremen traue.«

»Gut.« Sie war erleichtert. »Aber Sie möchten dennoch nicht, dass Mr Adams von Ihren ... anderen Interessen erfährt?« Diesen Eindruck hatte er jedenfalls erweckt.

»Nicht wirklich.« Ein wenig Angst lag in seinem Blick. »Sie werden doch nichts sagen?«

Lächelnd tätschelte sie seinen Arm. »Keine Sorge. Ihr Geheimnis ist bei mir sicher. Und wie Sie schon sagten, unsere jeweilige Situation ist vergleichbar. Sie arbeiten für den Hoffotografen, machen aber Ihren Fotojournalismus, ich arbeite für die königliche Familie, versuche aber sie ans echte Leben heranzuführen.«

Sein schönes Gesicht entspannte sich. »Ja. Wir ergeben ein gutes Team.«

Etwas blitzte in ihr auf. Streng erinnerte sie sich daran, dass sie nicht auf der Suche nach Liebe war. Wozu auch? Sie würde über kurz oder lang wieder nach Schottland zurückkehren.

Sechzehntes Kapitel

Die Einladung von Königin Mary kam völlig überraschend. Ihre Majestät wünschte, Marion zum Tee im Palast zu sehen. Sofern es Marion gelegen käme, solle sich diese bitte sofort mit ihrer Hofdame Lady Cynthia Colville in Verbindung setzen.

Marion nahm beklommen den schweren schwarzen Hörer ab. Sie hatte Lady Cynthia kennengelernt, ein Furcht einflößender alter Drachen mit einer gewaltigen Nase, grimmigen Augen und einem Mund, der sich ständig angewidert verzog. Wenn sie nicht der Königin diente, hatte sie den Vorsitz am Londoner Jugendgericht inne. Man konnte nur Mitleid haben mit jedem Übeltäter, der in die missliche Lage geriet, sich ihr stellen zu müssen.

»Ihre Majestät wünscht mich allein und nicht auch die Prinzessin zu sehen?«, hakte eine verdutzte Marion nach.

»Genau das wünscht Ihre Majestät. Seien Sie freundlicherweise pünktlich. Ihre Majestät kommt nie zu spät zu einer Verabredung, sei sie öffentlich oder privat. Sie erwartet dieselbe Pünktlichkeit von anderen.« Und damit legte Lady Cynthia auf.

Marion suchte Rat bei der Herzogin, die kichernd meinte: »Meine Schwiegermutter hat strenge Ansichten über den Unterricht! Bereiten Sie sich darauf vor, dass sie Ihnen auf *gründlich* teutonische Art Anweisungen erteilt!«

Aber was ging das Königin Mary an?, fragte sich Marion. Elizabeth war die Tochter der Herzogin. Anweisungen sollten doch wohl von ihr kommen? Obwohl sie sich ein wenig gekränkt fühlte, war sie zugleich fasziniert. Tee mit der Königin und Kaiserin war schon etwas Besonderes – und wie sähe wohl der Buckingham Palace aus?

Sie brach eine gute halbe Stunde früher als nötig auf. Der Spaziergang von Piccadilly durch den Green Park zum Buckingham Palace dauerte höchstens zehn Minuten. Die Busse dröhnten bimmelnd am nahe gelegenen Hyde Park Corner vorbei. Man musste Autos und Kutschengespannen ausweichen, und es waren jede Menge Botenjungen auf Fahrrädern unterwegs.

Im Green Park mit seinem sommerlichen Blumenschmuck tummelten sich Touristen. Sie saßen auf Liegestühlen oder lagen im warmen Gras. Sie schienen die Nähe des Buckingham Palace mit den Goldspitzen auf dem Schmiedeeisenzaun und der über dem mittleren Säulenportikus flatternden königlichen Standarte zu genießen. Die vergoldete Figur oben auf dem Victoria Memorial hob sich strahlend vom blauen Himmel ab. Sie konnte die Soldaten in ihren prächtigen Bärenfellmützen sehen, deren goldbetresste Jacken in der Sonne aufblitzten. Sie wurde ganz aufgeregt. Sie würde dorthin gehen, wohin nur wenige Menschen Zutritt hatten.

Pünktlich um 16:50 Uhr schritt sie durch die schwarzen Tore des Buckingham Palace. Unter den Augen mehrerer Zuschauer näherte sie sich dem Polizeibeamten, der sie zu erwarten schien und sie daraufhin durchwinkte und anwies, zu der schwarzen Doppeltür zu gehen, die sich auf der rechten Seite der Fassade befand. Beim Näherkommen öffnete diese sich wie von Zauberhand, dann ging es über breite, flache Stufen hinauf, und Marion war im Gebäude.

Das Innere des Palasts sah aus wie das prächtigste aller Grandhotels. Breite, mit Teppichen ausgelegte Flure rollten wie rote Flüsse zwischen weiß verkleideten, goldverzierten Wänden. Riesige Kronleuchter mit Kaskaden aus facettiertem Glas strahlten von den Decken. Es war sehr still.

»Ihren Mantel, Madam?«

»Danke!« Marion reichte die hellblaue Jacke einer hohen Gestalt im schwarzen Frack. Deren Weste leuchtete scharlachrot, der weiße Kragen war steif.

»Hier entlang, Madam.« Der Diener bog in einen der Korridore ein und hielt sich dabei am Rand des Teppichs. Marion, die neben ihm hereilte, lief in der Mitte. Als sie an mehreren anderen schwarz Befrackten vorbeikamen, die sie alle schief ansahen, fragte sie, was sie falsch machte.

Die Antwort amüsierte sie so sehr, dass sie diese wiederholte. »Nur Mitglieder des Königshauses gehen in der Mitte?«

»Ein frisch gebürsteter Teppich geziemt nur königlichen Füßen.«

Sie starrte ihn an. Meinte er das ernst? Er sagte das mit ausdrucksloser Miene, aber die Augen unter seinen gepuderten Haaren funkelten. »Hier entlang, Madam.«

Madam folgte. Niemals hätte man aufgrund der strengen Außenfassade mit so viel Pracht im Inneren gerechnet. Die Ausmaße der Räume waren riesig, und es schien keinen Quadratzentimeter zu geben, der nicht verziert war. Schimmernder Damast an den Wänden, golden schimmernde Decken. Dicke Seidenkordeln rafften die schweren Vorhänge vor den riesigen Fenstern. An den Wänden hingen wuchtige goldgerahmte Spiegel und große Porträts, und die Seidenpolsterung der Sofas schien aus ihren geschnitzten Goldrahmen zu platzen. Wohin Marions Blick auch fiel, sie sah Medaillons, vergoldete Zierleisten, Statuen in Alkoven mit leerem Blick in beeindruckenden Posen.

»Madam!« Der Diener verlangte ihre Aufmerksamkeit. Sie sah, dass er abrupt stehen geblieben und sich rasch der Wand zugedreht hatte.

Eine klein gewachsene junge Frau im weißen Kleid lief in der Mitte des Teppichs. Im Vorbeigehen warf sie Marion, die sich nicht abgewandt hatte, einen hochnäsigen Blick aus blauen Augen zu, die ihr vertraut vorkamen. Sie bog um die Ecke und war verschwunden.

»Wer war das?«

»Ihre Königliche Hoheit die Königliche Prinzessin, Miss.«

König Georges einzige Tochter, wie Marion wusste. Die Schwester des Herzogs und des Prinzen von Wales. »Warum haben Sie sich der Wand zugedreht?«

»Es wird von uns erwartet, den Blick abzuwenden, Miss.«

»*Wie bitte?* Aber das ist doch *lächerlich*.«

Wofür hielten diese Leute sich? Mochten sie auch König und Kaiser und Königin und Kaiserin sein, so befand man sich doch im zwanzigsten Jahrhundert.

Sie hatten nun eine breite, mit rotem Teppich ausgelegte Treppe erreicht, an deren oberem Ende sie genau mittig ein eleganter Gentleman in einem noch kunstvolleren Aufzug erwartete. Hinter ihm ragten zwei geschlossene weiße Türen mit üppiger Goldverzierung in einem ebenfalls kunstvollen weiß-goldenen Rahmen auf.

Marions Gedanken flogen wieder zu Alice, nur diesmal zu *Alice hinter den Spiegeln* mit den Fischen und Fröschen als Dienern. Abgesehen davon, dass die Haare wegen der Brillantine feucht glänzten, hatte der erste Diener keinerlei Ähnlichkeit mit einem Fisch. Aber dieser glupschäugige Funktionsträger im roten Frack und kunstledernen Schnallenschuhen, dem sie sich jetzt näherte, hatte eindeutig was Froschartiges.

»Der persönliche Diener Ihrer Majestät«, murmelte der erste Diener leise, bevor er sich abwandte.

Mit unglaublich würdevoller Ausstrahlung setzte der Frosch-Diener zu einem vornehmen Lächeln an, während gleichzeitig silbriges Gebimmel von unsichtbaren Uhren verkündete, dass es exakt fünf Uhr war. Als der letzte Schlag verklang, verkündete er: »Ihre Majestät erwartet Sie.«

Indem er ihr seinen rot befrackten Rücken zuwandte, griff der Frosch-Diener nach den runden Goldknöpfen der Türen. Er zog sie auf und gab den Blick frei auf einen opulenten Salon. Aber das war nur die verschwommen glänzende Kulisse. Die Aufmerksamkeit galt dem, was im Vordergrund stand.

Königin Mary erwartete sie in aufrechter, stolzer Haltung, ihre Knöchel berührten sich, die Füße zeigten leicht auswärts, und ihr Blick bohrte sich in den von Marion. Die Szene war völlig lautlos und schien doch so voller Lärm zu sein wie ein Trompetenstoß. Es war ein gewaltiger *Coup de théâtre*.

»Miss Marion Crawford, Ihre Majestät«, verkündete der Diener, bevor er Marion in den Raum scheuchte und sich dann entfernte. Auf leisen, gut geölten goldenen Angeln schlossen sich die Türen hinter ihm. Es gab kein Entkommen. Panik erfasste Marion.

Königin Mary war bereits im Garten von Royal Lodge eine imponierende Gestalt gewesen. Aber im Buckingham Palace war die Wirkung überwältigend. Sie ragte vor Marion auf wie eine riesenhafte Statue mit einem Gesicht missbilligender Entschlossenheit. Ihr blassgraues Kleid und die ausladenden Brüste wiesen auf die Palastfassade. Wie immer erinnerten der hochgeschlossene Kragen und die keulenförmigen Ärmel an das Zeitalter Victorias, ebenso die Haare mit den seltsamen kleinen Kunstlöckchen am Ansatz.

Ehrfürchtig und verängstigt sank Marion zum tiefsten Hofknicks nieder, den ihre zittrigen Knie zuließen, schüttelte dann schlaff und ohne zuzudrücken, die ihr entgegengestreckte Hand, die vor Diamanten strotzte. Sie hatte erwartet, dass ihr nun ein Stuhl angeboten wurde, aber die königlichen Fußknöchel blieben verschmolzen, während die königliche Miene in stirnrunzelnder Erwartung andeutete, dass noch etwas anderes erforderlich war. Marion wankte teppichwärts in einen weiteren Hofknicks.

Jetzt kam Leben in die Statue. »Lassen Sie uns erst Tee trinken, dann können wir uns unterhalten«, sagte die Königin mit kehliger Stimme.

Erst jetzt sah Marion sich um. Die Satinwände des vorwiegend in Rot gehaltenen Raums schimmerten, und die hohen gefältelten Vorhänge vor den gewaltigen Fenstern wurden von Seidenkordeln zurückgehalten.

Die Königin ging voraus in einen weiteren, kleineren Raum, der mit graublauer Seide ausgeschlagen war. Ein leises Ächzen wie von einem massiven Fischbeinkorsett begleitete sie. In den Tiefen eines Marmorkamins glomm trotz der Sonne vor den mit Seide drapierten Fenstern ein Feuer. Davor stand ein Tisch, darauf ein weißes Tischtuch mit Spitzenrand. Bestückt mit rosa Tassen und Untertassen, einem Teller mit Muffins und Scones und einem großen Früchtekuchen. Die Königin hantierte aufrecht an einem silbernen Kessel, der über einer Spirituslampe hing. Er trug das Monogramm VR.

»Dieser Kessel gehörte Queen Victoria«, erklärte Königin Mary überflüssigerweise, als sie das kochende Wasser in eine silberne Teekanne füllte, die dasselbe Monogramm trug. »Auch diese Teekanne. Und sehen Sie diesen Armreif?« Sie streckte Marion eine glitzernde Hand entgegen. Die Bindeglieder schienen mit Augen bemalt zu sein. Ein ziemlich schrecklicher Anblick.

»Es sind die Augen aller Kinder von Queen Victoria!«, erklärte Königin Mary triumphierend.

Man widmete sich dem Tee. Die Königin aß genüsslich und ließ ihre Blicke wandern, während sie kaute und tief in ihrer Kehle kleine, zustimmende Geräusche absonderte. Rosinen und Krümel ergossen sich über die palastartige Fassade. Marion pickte nervös an einem Scone und warf gelegentlich einen Blick auf ihre Gastgeberin. Ihr fiel auf, dass Königin Mary Bartstoppeln am Kinn hatte. Vom Kaminsims hörte man das leise Ticken einer verschnörkelten goldenen Uhr.

Nachdem sie ein Muffin und ein Stück Kuchen verputzt hatte, tupfte sich die Königin den breiten Mund mit einer Leinenserviette ab, grunzte zufrieden und sah Marion dann direkt in die Augen. »Nun werden wir unser Gespräch führen.«

Sie wühlte in einem Korb, der auf dem Boden stand. Als ihre Hand wieder auftauchte, hielt diese allem Anschein nach einen Haufen schmutzigen Garns.

»Man darf nichts vergeuden«, verkündete die alte Dame, als sie das Knäuel zu entwirren begann. »Ich werfe nie etwas weg. Niemals! Paketschnur, Bindfaden kann man immer brauchen. Ich bewahre alles auf. Auch Papier und Umschläge. Wir dürfen kein Geld verschwenden.«

Marion biss die Zähne zusammen. Denn sonst wäre ihr der Mund wohl offen geblieben angesichts einer Frau, zu der sie von zwei Dienern geleitet worden war, die sie mit zwei Hofknicksen begrüßt hatte und die umgeben von goldener Pracht nun gebrauchte Paketschnur entwirrte und zu ordentlichen kleinen Bällen zusammenrollte.

»Und Sie haben Freude daran, das Bambino zu unterrichten?«

Schön wäre es, sagte sich Marion, wenn ich die Chance dazu bekäme. »Wir hatten nicht viel Unterricht«, gab sie zu.

Die Königin schien gar nicht hinzuhören. »*Ja*, sie erinnert mich so sehr an mich! Ich habe jeden Tag sechs Stunden gelesen!«

Marion fand das ziemlich exzessiv. »Ich peile eine Stunde für Prinzessin Elizabeth an. Kinder brauchen Abwechslung und Bewegung, vor allem in ihrem Alter.«

Königin Mary blickte von einem besonders vertrackten Knoten auf. »Meine Schwiegertochter erzählt mir, Sie haben recht ungewöhnliche Vorstellungen davon, was das Unterrichten betrifft, Miss Crawford.«

»Nicht ungewöhnlich«, korrigierte Marion sie lächelnd. »Nur modern.«

Die kleinen Augen glitzerten. »Ich habe auch Ideen zum Unterricht. Sie müssen Lilibet Geschichte beibringen. Kinder haben großes Interesse an Genealogie. Vor allem königliche Ahnenforschung.«

Marion unterdrückte einen Seufzer.

»Geschichte ist der bei Weitem wichtigste Gegenstand«, verkündete die Königin. »Viel nützlicher beispielsweise als Arithmetik.« Die hellen Augen spähten bohrend über die Brillengläser. »Sie unterrichten Lilibet Arithmetik?«

»Ja.«

Der breite alte Mund zuckte skeptisch. »Lilibet muss nicht rechnen können. Sie wird sich niemals um ein Haushaltsbudget kümmern müssen!«

»Aber …«

»Geografie hingegen lohnt sich. Georges Empire bedeckt einen großen Teil des Globus. Sie müssen Mrs Knight fragen.«

»Mrs *Knight*?« Was wusste die wohl über Geografie?«

Königin Mary erklärte daraufhin, dass sich unter den Spielsachen im Kinderzimmer ein Satz Bauklötze befand, bestehend aus fünfzig verschiedenen Hölzern, die in den verschiedenen Teilen des weitläufigen Königreichs wuchsen. Er war Ihren Majestäten zur Kaiserkrönung, dem sogenannten Dehli Durbar, 1911 überreicht worden.

»Was für ein Anlass!« Die alte Königin hatte jetzt feuchte Augen. »Wir wurden wie Götter behandelt! Wir ritten auf Elefanten, und ich trug den größten Diamanten der Welt!« Die alten Hände wickelten unentwegt weiter schmuddeligen Bindfaden auf.

Marion wurde unruhig auf ihrem gepolsterten Stuhl. Höchste Zeit, ihren Standpunkt zu behaupten. »Ihre Majestät«, begann sie ernst. »Für eine wahrhaft abgerundete Erziehung könnte es von Nutzen sein, wenn die Prinzessin darüber hinaus ein Bewusstsein der sozialen Bedingungen erlangt – von den Problemen, mit denen so viele der Untertanen Ihrer Majestät zurechtkommen müssen, die Armen nämlich.«

Vom Platz ihr gegenüber ertönte wieherndes Schnauben. »Die Armen!«, rief Königin Mary aus.

Marion wappnete sich für ein königliches Donnerwetter. Sicherlich würde gleich der Frosch-Diener gerufen werden, um sie aus dem Palast zu werfen. Sollte er doch! Sie wäre dann wenigstens kämpfend untergegangen.

Die Königin starrte sie indigniert an. »Ich bin selbst doch auch sehr daran interessiert, wie die armen Menschen leben und arbeiten. Ich weiß eine Menge über die arbeitenden Klassen, da ich immer von Bediensteten umgeben war.«

Da es darauf keine Antwort geben konnte, versuchte Marion

gar nicht erst, eine zu finden. Es schien auch keine geboten zu sein.

»Ich habe Tee mit den Frauen von Bergleuten getrunken«, ergänzte Ihre Majestät, »und als wir einmal in Yorkshire waren, gab es dieses schreckliche Bergwerksunglück. Wir gingen sofort in die Cottages und trösteten die weinenden Witwen.«

Schließlich taumelte Marion aus der Audienz, in der Hand ein *Happy Families* genanntes Kartenspiel, wobei es sich bei den beteiligten Familien um die Plantagenets, Tudors und Hannoveraner handelte. Wie glücklich mögen die wohl gewesen sein? Ihr schwirrte der Kopf von Königin Marys Leseempfehlungen: die Klassiker und die Bibel, dazu Auswendiglernen von Gedichten – »Ein wunderbares Gedächtnistraining! Und Sie müssen unbedingt Harrison Ainsworth lesen.«

Marion hatte nie von einem Roman mit diesem Titel gehört. Aber kaum war sie zurück in der Piccadilly 145, da hielt auch schon ein Wagen vom Palast und brachte eine Bücherkiste. Auf den gesammelten Werken von Shakespeare, Dickens und Jane Austen lag ein kleines ledergebundenes Büchlein, auf dessen goldgeprägtem Rücken *Windsor Castle* von William Harrison Ainsworth zu lesen war.

Marion blätterte es durch. Es gab eine Menge altertümlicher Redewendungen. Sie stöhnte. Das war in der Tat der härteste aller Kämpfe. Doch er würde bald vorbei sein.

Elizabeth bittet mich immer wieder, sie Lilibet zu nennen, schrieb sie an ihre Mutter. *Sie meinte, jeder in ihrer Familie nenne sie so. Aber ich kann sie doch nicht ermutigen, mich zur Familie zu zählen, wenn ich schon bald wieder weg sein werde.*

Aber die Wochen verstrichen, der Monat ging vorbei, und keiner sagte etwas.

Hatten die Yorks es vergessen? Sollte sie es selbst ansprechen? Aber ihre Arbeit hier ließ sich kaum als beendet betrachten. Elizabeth liebte es, im Freien zu lernen, ihre Zwangssymptome schienen sich gebessert zu sein, und sie hatte nun beinahe wieder normale Fingernägel. Aber das Programm, Abenteuer in der »Normalität« zu erleben, was Marion so wichtig gewesen war, hatte sie bisher noch nicht umsetzen können.

Es war schwer, eine Erlaubnis dafür zu bekommen, denn die Herzogin eilte, vor allem wenn sie in London war, immer mit wehenden Pelzen zu einem wartenden Wagen, und der Herzog war entweder außer Haus oder schloss sich in seinem Arbeitszimmer ein. Marion fragte sich immer wieder, warum sie es überhaupt versuchte. Es wäre sicher besser, einfach zu gehen. Aufgeklärte Prinzipien, moderne Ideen – die hatten keinen Platz hier. Der Tanzunterricht und ganz besonders die Audienz bei Königin Mary hatten ihr gezeigt, mit welchem Bollwerk sie es zu tun hatte.

Aber da sie nun Elizabeth besser kannte, fiel es schwerer, alles aufzugeben. Davon abgesehen, dass es eine Freude war, sie zu unterrichten, war sie ein so liebenswertes kleines Mädchen, das man einfach gernhaben musste. Würden die Gefängnistüren sich ihr jemals öffnen, wenn sie jetzt ginge, überlegte Marion? Oder wäre das Kind dazu verdammt, wie eine Prinzessin im Turm den Rest ihrer Tage mit einsamen Vorzugsrechten zu verbringen? Sie dachte an den Buckingham Palace, wo alles schwer und gedämpft war und man das Gefühl hatte, vom Rest der Welt abgeschnitten zu sein, obwohl ganz London gleich hinter den mit Brokat drapierten Fenstern seinen Geschäften nachging.

Wäre die Prinzessin eingebildet und hochnäsig gewesen, wäre es ihr womöglich leichtergefallen. Aber Elizabeth hatte ein weiches, empfindsames Naturell. Ihr Mitgefühl, besonders für Tiere, war beeindruckend. Wenn sie mit dem Kind am Fenster mit Blick auf die Piccadilly stand, bedauerte Lilibet jedes Mal die Pferde vor der Bierkutsche, die jeden Abend an der Ampel stehen blieben. Es war rührend, wie unruhig sie wurde, wenn die Pferde sich verspäteten. Ebenso ihre Besorgnis um die müden kleinen Ponys, die mit ihren Karren nach Hause trabten. Ihre Besitzer wären erstaunt über das Ausmaß an königlichem Mitgefühl und Sympathie gewesen, das sie in diesem oberen Fenster weckten.

»Oh, Crawfie!«, rief Elizabeth eines Tages, als sie mit brennenden Augen ein besonders trauriges kleines Exemplar beobachtete, das vor einen riesigen Karren gespannt war und Mühe hatte, an der Ampel wieder loszukommen. »Sollte ich jemals Königin sein, werde ich ein Gesetz dagegen erlassen. Auch Pferde sollten sich ausruhen dürfen!«

»Aber du wirst nicht Königin werden«, hielt Marion dagegen. »Dein Onkel ist der Thronerbe.«

Elizabeth schien nicht zuzuhören. »Und ich werde nicht erlauben, dass den Ponys die Schweife kupiert werden!«

Marion stellte sich die Frage, wer so wie sie mit Elizabeth spielen würde, wenn sie ginge? Sie hatte die ernsthafte Prinzessin ermuntert, albern zu sein, indem sie selbst albern war. Anfangs konnte Elizabeth kaum glauben, dass Marion ihr tatsächlich erlaubte, rotes Zaumzeug mit Glöckchen über ihre Schultern zu streifen und mit ihr rund ums Haus zu galoppieren.

»Das würde Alah nie zulassen!«, flüsterte sie.

»Wirklich?«, erwiderte Marion lächelnd. »Da überraschst du mich aber.«

»Scharr am Boden, Crawfie! Mit deinem Huf! So geht das!« Sie machte es mit ihrem kleinen Fuß auf dem Teppich vor.

Lieferungen waren ebenfalls ein beliebtes Spiel. Mit bimmelnden Glöckchen am Zügel ließ Marion sich durch den Garten bis ans hintere Ende des Piccadilly-Hauses lenken, um »Lebensmittel zu liefern«. Dann wurde sie getätschelt, bekam ihren Futtersack und blieb ruckartig stehen, wenn die Prinzessin vor imaginären Häusern anhielt, imaginäre Ware überreichte und lange vertrauliche Gespräche mit imaginären Kunden hielt. Sie schien ein sehr fortschrittliches Verständnis vom Dienst am Kunden zu haben und von der Wichtigkeit, diesen auch zufriedenzustellen. In einem anderen Leben, überlegte Marion, wäre sie eine großartige Verkäuferin geworden. Vielleicht auch Chefin eines großen Unternehmens. Aber würde Elizabeth ohne ihre Hilfe überhaupt wissen, dass es solche anderen Leben gab?

Jedenfalls benötigte sie in diesem Leben vernünftige Kleider, um spielen zu können. Marion hatte sich mit diesem Problem an die Herzogin gewandt, aber zur Antwort bekommen, sich damit an Mrs Knight zu wenden. Mrs Knight hatte ihr geraten, die Herzogin zu fragen. So war es hin und her gegangen, obwohl die rußigen Sträucher hinter dem Piccadilly-Haus Schmutzstreifen und Flecken auf Spitze und Chiffon hinterlassen hatten.

Dann war da noch Tom. Auch er wollte nicht, dass sie ging. Er verzog das Gesicht zu einer komischen Trauermiene. »Ich werde dich vermissen.«

»Ooch!« Sie imitierte ihn, um zu verbergen, dass auch sie ihn vermissen würde.

Der erste Ausflug in die National Portrait Gallery hatte andere nach sich gezogen. Sie besuchten das British Museum, das Victoria and Albert, unternahmen Spaziergänge durch die Parks und trafen sich heute zum Tee in seiner Wohnung. Es war ein kleines, schäbiges Mietshaus nahe King's Cross Station, aber in Umkehrung von Valentines verwahrlostem Zimmer in dem prachtvollen Universitätsgebäude war seines wie aus dem Ei gepellt. Die winzigen Räume waren makellos aufgeräumt, und die Tagesdecke auf

Toms schmalem Bett war so straff gezogen, dass man einen Penny darauf hätte springen lassen können.

»Was ist das für ein Lärm?«, fragte sie. Von oben kam ein donnerndes Geräusch wie von einem polternden Klavier auf einem Holzboden, wozu Leute stampften und schrien. Toms Fenster schepperten unter dieser Wucht.

Er verdrehte die Augen. »Die Nachbarn über mir.«

Einen solchen Lärm kannte sie nicht aus dem Haus in der Piccadilly. »Kannst du ihnen nicht sagen, dass sie damit aufhören sollen?«

Er antwortete darauf mit einem gequälten Lächeln. »Nur zu. Aber empfehlen kann ich es nicht. Um diese Tageszeit sind sie normalerweise nicht mehr ganz nüchtern.«

»Aber wie kannst du schlafen?«

Er zuckte mit den Achseln. »Ich bin daran gewöhnt.«

»Kannst du nicht umziehen?«

»Könnte ich. Wenn ich das Geld dazu hätte.«

Errötend fragte Marion sich, warum sie davon ausgegangen war, dass jeder in London so lebte wie die Yorks, inmitten eines friedvollen, mit Teppichen ausgelegten Gebäudes mit vielen Zimmern.

Auf dem Regal neben seinem Bett stand das Foto einer hübschen jungen Frau. Alles in ihr zog sich zusammen. »Wer ist das?«, fragte sie, um einen unbekümmerten Ton bemüht.

»Meine Schwester. Kate.« Toms Lächeln machte klar, dass er sich nicht im Geringsten täuschen ließ.

»Lebt sie in London?«

Er schüttelte den Kopf. »Ich bin aus Cornwall.«

Daher also der Akzent. »Wie romantisch«, sagte sie und dachte an zerklüftete Felsen, umtost von schäumenden Wassern, an pittoreske Dörfer inmitten einer Hügellandschaft.

»Nicht, wenn man Kate ist«, erwiderte Tom knapp. »Sie hat TB.«

Marion hielt sich erschrocken die Hand vor den Mund und sah ihn bestürzt an. »Das tut mir so leid. Wie schrecklich von mir.«

»Du konntest es ja nicht wissen.« Seine Augen ruhten auf dem Gesicht seiner Schwester. »Aber du hast recht. Es ist schrecklich. Alles, was ich verdiene, gebe ich für ihre Behandlung aus. Das ist einer der Gründe, warum ich Fotojournalismus mache, um Extrageld für Kate zu verdienen.« Er lächelte sie an. »Möchtest du meine letzte Arbeit sehen?«

Das winzige Badezimmer, in dem zwei Menschen kaum nebeneinander Platz hatten, diente außerdem als Dunkelkammer. Eine rote Glühbirne hing von der Decke, unter der Leinen gezogen waren, um die Fotografien zum Trocknen aufzuhängen. Er nahm sie ab und zeigte ihr einige der Fotos, die er kürzlich aufgenommen hatte: arme Kinder im East End von London, spindeldürr, mit eingefallenen Augen und barfuß.

Mit Tränen in den Augen sah sie ihn an, sein Gesicht war dicht vor ihr. »Die sind sehr aussagekräftig.«

Er zog sie an sich heran und küsste sie. Sie klammerte sich an ihn, als wäre er die Antwort auf jedes Rätsel und jeden Widerspruch, der in ihr tobte. Sie ließ sich von ihm in das kleine Schlafzimmer führen, wo er sie behutsam auszog und dann liebte. Er ließ sich überall da Zeit, wo Valentine abrupt gewesen war. War großzügig, wo Valentine selbstsüchtig gewesen war. In ihr tobte die Lust und übertönte sogar die von oben kommende Klaviermusik. Am Ende lag sie in seinen Armen, fühlte sich ruhig und ganz als hätte sie etwas lang Gesuchtes endlich gefunden.

Zärtlich liebkoste er ihr Haar. »Geh nicht«, sagte er.

Marion war nun hin- und hergerissen. Als Entscheidungshilfe erstellte sie eine Liste mit Für und Wider. Für ihr Bleiben sprachen Elizabeth, Tom und »Operation Normal«, wie sie ihre geplanten Ausflüge nannte. Schwerwiegend dagegen sprach, dass sie weder ihre Ausbildung fortsetzen noch den Grassmarket und ihre Mutter sehen konnte. Außerdem schrieb sie auf die Liste noch Königin Mary, Alah und das Desinteresse der Herzogin. Was konnte sie ohne Unterstützung schon tun?

Als sie alles notiert hatte, prüfte sie die Liste. Für und Wider schienen ausgeglichen zu sein. Vielleicht sollte sie einfach weitermachen. Und den Dingen ihren Lauf lassen. Es war gar nicht so unerfreulich, sich treiben zu lassen.

Doch dann straffte sie ihre Schultern und hob ihr Kinn. Sie war nicht hier, um sich treiben zu lassen. Sie war mit einer Mission hergekommen. Aber da es ihr nicht erlaubt war, dieser nachzukommen, sollte sie einfach zurückkehren.

An diesem Wochenende, sie waren in der Royal Lodge, suchte sie die Herzogin in ihrem Arbeitszimmer auf. Es war ein sehr hübscher achteckiger Raum, mit holzvertäfelten Wänden voller Gemälde und Tischen, auf denen sich Bücher stapelten. Die Atmosphäre war angenehm, schwerer Rosenduft hing im Raum. In einem grünen Marmorkamin züngelte ruhig ein Feuer.

Vor einem hohen, von rosa Vorhängen gerahmten Fenster stand ein großer Schreibtisch aus Mahagoni, vollgestellt mit Fotos und persönlichen Dingen. »Crawfie!« Die Herzogin blickte auf, ihre Elfenbeinhaut schimmerte im Licht einer Fransenlampe. »Möchten Sie mich sprechen?«

Marion zögerte. Die deutlichen Worte, vorgetragen in klarem Ton, die sie in ihrem Zimmer einstudiert hatte, verließen sie. Alle Energie im Raum bündelte sich offenbar in der Frau am Schreibtisch. Und doch war Marion diejenige, die eine Entscheidung traf.

»Es ist nur …«, begann sie.

Der Kopf hinter dem Schreibtisch neigte sich anmutig. »Nur?«

Marion starrte auf ihre Hände, verschränkte sie. »Meine Probezeit ist vorbei, Ma'am.«

»Ist sie das *wirklich?*«

»Ja, Ma'am. Ich ...« Aber die Worte, dass sie nach Schottland und zu ihrem geplanten Berufsweg zurückkehren wollte, erstarben in Marions Mund. Die auf sie gerichteten blauen Augen hatten hypnotische Macht.

»Aber Sie müssen natürlich bleiben«, sagte die Herzogin milde, als wäre das schon längst geregelt und verstünde sich klarerweise von selbst.

Marion unternahm einen Versuch, ihre Kräfte zu sammeln. »Aber, Ma'am. Ich ...«

Jetzt schrillte das Telefon auf dem Schreibtisch der Herzogin. Sie nahm ab und rief entzückt: »Hallo, alter Freund!«

Die Unterredung war eindeutig beendet. Es war fast, wie Marion beim Verlassen des Raums überlegte, als hätte die Herzogin unter ihrem Schreibtisch einen Knopf, dessen Drücken eine telefonische Unterbrechung arrangieren konnte.

Einige Tage später kehrte Marion nach Edinburgh zurück, vordergründig, um ihre Sachen zu holen, aber eigentlich, um sich noch mal alles durch den Kopf gehen zu lassen.

»Ich bin mir wirklich nicht sicher«, sagte sie zu ihrer Mutter. »Ich hatte immer vor, nach einem Monat wieder zurückzukommen.«

Hier in Schottland, wo fast ganz England zwischen ihnen lag, verfehlte die seltsame Macht der Herzogin ihre Wirkung. Die von Tom tat das allerdings nicht. Sie begehrte und bewunderte ihn, seine Pionierarbeit auf dem Gebiet der Fotografie faszinierte sie ebenso, wie seine Hingabe an seine Schwester sie rührte. Wie gern wäre auch sie die Quelle seiner Hingabe gewesen, aber sie musste vernünftig sein. So attraktiv er auch war, sie kannte ihn kaum. Eine derartig wichtige Entscheidung konnte sie unmöglich auf ein paar Verabredungen gründen. Ihre vorherige romantische Erfahrung bestätigte dies.

Der stärkste Sog ging jedoch von Elizabeth aus. Doch hier, in der Stadt ihres Schützlings Annie McGinty, gab es keinen echten Wettkampf. Wie könnte sie bei so viel Elend und Armut ihre Arbeit bei den Yorks rechtfertigen? Selbst wenn sie die Erlaubnis von ihnen bekäme, was würden ein paar Fahrten mit der U-Bahn schon bewirken? Wie konnte sie nach London zurückkehren?

Marion beschloss, in Schottland zu bleiben und das zu tun, was sie immer vorgehabt hatte: zurück aufs Lehrerkolleg und zu den Kindern am Grassmarket gehen. Dort anknüpfen, wo sie unterbrochen hatte. Sicherlich war ihre Mutter es inzwischen leid, allein zu leben, Royals hin oder her. Sie würde sich bestimmt über die Rückkehr ihres einzigen Kindes freuen.

»Du solltest zu ihnen zurückkehren«, sagte Mrs Crawford jedoch zu Marions Erstaunen.

Sie standen in der kleinen Küche mit dem Steinpflaster, wo Mrs Crawford Schinken und Eier zum Frühstück briet. Auf dem geschrubbten Holztisch neben dem grünen Emailleherd standen zwei schlichte weiße Teller bereit. Das unterschied sich zugegebenermaßen sehr vom Lebensstil der Yorks mit Meißner Porzellan und Dienern, ganz zu schweigen von den Mahlzeiten, die ein professioneller Koch zubereitete. Doch Marion schob diese Überlegung beiseite.

»Möchtest du mich denn nicht zu Hause haben, Mutter?«

»Doch, natürlich will ich das.« Ihre Mutter seufzte und zog entschlossen die Augenbrauen zusammen.

Marion sagte entnervt: »Ich bleibe nicht in London, nur damit du in der Schlange beim Metzger allen erzählen kannst, dass ich für die königliche Familie arbeite.«

»Das ist es nicht. Du sagtest doch selbst, dass du deine Aufgabe bei Elizabeth noch nicht als beendet ansiehst. Du hast eigentlich noch gar nicht richtig angefangen.«

»Du klingst wie Miss Golspie«, sagte Marion beleidigt und bedauerte es, diese Details erwähnt zu haben.

Mrs Crawford nickte. »Miss Golspie hat mich übrigens besucht.«

»*Hat* sie?«

»Sie ist zufällig vorbeigekommen, und wir haben einen Kaffee zusammen getrunken.«

Marion zog eine Braue hoch. Das klang unwahrscheinlich. Das Moray House College und das kleine Reihenhaus der Crawfords lagen in völlig verschiedenen Ecken der Stadt.

»Ich erwähnte, dass du nach Hause kommst. Wir haben richtig miteinander geplaudert.« Die Augen ihrer Mutter strahlten, als sie sich daran erinnerte, von einer so wichtigen Person aufgesucht worden zu sein.

Marion verschränkte die Arme vor der Brust. »Und?«

Es zischte, und Mrs Crawford hob den Speck aus der Pfanne. »Die Yorks brauchen dich. Vor allem braucht dich die Prinzessin.« Sie nahm die Teller und trug sie in das kleine Wohnzimmer, wo der Klapptisch aufgestellt war.

Marion folgte mit der Teekanne, die sie neben die Ausgabe von *The Times* stellte. Diese war hier ein ungewohnter Anblick, denn ihre Mutter bevorzugte die *Picture Post*.

Auf der Titelseite stand, dass die von einem weiteren Hungermarsch mitgebrachte Petition, die fürs Parlament bestimmt war, konfisziert worden war, als sie in London überreicht wurde. Offenbar war es zu Handgemengen gekommen. Ein Foto zeigte die berittene Polizei, bewaffnet mit langen Schlagstöcken, ein anderes eine Gruppe von Polizisten, die einen jungen Mann über den Boden schleiften. Sie fragte sich, ob Tom sie geschossen hatte. Ein machtvolles Verlangen erfasste sie.

»Das ist eine sehr gefährliche Lage«, sagte Mrs Crawford und nickte Richtung Zeitung. »Das Land wird gespalten in die Betuchten und die Habenichtse.«

Marion konnte Isabel Golspies Stimme heraushören. Die Rektorin hatte ihre Mutter bearbeitet, so viel stand fest. Die Zeitung lag absichtlich hier, war Teil der Argumentation. »Aber was kann *ich* da tun?«, fragte sie stur. »Ich habe mein Bestes versucht.«

»Dann versuch es weiter! Hol dieses kleine Kind raus aus den Palastmauern«, instruierte ihre Mutter. »So, wie es Miss Golspie dir aufgetragen hat.«

»Aber sie lassen mich doch nicht!«, rief Marion.

Ihre Mutter sah sie aus blitzenden Augen an. »Dann bring sie dazu! Du musst ihr zeigen, wie normale Menschen leben. Sie ist die Zukunft der königlichen Familie. Aber wenn sie so weitermachen, werden sie womöglich gar keine mehr haben.« Sie zeigte mit ihrer geröteten Hand auf *The Times*.

»Du glaubst doch nicht im Ernst, dass es zu einer Revolution kommen wird?« Als sie sich an die Verachtung ihrer Mutter für Valentine erinnerte, hätte sie fast gelacht.

»Nun, dem Zaren ist es auch so ergangen! Und er war der Vetter des Königs!«

Marion wurde ganz kalt. Sie dachte an Elizabeth. Von der Tollerei wusste sie, wie sich Schreie in den Korridoren des Royal Lodge anhörten.

Sie fühlte sich manipuliert. In die Ecke gedrängt. »Aber meine Berufung liegt hier«, begann sie, hielt aber sofort inne. Es klang nicht überzeugend, nicht mal für sie. »Ich möchte am Grassmarket arbeiten. Und *diese* kleinen Kinder hinter *diesen* Mauern rausholen. Slummauern, nicht Palastmauern.«

Ihre Mutter packte ihre Hand. »Es ist an der Zeit, deine Berufung woanders zu finden. Sorg für eine andere Art von Unterschied.«

Am nächsten Tag auf ihrem Weg zum Grassmarket grübelte Marion über diese Unterhaltung nach. Ihre Mutter hatte, ganz offensichtlich dank Unterstützung von Miss Golspie, starke Argumente geliefert. Aber konnte sie tatsächlich in London mehr Gutes tun als hier?

Sie war so in Gedanken, dass sie die Gestalt nicht bemerkte, die sich ihr auf der Straße näherte. Und als sie es dann tat, brauchte sie eine Weile, bis sie diese wiedererkannte.

»Ethel?« Ihre alte Klassenkameradin war kaum wiederzuerkennen. Von der früher molligen, Gesundheit ausstrahlenden Gestalt mit ihrem sehr bestimmten Auftreten war nur noch eine leere Hülle übrig. Ihr Gesicht war eingefallen, und sie wirkte resigniert und schien ihr Äußeres zu vernachlässigen, als hätte jeglicher Lebensmut sie verlassen. War sie krank?

»Wie geht es der Familie?«, erkundigte sich Marion.

»Jock kümmert sich um Lizzie«, sagte Ethel.

»Gut.« Es sollten sich viel mehr Männer mit den Frauen die Last der Kindererziehung teilen, fand Marion. Aber warum sah Ethel sie so feindselig an?

»Das ist *nicht* gut«, platzte sie heraus. »Er hat seinen Job verloren. Die Werft hat Stellen abgebaut – er ist Schiffsnieter – und …« Sie biss sich auf die Lippe.

»Dafür kann er doch nichts«, versicherte Marion ihr mit Nachdruck.

»Nein, kann er nicht«, stimmte Ethel ihr hitzig zu. »Aber eine

Menge Leute scheinen das anzunehmen. Und sprechen von faulen Müßiggängern, die von der Stütze leben.« Sie hielt inne, ihre Augen glänzten feucht.

Marion war hilflos, ihr fehlten die richtigen Worte. Aber Ethel schien diese auch gar nicht zu erwarten.

»Wir haben meine Mutter rauswerfen müssen.« Ihre Stimme stockte vor Wut. »Dieser verdammte Means-Test.«

»Was meinst du damit?« Marion wusste, dass der Means-Test das Haushaltseinkommen aufgrund einer sehr demütigenden Befragung bewertete. Aber warum sollte Ethel gezwungen gewesen sein, ihre Mutter rauszuwerfen?

»Sie haben Geld abgezogen mit der Behauptung, sie sei Mieterin. Dabei hat sie uns gar nichts gezahlt. Sie hat ja nichts. Keiner von uns hat was.« Ethel hob ihre rote Hand an den Mund.

Marion starrte zu Boden. Sie wusste nicht, was sie sagen sollte, nur dass sie unter keinen Umständen verraten würde, für wen sie arbeitete.

Aber Ethel schien es zu wissen. Plötzlich packte sie Marions Hand. Der niedergeschlagene Ausdruck in ihrem Gesicht wich einer wilden Hoffnung. »Ich bin mir sicher, dass der König uns helfen würde«, sagte sie verzweifelt. »Wirst du ein gutes Wort einlegen? Bitte.«

Mit sinkendem Mut setzte Marion ihren Weg zum Grassmarket fort. Sie fühlte sich wie in einem Albtraum gefangen, auch wenn es die Albträume anderer waren.

Bei den McGintys hatte die Lage sich noch mal verschlechtert. McGinty war mit seinem Leierkasten zurückgekommen, aber ohne Geld mitzubringen. Er vertrank sogar das wenige, was seine Tochter und seine Frau erwirtschafteten.

»Er is'n Teufel, wenn er Schnaps gerochen hat«, berichtete Annie.

War sie vorher schon dünn gewesen, war sie jetzt zum Skelett abgemagert. Auf ihren Wangen lag der Schmutz von Wochen, und ihr rostfarbenes Haar stand in alle Richtungen ab. Das dünne Baumwollkleidchen war verschlissen, das Schultertuch löchrig. Sie ging schlurfend, um die großen Männerschuhe, die sie auf einem Müllhaufen gefunden hatte, nicht zu verlieren. Mrs McGinty, die früher eine gewissenhafte Mutter gewesen war, war zu krank, um sich kümmern zu können. Sie war fast blind und litt an Neuralgie. Obwohl noch Sommer war, hatte die Kälte sich bereits in jedem Winkel des kleinen Raums eingenistet.

Als sie wieder zu Hause bei ihrer Mutter war, ließ Marion sich verzweifelt aufs Sofa fallen. »Es ist so *ungerecht*! Ich will was dagegen tun!«

Mrs Crawford setzte sich auf die Sofalehne und streichelte ihrer Tochter den sorgenschweren Kopf. »Aber du kannst nichts tun. Nicht hier.«

Sie hatte recht, das wusste Marion. Sie konnte Jock seinen Job nicht zurückgeben und Annie, die putzen gehen musste, auch nicht unterrichten, zumal sich ihr Vater querstellen würde.

»Ich werde sie für dich besuchen«, versprach ihre Mutter. »Ich werde ein Auge auf Annie haben.«

Marion hob den Kopf. »Wirklich?« Ihre Mutter hatte in ihrem ganzen Leben noch keinen Fuß ins Grassmarketviertel gesetzt. Sie war erstaunt und gerührt. »Das würdest du für mich tun? Mir zuliebe?«

Ihre Mutter nickte mit Tränen in den Augen. »Für dich, für die kleine Elizabeth. Damit du das tun kannst, was du tun wolltest. Du *musst* zurückgehen, Marion.«

Siebzehntes Kapitel

Marion reiste durch eine üppige Spätsommerlandschaft zurück in den Süden. Auf der Ablage über ihrem Sitzplatz lag ein Koffer mit neuer Kleidung. Marion brauchte unbedingt selbst Ersatzkleidung, aber diese Kleider waren nicht für sie. Dazu waren sie um viele Nummern zu klein und für jemand ganz anderen gedacht.

Wenigstens das hatte sie sich vorgenommen. Wenn sie zurückginge, dann mit Spielkleidern für Elizabeth. Für ihre Mutter war Näharbeit kein Problem, und sie machte sich mit Begeisterung an die Arbeit und fertigte mit ihrer ratternden Singer einen robusten Schottenrock an und strickte dazu im Sessel einen warmen roten Pullover.

Und natürlich lagen die Vorteile auf der Hand, wie Marion mit Blick auf die in der Sonne liegenden Felder überlegte. Sie würde die Prinzessin nicht verlassen müssen und Tom wiedersehen.

Und was Annie McGinty und deren Unterricht betraf, nun, sie *würde* zurückkommen. Nur nicht sofort. Das Schicksal hatte es durch das sehr eigenwillige Zusammenspiel von Miss Golspie, Ethel McKinley, ihrer Mutter und der Herzogin von York anders bestimmt. Das Schicksal hatte ihr außerdem die Aufgabe klar gestellt, und sie plante diese in Angriff zu nehmen, sobald sie im Piccadilly-Haus eintraf.

»*Crawfie!*«

Sie war kaum durch die Tür, da kam Lilibet, die sie ganz offensichtlich erwartet hatte, über den Flur gerannt, und klammerte sich in einer Umarmung an sie. Aber etwas anderes rannte ihr hinterher – etwas Flaches, Rötliches. Die Prinzessin warf sich mit einem Wonneschrei auf den Teppich. In ihrer Abwesenheit war, wie Marion nun sah, der lang ersehnte Hund eingetroffen.

»Sein Name ist Rozavel Golden Eagle!«, sprudelte es aus Elizabeth aufgeregt hervor. Noch nie hatte Marion sie so begeistert erlebt. Jetzt richtete sie sich auf und ließ sich lachend von dem rauhaarigen rötlichen Tier das Gesicht lecken.

»Das ist aber ein langer Name.«

»Der Züchter hat ihn Dookie genannt! Weil sie wussten, dass er beim Duke of York leben würde!«

Nicht jeder teilte die Freude der Prinzessin an diesem Neuzugang, wie Marion vermutete. Ainslie drückte sich an den Flurwänden entlang und lächelte dabei nervös. Ein Hausmädchen humpelte bleich vor Schmerz und Ärger vorbei und bedachte den Hund mit hasserfülltem Blick, als dieser sich auf den Bauch der Prinzessin stürzte, kaum dass sie auf dem Rücken lag, um die langen Ohren des Tiers zu streicheln und seinen fassartigen Leib zu kitzeln. Es war eine Rasse, die Marion unbekannt war.

»Er ist ein Corgi!«, verkündete Lilibet fröhlich. Ihr Blick fiel auf Marions Gepäck. »Ist das eine Piratenkiste aus einer Geschichte?«

»Absolut.« Marion stieg sofort auf das Spiel ein. »Habe ich auch von einem Piraten bekommen.«

Tatsächlich war das kleine, polierte Kästchen mit dem geschwungenen Deckel ein Abschiedsgeschenk ihrer Mutter. Das Holz hatte in einem früheren Leben einmal die Offiziersmesse eines deutschen Kriegsschiffs verkleidet, das von der Crew im Ersten Weltkrieg in Scapa Flow versenkt worden war. Es war mit Messingbeschlägen versehen, und in den Deckel war ein »M« in etwas hellerem Holz eingelassen.

Sie sah Lilibet zärtlich an. Wie hübsch sie war mit ihren strahlenden Augen und dem breiten Grinsen, das ihr ernstes Gesicht verwandelte. Sie war außerdem in den vergangenen Wochen gewachsen und hatte etwas von ihrer kindlichen Rundlichkeit verloren. Marion hoffte, dass ihr die Spielkleider passten.

Sie musste sie sofort weitergeben, daran führte kein Weg vorbei. Mrs Knight war für Kleidung und Anziehen zuständig, und die Schränke der Prinzessinnen waren ihr Königreich.

Die Übergabe fand auf der Schwelle zum Kinderzimmer statt, die kein Vertreter des Schulzimmers überschreiten durfte. Unbeeindruckt nahm Mrs Knight das Paket und begann es zu öffnen. Marion schielte an ihr vorbei in das grün gestrichene Kinderzimmer, wo Margaret, wie üblich, aufrecht in ihrem Kinderbett stand, sich an den Holzstäben festhielt und auf die Wellensittiche in ihrem Käfig am Fenster starrte. Gut möglich, dass sie sich ihnen verbunden fühlte.

Sie musste das wirklich zur Sprache bringen, überlegte Marion. Aber das war ein Kampf für einen anderen Tag.

»Und was soll das sein, Miss Crawford?« Die plumpen Finger der Nanny hielten den karierten Rock und den Pullover hoch.

»Spielkleider, Mrs Knight«, sagte Marion freundlich. Das kleine rote Ensemble verlieh dem einheitlichen Schwarz der Nanny-Uniform gleich eine fröhlichere Note. »Es wäre sehr freundlich, wenn Sie, äh, Lilibet diese für den Unterricht anziehen könnten.«

Die Nanny reckte trotzig ihr eckiges Kinn. Der Kosename des Kindes war bisher ihr Vorrecht gewesen. Marion hielt dem hartherzigen Blick stand. *Ja, Mrs Knight. Die Dinge hier verändern sich.*

Nachdem sie die Herzogin nicht hatte finden können, näherte sie sich später dem Arbeitszimmer des Herzogs im Erdgeschoss und klopfte. Was mit einer unerwarteten Lachsalve beantwortet wurde. Sie drehte den Knopf und steckte ihren Kopf durch die Tür. »Darf ich eintreten?«

Die Yorks waren beide dort, saßen beidseits des Kamins, über dem ein großes Ölgemälde mit Kühen hing. Die Abendsonne fiel auf die Diamantringe der Herzogin und ließ eine Doppelreihe großer Perlen schimmern. »Ah, Sie sind es, Crawfie.«

Als wäre sie einfach nur kurz um die Ecke gewesen und nicht am anderen Ende von Großbritannien, um dort ihre ganze Zukunft zu überdenken. Ganz zu schweigen von der ihrer Arbeitgeber.

»Ja, ich bin es, Ma'am. Ich bin zurück aus Schottland.«

Der Herzog hielt einen Kristallbecher mit Whisky in der Hand, die Herzogin ein Glas Champagner, fast leer. »Und wie geht es meinem lieben Heimatland?«, fragte sie.

»Es schien ihm gut zu gehen, Ma'am.«

Marion fragte sich, wie lange sie wohl schon getrunken hatten. Der Blick der Herzogin war verschleiert. Jetzt war ihr Glas ganz leer. »My ain countrie!«, deklamierte sie das Lied der Schotten. »Wie *sehne* ich mich danach, in einem winzigen Gehöft neben dem glitzernden Fluss zu leben!«

Die Tür öffnete sich, und ein Diener trat mit einem Silbertablett ein, auf dem eine gefüllte Champagnerflöte stand. Gläser wurden getauscht. »Danke, Fotheringay!«

Während sie Fotheringay sich verneigen und zurückziehen sah, erinnerte Marion sich daran, dass der ausdrückliche Zweck ihrer Rückkehr war, diese Menschen mit dem normalen Leben in Verbindung zu bringen. Es würde ein schwerer Kampf werden, so viel stand fest. Aber am besten fing sie gleich damit an. »Ma'am?«

Die Herzogin trank einen großzügigen Schluck. »Prächtige Waden«, bemerkte sie undeutlich.

Marion glaubte, sich verhört zu haben, und sah sie fragend an.

»In den Tagen meines Großvaters, als der Diener noch Fußsoldat war und nicht Lakai, kam es auf sie an. Der Butler nahm tatsächlich Maß mit einem Maßband, um sicherzustellen, dass sie alle denselben Umfang hatten.«

Marion atmete tief durch. »Ich möchte um die Erlaubnis bitten, mit Prinzessin Elizabeth U-Bahn zu fahren.«

Die Yorks sahen sie verwundert an. Fast als hätte sie vorgeschlagen, ihre Tochter mit zum Mond zu nehmen.

»Ich dachte, es wäre gut für sie, die ...« Marion hielt inne. Ihr lag auf der Zunge »normale Welt« zu sagen, aber das würde implizieren, dass Lilibets Welt abnormal war. »Echte Welt« schien gleichermaßen einen ungünstigen Vergleich mit »königlich« herzustellen. »Die gewöhnliche Welt kennenzulernen«, sagte sie schließlich. »Um zu sehen, wie ...« Marion machte wieder eine Pause. »Wie *andere* Menschen leben.«

Ihr Blick wanderte von dem breiten, cremigen Gesicht zu dem grauen, abgespannten und wartete, dass ihnen ein Licht aufging. Und sie erkannten, dass sie ihnen helfen wollte, von ihrer Tochter ganz zu schweigen.

Schließlich ergriff der Herzog das Wort. »Es k-k-könnte eine g-g-gute Idee sein, Liebling«, sagte er zu seiner Frau.

»Aber, Bertie! Die *Untergrundbahn.*« Die Herzogin suchte Halt an ihrer Champagnerflöte.

»Sie müssen ja nicht w-w-weit fahren. Sie könnten Mama und Papa besuchen.«

Marions Geduld wurde auf eine harte Probe gestellt. Um jemanden der realen Welt auszusetzen, reichte es nicht, vom Haus in der Piccadilly zum Buckingham Palace zu fahren. Aber weil das vorherzusehen gewesen war, hatte sie bereits einen Plan. »Ich dachte dabei an die neue Zentrale des Christlichen Vereins Junger Frauen.«

Elizabeth von York sah sie verdutzt an.

»Ich glaube, Sie haben diese sogar eingeweiht, Ma'am? Im vergangenen Jahr. Es ist die an der Tottenham Court Road.«

»Oh ja. Ich erinnere mich verschwommen. Ein neues Gebäude von Mr Lutyens? Ziemlich modern?«

»Ganz genau, Ma'am.« Auch das gehörte zu ihrem Plan. Lilibet war vermutlich noch nie in einem Gebäude gewesen, das aus einer jüngeren Zeit als der Mitte des neunzehnten Jahrhunderts stammte. »Sehr modern. Es gibt dort eine Selbstbedienungscafeteria.«

Wie aufs Stichwort kam Fotheringay zurück. Er reichte der Herzogin ein frisches Glas Champagner vom Tablett. Sie trank nachdenklich. »Selbstbedienung? Wie *fabelhaft*, das macht sicher Spaß!«

Achtzehntes Kapitel

Am Morgen des Ausflugs mit der U-Bahn dauerte es besonders lang, bis Lilibet fertig war. Oder besser gesagt, Mrs Knight ließ sich viel Zeit damit, sie herzurichten. Und das wohl mit Absicht, wie Marion mutmaßte, während sie in der oberen Galerie im Kreis lief. Die glasigen Blicke von Lilibets Pferden feuerten ihre Unruhe noch an. Es war eine Erleichterung, als endlich die Tür zum Kinderzimmer aufschwang. Doch darauf folgte unmittelbare Enttäuschung.

»Das kann sie nicht tragen, Mrs Knight!«

Lilibet, die vor Aufregung von einem Bein aufs andere hüpfte und den Plan der U-Bahn schwenkte, war mit Satinschuhen und Spitzenrüschen herausgeputzt.

»Sie fährt in einem öffentlichen Verkehrsmittel«, ergänzte Marion. »Was ist aus den Spielkleidern geworden?«

Sie hatte sie seit der Aushändigung nicht mehr gesehen, und die hatte vor fast einer Woche stattgefunden. Immer wieder hatte

Mrs Knight eine Ausrede, keine wirklich überzeugend. Doch darum ging es offenbar gar nicht.

Jetzt zuckten die breiten schwarz gewandeten Schultern teilnahmslos. »In der Wäsche vielleicht?«

»Aber sie sind nicht schmutzig, Mrs Knight.« Sie zwang sich, ruhig zu bleiben. Sie wollte sich nicht anmerken lassen, wie verletzt sie im Namen ihrer Mutter war, die diese Kleider mit so viel Mühe und so guten Absichten angefertigt hatte. »Lilibet hat sie noch nicht einmal getragen.«

Sie hatte damit gerechnet, dass es wegen der Kleider Ärger geben würde, auch mit einer Szene. Aber dass Mrs Knight sich schlichtweg weigern würde, Lilibet den kleinen Rock und den Pullover anzuziehen, war ihr nie in den Sinn gekommen. Aber natürlich hätte sie diese Reaktion vorhersehen müssen. Hatte sie sich zu große Hoffnungen gemacht? War sie zu naiv gewesen?

Aber diese schreckliche Frau würde ihr nicht das Wasser abgraben. Sie verfolgte ein größeres Ziel, das ließ sich nicht so einfach zum Scheitern bringen. Sie gab sich alle Mühe, freundlich zu bleiben. »Vielleicht könnten sie noch mal nachsehen, Mrs Knight? Oder ich könnte das für Sie tun?«

Jetzt wurden die stechenden Augen ganz schmal. Das würde sie niemals zulassen.

Marion seufzte. Um den Krieg zu gewinnen, musste sie akzeptieren, diese Schlacht verloren zu haben. »Dann vielleicht einen Mantel und eine Baskenmütze, Mrs Knight?« Alles, um diese Rüschen zu überdecken. Und dieses alberne Satinband.

Nach einer weiteren unnötigen Verzögerung brachen sie schließlich auf. Gefolgt von Cameron.

Cameron war der Privatdetektiv der Yorks und genauso wenig entgegenkommend wie seine Kollegin aus dem Kinderzimmer. Vielleicht steckten sie sogar unter einer Decke. Was seine Rolle als Detektiv betraf, war Cameron eine Belastung. Dieser bebrillte Schotte mit schmalem Schnurrbart, in Regenmantel und Homburghut und auf theatralische Weise argwöhnisch, war die Verkörperung seines Berufsstandes.

Legte er es darauf an, die Expedition zu unterlaufen? An der Hyde-Park-Corner-Untergrundstation marschierte er gravitätisch umher und suchte mit forschenden Blicken die Decke des Bahnhofs ab. Er zog aus allen Ecken die Aufmerksamkeit auf sich. Die Leute glotzen ihn an, und es schien nur eine Frage der Zeit zu sein, bis sie auch Lilibet bemerkten.

Zumal Marion sie ermuntert hatte, sich ihre Fahrkarte selbst zu kaufen, was sich als mühsames Unterfangen erwies. Sie stand jetzt in Mantel und mit Mütze am Schalter, kramte in einem kleinen bestickten Geldbeutel und zählte konzentriert die ihr nicht vertrauten Münzen. Marion verfolgte die Prozedur angespannt und rechnete jeden Moment mit dem Ausruf: »Aber das sieht Großpapa gar nicht ähnlich!« So hatte sie nämlich auf die Rückseite der Drei-Penny-Münze reagiert.

Die Schalterbeamtin gab ihr Bestes und hatte die kleine Kundin bis jetzt noch nicht erkannt. Endlich kam die Prinzessin mit einem kleinen Stück Papier und einem triumphierenden Lächeln zurück, als hätte sie die Untergrundbahn erfunden und würde nicht nur damit fahren.

Plötzlich fielen alle Sorgen von Marion ab, und eine Woge der Freude erfasste sie. Bei allem Ärger war es die Sache wirklich wert.

Sie schielte auf Cameron. Der große Detektiv stand mit dem Rücken zu ihr und musterte einige Plakate, die für die Südküste warben. Es war verlockend, sich davonzuschleichen und ihn zurückzulassen. Aber da wirbelte er schon herum, rollte theatralisch mit den Augen und marschierte ihnen zum Bahnsteig hinterher.

Ein durchdringender Schrei von Lilibet: »Crawfie! Die Treppen bewegen sich!«

Marion stellte sich rasch zwischen ihren Schützling und die amüsierten Londoner, für die diese neuen Rolltreppen bereits ein alter Hut waren. Lilibet hielt in köstlicher Angst die Luft an und schwebte an den sich ebenfalls bewegenden Handlauf geklammert in die Tiefen des Bahnhofs. Auf dem Bahnsteig zeigte sie neugieriges Interesse an den anderen Fahrgästen.

»Starr nicht ganz so viel«, murmelte Marion.

»Ich starre nicht!«, widersprach die hohe, klare Stimme. »Was ist das denn für ein *fürchterlicher* Geruch?«

Marion ging rasch ein Stück weiter, weg von dem übel riechenden Stadtstreicher. Jetzt fuhr auch schon brausend und lärmend der Zug ein.

»Das ist Zauberei!«, rief Lilibet, als die Türen von selbst aufsprangen.

Das daraufhin erneut aufflackernde Glücksgefühl erlosch, als Marions Blick auf Cameron fiel, der sich mit kämpferisch vor der Brust verschränkten Armen jeden einzelnen Fahrgast genau ansah und wieder alles zu ruinieren drohte. Frustriert ballte sie die Fäuste. Selbst sie, ein Neuankömmling in London, wusste, dass man im Zug den Blick auf den Boden senkte. Sofern man keine Zeitung dabeihatte.

Lilibet war auch keine große Hilfe. Sie unterhielt sich mit ihrer Nachbarin, einer großen, rotgesichtigen Frau, die von ihr ganz hingerissen zu sein schien.

»Oh, Crawfie«, verkündete die Prinzessin fröhlich, »das ist Mrs Simmons. Sie ist eine Aufwartefrau aus Muswell Hill. Ist das nicht wirklich wunderbar?«

Die Empfangshalle des Piccadilly-Hauses kam Marion wieder in den Sinn: Die Herzogin, die dem Prinzen von Wales Konversation vorspielte. Wie es schien, war Lilibet ähnlich angeleitet worden wie ihr Onkel.

»Benutzen Sie wirklich einen Eimer?«, erkundigte die Prinzessin sich bei ihrer Nachbarin. »Ich *liebe* Eimer. Man kann ganz wunderbare Sandburgen damit bauen.«

Marion atmete auf, als der Zug in den Bahnhof einfuhr und die magischen Worte *Tottenham Court Road* auf der gefliesten Wand erschienen. Sie waren angekommen!

Lilibet fand alles schön im Gebäude des Christlichen Vereins Junger Frauen, von der imposanten Doppeltreppe, die zum Eingang aus rotem Backstein führte, bis zum großen Saal des Cafés mit seinen praktischen Stühlen und Tischen.

Am aufregendsten war jedoch das Teetrinken gewesen, die dicken Tassen und Unterteller, die Butterbrote, von denen man Maulsperre bekam – so ganz anders als die waffeldünnen Scheiben, die sie gewohnt war –, und der aufregende Moment, als sie in der Annahme, dass ihr alles gebracht werden würde, ihre Teekanne auf der Theke stehen ließ.

Die Frau an der Ausgabe hatte sich auf ihre fleischigen Unterarme gelehnt und ihr hinterhergebrüllt: »Das hier ist Selbstbedienung, weißt du! Wenn du deinen Tee haben willst, musst du kommen und ihn dir holen!«

»Hat die laut geschrien!«, schwelgte Lilibet später selig.

Sie hatten gerade mal zehn Minuten gesessen. Das kleine Mädchen hatte ihr Besteck positioniert, Brot und Butter in acht absolut gleich große Stücke geschnitten und begann nun, sie abwechselnd mit einem Schluck gesüßtem Tee zu essen. Aber dann wurden sie unvermittelt und ohne Vorwarnung von Cameron in das Büro der Leiterin des YWCA gescheucht. Während sie dort in einer Reihe hastig zusammengeschobener Bürostühle vor dem

Schreibtisch der aufgeregten Angestellten saßen, wurde ein Anruf nach Piccadilly 145 getätigt und ein Wagen bestellt.

»Was ist denn los?«, hatte Marion den Detektiv gefragt. »Was erlauben Sie sich eigentlich?«

Camerons kleine, runde Brillengläser funkelten, als er sie ansah. »Miss Crawford. Sie unterschätzen die sehr realen Gefahren des irischen Republikanismus. Überall lauern Terroristen.«

»Terroristen?«, wiederholte Lilibet erschrocken.

»Aber keiner weiß doch, dass sie hier ist!«, widersprach Marion. »Es ist ein absolut geheimer Besuch.«

Cameron sah sie an. »Jemand wusste davon. Draußen waren Pressefotografen.«

Marion sah ihn finster an. Sie nahm ihm das keine Sekunde lang ab. Wenn es wirklich bekannt geworden und ihre Tarnung aufgeflogen wäre, dann war der Schuldige höchstwahrscheinlich Cameron selbst. Er war wichtigtuerisch im Café auf und ab stolziert, hatte sich auffällig Notizen gemacht und geradezu albern das Mobiliar inspiziert.

Doch ihre Argumente waren vergeblich. Gleich darauf war der Wagen vorgefahren, und sie wurden eilig nach draußen verfrachtet, als würde gleich das ganze Gebäude in die Luft fliegen. Die Rückfahrt in der U-Bahn war abgeblasen.

Da hatte sie Lilibet aus dem goldenen Käfig geholt, nur um zusehen zu müssen, wie sie wieder hineingezerrt und die Tür rasch zugemacht wurde. Marions Augen brannten, als sie an den Läden der Oxford Street vorbeifuhren. Sie musste an die Feindseligkeit von Mrs Knight, das Unverständnis der Herzogin und Camerons Inkompetenz denken. Ihre Enttäuschung verwandelte sich in Verzweiflung. Wozu das Ganze?

Eine Berührung ihrer Finger holte sie aus ihren Gedanken. Eine kleine Hand, deren einst weißer Handschuh mit Butter befleckt war, drückte ihre. Sie drehte den Kopf. Ein eifriges kleines Gesicht blickte zu ihr hoch.

»Macht nichts, Crawfie«, sagte Lilibet beschwichtigend. »Es war nicht Ihr Fehler.«

Marion hatte einen Kloß im Hals.

»Es war so ein Spaß«, ergänzte die Prinzessin und sah wehmütig auf die kleine U-Bahn-Fahrkarte, die sie in der anderen Hand hielt. Sie überlegte ganz offensichtlich, wann, wenn überhaupt, es ihr wieder erlaubt sein würde, in die gewöhnliche Welt zurückzukehren.

Sie zu beobachten, erfüllte Marion mit frischem Schwung und neuer Entschlossenheit. *Bald*, versprach sie der Prinzessin lautlos. Bald. Und sie würde auch an die Spielkleidung kommen.

Neunzehntes Kapitel

Marion strahlte Tom zärtlich über den klebrigen Tisch des Cafés hinweg an. Es war eins der häufigen abendlichen Rendezvous gleich um die Ecke ihrer beider Arbeitsplätze. So klein, billig und unscheinbar das Café auch war, für sie war es voller Magie. Tom war da, und das reichte ihr.

Liebte sie ihn? Nach ihrem traumatischen Erlebnis mit Valentine war sie vorsichtig, so etwas zu denken. Sie hatte keine Eile, ihr Herz erneut zu verschenken, nicht mal an jemanden, der so gut aussah und interessant war wie Tom. Natürlich tat es gut, Spaß und Gesellschaft zu haben. Aber mehr auch nicht.

Aber Tom hatte sich so schnell in ihr Leben eingeschlichen. Sie sah ihn jetzt an fast allen Abenden und war schon fast von ihm abhängig. Er unterstützte sie, war interessiert. Er ermutigte sie geradezu, sich alles von der Seele zu reden, und das tat gut nach einem Tag, an dem sie sich mit den Kaprizen der Herzogin und den kleinen Gemeinheiten von Mrs Knight hatte herumschlagen müssen.

Es schien ihn nie zu langweilen. Er zeigte Mitgefühl und stellte Fragen. Er schien zu verstehen, wie schwierig und merkwürdig ihre Arbeit und wie fordernd und zermürbend der Umgang mit den unterschiedlichen Persönlichkeiten war. Natürlich half es, dass er einige davon persönlich kannte. Keine Einzelheit war ihm zu unbedeutend, sich nicht dafür zu interessieren. Er schien alles faszinierend zu finden und in Erweiterung dessen auch sie. Sie genoss es, ihn zu amüsieren und in Erstaunen zu versetzen. »Wirklich?«, pflegte er dann zu sagen. Oder: »Jetzt scherzt du aber?« Nie hatte es ihr so viel Spaß gemacht, ein wenig zu jammern.

Gerade eben hatte sie ihm von Mrs Knight und den Spielkleidern erzählt. Sie hatte mit seiner üblichen faszinierten Aufmerksamkeit gerechnet, aber aus irgendeinem Grund wirkte er abwesend.

»Langweile ich dich?«, neckte sie ihn und stupste ihn an.

Er sah sie an, als käme er von weit her. »Tut mir leid. Ich bin ein wenig durcheinander, das ist alles.«

»Die Arbeit?«

Er zuckte die Achseln. »Kann mich nicht beklagen. Mr Adams ist gut zu mir.«

»Ich meine den Fotojournalismus.«

Er senkte den Blick. Er hatte Konkurrenz, das wusste sie. Auch andere sprangen auf den Zug auf. Das Foto, das sie in Schottland in der Zeitung gesehen hatte, war nicht von ihm, sondern von einem anderen.

»Ist es Kate?«, hakte sie sanft nach.

Aber Tom schien nicht über seine Schwester sprechen zu wollen. Er gab sich sichtlich Mühe, sich zusammenzureißen und zu konzentrieren. »Wie läuft es mit Operation Normal?«, frotzelte er.

Marion verdrehte die Augen. »Im Moment sind wir auf den Garten beschränkt. Der Schreck im Christlichen Verein Junger Frauen hat das Vorhaben erst mal für eine Weile ausgebremst.« Sie strich fahrig Butter auf ihr Milchbrötchen. »Die Behauptung Camerons, dort seien Fotografen gewesen, ist einfach lächerlich. Wer konnte schon wissen, dass sie dort war.«

Als sie Tom weiterhin ausdruckslos in seinen Tee starren sah, musste sie wieder an seine Schwester denken und wie klein dagegen ihre Probleme waren. Warum sollte er sich überhaupt dafür interessieren? Sie sollte selbst damit klarkommen und die alte Schachtel ein für alle Mal wegen der fehlenden Kleidung zur Rede stellen. Offensichtlich verfolgte Mrs Knight die Absicht, die Kleider so lange zu verstecken, bis Elizabeth aus ihnen herausgewachsen war. Nun, das würde ihr nicht gelingen.

»Miss Crawford?« Mrs Knights Ton war vorhersehbar feindselig. Über ihrem Arm hing eins von Margarets langen weißen Nachthemden, das sie gerade zusammenfaltete.

Marion war freundlich, aber direkt. »Es geht um Lilibets Spielkleidung.«

Mrs Knight reagierte nicht. Sie drehte sich um und kehrte ins Kinderzimmer zurück. Ein schwaches Geräusch erreichte Marions Ohr. Die Nanny summte vor sich hin, während sie das Nachthemd faltete. Ein kleines Lächeln umspielte ihre schmalen Lippen.

Marion trat über die ehrwürdige Schwelle in den Raum. Sofort hörte die Nanny zu summen auf, wirbelte herum und sah sie finster an. Marion hielt dem Blick stand. »Wo sind die Kleider?«

Ein harter Blick traf sie. »Ich habe sie nicht gesehen.«

»Aber sie müssen hier sein. Wo sollten sie sonst sein?«

Die Nanny schwieg. Und Marion wusste, dass sie machtlos war. Dies war das Reich von Mrs Knight. Es verbot sich von selbst, sämtliche Schubladen zu durchwühlen. Wütend machte sie auf dem Absatz kehrt.

Obwohl die Rüschen sie behinderten, war Lilibet im Spiel beweglicher und geschickter geworden. Fangen konnte sie inzwischen ganz gut, und wenn Marion das Sprungseil an einem Baum festband und das andere Ende schwang, meisterte sie auch den Reim vom Teddybär mit einem Sprung pro Silbe. Beim Himmel-und-Hölle-Spiel sprang sie mit der Anmut einer Highland-Tänzerin.

»Und jetzt lassen Sie uns Lieferungen spielen, Crawfie!«

Es war der Tag nach dem Zusammenstoß mit Mrs Knight. Sie waren für ihre Pause in den Garten gegangen. Marion warf einen besorgten Blick auf den Zaun, der ihn vom Park abgrenzte. Auch hier war es zu unerfreulichen Entwicklungen gekommen. Vor einigen Tagen war in einer der Zeitungen ein Foto von der auf dem Rasen spielenden Lilibet erschienen. Daraufhin hatten sich kleine Zuschauergruppen vor dem Zaun eingefunden.

Marion hatte keine Ahnung, wie das Foto entstanden sein könnte. Die Herzogin war außer sich gewesen. »Er muss sich in einem der Büsche versteckt haben!«

»Mit Sicherheit nicht, Ma'am. Wer würde so etwas tun?«

Die blauen Augen blitzten. »Es sollte besser nicht wieder vorkommen, Crawfie. Sie wissen ja, was Alah und Cameron sagen. Da draußen laufen gefährliche Leute herum.«

Marion hörte das unmissverständliche Geräusch eines ihr vor die Füße geworfenen Fehdehandschuhs. Die Herzogin gab ihr auf diese Weise zu verstehen, dass, sollten weitere Fotos erscheinen, dies das Ende der Gartenspiele bedeutete. Die Sache war äußerst ärgerlich, aber was sollte sie, Marion, dagegen tun? Es war wohl kaum ihr Fehler.

Weitaus ärgerlicher jedoch war die Doppelmoral. Von Tom wusste sie, dass die Herzogin sich aktiv dafür einsetzte, dass Marcus Adams' Fotografien ihrer Töchter in die Zeitungen kamen. Allen anderen jedoch warf man vor, die Privatsphäre zu verletzen.

»Kommen Sie, Crawfie! Scharren Sie! Machen Sie so.« Der kleine, schmutzbesudelte Satinschuh stampfte auf das Gras.

Lilibet hatte sich noch nicht zu den Gesichtern geäußert, die sich nun täglich hinter dem Zaungitter versammelten und ihr zusahen. Gut möglich, dass sie diese noch gar nicht bemerkt hatte oder, wie im Tanzunterricht, es als ihr Schicksal akzeptiert hatte, angestarrt zu werden.

Aber Marion als erwachsene Frau mit bimmelnden Glöckchen und rotem Ledergeschirr kam sich nicht nur albern vor, sondern wollte die Prinzessin, die so wenige Freiheiten hatte, auch beschützen. Mehr zu erreichen war ein mühsamer Kampf. Ihre Augen schweiften über die Menge. Sähe sie eine Kamera, würde sie handeln.

Doch die kleine Menschenansammlung wirkte harmlos. Sie schaute genauer hin. Noch immer nichts.

»Crawfie!«, rief Lilibet und zog an den Zügeln. »Sie müssen schneller galoppieren!«

Ihr blieb keine Wahl, sie musste sich fügen und losstürmen, wiehern und scharren. Aber was war das, dort in der Ecke des Gartens, am Rande des Gebüschs – ein Aufblitzen von Licht auf Glas? »Geh zur Gartentür«, flüsterte Marion ihrem Schützling zu.

»Aber, Crawfie!«

»Geh!«

Sobald Lilibet sicher im Haus war, stürmte Marion auf das Gebüsch zu. Noch in ihrem Geschirr und mit wild bimmelnden

Glöckchen riss sie die Zweige auseinander. Und wie erwartet starrte die Linse einer kleinen Kamera sie an.

»Wie können Sie es wagen!«, brüllte sie. »Das hier ist ein Privatgrundstück! Sie dringen in die Privatsphäre der Prinzessin ein! Schämen Sie sich denn nicht?« Die Vorstellung, dass jemand mit ihrem unschuldigen Schützling Geld machen wollte und das kleine Mädchen auf diese Weise noch mehr einschloss, ließ sie vor Wut schäumen. »Sie sind widerlich!«, kreischte sie den hilflosen Fotografen an, der nun seine Kamera senkte, um sein Gesicht zu zeigen. Schockiert erkannte sie, dass das Paar auf sie gerichteter grauer Augen Tom gehörte.

»Du!«, keuchte sie und taumelte rückwärts. Sie klammerte sich am Strauch fest, um nicht zu fallen. Für einen Moment blieb die Welt stehen, das schier Unfassbare brachte sie zum Stillstand. Dann drehte sie sich wieder und wurde schneller und schneller, als ihr nicht nur klar wurde, dass es tatsächlich geschah und real war, sondern dass die Herzogin durchaus recht gehabt hatte und dies womöglich alles ihr Fehler war. Tom kannte schließlich ihren Tagesablauf bis ins kleinste Detail. Nur ein Aspekt blieb unklar: Warum? Was zum Teufel ritt ihn?

»Bist du wahnsinnig?«, brüllte sie.

Er starrte sie mit ausdrucksloser Miene an, aber etwas in seinem Blick, etwas Hartes, Trotziges weckte in ihr eine Ahnung. Und kaltes Entsetzen erfüllte sie.

Cameron hatte es sich nicht eingebildet. Es hatte tatsächlich einen Fotografen vor dem Christlichen Verein Junger Frauen gegeben. Tom. Er hatte alles über den geplanten Ausflug gewusst. Er wusste alles, und aus diesem Grund hatte er sie sich herangezogen. Als Person war sie ihm immer egal gewesen. Er hatte sie absichtlich verführt. Wo sie mitfühlendes Interesse spürte, hatte er nur Hinweise gesammelt. Alles, was er je von ihr gewollt hatte, waren Informationen. Sie war einer Täuschung erlegen. Schon wieder.

Diese Einsicht lähmte sie. Sie konnte nur zusehen, wie er sich umwandte und rasch davonging. Dann gab sie sich dem über sie wie eine große Welle hereinbrechenden Selbstmitleid hin, vor ihren Augen verschwamm alles, und sie hätte sich am liebsten auf den Boden geworfen und geheult. Aber sie musste an Lilibet denken, und so hob sie das Kinn, blinzelte die Tränen zurück und setzte ein Lächeln auf, während sie unter albernem Glockengebimmel zur Gartentür eilte.

Im Flur strahlte Lilibet sie an. »Sie waren *brutal*, Crawfie!«, sagte sie begeistert. »Er wird jetzt sicher denken, dass Crawfies beißen!«

Einige Zeit darauf stand Marion im Lift. Da Freitag war, würden sie später ins Royal Lodge fahren, und Marion musste noch ein paar Dinge zusammensuchen. Es fuhr noch jemand mit – eine junge Frau, die hochnäsig und vorlaut wirkte. Marion kannte sie natürlich vom Sehen, sie war ein Hausmädchen und gehörte mit zu der Gruppe, die zwischen Piccadilly und Royal Lodge pendelte. Sie glaubte zu wissen, dass sie Ivy hieß, aber wie ihre Kolleginnen hatte das Mädchen noch kein einziges freundliches Wort an sie gerichtet.

Demzufolge vermied Marion, sie anzusehen. Was ihr nicht schwerfiel, da das Mädchen gute dreißig Zentimeter kleiner war als sie. Sie fixierte ihren Blick auf die schimmernde Verkleidung und gab sich ihren trübseligen Gedanken hin. Der erste Schock war Fassungslosigkeit gewichen. Seine Zuneigung hatte so echt gewirkt. Und er war Fotojournalist auf dem Kreuzzug für die Wahrheit, ein hingebungsvoller Bruder seiner kranken Schwester. Es war unbegreiflich.

Sie kämpfte gegen ihre Tränen an. Verwirrung war ein Luxus, den sie sich nicht leisten konnte. Sie musste nachdenken. Das könnte ihr eine Menge Schwierigkeiten einbringen. Sie war in die Sache verwickelt, sie war mit Tom intim gewesen, hatte ihm Dinge anvertraut. Sollte irgendwas davon ans Licht kommen, würde man sie womöglich entlassen. Die Tatsache, dass sie völlig unschuldig war und ihr einziges Verbrechen darin bestand, ihm vertraut zu haben, würde bei ihrer Arbeitgeberin nichts zählen. Hinter dem weichen Äußeren war die Herzogin skrupellos.

»Geht's Ihnen gut?«, kam unerwartet eine Stimme von unten. »Wenn ich das sag'n darf, Sie seh'n aus, als wär'nse durch'n Wind.«

Marions Blick fiel in ein Paar bohrende schwarze Augen. »Wie meinen Sie das?«, fragte sie kalt. Als sie anfangs hierherkam, hätte sie sich über ein freundliches Wort von einem Kollegen gefreut. Aber was nützte das jetzt noch?

Das Mädchen grinste und zeigte dabei kleine, schiefe Zähne. »Panik. Ein Zustand erheblicher Erschütterung.«

»Könnte man wohl sagen«, erwiderte Marion kurz angebunden.

»Was ist denn los? Hat Knight, die alte Schachtel, Sie geärgert?«

Das war eine Überraschung. Marion war davon ausgegangen, dass hinter der Kinderzimmertür absolute Solidarität herrschte.

»Dieses verdammte alte Mannweib«, ergänzte Ivy verbittert. »Hat mehr Allüren als die verflixte Herzogin. Weigert sich, was vom Boden aufzuheb'n. Und ich bin dann die Dumme, die hinter ihr herkrabbeln muss, wenn sie ihr Taschentuch fall'n lässt.«

»Sie sagt, sie weiß nicht, wo Lilibets Spielkleider sind«, sagte Marion stumpfsinnig.

Ivy streckte einen Finger aus und drückte einen Knopf auf dem

Messingpanel. Der Aufzug kam sofort ruckelnd zum Stehen. »Nur zu gut weiß sie's. Hab's selbst geseh'n, wie sie's in' Schrank gesteckt hat. Versteckt hat sie's, das alte Miststück.«

Marion kniff die Augen zusammen. Genau wie sie angenommen hatte.

»Soll ich's für Sie raushol'n?«

Marion starrte Ivy an. »*Könnten* Sie das denn?«

Das scharf geschnittene Gesicht strahlte Entschlossenheit aus. »Denke schon. Glaub nich, dass sie mich beobachtet. Brauch nur zu wart'n, bis sie auf'n Lokus geht. Braucht immer 'ne halbe Ewigkeit.«

»Warum helfen Sie mir?«, fragte Marion sie. »Bis jetzt hat noch niemand das Wort an mich gerichtet.«

Ivy erwiderte achselzuckend. »Weil ich's selbst auch ungerecht finde. Sie schein' mir keine schlechte Gesellschaft zu sein.«

In Anbetracht ihrer momentanen Probleme fühlte sich das an wie ein Vertrauensbeweis. Marion lächelte sie dankbar an.

Aber bis sie am Nachmittag zum Royal Lodge aufbrachen, war nichts passiert, weder hinsichtlich der Kleider noch der Fotos. Während Lilibet auf der Fahrt dorthin unentwegt schwatzte, wüteten in Marion Selbstvorwürfe und Angst.

Wie hatte sie sich in Tom so sehr täuschen können. Wieso hatte er ihr das angetan? Es könnte sie ihre Karriere kosten. Die Spätausgaben der Zeitungen dürften inzwischen draußen sein. Was, wenn das Foto von Lilibet erschienen war? Vermutlich war sie selbst auch mit drauf, komplett mit Glöckchen und Zügeln. Was, wenn die Herzogin davon ausging, dass sie und Tom insgeheim zusammengewirkt hatten, des Geldes wegen? Marion wurde übel bei diesem Gedanken.

Tom zu verlieren, schien ihr nichts im Vergleich zum Verlust ihres Jobs. Jetzt, wo ihre Arbeit womöglich auf dem Spiel stand, wollte sie sie unbedingt behalten. Natürlich war der Gedanke aufzuhören immer da gewesen. Aber unter beschämenden Umständen rausgeworfen zu werden, wäre etwas gänzlich anderes. Was würde ihre Mutter sagen? Miss Golspie? Sie wären unheimlich enttäuscht. Und der Gedanke, Elizabeth nie wiederzusehen, war unerträglich. Das war das Allerschlimmste.

Später saß sie in ihrem Zimmer und versuchte zu lesen, aber die Augen fanden keinen Halt an den Zeilen. Jeden Moment rechnete sie damit, dass jemand klopfte. Als es tatsächlich passierte, machte sie einen Satz bis fast an die Decke. Sie riss sich, so gut es ging, zusammen und öffnete die Tür, um sich ihrem Schicksal zu stellen.

»Tach!« Anstelle von Ainslie, der gekommen war, um sie wegzubringen, stand Ivy mit rotem Gesicht vor ihr, einen roten Pullover und den karierten Rock im Arm.

Marion starrte sie an. Verglichen mit dem, was sie erwartet hatte, bedeutete diese freundliche Geste mehr als die Kleider. Unglaublich gerührt umarmte sie Ivy. »Danke schön!«

Ivy sah sie überrascht, aber zufrieden an. »Gibt doch nichts Schöners, als der alten Kuh eins auszuwischen. Sie geht ei'm auf'n Wecker.«

Marion lachte. »Hab ich noch nie gehört.«

»Wie auch? Sie sind *pimple and blotch*.«

Marion hob entrüstet die Hände ans Gesicht. Hatte sie tatsächlich Pickel und Flecken?«

Ivy kicherte. »Schottisch, meine ich. Wenn man wie ich aus'm East End kommt, redet man eben so. Ich bin eins von neun *Lids*.«

»Lids?«

»Kids.«

»Ahh.« Langsam bekam Marion ein Gefühl dafür. Ivys freundliche Art machte ihr Mut. »Möchtest du reinkommen?«, fragte sie und hielt ihr die Tür auf. Plötzlich spürte sie, wie lange es her war, dass sie mit jemandem ihres Alters gesprochen hatte.

Ivy kam herein und setzte sich aufs Bett. »Und wie gefällt's dir hier?«, fragte sie.

»Ich gewöhne mich langsam daran.«

Ivy schnaubte. »Gibt 'ne Menge, woran man sich gewöhnen muss.« Sie warf Marion einen scharfen Blick zu. »Hast du 'nen jungen Mann?«

Die fast brutale Direktheit war eine Erleichterung. Ein einfühlsameres Herantasten wäre womöglich eine Einladung gewesen, sich an Ivys mageren Busen zu werfen und alles zu gestehen. So schüttelte Marion vehement den Kopf und starrte zu Boden. »Absolut nicht.« Und das, so hatte sie beschlossen, sollte auch so bleiben.

Ivy war mit einem Diener aus dem Buckingham Palace zusammen. »Du bist ihm begegnet«, sagte sie. »Als du Königin Mary besucht hast.«

»Oh ja!« Marion musste bei der Erinnerung daran lächeln. »Wir mussten uns der Wand zudrehen, als Prinzessin Mary vorbeiging.«

Ivy kicherte. »Unglaublich, nicht wahr? Alf sagt, die Königin trägt selbst dann eine Krone, wenn die beiden allein essen.«

Marion schüttelte den Kopf. »Wie albern.«

»Ein kluger Rat für dich.« Ivy rückte auf dem Bett näher heran. »Wenn dir nach Abwechslung ist, achte darauf, dass es einer von drinnen ist.«

Marion versuchte vergeblich, diese Bemerkung zu entschlüsseln. »Was?«

»Ein Freund. Achte darauf, dass er für die königliche Familie arbeitet. Und die Regeln kennt. Auf diese Weise wirst du nicht in Schwierigkeiten kommen.«

Marion ließ sich nicht anmerken, dass sie diese Lektion auf die harte Weise gelernt hatte, und reagierte angemessen dankbar.

Als Ivy gegangen war, fiel ihr Blick auf den kleinen Schottenrock, und ihr wurde warm ums Herz. Sie hatte die Sachen wieder. Sie hatte eine Freundin. Sie hatte Lilibet. Sie würde Tom abhaken und weitermachen. Sofern es ihr gestattet war.

Und es sah ganz danach aus. Sie war als Erste unten, um sich die Zeitungen anzusehen, sobald sie eintrafen, und überflog diese, während über ihr lautstark die frühmorgendliche Tollerei stattfand. Zu ihrer unendlichen Erleichterung war da nichts.

Der Tag in der Royal Lodge verging auf die übliche Weise: Unterricht, gefolgt vom Spielen im Little House, das jetzt vor Sauberkeit glänzte. Lilibet polierte das silberne Miniaturbesteck mit eingraviertem »E« und Krone, während Marion das kleine Ölgemälde bewunderte, das über dem Kamin im Wohnzimmer hing und die Herzogin von York zeigte. Der Künstler hatte die lebhafte Farbgebung seines Objekts sehr hübsch wiedergegeben.

»Mami ist wirklich hübsch, nicht wahr?«, sagte Lilibet liebevoll. »Sie ist absolut perfekt, das sagen alle. Und Daddy sagt, sie sei der wunderbarste Mensch der Welt.«

Zu ihrer Überraschung verspürte Marion dabei einen recht heftigen Anflug von Eifersucht.

Wie üblich zogen am Nachmittag alle ihre Gartenklamotten an und bewaffneten sich mit Gerätschaften. Heute freute sich Marion fast darauf. Ihre Erleichterung half ihr offenbar dabei, die Dinge wertzuschätzen. Die frische Luft und die milde Nachmittagswärme taten gut. Über den Rasenflächen, Blumenbeeten und Sträuchern stiegen die sich kringelnden Rauchschwaden eines Feuers in den Himmel, das der Herzog mit Gartenabfällen schürte. Sie nahm den Geruch und das Knacken, das auflodernde

Feuer, die im Rauch aufsteigenden Funken in sich auf. Vielleicht hatte die Herzogin doch recht mit dem Eau de Bonfire.

Neben ihr löste Ivy grummelnd den ihr namensverwandten Efeu von der Mauer.

Marion zog einen Löwenzahn mit einer langen, dicken gelben Wurzel heraus. »Seht euch das an!«, rief sie triumphierend. »So groß wie eine Rübe!«

Ivy trat nach dem vorbeilaufenden Dookie, der es auf ihre Knöchel abgesehen hatte. »Hau ab, du verdammtes Vieh.«

Marion musste ihr recht geben. Ihre neue Begeisterung ging nicht so weit, auch Dookie lieben zu können. Ein Hund war zwar ihre Idee gewesen, aber dabei hatte sie keineswegs an dieses Exemplar gedacht. Der Corgi war ein durchtriebener Snob, der schadlos jene quälte, die für seine Herrinnen und Herren rackerten, wohingegen er sich bei Letzteren schamlos einschmeichelte.

»Mit ein bisschen Glück«, sagte sie zu Ivy, »werden sie ihn bald leid sein.«

Ivy schnaubte. »Dasselbe sagt man über den Prinzen von Wales und Mrs Simpson.«

»Wen?«

Das Hausmädchen sah sie wissend an. »Willst du damit sagen, du hätt'st nix davon gehört?«

»Was hätte ich denn hören sollen?«

Marion ging in die Hocke und lauschte, während sich ihr eine gänzlich unvermutete Welt auftat. Die königliche Familie hatte Ähnlichkeit mit dem Mond, man sah nur die leuchtenden Teile, während der Rest unverständliches Dunkel blieb. In diesen geheimnisvollen Schatten, so erfuhr Marion, hatte der Prinz von Wales seit fünfzehn Jahren jeden Nachmittag Sex mit Mrs Dudley Ward, der Frau eines Labour-Abgeordneten. In letzter Zeit war zu seinem Harem noch Lady Thelma Furness gekommen, die adelige

Ehefrau eines Schiffsmagnaten. Dieser beiden jedoch hatte er sich jetzt zugunsten von Mrs Simpson entledigt.

Sie starrte ins Gras. Und da hatte sie gedacht, die königliche Familie hätte keine Ahnung, was in der Welt da draußen vor sich ging. Doch die Welt da draußen hatte keine Ahnung, was im Palast vor sich ging. »Das ist ja unglaublich«, sagte sie schließlich. Womit sie ausdrücken wollte, dass sie persönlich es nicht glaubte.

Doch die folgenden Worte Ivys machten sie nachdenklich. »Das kratzt natürlich an ihrer Vornehmheit. Vor allem an der von Seiner Majestät. Sie haben diese lange Liste aller Prinzessinnen zusammengestellt, aus der er sich eine aussuchen soll, aber er will sie sich nicht mal ansehen.«

Marion sah sie fassungslos an. Konnte das stimmen? Sie hatte mit eigenen Ohren gehört, wie der Prinz von dieser Liste sprach.

»Der Prinz von Wales könnte doch jede kriegen. Und wählt sich ausgerechnet sie. Eine dürre alte Ausländerin mit zwei Ehemännern.«

»Zwei *Ehemänner*? Das ist unmöglich.« Und mit Sicherheit nicht wahr.

Es folgte eine goldene Zeit. Marion bat um Erlaubnis, zur Operation Normal zurückzukehren, und ihre Bitte wurde ihr gewährt. Sie stieß auf wenig Widerstand beim Herzog und der Herzogin, die selbst offenbar beschäftigter als sonst waren. Selbst die Spielkleider waren im Kinderzimmer akzeptiert worden. Marion hatte das Gefühl, dass Fortuna ihr endlich wohlgesonnen war.

Ein Ausflug zu Woolworths war der erste Triumph. Sie kehrten mit vielen kleinen Tonpferden ins Piccadilly House zurück, mit denen Lilibet natürlich sofort ins Boudoir ihrer Mutter stürmte.

»Sieh nur, Mami! Was wir von Woolies mitgebracht haben!«

»Wie süß, Liebling«, sagte die Herzogin mit einem leichten Schauder.

Weil Marion entschlossen war, dass Lilibet den Wert des Geldes schätzen lernte, fuhr sie im Bus mit ihr zur Bank of England. »Wo ist denn die alte Lady?«, fragte die Prinzessin und sah sich um, als sie ausstiegen.

»Welche alte Lady?«

»Sie sagten doch, wir besuchen die alte Dame in der Threadneedle Street.«

»Das ist eine Redewendung«, erklärte Marion und deutete auf das von Säulen getragene Gebäude. »Die Leute nennen dieses Haus so.«

Drinnen führte der mit Kittel bekleidete Vorsitzende sie durch eine Reihe neoklassizistischer Kammern zu den darunterliegenden Gewölben. Diese betraten sie durch eine Reihe eiserner Tore und bekamen eine verwirrende Menge an seltsam geformten Schlüsseln gezeigt. Im Raum, in dem das Gold lagerte, erstrahlten Lilibets kindliche Züge im Widerschein der Unmenge an Goldbarren, die Garantie der britischen Wirtschaft. »Wenn du einen hochheben kannst, darfst du ihn behalten«, erklärte der Vorsitzende ihr. Marion lachte, als sie zusah, wie Lilibets Gesicht vor Anstrengung rot anlief, die erfolglos, aber mit der für sie typischen Entschlossenheit versuchte, einen der schweren Barren anzuheben.

Sie besuchten auch die winzige Polizeistation, die versteckt hoch oben im Wellington Arch lag, direkt am Piccadilly Circus.

»Wir konnten Großpapas Soldaten sehen, als sie darunter mit ihren Pferden vorbeikamen!«, erzählte sie später aufgeregt der Herzogin. »Und man hatte einen Blick auf ganz London, es war wunderbar.« Das Hochgefühl der Freiheit war mit Händen zu greifen. »Und Mami, das Allerbeste!« Lilibet hüpfte vor Aufregung auf und ab. »Es gab da eine *Katze*! Eine echte Katze. Sie heißt Sherlock und wohnt in dem Bogen und *klärt Verbrechen auf!*« Sie zeigte über die Straße, wo man das große weiße Monument durch die Bäume sehen konnte.

Der Herzog wunderte sich. »K-klärt *Verbrechen* auf?«

»Absolut, Sir. Jedenfalls hat der verantwortliche Polizist uns das versichert.« Marion erwiderte ernst den Blick des Herzogs. Sie hatte nicht die Absicht, das amüsante Spiel zugunsten erwachsener Erhabenheit aufzugeben.

»Das klingt ja alles ganz entzückend«, sagte die Herzogin zu ihrer Tochter. »Aber jetzt wirst du dich von deiner Katzendetektivin verabschieden müssen. Balmoral wartet!«

Zwanzigstes Kapitel

Marion war frustriert. Die Unterbrechungen waren vorbei, das jedenfalls hatte sie geglaubt. Die Tanz- und die Gesangsstunden fanden viel seltener statt. Aber was jetzt kam, war die größte Unterbrechung überhaupt. Inmitten eines Landsitzes hatte Operation Normal keine Chance.

»Was soll ich dort mit Lilibet machen?«, beschwerte sie sich bei Ivy. »Den Fotos nach zu schließen, gibt es da nur Türme und Schottenmuster.«

Ivy grinste. »Und den Rest.«

»Erklär mir das bitte!«

Sie waren in der Piccadilly 145 und saßen auf Marions Bett. Ivy zog die Knie hoch und umfing sie mit ihren Armen. Ihre Schuhe schwebten über dem Bettzeug, ohne es zu berühren. »Wo soll ich anfangen? Mit Queen Victorias Lieblingsstuhl, auf den sich keiner setzen darf? Obwohl sie schon seit dreißig Jahren tot ist?«

»Du scherzt!«

»Die Dudelsackpfeifer, die jeden Abend rund um den Esstisch marschieren? Sie machen einen Lärm, der einem den Schädel wegbläst, und einer davon ist immer betrunken.«

Marion schüttelte den Kopf. »Das glaub ich nicht.«

»Oder der Chefbutler, der im Schäferumhang das Essen serviert, weil irgend so 'n Chefbutler bei Queen Victoria die Rolle von Prinz Albert eingenommen hat, als dieser als Schäfer gemalt wurde?«

»Sag das noch mal!«

»Oder die Picknicks am Loch mit Silberbesteck, Tafeltüchern und Dienern?«

Marion hielt sich den Kopf und schüttelte ihn. »Nein!«, stöhnte sie. »Nein!«

»Doch«, konterte Ivy mit boshaftem Vergnügen. »Die haben auch ihr ganz eigenes Schottenmuster. Das ist der königlichen Familie vorbehalten. Aber ich sag's dir, 'n andrer würd' das gar nicht woll'n. Es ist schrecklich. Oh, und Seine Majestät bringt seinen Papagei mit.«

Marion ließ sich aufs Kissen zurücksinken und starrte die Decke an. Sie hatte keine Ahnung, ob irgendwas davon den Tatsachen entsprach, aber die Erfahrung sagte ihr, möglich wäre es. Doch sie war entschlossen, selbst in Balmoral etwas Normales zu finden. Eine große Herausforderung.

In der Zwischenzeit mussten Vorbereitungen getroffen werden. Und zwar in Hinblick auf die Kleidung. Ivy hatte sie gewarnt, dass von den Besuchern des schottischen Feriendomizils des Königs erwartet wurde, sich dreimal am Tag umzuziehen. Von einer Hauslehrerin erwartete man zwar nicht, dass sie verschiedene Kleidung für Mittagessen, Nachmittagstee und Abendessen besaß, doch der formelle Anspruch war sehr hoch. Marion schrieb ihrer Mutter, um sich nach den neuen Kleidern zu erkundigen, die ihr versprochen worden waren.

Balmoral böte auch eine gute Gelegenheit, Margaret aus ihrem Kinderwagen zu holen. Es waren bereits Gerüchte im Umlauf. Während ihrer Busfahrt hatten Marion und Lilibet gehört, wie sich ein paar Frauen darüber austauschten, dass mit der jüngsten York »irgendwas nicht stimmt«. Worauf Lilibet Marion schadenfroh angesehen hatte.

»Wenn die wüssten! Die kleine Bud ist so *ungezogen!*«

Und so klug, überlegte Marion. Die jüngste Prinzessin war kaum drei, konnte aber bereits auf dem Klavier nach Gehör spielen.

Auch Margaret würde Spielkleidung brauchen. Sonst würde sie, wenn sie durch die Heide stapfte, mit ihren Rüschen im Stechginster hängen bleiben, während ihre Satinschuhe von Moorwasser durchweicht wurden. Marion suchte die Herzogin auf. Das dürfte wieder schwierig werden.

»Im Ernst, Crawfie, ich finde, das ist eine Entscheidung, die Alah treffen muss, nicht Sie.«

Marion war mit ihrer Geduld am Ende. »Wenn Sie vielleicht einen kleinen Hinweis geben könnten, Ma'am? Margaret fühlt sich offensichtlich eingeengt.«

Die Herzogin lächelte. »Bud fühlt sich niemals eingeengt! Sie findet Mittel und Wege. Sie hat große blaue Augen und einen eisernen Willen. Das sind alle Voraussetzungen, die eine Lady braucht!«

Marion sagte nichts dazu. Ihrer Ansicht nach brauchte eine Lady erheblich mehr. Aber Widerspruch wäre unklug. Die Herzogin mit den blauen Augen fand ebenfalls Mittel und Wege und ließ jene, die ihr zu nahe traten, ihren eisernen Willen spüren. Unvermittelte, kapriziöse Machtdemonstrationen waren ihr nicht fremd.

Die Herzogin beugte sich mit einem verschwörerischen Grinsen vor. »Wenn sie ihren Willen verbirgt und nur die Augen benutzt, wird alles gut werden!«

Marion lächelte, deutete einen Knicks an und erachtete das Gespräch für beendet.

Aber die Herzogin sah sie an. »Irgendwas ist anders an Ihnen. Ist es Ihr Haar?«

»Womöglich meine Kleider, Ma'am.« Die neuen Sachen waren angekommen, eins davon eine exakte Kopie eines Kostüms von Jaeger, das Marion in einer Modezeitung entdeckt hatte. Es war blau mit einem auffallenden modernen Muster.

Lilibet war begeistert davon gewesen, als sie es gesehen hatte. »Crawfie! Was für reizende Muster!«

»Das ist ein apartes Kleidungsstück«, sagte nun die Herzogin.

Marion strich über den blauen Jerseystoff und errötete vor Stolz auf ihre Mutter. »Danke, Ma'am!«

»Aber ich denke, dass Braun eher Ihre Farbe ist«, ergänzte die Herzogin fröhlich.

Marion kniff die Augen zusammen. »*Braun*, Ma'am?« Sie hasste Braun, es machte sie blass.

»Jeder von uns hat seine Farbe, die, die am besten zu einem passt. Ich habe immer das Gefühl, dass Blau zu mir gehört. Ich frage mich, ob wir beide sie in ein und demselben Haus tragen können. Sehen Sie das nicht auch so?«, lautete die überzeugende Antwort der Herzogin.

Der königliche Zug rollte durch das Land und schlängelte sich in seiner ganzen Pracht unbemerkt durch die rußigen Vororte der Industriestädte mit ihren dunklen Kanälen, schmutzigen Behausungen und Fabriken mit schwarzen Schornsteinen. Marion sah im Vorbeifahren rußgeschwärzte Wäsche zwischen den schmalen Häuserlücken hängen. Voller Unbehagen beobachtete sie ausgemergelte junge Frauen, mit Männermützen vor dem Regen geschützt, beim Kinderwagenschieben.

Inzwischen war sie das privilegierte Leben bei den Yorks gewöhnt. Aber nicht einmal das hatte sie auf die Pracht und Herrlichkeit vorbereitet, mit der sich der Monarch in die Ferien verabschiedete. Ihm stand an der King's Cross Station ein eigener Bahnsteig zur Verfügung und ein Zug, dessen luxuriöse Waggons – einer für jedes Mitglied der Königsfamilie – nicht nur mit silbergerahmten Betten ausgestattet waren, sondern auch noch mit Bädern in Mahagoniverkleidung. Es gab Salonwagen mit Lampenschirmen, Teppichen und Vorhängen, Sesseln und goldgerahmten Gemälden. Einen Koch mit weißer Mütze und einer vollständigen Küchentruppe. Als Marion auf der Suche nach ihrem weitaus schlichteren Schlafwagenplatz dies alles betrachtete, wurde das Gefühl der Niederlage wieder übermächtig. Angesichts all dessen hatte ihr Bemühen um Normalität für Lilibet so große Chancen auf Erfolg wie ein Streichholz im Sand gegen die Flut.

»Nun komm schon, Maz«, sagte Ivy, die in der Koje über ihr lag. »Balmoral wird schon nicht allzu schlimm werden.«

Marion erwiderte ungehalten: »Aber du bist doch diejenige, die es so schwarzmalt.«

»Ja, schon, aber man wird dafür auch entschädigt«, sagte Ivy geheimnisvoll. »Die Quartiere der Bediensteten liegen nah beieinander. Ich meine damit die der Männer und der Frauen. Es kommt schon vor, dass man sich über den Flur stiehlt.«

»Ich nehme an, du meinst, dass Alf zu dir kommt.«

Über ihr wurde gekichert.

»Schön für dich, du Glückliche«, sagte Marion. Sie drehte sich um, aber die Koje war unbequem – kurz, schmal und hart –, und der ungeheizte Waggon war kalt. Doch das wahre Unbehagen war in ihr, wie sie nur zu gut wusste. In ihre Gewissensbisse und das Gefühl der Sinnlosigkeit mischte sich schmerzhafte Sehnsucht. Sie beneidete Ivy um ihr schlichtes Glück. Wenn sie doch nur auch jemand hätte, der sich über den Flur zu ihr schlich.

Aber die Diener mit ihren Breeches-Hosen und den gepuderten Haaren sprachen sie nicht an. Ivy hatte allerdings recht – Männer von außerhalb der königlichen Kreise kamen für sie nun nicht mehr infrage. Tom und seine Kamera hätten sie fast ruiniert. Ein Glück, dass er bei keinem ihrer kürzlich unternommenen Ausflüge aufgetaucht war. Wie sie hörte, hatte er zudem Mr Adams' Atelier verlassen. Hoffentlich sah sie ihn nie wieder.

Sie stieß einen tiefen Seufzer aus, versuchte ihn aber hinter einem Gähnen zu verstecken.

Doch Ivy ließ sich offenbar nicht täuschen, denn sie meldete sich erneut zu Wort. »Der Ball der Jagdführer wird dir gefallen, Maz. Ihre Majestäten tanzen da mit den Gutsbediensteten.«

»Wie gnädig von ihnen«, sagte Marion säuerlich. Sie rollte sich auf den Rücken, starrte ins Dunkel und atmete die muffige Luft ein.

»Es ist aber lustig«, beharrte Ivy. »Die Männer haben unter ihren Kilts nichts an. Prinz Henry sitzt breitbeinig da, sodass man einen guten Blick auf seine Kronjuwelen bekommt.«

Marion drehte sich um. »Also wirklich, Ivy, du willst es mir wohl unbedingt schmackhaft machen.«

Ivy schwieg daraufhin, aber als Marion fast eingeschlafen war, fiel ihr doch noch was ein.

»Hast du schon das Neueste über Mrs Simpson gehört?«

»Nein.« Marion war sich noch immer unsicher, ob diese faszinierende Person tatsächlich existierte. Sie hatte die Zeitungen nach Neuigkeiten über sie durchforstet, aber es fand sich nie etwas, nicht mal in den Klatschspalten.

»Es heißt, sie könne Ping-Pong-Bälle aus ihrer du weißt schon abfeuern.«

Marion war wieder hellwach. »Wie bitte?«

»Na ja, das wird halt erzählt.«

Sie wusste, dass der Prinz von Wales im Zug war. Sollte Mrs Simpson zu ihm stoßen, ließe es sich auf Balmoral womöglich doch aushalten.

Marion schlug die Augen auf. Sie brauchte ein paar Sekunden, bis ihr klar wurde, wo sie war – im Zug. In Ivys ohrenbetäubendes Schnarchen von der Liege über ihr mischten sich Dudelsackklänge von draußen. »Scotland the Brave« ertönte in voller Lautstärke.

Blinzelnd zog sie den Vorhang vor ihrem Fenster zurück. Ein rotgesichtiger Sackpfeifer im Kilt marschierte über den Bahnsteig. Seine Augen traten hervor, und die roten Wangen bliesen sich gewaltig auf. Auf dem Bahnsteigschild stand »Ballater«. Die Nachbarstadt von Balmoral.

»Ivy! Wir sind da!«

Noch immer sah man nichts von der königlichen Familie außer jeder Menge Gepäck. Auf dem kleinen Bahnsteig stapelten sich Schrankkoffer, Hutschachteln und gewaltige Schuhberge, alle spiegelblank gewienert und an den Schuhbändern zusammengebunden. Es gab Kisten voller Geschirr und Besteck. Aber weit und breit kein Papagei.

In diesem Punkt wenigstens hatte Ivy doch gescherzt.

Oder?

Zwei Diener in roten Uniformmänteln stiegen nun aus, der Puder auf ihren Haaren löste sich sofort im Nieselregen auf. Marion erkannte Alf. Er trug einen großen Goldkäfig, in dem etwas großes Graues steckte. Erschreckt von den Dudelsackpfeifern begann es entrüstet zu kreischen.

Alf hob den Käfig an und murmelte etwas, das sich nicht besonders höflich anhörte.

»CHARLOTTE, MEINE LIEBE!«, hallte es daraufhin laut über den Bahnsteig. Der König entstieg seinem mit Monogramm versehenen Abteil und erkundigte sich an den Käfig gewandt: »HATTEST DU EINE GUTE NACHT?«

Bekleidet war er mit einem Kilt, einem kurzen Tweedcape und einer wollenen Schottenmütze mit Pompon und Feder. Unterhalb seiner erstaunlich knubbeligen Knie trug er dicke Socken mit silbernem Dolch und ein Paar schottische Halbschuhe, deren Schuhbänder sich kunstvoll über der Wade kreuzten. Als Ersatz für die fehlende Hosentasche ergänzte das Ensemble ein traditioneller schottischer Geldbeutel, ein Sporran. Er war riesig und hatte so lange Schwanzspitzen, dass sie den Boden berührten.

Der Herzog von York, der ähnliche Knie, Kilt, Halbschuhe und Dolch vorzuweisen hatte, folgte seinem Vater. Dahinter kam der Prinz von Wales und hinter ihm die Prinzen Henry und George, die jüngeren Söhne des Königs. Alle wirkten nervös, weil der König sie kritisch von Kopf bis Fuß musterte, als würde er einen Exerzierplatz inspizieren.

»ES GEHT DOCH NICHTS ÜBER DAS GEWAND DES ALTEN GALLIEN, HÄ?« Sein Quarterdeckgebrüll dröhnte über den Bahnsteig.

Der Prinz von Wales klatschte ein paar Insekten von seinen nackten Knien. »Hallo, Mückenparadies«, hörte Marion ihn murmeln.

Als Nächste entstieg Königin Mary dem Zug. Auch sie trug ein Gewand des alten Gallien, einen langen Rock, wie er zur Zeit Edwards VII modern gewesen sein mochte. Ihre übliche Haube saß wie gewohnt, in der Hand hielt sie einen karierten Sonnenschirm. »Oh die guten loyalen Highlanders!« bemerkte sie, während sie zusah, wie das Bahnhofspersonal mit der Last ihres Gepäcks vorbeischwankte.

»Wie herrlich!«, rief die Herzogin von York, als der Sackpfeifer wieder losdudelte, seine Wangen wic rote Fußbälle.

»Crawfie! Crawfie!!« Lilibet sprang auf den Bahnsteig und griff nach Marions Hand. Bei dieser Berührung schien sich die Welt, die gerade noch so surreal und lächerlich gewirkt hatte, plötzlich wieder einzurenken. Sie würde schon damit klarkommen. Irgendwie.

Der Wagentross fuhr durch das üppige, von Farnen bestandene Tal. Der Prinz von Wales saß neben dem Chauffeur direkt vor Marion. Auf dem Rücksitz, wie immer mit Blick in Fahrtrichtung, Mrs Knight. Und wie gewohnt hockte auf ihrem dunkel uniformierten Schoß die sich windende Margaret.

Marion schaute aus dem Fenster. Zu sehen gab es nicht viel. Der Nieselregen in Ballater hatte sich inzwischen zu einem Regenguss ausgewachsen. Wassermassen pladderten auf das Wagendach.

»Gutes altes Royal Deeside«, bemerkte der Prinz von Wales ironisch. »Die geringste Niederschlagsmenge in Schottland, sagt man.«

Die graue Mauer neben der Straße öffnete sich schließlich zu einem imposanten Tor. Zwei hohe schwarz-goldene Torflügel mit »VR« in Schmiedeeisen standen offen. Direkt dahinter wartete eine Menschenmenge: Es waren Hausmädchen, Gärtner, Köche, Diener, wie Marion erstaunt feststellte. Sie waren alle völlig durchweicht. Der Regen hatte gut frisiertes Haar durcheinandergebracht, und die gebügelten Schürzen waren vor Nässe durchsichtig. Durchweichte Schuhe, vorher gründlich gebürstet, standen im blubbernden, schlammigen Gras.

Alle verneigten sich und knicksten, als die königliche Entourage vorbeirauschte. Marion warf einen verstohlenen Blick auf Libet, die königlich winkte, und erneut verließ sie der Mut. Was vermochten ihre kürzlich erzielten Triumphe zu bewirken angesichts dieses Ausmaßes an Anspruchsdenken?

Jetzt tauchte auch das Schloss auf, viel größer, als Marion es sich vorgestellt hatte. Sie musste an die kleine Festung in der Nähe der Royal Lodge denken. Diese hier sah unwirklich aus, aber auf andere Weise. Erinnerte die eine an die Artuszeit, so schien dieses Schloss hier aus einem Märchen der Gebrüder Grimm zu stammen. Alles war spitz und mit Türmchen versehen, ein großer Turm, umgeben von vier an Pfefferstreuer erinnernde Türmchen, überragte die von Kuppeln durchbrochene Dachlinie. Dahinter erhoben sich in Wolken gehüllte Berge als Kulisse, davor erstreckte sich eine weite grüne Rasenfläche, die ganz nach einer Brutstätte für Milliarden von Mücken aussah.

Die Innenausstattung war atemberaubend – Karoteppiche von Wand zu Wand, wie es Ivy beschrieben hatte. Jeder Quadratzentimeter war verziert. Eine etwas benommene Marion folgte dem königlichen Trupp durch Räume, die sich nicht zwischen gotischem Fächergewölbe und vergoldeter barocker Stuckdecke entscheiden konnten. Die Wände der Korridore wiederholten endlos die Initialen Victorias. Selbst die Feuereimer trugen ihr Monogramm.

Karomuster waren nicht die einzige entschiedene Referenz an Schottland. Dass man die schottische Landschaft durch die Fenster sehen konnte, hatte Victorias Ehemann Albert, der offenbar alles hier entworfen hatte, eindeutig nicht genügt: Aus den Wänden kamen Geweihe und Zweige, und die Tapeten in den Fluren strotzten nur so von Disteln.

Prinz Albert selbst war ein weiteres Leitmotiv. In der Diele stand sein Konterfei als weiße Marmorstatue mit weißem Marmorkilt, ein Novum, soweit Marion das beurteilen konnte. Er tauchte in zahllosen Gemälden auf, auf denen es meist gewalttätig und blutrünstig zuging. Sie ging daran vorbei: Albert auf einem Berg, breitbeinig über einem abgestochenen Hirsch. Albert vor der Kammer für Rotwild, in der sich die toten Tiere häuften, während seine Frau in Ballkleid und Diadem hereinspähte.

Nachdem man sich kurz im gewaltigen dunklen Salon versammelt hatte, verschwanden die Hoheiten in verschiedene Richtungen. Ein sehr nasser Wildhüter mit Schnauzbart hatte den König und die Herzöge weggeführt. Eine Haushälterin, der es irgendwie gelungen zu sein schien, dem feuchten Empfangskomitee zu entkommen, hatte Lilibet, die Königin und die Herzogin unter ihre Fittiche genommen. Mrs Knight, die eine sich wehrende Margaret Rose festhielt, hatte sich demonstrativ entfernt, um ihre Bekanntschaften unter dem Personal wieder aufleben zu lassen. Ivy war natürlich schon längst verschwunden.

Im düsteren stillen Salon mit Blick auf die dunklen Hügel hatte Marion das Gefühl, sich in einem Mausoleum zu befinden. Das war doch kein Ort für ein Kind, um die Sommerferien zu verbringen!

Müdigkeit ließ ihre Lider schwer werden. Ein kleiner Stuhl – natürlich mit Karomuster – stand in der Nähe. Sie wollte sich gerade setzen, als jemand einen Aufschrei tat. In dieser Stille war es, als hätte man mit einem Ziegelstein die Scheibe eingeschlagen.

»Crawfie! *Stopp!*«

Marion sprang auf die Füße. »Was ist denn?« Ihr Nervenkostüm war ziemlich dünn.

Die Herzogin von York stand in der Tür. »Sie dürfen sich dort nicht hinsetzen! Es ist Queen Victorias Lieblingsstuhl. Es ist niemandem erlaubt, sich darauf zu setzen, *niemals!*«

Nach diesem wenig verheißungsvollen Beginn wurde alles nur noch schlimmer. Marion musste feststellen, dass Ivy keineswegs gescherzt hatte. Beim Abendessen im riesigen holzvertäfelten Esszimmer machten sechs Sackpfeifer tatsächlich unter ohrenbetäubendem Gedudel die Runde um den Tisch, einer davon, wie angekündigt, eindeutig betrunken. Die sie anführende runzelige Gestalt, gehüllt in einen Umhang, der wie ein brauner Teppich aussah, war tatsächlich der oberste Butler, dessen Vorgänger für Prinz Albert eingesprungen war, als dieser sich von Landseer als Highland-Schäfer malen ließ.

Marions Fassungslosigkeit war schon so oft auf die Probe gestellt worden, dass sie beschloss, es aufzugeben. Ihre Tischnachbarn waren ein älterer Herr namens Kanonikus Dalton und Schwester Agnes, eine scharfzüngig wirkende Frau mit einer orangen Perücke. Keiner sprach auch nur ein Wort mit ihr.

Es wurde überhaupt wenig gesprochen, der königliche Zirkel war klein, was womöglich der Grund dafür war, dass noch andere zu Tisch gebeten worden waren. Nach dem Getöse der Sackpfeifer war die Stille umfassend. Nur das Klappern des Bestecks war zu hören. Auf dem Gesicht des Prinzen von Wales lag gequälte Langeweile.

»DINNER AUF BALMORAL KOSTET NICHT VIEL!«, dröhnte unvermittelt der König und bediente sich vom Lachs auf der Platte des Schäfer-Butlers. »LACHS AUS DEM FLUSS! WILD VOM BERG! HIMBEEREN AUS DEM GARTEN! ALLES AUSSERST ÖKONOMISCH!« Seine Stimme wurde von den vertäfelten Wänden zurückgeworfen.

»Genau so, Sire«, pflichtete Kanonikus Dalton ihm eilig bei.

Marion starrte auf ihren Teller, der wie auch das Besteck und die Gläser Queen Victorias Monogramm trug. Es fragte sich nur, was man unter ökonomisch verstand, sagte sich Marion. Wenn man die astronomischen Fixkosten für das Gut und die Bediensteten nicht mitrechnete, war es das vielleicht.

Der Prinz von Wales seufzte laut. Sofort sprach ihn sein Vater an. »GEHEN WIR MORGEN ZUSAMMEN JAGEN?«

Zögern kräuselte die schönen Züge. »Wenn du nichts dagegen hast, Papa, würde ich lieber hierbleiben und mich meiner Gobelinstickerei widmen.«

»HANDARBEIT?«, brüllte der König fast. »DU WILLST NICHT RAUS UND DAS MOORHUHN JAGEN, DAS GROSSARTIGSTE JAGDWILD DER WELT!«

Der Prinz erhob sich, ganz offensichtlich der Wendung, die das Gespräch genommen hatte, überdrüssig. Der Monarch starrte ihn finster an. Als der Prinz stand, konnte man sehen, dass er sich des Kilts entledigt hatte, den er bei der Ankunft getragen hatte. Seine neuer Aufzug war so betont modisch, wie der vorherige bizarr gewesen war: ein Anzug mit übertriebenem Karomuster über einem Pullover in Pfauenblau. Seine bunt gestreifte Seidenkrawatte hatte einen ungewöhnlich breiten Knoten. Die Hose saß schlabberig und hatte breite modische Aufschläge im amerikanischen Stil.

»REGNET ES HIER DRIN?«, brüllte sein Vater.

Der Prinz zündete sich gerade eine Zigarette an. Er zuckte zusammen, und sie fiel ihm aus dem Mund. »Regen, Papa?«

»WARUM KREMPELT MAN SONST DIE HOSENBEINE HOCH, WENN NICHT, UM DURCH PFÜTZEN ZU LAUFEN? TWEEDANZÜGE SCHICKEN SICH NUR FÜR RATTENFÄNGER!«

Marion schielte auf Königin Mary. Sie würde doch sicherlich

eingreifen? Doch sie saß ausdruckslos und reglos da, nur ihre Diamanten glitzerten im Kerzenschein.

Der König war noch nicht fertig mit seiner Tirade. »DU BIST DER AM SCHLECHTESTEN GEKLEIDETE MANN LONDONS! KEIN EINZIGER DEINER FREUNDE IST EIN GENTLEMAN!«

Und während dieses vernichtende Urteil noch nachhallte, wandte der König sich wieder seiner Mahlzeit zu. Er schob sich ein paar Salatblätter mit einer Wucht durch seinen Bart, dass es an Wildheit grenzte.

»Papa ...«, setzte der Prinz von Wales an. Er nahm sich eine neue Zigarette und entzündete sie. Seine Hand zitterte.

»SEI STILL!« Der wutentbrannte Monarch rammte sich noch mehr Salat zwischen die Zähne.

Der Prinz von Wales zog an seiner Zigarette und schickte einen Rauchkringel in die Luft. »Jetzt ist es zu spät.«

»DA HAST DU VERDAMMT RECHT! LEIDER!«

»Du missverstehst mich, Papa. Ich habe nur versucht, dir zu sagen, dass in deinem Salat eine Raupe war. Aber du hast sie gegessen.«

Einundzwanzigstes Kapitel

In Anbetracht der feindseligen Stimmung, die zwischen dem König und seinem Erben herrschte, lag es auf der Hand, dass Mrs Simpson aller Wahrscheinlichkeit nach nicht vorbeikommen würde. Wenn man also Spaß haben wollte, musste man sich schon selbst darum kümmern. Und da man die Luft im Schloss mit einem Zeremonienschwert hätte schneiden können, schien es das Klügste zu sein, sich außerhalb danach umzusehen.

Marion nahm die Umgebung in Augenschein in der Hoffnung,

etwas Normalität für Lilibet zu finden. Aber war das im London von 1932 schon kein leichtes Unterfangen, dann erst recht nicht auf dem Anwesen von Balmoral, wo die Welt 1851 stehen geblieben war. Als Erstes musste man versuchen, einer Menge Blut aus dem Weg zu gehen. Ivy hatte sie vor dem täglichen Eintreffen ganzer Wagenladungen voller Leichen des großartigsten Jagdwildvogels der Welt gewarnt, außerdem schleppten Ponys jede Menge riesiger toter Hirsche herbei, über deren Flanken das Blut tropfte. Marion packte Lilibet an den Schultern und bugsierte sie rasch weg.

»Komm, wir machen einen Wettkampf, wer am meisten Sirupbrote essen kann!«

Lilibet sah sie verwundert an. »Einen was?«

Marion täuschte Erstaunen vor. »Willst du damit sagen, dass du nie versucht hast, so viele Scheiben Brot mit Sirup zu essen, bis du fast platzt? Nur um eine andere Person zu schlagen?«

Die goldenen Locken schüttelten sich.

»Glaubst du, du kannst mich schlagen?«

Die Augen der Prinzessin leuchteten. »Ja!«

In der Mitte eines nahe gelegenen Bachs gab es eine Insel, die dafür ausgezeichnet geeignet war. Lilibet erwies sich als Meisterin im Sirupbrote-Wettessen. Ihr ungeschlagener Rekord lag bei zwölf.

»Ich weiß nicht, warum sie keinen Appetit hat«, meinte Mrs Knight später verschnupft, als es Zeit zur Teestunde im Kinderzimmer war.

Marion vermied es, Lilibet in die lachenden Augen zu schauen, und fühlte sich ein wenig schuldig. In letzter Zeit nämlich hatte Mrs Knight gefährliche Anzeichen von Vernunft erkennen lassen. Entgegen aller Erwartung hatte sie die Spielkleidung ohne Gemurre akzeptiert. Vielleicht war sie das ständige Waschen leid oder hatte ihr Kräuseleisen in London vergessen.

Unten an der Eisenbahnstrecke warteten Marion und Lilibet atemlos vor Vorfreude auf den Aberdeen Fish Express. Man hörte ihn bereits in der Ferne, und Lilibet starrte aufgeregt auf die Münzen, die sie auf die Schienen gelegt hatte. Marion hatte ihr gezeigt, wie sie diese platzieren musste, damit der Zug mit seinem Gewicht sie im Vorbeifahren plättete. Nachdem die Lokomotive mit ihrer Ladung Kabeljau aus der Nordsee durchgerattert war, kletterten sie die Böschung hinunter.

»Es hat funktioniert!«, kreischte Lilibet und streckte Marion auf der Hand einen glänzenden, platt gedrückten Penny hin. »Und nun *sehen* Sie mal, was der mit Großpapas Gesicht gemacht hat!«

Sie wanderten hinauf in die Berge. Die Prinzessin war eine gute Geherin und bereit, bei jedem Wetter loszuziehen, das sich ihnen oft an einem einzigen Tag in seiner ganzen Vielfalt präsentierte. Und als es sie zwang, einen Unterstand zu finden, hatten sie zum ersten Mal die Bothies entdeckt – kleine Steinhäuser, versteckt auf abgelegenen Waldlichtungen oder neben einem hoch gelegenen Loch. Während einige ihr ursprüngliches Aussehen als einfache Schutzhütten für Jäger und Schäfer bewahrt hatten, waren andere erheblich ausgebaut und ausgeschmückt worden, wohl für Ausflüge vom Schloss. In einer davon, die besonders hoch und abseits gelegen war, gab es sogar ein Klavier und eine Chaiselongue.

Das war ihr Lieblingshäuschen, und sie suchten es oft auf. Sie bereiteten Toast am Feuer zu, indem Lilibet das Brot auf einer Gabel über die Flammen hielt, bis es mehr oder weniger schwarz war, und legten es dann auf die Teller mit VR-Monogramm.

Zum Essen setzten sie sich auf die Bank vor der Tür und beobachteten die Tierwelt, die hier oben besonders großartig war. Vögel mit gewaltiger Flügelspanne kreisten über den einsamen Bergseen, und das Alpenschneehuhn stieg lautlos an der steilen dunklen Felswand von Lochnagar auf.

Eines Tages führte ihr Weg sie an den Steinpyramiden vorbei: Es waren elf riesige Haufen aus grauem Stein, unterschiedlich geformt, von großen Dreiecken bis zu gedrungenen runden Türmen. Theatralisch eingebettet in hohe hellgrüne Farne hatten sie etwas Exotisches wie ein verlassenes Inkadorf oder ein anderes Relikt einer einst mächtigen Zivilisation. Tatsächlich jedoch lag ihr Ursprung in einer nicht weniger mächtigen Zivilisation in der Mitte des neunzehnten Jahrhunderts. Sie erinnerten nämlich an die Hochzeiten von Queen Victorias Kindern. Der größte Steinhaufen jedoch war das Denkmal für einen Toten.

Es war eine große graue Pyramide mit der Widmung: »In liebendem Gedenken an Prinz Albert, Der Große und Gute Prinzgemahl« von »Seiner Witwe mit gebrochenem Herzen VICTORIA RI.«

Sie verweilten andächtig, Lilibets Kilt und roter Pullover stachen leuchtend ab vom Farndickicht.

»Können Herzen tatsächlich brechen?«, fragte sie stirnrunzelnd. »Zerfallen sie wirklich in Stücke?«

»Es bedeutet, dass sie untröstlich war, weil sie ihn so sehr geliebt hat.«

Die Prinzessin sah sie neugierig an. »Wenn man jemandem in Liebe verfällt, Crawfie, fällt man dann wirklich hin, auf den Boden?«

Marion schluckte. »Natürlich nicht«, sagte sie mit dumpfer Stimme. »Es bedeutet nur, dass es sehr schnell gehen kann.«

Lilibets blaue Augen ruhten fragend auf ihr. »Ist Ihnen das schon mal passiert, Crawfie?«

Marion zwang sich zu lächeln. »Das ist eine sehr persönliche Frage.«

»Wird mir das passieren?«

»Vermutlich.«

Die kleinen Brauen schoben sich zusammen. »Wie weiß ich das?«

Marions Herz schlug plötzlich schneller. »Oh, das wirst du merken.«

Eines Tages nahm Marion Lilibet nach dem Unterricht mit nach Ballater. Der Ort fiel zwar nicht gerade durch Bodenständigkeit auf, denn die Geschäfte hinter den mit großen Löwen und Einhörnern geschmückten Fassaden rühmten sich allesamt damit, Hoflieferanten zu sein. Aber es gab immerhin einen Süßwarenladen, und das war schon mal was.

Lilibet war völlig aus dem Häuschen. Sie kriegte den Mund nicht mehr zu, als sie das Angebot sah. Gelb leuchtete es aus den Gläsern mit Zitronendrops, grün aus denen mit Limetten, rot von den Aniskugeln und schwarz-weiß von den Ochsenaugen. Auf der Theke häuften sich Sahnebonbons in Glanzfolie, Schokoriegel, Lakritzschnüre, bunte Lutscher und Zauberkugeln, die von außen schlicht weiß waren, aber beim Lutschen alle Farben des Regenbogens offenbarten.

»Ich weiß nicht, was ich nehmen soll, Crawfie!«, stöhnte Lilibet und klammerte ihre heiße kleine Hand um den Schilling, den Marion ihr gegeben hatte.

Wie sich das für einen richtigen Besuch im Süßwarenladen gehörte, hatten sie erst eine Weile davorgestanden und sich über die Gläser im Fenster unterhalten. »Glauben Sie, dass man auch hier das mit der Waage macht, Crawfie?«, fragte Lilibet.

Sie wusste von ihren Londoner Abenteuern, dass sich ein richtig guter Süßwarenladen dadurch auszeichnete, dass der Besitzer, nachdem er die Ware abgewogen hatte, noch zusätzlich etwas draufgab. Aber der Laden in Ballater hatte sogar noch was Besseres auf Lager.

»Möchtest du vielleicht erst probieren, bevor du was kaufst, Königliche Hoheit?«, fragte der Ladenbesitzer lächelnd.

»Ooh! Darf ich?«

Marion hatte sich halb abgewandt, damit die Prinzessin den Kauf ganz allein durchführen konnte, und entdeckte dabei hinter sich eine Gestalt, die sich anscheinend für die zum Verkauf ausliegenden Zeitungen interessierte. Er war groß und breitschultrig und hatte helles, gewelltes Haar.

Sie war so überrascht, dass ihr die Luft wegblieb.

Er schien es zu spüren und drehte sich um. Mit der um den Hals baumelnden Kamera kam er auf sie zu. »Hallo, Marion«, begrüßte er sie leichthin.

Sie starrte ihn an, dann Lilibet, die glücklicherweise damit beschäftigt war zuzusehen, wie der Ladenbesitzer die Fruchtgeleebabys auswog. Sie packte ihn am Ärmel seiner Tweedjacke und zog ihn in den hinteren Teil des Ladens. »Was machst du denn hier? Woher weißt du, dass wir hier sind?«

Wie hatte er sie gefunden? Jetzt, da er nicht mehr seine private Informationsquelle hatte.

Er zog lakonisch eine Braue hoch. »Vielleicht von den Hofnachrichten?«

Natürlich. Die Nachricht vom Exodus der königlichen Familie nach Schottland war mit Sicherheit im offiziellen Amtsblatt erschienen, das jede Zeitung zugeschickt bekam. Jeder mit einer Landkarte könnte herausfinden, wo sie sich wahrscheinlich aufhielten. Und Tom, der um Marions Unternehmungen mit Lilibet wusste, hatte sicherlich sofort das Potenzial des Süßwarenladens erkannt.

»Geh! Oder ich werde es dem Detektiv melden.« Marions Herz raste. Sie konnte Cameron von hier aus sehen, der argwöhnisch unter seiner Hutkrempe die fast leere Straße musterte, jedoch die Anwesenheit des Mannes im Laden offenbar nicht mitbekommen hatte.

»Du meinst den königlichen Sherlock Holmes.« Natürlich wusste Tom von Cameron. Das widerwärtige Grinsen, das seine Worte begleitete, war ihr fremd. Etwas in ihm hatte sich verändert, so viel stand fest, aber jetzt war nicht der richtige Zeitpunkt, sich darüber Gedanken zu machen.

»Du musst gehen!«, zischte sie.

Lilibet hatte indessen befriedigt verfolgt, dass der Ladenbesitzer noch ein zusätzliches Fruchtgeleebaby dazugab.

»Bitte!«, flehte Marion, fühlte sich plötzlich hilflos und verzweifelt. Die Kamera um seinen Hals sah sie an wie ein boshaftes drittes Auge. »Bitte tu mir das nicht an, Tom.«

Er seufzte. »Es tut mir leid, Marion.« In seinen Augen lag nun etwas von dem, was sie kannte, und sie schöpfte Hoffnung.

»Können wir nicht darüber reden?«, fragte sie. Der Kauf war abgeschlossen, die kleine Gestalt in roter Wolle und Karo kramte nun in ihrer Geldbörse. Aber jeden Moment würde sie sich umdrehen. Er musste gehen. Jetzt.

Seine Lippen verzogen sich. »Was gibt es da zu reden? Ich bin nicht zum Plaudern hier. Ich bin hier, um Fotos zu machen.«

Panik erfasste sie. »Aber damit bringst du mich um meinen Job.«

»Und du hast mich um meinen gebracht«, entgegnete er schnoddrig.

»Was?«

»Mr Adams hat mich rausgeworfen.« Seine Miene war hart, anklagend.

Marion spürte ihren Herzschlag bis zum Hals. Dann hatte die Herzogin also doch Bescheid gewusst? »Warum? Wegen der Fotos?«

»Das hat er nie gesagt. Meinte, es sei für mich an der Zeit, meiner Wege zu gehen, das war alles. Aber jemand muss etwas gesagt haben.«

Ihr war übel. »Ich nicht. Ich habe kein Wort darüber verloren.«

Er schnaubte. »Und das soll ich glauben?«

»Ich *schwöre* es, Tom.«

Er sah sie nachdenklich an, seine Finger spielten mit der Kamera. »Okay«, sagte er. »Aber hier können wir natürlich nicht reden. Wo dann?«

Aus schierer Erleichterung wollte ihr nichts einfallen. Als sie ihre Sinne wieder beisammenhatte, wusste sie, dass das der richtige Ort war. Sie gab ihm eine Wegbeschreibung.

Es war ein windstiller Abend, die Vögel sangen. Der Anstieg verlief im Zickzack zwischen braunen Felsblöcken und durch duftendes Heidekraut. Der über den dunklen Bäumen hängende riesige gelbe Mond beschien eine Landschaft, die weiter wurde, je höher sie stieg. Klippen und Rinnen tauchten auf, dann beeindruckende Bergschluchten, in denen Lochs glänzten.

Oben auf dem Berg lugte die Hütte zwischen den Baumstämmen hervor. Marion blieb stehen, ihr Herz pochte wild. Sie hatte sich noch nicht überlegt, was sie sagen wollte. Das Wiedersehen mit ihm hatte etwas in ihr freigesetzt, ein Verlangen, das sie seit ihrer letzten wütenden Begegnung erstickt hatte. Sie hatte noch Gefühle für ihn, trotz allem, was er getan hatte, was ihre Begegnung allerdings nicht einfacher machen würde.

Jetzt stand sie auf der Lichtung vor dem Gebäude. Drinnen war es dunkel, aber die Chaiselongue war zu erkennen, genauso wie die weiß gestrichene Feuerstelle.

Die Tür ging auf, bevor sie anklopfen konnte. Sein Mund legte sich auf ihren. Ihr Verlangen entzündete sich und begann zu lodern, aber sie schob ihn beiseite. »Nicht jetzt. Wir müssen reden.«

»Danach.« Er riss sie wieder an sich. »Ich habe dich vermisst, Marion.«

Und ich dich, hätte sie fast gesagt, kurz davor nachzugeben. Sie riss sich jedoch zusammen und sah ihn finster an. »Wie konntest du? Warum hast du mein Vertrauen derart missbraucht, um Fotos von Lilibet zu machen?«

Als er darauf nichts erwiderte, ergänzte sie wütend: »Was ist mit deinem Fotojournalismus? Du wolltest doch festhalten, was alles falschläuft in der Welt!«

Er lächelte ironisch. »Die drei Millionen ohne Arbeit. Mosley und seine rassistischen Schläger. Die siebentausend Polizisten, einige davon beritten, die auf die Hungerdemonstranten im Hyde Park einknüppeln.«

»Ganz genau.«

»Hast wohl davon am Frühstückstisch von Balmoral gelesen, oder?«

Das hatte sie in der Tat. Während der Papagei des Königs sich pickend über die silbernen Platten hermachte, sich am Ei Seiner Majestät gütlich tat und dann einen großen grauen Haufen neben die königliche Butterspachtel setzte, hatte Marion mit brennenden Augen gelesen, wie Ramsey MacDonalds Nationalregierung gewaltsam gegen ihr eigenes Volk vorgegangen war. *Die weitreichendste Vorkehrung zur Aufrechterhaltung der öffentlichen Ordnung seit 1848*, hatte die *Times* getitelt.

Er sah sie reuig an. »Tatsächlich bringt ein Foto der spielenden

Prinzessin Elizabeth mehr ein als eins von Polizisten, die auf Bergleute eindreschen.«

»Du hast mich hintergangen«, warf sie ihm verächtlich vor.

Er lachte. »Und was ist mit dir? Du hast leicht reden! Was ist denn aus den Slums geworden? Dem Grassmarket?«

Heiße Wut stieg in ihr auf. »Wie kannst du es wagen?«, knurrte sie. »Ich werde zum Grassmarket zurückkehren ... irgendwann.«

»Wirklich?« Er lächelte spöttisch.

Die Versuchung war groß, sich in seine Arme zu werfen und ihrem Verlangen nachzugeben, aber sie wehrte sich mit aller Kraft dagegen. Wie konnte sie ihn gleichermaßen hassen und begehren?

»Wer bist du, um über mich zu urteilen?«, forderte sie ihn heraus.

»Das Gleiche könnte ich dich auch fragen. Was die Fotos angeht, da bin ich nur der Anfang vom Ende, Marion, glaub mir. Eines Tages wird die königliche Familie nicht mehr gegen Leute wie mich vorgehen können, die jeden ihrer Schritte verfolgen.«

Der Gedanke war zu schrecklich, um ihn zu Ende zu denken. »Und du hältst das für gerechtfertigt?«

»Was ist mit ihrer Lebensweise?«, konterte er. »Ist *die* gerechtfertigt?«

Darauf gab es natürlich keine einfache Antwort. Sie wich aus. »Was auf jeden Fall nicht gerechtfertigt ist«, fauchte sie, »ist das, was du mir angetan hast. Du hast mich *benutzt*.«

Er ließ sich auf die Chaiselongue fallen. Sie erkannte jetzt, dass er nicht nur härter geworden war. Etwas in ihm war zerbrochen. Jetzt sah sie auch seine Erschöpfung. Die früher klaren grauen Augen waren blutunterlaufen und dunkel umschattet. Ihre selbstgerechte Wut schlug um in Besorgnis. Sie sank neben ihm auf die Knie und sah ihm ins Gesicht. Er schien den Tränen nah.

»Was ist denn?«, fragte sie weich und hatte in diesem Moment das Gefühl, ihm alles verzeihen zu können. »Ist es Kate?« Sie hatte seine Schwester ganz vergessen.

Er hob den Blick und nickte.

Entsetzen erfasste Marion. »Sie ist doch nicht?«

Er schüttelte den Kopf. »Nein, aber sie ist sehr krank. Deshalb habe ich es doch nur getan, Marion.« Er sah ihr nun in die Augen, wollte mit aller Macht, dass sie ihn verstand. »Um für ihre Pflege zu zahlen. Ein gutes Krankenhaus, wo sie richtig umsorgt werden würde.«

Marion ließ den Kopf hängen. Für sie und die Herzogin war er ein Schurke, für seine Familie aber ein Held. Es war alles nur eine Frage des Blickwinkels. Das Leben war kompliziert, die Menschen widersprüchlich. Es gab nichts Absolutes, weder das eine noch das andere. Sie brauchte ja nur sich selbst anzusehen: eine für Gleichberechtigung eintretende Feministin, die für eine Institution arbeitete, wie sie patriarchaler und konservativer nicht sein könnte.

Offenbar hatte er ihr nachdenkliches Schweigen als Kritik missinterpretiert, denn er ergänzte unvermittelt: »Ich musste ja etwas tun, nachdem Mr Adams mich entlassen hatte.«

Ihre Augen schienen ihm allerdings ihr Mitgefühl verraten zu haben, denn nun ergriff er ihre Hand und drückte sie. »Bleib bei mir? Nur für heute Nacht? Am Morgen gehe ich, das verspreche ich dir.« Und mit einem Lächeln in der Stimme ergänzte er: »Ohne ein einziges Foto zu machen.«

Sie wandte sich ab. Vor dem Fenster war es dunkel geworden. Sie stellte sich das Schloss vor, hell erleuchtet unten im Tal. Das Abendessen dürfte bereits begonnen haben mit betrunkenen Sackpfeifern und allem Drumherum. Lilibet läge im Bett. Wenn sie hierbliebe, würde keiner sie vermissen. Sie sah auf den Teppich und den Kamin, stellte sich ein munteres Feuer vor, helle Flammen, deren Widerschein im Dunkel über ihre nackten Glieder tanzte. Lustvolles Verlangen bohrte sich in ihren Unterleib.

Aber dann fiel ihr Mr Adams ein, und etwas Kaltes kroch über ihren Rücken. Diesmal mochte sie davongekommen sein, doch sicherlich kein zweites Mal. Von jetzt an würde sie Beziehungen – sollte es je wieder dazu kommen – nur noch mit Insidern eingehen. Anderen konnte sie nicht trauen.

Ihr war etwas klar geworden. Mochte die Welt im Allgemeinen auch zwiespältig, facettenreich und widersprüchlich sein, so traf das auf die königliche Welt nicht zu. Dort gab es keinen Mittelweg, keine Grauschattierungen. Man gehörte entweder ganz dazu oder gar nicht. Man musste sich entscheiden.

Zweiundzwanzigstes Kapitel

Das Jahr 1932 ging zu Ende, und 1933 begann wenig verheißungsvoll. Die Arbeitslosenzahlen stiegen, und immer mehr Menschen mussten Entbehrungen hinnehmen, weil die Regierung sich weigerte, die vor zwei Jahren eingeführten Kürzungen der Sozialhilfe rückgängig zu machen, und das, obwohl die ehemals noch Wohlhabenden nun ebenfalls in die erbarmungslosen Fänge der Armut gerieten. Die Lage auf dem Festland war nicht weniger beunruhigend. Mit einem Erdrutschsieg war Adolf Hitler schließlich zum Reichskanzler von Deutschland ernannt worden. Nur zwei Monate später sicherte ihm das Ermächtigungsgesetz die Macht eines Diktators.

»Er ist doch eigentlich Anstreicher«, sagte die Herzogin herablassend. »Eine lächerliche Gestalt mit diesem Schnauzbart.«

Marion hielt Hitler eher für unheilvoll denn lächerlich. In

Deutschland geschahen schreckliche Dinge. Ein gewaltiges Feuer im Reichstag wurde vom Führer sofort zu einem Anschlag der Kommunisten erklärt. Als Beweis diente ein halb blinder dänischer Kommunist mit Lernschwierigkeiten, der in unmittelbarer Nähe mit ein paar haushaltsüblichen Feueranzündern entdeckt worden war; Experten hatten inzwischen jedoch bestätigt, dass der Reichstagsbrand mit Benzin und Chemikalien ausgelöst worden war.

Marion war voller Mitleid, als sie die Zeitungsfotos des verwirrten jungen Mannes sah, der mit hängendem Kopf in Gefängniskleidung auf der Anklagebank saß. Sie zweifelte nicht daran, dass alles eine Inszenierung war. Und es schauderte sie jedes Mal, wenn sie an der Carlton House Terrace die riesige rot-weiße Fahne mit schwarzer Swastika am Fahnenmast der deutschen Botschaft passierte.

Operation Normal wurde fortgesetzt, immer mit einem vorsichtigen Blick über die Schulter, für den Fall, dass Fotografen folgten. Ein schiefer Hals und ein gebrochenes Herz waren das Erbe ihrer Beziehung zu Tom.

Aber die Gesellschaft Lilibets und ihre Gabe, sich ganz einfach zu freuen, waren das perfekte Gegenmittel zu dem Leid in all seinen Erscheinungsformen, das Erwachsene einander zufügten. Sie besuchten die Pelikane im St. James's Park, von deren Existenz so nah am Palast der Großeltern die Prinzessin keine Ahnung gehabt hatte. Das neue Kino an der Victoria Station, das sich auf Zeichentrickfilme spezialisiert hatte, war ein weiteres Ausflugsziel. Es hatte eine elegant geschwungene moderne Fassade im Stil eines Ozeandampfers, und Lilibet genoss den Aufenthalt in seinem kleinen höhlenartigen Innenraum mit der geschwungenen Decke und den Sitzreihen. Ihr Lieblingsplatz war der Mittelsitz in der ersten Reihe.

Der Umstand, dass vor den Zeichentrickfilmen die Wochenschau lief, hätte ihre Tarnung beinah auffliegen lassen. Marion hatte nicht damit gerechnet, dass es Lilibet so aufwühlen würde, einen Film von ihren Verwandten zu sehen, wie diese ihren offiziellen Aufgaben nachkamen.

»Sieh nur!«, rief sie, als Bilder von Königin Mary, die einen Ozeandampfer taufte, über die Leinwand flackerten, bevor *Die drei kleinen Schweinchen* begannen. »Das ist …«

Aber Marion hatte ihr sanft den Mund zugehalten. Die Menge um sie herum kicherte, weil sie wohl dachten, sie sei ein ultrapatriotisches Kind. Keiner kicherte jedoch, als auf Königin Mary Joseph Goebbels folgte, der sich vor einem Haufen brennender Bücher an die Jugend Berlins wandte.

»Warum verbrennen die Bücher?«, flüsterte Lilibet verwundert.

Marion seufzte. Dafür gab es keine einfache Erklärung. »Die Nazis wollen die Bücher loswerden, die ihnen nicht gefallen. Die, mit denen sie nicht einverstanden sind und die auch mit ihnen nicht verstanden sind.«

»Aber, Crawfie, Sie haben doch immer gesagt, es sei wichtig, auch andere Standpunkte in Betracht zu ziehen.«

»Das ist auch so. Aber Hitler möchte die Kontrolle über das Denken der Menschen haben.« Es war eine Erleichterung, als die Musik der Silly-Symphonies-Serie einsetzte und das Schweinchentrio auf der Leinwand auftauchte.

Doch ungeachtet der Gewitterwolken, die sich auf dem Festland zusammenbrauten, ging das Leben an der Piccadilly und im Royal Lodge unverändert weiter. Ein kalt funkelnder Winter machte einem prächtigen Frühling Platz, und die Abende wurden wärmer und länger, und Marion nutzte die frühen Abendstunden, um durch den Great Park zu spazieren. Seine sich nach allen Himmelsrichtungen erstreckende Weite vermittelte ihr das Gefühl von Freiheit, und die zeitlose Landschaft hatte etwas Beruhigendes. In Teilen stieß man auf überraschende Wildnis und Wildblumen in bunter Vielfalt: Pechnelken in Rosa und Weiß, dunkelblaue Kornblumen, cremegelbe Skabiosen, Tuffs von himmelblauem Ehrenpreis, sattrote Mohnblumen.

Der große silbern glitzernde See, Virginia Water, hatte es ihr besonders angetan. Auf der gegenüberliegenden Uferseite lag ein faszinierendes kleines Fort. Seine Türme überragten die Baumwipfel, und sie stand da und fragte sich, wem dieses romantische ritterliche Anwesen wohl gehören mochte.

Und wie zur Vervollständigung dieser Reminiszenz an das Mittelalter äste heute sogar noch ein Rudel Rehe unter einer Eiche. Mit ihren hellbraunen, weiß gepunkteten Rücken und den fast unsichtbaren bleichen Beinen sahen sie aus wie Geschöpfe aus einer mittelalterlichen Bilderhandschrift. In gebanntem Staunen ließ Marion ihren Blick über den See und weiter zu den Türmen über der Baumlinie wandern, und es hätte sie nicht gewundert, wenn ein schlanker weißer Arm mit einem juwelenbesetzten Schwert aus dem Wasser aufgetaucht wäre.

Wer dieses Schwert aus dem Stein zu ziehen vermag, ist der rechtmäßige König Britanniens.

Es sah tatsächlich aus wie das Kastell eines Märchenprinzen: klein, dekorativ, in ausgelassenem Überfluss mit Wehrgängen und Zinnen versehen. Vor dem blauen Himmel flatterte munter eine Fahne. Jetzt oder nie, sagte sich Marion. Sie musste einfach herausfinden, wer dort wohnte.

Marion erreichte die Einfahrt und hörte Musik, Gelächter und lautes Reden. Die Besitzer gaben eine Party.

Weil sie die Melodie kannte, begann sie zu summen, während sie weiterlief, als wäre sie eingeladen. Der Garten ähnelte dem von Royal Lodge: Rhododendren, Azaleen und Zedern. Den glatten grünen Rasen begrenzte ein Halbkreis von Wehrgängen, passend zu denen der kleinen Burg. Es standen sogar echte kleine Kanonen darauf, die winzigen Kanonenkugeln ordentlich gestapelt daneben. Das Ganze sah aus wie ein Spielzeug in Lebensgröße. Fehlte nur noch ein Regiment von kleinen Rotjacken, und die Wirkung wäre komplett.

Eine Spitzbogentür, weiß gestrichen, stand in der Mitte der kleinen Wehranlage offen. Doch Gelächter und Musik kamen von weiter hinten. Jetzt hörte sie Kreischen und Platschen. Sie konnte eine helle Steinterrasse und den Rand eines blauen Swimmingpools erkennen. Den Messingtrichter eines Grammofons. Kellner mit Champagnerflaschen.

»Kann ich Ihnen helfen?« Die Stimme kam von hinter ihr. Sie war tief, weiblich und von amerikanischer Herzlichkeit. Marion erstarrte.

Langsam drehte sie sich um. Die Frau hinter ihr mit ihrer großen dunklen Sonnenbrille und den glänzenden schwarzen Haaren schien einer Schwarz-Weiß-Fotografie entstiegen zu sein. Ihr Gesicht war blass und glatt, wie das Innere einer Muschel. Sie trug eine weiße Bluse und dazu einen schwarzen Rock mit kühnem Zickzackmuster. Den einzigen Farbakzent setzte ihr Lippenstift: ein grell leuchtendes Rot.

»Sind Sie von der Presse?«, fragte sie.

»Presse?« Marion war verwirrt. Sah sie in ihrem gelben Sommerkleid wie eine Journalistin aus? Die trugen doch sicherlich Regenmäntel und Notizblöcke. Kameras.

Wieder hörte man eine Lachsalve vom Pool. Vielleicht war die Frau nur vorsichtig. Womöglich hatte sie einen prominenten Gast.

»Ich wohne in der Nähe«, erklärte Marion. »Ich war spazieren und sah, nun ja, das hier.« Sie zeigte unbeholfen auf das burgartige Gebäude. »Ich war nur neugierig. Verzeihen Sie.«

Die Frau schien sich bei diesen Worten zu entspannen. Und die roten Lippen dehnten sich zu einem überraschend warmherzigen Lächeln. »Was halten Sie davon? Gefällt es Ihnen?«

»Es ist sehr hübsch.«

»Ich sage David immer, dass er ein Turetts-Syndrom hat. All diese Türme.«

Marion lachte. Sie fragte sich, wer David war. Vermutlich der Besitzer dieser Anlage.

»So ist es besser. Sie sind richtig hübsch, wenn Sie lächeln, Süße.«

Die Frau hatte sehr dünne weiße Arme, um deren Handgelenke sich breite, mit Schmucksteinen besetzte Armspangen schlossen. Weiterer Schmuck blitzte an ihren Fingern. Sie hielt ein Sträußchen Minze.

»Für die Juleps«, erklärte sie. »Die Minze suche ich immer selbst. Dieser beschränkte Butler ist nicht in der Lage, in diesem Garten auch nur ein anständiges Blatt zu finden. Mögen Sie Cocktails?«

»Ich habe noch keinen probiert.« Und erst recht nichts von Juleps gehört.

»Sie hatten noch nie einen Cocktail? Wo kommen Sie denn *her*, Süße?«

»Aus Schottland.«

Eine wohlgeformte Augenbraue hob sich fragend. »Ich meine, wo Sie hier wohnen. Sie sagten in der Nähe, nicht wahr?«

»Ich arbeite im Royal Lodge«, antwortete Marion.

Das schien die Frau aus irgendeinem Grund zu überraschen. »Bei den Yorks?«

Marion nickte. »Ich bin die Gouvernante von Prinzessin Elizabeth.«

Sie rechnete mit freundlichem Interesse. Wer war nicht angetan von den kleinen Prinzessinnen? Aber die Frau sah sie nur an.

»Tja, Süße«, erwiderte sie schließlich mit schleppender Stimme, »wie es aussieht, sind Sie direkt ins feindliche Lager marschiert.« Sie schenkte ihr ein letztes Lippenstiftlächeln und verschwand mit ihrer Minze.

Die ganze Woche ging Marion diese Begegnung nicht aus dem Kopf, doch sie erwähnte sie niemandem gegenüber, nicht mal Ivy. Die Frau war freundlich und charmant gewesen, aber die Worte »feindliches Lager« ließen nichts Gutes erahnen. Sie wollte kein Risiko eingehen und behielt es für sich.

Dennoch beschloss sie, am folgenden Wochenende mit Lilibet eine Bootsfahrt zu machen. Dafür sprachen gute Gründe, es war eine Fertigkeit, die das Kind noch erlernen musste. Und wenn sie wüsste, wer in der kleinen Burg wohnte und der Anblick derselben ihr die Preisgabe entlockte, dann umso besser.

Von Bäumen und Rohrkolben gesäumt lag Virginia Water unter einem warmen blauen Himmel. Es war alles ruhig. Man konnte Vögel hören und das Summen von Bienen. Ansonsten Stille bis auf das Aufklatschen der feuchten Ruder im Wasser und gelegentliches Stöhnen des Kindes, das sie führte.

Gleich nachdem sie an Bord gegangen waren, hatte Lilibet gebettelt, rudern zu dürfen. Mit der ihr eigenen Konzentration und Entschlossenheit durchpflügte sie schon bald das Wasser mit sauberen, schnellen Zügen.

Marion zog ihre Hand durch den sich kräuselnden See und hatte die Baumwipfel und die Turmgruppe im Blick. Aber Lilibet, die sich mit den Dollen herumschlug, war ganz auf das Boot konzentriert.

Langsam wie die treibenden Blätter verstrich die Zeit. Insekten tanzten in den breiten Lichtstrahlen. Über der silbernen Wasseroberfläche wurden die Schatten länger. Sie würden bald umkehren müssen.

»Was ist das, Lilibet?« Marion zeigte auf die Miniaturtürme.

Lilibet warf einen kurzen Blick darauf und drehte sich sofort wieder herum. »Oh, das ist die Burg.«

Marion lächelte. »Dass es eine Burg ist, sehe ich. Aber wessen Burg?«

»Die von Onkel David.«

»Ich wusste nicht, dass du einen Onkel David hast.«

Lilibet sah sie entgeistert an. »Natürlich tun Sie das. Jeder weiß es.«

Marion schüttelte den Kopf.

»Aber Sie müssen es wissen!«, beharrte das Kind. »Er wird der nächste König!«

»Heißt er denn nicht Edward?«

»Ja. Edward Albert Christian George Andrew Patrick *David*.« Lilibet ratterte die Namen sachlich herunter. »Aber jeder in der Familie nennt ihn David.« Die Prinzessin sah Marion an. »Aber Sie werden ihn wohl Ihre Königliche Hoheit nennen«, schlug sie hilfsbereit vor.

Marion antwortete nicht. Ihr schwindelte. *Ich sage David immer, dass er ein Turetts-Syndrom hat*. Ein amerikanischer Akzent. Eine witzige Raffinesse. War es, konnte es die berühmte Mrs Simpson sein?

»Ducken, Crawfie!«, brüllte Lilibet. Sekunden später hatten sie sich in der wirren Umarmung einer Trauerweide verfangen.

Marion war froh, dass ihr Gesicht hinter den Blättern versteckt war. Ihre Gedanken fuhren Karussell. Konnte das sein? In Ivys Geschichten war die Frau nichts weiter als eine vulgäre Intrigantin, eine lüsterne Bigamistin gewesen. Vielleicht war sie jemand anders.

Als sie wieder draußen auf dem offenen Wasser waren, kam Marion wieder darauf zu sprechen. »Besuchst du ihn auch manchmal?«

»Wen?«

»Onkel David.«

»Nein.«

Etwas im Ton des Kindes ließ Marion zögern. Sie spürte, dass sie da etwas angestoßen hatte. Etwas, das mit der Frau zu tun hatte, der sie begegnet war. Etwas, das sie womöglich nicht wissen sollte. Doch sie konnte nicht widerstehen. »Und warum nicht?«

Lilibet zog die Ruder zurück. »Wegen der bösen Frau.«

Marion zuckte zusammen. »Die böse Frau?«

»Mrs Simpson.« Lilibet führte sorgsam ein Ruder wieder in die Dollen ein.

Marion schluckte. So war das. Jetzt wusste sie es. Sie war aufgewühlt, wünschte aber zugleich, sie hätte diese Frage nicht gestellt. Mrs Simpson war kein Thema für eine Siebenjährige.

Aber etwas schien sich in Lilibet gelöst zu haben. Nach einem vorsichtigen Blick auf die verlassenen Ufer des Sees beugte Lilibet sich eifrig nach vorn.

»Es ist ein Geheimnis«, flüsterte sie und riss ihre blauen Augen weit auf. »Ich darf es eigentlich nicht wissen, aber ich weiß es. Ich habe sie reden hören. Die böse Frau ist eine gemeine Hexe, aber Onkel David sieht das nicht so.«

Marion blickte ins Wasser. Sie gab Onkel David recht, aber das durfte sie jetzt nicht sagen. Sie suchte nach einem Ausweg. »Sieh mal, diese Moorhühner. Lilibet!«

Das Boot schaukelte heftig. »Die Ruder, Lilibet!«, rief Marion, als beide ins Wasser zu rutschen drohten. Sie beugte sich vor und packte sie gerade noch rechtzeitig.

Dreiundzwanzigstes Kapitel

Der Sommer neigte sich dem Ende zu. Lilibet erwähnte Mrs Simpson nicht mehr. Marion lauschte und beobachtete zwar genau, aber da war nichts. Nach und nach vergaß sie ihre Sorgen. Ausflüge mussten geplant und Unterricht vorbereitet werden – Lilibet begann mit Französisch. Im Zoo bewunderte Lilibet den Elefanten, der Tiger verursachte ihr Nervenkitzel, und bei der Teeparty der Schimpansen klatschte sie begeistert in die Hände. Sie machte einen sehr glücklichen Eindruck.

Auch Mrs Simpson schien Spaß zu haben. Ivy hatte gehört, sie sei wieder zurück in Fort Belvedere und tanze die ganze Nacht mit dem Prinzen von Wales in einem Klub in Mayfair.

»Aber was ist mit den anderen beiden Geliebten?«, hakte Marion nach.

»Lady Furness und Mrs Dudley Ward? Die gibt es noch«, sagte die allwissende Ivy.

»Dann kann es so ernst doch wohl nicht sein«, folgerte Marion.

Andere Dinge waren es jedoch. Es war eine Sensation, dass die Oxford Union die King-&-Country-Bewegung unterstützt hatte. Marion kaute auf ihrer Lippe, als sie den Artikel las. Was bedeutete es, wenn die Oxford Union, eine Universitätsinstitution, die als Inbegriff des Establishments galt, eine antimonarchische, antipatriotische Haltung einnahm? Was bedeutete es für die königliche Familie? Für Lilibet?

Der Herbst war da, und sie fuhren nach Balmoral. Dass der Prinz von Wales mitreiste, schien zu implizieren, dass die königliche Maschinerie sich in den gewohnten Bahnen bewegte. Jedenfalls was den König betraf – noch immer gab es heftige Auseinandersetzungen mit seinem Sohn. »HÖR AUF MIT DIESEM INFERNALEN RADAU!«, brüllte er aus dem Fenster, unter dem der Prinz im Regen auf der Terrasse stand und Dudelsack spielte.

»Ich bete zu Gott«, hörte Marion den König in untypischem Flüsterton zu Kanonikus Dalton sagen, »dass David keine heimlichen Kinder hat und nichts zwischen Bertie und Lilibet und dem Thron steht.«

Marion, die gerade einen Löffel Braune Windsorsuppe an die Lippen führte, senkte ihn entsetzt wieder. Lilibet und der Thron! Der Gedanke war frappierend, beängstigend, schrecklich. Aber zum Glück steckte dahinter nichts weiter als die Eifersucht eines alten Mannes auf seinen charismatischen Sohn. Als sie später jedoch im Bett lag, holte das Echo eines früheren Gesprächs sie ein. Der Prinz von Wales zu seiner Schwägerin: »Du und Bertie, ihr solltet König und Königin sein.«

Und die Antwort der Herzogin: »Nicht mal im Scherz!«

Nein, sagte sich Marion. Nicht mal im Scherz.

Weihnachten verbrachte sie bei ihrer Mutter in Edinburgh. Sie war viele Monate nicht zu Hause gewesen, und das Haus, das völlig angemessen war, kam ihr nun unglaublich winzig und dunkel vor. Sie schien mit ihren Ellbogen gegen die Flurwände zu stoßen. Da erst merkte sie, wie sehr sie sich an große Räume gewöhnt hatte. An die hohen Decken und langen, lichtdurchfluteten Fenster. An die Frühstückstabletts, die ihr vor die Tür gestellt wurden, üppig mit Butter und Milch von den königlichen Höfen, jedes Silbermesser und jeder mit Monogramm versehene Teller exakt platziert.

Eine Linie war überschritten worden. Sie war immer davon ausgegangen, dass sie zurückkommen und an das vorherige Leben anknüpfen würde. Nun gestand sie sich ein, dass sie das nicht mehr konnte.

Ihre Mutter war außer sich vor Wiedersehensfreude, aber voller Fragen, die Marion nicht zu beantworten wagte. Diskretion war alles. Den aus harmloser Neugier gestellten Fragen auszuweichen, war schwer, sie konnte ihrer Mutter die Verwunderung ansehen. Das warf einen Graben zwischen ihnen auf, unsichtbar zwar, aber dennoch da wie eine Glaswand.

Sie versuchte, den Fragenfluss abzulenken, indem sie selbst welche stellte. »Wie geht es Annie?«

Als ihre Mutter seufzte, gefror alles in ihr. »Sie sind weggegangen«, erwiderte Mrs Crawford.

»*Weg?*« Marion blinzelte. »Weg wohin?«

»Weggezogen. Ich weiß es nicht.«

Marion ließ sich auf einen Stuhl sinken. Ihr blieb die Luft weg, als hätte ihr jemand einen Schlag versetzt. Sie wusste, dass Slumbewohner umherzogen. Arm sein bedeutete, ständig auf Achse zu sein. Was hatte sie nicht alles für Annie bewegen wollen? Erreicht hatte sie nicht viel, und jetzt konnte sie gar nichts mehr für sie tun. In den Sog ihres überwältigenden Schuldgefühls mischte sich, wenn auch uneingestanden, eine kleine Spur Erleichterung.

Doch ihre Mutter hatte noch mehr Neuigkeiten zu berichten. »Peter ist zu Hause«, sagte sie.

Wenn diese Information auch eine beschämende Erinnerung weckte, so überwog doch die Freude. Jemanden von früher zu sehen, wäre schön, vor allem den netten, zuverlässigen, klugen Peter.

Sie trafen sich wieder bei Jenners. Von der Peinlichkeit ihrer letzten Begegnung war keine Spur mehr vorhanden. »Du siehst wunderschön aus, Marion.« Seine hellen Augen schauten sie bewundernd an. »London bekommt dir offenbar.«

Sie fragte sich, ob dem tatsächlich so war. Manchmal hatte sie das Gefühl, unter großer Anspannung zu stehen, über die sie nicht mal mit Ivy sprechen konnte. Auch nicht mit ihrer Mutter, vor allem nicht mit ihrer Mutter. Und so überkam sie ein übermächtiger Drang, ihm zu erzählen, wie es wirklich war, wie es sich anfühlte, zwei verschiedene, miteinander im Widerspruch stehende Seiten ihrer selbst zusammenzubringen, eine Mutter und doch keine zu sein, Teil der Familie und doch nicht dazuzugehören, nach Hause zu kommen, ohne sich entspannen zu können. Von Schuld und Verantwortung und vor allem von der Einsamkeit. Sie setzte ein strahlendes Lächeln auf und sagte: »Ja, es ist großartig.«

Sie erkundigte sich nach seiner Arbeit. Er hatte die Schule gewechselt und war jetzt in Leicestershire Leiter des Fachbereichs Altphilologie. Dass es ihm dort gefiel, war ihm anzusehen, denn seine Augen glänzten, als er von seinen Schülern erzählte, anständigen Burschen auf dem Weg zum Mann. Seine Fragen über ihre Schülerin beantwortete sie knapp und zögerlich, gab so wenig preis wie möglich. »Du kannst mir vertrauen, weißt du«, sagte er irgendwann gekränkt. »Ich kann ein Geheimnis für mich behalten.«

»Aber, Peter« – sie sah ihn von der anderen Seite der Glaswand offen an –, »es gibt gar keine Geheimnisse.«

Er lächelte, als würde er das gelten lassen, und preschte stattdessen auf einem anderen Gebiet vor. »Bist du verheiratet?«

Sie lachte. »Im königlichen Haushalt heiratet man nicht. Sofern man nicht zur Familie gehört, muss man erst den Dienst quittieren.« Aber selbst dies empfand sie, als sie es ausgesprochen hatte, schon als ein zu weit gehendes Geständnis. Doch indem sie damit deutlich gemacht hatte, nicht verfügbar zu sein, hatte es seinen Zweck erfüllt.

Sie teilte den Kuchen mit ihrer Gabel. »Was ist mit dir?«

Er schüttelte den Kopf, auf dem inzwischen kaum mehr Haare waren. »Bin vermutlich mit meinem Job verheiratet«, meinte er wieder lächelnd.

Anschließend umarmten sie sich und gingen getrennter Wege. Sie beneidete ihn um seine Direktheit und um seine Arbeit, die so unkompliziert zu sein schien. Ihre entwickelte sich zunehmend zum genauen Gegenteil.

1933 ging zu Ende, das Jahr 1934 brach an. »Ich habe Neuigkeiten«, verkündete Ivy.

Kaltes Entsetzen durchzuckte Marion. »Du gehst doch nicht etwa?«

Ivy kicherte. »Nur in den Buckingham Palace.«

Offensichtlich, um bei Alf zu sein. Sie wirkte so glücklich und strahlend, dass Marion neidisch wurde. Ivy konnte sich glücklich schätzen, jemanden gefunden zu haben, den sie liebte. Dazu noch einen Insider. Auf dieser Seite der Glaswand. Ein Schicksal, das sie wohl eher nicht teilen würde.

»Nun sieh mich nicht so an, Maz. Ich werde ganz heißen Klatsch und Tratsch über den Prinzen von Wales erfahren. Die Leute im Buck House wissen alles.«

»Aber ich werde dich vermissen.« Der Klatsch war nichts gegen die Freundschaft. »Mit wem soll ich denn jetzt im Pub ’nen Gin trinken?« Manchmal hatten sie das abends getan, wenn Alf Dienst hatte.

Nachdem Ivy gegangen war und sie niemanden mehr zum Lachen hatte, wurde alles, was ohnehin schon ernst war, richtig schlimm. In Deutschland wurden jüdische Geschäfte boykottiert. Hitler hatte aufgrund der Behauptung, sein ehemals bester Freund Röhm und der ehemalige Kanzler Schleicher hätten zusammen mit den SA-Männern einen Putschversuch geplant, diese ermorden lassen. Hunderte weitere kamen bei dieser »Reinigung« zu Tode. Doch noch weitaus schockierender war die Meldung, dass die Nazis das Bundeskanzleramt in Wien gestürmt und Dr. Dollfuß, den diktatorisch regierenden österreichischen Bundeskanzler, erschossen hatten. Im House of Commons befahl Neville Chamberlain, der Premierminister, seinen Ministern, guten Mutes zu bleiben. Es könne nur besser werden, lautete seine Devise.

»Wir haben nun die Geschichte von *Bleak House* abgeschlossen und setzen uns jetzt, um das erste Kapitel von *Große Erwartungen* zu genießen.«

Marion warf die Zeitung durch den Raum. Sie legte den Kopf in den Nacken und massierte die angespannten Muskeln. In ihren Schläfen pochte der Schmerz. Wie lange wohl ließ sich das alles noch zusammenhalten?

Sie heuchelte Interesse, wenn Ivys Kontakte aus dem Buckingham Palace wie versprochen die neuesten Nachrichten von der Fort Belvedere Front lieferten. Lady Furness, eine der Geliebten des Prinzen von Wales, war nach Amerika gegangen. Sie hatte Wallis Simpson gebeten, sich in ihrer Abwesenheit um ihren königlichen Liebhaber zu kümmern.

»Genauso gut könnte man auch dem verschlagenen Fuchs die Aufsicht über den Hühnerstall geben!«, gluckste Ivy.

Marion wollte noch immer nicht glauben, dass die gutmütige Frau, die sie am Fort kennengelernt hatte, derart ruchlos war. Als

Thelma Furness jedoch zurückkam, legte die von Ivy kolportierte Szene nahe, dass sie es war.

»Sie aßen alle zusammen zu Abend, und Wallis saß neben dem Prinzen. Scherzte und tätschelte seine Hand.«

»Seine *Hand*?«

Ivy nickte. »So sagt man. Und Lady Furness wirft ihr einen Blick zu, aber sie erwidert diesen Blick, und am nächsten Morgen stolziert Lady Furness davon. Wurde seitdem nicht mehr gesehen.«

»Aber da ist doch noch immer Mrs Dudley Ward«, wandte Marion ein. »Mrs Simpson hat das Feld noch nicht ganz für sich allein.«

Aber wenige Wochen später wusste Ivy zu berichten, dass die Telefonzentrale des Palastes angewiesen worden war, Mrs Dudley Wards Anrufe nicht mehr durchzustellen. »Sechzehn Jahre Hingabe!« Ivy schüttelte ungläubig den Kopf. »Ausgelöscht mit einem Befehl an einen Telefonisten!«

In jener Nacht fand Marion keinen Schlaf. Sie konnte aus dem Kindertrakt das rasselnde Schnarchen von Mrs Knight hören. Ein und aus, wie das Klatschen großer Wellen. Aber noch etwas anderes. Marion setzte sich auf, lauschte und schwang dann die Beine aus dem Bett.

Ein Lichtschein drang unter der Tür von Lilibets Zimmer hervor. Marion stieß die Tür auf. »Was machst du da?«

Die Prinzessin lag nicht im Bett, sondern hockte in ihrem rosengeblümten Nachthemd daneben. Im Kerzenschein schimmerten ihre erschrockenen Augen unter dem zerzausten Haar. »Ich rücke meine Schuhe zurecht.«

»Du rückst deine *Schuhe* zurecht? Aber es ist mitten in der Nacht!«

»Sie standen nicht richtig gerade.«

Marion war am Verzweifeln. Das zwanghafte Verhalten kam mit aller Macht zurück.

Sie setzte sich auf den Boden und zog das Kind an sich heran, atmete den warmen Duft von Seife ein. »Sei nicht beunruhigt«, murmelte sie.

Lilibet versteifte sich in ihren Armen. Dann riss sie sich los und starrte Marion aufgewühlt an. Der Widerschein der Kerze brannte in ihren Augen. »Aber ich *bin* beunruhigt! Er wird sie heiraten!«

»Wer?« Marion hielt die bebenden Schultern des Kindes. »Wer wird wen heiraten?«

»Onkel David die böse Hexe!«

»*Was*? Das kann doch nicht sein.« Selbst Ivy hatte das nie erwähnt, und sie ließ nichts aus.

»Es ist so! Ich habe Mami und Papa darüber reden hören!«

Aber wo ist Mami jetzt? Unweigerlich drängte sich Marion dieser Gedanke auf. Sie war es jedenfalls nicht, die Lilibet tröstete.

»Dein Onkel Edward ist der Prinz von Wales«, sagte sie beschwichtigend. »Er könnte jede Frau im Land heiraten, jede der ganzen Welt!«

»Ja, aber er will nur sie! Diese böse Hexe! Ich bin deshalb so in Sorge. Was wird passieren?« Sie fing zu schluchzen an, rang nach Luft. Es kam immer mal wieder vor, dass etwas ihr sehr naheging, aber das hier war anders.

Marion streichelte ihr den Rücken und hielt sie fest. Eine derart mütterliche Umarmung fühlte sich intim an. Als sie spürte, wie der steife Körper sich entspannte, floss sie über vor beschützender Liebe. »Du brauchst dir keine Sorgen zu machen«, murmelte sie in das seidige Haar. »Nichts wird passieren. Alles wird gut werden.«

Lilibet erwiderte nichts. Ihr Atem, der gerade noch schnell

und flach ging, wurde langsam und tief. Sie war am Einschlafen, dachte Marion.

»Was ist eine Abenteurerin?«, murmelte Lilibet.

»Was?« Marion, die selbst fast eingeschlafen war, schreckte hoch. Die blauen Augen sahen sie wieder fast mit gewohntem Interesse an. Das Feuer war erloschen. »Ist es jemand, der Abenteuer erlebt?«, bohrte Lilibet.

»Äh ... klingt ganz danach, oder? Warum fragst du?«

»Ich habe es Oma sagen hören.«

Darauf fiel Marion keine Antwort ein, obwohl sie sich sehr wohl vorstellen konnte, wer mit diesem wenig schmeichelhaften Beinamen gemeint war. Ihr Blick fiel auf die im Kerzenlicht glänzenden Halbschuhe, die nun akkurat nebeneinanderstanden, die Schuhbänder in exakt gleicher Länge. »Also deine Schuhe sehen jetzt sehr ordentlich aus. Ich denke, du kannst ins Bett gehen, Lilibet.«

Die Prinzessin warf einen Blick auf ihre Schuhe. »Ja, Crawfie, ich denke, das kann ich.«

Marion wartete, bis die kleine Gestalt wieder in ihr Bett gehüpft war, und kehrte dann wieder auf ihr Zimmer zurück, ohne dort jedoch Schlaf zu finden. So konnte das nicht weitergehen. Sie musste etwas unternehmen.

Vierundzwanzigstes Kapitel

»Ein *öffentliches Schwimmbad*?« Die Herzogin war skeptisch.

»Ja, Ma'am. Es wird den Mädchen guttun, mit Altersgenossinnen zusammen zu sein. Margaret kann auch mitkommen.«

»Aber Prinzessinnen sollten sich niemals in der Öffentlichkeit entkleiden!«

Der Ort, den man schließlich für beides, den Kontakt und das Entkleiden als angemessen erachtete, war der exklusive Bath Club in der nahe gelegenen Dover Street. Aber Miss Daly, die junge Schwimmlehrerin mit dem frischen Gesicht, hatte ebenfalls Zweifel. »Muss ich dann am Ende jeder Bahn, die sie geschwommen sind, einen Knicks machen?«

»Das ist wirklich nicht nötig«, beruhigte Marion sie. »Im Wasser sind wir alle gleich.«

Der Unterricht wurde für die Kinder bald zum Höhepunkt der Woche. Marion saß auf dem schmiedeeisernen Zuschauerbalkon, während unter ihr Lilibet glücklich Wasser trat und Margaret, ein wenig plump in ihrem dunkelblauen Schwimmanzug, am Rand stand und sich mit ihren Zehen in die Steinfliesen krallte und sich offensichtlich weigerte hineinzuspringen.

»Nun komm schon, Margaret! Sei keine Klette!« Lilibet streckte eine Hand aus dem Wasser und packte den Knöchel ihrer Schwester. Margaret kreischte erschrocken.

Platsch! Endlich war Margaret drin und brüllte hysterisch. Lilibet lachte. Das war schön zu sehen und noch schöner zu hören.

In der warmen, chlorgesättigten Luft wurde Marion plötzlich müde. Die vergangenen Wochen waren besonders anstrengend gewesen. Sie beugte sich vor und legte die Stirn auf das Geländer.

»Miss Crawford?« Plötzlich saß jemand neben ihr.

Marion riss den Kopf hoch und schaute in ein Paar klare grüne Augen wie das Wasser im Swimmingpool.

»Kann ich Sie kurz sprechen?« Miss Daly warf einen vielsagenden Blick über den Balkon.

Marion folgte dem Blick. »Oh, nicht schon *wieder*!«

Miss Dalys Lächeln war so strahlend und beruhigend wie ihre weiße Sportkleidung. »Ich habe versucht, ihr klarzumachen, dass es besser wäre, wenn sie in der Umkleide bliebe, aber womöglich sollte das von Ihnen kommen.«

»Tja, vielleicht«, willigte Marion ironisch ein und folgte Miss Daly hinunter an den Schwimmbeckenrand, wo Mrs Knight nicht zum ersten Mal mit einem Haufen Handtücher, Haarbürsten, Talkum-Puder und sogar Schachteln mit Schokolade ihr Lager aufgeschlagen hatte.

»Das reicht ja, um eine Expedition auszustatten«, murmelte Marion, als die beiden über die Fliesen darauf zugingen. »Ich verstehe nur nicht, warum sie nicht auch noch ein Rettungsboot mitgebracht hat.«

Es wurde wieder Sommer. In diesem Jahr fiel der Prinz von Wales durch seine Abwesenheit auf Balmoral auf. Er kreuzte in der Karibik mit einer Clique, zu der auch Mrs Simpson gehörte. Ivy wusste zu erzählen, dass sie den Prinzen wie einen Hund hatte betteln lassen.

»Das denkst du dir doch aus«, erwiderte Marion gereizt.

Ivy sah sie überlegen an. »Tue ich das, Maz? Nächstes Mal erzählst du mir, dass Prinz George sich nicht gern als Frau verkleidet, nicht drogenabhängig war und auch nicht von einem seiner Ex-Liebhaber in Paris erpresst wird.«

Marion schnaubte ungläubig. Prinz George, der jüngste der vier Söhne des Königs war groß und sah umwerfend gut aus. Etwas Vollkommeneres wie ihn konnte man sich kaum vorstellen.

»Und den man jetzt zwingt, so schnell wie möglich diese griechische Prinzessin zu heiraten.«

Marion schüttelte den Kopf. »Weißt du, was dein Problem ist, Ivy, du weißt nie, wann Schluss ist.«

Einen oder zwei Tage später kam die Herzogin ins Esszimmer

gerauscht. »Aufregende Neuigkeiten, Lilibet! Onkel George wird heiraten! Und zwar die schöne Prinzessin aus Griechenland, sie heißt Marina.«

Marion starrte auf das weiße Tischtuch. Sie durfte nicht an Ivy und ihre Enthüllungen denken.

»Du wirst auf der Hochzeit Brautjungfer sein und ein besonderes Kleid tragen«, ergänzte die Herzogin.

Lilibet gab sich ungewohnt aufmüpfig. »Ich mag keine besonderen Kleider«, brummelte sie. »Darin kann man nicht auf Bäume klettern.« Sie sah auf ihren Schottenrock und den Pullover. »Ich mag diese Kleider am liebsten.«

Marion verkniff sich ein Lächeln. Ihr Schützling hatte es weit gebracht seit den Tagen von Rüschen und Bändern.

Die Herzogin behielt ihr Lächeln bei, aber Marion entdeckte Verärgerung. »Die kannst du aber nicht in der Westminster Abbey tragen, meine Süße. Crawfie wird dich morgen Vormittag zur Anprobe begleiten.«

Diese Information kam Marion mehr als ungelegen. »Morgen Vormittag?« Eigentlich waren diese Stunden für den Unterricht eingeplant gewesen. Sie hatte angenommen, dass es mit den Unterbrechungen jetzt vorbei sei.

Der Blick der Herzogin war entschlossen. »Bei Mr Hartnell in der Bruton Street. Ich habe den Wagen bestellt.«

»Nein danke«, sagte Marion entschieden.

Die Herzogin fragte erstaunt: »Wie bitte?«

»Die Bruton Street ist doch nur um die Ecke, Ma'am. Wir können zu Fuß hingehen.«

Lilibet wurde wieder wie in alten Zeiten herausgeputzt mit weißem Mantel und verspielten Rüschen.

»Fass das schmutzige Geländer nicht mit deinen Handschuhen an, Lilibet«, ermahnte Mrs Knight sie.

Marion scheuchte die Prinzessin mürrisch durch die Tür. Ihrer Ansicht nach waren Handschuhe überflüssig, insbesondere schneeweiße mit Perlenknöpfen an den Handgelenken. Diese ganze Unternehmung war unnötig, noch dazu während ihrer Unterrichtszeit.

Aber dennoch kam sie nicht umhin, auch ein wenig neugierig zu sein. Norman Hartnell war ein aufstrebender Couturier. Sie hatte seine Kleider in Zeitschriften gesehen, sie waren umwerfend.

Lilibet hüpfte neben ihr her. »Mr Hartnell ist ein was?«

»Ein Couturier. Er entwirft Kleider.«

»Ist das nicht ein komischer Beruf für einen Mann? Das sagt jedenfalls Alah.«

»Was auch sonst.«

»Was?«

»Ich sagte, gut, wir sind da.« Marion drückte auf die Messingklingel neben einer imposanten Doppeltür.

Sie wusste nicht, was sie sich unter dem Atelier eines Modedesigners vorgestellt hatte – vielleicht einen kleinen Raum mit Scheren und Stoffen. Aber Hartnells Atelier befand sich in einem sehr großen georgianischen Haus. Der große Eingangsbereich strebte in luftige Höhen, von denen ein gewaltiger Kronleuchter herabhing. Es gab riesige goldgerahmte Spiegel, hohe weiße Türen und ebensolche Fenster, die natürliches Licht hereinließen, und eine elegante Treppe mit Schmiedeeisengeländer.

Ein Mann kam mit raschen Schritten auf sie zu, die auf dem schwarz-weißen Marmorboden klackten. »Guten Morgen«, sagte er forsch. »Ich bin Norman Hartnell.«

Marion hatte jemand erwartet, der groß, schlank, ästhetisch

aussah. Der Mann vor ihr hatte den Körperbau eines Matrosen mit einem breiten, gebräunten Gesicht und hellbraunen, leicht gewellten Haaren. Sein gedrungener Körper steckte in einem perfekt sitzenden grauen Zweireiher, und seine Schuhe waren auf Hochglanz poliert.

»Wir sind wegen meines Kleides für die Hochzeit von Onkel Prinz George hier«, verkündete Lilibet pompös.

»Ja, ist das nicht aufregend.« Norman Hartnells haselnussfarbene Augen funkelten amüsiert. »Möchtest du vielleicht das Hochzeitskleid von Tante Prinzessin Marina sehen?«

Lilibets roter Mund öffnete sich in verwundertem Erstaunen. »Ja, gern.«

Er deutete mit dem Kopf auf eine geschlossene Tür hinter ihm. »Es ist da drin. Dann mal los mit dir.«

Das musste man Lilibet nicht zweimal sagen. Die Türflügel fielen krachend hinter ihr zu. Marion sah Hartnell entschuldigend an. »Tut mir leid.«

»Macht nichts. Ich habe nicht erwartet, dass sie es gewohnt ist, selbst die Türen aufzumachen. Und, ach du meine Güte, was hat sie da an? Den Rock des Schminktischs ihrer Mutter? Warum sind die Frauen des Königshauses alle so schlecht gekleidet? Kartoffelsäcke haben mehr Stil als die Herzogin von York.«

Marion sah ihn verdutzt an. Noch nie hatte sie jemand die Herzogin kritisieren hören. Es fühlte sich an wie Ketzerei. Aber auch frech und wohltuend. »Ihre Nanny hat ihr das angezogen.«

»Oh, dann sind Sie also nicht die Nanny.«

»Ich bin die Gouvernante.«

»*Gouvernante?* Wie antiquiert, meine Liebe. Ich wusste gar nicht, dass es die noch gibt!«

Sie sah ihn eingeschnappt an. Merkte er denn nicht, dass sie eine junge, moderne Frau war?

Er hatte die Arme verschränkt und musterte sie von Kopf bis Fuß. »Hm. Jetzt sehe ich es.«

»Was sehen Sie?«

»Die Gouvernante.« Er hielt den Kopf schief. »Altmodisch. Mausgrau.«

Sie brauste wütend auf. Wie konnte er so dreist sein. »Versuchen *Sie* mal, mit dem geringen Gehalt, das die Yorks zahlen, umwerfend auszusehen!«

Er zog eine Braue hoch. »Glauben Sie mir, meine Liebe, ich versuche es. Sie zahlen auch mir nicht viel.«

Marion war gekränkt. Sie hatte immer mit der Mode Schritt gehalten. Aber womöglich in letzter Zeit nicht mehr. Die Tage der flippigen rosa Kleider und des Eton Crops lagen hinter ihr.

An der nächsten Wand hing ein Ganzkörperspiegel. Sie musterte ihr Spiegelbild, was sie in letzter Zeit eher selten tat. Was ihr daraus entgegenblickte, erkannte sie kaum wieder: eine große Frau ohne Make-up, die Haare ein praktischer Bob. Ihr Kostüm aus einem kräftigen, strapazierfähigen Stoff in praktischer Farbe würde zwar nie unmodern werden, aber auch nie modisch sein. Ihre Schuhe waren aus praktischen Gründen billig, klobig und flach. Pures Entsetzen packte Marion. War sie, ohne es zu merken, zu Mrs Knight geworden?

Hartnell stand hinter ihr. Er zupfte an den abgetragenen Schultersäumen ihrer Jacke und inspizierte sie. »Aber *dafür* gibt es keine Entschuldigung. Was soll das denn für eine Farbe sein? *Eau de Nil* wohl kaum, eher *Eau de Matsch*. Das haben Sie selbst genäht, nicht wahr?«

»Nein, das war meine Mutter«, blaffte Marion zurück.

Sie verfolgte im Spiegel, wie Hartnell von ihr abließ. Seine grünen Augen baten um Verzeihung. »Ich bitte Sie um Verzeihung. Das war sehr ungehobelt von mir.«

»Ja«, sagte sie, »das war es.« Dieser widerliche Mensch hatte es verdient, es unter die Nase gerieben zu bekommen.

»Aber vielleicht kann ich helfen. Das ist nämlich ziemlich gutes Material.« Er zupfte wieder an der Jacke, sodass sie an den Seiten etwas enger saß. »Ich könnte sie in der Taille abnähen, dem Rock Form geben, den Saum kürzen.« Er trat vor sie und zuckte zusammen. »Und dieses Revers abändern. Man trägt sie jetzt scharf und schmal. Und auch neue Knöpfe würden etwas bewirken.«

Nein danke, lag ihr auf der Zunge. Sie verkniff es sich. Hartnell war ein berühmter Couturier. Das Kostüm hatte schon bessere Tage gesehen. Wenn er Wiedergutmachung leisten wollte, indem er es komplett veränderte, sollte er das auch tun.

Er trat mit verschränkten Armen zurück und lächelte. »Sie haben wirklich eine ganz fantastische Figur, meine Liebe. Eine wunderbare Größe. Es wäre eine Schande, sie nicht zur Geltung zu bringen. Wenn ich mit Ihnen fertig bin, werden Sie wie eins meiner Hausmodels aussehen!«

Und schon wurde er ihr sympathischer.

»Crawfie!«, rief Lilibet aufgeregt. Sie stand hinter ihnen in der offenen Tür. »Kommen Sie, und sehen Sie sich das Kleid von Tante Prinzessin Marina an!«

»Was denken Sie«, murmelte Hartnell, als sie gemeinsam hineingingen, »ob die arme Tante Marina die leiseste Ahnung hat, was sie erwartet?«

Marion sah ihn an. Woher um alles in der Welt wusste er es?

»Der liebe George hat eine ziemlich schillernde Vergangenheit«, ergänzte Hartnell. »Aber wie es heißt, hat er seine schlechten Angewohnheiten abgelegt. Also wird Kiki Preston, das Mädchen mit der Silberspritze, vermutlich nicht auf der Gästeliste der

Abbey stehen. Andererseits jedoch einige *höchst* überraschende Leute schon.«

Marion schielte auf Lilibet. Sie war bereits durch die Tür und glitt auf ihren bestrumpften Füßen über das Parkett.

Der Raum war hoch und von Licht erfüllt. In seiner Mitte stand eine Ankleidepuppe. Sie trug ein Gewand aus schimmerndem Silberbrokat.

»Wie prachtvoll«, hauchte Marion.

»Sie meinen, wie beinahe unmöglich. Vier Meter zarte Spitze aus Familienbesitz, gefüttert mit französischem Silberlamé, das schon vom bloßen Hinsehen reißen könnte. *Außerdem* von russischen Geflüchteten angefertigt.«

»Russische Geflüchtete?«

»Hören Sie bloß auf damit. Unsere Marina ist Halbrussin. Es war ihr ein Anliegen, Vertriebene aus dem Mutterland mit einzubinden. Was ja alles gut und schön ist, aber nun raten Sie mal, wer die russischen Geflüchteten von jetzt auf gleich finden musste. Und dazu noch welche, die nähen konnten.« Er schloss die Augen, schüttelte den Kopf und stöhnte, als wollte er einen Albtraum verscheuchen.

»Nun, es war die Sache wert. Es ist das perfekte königliche Hochzeitskleid.«

»Was nicht viel heißt«, konterte Hartnell. Das letzte war das der Herzogin von York und das hässlichste in der ganzen Weltgeschichte. Madame Handley-Seymour hätte man dafür erschießen müssen.«

Marion lachte noch, als Lilibet angerutscht kam. »Warum haben Sie immer Ihre Hand auf der Hüfte?«, fragte Lilibet Hartnell.

»Damit ich sie nicht verliere«, lautete die schnippische Antwort des Couturiers.

Eine Stunde später brachen sie auf. Lilibet hielt Skizzen von einem weißen, knielangen Kleid mit Puffärmeln und weitem Tüllrock in der Hand, zu dem ein Kopfschmuck aus Rosen getragen werden sollte. Marion amüsierte sich darüber. Hartnell hatte mit der Frisierkommode der Herzogin mehr gemein, als er dachte.

Fünfundzwanzigstes Kapitel

Hartnell übertraf sich und sein Versprechen. Das umgeänderte Kostüm saß wirklich perfekt. Mit müheloser Eleganz zog es die Aufmerksamkeit auf ihre geraden Schultern und die schlanke Taille. Der Rock reichte genau bis zum Knie und brachte ihre langen Beine zur Geltung. Er hatte die abgenutzten Lederknöpfe durch flache schwarz glänzende ersetzt und die alten Revers abgetrennt und mit den neuen aus schwarzem Samt für Kontrast gesorgt.

»Ich sehe wie ein völlig anderer Mensch aus«, staunte Marion beim Blick in Hartnells Spiegel.

»Noch viel besser«, jubelte dieser. Er war selbst hin und weg von der erfolgreichen Verwandlung. »Sie sehen aus wie die Person, die Sie sein sollen. Glamourös, zukunftsorientiert, eine Frau von Welt.«

Es stimmte. Norman hatte bei einem Salon in der Bond Street einen Rabatt ausgehandelt, wo ein extravaganter Stylist ihr einen Haarschnitt verpasst hatte, der ihren Schwanenhals, wie er ihn nannte, zur Geltung brachte. Auch ihre Wangenknochen, zuletzt unter lockigen Bäuschen verborgen, waren wieder sichtbar.

Wenn sie sich jetzt im Spiegel ansah, lächelte das kühne Mädchen, das ihr Haar kurz geschnitten trug und ihren Rock flattern ließ, sie wieder an. Die Marion ohne jeden Schick war passé.

»Sie sind ein Genie«, erklärte sie Hartnell.

»Hat man mir schon mal gesagt. Und jetzt ab mit Ihnen auf den Ball, Aschenputtel!«

»Sie meinen die Hochzeit. Der Ball findet am Vorabend statt, und dazu wurde ich nicht eingeladen.«

Der König und die Königin richteten einen Ball im Buckingham Palace aus, der großartig zu werden versprach. Die gekrönten Häupter Europas – jedenfalls was davon nach dem letzten Krieg noch übrig war, würden alle kommen. Die Herzogin hatte die ganze Woche über Diademe anprobiert.

»Nein, aber wissen Sie, wer eingeladen ist?« Hartnells haselnussbraune Augen glänzten vor Aufregung. »Mir ist zu Ohren gekommen, dass ein sehr protziges Kleid für eine gewisse sehr protzige Lady gemacht wurde.«

Er meinte ganz offensichtlich Mrs Simpson.

»Sie ist nicht protzig«, widersprach Marion.

Zu Hartnells großer Enttäuschung hatte sie Wallis kennengelernt, er jedoch nicht. Noch frustrierender war allerdings die Tatsache, dass er nicht gefragt worden war, es für sie zu entwerfen. Sie trug Chanel, einen Stil, der ihm verhasst war. »Jeder kriegt diesen minimalistischen Mist hin! Um ein Maximalist wie ich zu sein, braucht es echtes Genie!«

Sie hatte ihre Zweifel an den Informationen, die Hartnell über den Ball hatte. Es war ein höchst formeller Anlass. Zu dem der Prinz von Wales mit Sicherheit nicht seine Geliebte einladen würde, eine Frau, die Königin Mary eine Abenteurerin genannt hatte. Lady Furness, die ergebene Freda Dudley Ward, sie hatten es nie zu solchen Auftritten in der Öffentlichkeit geschafft. Hartnell hatte bestimmt übertrieben.

Das hoffte Marion jedenfalls inständig. Sie mochte Wallis, aber je höher sie in der Gunst des Prinzen von Wales stieg, umso mehr Probleme waren zu befürchten – für Lilibet und damit für sie.

Am Tag der Hochzeit saß sie im Querschiff der Abbey. Unter denjenigen, die darauf warteten, die schöne griechische Prinzessin zu sehen, herrschte aufgeregte Vorfreude.

»Marinamania«, hatte die Hauptstadt erfasst. Die Leute liebten alles an ihr, von ihrem romantischen Namen bis zu ihren Hüten. Zwei Modelle waren unter den Schaulustigen im Umlauf: einer mit herabhängender Krempe, hoher Krone und Pompon und eine kesse Pillbox mit seitlich hochstehender Feder. In den riesigen Menschenmassen, die der Prinzessin in ihrer Kutsche auf jedem Zentimeter ihrer Route vom Palast bis zur Abbey zujubelten, konnte man beide zahlreich entdecken.

Hartnell ging natürlich lieber davon aus, dass die wahre Begeisterung seinem Kleid galt. »Sie sind alle ganz verrückt danach, es zu sehen!«, hatte er in der Eingangshalle der Abbey aufgetrumpft. »Nicht schlecht für den Sohn eines Pubbesitzers aus Streatham Hill!«

Marion sah ihn erstaunt an. »Haben Sie mir nicht erzählt, ihr Vater sei im Wein- und Spirituosenhandel tätig?«

»Das ist er doch auch«, erwiderte der durch nichts zu verunsichernde Hartnell.

Hinter Marion saß eine tratschende Ansammlung älterer Adliger. Vorne auf der anderen Gangseite konnte sie den Prinzen von Wales sehen. Als Trauzeuge von Prinz George war er in seiner Uniform des Marineoffiziers eine schneidige Erscheinung. Wirkte aber wie immer unglaublich gelangweilt. Sie sah ihn einen vorbeikommenden Geistlichen heranwinken, um sich an dessen Prozessionskerze eine Zigarette anzuzünden.

Hinter ihr wurde gestöhnt. »Habt ihr das gesehen? Wenn man bedenkt, dass er der Verteidiger des Glaubens ist!«

Der Prinz, dem solche Bemerkungen vielleicht bekannt waren, der sie womöglich sogar willentlich befeuerte, blies Rauchkringel in die Luft.

Wieder Getuschel von hinten. »Er hat *sie* gestern mit zum Ball in den Palast gebracht.«

Marion erstarrte in ihrem neuen Kostüm.

»Diese widerliche Frau. Tanzt mit einem selbstzufriedenen Grinsen Foxtrott mit ihm.«

»Die Bediensteten im Fort haben ihn am Morgen aus ihrem Zimmer kommen sehen. Mit Lippenstift beschmiert.«

»Nein!«

»Offensichtlich hat sie ihn völlig in ihrer Gewalt. Von ihrem Größenwahn mal ganz abgesehen. In Biarritz soll sie sich beklagt haben, weil man sie der örtlichen Aristokratie nicht vorgestellt hat.«

»Sie würde sich noch mehr beklagen, wenn sie vorgestellt worden wäre.«

Marion schluckte nervös. Sie konnte noch immer nicht glauben, dass diese gutmütige Frau, die sie in Erinnerung hatte, und die unverfrorene Gestalt solcher Geschichten dieselbe sein sollte. Aber war es denkbar, dass alle anderen sich täuschten und nur sie richtiglag?

Sie versuchte, sich auf die Pracht und Schönheit der Abbey zu konzentrieren, die Schnitzereien und Vergoldungen, die leuchtenden Glasmalereien der Kirchenfenster. Ihr Blick wanderte zur griechischen königlichen Familie, die im Mittelschiff saß. Allem Anschein nach verfügten sie aktuell nicht über einen Thron und lebten im Exil. Aber das kompensierten sie eindeutig durch ihr Erscheinungsbild.

Sie hatten sich vorher im Palast eingefunden, unter ihnen auch ein blonder Junge, der durch sein hübsches Aussehen auffiel. Er hieß Philip und war ein Cousin von Marina. Lilibet hatte ihn über den Raum hinweg scheu angestarrt. Doch er schien sie nicht bemerkt zu haben.

Die kraftvolle Orgel der Abbey kündigte nun das Eintreffen der Braut an. Hälse wurden gereckt, um Marina zu sehen, die langsam durch den Mittelgang schritt, angestrahlt vom farbigen Licht der alten Fenster, die ihre Diamanten aufblitzen und glitzern ließen.

Marion schielte auf die Herzogin von York. Sie saß ganz in helles Rosa gekleidet im Mittelschiff und strahlte unerschütterliche Gelassenheit aus. Doch Marion ließ sich nicht täuschen. Elizabeth von York verachtete Marina. Es hieß, die griechische Prinzessin fühle sich erhaben über die Tochter eines schottischen Earls. Die Tochter des Earls hatte es ihr heimgezahlt.

Aber vermutlich fühlte sie sich jetzt doch nicht ganz so triumphal, überlegte Marion, als sie Marina näher kommen sah. Das im Lichterglanz schimmernde prachtvolle Kleid Hartnells brachte die Perfektion der dunkelhaarigen zarten Schönheit der Prinzessin bestens zur Geltung. Sie hatte die angesagte Blässe, derer sich die Herzogin von York nie würde rühmen können, und ihre Beliebtheit war fast genauso groß.

Jetzt kam Lilibet in ihrem Tüllrock langsam hinter Marina durch den Gang. Unter ihren blumenbekränzten Haaren sah sie hinreißend ernst aus. Aber wie Marina hatte auch sie ihre Gegner. Zu den Füßen ihrer Mutter saß Margaret mit wütender Miene auf einem Samthocker. Sie ärgerte sich zutiefst, dass nicht auch sie Brautjungfer war, verfügte allerdings nicht über die Fähigkeit ihrer Mutter, sich das nicht anmerken zu lassen. Unter der kleinen weißen Haube funkelten die Augen mit all der hitzigen Wut, die eine Vierjährige aufbringen konnte.

In Marions Rücken sprachen die alten Adligen noch immer über Mrs Simpson. »Es heißt, sie fordere Unsummen Geld und jede Menge Schmuck.«

»Bricht die Bleistiftenden ab, um den Bediensteten mehr Arbeit zu machen.«

»Hat den Gärtner zum Weinen gebracht, weil sie alle Pfirsichblüten haben wollte!«

»Nein!«

Marina hatte nun ihren zukünftigen Gemahl am Altar erreicht. Erst heute Morgen war Prinz George zum Herzog von Kent ernannt worden. Mit seiner großen Gestalt und dem glatten dunklen Haar strahlte er den Glamour eines Filmstars aus. Vielleicht passte das sogar. Hartnell hatte zu berichten gewusst, dass der Prinz unter einem Pseudonym einen Tanzwettbewerb in Cannes gewonnen hatte.

Nun erhob sich der Prinz von Wales, und die Tressen seiner Uniform blitzten unter den Kronleuchtern. Er nahm noch einen tiefen Zug aus der Zigarette und warf diese dann zu Boden. Mit flinkem Blick sah er sich um. Er schien nach jemandem Ausschau zu halten.

»Oh, und sie ist natürlich hier«, kam es von hinter Marion. »Er hat ihr selbstverständlich die besten Plätze verschafft.«

»*Plätze*? Ist ihr Ehemann hier?«

»Ja. Haben Sie es schon gehört? Man nennt ihn ›The Unimportance of Being Earnest‹.«

»Wie amüsant.«

Mehrere Reihen vor Marion bewegte sich ein Hut, und erschrocken wurde ihr plötzlich klar, dass sie Wallis vor sich hatte.

Sie saß im Chorraum in einer gut sitzenden dunklen Jacke,

die in elegantem Kontrast zu all dem Gold ringsum stand. Sie trug keinen Hut, ihr schwarzes Haar rahmte ihr schimmerndes Gesicht. Wirkte sie hart, Ränke schmiedend und ruchlos?, fragte sich Marion. Oder doch so, wie sie sie kannte? Ihr Lippenstift leuchtete blutrot, und in den großen dunklen Augen, die zwar nicht in Marions Richtung blickten, lag das amüsierte Funkeln, das ihr im Gedächtnis geblieben war.

»*Da!*«, zischten die alten Damen. »*Seht!* Sein Gesicht!«

Der Prinz sah Wallis an, als wäre sie die einzige Frau auf der Welt. Es war ein intimer Moment, ausgelebt in der Öffentlichkeit. Nur ein Idiot konnte jetzt noch anzweifeln, was da vor sich ging.

Marion warf einen Blick auf Lilibet, die aufrecht und geduldig hinter der glitzernden Marina stand. Die kleine weiße Gestalt inmitten dieses ehrwürdigen und gigantischen Bauwerks hatte etwas rührend Verletzliches.

Marion überkam wilde Entschlossenheit. Was auch immer geschah, für sie gab es nur eine Priorität. Sie musste ihre kleine Prinzessin beschützen.

Sechsundzwanzigstes Kapitel

Das silberne Thronjubiläum des Königs stand vor der Tür. Marion fand, dass der Zeitpunkt dafür denkbar schlecht war. Eine weitere aufwendige Feier stellte ein großes Risiko dar.

Zwar war die Kent-Hochzeit mit üppiger Pracht gefeiert worden, aber in deren Mittelpunkt hatte immerhin eine glamouröse junge Frau gestanden. Außerdem war sie auf London begrenzt gewesen. Diese Feier jedoch betraf die ganze Nation mit einem aufbrausenden alten Mann als deren Zentrum.

Marion war nervös. Sollte es zu einer Revolution kommen,

dann sicherlich jetzt. Man konnte von diesem von Armut und Arbeitslosigkeit zerrissenen Land wohl kaum erwarten, dass es einen Mann hochleben ließ, der alles besaß. Wobei seine Untertanen natürlich ohnehin nur einen Teil der Wahrheit kannten. Sie hatten keine Ahnung von den Spannungen in der Familie und der Bedrohung durch eine geschiedene Amerikanerin, alles hochgehen zu lassen. Was wäre, wenn sie es herausfänden?

Überraschenderweise schien die Nation den Jahrestag als willkommene Ablenkung zu begreifen. Eine Gelegenheit, die finanziellen Probleme einmal hintanzustellen.

Und man musste zugeben, dass die Staatsmacht für ein prächtiges Umfeld sorgte, genau das zu tun. Die Straße vor dem Buckingham Palace mit dem Namen Mall war von riesigen Fahnenmasten gesäumt, an deren Spitzen goldene Kronen saßen. Eine vierundzwanzig Meter hohe Statue der Britannia, flankiert von goldenen Löwen, prangte auf dem Dach von Selfridge in der Oxford Street. Die in das neuartige Flutlicht getauchten Sehenswürdigkeiten wie die königlichen Paläste, Westminster Abbey, County Hall und die Fassaden von Tate und National Galleries boten ein sensationelles nächtliches Spektakel.

Die vier Söhne des Königs waren ins ganze Königreich ausgeschwärmt, Gloucester nach Irland, York nach Schottland und Wales natürlich in sein Fürstentum. Überall waren sie begeistert empfangen worden. Der König selbst hatte zusammen mit Königin Mary vier ausgedehnte Kutschfahrten durch London unternommen – Norden, Süden, Osten und Westen. Seine Majestät hatte Lilibet erzählt, die es dann an Marion weitergegeben hatte, dass die Straßen im East End die buntesten gewesen seien, mit Wimpeln, Papierblumen, Flaggen und Luftschlangen, hinter denen die hässlichen Ziegelbauten verschwanden, und dazu habe die Sonne auf den Messinghelmen der Bezirksfeuerwehren geglänzt. Auf den Straßen hätten Klaviere gestanden, Gruppen zusammen gesungen, Nachbarn sich gegenseitig Teekessel und Klapptische ausgeliehen.

»Großpapa meinte, er habe gar nicht gewusst, dass man so viel von ihm hielt«, berichtete Lilibet begeistert. »Er meinte, er sei ja schließlich nur ein ganz gewöhnlicher Mensch.«

Die Hauptattraktion für diesen ganz gewöhnlichen Menschen war ein Dankgottesdienst in St. Paul's. Die Prinzessinnen sollten mit ihren Eltern und Großeltern in Prozession vom Buckingham Palace dorthin fahren. Marion hatte Lilibet versprochen, in der Menge zu stehen und zu winken. »Ich werde zurückwinken, Crawfie«, versicherte Lilibet ihr.

Es war erst Vormittag, aber die Hitze drückte bereits schwer. Die goldenen Kronen auf den Fahnenmasten glänzten vor dem simmernden Blau des Himmels. Marion hatte vorgehabt, über die Mall zu Fuß zur Kathedrale zu gehen, aber dies erwies sich als hoffnungsloses Unterfangen. Es waren viel zu viele Menschen unterwegs, sie schoben sich über die Mall. Um auch nur ein bisschen voranzukommen, musste man sich windend, schlängelnd, duckend und quetschend zwischen den drängenden Massen hindurchlavieren.

Marion sah sie sich genauer an. Ramponierte Schuhe, geflickte Ärmel und ausgemergelte Gesichter überwogen. Das waren die arbeitslosen, die von Kürzungen betroffenen, wütenden Bürger. Was, wenn ihnen plötzlich klar würde, wie ungerecht das alles war, und sie sich gegen ihre Unterdrücker auflehnten, wie Valentine es immer ausgedrückt hatte?

Vor Angst zog sich alles in ihr zusammen. Es war lange her, dass sie in einer Menschenmenge gewesen war. Und wenn sie mit Lilibet unterwegs war, war Cameron immer in der Nähe. Jetzt aber war sie auf sich allein gestellt.

Plötzlich ertönte ein lauter Schrei, gefolgt von Stille. Sie verspannte sich. War dies der Moment? Würde jetzt alles kippen? Sie blickte sich ängstlich um, versuchte, in den versteinerten Gesichtern zu lesen. Sie dachte an Lilibet und Margaret in ihrer offenen Kutsche. Gegen den wütenden Mob hätten sie keine Chance. Ihr Blick fiel auf die hellrote Linie der Grenadiersgarde. Würden sie sich umdrehen und in die Menge feuern?

Die Stille hallte in ihren Ohren. Gleich darauf hörte sie Hufgetrappel und das Klirren von Pferdegeschirr. Über den Schultern und zwischen den Hüten sah Marion es rot und golden aufblitzen, dazu den sich aufbäumenden Kopf eines Pferdes, das Winken einer behandschuhten Hand. Königin Marys an Baiser erinnernde Haube tauchte auf, die Feder schwankte im Rhythmus der Kutsche. Marion sah einen Teil des Bartes des Königs, ein Gefunkel von Tressen und Medaillen und dann das gelangweilt und verächtlich schauende Gesicht seines Sohnes und Erben. Würden die Menschen ihn als das sehen, was er war?

»Gott segne den Prinzen von Wales!«, kreischte der Mob.

Nun kam Lilibet ins Blickfeld, sie lächelte und winkte mit ihren weißen Handschuhen. Die Menge rastete aus vor Entzücken. »Gott segne die kleinen Prinzessinnen! Gott segne Prinzessin Elizabeth!«

Marion glaubte, vor Stolz zu platzen. Dieses Kind, dem sie alle zujubelten – es war ihr Werk. Lilibets natürliche Art, ihre Lockerheit im Umgang mit einer so großen Menschenmenge musste etwas mit all den Ausflügen zu tun haben, die sie in die Stadt unternommen hatten. Operation Normal war ein Erfolg gewesen. Es war die Opfer wert gewesen. Freudentränen verschleierten ihr den Blick, und sie kramte in der Tasche nach ihrem Taschentuch.

In dem Moment, als sie sich umblickte, sah sie ihn. Er war nur wenige Meter entfernt, hatte sein Gesicht den Kutschen zugewandt. Es gab keinen Zweifel, dass er es war. Er sah noch genauso aus, obwohl drei Jahre seit ihrer letzten Begegnung vergangen waren. Ein Paar große dunkler Augen mit einer Tolle schwarzer Haare darüber. Ein roter Schal, der wie eine Flamme züngelte.

Ein Schrecken fuhr ihr in die Glieder, gemischt mit einer Warnung. Dieser Mann hatte ihr unendlich wehgetan. Sie sollte ihm aus dem Weg gehen, und nichts wäre leichter, als sich in einer so großen Menge wegzuducken. Andererseits hatte die Art und Weise, wie er sie behandelt hatte, sie zu Lilibet geführt, die sie so sehr liebte und von der sie geliebt wurde, und zu einer wichtigen Aufgabe, die von Erfolg gekrönt war, wie die Ereignisse jetzt zeigten. Vielleicht waren sie jetzt quitt.

Aber als sie sich ihren Weg durch die brüllenden Massen zu ihm bahnte, wurde sie sich eines weiteren Motivs bewusst. Sie war neugierig. Was machte er hier, ein erklärter Revolutionär in einer Menschenmenge, welche die Monarchie bejubelte? Hatte er seine Meinung geändert?

»Valentine!«

Er drehte sich um. Sie fragte sich, ob er sich überhaupt an sie erinnern würde, und war froh, als sein Gesicht zu leuchten begann. »Marion. Du siehst *fantastisch* aus.«

Hartnells anfängliche Bearbeitung ihres Kostüms hatte zu weiteren Änderungen an Kleidern und Röcken geführt. Heute trug sie ein gelbes Kleid, das sie bei einem Ausverkauf preiswert erworben hatte und dann von Hartnells geschickt geführter Nadel abgeändert und mit kühnen roten Knöpfen ausstaffiert worden war.

»Und du«, sagte sie und lächelte ihn an, »siehst immer noch genauso aus wie damals. Aber was machst du hier?«

Wie sie sah, hatte auch Valentine sich ausstaffiert. Es war ein

Protestschild, das er jetzt in die Luft hob. Darauf stand: *Keiner hat die Monarchie gewählt.*

Ihre Augen wurden groß. »Bist du wahnsinnig?«

»Nein, im Unterschied zu allen anderen in dieser verblendeten Menge.« Das begleitete er mit einem Grinsen, wie sie es nur zu gut kannte. »Das ist übrigens Decca.«

Ein Mädchen mit dünnen geschwungenen Augenbrauen und glänzenden blonden Haaren schob lächelnd ihren Kopf über Valentines Schulter. »Hallöchen!« Deccas Akzent verriet ihre Upperclass-Herkunft. Auch sie schwenkte ein Protestschild. Marion sah sie verdutzt an.

»Oh, es ist nicht, was du denkst«, meinte Valentine amüsiert. »Decca ist mit Esmond zusammen.«

Marion warf ihm einen finsteren Blick zu, weil sie sich über seine Vermutung ärgerte, sie würde sich für seine Liebesgeschichten interessieren. Im gleichen Moment erinnerte sie sich so schlagartig, dass es sie selbst überraschte, an den jugendlichen Herausgeber, Spaßvogel und Bilderstürmer, den Valentine als Helden verehrt hatte. Hier war er nun leibhaftig. Sein kompakter, ziemlich quadratischer Schädel war neben dem von Decca aufgetaucht. Er fuchtelte mit seinem Protestschild herum. »Hallöchen!«

»Und ich bin Philip.« Ein hagerer junger Mann mit Brille und schlechter Haut, natürlich ebenfalls mit Protestschild, schob seinen Kopf an der anderen Seite vorbei.

Marion nickte. »Hallöchen. Ich meine Hallo.«

Die Situation war verwirrend, als wäre das, was vor einer Minute noch sicher war, es jetzt nicht mehr. Sie stand hier inmitten von Londons Ärmsten, die Londons Reichsten zujubelten. Dazwischen allerdings ein Grüppchen privilegierter Upperclass-Jugendlicher verkleidet als linke Verfechter des Egalitarismus – von denen einer sie in der Vergangenheit betrogen hatte. So viel auf einmal verkraftete sie nicht.

»Ich gehe jetzt besser.« Sie drehte ihren Kopf der Menge zu.

»Nein, bleib doch!«, insistierte Valentine. »Oder lass mich dich auf einen Tee einladen.«

»Nein«, murmelte sie und entzog sich seiner Hand, die ihre Schulter auf eine Weise festhielt, derer ihr Körper sich zärtlich zu erinnern schien.

Sie rechnete damit, von ihm zurückgezogen zu werden, aber stattdessen fing er an zu singen und hob dabei die Faust in die Luft. »Wacht auf, Verdammte dieser Erde, die stets man noch zum Hungern zwingt ...«

Die Leute in der Menge sahen ihn misstrauisch an. Sie drehte sich um. »*Hör* auf!«

Er sang unbeirrt weiter und sah sie dabei spöttisch an. »Völker, hört die Signale/ Auf zum letzten Gefecht ...«

Um sie herum kritische Blicke. Sie malte sich fliegende Fäuste und Zehen in Stahlkappenschuhen aus, die sich zum Zutreten bereit machten. Der schmale Durchgang in Edinburgh kam ihr wieder in den Sinn, Valentine, der zusammengesackt auf dem Boden lag.

Er schüttelte sein Protestschild. »Proletarier aller Länder, vereinigt euch! Schließt euch der Revolution an!«

»Hör auf«, flehte Marion ihn an.

Zwei Schlägertypen hatten sich mit Blicken verständigt, bevor sie Valentine absichtsvoll ansahen.

Sie packte erschrocken sein Handgelenk. »Sie werden ...«

»Mich in Stücke reißen?«

»So in etwa.«

»Und das würde dir was ausmachen?« Eine dunkle Flamme loderte in seinen Augen, ganz wie damals, und ließ sie, ganz wie damals, dahinschmelzen. »Wenn du willst, dass ich aufhöre«, warnte er sie, »musst du auf eine Tasse mitkommen.«

Sie stöhnte. »Aber nur eine.«

Weil alle die Prozession verfolgten, war das Lyons Corner House als nächstbestes Lokal praktisch leer. Sie setzten sich ins Erkerfenster.

»Bist du verheiratet?«, war seine erste Frage. Komisch, dass die Männer sie das immer fragten. Wenn auch aus unterschiedlichen Gründen. Peter hatte die Frage gestellt, weil er seine Chancen einschätzen wollte, womöglich doch noch ihr Ehemann zu werden, wohingegen Valentine zweifelsohne fragte, um zu erfahren, ob ein Ehemann im Weg stehen könnte.

»Das geht dich nichts an«, erwiderte sie.

Er sei aus Edinburgh abgereist, kurz nachdem sie weg war, erzählte er. »Ohne dich hat es keinen Spaß mehr gemacht.« Dabei setzte er eine Trauermiene auf.

Sie sah ihn ungläubig an. »Und was war wirklich der Grund?«

»Na ja, und weil die Universität mich rausgeworfen hat, nachdem ich meine Prüfungen nicht bestanden hatte. Jetzt bin ich also hier und hetze zur internationalen proletarischen Revolution und dem Ende des Imperialismus auf.«

»Und das läuft richtig gut, wie ich sehe.« Marion schnaubte und zeigte aufs Fenster, vor dem die vorbeiziehenden Massen Bilder des Königs und Kaisers schwenkten.

Er redete, während er seinen Victoria-Sponge-Kuchen kaute. »Man muss nur ihr Bewusstsein wachrütteln. Der Triumph der Arbeiter über die Herrschenden ist historisch unvermeidbar.« Er fuchtelte mit dem Kuchen in seiner Hand herum. »Und eines glorreichen Tages werden die Menschen Stalin-Sponge-Kuchen essen.«

Sie schüttelte den Kopf, war aber überrascht, wie wenig Groll sie verspürte. Nachdem sie sich abgefunden hatte mit dem, was er getan hatte, und gegen ihren Gewinn abgewogen hatte, konnte sie seine dummen Scherze, seine lächerliche kommunistische Rhetorik wieder genießen. »Und wo genau in London planst du die Niederlage des Kapitalismus?«

»Im Stadtteil Rotherhithe. Am Fluss. Ist ein Wahnsinnsspaß. Unser Haus gehört einem Freund von Esmond und Decca.«

»Die wohnen ebenfalls dort?«

Der nächste Bissen beulte seine Wange aus, und er nickte. »Sie ist von ihrer Familie abgehauen. Ihr Vater ist ein Earl«, ergänzte er stolz.

»Wie seltsam«, sagte Marion. Es klang kompliziert und aufregend, aber sie war entschlossen, kein allzu großes Interesse an Decca zu bekunden.

»Seltsam ist es in der Tat«, gab Valentine ihr recht. »Ihre Schwestern sind völlig unterschiedlich. Ideologisch, meine ich. Diana ist Faschistin, Unity verehrt Hitler, und Debo möchte einfach Herzogin sein.« Er redete, als würde er sie alle persönlich kennen.

»Hitler? Faschistin?«, staunte Marion, und ihr Vorsatz wackelte.

»Und Decca ist Kommunistin, das liegt ja auf der Hand. Ein verrückter Haufen«, schloss Valentine liebevoll.

Marion sah ihn an. »Das glaube ich dir nicht. Keiner hat eine so verrückte Familie.«

Er lachte. »Und was ist mit der, für die *du* arbeitest?«

Sie sah ihn böse an.

Er trank stur seinen Tee. »Warum kommst du nicht mal vorbei? Bei uns finden tolle Partys statt. Morgen ist auch wieder eine.« Er schob sich das letzte Stück Kuchen in den Mund. »Du solltest vorbeikommen.«

Siebenundzwanzigstes Kapitel

Später, beim Thronjubiläums-Lunch, der im Palace-State-Esszimmer unter einer mit Gold verzierten Stuckdecke stattfand, saß Marion an einem langen Tisch. Er war weiß gedeckt, mit Silbergeschirr überladen und wurde von Königlichen Hoheiten und Eminenzen gesäumt. An ihrem Platz ziemlich am Ende war sie der Militärkapelle in ihren roten Jacken so nah, dass sie die Titel auf ihren Notenblättern lesen konnte. Sie spielten »The Departure of the Troopship« – das Lieblingsstück des Königs.

Ihr Tischnachbar war der neue Privatsekretär des Königs, Alan Lascelles. Sie war ihm bisher noch nicht begegnet. Er war ein großer, schlanker Mann mit strammer Haltung, gemeißelten aristokratischen Zügen und stechenden Augen, die tief unter buschigen Augenbrauen eingebettet waren. Das von einem Mittelscheitel geteilte Haar war dicht und schwarz. Die Art, wie er sich gab, hatte etwas lächerlich Erhabenes.

Sie unterhielten sich über den Erfolg des Jubiläums, wobei Marion versuchte, sich ihre Überraschung über die Begeisterung im Volk nicht anmerken zu lassen.

Lascelles hingegen hatte damit gerechnet. »Jedes menschliche System verlangt nach einer sichtbaren Gestalt von Gottes Majestät«, erklärte er schwülstig. »Indem sie eine Verbindung zur Vergangenheit und zur Zukunft herstellen, gehören Könige und Königinnen in die Welt der Poesie.«

Marion hatte Mühe, nicht loszuprusten. Für sie gehörte George V ganz und gar nicht in die Welt der Poesie. Oder der Kunst im Allgemeinen. Sie hatte ihn einmal brüllen hören, er könne »BESSERE MUSIK MACHEN ALS WAGNER, INDEM ICH MEINE SCHLAFZIMMERTÜR ZUSCHLAGE!«

»Könige sind wie Kirchturmspitzen, die man jenseits eines

Flusstals sieht«, fuhr Lascelles fort. »Ausdruck eines uralten Glaubens.«

Marion ging nicht darauf ein. Sie beobachtete Margaret über den Tisch hinweg, die einen speziellen Diener ins Auge gefasst hatte. Ihre eindringliche Beobachtung machte ihn sichtlich nervös. Sein Tablett schwankte, und als gleich darauf eine Gabel davon auf den Teppich fiel, hopste Margaret triumphierend auf ihrem Stuhl und gab gurgelnde Freudenlaute von sich.

Marion beugte sich vor. »Margaret!«

Ein Paar schalkhafte violette Augen sah sie an. »Ja, Crawfie?«

»Das hast du absichtlich getan!«

Lange Wimpern klimperten unschuldig. »Ich weiß nicht, was Sie meinen, Crawfie. Das war ich nicht, das war Cousin Halifax.« Dieser imaginäre Freund stand hinter den meisten Verstößen Margarets.

Seufzend wandte sie sich wieder Lascelles zu, der noch immer über die Monarchie dozierte. Es war eindeutig sein Lieblingsthema. »Dieses Phänomen lässt sich auch auf säkulare Weise erklären. Ein Mensch ist nur König, weil andere Menschen sich zu ihm wie Untertanen verhalten.«

Dieses Zitat kannte Marion. »Sie glauben umgekehrt, Untertanen zu sein, weil er König ist«, beendete sie es. »Karl Marx.«

Jetzt schien Lascelles sie zum ersten Mal richtig wahrzunehmen. »Sie sind mit den Werken von Karl Marx vertraut, Miss Crawley?«

Sie musste an Dr. Stone denken, der sie ebenfalls so genannt hatte, und ihre Abneigung gegen diesen Mann vertiefte sich. »Craw*ford*. Und ja, ich interessiere mich für Marx, wie das alle intelligenten Menschen tun sollten. Kommunismus ist eine machtvolle Triebkraft in der Welt.« Über solche Dinge im Buckingham Palace zu sprechen, war wagemutig.

In den Höhlen unter den buschigen Brauen funkelten die dunklen Augen. »In der Tat. Aber keine Triebkraft, die hier jemals auf Wohlwollen stoßen wird. Wir Briten sind ein freies Volk, das Gewalt und Hysterie verabscheut. Nur Sklaven lassen sich auf blutige Aufstände ein.«

Marion ließ sich ihre positive Haltung dazu nicht anmerken. »Und die Briten werden niemals, niemals, niemals Sklaven sein.«

Ein kühles Lächeln erhellte die hageren Züge. »Niemals, niemals, niemals. Sie wissen natürlich, was König Farouk gesagt hat.«

»Tatsächlich ist mir das entgangen.«

»Am Ende des zwanzigsten Jahrhunderts werden nur noch fünf Monarchien auf der Welt übrig sein. Herzkönig, Karokönig, Kreuzkönig, Pikkönig – und England.«

Nun kam der Prinz von Wales hereingewankt, und obwohl er verspätet war, zeigte er keine Reue. Am ganzen Tisch wurde es still, und sein Vater warf ihm einen verächtlichen Blick zu. Weil Marion die Stichelei, die ihr auf der Zunge lag, nicht zurückhalten konnte, neigte sie sich Lascelles zu: »Ich frage mich, ob Seine Majestät Ihr Vertrauen in die Zukunft der Monarchie teilt. In Hinblick auf seinen Sohn und Erben, meine ich.«

»Ja zu Ersterem, aber mit hoher Wahrscheinlichkeit Nein zu Letzterem. Und ich muss sagen, dass ich seine Ansichten teile.«

»Sie mögen den Prinzen von Wales nicht?«

»Ich habe vor einigen Jahren bei ihm den Dienst quittiert«, lautete die unerwartete Antwort. »Die Umstände waren ziemlich schwierig.«

Marion hakte fasziniert nach. »Schwierig?«

»Verzeihen Sie mir, dass ich nicht ins Detail gehe. Es genügt zu sagen, dass ich immer das Gefühl hatte, nicht für den Sohn des

Königs von England zu arbeiten, sondern für den Sohn des neuesten amerikanischen Millionärs.«

Das erstaunte Marion. »Aber der Prinz ist sehr beliebt.«

»Er hat Magie«, gab Lascelles ihr recht. »Er ist einer der attraktivsten Männer, die mir je begegnet sind. Keiner sonst in der Familie reicht in puncto Glamour an ihn heran. Aber braucht der Thron Magie und Glamour?«

»Ich weiß nicht«, sagte Marion. »Wie sehen Sie das?«

Ihr Nachbar nippte am Wein. »Eine gewisse Mittelklasse-Alltäglichkeit ist jetzt ein wichtiges Element, das die Briten von ihren Monarchen einfordern.«

Ein derart überheblicher Mensch war ihr noch nie begegnet. Sie suchte nach Worten, um ihn durcheinanderzubringen. »Wirklich? Und wie passt Mrs Simpson in dieses Bild?«

Ihr Nachbar tupfte sich ungerührt die Lippen mit seiner Serviette ab. »Es gibt gewisse Dinge«, holte er aus, »welche die Nation von der königlichen Familie erwartet, und gewisse Dinge, die sie nicht von ihr erwartet. Das schließt die Heirat eines bestimmten Frauentyps mit ein. Das britische Volk wird nicht tolerieren, wenn ihr Monarch eine leicht beschädigte Amerikanerin zu seiner Frau und ihrer Königin macht, die zwei noch lebende Ehemänner und eine Stimme wie eine rostige Säge hat.«

Marion lehnte sich zurück. Es war eine brutale Beschreibung der Frau, die sie kennengelernt hatte, aber sie schien die Frage ein für alle Mal zu beantworten: Lilibet brauchte sich wirklich keine Sorgen zu machen. Sie hatte es nun von einer höchst offiziellen Autorität, dass eine Ehe mit Mrs Simpson außer Frage stand, wenn der Prinz von Wales König wurde.

Der Tisch trank auf die Gesundheit des Königs. »Glauben Sie, dass er gesund ist?«, fragte Marion ihren Tischnachbarn. Sie hatten beide ihre Blicke auf den Monarchen gerichtet, der jetzt vom Kapellmeister eine Wiederholung von »*Troopship*« forderte.

Lascelles erwiderte mit einem hochmütigen Lächeln: »Als ich den Job annahm, hat man mir versichert, seine Majestät erfreue sich ausgezeichneter Gesundheit und habe noch weitere Jahre vor sich.«

Marion hatte es abgelehnt, auf Valentines Party zu gehen, und wollte es auch dabei belassen. Doch möglicherweise führte die nachhaltige Erinnerung an den blasierten Alan Lascelles dazu, dass sie am nächsten Abend doch die Straße entlanglief, die er ihr genannt hatte, um zu der angegebenen Adresse zu gelangen.

Warum auch nicht? Es war nicht nur Rebellion gegen einen hochnäsigen Höfling. Sie war einsam. Ohne Ivy waren die Abende in der Piccadilly 145 schrecklich lang. Natürlich konnte sie durch die Straßen laufen und sich die Schaufenster der lokalen Kunstgalerien ansehen, aber der Anblick lachender Paare, die Arm in Arm auf ihrem Weg zu den Pubs, Klubs und Restaurants im West End eilten, verstärkte ihr Gefühl der Einsamkeit nur noch.

Eine Party mit anderen jungen Leuten – sie war mit ihren sechsundzwanzig Jahren noch immer jung – wäre schon was. Und nach dem ersten Schrecken hatte es auch Spaß gemacht, Valentine wiederzusehen. Sie hatten sich beide weiterentwickelt und könnten wenigstens Freunde sein. Sie waren nun beide erwachsen. Na ja, sagte Marion sich, und dabei kräuselten sich ihre Lippen, sie jedenfalls war es.

In den nebeligen Gassen hing der feuchte Geruch vom nahen Fluss. Schemenhafte Gestalten tauchten aus dem Dunkel auf. Es war ganz offensichtlich eine arme Gegend, aber mit viel Energie und guter Stimmung. Aus den benachbarten Straßen drangen Gelächter und Rufe zu ihr.

Als sie aufgeregt vor der ramponierten Tür mit der abblätternden Farbe stand, nahm ein gespenstisch wirkender junger Mann mit ausgezehrter Miene aus dem Nebel Gestalt an. »Kann ich dir helfen?«

»Du bist Philip«, sagte sie.

Seine Augen hinter den runden Brillengläsern wurden groß. »Mensch, ja, und du bist …«

»Marion.«

»Kommst du zur Flaschenparty?«

Sie nickte.

»Hast du eine Flasche dabei?«

Sie kramte eine unter ihrem Mantel hervor. Diese hatte mit mehreren anderen auf dem Sideboard des Esszimmers gestanden. Der Herzog würde sie sicher nicht vermissen, dachte sie. Schließlich hatte er genug davon.

Philip nahm sie und pfiff. »Pol Roger 1927. Mann! Das wird den Umgangston ein wenig heben.«

Sie folgte ihm in einen Hausflur, vollgestellt mit rostigen Fahrrädern. Von oben konnte sie Lachen und Musik hören. Begeisterung erfasste sie, endlich traf sie nach langer Zeit wieder Altersgenossen.

Philips Absätze klapperten auf den blanken Treppenstufen. Er schwenkte die Flasche. »Seht mal alle her! Jetzt sind wir wirklich Champagner-Sozialisten!«

Marion folgte ihm schüchtern. Auf dem Treppenabsatz wimmelte es von Menschen: junge Männer in Rollkragenpullovern und Frauen mit Kurzhaarfrisuren und Zigaretten in der Hand. Sie waren alle in ausgelassener Stimmung. Decca warf den Kopf in den Nacken und lachte am lautesten.

»Du bist gekommen!« Unvermittelt stand Valentine neben ihr, die Haartolle fiel ihm in die Augen. »Du siehst fantastisch aus.«

Sie trug ein auf Figur geschnittenes schwarzes Kleid. Eigentlich etwas ganz Gewöhnliches, aber jetzt mit dem gewissen Etwas, das Hartnell allem verlieh, was er anfasste.

Sie fand sich schick, aber nicht abgehoben. Tatsächlich genau richtig. Plötzlich fühlte sich alles richtig an. Ihr ging das Herz auf, und ein warmes Glücksgefühl durchflutete sie bis in die Fingerspitzen.

»Komm, trink was.« Er schob ihr etwas in die Hand. Ein Marmeladenglas, halb gefüllt mit Rotwein.

Sie sah erst das Glas, dann ihn an. »Aber ich habe Champagner mitgebracht!«

»Oh!« Er sah sich um. »Philip! Her mit der Flasche!«

Als er Marion ein Marmeladenglas voll Pol Roger in die Hand gedrückt hatte, ließ sie sich von ihm herumführen.

»Marion!« Decca kam vorbei. Sie trug ein gelb bedrucktes Kleid, dazu roten Lippenstift, und sah zauberhaft aus. »Das ist meine Schwester Debo.«

Debo war eine kleinere, jüngere Version von Decca und trug eine Jodhpurhose und dazu eine Tweedjacke. Sie hockte vor einem offenen Fenster auf der Fensterbank. »Hier«, sagte Valentine und schüttete ihr Champagner ins Marmeladenglas. Debo betrachtete missmutig die tanzenden Perlen. »Ich hasse Champagner. Der macht schlechten Atem.«

»Ach, sei still, Debo«, erwiderte Decca kernig. »Keiner hat dich gezwungen zu kommen.«

»Doch, Muv hat mich gezwungen. Nach dieser Sache wegen dir heute Morgen. Und dann auch noch direkt nach meinem Reitunterricht.« Debo zeigte auf ihre Jodhpurhose. »Also wirklich, Decca«, schob sie gereizt nach. »Du könntest ein wenig rücksichtsvoller sein. Ich versuche, einen Herzog zu heiraten, aber das ist ziemlich kniffelig, wenn meine Schwestern ständig in der Zeitung stehen. Muv sagt, jedes Mal, wenn sie die Schlagzeile ›Peers-Tochter bla, bla, bla‹ sieht, werde ihr schwer ums Herz, weil sie weiß, dass es um eine von uns geht.« Sie schlenkerte mit den in polierten Reitstiefeln steckenden Beinen. »Manchmal *hasse* ich es, eine Mitford zu sein.« Sie stand auf und verschwand in der Menge, schob sich mit ihren Tweedjackenschultern wütend hindurch.

Marion trank ihren Champagner aus dem Marmeladenglas. Die Gasbläschen tanzten auf ihrer Zunge und stiegen ihr direkt zu Kopf. Das Haus war ein einziges Chaos, aber es gefiel ihr. An den Wänden hingen rahmenlose Leinwände mit dick draufgekleckster Ölfarbe. Das Mobiliar schien vollständig aus *Daily Workers* zu bestehen, die stapelweise als Sitze und Tische dienten. Licht kam von in Flaschen gesteckten Kerzen. Die Wirkung war chaotisch, aber romantisch.

»Komm, ich stell dir ein paar Leute vor.« Valentine war wieder aufgetaucht und zog sie von der Fensterbank. »Das hier ist Eric, er ist Schriftsteller. Bin gleich wieder da.«

Eric war ausgemergelt und schwermütig. Im trüben Kerzenschein wirkte er erschöpft, als hätte er ein hartes Leben gehabt.

»Worüber schreibst du denn?«, fragte sie höflich.

Eric zog gierig an seiner Selbstgedrehten. »Es heißt *Der Weg nach Wigan Pier*.«

»Dann geht es um die Küste?«

Er streifte sie mit einem verächtlichen Blick. »Nicht wirklich.«

Decca gesellte sich dazu und zeigte ihre strahlenden Zähne. »Tatsächlich«, mischte sie sich in ihrer geschliffenen Sprechweise ein, »geht es dabei um die Arbeiterklasse im Norden, die mit dem Means-Test zu kämpfen hat. Es ist ziemlich reißerisch, nicht wahr, Eric?«

»Verpiss dich, Decca«, knurrte Eric recht liebevoll.

»Arbeitest du an einer Fortsetzung?«, bohrte Decca nach.

»Gewissermaßen. Du kannst mir auch sagen, was du davon hältst. Was sagst du zu folgender Anfangszeile. *Es war ein strahlend kalter Apriltag, und die Uhren schlugen dreizehn.*«

»*Dreizehn!*« Aber keine Uhr schlägt dreizehn!«

Eric rollte die tief in den Höhlen liegenden Augen. »Genau. Das ist der Punkt.«

Marion mochte diese intensiven, lachenden Menschen. Sie kommunizierten so lässig und auf Augenhöhe. Jeder redete mit jedem. Ihr wurde bewusst, dass sie das nicht mehr gewohnt war.

Auf der anderen Seite des Raums sah sie Esmond, umgeben von seinen Bewunderern. Sein ziemlich eckiges Gesicht strahlte vor Überzeugung, und er untermalte seine Worte mit weit ausholenden Gesten. Offenbar war Valentine nicht der Einzige, der ihn wie einen Helden verehrte. Sie waren ein streitbarer Haufen, aber dies allem Anschein nach voller Begeisterung. Meinungen flogen wild durcheinander. Arbeitslosigkeit. Mussolinis Einmarsch in Abessinien. Die Wiederbewaffnung der Deutschen. Der neue Premierminister Stanley Baldwin, der erst kürzlich auf Ramsay MacDonald gefolgt war. Die Leute schienen zu allem sehr klare Meinungen zu haben.

Anfangs zögerlich, dann aber mit immer mehr Selbstvertrauen, mischte sie sich ein und sagte, was sie dachte. Die Freiheit, sich zu artikulieren, war wunderbar beglückend. Sie spürte nun, wie begrenzt ihr Spielraum und wie groß ihre Einsamkeit gewesen war, wenn sie auf ihrem Zimmer die Zeitungen studierte und dabei das Gefühl hatte, die Einzige zu sein, der die schlimmen Entwicklungen nicht gleichgültig waren.

Jemand sang irgendwo, begleitet von einer Ukulele, die Hymne der Labour Party *The Red Flag*. Sie musste lächeln. Das war lustig. Wirklich lustig.

Die Ukulele verstummte, und jemand legte eine Platte auf:

Night and Day. Sie gab sich der Musik hin und verspürte auf einmal den Drang zu tanzen. Es war Ewigkeiten her, dass sie so etwas ganz Normales getan hatte. Mein Gott, sie war schon sechsundzwanzig. Wo war nur die Zeit geblieben, fragte sie sich panisch. Sie trank einen großen Schluck Champagner, schloss die Augen und wiegte sich langsam im Takt der Musik.

Jemand nahm ihre Hand. Sie schnappte erschrocken nach Luft, öffnete die Augen und sah Valentine vor sich. Er zog sie an sich heran und küsste sie. Sanft wiegten sie sich gemeinsam. Die Kerzen warfen flackernde Schatten an die Wände. Trotz all der vergoldeten Ballsäle und glitzernden Kronen, die sie gesehen hatte, vermittelten diese Wände mit der abblätternden Farbe und die staubigen Dielenbretter ein weitaus rauschhafteres Gefühl.

»Sollen wir?«, murmelte er in ihr Haar.

Sein Bett war nur eine Matratze auf dem Fußboden. Sie starrte darauf. Er stand hinter ihr und hatte seine Arme um sie geschlungen und ihre Brüste umfangen. Ihr stockte der Atem. Lust pulste in ihr wie ein Trommelschlag. Es war so lange her. Sie wollte ihn so sehr. Verlangen verdrehte ihr den Kopf, ließ sie nach unten zu Boden sinken.

»Nein«, sagte sie, als er seinen Mund auf ihren legte. Sie schob ihn weg. »Nein!«

Sie richtete sich auf. Was dachte sie sich dabei. Sie konnte nicht in schäbigen Häusern am Flussufer herumhängen und sich mit jungen Linksextremisten freimütig über Politik unterhalten. Sie arbeitete für die königliche Familie. Und Valentine befand sich nicht nur hinter der Glaswand, sondern war zudem noch Kommunist. Sollte jemand dahinterkommen – und man würde dahinterkommen, die Sache mit Tom hatte das deutlich gemacht –, wäre dies das Ende.

Sie dachte voller Entsetzen an das Gespräch mit Lascelles über

Karl Marx. Sie war sich so klug vorgekommen, aber es war nur dumm gewesen. Bittere Erfahrung hatte sie gelehrt, dass sie nicht zwei Dinge gleichzeitig sein konnte. Sie hatte sich entschieden und musste ihren Weg weitergehen.

»Ich muss los«, sagte sie, die Stimme schrill und panisch.

Er lag verärgert auf der Matratze. »Mein Gott, Marion. Erst machst du mich scharf, und dann lässt du mich abblitzen.«

Sie rannte die Treppe hinunter.

In der Küche war Decca in ein intensives Gespräch mit einem bärtigen jungen Mann vertieft. »Sie haben mich nach Paris geschickt, damit ich dort meinen Schulabschluss mache, aber das hat mich fast umgebracht.«

»Hat dir Paris denn nicht gefallen?« Der Bärtige sah sie bewundernd an.

»Was gibt es da zu gefallen? Wir haben Bridge gelernt, haben pro Woche eine Kathedrale abgehakt und waren in der Oper. Aber vor dem letzten Akt von *Faust* mussten wir gehen, weil das Ende als lasterhaft angesehen wurde.« Decca kicherte. »Dann kam ich zurück, und man drohte mir mit der Londoner Ballsaison. Die Idee, dass ich mir unter all diesen reichen Schnöseln jemandem zum Heiraten suchen sollte, hat das Fass endgültig zum Überlaufen gebracht!«

Marion schlich sich vorbei und die Treppe hinunter. Die Tür klemmte und ließ sich nur widerstrebend öffnen. Draußen kroch der Nebel über die gepflasterte Straße. Die Giebel der Lagerhäuser ragten aus dem Dunst, Boote tuteten auf dem Fluss. Sie eilte zur U-Bahn-Station und fühlte sich dabei wie Aschenputtel im Rückwärtsgang. Aschenputtel musste den Palast verlassen. Sie selbst musste dorthin zurück. Bevor die Uhr schlug und alles verschwand. Dennoch fiel es ihr schwer, all dem Spaß den Rücken zuzukehren.

In vielen Nächten danach saß sie in ihrem stillen Zimmer und dachte an die fröhlichen Diskussionen, das Kerzenlicht, die schmuddelige Kameraderie im Rotherhithe-Haus. Sie sah Valentines Matratze vor sich und stöhnte. Musste sie das Leben einer Nonne führen? Fast war es, als hätte sie sich bei ihrem Versuch, Libet ins normale Leben zu führen, selbst von diesem abgeschnitten.

In Anbetracht all dessen empfand sie die jährliche weite Reise nach Balmoral im Herbst fast als Erlösung. Aber für die neue Herzogin von Kent, die mit ihrem Ehemann zu Besuch kam, schien es das genaue Gegenteil zu sein.

»UND WIE FINDEST DU BALMORAL, MEINE LIEBE MARINA?«, donnerte die Stimme des Königs wie eine Salve von einem Kriegsschiff.

Prinzessin Marina, die skeptisch in ihrem Haggis stocherte, erschrak von diesem Getöse. »Es gibt viele Insekten.« Dabei betrachtete sie kläglich die roten Stiche auf ihre schlanken, lilienweißen Armen.

»DU SOLLTEST NAVY CUT TABAK RAUCHEN! DER HÄLT DIE MISTKERLE FERN!«, riet ihr der Schwiegervater.

Marinas schöne dunkle Augen weiteten sich erstaunt. Die Herzogin von York, nicht gerade eine Freundin ihrer Schwägerin, kicherte.

Prinz George beugte sich vor. »Sie raucht nicht, Papa.«

Es gab eine kurze Unterbrechung, als ein Mann in einer braun karierten Wolldecke dem König Wild vom Silbertablett servierte und weiterzog. »MEIN WILDPARADIES IN DEN HIGHLANDS«, brüllte der König. »ALS DAS HAT QUEEN VICTORIA BALMORAL BEZEICHNET!«

»Es ist sehr ... historisch«, sagte Marina.

»FINDEST DU DAS NICHT REIZEND?«, donnerte der König

weiter, sodass die gekreuzten Schwerter an den Wänden klirrten. »DASS WIR ALLES SO BELASSEN, WIE ES ZU IHRER ZEIT WAR? DIE KINDER LIEBEN ES, WEIL ES SICH NIE VERÄNDERT.«

Prinz George und seine Brüder tauschten ungläubige Blicke.

Marina tupfte sich die roten Lippen mit ihrer Serviette ab und kniff die Augen zusammen. »Was ist da auf diesem Bild zu sehen?« Sie zeigte auf das große Gemälde, das ihr gegenüber an der Wand hing.

Ihr Ehemann warf einen bangen Blick auf seinen Vater. »Es ist Prinz Albert, der den Hirsch aufbricht, Marina.«

»Was?«

»Ihn ausweidet«, seufzte Prinz George, während Marina aussah, als würde sie gleich in Ohnmacht fallen.

Jetzt meldete sich Schwägerin York zu Wort. »Du musst wirklich mal mit Seiner Majestät auf die Jagd gehen, Marina. Er ist ein ganz *außergewöhnlicher* Schütze! *Verfehlt* nie sein Ziel! Seine Vögel sind bereits in der Luft *tot*, bevor sie überhaupt den *Boden* berühren!«

Die griechische Prinzessin hob eine juwelenglitzernde Hand an den Mund.

Nach dem Essen wurde Marion weggeschickt. Königin Mary, deren Karoröcke über den karierten Teppich schleiften, zog sich mit ihrer neuen Schwiegertochter in den Salon zurück.

»Deine Nägel sind sehr rot, meine Liebe. Mein Chorge mag keine lackierten Nägel.«

»Nun, mein George schon«, lautete die beherzte Antwort der griechischen Prinzessin.

Marion stieg die in Karo gehüllte Treppe hinauf. Ein lauter Schrei erreichte ihre Ohren, er kam aus dem Salon.

»Marina! Du darfst dort nicht sitzen! Das war Queen Victorias

Lieblingsstuhl!« Die Stimme gehörte der Herzogin von York, und der Triumph, der darin mitschwang, war nicht zu überhören.

Achtundzwanzigstes Kapitel

Als Marion an Weihnachten nach Edinburgh zurückkehrte, waren die Spuren des Alters an ihrer Mutter nicht mehr zu übersehen. Ihre ehemals klaren Augen wirkten nun trüb und schienen zu flattern. Staubige Regale und schmutzige Schränke ließen auf einen stetigen Verlust der Sehkraft schließen – und das bei ihrer Mutter, die so stolz auf ihren Haushalt gewesen war! Es tat Marion in der Seele weh, die Hände ihrer Mutter zu sehen, die zwar noch immer strickten oder nähten, sobald sie in ihrem Sessel saß, dabei aber heftig zitterten.

Marion dachte an London und ihre Rückkehr dorthin nach Weihnachten. Wie immer erlaubte die Distanz einen abgeklärteren Blick. Konnte sie wirklich dorthin zurück und ihre Mutter allein lassen? Sie hatte Lilibet nun lange genug bemuttert, und ihre persönlichen Opfer waren groß gewesen. Sie war jetzt fast siebenundzwanzig. Was Annie betraf, war der Zug abgefahren, aber sie könnte dennoch zum Unterrichten zurückkehren. Und vielleicht war es auch an der Zeit für eigene kleine Mädchen.

Eigentlich hatte sie mit Widerspruch von ihrer Mutter gerechnet, aber sie teilte ihre Meinung, ihrer Pflicht Genüge getan zu haben. Wie das Jubiläum gezeigt hatte, ruhte die Monarchie auf dem festesten aller Fundamente. Und sie hatte Lascelles Versicherung, dass der Prinz Mrs Simpson, von deren Existenz ihre Mutter mit Sicherheit nichts wusste, nicht heiraten würde. Die Zeitungen ignorierten sie noch immer. Vielleicht war sie ja doch nicht so wichtig.

Die Aussicht, endlich ein eigenes Leben zu führen, bekam durch einen Brief Ivys weiteren Aufschwung.

Er kam aus Sandringham, wohin sie als Teil des königlichen Hofs gegangen war, und Ivy schrieb in ihrer unerwartet schönen Handschrift, dass sie und Alf im Frühjahr heiraten würden. *Wir werden also weggehen! Alf wird als Viktualienhändler ins Geschäft seines Vaters einsteigen.*

Marion hatte keine Ahnung, was ein Viktualienhändler machte.

Sie dachte an Sandringham. Von allen königlichen Residenzen mochte sie diese breit angelegte Anhäufung aus roten Backsteinbauten am wenigsten. Hier schienen sich die königlichen Eigentümlichkeiten am besten zu entfalten, vor allem die Obsession des auf unbedingte Pünktlichkeit bedachten Königs. Er hatte hier sogar seine eigene Zeitzone erschaffen: Sandringham Time, in der alle Uhren eine halbe Stunde vorgingen. Ivy beschrieb die Prinz Henry zugedachte väterliche Begrüßung, als dieser nach einer sechsmonatigen Abwesenheit zwei Minuten zu spät zum Dinner erschien: »WIE ÜBLICH ZU SPÄT, HENRY!«

Ivys Brief versorgte Marion mit den Höhepunkten der königlichen Julzeit. Der Prinz von Wales war angeeckt, weil er während der Radioansprache seines Vaters Golf spielte. Er war während der Feiertage über die Maßen gelangweilt gewesen und deshalb mit Mrs Simpson zum Skifahren in die Schweiz gefahren.

Lilibet berichtete in penibler Bleistiftschrift von fröhlicheren Ereignissen. »Alle haben sich über die Geschenke von Woolworths gefreut! Großmama war sehr angetan von ihrer Porzellanmaus, und Onkel David gefällt sein Taschentuch.«

Marion musste lächeln, als sie sich an ihre Einkaufstour erinnerte. Auch Margaret war mitgekommen. Die kleinen Mädchen hatten für ihre Verwandten begeistert Kalender und Stifte gekauft. Ein besonders genialer Kauf war die Flasche mit knallrosa Badesalz für Mrs Knight gewesen. Sich vorzustellen, wie ihre Hauptwidersacherin sich hellrot verfärbte, hatte Marion die Weihnachtstage zusätzlich versüßt.

Als die beiden die kleine Perlenhalskette kauften, die Marion dann am Weihnachtsmorgen auspackte, hatte sie taktvoll vorgegeben, es nicht zu bemerken. Mrs Crawford war entzückt von dem kleinen Elefanten mit der Anstecknadel, den ihr die Prinzessinnen geschickt hatten. »Du lieber Himmel, sie haben den Preis noch an der Schachtel gelassen.«

Sie saßen gemütlich im winzigen Wohnzimmer ihrer Mutter, während draußen ein Wintergewitter tobte, da kam über das Radio die Nachricht, der König müsse wegen einer Erkältung das Bett hüten.

»Der arme Kerl«, sagte Mrs Crawford beim Stricken.

Wenige Tage später wurde vom schwachen Herzen des Königs berichtet. Marion, die gerade das Geschirr abräumte, hielt inne. Der König war doch nicht leidend gewesen. Ganz im Gegenteil. Sie hatte es aus berufener Quelle, dass er noch viele, viele Jahre vor sich hatte. Allem Anschein nach hatte Alan Lascelles sich getäuscht.

»Das Leben des Königs«, verkündete der Radiosprecher wenige Tage später, »geht friedlich dem Ende zu.«

Marion schaute hinaus in den Schnee, der von heftigen Winden gepeitscht in dicken Flocken an den Fenstern vorbeiwirbelte. Er war ein Sinnbild der panischen Gedanken, die ihr durch den Kopf wirbelten. Wie ging es wohl den Mädchen in diesen turbulenten Zeiten?

Neunundzwanzigstes Kapitel

»Um 11:55 Uhr ist der König sanft entschlafen«, verkündete das Radio am einundzwanzigsten Januar. Pflichtbewusst bis zum Ende hatte er in seinem Schlafzimmer in Sandringham den Kronrat versammelt und seine zittrige Unterschrift auf ein Pergament gesetzt.

Marion sah die Bilder in den Zeitungen. Menschenmassen vor dem Eingang von Sandringham, eingemummt in Wintermäntel, um das gerahmte Bulletin zu lesen. Es war ein merkwürdiger Anblick, etwas von außen zu sehen, was sie so gut von innen kannte.

Das kunstvolle Schmiedeeisen der Norwich Gates, das sie so viele Male passiert hatte. Der ferne Mensch, der vom Big House über die schneebedeckte Einfahrt kam, in der behandschuhten Hand einen Pappumschlag. Kannte sie ihn? Fast konnte sie die neugierig fragenden Stimmen der Norfolker in der Menge hören, einen Akzent, der ihr einst neu, inzwischen aber vertraut war.

Sie fragte sich, wie Lilibet und Margaret wohl damit klarkamen. Der Herzog und die Herzogin würden sicherlich in das ganze Prozedere und Protokoll mit hineingezogen werden. Wer war bei den Prinzessinnen? Vermutlich Alah. Der Gedanke, dass diese versteinerte, hartherzige Alte die einzige Quelle ihres Trostes sein sollte, machte Marion tieftraurig.

»Ich sollte zu ihnen fahren«, sagte sie zu ihrer Mutter.

»Nein, das solltest du nicht, es ist dein Urlaub«, widersprach Mrs Crawford. »Und du hast gerade erst gesagt, du willst sie verlassen.«

Aber dann traf das Telegramm ein. Marion las es und kam langsam von der Haustür zurück. »Die Herzogin möchte, dass ich zurückkomme«, teilte sie ihrer Mutter mit.

»Was?« Mrs Crawford blickte von ihrer Näharbeit auf. »Telegrafiere ihr, dass es dir nicht möglich ist.«

Aber die Leitungen waren unterbrochen, wie der Telegrafenjunge ihr berichtet hatte. Wegen des Schnees. Es gab keine Möglichkeit durchzukommen.

»Sieh es doch als eine Chance«, sagte ihre Mutter. »Das ist jetzt ein guter Zeitpunkt, um bei ihnen aufzuhören. Ein neuer König, ein neuer Anfang.«

»Ja, schon, aber ich kann sie nicht erreichen«, grämte sich Marion. »Sie werden denken, ich ignoriere sie.«

»Sie werden es verstehen. Warte, bis der Schneefall nachlässt, und lass es sie dann wissen.«

»Das geht nicht, Mutter. Ich muss selbst da runter und es ihnen sagen.«

Die Reise war endlos und eisig. Es war wie beim ersten Mal, nur hundertmal schlimmer. Das Erste, was sie beim Betreten der Royal Lodge hörte, war Schluchzen. Es war eine fürchterliche Totenklage, Ausdruck einer Welt entsetzlicher Pein. Sie hallte durch die grün vertäfelte Eingangsdiele. Die Mädchen? Entsetzen erfasste Marion.

Sie stellte die Koffer in der Diele ab und rannte hinauf zu den Kinderzimmern. Im Dunkel der oberen Passage konnte sie zwei kleine Gestalten erkennen. Von denen keine zu weinen schien.

»Crawfie!«, schrie das größere Kind und stürmte übers Linoleum.

»Wir haben Sie erwartet!« Margaret kam ihrer Schwester hinterhergeeilt. Lachend und nach Luft ringend ob des überfallartigen Ansturms hielte sie die beiden fest, vergrub die Nase in die seidigen Haare und atmete den seifigen Mädchenduft ein, während sie eine nach der anderen umarmte.

Wieder qualvolles Heulen. »Das ist Alah«, sagte Lilibet.

»Aber wir wissen nicht, warum«, ergänzte Margaret verächtlich. »Sie kannte Großpapa doch gar nicht wirklich.«

»Aber alle trauern um Seine Majestät«, erwiderte Marion. »Und die wenigsten Leute kannten ihn.«

»Ich wusste nichts von dem Kaninchen«, gab Margaret zu.

»Welches Kaninchen?«

George V hatte offenbar einmal den halben Anteil an einem Kaninchen erworben. Das Tier gehörte einem kleinen Mädchen und dessen Bruder gemeinsam. Als der König erfuhr, dass der Bruder zur Bestürzung seiner Schwester vorhatte, seine Hälfte zu verkaufen, hatte der König es ihm für zehn Schilling abgekauft und seinen Anteil dem kleinen Mädchen geschenkt.

»War das nicht reizend von ihm?«, fragte Lilibet.

»Mir hat er nie ein Kaninchen gekauft«, maulte Margaret. »Er hat mich nicht gemocht. Nur Lilibet. Sie hat sich von Großpapa verabschiedet. Ich nicht.«

Lilibet beschrieb, wie sie im Garten von Sandringham vom Tod des Königs erfahren hatten. Ihr Bericht war schlicht, aber lebendig, und Marion konnte die dunklen Berberitzen, die mit Schnee bedeckten Rhododendren, die zugedeckten Beete, die weiten weißen Rasenflächen vor sich sehen, die bis auf zwei aufgeregte kleine Gestalten, die einer Schneefrau eine Karottennase verpassten, leer waren. Die Karottennase hob sich mutig in leuchtendem Orange von der düsteren monochromen Szenerie ab.

Dann war aus dem großen Ziegelbau mit seinen Gauben, Kaminen und Pepperpot-Türmen eine hochgewachsene, Furcht einflößende Gestalt auf sie zugekommen. Es war Königin Mary, die in den langen Röcken einer anderen Zeit über den Schnee glitt. Es sei Zeit für Elizabeth, sich zu verabschieden.

»Nur Lilibet«, wiederholte Margaret. »Ich nicht.«

Lilibet sah sie gequält an. »Ich bin mir sicher, Großmama wollte damit nicht …«

»Hat sie aber. Sie mag mich nicht.« Die jüngste Prinzessin setzte ein vertrautes Stirnrunzeln auf und sprach mit deutschem Akzent: »Du bist so *klein*, Margaret! Wann wirst du endlich *wachsen*?«

Da Alah nun mit ihrem Geheul aufgehört hatte, war es auf einmal sehr still in der Royal Lodge.

»Sind Mami und Papa denn hier?«, fragte Marion.

»Sie sind nach London gefahren. Aber Mami hat Ihnen eine Nachricht dagelassen.«

In ihrer vertrauten locker geschwungenen Handschrift hatte die Herzogin auf dickes cremefarbenes Papier mit Wappen zwei Sätze geschrieben: *Sorgen Sie dafür, Crawfie, dass sie all das nicht mehr deprimiert als absolut nötig. Sie sind so jung.*

Kein Wort des Danks, ärgerte sich Marion. Sie hatte Himmel und Erde in Bewegung gesetzt, um herzukommen. Hatte sie wirklich das Richtige getan?

Lilibet wollte ihr alles im Detail erzählen. In Großpapas Schlafzimmer, schilderte sie, hingen viele gerahmte Worte an den Wänden. Wie etwa »Es gibt nichts, was die Navy nicht kann« oder »Lehre mich, mich an die Regeln des Spiels zu halten«.

»Aber welche Regeln meint Großpapa wohl, Crawfie?« Lilibet sah sie verwundert an.

»Drei gewinnt«, erklärte Margaret entschieden. »Erzähl Crawfie vom Totenbett, Lilibet. Der Doktor hatte einen lustigen Namen.«

»Oh ja«, grinste Lilibet. »Sir Farquhar Buzzard.«

»Haha! Und was stand da über das Tier?«, sagte Margaret.

»Wenn ich aufgefordert werde zu leiden, dann möge es sein

wie ein edles Tier, das geht, um stillschweigend zu leiden«, antwortete Lilibet.

»Aber Großpapa hat nie stillschweigend gelitten«, betonte Margaret. »Er hat immer geschrien.«

Nun hörte man Mrs Knight wieder schluchzen.

»Wollen wir vielleicht Bauernhof spielen?«, schlug Marion Lilibet vor.

Ein Paar zweifelnde blaue Augen sah sie an. »Aber, Crawfie – *dürfen* wir denn spielen?«

»Natürlich dürft ihr. Großpapa würde nicht wollen, dass ihr unglücklich seid.«

Margaret jedenfalls war nicht unglücklich. Sie tanzte auf dem Treppenabsatz herum.

»Onkel David wird jetzt König werden«, erklärte sie. »Er ist Edward der Achte. Ich bin die Nichte eines Königs! Hurra!«

Marion blickte von einer zur anderen: die ernste ältere Prinzessin, die jüngere, die ganz aus dem Häuschen war. Dass sie nun die Verantwortung für die Nichten des Königs hatte, war ihr vorher noch nicht in den Sinn gekommen. Nach einer Position an der Seitenlinie befand sie sich nun ganz im Zentrum des nationalen Dramas. Sie konnte sich allerdings Margarets Begeisterung nicht zu eigen machen. Aber für den Moment würde sie vielleicht bleiben. Bis sich alles wieder beruhigt hatte. Dann wollte sie gehen.

Dreißigstes Kapitel

Sie blieben in der Royal Lodge, während der Herzog und die Herzogin hin- und hereilten. Seltsame Geschichten über den neuen König erreichten sie. Offenbar hatte Edward der Achte am Bett seines Vaters eine ganze Stunde am Busen seiner Mutter geweint, nachdem der alte König gestorben war. Das zu glauben fiel Marion schwer. An Königin Marys nach wie vor diamantengespicktem Busen zu weinen, dürfte sich anfühlen wie ein Bad in Kieselsteinen.

Da konnte man der angeblich ersten Handlung des neuen Königs schon mehr Glauben schenken, der den Uhren von Sandringham wieder die richtige Zeit zurückgegeben hatte. Marion malte ihn sich mit breiten Hosenaufschlägen aus, als er diesen Befehl erteilte, sicherlich umringt von all seinen nicht ganz so feinen Freunden. Darunter zweifellos auch Mrs Simpson. Wenn man dem Klatsch der Bediensteten Glauben schenken durfte, war sie vergnügt ums Fort Belvedere getanzt und hatte ihre Krönungskleider geplant und sich geweigert, Trauerkleidung anzulegen.

»Ich habe keine schwarzen Strümpfe mehr getragen, seit ich aufgehört habe, Cancan zu tanzen«, sollte sie gesagt haben.

Stimmte das? Es klang so abwegig, aber Marion wusste ohnehin nicht mehr, was sie glauben sollte.

Die Trauer um den alten König war groß. Die Zeitungen zeigten die Blumenteppiche, die von trauernden Untertanen vor dem Windsor Castle und den Toren von Sandringham abgelegt worden waren. Die Rasenflächen um die St. George's Kapelle waren vollkommen von Blumen bedeckt.

Mit blassem Gesicht ging Lilibet im schwarzen Mantel, zu dem sie ein schwarzes Samtbarett trug, gemeinsam mit ihren Eltern zur öffentlichen Aufbahrung in der Westminster Hall. Gut drei Kilometer lange Schlangen, die alle Klassen, Glaubensrichtungen und Farben vereinten, harrten bis spät in die eisigen Januarnächte aus, um am königlichen Sarg zu defilieren.

»Aber wir sind durch eine besondere Tür im hinteren Teil reingekommen«, erzählte Lilibet aufgeregt bei ihrer Rückkehr.

Atemlos berichtete sie von den schweigenden Menschenmassen, dem Duft der aufgehäuften Blumen, den riesigen brennenden Kerzen. Aber ganz besonders angetan hatte es ihr der Anblick ihres Vaters und seiner drei Brüder, die in Uniform Wache hielten, jeder an einer Ecke des violett drapierten Katafalks.

»Onkel David war da und hat sich *überhaupt nicht* gerührt. Nicht mal ein *Augenlid* hat gezuckt. Und alle waren so still. Als würde Großpapa schlafen!«

Die Beerdigung sollte eine festliche, düstere Zeremonie werden, zu der auch eine lange Prozession durch die Straßen von London gehörte. Der Sarg sollte zur Paddington Station und von dort mit dem Zug zur Beerdigung in Windsor gebracht werden. Es waren viele Musikkapellen vorgesehen, gedämpfter Trommelwirbel, massenweise Kutschen mit den gekrönten Häuptern Europas. Auch die Prinzessinnen sollten daran teilnehmen.

Marion suchte die Herzogin auf. »Ich denke, es wird sehr lang und anstrengend für die Mädchen werden, Ma'am. Und dazu noch die gewaltigen Menschenmassen.«

Elizabeth von York saß an ihrem Schreibtisch und unterschrieb fröhlich Karten mit Trauerrand. Sie klopfte mit dem Füller gegen ihre Zähne. »Oh ja, Sie haben recht, Crawfie. Vielleicht sollten sie ihn nur in Paddington verabschieden.«

Sie fuhren durch eine seltsam stille Stadt nach Paddington. Zum Zeichen des Respekts blieben die Geschäfte geschlossen. Neonschilder waren ausgeschaltet. London war so grau wie der Himmel darüber. Die Straßen waren schwarz vor Menschen, die alle der letzten Reise des Königs beiwohnen wollten.

Im riesigen Bahnhof wogten die Massen, die Atmosphäre war angespannt. Wenn man die Prinzessinnen entdeckte, müsste man mit allem rechnen. Sie brauchten einen Schutzraum, aber wo? Die Toiletten kamen jedenfalls nicht infrage, allerdings hätten diese den Vorteil, Cameron loszuwerden. Aber sie konnten wohl kaum anderthalb Stunden dort zubringen.

»Der Warteraum«, lautete der nicht sehr brillante Vorschlag des königlichen Detektivs.

Marion würdigte ihn auch keiner Antwort. Allein sich durch die Menge zu kämpfen, würde bedeuten, niedergetrampelt zu werden.

»Das Bahnhofsbüfett«, schlug die immer hungrige Margaret vor.

Marion entdeckte ein Schild und rief erleichtert: »Das Büro des Bahnhofsvorstehers!«

Der Bahnhofsvorsteher der Great Western Railway riss sich die Kappe vom kahlen rosa Schädel, ließ Tee kommen und stellte Schreibtisch und Stuhl zur Verfügung. Nach anderthalb Stunden Wartezeit war sein ganzer Vorrat an Notizpapier dem Spiel *Drei gewinnt* geopfert.

Auf dem großen soliden Schreibtisch unter der Bakelituhr machte Lilibet entschlossen ein Kreuz neben zwei andere.

»Du hast schon wieder gewonnen!«, entrüstete Margaret sich.

Ihre Schwester zeigte ihr breites Grinsen. Dieses verschwand aber gleich darauf aus ihrem Gesicht. Über den Lärm der Menge draußen waren nun andere Töne zu vernehmen. Trommeln, eine Kapelle, die aufspielte, Hufgetrappel.

Lilibet erhob sich. Ihr kleines Gesicht war sehr blass und schien einen kurzen Moment zu beben. Aber dann reckte sie ihr Kinn, straffte die Schultern in der tintenblauen Jacke und sah Marion entschlossen an. »Wir müssen gehen, Crawfie. Großpapa ist da.«

Vorn und achtern von Matrosen gezogen kam der König auf seiner Lafette langsam die Rampe herunter. Die Diamanten der Imperial State Crown reflektierten die Bahnhofsbeleuchtung.

Darunter lag die Royal-Standard-Flagge in üppigen Falten über den Sarg drapiert. Sie setzte in Scharlachrot und Gold einen leuchtenden Farbakzent inmitten des Grau und Schwarz der wartenden Menge.

Lilibet hielt die Luft an. »Da ist Onkel David! Und Papa!«

»Sieh mal, was die für komische Hüte aufhaben!«, kicherte Margaret.

»Wer sind alle diese Männer hinter ihnen?«

»Könige, denke ich.«

»Der mit der weißen Uniform sieht richtig gut aus. Aber der mit den vielen Federn sieht komisch aus!« Wieder kicherte Margaret. »Wer ist der dicke Mann mit der glänzenden Kappe?«

Ein Schauer lief Marion über den Rücken. Sie wusste aus der Zeitung, dass General Göring, Hitlers rechte Hand, als Vertreter des Deutschen Reichs an der Beerdigung teilnehmen wollte. Man hatte es ihm ausgeredet, aber es war dennoch jemand abgesandt worden.

»Was ist das für ein komisches Abzeichen an seinem Arm?«, wollte Margaret wissen.

Die Kapelle spielte mit gedämpfter Trommel weiter. Über dem Glasdach des Bahnhofs verlor das Tageslicht bereits an Kraft. Doch die letzten Strahlen ließen die auf dem Sarg ruhende Krone ein letztes Mal aufleuchten. Als der Trauerzug von der Rampe auf den Bahnsteig weiterzog, ruckelten die Räder des Fahrgestells auf den Gleisen. Ein Ruck ging durch die Lafette und erschütterte Sarg und Krone. Das Diamantkreuz löste sich und fiel klappernd zu Boden.

»*Herrgott!*«, rief der neue König ungeduldig aus. »Was wird als *Nächstes* passieren?«

Die Beerdigung war vorüber, aber noch immer hing der Trübsinn wie ein Leichentuch über der Familie York.

Die Herzogin konnte man dieser Tage weitaus seltener lachen hören. In der hohlen Wange des Herzogs zuckte ständig ein Muskel, und sein Stottern war schlimmer geworden. Margaret, deren gute Laune ungetrübt blieb, hatte für seine unvermittelten Wutausbrüche die Bezeichnung »Papas Zähneknirschen« geprägt.

Über das, was sich dahinter verbarg, wurde nicht gesprochen. Aber es lag auf der Hand, dass es der neue König war. Die Luft war so spannungsgeladen, als würden alle auf den Knall warten.

In Spanien ging es bereits los. Der frühere Gouverneur der Kanarischen Inseln, ein kleiner, geckenhafter Mann namens Franco, hatte einen Aufruhr gegen die republikanische Regierung angezettelt. Marion las begierig Zeitung. Manche Kommentatoren hielten den Konflikt auf der Iberischen Halbinsel für die Vorhut eines Kriegs gegen den Faschismus. *No Pasaran* – der republikanische Slogan: Sie kommen nicht durch – wurde oft erwähnt.

Marion wäre gern nach Rotherhithe gegangen, um mit Valentine und seinen Freunden darüber zu diskutieren. Sie konnte sich die Auseinandersetzungen bei Kerzenschein, die lebhaften Diskussionen, befeuert vom sauren Wein aus Marmeladengläsern gut vorstellen, während das Brackwasser der Themse an die Hauswand schwappte.

Eine öffentliche Veranstaltung zum Thema Spanien hätte ihr auch gereicht, aber sie traute sich nicht. Würde bekannt werden, dass sie zu politischen Versammlungen ging, könnte sie Ärger bekommen. Und so suchte sie wenigstens häufig die Speakers' Corner am Nordende des Hyde Parks auf, den Ort, wo es jedem erlaubt war, sich zu jedem beliebigen Thema zu äußern, wovon vor allem an den Wochenendnachmittagen reger Gebrauch gemacht wurde. Sie stellte sich in die Menge und nahm begierig das Gesagte auf. Um die Freiheit der Meinungsäußerung konnte sie die Sprecher nur beneiden und die Erkenntnis, dass ihre eigene ziemlich unterdrückt und kompromittiert war, schmerzte sie.

Im Piccadilly-Haushalt schien sich alles nur um den König zu drehen. In Ermangelung von Erklärungen, doch im Gefühl, dass etwas im Busch war, fingen die Leute an, an Türen zu lauschen. Es wurde ganz normal, dass man beim Durchqueren der Diele einen Bediensteten von einem Schlüsselloch zurückweichen sah. Sie hatte nicht vorgehabt, sich gleichermaßen zu erniedrigen. Bis sie einmal am Salon vorbeikam, wo die Herzogin mit dem Erzbischof von Canterbury Tee trank.

»Haben Sie von den ministeriellen Truhen gehört?« Die hohe, belegte Stimme schwebte durch die verschlossene Tür.

Marion blieb stehen und wich ein paar Schritte zurück. Die ministeriellen Truhen bekam der König von den Dienststellen der Regierung geschickt. Sie waren mit schwarzem Leder überzogen, geprägt mit der Krone und den königlichen Initialen, und enthielten die vertraulichen Staatspapiere zur Lektüre und Unterschrift.

»Einige der Papiere wurden mit den Abdrücken von Gläsern zurückgeschickt.«

»Gütiger Himmel«, entfuhr es dem Erzbischof.

»Aber es beweist wenigstens, dass er sie liest.« Es folgte wildes Klappern von Teegeschirr. »Andere werden Wochen verspätet und ohne Handzeichen zurückgeschickt. Ganz offensichtlich hat er nicht mal einen Blick darauf geworfen.«

»Das ist ja schlimm«, antwortete der Erzbischof.

»Mr Baldwin ist dazu übergegangen, die sensiblen Papiere herauszunehmen, da mein Schwager offenbar Kabinettdokumente im Fort ganz offen herumliegen lässt. Vor den Augen *dieser Frau* und ihrer fragwürdigen Freunde.«

»Das klingt ganz nach einem Sicherheitsrisiko.«

»Das ist es in der Tat, Erzbischof. Wissen Sie, dass das Foreign Office sie beobachtet? Bertie macht sich große Sorgen.« Noch nie hatte Marion ihre Arbeitgeberin so erlebt. Verzweifelt, ernst, sogar den Tränen nah. »David erzählt ihm gar nichts. Er vertraut Bertie *überhaupt* nicht. Bertie hat keine Ahnung, was geschieht.«

»Nun, glücklicherweise weiß das britische Volk noch weniger. Die Nachrichtensperre hält.«

Nachrichtensperre? Margaret runzelte die Stirn. War das der Grund, warum in den Zeitungen nie etwas von Mrs Simpson zu lesen war?

»Ja, Lord Rothermere und Lord Beaverbrook halten ihr Wort. Für den Moment jedenfalls.«

Marion drückte ihren Rücken gegen die Wand und blickte hoch zu den Kronleuchtern an der Decke. Pressezensur war undemokratisch. In den faschistischen Ländern war sie gang und gäbe, wie sie von Valentine und seinen Freunden wusste. Eigentlich sollte sie außer sich sein. Aber es war irgendwie anders, wenn man zur Gegenseite gehörte, zu der Seite, die Bescheid wusste. Der Kronleuchter über ihr glitzerte und klirrte. Eine dunkle Welle der Erregung erfasste sie. So fühlte es sich also an, wenn man sich mitten im Geschehen befand.

Die Herzogin ergriff wieder das Wort. »Aber in der amerikanischen Presse sind Fotos dieser verdammten Kreuzfahrt auf der Nahlin aufgetaucht. Sie nennen es die großartigste Geschichte seit der Auferstehung.«

»Das ist ja ungeheuerlich!«, stöhnte der Erzbischof.

»Ich dachte mir, dass Ihnen das gefallen würde.« Der alte, koboldhafte Humor blitzte eine Sekunde lang auf. »Sie lässt sich jetzt scheiden, wissen Sie«, ergänzte die Herzogin nun wieder ernst. »Wenn sie die Scheidungsurkunde bekommt, könnte David sie noch vor der Krönung im Mai heiraten.«

»Das wird er doch wohl nicht tun!«

»Einen Brandy, Erzbischof?«

»Ja, bitte.«

Unter Gläserklirren fuhr die Herzogin fort. »Man hat Bertie wissen lassen, dass es mit einer Abdankung enden könnte.«

»*Abdankung*?«, prustete ihr Gesprächspartner.

Abdankung? Um Marion begann sich alles zu drehen.

Einunddreißigstes Kapitel

Die Lage in Spanien verschärfte sich zunehmend. In den Nachrichten hörte man jede Nacht die melodiösen, unbekannten Namen von Städten, die den Aufständischen aus dem rechten Lager in die Hände fielen. Junge britische Männer schlossen sich scharenweise den Internationalen Brigaden an, den kommunistisch organisierten Kräften, die aufseiten der Republik kämpften. Marion konnte sich gut vorstellen, dass auch Valentine sich diesen anschließen würde, nachdem sie in einer Zeitung den mit »Sonderbericht von der Frontlinie« überschriebenen Artikel von Esmond Romilly gelesen hatte.

Marion las ihn mit zitternden Händen. Er beschrieb ein brutales Kampfgeschehen vor Madrid. War Valentine dort gewesen? Vermutlich konnte er das eine Ende des Gewehrs nicht vom anderen unterscheiden. Während seiner Schulzeit war er Pazifist gewesen. Aber wie es schien, setzten die Brigaden sich überwiegend aus Idealisten und Amateuren zusammen: Ladenbesitzer, Universitätsdozenten, Kellner. Welche Chance hatten sie gegen Francos Berufssoldaten?

Im Piccadilly-Haus war Edward VIII weiterhin das Hauptgesprächsthema. Täglich klopften Staatsmänner, Abgeordnete und

Fachleute an, die den Herzog von York sprechen wollten. Von der Rundgalerie im obersten Stockwerk der Residenz beobachtete Marion, wie sich wichtig aussehende Menschen die Klinke in die Hand gaben und im Salon verschwanden.

Premierminister Stanley Baldwin, angespannt, mit seinem Markenzeichen, der Pfeife. Im Kontrast dazu der Außenminister Anthony Eden, glamourös und lässig. Auch Königin Marys unverkennbare Haube sah man kommen und gehen, und Marion hatte ein- oder zweimal sogar Alan Lascelles erspäht, wie er die Empfangshalle durchschritt, ohne sich ihrer bewusst zu sein.

Als die Nervosität immer greifbarer wurde, war sie froh, den königlichen Dienst doch nicht quittiert zu haben. Unter diesen angespannten Umständen war es das Wichtigste, die Mädchen abzulenken. Sie schwammen, gingen einkaufen und besichtigten Museen, zu denen sie mit dem Bus fuhren. An den Wochenenden wurde Hausputz im Little House gemacht. Sogar Margaret war eifrig bei der Sache, obwohl sie Hausarbeit hasste.

Sie bearbeiteten gerade das Geschirr aus der eichenen Miniaturanrichte, als das Geräusch eines schweren Automobils in der Einfahrt zu hören war.

Lilibet, bis zu den Ellbogen im Spülwasser, hielt inne. »Wer ist das?«

»Es ist Onkel David!«, rief Margaret, die mit tropfenden Armen am Fenster stand.

Sie rannten zu ihm. Der Wagen schoss durch die Tore der Royal Lodge und machte dann auf der geschwungenen Einfahrt eine Volldrehung, die eine Kieselsteinfontäne über die Steinstufen regnen ließ.

»Er hat jemanden mitgebracht!«, staunte Margaret. »Eine Lady!«

Marion warf Lilibet einen warnenden Blick zu, bevor sie etwas sagen konnte. Es war nicht zuletzt ihrem Einsatz zu verdanken, dass die jüngste Prinzessin keine Ahnung von der Existenz Mrs Simpsons hatte. Um ihrer selbst willen verspürte sie nervöse Unruhe. Würde Wallis sich an ihre Begegnung in der Einfahrt zum Fort erinnern? Wenn ja, könnte das peinlich werden.

Aber das war jetzt Jahre her. Sicherlich nicht. Außerdem wäre es nicht ganz unmöglich, dass die Frau im Wagen eine andere als Mrs Simpson war.

Sie eilten zur Lodge und stießen dort auf den Herzog und die Herzogin in ihrer Gartenkleidung neben dem Wagen. Eine Frau mit einer weiß umrandeten Sonnenbrille saß auf dem Beifahrersitz. Unter dem weißen Kopftuch aus fließendem Stoff sah man den von einem Mittelscheitel geteilten Ansatz schwarzer Haare. Ihr Gesicht war blass, nur ihr Lippenstift brachte Farbe ins Spiel: blutrot.

Marion wurde bang ums Herz.

»Wir haben eine kleine Spritztour vom Fort hierher gemacht!« König Edward, wie immer modisch in kariertem Tweed und Schutzbrille hatte seine behandschuhten Hände auf dem polierten Lenkrad liegen. Sein goldblondes Haar glänzte in der Sonne, und er grinste durch die zusammengebissenen Zähne, mit denen er seine Zigarette festhielt. »Ich dachte, mein amerikanischer Station Wagon könnte dich vielleicht interessieren!«, rief er seinem Bruder zu.

»Aber nicht seine amerikanische Frau«, murmelte die Herzogin düster in die unter einem Overall steckende Schulter ihres Ehemanns. Es war ihr anzusehen, wie unwohl sie sich in ihren schmutzigen Gummistiefeln und dem von einem Strick zusammengehaltenen Mantel vor dieser makellosen Newcomerin fühlte.

»Wer ist das, Mami?« Margaret zog an den Fingern ihrer Mutter. Die Herzogin gab vor, es nicht zu bemerken.

»Na komm schon und fahr mal eine Runde mit, Bertie!«, lud der König ihn mit salopper Jovialität ein.

Der Herzog sah seine Frau mit einem fragenden Blick an, richtete diesen dann aber verlangend auf das funkelnde Gefährt. Der prächtige cremefarbene Sportwagen war lang gestreckt und ohne Verdeck, mit Trittbrettern, chromglänzenden Felgen, großen verglasten Scheinwerfern, gerippten Ledersitzen und glitzernden Chromarmaturen. Margaret tanzte aufgeregt darum herum.

»Tut tut!«, schrie sie und zeigte auf die große Messinghupe. »Tut tut!«

Sie hatten kürzlich *Der Wind in den Weiden* gelesen.

»Du kannst mal hupen, wenn du möchtest.« Seine Majestät demonstrierte einen Ton wie von einem Trompetenstoß.

Mrs Simpson lachte, als Margaret den großen schwarzen Gummiball drückte und dann vor Vergnügen über den von ihr ausgelösten Lärm kreischte. Der Herzog und die Herzogin sahen schweigend zu, Lilibet stand brav an ihrer Seite.

»Na komm schon, Bertie, probier's aus!«, bedrängte ihn sein Bruder wieder fröhlich.

Die plumpe Hand der Herzogin drückte sich in den blau gewandeten Rücken ihres Mannes. »Geh schon«, zischte sie. »Bring es hinter dich. Ich werde *sie* durch den Garten führen.«

Nun stieg Mrs Simpson anmutig auf der Beifahrerseite aus. In ihrem figurbetonten dunklen Jerseyanzug mit weißen Paspeln im typischen Chanel-Stil fielen ihr flacher Bauch und die nicht existenten Hüften besonders auf. Ein breiter, mit Juwelen besetzter Armreif blitzte in der Sonne.

Der Herzog kletterte auf den Sitz, den Mrs Simpson frei gemacht hatte. Sie fuhren mit durchdrehenden Reifen und einer Fontäne aus Kieselsteinen los.

Wallis ging selbstsicher auf ihren hochhackigen, im Kies knirschenden Schuhen auf die Herzogin zu, die roten Lippen zu einem breiten, freundlichen Lächeln gedehnt.

»Vielleicht ein Spaziergang durch den Wald vor dem Tee, Crawfie?«, warf die Herzogin leise über ihre Schultern.

»Aber wer ist das?«, fragte Margaret mit lauter Stimme, als Marion sie an die Hand nahm und mit sich zog.

Sie sah ihre Schwester anklagend an, die ihre Überlegenheit unmissverständlich zur Schau trug. »*Lilibet* weiß es! Nicht wahr? Warum weiß sie es und ich nicht? Das ist *nicht fair*!«

Später kehrten sie zum Tee zurück. Sie betraten die in Mintgrün gehaltene Diele und steuerten die Tür zum Wohnzimmer an. Die davor versammelten Bediensteten stoben schuldbewusst auseinander.

Offensichtlich waren sowohl die Tour durch den Garten als auch die Autofahrt vorbei. Der Herzog, die Herzogin und ihre Besucher hatten um den Kamin herum Platz genommen. Als Marion und ihre Schützlinge in der Tür innehielten, drangen Gesprächsfetzen zu ihnen.

Mrs Simpson, die es sich in einem der Polstersessel bequem gemacht hatte, teilte der Herzogin fröhlich ihre Meinung zum Garten mit: »Er ist hübsch. Aber ich frage mich, ob man ihn nicht besser machen könnte, indem man ein paar Bäume wegnimmt und vielleicht auch einen Teil dieses Hügels abträgt?«

Die Herzogin stopfte sich ihren Kuchen in den Mund, als wollte sie sich daran hindern, etwas zu entgegnen. Ihre Augen schienen zu brennen. Der Fuß unter dem Sitz bewegte sich wütend auf und ab. Sie hatte die Gummistiefel gegen ein paar Pumps getauscht, aber sie machte dennoch einen derangierten Eindruck.

Der neben Wallis sitzende König hatte seine blauen Augen bewundernd auf sie gerichtet. »Ist sie nicht *wunderbar*? Ihr Blick für Design ist wirklich unvergleichlich. Ihr solltet ihre Wohnung sehen.«

»Würde ich gern«, erwiderte die Herzogin trocken.

Wallis strahlte sie an. »Kommen Sie jederzeit zu einem unserer Abendessen vorbei, zu denen jeder was mitbringt!«

Die Herzogin fing zu husten an.

»Die sind wirklich wunderbar«, bestätigte der König. »Wallis macht alle Einkäufe selbst!« Er redete, überlegte Marion, als wäre dies eine seltene und erstaunliche Heldentat – was es für ihn womöglich auch war.

Mit rotem Gesicht griff die Herzogin, die inzwischen anscheinend fast am Ersticken war, nach einem Glas Wasser.

»Ich kaufe die Forellen immer so, dass alle die gleiche Größe haben«, fuhr Mrs Simpson fort. »Und wenn der Metzger mir das Steak nicht so schneidet, wie ich es haben möchte, hole ich mein Kochbuch heraus und zeige ihm das Schaubild!«

Die Augen des Königs leuchteten. »Ist sie nicht großartig?«

»Erstaunlich«, sagte die Herzogin, die sich wieder erholt hatte, was natürlich ganz und gar nicht dasselbe war.

Edward ließ seinen Blick auf seiner Gefährtin ruhen. Wie in Westminster Abbey sah Marion das Gefühl einer absoluten Ergebenheit in seinen Augen. »Wallis ist die außergewöhnlichste Frau, die mir je begegnet ist. Die einzige Frau, die sich je für meine Arbeit interessiert hat.«

»Tatsächlich?«, erwiderte die Herzogin steif. Ihr Ton verriet Zweifel an der Vorstellung, dass nur eine wahrhaft außergewöhnliche Frau sich für das Oberhaupt des britischen Empire interessieren würde.

Doch der König schien diese Ironie nicht zu bemerken. »Oh

ja. Sie möchte immer alles über meine Besuche bei Wohnbaugesellschaften, den Arbeitslosen in den walisischen Tälern und alles andere erfahren.«

Jetzt erblickte die Herzogin ihre in der Tür stehenden Töchter und streckte ihnen die Hände wie einem Erlöser entgegen. »Margaret! Lilibet!«

In Marion zog sich alles zusammen. Würde Wallis sie wiedererkennen? Sie darauf ansprechen? Als sie näher kamen, blickten ihre großen schwarzen Augen kurz in ihre. Dann wanderten sie weiter.

In dieser Nacht wurde Marion plötzlich wach. Sie hatte etwas gehört. War das wieder Lilibet? Die ihre Schuhe ausrichtete?

Sie holte enttäuscht Luft. Wie sehr hatte sie gehofft, die Prinzessin so aufzuheitern, dass sie nie mehr in jene obsessiven, von Angst beherrschten Verhaltensweisen verfiel. Aber vielleicht war dies, zumal nach dem Besuch dieses Nachmittags, ein Ding der Unmöglichkeit.

Sie stand auf und zuckte zusammen, als ihre warmen Fußsohlen den immer eisigen Fußboden berührten. Nachdem sie die Tür geöffnet und den Kopf in den Flur gesteckt hatte, stellte sie fest, dass das Geräusch aus dem Zimmer von Mrs Knight zu kommen schien, ein paar Türen weit entfernt.

Marion ging zu ihrer Tür und lauschte. Es klang ... nein, das konnte nicht sein. Sie lauschte wieder. Ja doch. Es gab keinen Zweifel mehr. Mrs Knight, die Unbeugsame, Mrs Knight mit der versteinerten Miene – ausgerechnet Mrs Knight weinte.

Zweiunddreißigstes Kapitel

Marion klopfte. Ein Knacken, ein Grunzen und das Geräusch von zwei großen nackten Füßen, die sich übers Linoleum bewegten.

Marion hatte Mrs Knight noch nie zur Schlafenszeit gesehen, und sie war tatsächlich ein beeindruckender Anblick. Über ihrem weiten weißen Flanellnachthemd trug sie ihren schweren Mantel. Er sah zerknittert aus, als hätte sie darin geschlafen.

»Ist alles in Ordnung mit Ihnen?«, erkundigte sich Marion. Es war eine dumme Frage. Das eckige Gesicht der Frau war tränenüberströmt.

Die Nanny wandte sich ab. Ihr Haar war aus dem üblichen Knoten gelöst. Ein langer grauer Zopf hing dünn über die gesamte Länge ihres breiten Rückens.

»Was ist denn los?«, versuchte Marion es erneut.

»Er!«, war die erstickte Antwort.

Die außergewöhnliche Möglichkeit einer vereitelten Liebe, ein geheimer untreuer Liebhaber gingen Marion blitzartig durch den Kopf. Sie blinzelte. »Er?«

Mrs Knight fuhr herum, ihre Luchsaugen brannten. »Er wird tun, was er will, egal, was das für alle anderen bedeutet.«

Sie meinte den König, wie Marion sich klarmachte. »Wollen Sie damit sagen, Sie glauben, dass er Mrs Simpson heiraten wird?«

Mrs Knight hielt ihre große weiße Hand vor den Mund. Sie nickte unter Tränen. Die Hand löste sich. »Und was wird das für Lilibet bedeuten?«, platzte es aus ihr heraus.

In Marion ging eine Veränderung vor sich. Sie war es so sehr gewohnt, Mrs Knight als Hindernis anzusehen, dass die Vorstellung, sie könnte die kleine Prinzessin lieben, ihr nie in den Sinn gekommen war.

Sie starrte den Mantel wieder an, den sie offenbar gegen die

Kälte trug, und dann den dünnen grauen Zopf. Womöglich war er einmal kräftig und pechschwarz gewesen. Mrs Knight war einmal jung und womöglich sogar hübsch gewesen. Aber Jugend und Schönheit waren im Dienst der Familie verblasst. Genauso wie ihre Chancen auf eine Ehe – Mrs wurde sie nur aus Höflichkeit genannt – und Kinder. Wahrscheinlich hatte auch sie einmal einen Geliebten gehabt, heimlich oder auch nicht. Sie hatte alles geopfert.

Marion legte ihr die Hand auf den rauen Mantelärmel. Ihre Ressentiments und ihre Abneigung waren verschwunden. Verstehen hieß verzeihen, und jetzt konnte sie verstehen. Die Bedrohung verstehen, die sie gewesen war: eine anmaßende junge Frau, die ihre geliebte Lilibet in ihre Obhut nahm. Die Herzogin dürfte sie nur ungenügend darauf vorbereitet haben, wenn überhaupt.

»Sie glauben wirklich, dass er sie heiraten wird? Aber sie ist Ausländerin, geschieden …« Aber schon als sie die Worte formulierte, erkannte sie deren Bedeutungslosigkeit. Sie hatte mit eigenen Augen die tiefe Ergebenheit des Königs gesehen. Erinnerte sich an das belauschte Gespräch mit dem Erzbischof. »Und wenn er abdanken muss?«

Mrs Knight wirkte erschöpft. »Er wird tun, worauf er gerade Lust hat, Mrs Crawford. Das hat er schon immer getan. Und an Leuten wie Ihnen und mir bleibt es dann hängen, das Durcheinander aufzuräumen.«

Die mögliche nationale Krise klang bei ihr wie ein Durcheinander im Kinderzimmer. Marion drückte den Mantelärmel. »Oh, Mrs Knight.«

»Nennen Sie mich Alah«, sagte diese barsch. »Es ist an der Zeit. Gut möglich, dass eine große Aufgabe vor uns liegt. Und wir uns um die Thronerbin kümmern müssen.«

Am nächsten Tag fuhr Marion nach Rotherhithe. Es war ihr egal, ob jemand davon erfuhr. Wenn selbst Mrs Knight ihr Innenleben preisgeben konnte, dann konnte sie sich auch auf den Weg machen, um sich nach Valentine zu erkundigen.

Sie trug das Kostüm, das Hartnell für die Kent-Hochzeit abgeändert hatte, und machte sich sorgfältig zurecht. Mit klappernden Absätzen eilte sie die im feuchten Dunst liegende Straße entlang.

»Er ist nicht da«, sagte Philip, der ihr die Tür öffnete.

Einen Moment stockte ihr der Atem. »Ist er nach Spanien gegangen?«

Philip seufzte. »Du kommst am besten mit rein.«

In der Küche nahm sie Platz. Das Abendlicht fiel durchs schmutzige Fenster und brach sich an den benutzten Töpfen, die zu schwankenden Türmen gestapelt waren. Sie dachte an die Party mit all den Menschen und dem Lachen.

Philip erklärte ihr die Route. Es war genau, wie sie vermutet hatte: Valentine war mit Esmond losgezogen. Ihr erster Stopp war Marseille, wo sie es schafften, an Bord eines Frachtschiffs zu gelangen. Sie waren nach Valencia ausgelaufen und dann in ein Trainingslager bei Albacete geschickt worden. »Ich bin mir sicher, dass es ihm gut geht«, beteuerte Philip, nachdem er berichtet hatte, schon eine Weile nichts mehr von ihm gehört zu haben.

Als Marion aufbrach, lehnte sie sich kurz an die Hausmauer, wie um Abschied zu nehmen. Natürlich wusste sie, dass sie sich schon vor langer Zeit von Valentine verabschiedet hatte, sofern er überhaupt jemals zu ihr gehört hatte. Ihre Liebe war eine Illusion gewesen, die in Wahrheit Verrat und Schmerz war. Warum tat sie es dann?

Weil sie, wie sie wusste, so unendlich viel Liebe in sich trug, die sie niemandem schenken konnte. Doch als sie zur U-Bahn hinunterstieg, stand das Gesicht des kleinen Mädchens leuchtend vor ihrem geistigen Auge. Sie hatte immer noch Lilibet. Lilibet, der sie sich nun so nah fühlte wie eine Mutter.

Für den diesjährigen Schottlandurlaub hatten die Yorks sich anstelle des Schlosses für Birkhall entschieden, ein Haus, das zum Grundstück von Balmoral gehörte. Offizieller Grund war, dass sie zusätzlichen Platz benötigten. Aber es ging das Gerücht um, dass Mrs Simpson Gast des Königs war, und so war es nicht schwer, das eigentliche Motiv zu erraten.

Birkhall war völlig anders als Balmoral. Es war ein großes weiß gestrichenes Gebäude, das aus mehreren miteinander verbundenen Häusern bestand, von denen einige eindeutig sehr alt waren. Dieses romantische Anwesen fügte sich sehr viel natürlicher in das Tal von Dee als das irgendwie fehl am Platz wirkende Schloss.

Auch das Innenleben war schön: Holzverkleidung und gerahmte Karikaturen von längst verstorbenen viktorianischen Politikern anstelle von Schottenkaros, Hirschen und Prinz Albert. Marions Zimmer war hier weniger spartanisch als in den größeren Häusern, es gab sogar einen Teppich und einen Ankleidetisch.

An diesem saß sie jetzt und strich mit der kleinen Bürste durch die kompakte Wimperntusche. Das war schon besser. Sie blinzelte und riss dann ihre großen braunen Augen auf. War das eine neue Falte auf ihrer Stirn?

Hingen ihre Mundwinkel herab? Rasch trug sie roten Lippenstift auf, hob das Kinn, lächelte, stand auf und ging nach draußen.

Der Garten von Birkhall war hübsch, mit dicken Rasenteppichen und einem Bach, der munter zwischen Rhododendren und Goldregen dahinplätscherte.

Die vielen Bäume, deren Blätter der beinahe ständig wehende schottische Wind nach und nach löste, bedeuteten optimale Voraussetzungen für Happy Days, ein Spiel, das Marion Lilibet beigebracht hatte. Man musste die Blätter fangen, bevor sie den Boden berührten, und jedes gefangene Blatt stand für einen »glücklichen Tag« in der Zukunft. Lilibet war sehr geschickt darin, lachend sprang sie den Blättern hinterher, die von nach Torf riechenden Böen herumgewirbelt wurden.

Mit ihren beim Springen zerzausten Haaren war die Prinzessin ein Bild fröhlicher Ausgelassenheit. Und wenn Marion Hund Dookie sah, der auf den Fersen von Lilibet versuchte, sich ebenfalls ein paar glückliche Hundetage zu sichern, empfand sie auch für ihn Zuneigung.

»Ich werde ein *sehr* glückliches Leben haben«, verkündete die Prinzessin zufrieden, als sie ihren Rock voller Blätter präsentierte. Sie besah sich Marions Ausbeute. »Oh, liebe Crawfie.« Sie biss sich auf die Lippe. »Sie nicht, wie es aussieht.«

Marion erwiderte lächelnd: »Nur deshalb nicht, weil ich dich die meisten Blätter fangen lasse. Ich opfere meine glücklichen Tage für dich, weißt du.«

Nicht weit entfernt saßen die Yorks auf dem Rasen und lasen, die Herzogin amüsierte sich bei P. G. Wodehouse. »Unglaublich witzig!«, sagte sie zu ihrem Mann. Der Herzog amüsierte sich sichtlich nicht. Mit besorgter Miene studierte er *The Times*, die über wachsende Arbeitslosenzahlen und die sie begleitende Unzufriedenheit und Demonstrationen berichtete.

»Also wirklich, Bertie«, sagte die Herzogin ungeduldig. »Diese Menschen werden für politische Zwecke missbraucht. Das sagen alle. Vom einen Ende des Landes zum anderen zu marschieren, dürfte wohl kaum der beste Weg für die Lösung ihrer Probleme sein.«

»M-mag sein«, gab der Herzog ihr recht. »Aber es ist d-der einzige W-Weg, den sie kennen.« Er legte seufzend die Zeitung beiseite. »Sie sind v-verzw-zweifelt, Elizabeth. Ich w-wünschte, wir k-k-könnten helfen.«

»Wir helfen doch bereits, Bertie.«

»Ja, indem wir irgendeinen Jahrmarkt eröffnen. W-was ändert sich d-dadurch?«

Seine Frau richtete sich in ihrem Liegestuhl auf. »Es ist doch viel mehr. Wir lenken sie ab von sich und ihren armseligen Leben. Geben ihnen etwas, woran sie glauben können. Untertanentreue. Kontinuität.« Die Herzogin hielt inne und trank einen Schluck Champagner. »Du darfst nie vergessen, Bertie – wenn es um die königliche Familie geht, hat nichts größeren Erfolg als die Erbfolge.«

Marion, die mit Lilibet Blätter fing, beneidete die Herzogin um ihre robuste, unkomplizierte Weltsicht. Sie hatte geahnt, dass sich hinter diesem verschwommenen Blau ihrer Augen ein stählerner Wille verbarg, der sich nun immer stärker bemerkbar machte.

Ainslie kam lautlos über den Rasen. »Der rechte Mann zur rechten Zeit!« Die Herzogin winkte fröhlich mit ihrem leeren Champagnerglas.

Doch der Butler hatte keine Flasche in der Hand. Marion verfolgte, wie er rasch auf den Herzog zuging und ihm etwas ins Ohr flüsterte. Der Herzog stöhnte entsetzt und sprang auf.

»Bertie! Was ist denn?«

»Aberdeen-Krankenhaus! D-David! Wir müssen los ...«

Sie eilten ins Haus.

Lilibet sah Marion an. »Was ist denn los? Ist Onkel David krank?«

»Auf gewisse Weise kann man das wohl sagen«, murmelte Ainslie, als er ins Haus zurückkehrte.

Die Abendzeitung traf in Birkhall am Nachmittag ein, bevor der Herzog und die Herzogin wieder zurück waren. Marion, die ins Haus gegangen war, um Tennisschläger zu holen, sah sie auf dem Tisch in der Empfangshalle liegen.

Auf der Titelseite waren zwei Fotos zu sehen, beide erst am Nachmittag aufgenommen. Auf einem sah man die Yorks, die für den König einsprangen, weil dieser in letzter Minute verhindert und deshalb nicht in der Lage war, den neuen Flügel des Aberdeen Hospitals zu eröffnen.

Das zweite zeigte den König, ganz offensichtlich bei bester Gesundheit, mit Schutzbrille und einem fröhlichen Lächeln am Bahnhof von Aberdeen.

»Mrs Simpsons Zug hatte Verspätung«, bemerkte Ainslie, der gerade durch den Empfang kam. »Seine Majestät hatte warten müssen. Schien wohl zu denken, mit der Schutzbrille würden die Leute ihn nicht erkennen. Aber natürlich haben ihn alle erkannt. Abgesehen von einem Polizisten, der ihm sagte, er solle seinen Wagen woanders parken.«

»Dann ist sie also hier«, sagte Marion bedächtig. Und ihre Anwesenheit wurde von Umständen begleitet, die an Possenhaftigkeit nicht zu überbieten waren.

»Das wird Aberdeen ihm nie verzeihen, fürchte ich«, lautete Ainslies Urteil. »Und der Rest Schottlands ebenso wenig, seit die Geschichte publik ist.«

Am Abend brach Marion zu einem Spaziergang auf. Sie hatte Kopfschmerzen. In letzter Zeit kam das oft vor. Ihre inneren Kämpfe waren ein Grund, ihre Arbeitgeber ein anderer.

Bei ihrer Rückkehr nach Birkhall war die Herzogin wie ein Racheengel durch die Tür hereingerauscht, das Gesicht wutverzerrt. Sie hatte sich die Zeitung gegriffen und, sobald sie die Schlagzeile gelesen hatte, durch den Raum geschleudert. »Wie *absurd* von ihm, *diese Frau* persönlich abzuholen! Man hat dich und mich wie komplette Idioten aussehen lassen, Bertie!«

Diese Frau schien über dem Landsitz zu schweben wie eine große in Chanel gewandete Wolke. Marion beschloss, hoch zu den Steinpyramiden zu wandern, um weit weg von allem frische Luft zu atmen.

Sie erklomm den Berg und fühlte sich mit jedem Schritt besser. Birkhall und seine Probleme schienen weit weg zu sein, wenn der Ruf des Brachvogels ertönte, Wasser rauschte und das Schneehuhn im blühenden Heidekraut saß. Nach einer Weile zeichneten sich hinter den Bäumen die großen, spitzen Haufen ab.

Hier war der Purchase Cairn, der allererste, errichtet zur Erinnerung an den Kauf des Anwesens. Marion und Lilibet waren sich bei einer früheren Wanderung einig gewesen, dass er wie der Bug eines Ruderbootes aussah, das vom Himmel gefallen und halb im Boden versunken war.

Und hier war die große Pyramide mit der abgeflachten Seite, gewidmet »Dem Großen und Guten Prinzgemahl. Von seiner Witwe mit gebrochenem Herzen«. Sie stand davor und erinnerte sich an das Gespräch mit Lilibet über die Liebe. *Können Herzen tatsächlich brechen? Zerfallen sie wirklich in Stücke?*

Es versetzte ihr einen Stich. Lilibet wurde irgendwann erwachsen. Schon bald, in nicht allzu ferner Zukunft, würde sie selbst auf den gefährlichen Wassern romantischer Zuneigung treiben. Hoffentlich mit mehr Glück. Was Marion selbst betraf, wuchs ihre Gewissheit, dass die Liebe völlig an ihr vorbeigegangen war.

Sie lehnte sich an die Steinpyramide und ließ ihren Tränen freien Lauf.

»Was ist denn los?«, fragte eine neugierige Stimme hinter ihr.

Marion hielt die Luft an und wirbelte herum.

Vor ihr stand eine Frau in einem langen, eleganten Mantel

mit Hahnentrittmuster. Ihre glänzenden schwarzen hochhackigen Schuhe zeigten keinerlei Abnutzungserscheinungen von der Wanderung, die sie vom Tal hierherauf zurückgelegt haben musste, und das pechschwarze Haar mit Mittelscheitel saß perfekt. Dem bleichen Gesicht mit dem Perlenschimmer war keinerlei Anstrengung anzumerken, aber die großen dunklen Augen blickten besorgt, und der rote Mund lächelte mitfühlend.

»Sie können mir ruhig all Ihre Probleme anvertrauen, Süße«, sagte Wallis Simpson mit einem müden Lächeln. »Und dann kann ich Ihnen meine erzählen.«

Dreiunddreißigstes Kapitel

Der Schock war gewaltig. Völlig unvermittelt war die böse Hexe aus Lilibets Albträumen aus dem Zwielicht des Waldes hinter ihr aufgetaucht. Die Ränke schmiedende Verführerin, die unverfrorene Zerstörerin des königlichen Friedens. Marion verschlug es vor Überraschung die Sprache.

Mrs Simpson jedoch wirkte sehr gelassen. »Ich kenne Sie doch, oder?«, sagte sie mit ihrem schleppenden Baltimore-Akzent. »Sie sind das Mädchen, das damals zum Fort kam.«

»Ja. Ich dachte, Sie hätten es vergessen. Als Sie zur Royal Lodge kamen.«

Ein spöttisches Lippenstiftlächeln. »Das schien mir sicherer für Sie zu sein, Süße.«

Es dauerte ein wenig, bis die Botschaft ankam. Wallis hatte sie beschützt. »Danke!«

Ein amüsierter Blick. »Keine Ursache, Süße.«

Marions Gedanken überschlugen sich. Dann war ihre anfängliche Einschätzung also doch richtig gewesen. Mrs Simpson war nicht das egoistische Ungeheuer, das es auf den sozialen Aufstieg abgesehen hatte, wie sie allgemein gesehen wurde. Sie war einfühlsam und nahm Rücksicht auf andere Menschen. Sogar auf einfache Gouvernanten. Es wäre ein Leichtes für sie gewesen, ihre frühere Begegnung zu verraten, und sei es auch nur, um ein wenig zu punkten und die Herzogin von York zu ärgern. Doch das hatte sie nicht getan.

Plötzlich wurde ihr die Ungerechtigkeit in ihrem ganzen Ausmaß bewusst. Wallis schien ein guter Mensch zu sein, aber Marions Arbeitgeber sahen in Wallis nur *diese Frau*, ein Wesen, das viel zu schrecklich war, um einen Namen verdient zu haben. Eine Bedrohung nicht nur ihres Glücks, sondern ihres ganzen Lebensstils.

Das weckte in Marion das Bedürfnis, die beiden Seiten zusammenzubringen. Es gab so viele Missverständnisse. Aber kaum hatte die Idee Gestalt angenommen, verwarf sie diese wieder. Es stand völlig außer Frage. Die Sache war bereits zu weit fortgeschritten. Die einzige Verbindung zwischen den beiden Seiten war sie, und wem sollte das nützen.

Wem sollte das nützen? Sie überdachte ihre Idee noch mal. Könnte es nicht doch möglich sein? Sie hatte geglaubt, überhaupt keine Macht zu haben. Aber könnte sie, Marion Crawford, die einfache Gouvernante, nicht doch in der Lage sein, die Mächtigen zu beeinflussen?

Diese Vorstellung nahm Fahrt auf. Mrs Simpson war ihr wohlwollend gesonnen. Könnte sie tatsächlich Erfolg haben? Es waren schon verrücktere Dinge passiert. In dieser Familie sogar mehr als in vielen anderen. Es bestand jedenfalls Hoffnung.

Sie schnappte nach Luft. Die Möglichkeit war schwindelerregend. Berauschend. Wenn es funktionierte, hätte sie die Yorks gerettet. Hätte womöglich auch die Monarchie gerettet. Wie dankbar ihr dann alle wären! Womöglich errichtete man auch ihr eine Steinpyramide.

Dieser Gedankenstrudel hatte nur wenige Sekunden gedauert. In der Zwischenzeit hatte Wallis auf ihrem schönen Mantel Platz genommen. »Setzen Sie sich doch.«

Diese Frau, die in der Vorstellung aller den Schatten einer Riesin warf, war im wirklichen Leben winzig. Und unglaublich dünn. Wie es hieß, lebte sie von schwarzem Kaffee und Grapefruit. Und sie stieg jeden Tag auf die Waage und hungerte, wenn die Skala nur ein wenig über siebenundvierzig Kilo anzeigte.

Marion setzte sich auf den Felsbrocken neben ihr und nahm all ihren Mut zusammen. Sie hatte Herzklopfen, und ihr Magen spielte verrückt. Der Herbsttag verabschiedete sich mit einem goldenen Sonnenuntergang. Sie bückte sich und pflückte ein Büschel Heidekraut von besonders kräftigem Violett.

»Na los doch, Süße.« Wallis legte ihre behandschuhte Hand sanft auf die von Marion. Es waren exquisite Handschuhe: knallrot und hauteng. »Erzählen Sie mir, was Sie auf dem Herzen haben.«

Das Wort hockte sprungbereit auf Marions Zunge. Sie dachte an Margaret in der Schwimmhalle. An Lilibets aufmunternde Stimme. *Nun komm schon, Margaret! Spring!*

Konnte sie den Sprung wagen? Sie nahm ihren Mut zusammen. »Sie«, stieß sie atemlos hervor.

Wallis, die sich vorgebeugt hatte, zuckte überrascht zurück. »Mich?«

Marion blickte flehentlich in die schwarzen Augen. »Alle haben so große Angst. Vor allem die kleinen Mädchen. Alle sind voller Sorge, was passieren wird, wenn Sie den König heiraten.«

Wallis' Stirn, die aus der Nähe betrachtet weit weniger glatt war, runzelte sich. »Sie wollen, dass ich ihn verlasse?« Sie sprach langsam und mit neutralem Tonfall.

In der Stille, die darauf folgte, schienen selbst die Vögel den Atem anzuhalten. Auch die Steinpyramiden hinter ihnen, die jetzt im Schatten lagen, schienen zu lauschen. Als Zeugen so vieler Ereignisse der Vergangenheit erwarteten sie nun die Entwicklungen der neuesten Zeit.

Wallis' gepflegte Augenbrauen hatten sich zusammengeschoben. Die kleinen Hände in den roten Handschuhen hatten sich verkrampft.

Marion wartete, ohne eine Ahnung zu haben, worauf. Wütendes Geheul? Zorneszischen? Kalte Angst erfasste sie. Diese Frau war allmächtig, sie war die Geliebte des Königs. Was hatte sie sich dabei gedacht?

Jetzt durchstieß ein Geräusch die stille Luft, spitz und erschütternd. »Sie wollen also, dass *ich ihn* verlasse!« Wallis beugte sich vor. Sie bebte, aber vor Lachen. Lautes, unfassbar fröhliches Gelächter erschütterte den abendlichen Frieden.

Marion verließ der Mut. Sie hatte die Lage völlig falsch eingeschätzt. Mrs Simpson hatte keineswegs die Absicht, ihren königlichen Liebhaber zu verlassen. Warum um alles in der Welt sollte sie das auch?

Nach einer Weile hob Wallis den Kopf. Sie tupfte sich die tränenden Augen mit einem roten Finger ab. Marion rechnete damit, als impertinente Törin abgestraft zu werden.

»Ich würde ihn aufgeben, glauben Sie mir«, hörte sie Wallis sagen. »Es gibt nichts, was ich lieber tun würde.«

Marion riss den Kopf hoch und runzelte die Stirn. Hatte sie sich das eingebildet?

»Vor allem, wenn es den kleinen Mädchen helfen würde«, sprach Wallis weiter. »Sie sind reizend. Ich würde sie gern näher kennenlernen. Ich habe keine eigenen Kinder«, sagte sie und wirkte traurig dabei.

Nach absoluter Verzweiflung klammerte sich Marion nun an diesen Hoffnungsstrahl. »Dann geben Sie ihn doch auf. Es wäre die Lösung für alles. Alle wären unglaublich dankbar. Man würde ...« Die Worte stürzten erregt aus ihr heraus. Sie war von Triumph erfüllt. Sie hatte das Unmögliche erreicht, den Durchbruch erzielt.

Da sah sie, dass Wallis auf sie zeigte und lächelnd erwiderte: »Es ist einfach nicht möglich, Süße.«

Die Welt, die gerade noch Karussell gefahren war, kam langsam zum Stillstand. »Aber warum nicht?«, jammerte Marion fast.

»Weil *er mich* nicht aufgeben wird«, erwiderte Wallis schlicht. »Und versuchen Sie mal Nein zu jemandem zu sagen, der ein ganzes Weltreich regiert und in seinem ganzen Leben noch nie ein Nein gehört hat.«

Marion musste an den liebestrunkenen König im Royal Lodge denken. Seinen hingebungsvollen Blick in der Abbey. Alle waren immer davon ausgegangen, dass die Macht von Wallis ausging. Aber nicht alle hatten die hochmütigen Worte des verzogenen Geschöpfs in der Empfangshalle von Piccadilly gehört. *»Oh mein Gott, ich hasse es, der Prinz von Wales zu sein.«*

Sie holte tief Luft. Das hörte sich alles wahrhaftig an. Sie nahm es ihr ab, voll und ganz.

»Deshalb ist es ja so unsinnig, dass alle gegen uns sind«, ergriff Wallis müde das Wort. »Es befeuert nur seine Entschlossenheit, seinen Kopf durchzusetzen.«

»Er wird tun, worauf er gerade Lust hat, Mrs Crawford. Das hat er schon immer getan.«

Wallis betrachtete nachdenklich ihre roten Handschuhe. »Die Royals tun ja alles, damit es aufhört. Verbreiten Lügen über mich, spionieren mich aus, versuchen, meine Scheidung zu vermasseln …«

Marion musste an die Nachrichtensperre denken.

»Es überrascht mich, dass ich noch keinen Autounfall hatte.«

Das Heidekrautsträußchen, das Marion gepflückt und in der Hand gedreht hatte, war nun dünn und kahl. Sie hatte die Blüten abgerieben. Alles Glück war dahin. Sie starrte benommen darauf. Nun konnte sie nichts mehr tun. Sie konnte die Yorks nicht retten.

Und auch Wallis nicht. Wie sie nun wusste, war Lilibet nicht die Einzige in einem goldenen Käfig. Der Unterschied war nur, dass sich keiner um die Geliebte des Königs sorgte oder ihr helfen wollte. Das genaue Gegenteil war der Fall.

»Ach, ich weiß, was man über mich sagt.« Wallis sprach leise und nachdenklich, als würde sie ein Selbstgespräch führen. »Ich bin eine Hexe, ich bin eine Domina, ich bin eine Sadomasochistin, ich bin ein Mann. David hat eine Mutterfixierung, eine Nannyfixierung, eine seelische Entgleisung. Oh ja, und ich bin eine enge Freundin von Ribbentrop. Das wissen Sie doch zweifellos, oder? Er schickt mir jeden Tag siebzehn rote Nelken, eine für jedes Mal, das wir uns geliebt haben?«

Sie sah Marion scharf an, worauf diese zögernd nickte. Mrs Simpsons angebliche Nähe zum Botschafter Hitlers hatte sich wie ein Lauffeuer im Klatschzirkel der Bediensteten verbreitet. »Von Brickendrop«, nannte die Herzogin ihn, wegen seiner trampeligen Art.

»Stimmt nicht. Ich habe Ribbentrop nur zweimal getroffen, beide Male bei Emerald Cunard zum Lunch. Es werden unglaubliche Lügen über mich erzählt.« Ihr Blick wanderte in die sich verdunkelnde Ferne. »Und nur damit das klar ist, ich *will nicht* Königin von England werden. Wer sollte das auch wollen? Ich kann mir nichts Schlimmeres vorstellen. Zum einen müsste ich dann jedes

Jahr an *diesen* Ort kommen. Insekten. Regen. Dudelsack im Morgengrauen. Die schlimmste Innenausstattung der Welt. Und wohin man blickt, Jagdbilder zum Erbrechen.«

Marion kicherte. Die Amerikanerin war eine Frau nach ihrem Geschmack.

Wallis grinste sie an. »Und das Essen ist *mehr* als abscheulich. Ich habe, seit ich hier bin, kein grünes Gemüse gesehen. Und ein Club-Sandwich kennt man hier nicht mal dem *Hören* nach.« Sie schüttelte ihren schmalen Kopf.

Vor dem sich vertiefenden Gold des Sonnenuntergangs hob sich die Silhouette ihrer maßgeschneiderten Schultern scharf ab. Marion sah, wie sie sich seufzend hoben. »Ich wollte nicht nach Balmoral mitkommen, glauben Sie mir. Und woher sollte ich das mit dem verdammten Krankenhaus wissen? David hat mir nie erzählt, dass er eine neue Station eröffnen sollte. Ich habe ihn auch nicht gebeten, mich abzuholen. Ich wäre gut damit klargekommen, mir am Bahnhof ein Taxi zu nehmen. Aber er hat darauf bestanden, dort hinzukommen, und jetzt ist alles mein Fehler. Die böse Hexe schlägt wieder zu.«

Plötzlich sah sie müde und alt aus. Und Marion fragte sich plötzlich, wie alt genau. Gute zwanzig Jahre älter als sie selbst, genauso wie der König. Sie waren Leute mittleren Alters.

Wallis warf einen Blick auf ihre Uhr, erhob sich und strich ihre Kleidung glatt. »Ich muss gehen. Im Schloss findet heute Abend eine Dinnerparty statt – weiß Gott, was auf dem Speiseplan steht. Und Ihre Yorks werden auch kommen. Offenbar muss ich die Gastgeberin spielen. Da sollte ich mich wohl lieber auf den Weg machen und noch ein wenig an meinem Auftreten feilen.«

Auch Marion erhob sich. Wallis war bereits auf dem Weg nach unten. Die Hände in den Taschen, den Kopf gesenkt, konzentrierte sie sich auf den sich verdüsternden Pfad.

»Es tut mir alles so leid«, rief Marion, während sie der Gestalt hinterhereilte. Damit ließen sich alle ihre Gefühle zusammenfassen. Die Situation war ein einziges Schlamassel, schlimmer, als sie gedacht hatte. Das Schlimmste daran war die Tatsache, dass es eigentlich keinen Ausweg gab. Sie taumelten einem dramatischen Ausgang zu, bei dem alle Schaden nähmen – einschließlich der Monarchie. Denn was würde das Land sagen, wenn es schließlich davon erfuhr?

»Mr Baldwin meint, ich sollte England verlassen«, warf Wallis über ihre Schulter, als könnte sie Marions Gedanken hören. »Ich habe eine Freundin mit einer Villa in Cannes. Aber es würde nichts bringen. David würde mir nur nachreisen.«

»Ich verstehe«, sagte Marion, die sich ihren Weg zwischen den Wurzeln suchte. »Es muss sehr hart für Sie sein. Wenn nicht gar Angst einflößend.« So allein gegen die Welt. Sie vermochte es sich kaum vorzustellen.

»Das ist es manchmal«, gab Wallis zu. »Die Leute schreien mich an. Sie schreiben hässliche Dinge an meine Hauswände und werfen Ziegelsteine durch meine Fensterscheiben.«

Marion runzelte die Stirn. »Aber ich dachte, die Einzigen, die Bescheid wissen, sind die Verleger der großen Zeitungen.«

»Ja«, bestätigte Wallis ruhig. »Und sie stecken auch dahinter. Sie bezahlen Leute dafür. Der arme Mr Loo hat Panik.«

»Ihr … Butler?« Sie stellte sich ein asiatisches Faktotum vor.

Wallis, die sich gerade unter einen Zweig duckte, lachte laut. »Nein, mein Hund. David hat ihn mir geschenkt.«

Wie tapfer sie war, überlegte Marion. Und dazu couragiert, taktvoll, intelligent und geistreich. Eine so großzügige und gepflegte Erscheinung. Wenn das keine Ironie war. Sie wäre die perfekte Königin.

Wallis blieb stehen, drehte sich lächelnd um und streckte ihre kleine, rot behandschuhte Hand aus, um die von Marion kurz zu drücken. »Schauen Sie nicht so sorgenvoll, Süße. Ich komme schon klar. Ich bin ein toughes Mädchen. Und wenn ein toughes Mädchen nicht mit toughen Zeiten klarkommt, wozu bräuchte es dann ein toughes Mädchen?«

Sie waren jetzt kurz vor dem Schloss angelangt, wo die Pfade sich teilten, der eine nach Balmoral, der andere nach Birkhall. Die Sonne war untergegangen, und alles lag im Schatten. Aber selbst so konnte sie erkennen, dass Mrs Simpson sie sehr genau ansah. »Und Sie müssen auch ein toughes Mädchen sein, Süße.«

»Ja.«

»Auch Sie lieben jemanden in dieser Familie.«

Marion brauchte ein wenig, bis es ihr dämmerte: »Lilibet.«

Der letzte Lichtstrahl traf den nickenden, schwarz glänzenden Kopf. »Und wenn Sie von den Royals nicht wegkommen, wird es auch für Sie schlecht ausgehen.« Unvermittelt griff die Hand noch einmal nach der von Marion. »Wissen Sie, ich kann keine Kinder bekommen. Dieser Zug ist für mich abgefahren. Aber nicht für Sie, noch nicht.« Die Hand drückte die ihre. »Sehen Sie zu, dass Sie rechtzeitig von hier wegkommen. Versprechen Sie mir das?«

Vierunddreißigstes Kapitel

Weihnachten stand vor der Tür, und es war geprägt von Wallis Simpsons Aroma. Als Marion wie üblich mit den Mädchen zu Woolworths ging, kamen sie mit dem gesamten Spektrum aktueller Variationen der alten Weihnachtslieder in Berührung. So hieß es in: »Hark the herald angels sing /Mrs Simpson pinched our king«, dass Mrs Simpson unseren König gestohlen hatte. Auch der Scherz, dass Edward zwar der Achte, Mrs Simpson aber die eigentlichen sieben Achtel war, belustigte das Volk landauf, landab.

Wallis Position schien allerdings alles andere als amüsant zu sein. Hinsichtlich der sich als desaströs erweisenden Dinnerparty auf Balmoral hatte Marion verschiedene Versionen von unterschiedlichen Leuten gehört. »Sie kam mit diesem Triumphlächeln im Gesicht auf mich zu«, erklärte die Herzogin angewidert. »Ich bin einfach an ihr vorbeigegangen und habe gesagt: ›Ich bin gekommen, um mit dem König zu speisen!‹«

Ihr gemeinsames Gespräch kam ihr jetzt vor, als hätte sie es nur geträumt. Aber hatte ihr Flehen Wirkung gezeigt? Die Nachrichtensperre war inzwischen aufgehoben worden, erstaunlicherweise ausgelöst durch den Bischof von Bradford, der den König auf einer Diözesankonferenz kritisiert hatte – wegen unregelmäßigen Kirchgangs. Nun stürzten sich alle Zeitungen darauf, und die Schlagzeilen behaupteten, Wallis habe schließlich doch auf ihren königlichen Geliebten verzichtet und sei zu ihrer Freundin nach Frankreich geflüchtet.

Das Volk hatte dafür nur abfälliges Schnauben übrig und legte sich eigene Erklärungen zurecht: Mrs Simpson meinte es nicht ernst. Sie behandelte den König nur schlecht, um sein Interesse wachzuhalten. Warum sollte sie die Beziehung beenden? Sie hatte den König da, wo sie ihn haben wollte. Er war ihr ausgeliefert. Sie genoss ihr Leben an der Riviera in vollen Zügen, behandelte den König wie einen Bediensteten und zählte die Juwelen, das Geld und die Tage bis zu ihrer Thronbesteigung.

Von Fort Belvedere hörte man Gerede über gequälte Anrufe des Königs in Cannes. Die Verbindung dorthin war so schlecht, dass Seine Majestät versuchte, die Leitungen mit Schreien, Weinen und Flehen gefügig zu machen. »Es ist egal, wo du hingehst, ich werde dir bis ans Ende der Welt folgen«, hatte er angeblich in den Hörer gebrüllt. Wallis war absolut korrekt in ihrer Vorhersage gewesen. Ihre Situation war alles andere als triumphierend, sie war verzweifelt.

Die wahre Geschichte zu kennen, empfand Marion insgeheim als zutiefst befriedigend. Sie hatte das Gefühl, die einzig echte Zeitzeugin historischer Ereignisse zu sein.

Oder hatte Wallis sie für dumm verkauft? Marion stand kurz davor, sich infrage zu stellen, als sie eines Nachmittages, die Hände voller Weihnachtspäckchen, ins Piccadilly House zurückkehrte. Rasch erklomm sie die breiten grauen Steinstufen und klopfte an die große Doppeltür. Während sie stampfend auftrat, um Leben in ihre eingefrorenen Füße zu bekommen, freute sie sich auf die Wärme im Haus, das Feuer in den Marmorfeuerstellen und die dicken Eisenradiatoren.

»Da ist sie! Seht nur!« Der Schrei kam von hinter ihr, von jemandem auf der Straße.

»Mrs Simpson!«

Sie zuckte überrascht zusammen. Das Ritz Hotel lag nur wenige Hundert Meter entfernt auf der gegenüberliegenden Straßenseite. Vielleicht hatte man Wallis hineingehen sehen.

Eine kleine Menschenmenge hatte sich auf der anderen Straßenseite versammelt. »Das ist sie doch, oder?«

Einer hob eine hagere Faust in Richtung Marion. »Verdammte amerikanische Hure!«

Marion fiel das Kinn runter. Ihr von Norman Hartnell raffiniert aufgeputztes Kostüm hatte keinerlei Ähnlichkeit mit den Kreationen von Chanel, die Wallis für gewöhnlich trug. Ihr braunes Cape war aus Kunstpelz. Außerdem war sie zwanzig Jahre jünger, was viel entscheidender war.

»Ich bin es nicht!«, rief Marion ihnen zu.

Eine der Frauen drängelte sich nach vorn durch. Ihre Augen glänzten vor Wut. »Hände weg von Seiner Majestät!«

»Geh nach Hause, du Hure! Lass unseren König in Ruh!« Etwas zischte an Marions Ohr vorbei und schlug gegen den grauen steinernen Türsturz. Sie starrte auf das mit Schale gesprenkelte Eigelb, das nach unten tropfende Eiweiß. Etwas davon war auf ihren Pelz gespritzt.

Ihre Zähne klapperten vor Schreck. Mit beiden Fäusten bearbeitete sie nun die Tür, die einfach nicht aufgehen wollte. Sie presste den Finger fest auf die Klingel. »Bitte, Ainslie«, flehte sie. »Bitte mach die Tür auf.«

Als Ainslie es nach einer gefühlten Ewigkeit tat, stolperte Marion über die Schwelle und landete auf dem Teppich. Nun stand außer Frage, dass Wallis ihr die Wahrheit gesagt hatte.

Aber das war noch nicht das Schlimmste. Hinter dem Mob hatte sich ein Fotograf positioniert, der sie vermutlich ebenfalls für Wallis gehalten hatte. Anfangs jedenfalls. Als sie sich umgedreht hatte, hatte er sich zurückgezogen. Aber sie hatte keinen Zweifel daran, dass es Tom war.

Er hatte ihr weder geholfen noch sie verteidigt, wie man das von jemandem erwarten könnte, dem man einmal so nahegestanden hatte. Die Tür zu ihrem Herzen, auf der »Tom« stand, die ohnehin nur noch einen Spaltbreit offen gestanden hatte, schlug nun für immer zu.

Die Festtage rückten näher. Die Yorks würden nach Sandringham fahren, Marion nach Schottland. Aber im Moment ging niemand irgendwohin. Alle warteten. Es war die Ruhe vor dem Sturm.

Man bekam den Herzog und die Herzogin kaum zu Gesicht. Der Herzog war ständig in irgendwelchen Besprechungen, die Herzogin wegen einer Reihe von Migräneanfällen im Bett. Marion, die es inzwischen gewohnt war, unter unnormalen Umständen für Normalität zu sorgen, ließ die Mädchen für Weihnachten basteln. Sie waren sehr fleißig, und in der Royal Lodge waren die Ergebnisse großzügig verteilt. Die düstere Atmosphäre wurde von den handgemachten Papierketten fröhlich aufgelockert. Von kleinen Händen holperig gestrickte Strümpfe lagen mit Geschenken gefüllt unter dem großen, dicknadeligen Weihnachtsbaum. Wie üblich erwartete Alah wieder ein kräftig gefärbtes Badesalz von Woolies.

Inzwischen fanden keine Wasserschlachten mehr im Badezimmer statt, aber die wilden Kartenspiele am Abend wurden beibehalten. Was Marion einst als zu viel Aufregung vor dem Schlafengehen beklagt hatte, empfand sie nun als sinnvolle Beschäftigung, um Spannung abzubauen. Schreie wie »Monster!« und »Bestie!« erfüllten die nach Holzrauch duftende Luft, wenn Lilibet und Margaret sich beim Kartenspiel *Racing Demon* maßen. Die im Kamin züngelnden Flammen erleuchteten die grüne gotische Wandverkleidung und brachten die Goldrahmen der Bilder zum Leuchten. Vor den hohen Bogenfenstern sperrten dicke Vorhänge die Dunkelheit aus. Eine fröhliche häusliche Idylle, wie man sie sich schöner nicht wünschen konnte, sagte sich Marion. Sie machte ihre Arbeit unter den gegebenen Umständen gut. Hervorragend sogar.

Eines Abends flackerte der Widerschein der Flammen über die müden Züge des Herzogs von York. Seine schmale Hand, die eine qualmende Zigarette hielt, verteilte auf dem Teppich vor dem Kamin die Karten für das Spiel *Siebzehn und vier*. Die Herzogin hatte sich wie üblich in ihrem Zimmer eingeschlossen.

»Alle bereit?« Mit einem glaubwürdigen Lächeln sah der Herzog in die Runde.

»Ja, Papa.«

Ihr Vater sah Lilibet fragend an. »Aufdecken oder b-bedienen?«

»Bedienen.«

Der Herzog wandte sich an Marion. »Crawfie?«

»Aufdecken«, sagte sie und wurde enttäuscht. Sie würde ihren Fünfer-Kartentrick nicht einsetzen können.

Nun war Margaret an der Reihe. Mit dem für die jüngere Prinzessin typischen Draufgängertum deckte die Prinzessin auf und deckte wieder auf und warf dann ihre Karten verärgert in die Luft. »Pleite«, stöhnte sie.

Der Herzog schüttelte den Kopf. »D-du solltest vorsichtiger sein, Meg.«

»Das war Cousin Halifax«, rechtfertigte sich Margaret wie vorherzusehen.

»Dann sollte Cousin Halifax vorsichtiger sein.« Lilibet zeigte ihr Blatt, als der Herzog, der die Bank hielt, ebenfalls pleiteging. »Seht ihr«, sagte sie begeistert. »Ein Royal Pontoon!«

In der Diele läutete das Telefon. Der Gesichtsausdruck des Herzogs, der im Feuerschein warm und weich geworden war, versteinerte.

Ainslie trat ein. »Fort Belvedere ist am Apparat, Eure Hoheit. Seine Majestät wünscht Sie zu sprechen.«

Die Herzogin tauchte in einem langen weißen Nachthemd in der Tür auf. Ohne Make-up, die Haare zum langen schwarzen Zopf geflochten, wirkte sie wie sechzehn. Die Mädchen blickten überrascht auf. »Mami! Geht es dir besser?«

Die Herzogin sah nicht besser aus. Sie eilte an die Seite ihres Gatten und ergriff seine Hand. Gemeinsam verließen sie den Raum.

Bis draußen der Wagen abfuhr, hatte Lilibet erneut gewonnen, und ihre Schwester war wieder pleitegegangen. Wegen ihres

Triumphgeheuls und Wehklagens bekam keins der Mädchen mit, dass das Auto knirschend aus der Einfahrt fuhr und sich dann in der Ferne verlor. Als Marion zu Bett ging, war das Fahrzeug noch nicht wieder zurückgekommen.

Fünfunddreißigstes Kapitel

Am nächsten Morgen stand sie vor der weißen Schlafzimmertür der Herzogin. Man hatte nach ihr gerufen, aber die Tür blieb geschlossen. Von drinnen hörte man Stimmen, leise und drängend. Sie beschloss, zu warten und nicht zu klopfen.

Plötzlich ging die Schlafzimmertür auf, und Königin Mary tauchte auf dem Treppenabsatz auf. Sie schien über ihr ohnehin beträchtliches Alter hinaus geschrumpft und gealtert. Früher kerzengerade, ging sie nun gebeugt. Selbst ihr Busen wirkte schmaler.

Als Marion sich von ihrem Hofknicks erhob, betrachtete die alte Königin sie düster. »Nun, Miss Crawford. Das ist eine schöne Bescherung, nicht wahr?«, sagte sie und stapfte auf ihren Sonnenschirm gestützt davon.

Von der Schwelle zum Schlafzimmer aus betrachtet wirkte die im blau-gelben Bett liegende Gestalt winzig. Sie lag von mehreren Kissen gestützt, den dunklen Zopf über dem Bettjäckchen aus Spitze. Eine weiße Hand hob sich. Eine schwache Stimme sprach. »Kommen Sie doch herein, Crawfie.«

Marion überquerte den blassblauen Teppich. Zu ihrer Überraschung streckte sich ihr die Hand entgegen, offenbar sollte sie direkt zum Bett kommen und sie ergreifen. Die Herzogin mied körperlichen Kontakt weitgehend, aber jetzt umschlossen die kleinen weißen Finger leicht die ihren. Die großen blau-violetten Augen wandten sich ihr zu.

»Ich fürchte«, nuschelte sie, »dass uns große Veränderungen bevorstehen, Crawfie.«

Als würde eine Glocke in ihr angeschlagen, wusste Marion, dass es passiert war. Die Krone war vom einen Bruder auf den anderen übergegangen, und die Frau, die in diesem Bett lag, war nicht mehr länger die Herzogin von York.

»Ihre Majestät.« Zum zweiten Mal binnen weniger Minuten knickste Marion vor einer Königin. Ihre Gedanken überschlugen sich, Erleichterung mischte sich mit Bedauern, aber auch mit Überraschung, dass es nach all dem ungewissen Warten dann doch so schnell gegangen war.

»Der Umzug in den Buckingham Palace wird ein schmerzhafter werden«, ergänzte die Königin im Ton leichten Bedauerns. Sie schien auf etwas anzuspielen.

Und da durchfuhr Marion die Erkenntnis wie eine Schwertklinge. So scharf, dass es ihr den Atem verschlug. Sie würde entlassen werden, einfach so. Was natürlich Sinn machte. Im Palast gab es genügend Bedienstete, die sich um die kleinen Mädchen kümmern konnten.

Und dennoch kam es ziemlich überraschend. Nur erwartet hatte sie eigentlich mehr ... wie hieß das Wort? Dankbarkeit?

Sie riss sich zusammen. Genau das hatte sie doch gewollt. Jedenfalls immer mal wieder. Vermutlich war es gut so. Noch war es nicht zu spät, ein Leben jenseits der Glaswand anzufangen. Sie würde nach Hause zurückkehren und sich um ihre Mutter kümmern.

»Jawohl, Ma'am.« Sie hatte einen Kloß im Hals. »Und ich darf Ihnen alles Gute wünschen.«

Die Königin schoss in die Höhe und sagte mit hoher, schriller

Stimme: »Sie wollen damit doch wohl nicht sagen, dass Sie uns verlassen?«

Marion kamen vor Erleichterung fast die Tränen. Man wollte sie also behalten! Dann dachte sie an ihre Mutter. Das Leben da draußen. Sie zögerte.

Die blauen Augen bohrten sich in ihre. »Denn wie Sie sicherlich verstehen werden, Crawfie, wäre das gerade jetzt denkbar unpassend.« Die Stimme der Königin wurde weich und überzeugend. »Wir brauchen Sie. Margaret und Lilibet brauchen Sie.«

Das gab den Ausschlag. Sie wurde von König und Königin gebraucht. Und von der Thronerbin. Wie ein leuchtender, strahlender Blitz ging ihr dieser zutiefst schmeichelhafte Gedanke durch den Kopf. Ihre Mutter würde es verstehen. Und das Leben da draußen konnte warten. »Jawohl, Ihre Majestät«, hörte sie sich sagen.

»Oh, und Crawfie ...«, kam die Stimme aus dem Bett. »Erzählen Sie es bitte den Mädchen?«

Marion war sprachlos. »*Es ihnen erzählen?* Dass Sie König und Königin sind?«

Sie war es natürlich gewohnt, Elternersatz zu sein. Aber derart ungeheuerliche Nachrichten sollten sie nicht von einer Gouvernante erfahren. Zwei kleine Kinder darüber informieren, dass Mutter und Vater nun die Häupter der berühmtesten königlichen Dynastie der Welt waren?

Die Königin blinzelte. »Ist das ein Problem, Crawfie?«

»Natürlich nicht, Ma'am. Ihre Majestät.«

Marion knickste und ging zur Tür. In ihren Schrecken mischte sich Ehrfurcht. Die anderen Menschen, die sie brauchten, die anderen Pläne, die in ihr geschwelt hatten, verblassten vor dem herrlichen Gefühl, Teil der Geschichte zu sein. Bis jetzt hatte sie sich nur hinter den Kulissen bewegt. Aber jetzt hatte sie eine richtige Statistenrolle in der größten Show der Welt.

Später nahm Marion die Mädchen mit ins Boudoir und schloss die Tür. Es war ein aufregender Moment, denn man hatte ihr große Verantwortung übertragen. Die Mädchen, vor allem Lilibet, würden sich immer daran erinnern. Und sie als immerwährender Teil davon war entschlossen, ihre Rolle gut zu spielen. Sie hatte sich gut überlegt, was sie sagen wollte.

Die Mädchen standen gleich angezogen in Pullovern und Kilts vor ihr. Sie wirkten ein wenig ungehalten.

»Aber wir hatten doch schon unseren Unterricht«, betonte Margaret.

»Es geht nicht um den Unterricht«, beschwichtigte Marion sie. »Es geht um einen Umzug.« Sie hatte beschlossen, es von dieser Seite anzugehen.

Margarets violette Augen wurden groß. »Umzug? Welche Art von Umzug?«

»Von einem Haus in ein anderes.«

Margaret zog die Stirn kraus. »Ich will aber unser hübsches Haus nicht verlassen!«

»Nicht mal, wenn es noch viel hübscher ist? Und auch größer?

Die jüngere Prinzessin strahlte. »Oh ja, ein größeres. Das geht in Ordnung.«

Marion schielte auf Lilibet. Diese hatte bis jetzt nichts gesagt, und ihr Gesichtsausdruck war schwer zu lesen. In letzter Zeit war sie zunehmend dazu übergegangen, ihre Gefühle zu verbergen. Margaret hingegen trug ihr Herz auf der Zunge und die Gedanken auf der Stirn.

»Ihr werdet auch eure Namen ändern«, fuhr Marion fort. »Ihr werdet von jetzt an nicht mehr Prinzessin Elizabeth und Prinzessin Margaret von York sein.«

Margaret sagte fassungslos: »Wir werden keine *Prinzessinnen* mehr sein?«

»Nicht von York.« Marion holte tief Luft. Das lief nicht wie geplant. Sie hatte sich um vorsichtiges Herantasten bemüht, aber die Jüngste war eindeutig am Boden zerstört und hatte Tränen in den Augen.

»Aber ich habe doch gerade erst gelernt, ›York‹ zu schreiben!«, heulte Margaret.

Sie würde es nun doch rundheraus sagen müssen. Alle ihre vorsichtigen Formulierungen konnte sie vergessen. »Ihr zieht in den Buckingham-Palast«, ließ Marion die Bombe platzen.

Endlich reagierte auch Lilibet. »Was?«, fragte sie scharf. »Sie meinen für immer?«

»Ja. Ihr seid jetzt die Töchter des Königs und der Königin von England.«

Margarets tränennasse Augen strahlten sofort vor Freude. »Papa ist König! Ich bin die Tochter des Königs!« Sie fing an, in dem mit Gold verzierten Raum umherzutollen. »Hurra!«

Lilibet blieb schweigsam, ihre Miene undurchdringlich. Sie verarbeitete die Neuigkeiten auf ihre eigene Weise, vermutete Marion. Vielleicht gingen ihr einige der möglichen Konsequenzen durch den Kopf.

Nun hörte Margaret mit ihrer Hopserei auf und wandte sich ihrer Schwester zu, das runde Gesicht voll Ehrfurcht. »Bedeutet das, du wirst die nächste Königin sein, Lilibet?«

»Ja«, antwortete Lilibet nüchtern. »Das bedeutet es.«

Sechsunddreißigstes Kapitel

»Aber du schreibst den falschen Namen, Papa«, hob Margaret hervor. »Du heißt Albert, nicht George.«

Sie waren bei ihrem Vater in dessen Arbeitszimmer. Marion hatte die Mädchen zum Gutenachtsagen hingebracht und den König – als den sie ihn nun ansehen musste – ernst an seinem Schreibtisch sitzend angetroffen. Er hatte seine neue Unterschrift auf einem Blatt Papier geübt.

»P-privat heiße ich immer noch Albert. Aber in der Ö-öffentlichkeit G-g-georg.«

»König George«, sagte Lilibet. »Wie Großpapa.«

»Ganz genau.«

Als wäre nach einer unglücklichen Verirrung der normale Dienst wieder aufgenommen worden. Der Ex-König war von niemandem erwähnt worden.

Das heißt in den oberen Räumen. In den Dienstbotenräumen blubberte und kochte der Klatsch. Die Abdankungsszene im Fort Belvedere musste dem Hören nach außergewöhnlich gewesen sein.

»In diesem verdammten Fass ist keine Tinte!«, hatte Edward VIII ausgerufen und mit der königlichen Feder über dem schicksalsträchtigen Dokument herumgefuchtelt. Jemand hatte ihm einen Füllfederhalter gereicht.

Der Ex-König würde das Land schon bald verlassen und von Portsmouth aus auf einem Zerstörer der Marine in See stechen, um endlich zu seiner Geliebten zu gelangen – Rückkehr unbekannt. Nicht einer seiner Leibdiener hatte eingewilligt, ihn zu begleiten. Er hatte den Thron verlassen, und nun wurde er verlassen.

»Was ist denn, Lilibet?«, erkundigte sich der neue König. Sie starrte ehrfürchtig auf den Schreibtisch.

Lilibet zeigte auf einen Umschlag. Er war adressiert an *Ihre Majestät die Königin*. Das ist Mami jetzt, nicht wahr?«

Der vormalige Eduard VIII musste jedoch noch eine öffentliche Aufgabe erfüllen. Er sollte übers Radio eine Abschiedsrede an die Nation halten, und dies hatte die erste Krise der neuen Regierung ausgelöst.

Der Generaldirektor der BBC, John Reith, hatte vorgehabt, den Ex-König ganz schlicht als »Mr Edward Windsor« anzukündigen. Der neue König war eingeschritten und hatte als erste monarchische Tat seinen Bruder zu *Seiner Königlichen Hoheit dem Herzog von Windsor* ernannt.

»Wollen wir uns die Rede gemeinsam anhören, Miss Crawford?«, fragte Alah schroff. Freundlichkeitsbezeugungen wie diese waren zwar nach wie vor selten, aber es gab sie immerhin.

Und so saß Marion dann später, als die Mädchen im Bett lagen, mit der Nanny im Wohnzimmer des Kindertrakts. Sie, die von den Aktionen Edwards VIII stärker betroffen waren als die meisten, würden sich seine letzte Ansprache gemeinsam anhören.

Alah saß vor dem großen Radioapparat im Holzgehäuse und übernahm die Regie. Trotz des fröhlich flackernden Feuers wirkte der Raum düster. Von draußen drückte der Nebel gegen die Fensterscheiben, die Bücher schienen sich auf den Regalen aneinanderzuschmiegen. Selbst die Teddys blickten ernst.

Mit einem Klick verband Alah das Piccadilly-Kinderzimmer mit dem Rest des Empires. Marion malte sich die große, weite Welt jenseits der königlichen Wände aus. Von Indien bis Islington, von der Wildnis Kanadas bis zu den Dörfern in den Cotswolds hörten die Leute zu. Und alle würden erstaunt sein über das Drama, in dessen Zentrum sie selbst gewesen war. Für die da draußen waren die Mitspieler nur Figuren auf Fotos. Aber für sie waren es Menschen. Sie war Teil ihrer Gesellschaft. Ein wichtiger Teil. *Wir brauchen Sie. Lilibet und Margaret brauchen Sie.*

Sie fragte sich, ob Alah das genauso sah. Doch nichts ließ darauf schließen. Sie hatte ihr Strickzeug aufgenommen und klackerte ruhig mit den Nadeln. »So«, sagte sie, »dann wollen wir mal hören, was er zu sagen hat.«

Die Stimme vom Windsor Castle schwebte aus dem Radio. »Vor wenigen Stunden habe ich meine letzte Pflicht als König und Kaiser erfüllt …«

Zu ihrer Überraschung spürte Marion ein Brennen in den Augenwinkeln. Natürlich war alles eine Illusion gewesen. Er hatte den Job nie haben wollen und war auch gänzlich ungeeignet dafür. Aber in anderer Hinsicht war es eine Tragödie und ein Verlust. Er hatte wie sonst keiner in der Familie echte Starqualitäten. Er war eine der beliebtesten Gestalten auf Erden gewesen. Dass es dazu kommen musste, war unfassbar.

Die müde, schwermütige Stimme sprach weiter. »Es wäre mir unmöglich gewesen, die schwere Last der Verantwortung ohne die Hilfe und Unterstützung der Frau zu tragen, die ich liebe …«

Marion dachte an Wallis, die in ihrer Villa in Cannes zuhörte. Ihre schlimmsten Befürchtungen hatten sich realisiert.

Nun sprach der Ex-König über seinen Bruder. »Ihm ist mit einem glücklichen Zuhause, Ehefrau und Kindern die unvergleichliche Segnung zuteil, derer sich so viele von Ihnen erfreuen, die mir aber nicht zuteilwurde …«

Alahs Nadeln ruhten. Sie kramte in ihrer Tasche nach einem Taschentuch.

»Und jetzt haben wir alle einen neuen König. Ich wünsche ihm und Ihnen, seinem Volk, von ganzem Herzen Glück und Wohlstand. Gott segne den König.«

Marion stellte sich vor, wie die einsame Gestalt die alte Festung verließ und durch den Nebel nach Portsmouth und in eine ungewisse Zukunft fuhr. Die Regentschaft Edwards des Achten hatte kein ganzes Jahr gedauert – gerade einmal 325 Tage.

Es folgten Knacken, Rascheln, ein unterdrücktes Grunzen. Alah erhob sich. Marion, die sich ebenfalls erhob, sah, dass ihre Augen feucht waren. Die junge und die alte Frau standen beisammen. »Gott segne den König«, sagten sie.

Am nächsten Tag tauchte der König in seiner prächtigen blau-weiß-goldenen Marineuniform auf, die sein blasses, abgespanntes Gesicht ein wenig frischer aussehen ließ.

»Die kenne ich – es ist die des Admiral of the Feet«, verkündete Margaret stolz.

»Fleet«, korrigierte Lilibet, »er ist Flottenadmiral, einen Fußadmiral gibt es nicht.«

Ein freudloses Lächeln verirrte sich kurz auf die ausgezehrten Züge des neuen Monarchen. Er wandte sich an Marion. Er war auf dem Weg zum St. James Palace, um dort den Thronbesteigungsrat zu treffen. Die Königin lag noch im Bett.

»Das bedeutet«, erklärte Marion den Mädchen, nachdem sich die Tür geschlossen hatte, »dass euer Papa, wenn er zum Mittagessen nach Hause kommt, tatsächlich König von England sein wird. Ihr werdet vor ihm einen Knicks machen müssen.«

Margaret sah sie überrascht an. »Vor *Papa* knicksen?«

»Und auch vor Mami. Hört sich komisch an, nicht wahr? Lasst es uns ein wenig einstudieren, bevor er zurückkommt. Wir wollen doch nicht, dass ihr umfallt.«

Den Rest des Vormittags brachten sie damit zu, sich in Ehrbezeugungen zu üben, die diesen Namen am Ende schließlich auch verdienten. Margaret tat dies besonders theatralisch und übertrieben. Es gab viel Gelächter.

Als der König zurückkam, wurde er mit zwei perfekten Hofknicksen in der Diele begrüßt. Er stand stocksteif und mit erschrockenem Gesicht vor ihnen.

»Was ist denn los, Papa?«, fragte Lilibet nach ein paar unsicheren Augenblicken. »Machen wir was falsch?«

George VI schüttelte den Kopf. Seine Kehle arbeitete, er hatte weitaus größere Probleme als sonst beim Sprechen.

Marion vermutete, dass nun auch für ihn der Moment der Offenbarung gekommen war. Hier war der Beweis, dass das Unmögliche tatsächlich eingetreten war. Und er wahrhaftig der König von England war.

Seine glasigen blauen Augen waren feucht, als er seine Töchter anstarrte, die schmalen Hände drehten den mit Goldborten verzierten Admiralshut. Dann bückte er sich, zog sie an sich heran und schloss sie in seine Arme.

TEIL DREI

BUCKINGHAM PALACE

Siebenunddreißigstes Kapitel

Es war eine Maus. Sie saß in ihrem Badezimmer auf dem Handtuch und sah sie dreist an. Sie wirkte nicht im Geringsten verängstigt. Ganz im Gegenteil schien sie zu glauben, hier die älteren Rechte zu haben.

Jenseits der mit Gold verzierten Repräsentationsräume war der Buckingham Palace voll von Ungeziefer und dem Verfall anheimgegeben. Außerdem waren an diesem Morgen die Vorhänge in ihrem Zimmer heruntergekommen. Die ganze Konstruktion – Wandbefestigung, Gardinenschal und schwere Messingstange – war nur wenige Zentimeter von ihr entfernt heruntergekracht.

Und es war kalt, so kalt. Das Feuer in dem kleinen Kamin vermochte nichts gegen die sich in die Knochen bohrende Kälte auszurichten. Der Wind hatte wie tausend Geister im Kamin geheult. In Anbetracht des prekären Zustands des Palastes fiel es ihr schwer, darin nicht eine Metapher für den Zustand der Monarchie zu sehen.

Mochte das Drama der Abdankung auch vorbei sein, wurde das Ausmaß des Schadens für die Monarchie erst jetzt deutlich. Der neue Inhaber des Throns war nicht beliebt. Das Gestammel von George VI und sein scheues Auftreten beförderten die Gerüchte, er sei kränkelnd und schwach. Würde man dem boshaften Geschwätz Glauben schenken, überlebte er nicht mal die Krönung im Mai, geschweige denn die Last der Monarchie.

Aber wenigstens auf Debos Unterstützung konnte er bauen. Marion lief der Mitford-Schwester eines Tages in der Nähe des Palasts über den Weg, kurz nachdem sie eingezogen waren. Debo schützte sich mit einem Pelzmantel vor der eisigen Februarkälte, und sie hatte Marion trotz ihres kurzen Treffens auf Valentines Party sofort wiedererkannt.

»Wie geht es dir?«, hatte Marion sie gefragt.

Debo rollte ihre großen grünen Augen. »So gut es eben geht. Bei allem, womit ich klarkommen muss.«

An diesem Morgen berichteten alle Titelseiten von den Kämpfen in Spanien. Madrid, noch von der Regierung gehalten, wurde von Francos Armee heftig attackiert. Hunderte internationaler Freiwilliger waren getötet wurden. Hatte Debo Neuigkeiten?

»Esmond ist zurück. Er ist an der Ruhr erkrankt. Arbeitet jetzt für die Werbung.«

»Und Valentine?«

»Tut mir leid, da weiß ich nichts.« Eine elegante Braue hob sich. »Mir war nicht klar, dass dir noch was an ihm liegt. Das ist doch Jahre her, oder? Du und er?«

Marion senkte den Blick. Ihr war bewusst, welchen Eindruck sie auf dieses reiche und schöne Kind machen musste: alt, verbraucht, unterwürfig. Wirklich bemitleidenswert.

Debo wechselte das Thema. »Hast du von Unity gehört? Ist in Deutschland beim Führer. Sie haben gestern zusammen zu Mittag gegessen – sind jetzt *so*.« Debo kreuzte Zeige- und Mittelfinger und hielt sie hoch.

»Das ist ja *fürchterlich*.«

»Es kommt noch schlimmer. Meine Schwester Diana hat sich in Oswald Mosley verliebt. Sie hat ihren Mann verlassen und er seine Frau. Ganz ehrlich«, ergänzte Debo, »meine einzige Hoffnung sind deine Leute.«

»Meine Leute?«

»Der König und die Königin. Sie werden sich wieder um die Debütantinnen kümmern. Und ich werde den perfekten Herzog finden und danach glücklich und zufrieden in irgendeinem weitläufigen Gebäude auf dem Land leben.« Sie warf einen Blick auf die Uhr. »Oh Mann! Ich komme noch zu spät zum Friseur.«

Und nun stand Marion in ihrem Badezimmer und starrte die Maus an. Mit ihren boshaften schwarzen Augen war sie mit Sicherheit ein kommunistisches Nagetier.

Sie ging hinaus. Ihr Badezimmer lag auf der anderen Seite eines breiten Flurs, ausgelegt mit dem unvermeidlichen Linoleum. Jemand bewegte sich an dessen anderem Ende. Sie erkannte den Briefträger des Palasts, ein Individuum, dessen Existenz sie anfangs verblüfft hatte. Es hatte ein wenig gedauert, bis sie sich daran gewöhnt hatte, dass der Palast eigentlich ein Dorf und die Flure tatsächlich Straßen waren. Die Weitläufigkeit übertraf alle ihre Vorstellungen. Bei ihren vorherigen Besuchen hatte sie nicht mal an der Oberfläche gekratzt.

Der Postbote kam direkt auf sie zu und pfiff dabei, ohne dass eine Melodie erkennbar gewesen wäre.

»Auf meinem Handtuch sitzt eine Maus«, teilte sie ihm mit.

Der Postbote war stämmig, mit einem runden rosa Gesicht. Er legte einen Finger auf die Lippen und beugte sich verschwörerisch vor. »Nicht so laut. Sonst wollen alle eine Maus haben.«

»Haha!« Marion verschränkte die Arme. »Aber ich möchte sie loswerden.«

»Da müssen sie den Schädlingsbekämpfer kommen lassen. Der kümmert sich um alle Ratten und Mäuse. Sie finden ihn im grünen Buch. Machen Sie's gut, meine Liebe.« Und damit entfernte er sich pfeifend.

Sie kehrte in ihr Zimmer zurück und stieg über die Überreste der kollabierten Vorhänge. Die Löcher in der Wand klafften wie Wunden. Auf ihrem schlichten Schreibtisch lag das Buch, das der Postbote ihr empfohlen hatte. Es war zweieinhalb Zentimeter dick, mit dem Siegel der Krone versehen und trug den Titel: *Büros und Adressen des Hofes Seiner Majestät und der Staatsbeamten und anderer königlicher Hausbediensteter.*

Marion hatte bereits in ihrer ersten Nacht im Palast ungläubig darin geblättert. Der vor sich hin rottende Palast verfügte über vierhundert Bedienstete, die meisten trugen bizarre und obskure Titel. Es gab nicht nur Wachen für die Gold- und Silberanrichten, sondern auch für Glas und Porzellan. Es gab einen Erbfalkner und einen Rabenmeister, einen Bargenmeister, einen Schwanenhüter, einen königlichen Historiografen und einen stellvertretenden Leibwächter des Monarchen. Es gab Ordonnanzoffiziere, einen Ersten Seelord, einen Flaggen-Offizier und einen Haupt-Seetransportoffizier und tatsächlich Hunderte von Stallmeistern, Extra-Stallmeistern und Ehrenwerten Höflingen.

Sie hatte beim Durchblättern nur mit dem Kopf geschüttelt. War diese außergewöhnliche Liste romantisch oder lächerlich? Sie wusste, was sie früher davon gehalten hätte. Aber jetzt, da sie hier und Teil dieses Hauswesens war, ließ sich das viel schwerer beantworten.

Es gab auch andere Dinge, an die sie sich gewöhnen musste, wie etwa die weiten Entfernungen zu den verschiedenen Teilen des Gebäudes. Von ihrem Schlafzimmer in Piccadilly bis zum Boudoir brauchte sie zwei Minuten. Von ihrem Zimmer im Palast bis zum Schulzimmer brauchte sie nun zehn.

Es war groß, hell und mit Blick in den Garten. Die erste Wahl für das Unterrichtszimmer war im Obergeschoss gewesen, wo der König als Junge beschult worden war. Aber als man ihr den vollgestopften dunklen Raum mit den Gitterstäben vor den Fenstern zeigte, hatte sie die Tür schnell wieder zugemacht. »Nein. Das kommt überhaupt nicht infrage.«

Auch das Mittagessen im Kreise der Familie gehörte der Vergangenheit an. Sie aß nun mit den Bediensteten. Der Weg dorthin war sogar noch verwirrender als ins Schulzimmer, über endlose Flure und um Ecken, die alle gleich aussahen. Sie war zu ihren ersten Mahlzeiten zu spät und völlig aufgelöst gekommen. Der Speisesaal des Hauswesens war so groß wie ein Bankettsaal, ein großer Tisch voller Menschen, gedeckt mit Silberbesteck, das sich wie Flügel beidseits der mit Wappen versehenen Teller ausbreitete. In silbernen Vasen standen Blumen, es gab silberne Menagen und riesige Servietten. Dazu in Gruppen angeordnete Kristallgläser und Diener in Rot mit Goldtressen. Bedienstete, die Bedienstete bedienten.

Nicht, dass die Mitglieder des Hauswesens auch wie Bedienstete aussahen. Die Palastdamen hatten alle kräftiges, glänzendes Haar und schlanke Figuren wie Rennpferde. Die Stallmeister trugen die edlen Züge, die man mit alten Geschlechtern und Wappen in Verbindung brachte. Marion hatte sich wie die neue Schülerin auf einer sehr exklusiven Schule gefühlt. Und war sich nicht sicher, ob es ihr auch gefallen würde.

Doch sie hatte sich rasch daran gewöhnt und kannte nun die meisten Stammgäste. Ihr heutiger Tischnachbar war jedoch neu. Dunkel und schlank mit gemeißelten Zügen, buschigen Augenbrauen und dichten schwarzen Haaren. Sie erkannte ihn wieder. »Mr Lascelles!«

Sie errötete. Hatte sie zu überreizt reagiert?

Er zog eine Braue hoch und erkundigte sich mit dem Anflug eines Lächelns: »Wie finden Sie den Palast, Miss Crawford?«

Sie hatte sich wieder gesammelt und betrachtete ihn selbstsicher. »Soll ich ganz ehrlich sein, Mr Lascelles? Mein Zimmer fällt in sich zusammen, und heute Morgen saß eine Maus in meinem Badezimmer.«

Ein Stallmeister ein paar Stühle weiter beugte sich vor. »Nur eine?«, rief er fröhlich. »Ich hatte drei in meinem.« Gelächter erfasste den ganzen Tisch.

Lascelles tupfte sich den Mund mit der Serviette ab. »Das Modernisierungsprogramm scheint offenbar etwas in Verzug zu sein.«

Das löste weiteres Gelächter aus, gefolgt vom Murmeln allgemeiner Konversation. Marion griff nach der Gabel und wollte sich ihrem Räucherlachs widmen. Ihre düstere Stimmung von eben hatte sich gelegt, sie fühlte sich fast ausgelassen. Lag es an Lascelles? Ihr wurde klar, dass sie seine Aufmerksamkeit ersehnte.

»Eigentlich«, flüsterte sie und neigte sich ihm zu, »möchte ich mich nicht nur über die Maus beschweren. Als wir uns das letzte Mal begegnet sind, haben Sie mich falsch informiert.«

Unter den buschigen Augenbrauen wurden die dunklen Augen schmal. »Habe ich das, Miss Crawford? In welcher Angelegenheit denn?«

Sie zog die Mundwinkel auseinander. »Sie, Mr Lascelles, meinten, der König habe noch viele Jahre vor sich, und der Prinz von Wales werde niemals Mrs Simpson heiraten.«

Lascelles starrte sie an. Sie hielt seinem Blick stand, bis er sich als Erster abwandte und mit einem reuigen Lächeln antwortete: »Da haben Sie ganz recht, Miss Crawford. Im ersten Fall äußerte ich meine Information, im zweiten meine Vermutung. Aber wie Sie sagen, ich habe mich getäuscht.«

Marion nahm an, dass es nur wenige Menschen gab, vor denen der hochmütige Lascelles dies zugegeben hätte. Und sie triumphierte und war ziemlich erregt.

»Ich würde so gern Papa sehen«, sagte Margaret.

»Kannst du aber nicht. Er ist mit Königsein beschäftigt«, antwortete ihre Schwester.

Es stimmte, der König war fast ständig beschäftigt. Er lernte das Handwerk der Monarchie bei der Arbeit und von Grund auf. Es gab keine Nachmittage mit Gartenarbeit mehr und auch kein Kartenspiel mehr vor dem Schlafengehen. Rührenderweise hatte er die Schaukelpferde der Mädchen vor sein Arbeitszimmer gestellt, damit er sie reiten hörte und sie in seiner Nähe spürte.

»Er verbringt mehr Zeit mit Mr Lascelles als mit uns«, beschwerte sich Margaret. »Ich mag Mr Lascelles nicht. Sie etwa?« Sie sah Marion unvermittelt eindringlich an, die daraufhin sehr zu ihrem Verdruss ihre Wangen brennen spürte.

»Ha!«, trumpfte die jüngere Prinzessin auf. »Crawfie ist in Mr Lascelles verliebt!«

»Nun mach dich nicht *lächerlich!*«, platzte es wütend aus Marion heraus.

Aber es stimmte, sie mochte Lascelles sehr gern. Er war ein amüsanter und gebildeter Gesprächspartner, wenn auch manchmal ein wenig überheblich. Sie freute sich, ihn beim Mittagessen zu treffen, und war enttäuscht, wenn er wegen einer Verabredung mit dem König nicht auftauchte.

Ins Schulzimmer kam er nie. Und so war es eine Überraschung, als sie eines Nachmittags aufblickte und seine große dunkle Gestalt im Türrahmen stehen sah. Sie holte tief Luft, um das plötzliche Flattern in ihrer Brust zu besänftigen. »Mr Lascelles!«

Seine Augen wanderten argwöhnisch durchs Zimmer. Die an ihren Pulten sitzenden Mädchen blickten zu ihrem Überraschungsbesuch auf. Vor allem Margaret gab sich engelsgleich.

»Ständig werde ich zu Seiner Majestät einbestellt«, presste Lascelles unter seinem Schnauzbart hervor.

Eine hohe Stimme meldete sich. »Aber ist das nicht Ihre Aufgabe, Mr Lascelles?« Margaret hatte das Wort ergriffen.

Lascelles bedachte sie mit einem hartherzigen Blick. »Nicht notwendigerweise. Vor allem nicht, wenn Seine Majestät mich gar nicht erwartet.« Er schielte auf Marion. »Die Telefonzentrale sagte, dass die Vorladungen vom Telefon des Schulraums erfolgen.«

Das Telefon war neu installiert worden. Vor allem Margaret spielte gern damit. Marion sah sie mit hochgezogener Braue an. Die jüngste Prinzessin erwiderte den Blick unschuldig und klimperte mit ihren langen schwarzen Wimpern.

Lascelles warf einen letzten warnenden und zugleich argwöhnischen Blick auf Margaret. Beim Hinausgehen sah er auch Marion an, und zwar ohne die ironische Freundlichkeit, die er am Esstisch zeigte. Nichts als eisige Verachtung, die sich nicht nur auf ihre Unfähigkeit, ihre Schülerinnen im Griff zu haben, zu beziehen schien, sondern auch sie selbst meinte. In ihre Verzweiflung mischte sich Wut auf Margaret, die dies offensichtlich mit Absicht getan hatte, um sie in Verlegenheit zu bringen.

Die Tür hatte sich noch nicht ganz geschlossen, da brach die königliche Übeltäterin in lautes, wildes Gekicher aus.

»Margaret!«, wetterte Marion.

Die violetten Augen blinzelten unschuldig. »Es war Cousin Halifax!«

»Oh, Crawfie!« Lilibet sah Marion verzweifelt an. »Was sollen wir nur mit ihr anstellen?«

Ach, wenn es nur das wäre, überlegte Marion. Was sollte sie mit Alan Lascelles anstellen? Er könnte sich als gefährlicher Gegner erweisen.

Achtunddreißigstes Kapitel

Man schrieb das Frühjahr 1936. Als sich die ersten Blüten auf den Bäumen zeigten, besetzten Hitlers Truppen das Rheinland und marschierten durch Essen, Düsseldorf und Köln, was eine direkte Verletzung des Friedensvertrags von Versailles darstellte. Ein wütendes Frankreich forderte zum Handeln auf. Aber im britischen Unterhaus versprach Außenminister Anthony Eden Frankreich nur für den Angriffsfall Hilfe, andernfalls setzten die Briten auf Verhandlungspolitik. Marion, die alle diese Ereignisse interessiert verfolgte, erinnerte sich unbehaglich daran, wie man Hitler in der Rotherhithe Street eingeschätzt hatte, nämlich als jemand, der nicht friedensfähig war.

Für diese Ansicht gab es keine Mehrheit. Viele im Speisesaal des Hauswesens vertraten die Ansicht, dass alles besser sei als ein weiterer Krieg. Man zeigte sogar Sympathie für die deutsche Position.

»Ich nehme es dem Deutschen nicht übel«, sagte einer der Stallmeister. »Er hat bei der letzten Vorstellung schließlich ganz schön einstecken müssen.«

Die Krönung sollte in einem Jahr stattfinden. Damit bliebe, wie Marion vermutete, dem Earl Marshal of England, Herzog von Norfolk, genügend Zeit, sie zu organisieren. Sie sah ihn gelegentlich, wenn er sich mit ihren Arbeitgebern traf. Für jemanden, dem man mit einem derart gewaltigen Kraftakt an Organisation betraute, wirkte er auf sie überraschend ungepflegt, um nicht zu sagen verwahrlost.

Die Zeremonie sollte am 12. Mai 1937 stattfinden, es war der Termin, den man für Edward VIII festgelegt hatte. »Gleiches Datum, anderer König«, erklärte der Marquess von Cholmondley, dessen klangvoller Name, wie Marion zu ihrem Erstaunen erfuhr, einfach ›Chumley‹ ausgesprochen wurde. Als Lord Chamberlain ging er dem Earl Marshal bei seinen Pflichten zur Hand, und dank ihres Unterrichts mit den Mädchen wusste Marion, dass seine Rolle in früheren Zeiten darin bestanden hatte, dem Monarchen am Krönungsmorgen sein Hemd zu bringen und ihm seine Sporen anzulegen, um zum Dank für diese Dienste mit dem Nachtgewand des Königs entlohnt zu werden.

»Aber jetzt doch bestimmt nicht mehr«, sagte Lilibet. »Papa trägt ganz gewöhnliche Flanellschlafanzüge. Wer würde die schon haben wollen?«

Sosehr der neue König auch bemüht war, es sich nicht anmerken zu lassen, war es ganz offensichtlich, dass er sich vor der Krönungszeremonie fürchtete. Und genauso offensichtlich genoss die Königin die Anproben für ihr Kleid und die Schleppe. Man traf sie oft in den Fluren des Palasts mit einem an ihre Schultern gehefteten Laken und einer Krone auf dem Kopf an.

»Damit ich mich an das Gewicht gewöhne, wisst ihr, meine Lieben«, teilte sie aufgeregt ihren tief beeindruckten Töchtern mit.

Als das Wetter es wieder erlaubte, kehrte Marion zum Unterricht im Freien zurück. Ihr Lieblingsplatz in den Palastgärten befand sich nicht neben den makellosen Rabatten oder auf einer der ebenso gepflegten Terrassen, sondern auf einem kleinen Hügel an einer Mauer, von wo aus man die dahinterliegende Straße einsehen konnte.

»Ich hätte auch gern so einen Mantel!«, rief Margaret, die gern die Kleider vorbeikommender Kinder kommentierte. Sie entwickelte ein bemerkenswertes Interesse an Mode.

»Seht nur, seht doch! Da ist Mami!« Lilibet zeigte auf ein auf Hochglanz poliertes schwarzes Auto mit dem vertrauten Profil in der Heckscheibe.

»Wir sehen sie kaum noch«, seufzte Margaret. Seit sie in den Palast gezogen waren, hatte sich die Arbeitslast der Königin vervierfacht. Jeden Tag mussten bei Einweihungen Bänder durchtrennt und Grundsteine gelegt werden.

Bevor sich düsteres Schweigen breitmachen konnte, sah Marion die beiden strahlend an. »Lasst uns *Wenn* spielen.«

»Ooh ja!« Margarets Stimmung schwang sofort um, sie sprang auf und tanzte singend umher: »Wenn ich alles sein könnte, was ich sein möchte, weißt du, was ich dann wär?«

Marion gab darauf grinsend die übliche Antwort. »Ein gutes Mädchen!«

»Ich wäre …« Margaret hielt inne, überlegte und trug dann eine ganze Reihe fantastischer Berufe vor. »Piratin! Filmstar! Tänzerin! Pilotin!« Die Heldentaten der Pilotinnen Amy Johnson und Amelia Earhart, über die in *The Children's Newspaper* berichtet worden war, hatten sie sehr beeindruckt.

Marion wandte sich an Lilibet. »Und du?«

Die ältere Prinzessin nahm dieses Spiel weitaus ernster und versuchte, es mit der wirklichen Welt vor den Palastmauern zu verbinden. »Ein Metzgerjunge«, sagte sie, weil gerade einer auf dem Fahrrad mit einem Korb voll Fleisch vorbeisauste.

Margaret war entsetzt. »Ein *Metzgerjunge*! Aber dann wärst du ja *arm*!«

»Aber ich hätte ein Fahrrad«, entgegnete Lilibet. »Und das wäre nützlich. Ich könnte mit unserem Abendessen durch die Flure radeln. Auf diese Weise wäre es nicht kalt, wenn es in unserem Esszimmer ankommt.«

Nicht nur den Bediensteten bereitete die Größe des Palasts Unannehmlichkeiten. Der Weg von der Küche bis zum königlichen Tisch war gewaltig.

Marion erhob sich. »Aber jetzt müssen wir wieder zurück zum Unterricht.«

Aber eine in Schwarz gekleidete Gestalt kam nun über den Rasen auf sie zu und ergriff Margarets Hand. »Mr Birley wünscht, dich zu sehen.«, verkündete Alah.

Marion stöhnte. Mr Birley war einer der Künstler, die momentan an einem Porträt der neuen Königsfamilie arbeiteten. Er war reizend, kam aber immer unpassend.

Margaret hüpfte aufgeregt auf und ab. Sie liebte es, bewundert und betrachtet zu werden, und sich herausputzen und malen zu lassen, war ein wunderschönes neues Spiel für sie.

Lilibet zeigte weniger Begeisterung, unterwarf sich aber gehorsam, wie sie das in allen Dingen tat. »Besser du als ich«, murmelte sie und lief Richtung See.

Der wie ein großer Spiegel inmitten des Grüns ruhende See war von anmutigen Trauerweiden gesäumt. In der Mitte befand sich eine Insel, auf der Enten ihre Nester bauten. Lilibet interessierte sich dafür wie für alle Tiere.

Ausgerechnet Alah beschwerte sich nun über die vielen Unterbrechungen. »Angeblich soll sich nach der Krönung alles wieder beruhigen.« Jetzt beklagte sie sich über Norman Hartnell, der für die Mädchen die Kleider für die Zeremonie entwarf. »Ein Mann *wie er* im Palast!«

»Was ist denn mit ihm?«, forderte Marion sie heraus, obwohl Norman Hartnell selbst sich über Alahs Homophobie lustig machte. Wenn sie in der Nähe war, wurden seine Bewegungen noch affektierter als sonst.

Ihn kümmerte es wenig, was sie von ihm dachte. Sein Stern war im Aufsteigen begriffen. Er entwarf auch die Kleider für die Ehrendamen der Königin.

»Ich lerne dazu«, sagte er. »Ich musste Seidentaft und Hermelin finden. Und lernen, wie man ein Messgewand macht, ob Sie's glauben oder nicht.

»Ein was?«

»Eine Art Tunika, meine Liebe. Seine grünen Augen zwinkerten. »Die werden höchst populär werden. Schon bald tragen wir alle eins.«

Der einzig bittere Tropfen in Hartnells Kelch war der, dass ihm die ultimative Ehre, der Entwurf des Krönungsgewands von Ihrer Majestät, versagt blieb, weil mit diesem ebenjene Madame Handley-Seymour beauftragt worden war, die in Normans Worten das Hochzeitskleid, das die Königin 1926 trug, »verbrochen« hatte.

Als Alah immer noch grummelnd wieder hineinging, eilte Marion zum See. Lilibet musste zurück zum Unterricht.

Das Ufer war verlassen, es stand kein Kind im Kilt mit weißen Socken davor und beobachtete die Enten. Vielleicht war die pflichtbewusste Lilibet von allein zurück ins Schulzimmer gegangen.

Aber da war was im Wasser. Etwas wogte und platschte. »Crawfie! Ich wollte das Nest der Enten sehen und bin reingefallen!«

Marion stöhnte. Lilibet hatte im Bath Club ihr Rettungsschwimmerabzeichen gemacht. Ihr konnte im Wasser nichts passieren. Aber Alah würde sicherlich einiges dazu einfallen. Sie eilte ans Ufer.

Etwas Dunkles schoss an ihr vorbei, gefolgt von einem gewaltigen Platschen. Jemand war ihr zuvorgekommen.

Alan Lascelles sah völlig anders aus, wenn er durchweicht und mit Wasserpflanzen bedeckt war.

»Aber ich kann doch schwimmen!«, teilte ihm die tropfnasse

Lilibet entrüstet mit. »Ich habe das Rettungsschwimmerabzeichen!«

»Das hat sie«, bestätigte Marion.

Sie war hin- und hergerissen zwischen Entsetzen und Belustigung. Der entsetzte Teil von ihr malte sich aus, dass nach dem Telefonvorfall dies nun das Fass endgültig zum Überlaufen brachte. Dem anderen Teil fiel auf, dass das aristokratische Gesicht nun ziemlich dümmlich dreinblickte und zudem noch mit grünem Schleim bedeckt war.

»Ich habe sie von meinem Zimmer aus gesehen«, keuchte der Privatsekretär. »Mir war nicht klar, dass noch jemand hier ist.«

Ihr fiel auf, wie breit seine Schultern und wie schlank seine Arme in dem am Körper klebenden Hemd aussahen, und als er es unvermittelt auszog, um das Wasser auszuwringen und sich damit das Gesicht abzuwischen, bekam sie auch noch seine muskulöse Brust zu sehen. Er rubbelte sich ab, und sein nasses Fleisch glänzte im Sonnenlicht. Sie glotzte. Ihr Herz schlug schneller.

Sie riss sich zusammen und konzentrierte sich auf das Naheliegende. Lilibet war nass, und Alah würde zweifellos sofort bei der Königin vorstellig werden.

»Ich muss sie zurückbringen, bevor ...« Sie zögerte, ihm die Situation zu erläutern. Er würde wohl kaum Mitgefühl aufbringen. Schon gar nicht, wenn er wegen des Telefonvorfalls noch immer beleidigt war.

»Bevor der alte Drachen von einer Nanny dahinterkommt?« Von seinem wie mit dem Lineal gezogenen Seitenscheitel war nichts mehr zu sehen, denn sein nasses Haar war wild zerzaust und ließ ihn wie einen fünfzehnjährigen Jungen aussehen.

»So in etwa.«

»Wir können sie in meine Jacke stecken.« Lascelles zeigte auf das Kleidungsstück, das er abgeworfen hatte, bevor er ins Wasser sprang. »Wir schmuggeln sie durch meine Räume hinein. Die liegen direkt am Garten. Sie kann mein Badezimmer benutzen, während Sie ihr ein paar trockene Sachen holen. Der Drachen braucht nichts davon zu erfahren.«

Sie sah ihn verwundert an. Warum war er so hilfsbereit? Er hatte keinen Grund dazu, ganz im Gegenteil. Vielleicht hatte er den Anruf vergessen, seitdem waren schließlich Wochen vergangen.

»Danke!«, sagte sie erleichtert und bezaubert.

Lascelles war luxuriöser untergebracht als sie. Während Lilibet ein heißes Bad nahm, sah Marion sich um. Es gab Teppiche, Sofas, silberne Zigarettenschatullen, poliertes Holz, Spiegel. Durch eine offene Tür sah sie das Ende eines Doppelbetts mit blauem Überwurf. Der Anblick versetzte ihr einen Stich.

»Sie haben schöne Räumlichkeiten, Mr Lascelles.«

»Nennen Sie mich Tommy, wie das alle tun.« Er rubbelte sich den Kopf mit einem Handtuch.

»Und ich bin Marion.«

Auf dem marmornen Kaminsims sah man eine herrisch dreinblickende Blondine im Rahmen. »Meine Frau«, sagte er. »Ihr Vater ist der Vizekönig von Indien.«

Die in ihr aufwallende Eifersucht brachte sie aus der Fassung. Sie wurde sich plötzlich ihres grasfleckigen Rocks bewusst und machte sich bestürzt klar, dass von ihrem am Morgen aufgetragenen Lippenstift sicherlich nichts mehr zu sehen sein dürfte.

Er beobachtete sie.

»Wie heißt sie denn?«, fragte sie kühn in der Absicht, sich unbeeindruckt zu geben, obwohl sie die Hitze im Nacken aufsteigen spürte.

»Joan.« Er stand dicht bei ihr. Sein seidener Morgenmantel mit Paisleymuster war nur locker gegürtet und hing an seiner schlanken Gestalt. Der Duft seiner nackten Haut stieg ihr in die Nase. Er war nackt unter dem Mantel, schoss ihr durch den Kopf.

»Sie lebt auf dem Land.« Sein Atem traf warm an ihr Ohr.

Sie wandte sich ihm zu. Die tief liegenden dunklen Augen waren voll warmer, vielsagender Intention, und plötzlich wurde ihr Verlangen übermächtig. Es prickelte an allen Nervenenden und machte sie schwindelig. Sie riss sich los und schaute stattdessen angestrengt aus dem Fenster und über die Rasenflächen, um sich wieder unter Kontrolle zu bringen.

Was war los mit ihr? Sie hatte den Kopf verloren. Eine Affäre, zumal mit einem verheirateten Mann, vor allem mit *diesem* verheirateten Mann, stand außer Frage. Wie konnte sie überhaupt in diese Richtung denken?

»Sie haben eine schöne Aussicht«, sagte sie, obwohl sie nichts sah.

Er schien daraufhin einen Schritt zurückzumachen und kehrte wieder zu seinem lockeren, distanzierten Ton zurück. »Der Blick ist gut. Allerdings nicht so sehr, wenn Gartenfeste stattfinden. Gartenfeste im Palast sind wie der Auferstehungstag. Man sieht so viele Menschen, die man für tot gehalten hat.«

Sie prustete vor Lachen. Aber gleichzeitig fragte sie sich, ob sie sich den eindringlichen dunklen warmen Blick nur eingebildet hatte und seinerseits keinerlei Absicht vorhanden gewesen war.

Neununddreißigstes Kapitel

Der Sommer war zu Ende. Der Herbst neigte sich dem Winter zu. Im Oktober trat Oswald Mosley mit seinen Faschisten zu einem Marsch durchs East End an, der allerdings in einer offenen Schlacht mit der Polizei endete. Am Morgen nach dem Cable-

Street-Kampf, wie man ihn nannte, setzte eine Gruppe arbeitsloser Schiffsbauer sich von ihrer Heimatstadt Jarrow aus in Bewegung. Im Unterschied zu den vielen anderen bisherigen Protestmärschen hatte dieser die allgemeine Fantasie beflügelt. Angeführt wurde er nämlich von der wild entschlossenen Ellen Wilkinson, einer zierlichen rothaarigen Abgeordneten, die für Jarrow im Parlament saß. Über das Vorankommen des Marsches wurde täglich in der BBC und in den Zeitungen berichtet.

Weihnachten stand vor der Tür. Als Marion nach Edinburgh zurückkehrte, musste sie schockiert feststellen, dass der Zustand ihrer Mutter sich drastisch verschlechtert hatte. Ihr Zittern hatte sich verstärkt, und sie hatte stark abgenommen.

»Ich werde zurückkommen«, versprach Marion, während sie Staub wischte, putzte und bügelte. Ihre Mutter schien so gut wie keine Hausarbeit mehr zu machen. »Sobald die Krönungsfeierlichkeiten vorbei sind.«

»Aber ja doch«, sagte Mrs Crawford sanftmütig aus ihrem Sessel, neben dem nun kein Nähkästchen mehr stand.

Marion sah ihre Mutter eindringlich an. »Es ist mir ernst damit, Mutter.«

»Natürlich ist es das. Ach übrigens«, wechselte Mrs Crawford geschickt das Thema, »Peter hat wieder die Schule gewechselt. Er ist in den Süden gegangen, in die Nähe von London. Ich habe vergessen, welche es ist.«

Das Jahr 1937 brach an. Im Unterricht, vor allem in Geschichte, drehte sich fast alles um die Krönung, an der beide Prinzessinnen teilnehmen würden. Mit elf und sieben Jahren hielt man sie für alt genug.

Für jemanden, der sich derart für Geschichte begeisterte wie Marion, war die Krönung ein faszinierendes Thema. Das Zeremoniell selbst war komplex und schillernd, und einige Aspekte stammten noch aus dem Mittelalter. Bei früheren Krönungsfeiern war die Kräuterfrau des Königs, die vor Seiner Majestät Blumen streute, fester Bestandteil gewesen. Ebenso der Recke des Königs, der in voller Rüstung in die Westminster Hall geritten kam und seinen Fehdehandschuh warf. Diese beiden hatte man inzwischen wenigstens von der Liste der Ämter gestrichen. Der Prozess, die Monarchie zu modernisieren, mochte zwar langsam voranschreiten, aber er fand statt.

Margaret schien entschlossen, nichts davon wirklich ernst zu nehmen. Sie schüttelte sich vor Lachen über die alten heraldischen Dienste wie den »Blauen Unterherold« oder den neuen Titel ihrer Schwester »Präsumptive Thronfolgerin«.

»Ich habe das nachgeschlagen«, trumpfte Margaret auf. »Es bedeutet ›unverschämt kühn‹.«

»Da hast du leider das falsche Wort nachgeschlagen, nämlich ›presumptuous‹«, sagte Marion und lächelte die bestürzte Lilibet an.

Sie wusste, dass Margaret eifersüchtig war. »Es ist nicht fair«, schmollte sie. »Lilibet ist nun die dritte Lady im ganzen Land nach Großmama und Mami.«

Möglicherweise als Reaktion auf all dies verfolgte Marion die Nachrichten nur umso genauer, je näher der Mai rückte. Während die Vorbereitungen aller, die sie umgaben, zurück ins zwölfte Jahrhundert führten, fand sie es wichtig, dass wenigstens eine das Hier und Jetzt im Auge behielt.

Die Tageszeitung zu lesen war allerdings kein Vergnügen. Auch die breite Unterstützung des Jarrow-Marschs hatte die Regierung nicht dazu bewegen können, den Arbeitslosen zu helfen. Ganz im Gegenteil mussten die Marschierenden bei ihrer Rückkehr feststellen, dass man ihre Arbeitslosenunterstützung gekürzt hatte, weil sie für mögliche Arbeit nicht zur Verfügung standen. Aber am 27. April, vierzehn Tage vor der Krönungszeremonie, geschah etwas in Spanien, das, kurz jedenfalls, alle anderen Probleme in den Schatten stellte. Die kleine baskische Stadt Guernica wurde fast vollständig von Bomben zerstört, abgeworfen von deutschen und italienischen Flugzeugen.

Erschüttert und aufgewühlt las Marion George Steers Bericht über diese Gräueltat in *The Times*. Viertausend Bomben waren aus heiterem Himmel herabgefallen. Unschuldige Zivilisten – Frauen und Kinder – waren zu Hunderten in ihren Häusern umgekommen. Wenn es nicht sogar Tausende waren. Erwartete sie das auch in der Zukunft? Jeder wusste von Hitlers gewaltigem Aufrüstungsprogramm. Welche Absichten verfolgte er? Gehörte England dazu?

Zwischen den Unterrichtsstunden, wenn sie zum Mittagessen und wieder zurückging, durchmaß sie sorgenvoll die Flure des Palasts. Die Tatsache, dass keiner sonst sich darüber auszutauschen schien oder auch nur darüber nachdachte, war noch besorgniserregender.

»Oh! Crawfie!«

Marion schreckte zusammen. Sie hatte eine Biegung genommen und war auf die Königin getroffen, die sich ihr mit einem um die Schultern drapierten Laken, die Krone auf dem Kopf, auf dem roten Teppich näherte. Vor sich hielt sie ein offenes Buch, vermutlich, um besser das Gleichgewicht halten zu können.

Marion knickste pflichtschuldig, war aber voller Verbitterung. Hatte die Königin etwa nicht von Guernica gehört? Machte sie sich wegen Hitler keine Sorgen?

»Haben Sie das gelesen, Crawfie?«

Als Marion sich wieder aufrichtete, sah sie, dass die Königin ihr das Buch hinhielt. Auf dem Umschlag standen zwei Worte in schwarzen gotischen Lettern: *Mein Kampf*.

»Schon beim bloßen Durchblättern erahnt man seine Geisteshaltung und Ignoranz«, sagte die Königin mit ihrer hohen, klaren Stimme. »Das Schlimmste allerdings ist, dass er es offenbar ernst meint. Wussten Sie, dass jedes frisch vermählte Paar in Deutschland dieses Buch bekommt? Schönes Hochzeitsgeschenk.«

Sie rauschte davon und zog das Laken hinter sich her. Marion blickte ihr nach. Sie war irgendwie erleichtert.

Endlich dämmerte der große Tag. Keiner hatte viel geschlafen. Es war eine laute Nacht gewesen, weil die Lautsprecher getestet wurden und die Menschenmassen sangen und jubelten. Um fünf Uhr morgens hatte eine Militärkapelle, nichts als Trommeln und Blech, mit ihrer Probe für die spätere Prozession losgelegt.

Die Mädchen standen in ihren ersten langen Kleidern – weiße Spitze mit silbernen Schleifen besetzt – und den besonderen Krönchen, die man für sie angefertigt hatte, vor Marion.

»Gefallen Ihnen meine Slipper?« Lilibet hob ihren glitzernden Saum und zeigte ein Paar silbern funkelnde Füße. Über ihren schneeweißen Kniestrümpfen waren die Knie braun und vom Klettern zerkratzt. Marion musste lächeln.

»Gefällt Ihnen meine Schleppe?« Margaret drehte sich wichtigtuerisch. Eine Bahn aus violettem Samt, mit Hermelin besetzt, glitt über das Linoleum des Schlafzimmerbodens.

Als die jüngere Prinzessin entdeckte, dass zur Ausstattung ihrer Schwester eine Schleppe gehörte, zu ihrer aber nicht, hatte sie Rabatz gemacht. Und man hatte sofort eine zweite angefertigt. Der Samt war so weich, dass man ihn kaum spürte, wenn man ihn anfasste.

Margaret hob tastend ihre kleine Hand an den silbervergoldeten Reif auf ihren dunkelblonden Locken. Sie konnte es kaum erwarten.

Aber ihrer auf Ordnung bedachten Schwester bereitete die gewaltige, unkontrollierbare Zeremonie Kopfzerbrechen. Dieses Großereignis würde weltweit im Radio übertragen werden. Entlang der Prozessionsroute hatte man Stände aufgebaut, und vor der Abbey waren Zuschauertribünen errichtet worden, die bis zum Dach reichten. Es war nur zu verständlich, warum Lilibet in Sorge war.

Um zu verhindern, dass sie wieder in ihre alten Zwangshandlungen verfiel, schlug Marion vor, dass sie Tagebuch führte. Die Idee wurde sofort aufgegriffen. Ein Übungsheft, sorgfältig mit rosa Band versehen, stand nun bereit für den Bericht. Der Titel stand mit rotem Stift auf dem Umschlag. *Die Krönung, 12. Mai 1937, für Mami und Papa in Erinnerungen an ihre Krönung, von Lilibet ganz allein.*

»Sieh dir mal Crawfies Make-up an!«, sagte Margaret mit bohrendem Blick. »Hat sie nicht etwas viel aufgetragen?«, meinte sie spöttisch. »Ich frage mich, ob sie wohl hofft, jemanden zu beeindrucken!«

»Es ist ein besonderer Anlass«, erwiderte Marion, bemüht, sich ihre Verunsicherung nicht anmerken zu lassen. Aber wie immer hatte Margaret ihren gnadenlosen kleinen Finger in die Wunde gelegt.

Sie hatte sich forscher geschminkt als üblich und sich dabei an dem Trend orientiert, mit dem die Verkäuferin sie am Kosmetikstand von Elizabeth Arden bekannt gemacht hatte. Etwas mehr Lidschatten, eine zusatzliche Schicht Kompaktpuder, ein dunklerer Lippenstiftton. Die Schattierung hieß Carmencita und gehörte zu Miss Ardens neuer »Lippenstiftgarderobe«. Dank der Überredungskünste der Verkäuferin hatte sie dazu auch noch Miss

Ardens kürzlich auf den Markt gebrachtes Parfüm Blue Grass mitgenommen.

Nachdem Margaret ihren Seitenhieb zu ihrer Zufriedenheit ausgeteilt hatte, huschte sie ans Fenster. »Seht euch nur die Menschenmassen an!«, krähte sie. »Alle kommen, um uns zu sehen!«

Marion nahm die Mädchen mit in den Empfangssalon. Der geschmückte Raum war voll aufgeregter Menschen, die ihre Kaffeetassen in sorgsamem Abstand zu ihren Festkleidern hielten. In der Luft hing der schwache, aber dennoch unverkennbare Geruch von Mottenkugeln.

Dankbar nahm sie die Tasse, die ein Diener ihr reichte. Sie würde Liter davon benötigen. Die Prozession brach um elf Uhr vom Palast auf, aber vor fünf Uhr würde keiner zurück sein.

Lilibet warf einen suchenden Blick durch den Raum. Auf dem Gesicht der Elfjährigen lag ein Ausdruck, den Marion schon einmal gesehen hatte. Aber Prinz Philip, der gut aussehende Junge, den sie auf der Kent-Hochzeit gesehen hatte, befand sich nicht unter den Anwesenden, sehr wohl aber seine Cousine Marina, exquisit in Diadem und silberner Spitze. Die Herzogin von Kent lächelte tapfer, aber was mochte in ihrem Kopf vorgehen? Ihre Schwägerin York, auf die sie einst herabgesehen hatte, verfügte nun über unvorstellbares Ansehen.

Eine hochgewachsene, vertraute Gestalt betrat den Raum, und ihr wurde es eng um die Brust. Tommy Lascelles machte eine gute Figur in Ausgehuniform, mit dem funkelnden Verdienstkreuz und der gebieterischen Blondine an seiner Seite. Joan Lascelles war leibhaftig weitaus hübscher als auf dem Foto und offenbar hoch angesehen, denn sie grüßte die versammelten Adeligen wie alte Freunde.

Marion hob das Kinn und verweigerte sich einem gewissen dreisten, wissenden Blick aus violetten Augen.

»Marion.« Er sah sie mit einem schiefen Lächeln an. »Sie sehen fantastisch aus.«

»Danke, Tommy! Sie auch.«

Nahm er ihr Parfüm von Miss Arden wahr? Er schien zu verweilen, aber das konnte auch Wunschdenken sein.

»Tommy!« Joan rief ihren Ehemann.

Sie sah in die dunklen, tief liegenden Augen. »Sie gehen wohl besser.«

Er hielt ihren Blick noch etwas länger und machte dann kehrt. Sie verfolgte, wie sein Rücken in dem mit Litzen verzierten Uniformrock sich entfernte, und erinnerte sich an die Haut darunter, nass glänzend vom Seewasser.

»Ich würde nicht Nein sagen!« Das Flüstern kam von rechts. Hartnells weit auseinanderstehende grüne Augen lächelten sie verschmitzt an. Sein welliges Haar war tadellos gekämmt, und sein kleiner, kräftiger Körper war in einen perfekt sitzenden grauen Zweireiher gehüllt.

»Norman!«

»Ihre gute Fee. In jeder Hinsicht. Ihre Schminke gefällt mir. Sehr anziehend.« Er berührte leicht ihre Wange.

Sie lächelte ihn freudig an. »Ich bin so froh, dass Sie hier sind.«

»Immer zur Stelle für den Fall, dass jemand die Pailletten sprengt. Ich will keine Namen nennen, aber manche sind wie Würste in ihre Hüllen gepresst.«

Sie kicherte. Aus dem Augenwinkel sah sie eine große dunkle Gestalt zur Tür gehen. Unweigerlich folgte sie ihr mit dem Blick.

»Sie haben sich verguckt!«, gackerte Norman.

»Unsinn. Das steht völlig außer Frage. Er ist verheiratet.«

Er hielt den Kopf schief. »Soll heißen?«

Der Raum leerte sich. Adlige wurden zu den Kutschen gerufen, die dicht an dicht im Hof des Palasts warteten. Die Kutsche der Prinzessinnen erwartete sie am Grand Entrance.

Hartnell gab ihr einen kleinen Schubs. »Na los doch, Aschenputtel. Genießen Sie den Ball.«

Vierzigstes Kapitel

Staunen umgab die Bögen und Streben an der Decke der Abbey wie ein Schleier, als Papa gekrönt wurde, las Marion in Lilibets kleinem Übungsheft, das sie mit einem Band verziert hatte. Sie blickte auf. »Das hast du sehr schön beschrieben.«

Sie saßen im Schatten einer Eiche im Palastgarten auf dem Rasen. Nachdem sie ihr Tagebuch des großen Ereignisses fertiggestellt hatte, bastelte Lilibet nun eine Gänseblümchenkette.

»Glauben Sie wirklich, dass es Papa und Mami gefällt?«, fragte sie schüchtern.

»Es wird Ihnen ganz wunderbar gefallen. Ich kann mir nicht vorstellen, dass ein offizieller Historiker das besser hinbekommen hätte.« Nicht mal der königliche Historiograf. Diese Gestalt, die man sich nicht anders als erhaben vorstellen konnte, blieb ein Rätsel, denn sie war im Speisesaal des Hauswesens noch nie aufgetaucht.

Lilibet ließ sich zurück ins Gras fallen. »Oh, Crawfie! Es war so ein *zauberhafter* Tag. Was sagen Sie?«

»Das war es wirklich.«

Mehrere Tage waren seit der Krönung vergangen, und sie hatte noch immer das Gefühl, in einem glamourösen Traum gefangen zu sein. Die Pferde und Kutschen waren inzwischen alle weggebracht worden, die Wichtigtuer und Kronprinzen nach Übersee zurückgekehrt. Aber die Erinnerung klang nach, und keiner sprach von etwas anderem.

»Lassen Sie uns *Habt ihr gesehen* spielen«, schlug Lilibet aufgeregt vor.

Es war ihr Lieblingsspiel und eins, bei dem sie im Vorteil war. Nicht nur war sie Teil des Prozessionszugs durch das Schiff der Abbey gewesen, sondern ihr Blick aus der königlichen Loge hinter dem Thron der Königin war dem von Marion oben unterm Dach weit überlegen. Und dieses Privileg war auch voll ausgeschöpft worden – Lilibet war nichts entgangen. Das Spiel förderte jedes Mal neue Details zutage.

»Haben Sie Mrs Ronnie gesehen?«, begann Lilibet kichernd. »Sie trug die allergrößten Diamanten. Die waren sogar noch größer als die von Großmama.«

Es stimmte, die Diamanten waren enorm gewesen, das hatte man sogar von ihrem Platz in der Wölbung sehen können. Aber was konnte man von Mrs Ronnie Greville auch anderes erwarten?

»Sie sagte mir, sie sei eine Bieress und keine Peeress«, ergänzte Lilibet kichernd.

Mrs Ronnie, die Tochter eines überaus reichen schottischen Brauers, war eine Salonlöwin und sammelte Berühmtheiten um sich. Sie war zur engen Freundin von Königin Mary durch den schlichten, aber brillanten Trick geworden, ihr zu versprechen, in ihrem Testament dem König ihr bezauberndes Haus in Surrey zu vermachen. Damit sicherte sie sich einen ständigen Platz inmitten des königlichen Zirkels.

»Und haben Sie den Maharadscha und die Prinzen mit ihren diamantenbesetzten Turbanen gesehen?« Von ihnen sprach Lilibet besonders gern. »Das Zaumzeug der Pferde vor ihren Kutschen war wirklich umwerfend.«

Marion erinnerte sich an die in schier endloser Reihe vorbeiziehenden, edelsteingeschmückten Potentaten, eskortiert von hoch ausschreitenden Pferden. Es war ein Anblick wie aus einem Märchen. Leuchtende Farben, schimmernde Seide, glitzerndes Gold und wippende Federbüsche. Winkende, mit Juwelen bestückte Hände an mit Geschmeide behängten Armen.

»Unsere Soldaten sahen so adrett aus«, sagte Lilibet ein wenig sehnsüchtig. Uniformen hatten es ihr angetan.

»Und sie sind in schnurgeraden Reihen marschiert«, ergänzte Marion, als sie sich an die starren Formationen erinnerte. Kein Mann war aus der Reihe getanzt. Man hätte unter die Füße des Regiments ein Lineal legen können, als es vor dem Palast Aufstellung nahm.

Die Straße Mall vor dem Buckingham Palace wurde von extra dafür gebauten Zuschauertribünen flankiert, die mit langen Bannern mit dem königlichen Wappen geschmückt waren. Es folgte eine Kutsche auf die andere. Darunter auch die von Königin Mary, prachtvoll in Gold hinter facettiertem Glas, neben ihrer Schwägerin, der Königin von Norwegen. Dahinter dann die Prinzessinnen in der Kutsche der Kronprinzessin, die gespannt nach draußen sahen.

»Margaret hat so viel gewinkt, dass ihr das Krönchen runterfiel«, berichtete Lilibet und schüttelte nachsichtig den Kopf. »Und Crawfie, der Lärm war einfach *ohrenbetäubend*. Die Leute schrien mehr, als dass sie jubelten.«

Die Menschenmassen, die Park und Gehweg bis auf den letzten Zentimeter füllten, sogar aufs Victoria Memorial geklettert waren, schienen sogar noch gewaltiger als zum Thronjubiläum zu sein.

»Die Leute sind in ihren besten Kleidern auf die Bäume geklettert«, erzählte Lilibet staunend.

Aber als die goldene Staatskarosse des Königs auftauchte,

hatte einen Herzschlag lang völlige Stille geherrscht, womöglich voller Ehrfurcht vor dem theatralischen Gefährt, verziert mit Blattgold und geschnitzten Federn und Tritonen, auf dem Dach eine Krone und gezogen von acht weißen Pferden, jedes begleitet von einem goldbetressten Stallmeister. Dahinter folgten die Beefeaters in Tudor-Rot, die berittene Kavallerie mit blitzenden Helmen und uniformierte Magnifizenzen aller Art. Nur das Klingeln des Geschirrs, Hufgetrappel und das Rumpeln der Kutschräder war zu hören gewesen.

Dann wurde es laut wie Donner, Fanfaren und Trommelwirbel, Beifallsstürme, eine Jubelwelle nach der anderen. Und der Festzug ging weiter: Dudelsackpfeifer aus den Highlands, kanadische Mounties, Sikhs zu Fuß, Premierminister aus sämtlichen Herrschaftsgebieten, jede neue Gruppe eine Sensation für sich.

Marion kam im Mitarbeiterauto und nicht in einer Kutsche zur Abbey. Ihre Route verlief über die Seitenstraßen, abseits der Prozession. Aber auch dort waren ihnen Kutschen begegnet, allerdings verirrte. Familienkutschen von den Herrensitzen in den Provinzen, gelenkt von Angestellten, die sich in London kaum auskannten. Man konnte wütende Adlige sehen, die ihre Köpfe herausstreckten und schrien: »Am Piccadilly Circus rechts abbiegen!« Marions Fahrer Owen hatte mehrmals anhalten und seine Hilfe anbieten müssen.

»Was haben Sie denn in der Abbey gesehen?«, fragte Lilibet. »Konnten Sie uns sehen?«

»Ich habe euch gesehen, und ihr saht ganz famos aus.« Es war ein beeindruckender Anblick, die beiden sehr gefassten Persönchen in ihren mit Pelz verbrämten und mit Tressen besetzten Umhängen über den Gang gehen zu sehen. Was Marion jedoch aufgewühlt hatte, war der warnende Blick Lilibets, mit dem diese ihre Schwester angeschaut hatte, als sie in der Königsloge Platz nahmen. Und Margaret, die wie im Schulzimmer herumzappeln und mit den Beinen schlenkern wollte, nahm sofort eine aufrechte Haltung an.

»Hat Margaret sich denn gut benommen?«

»Sie war wunderbar«, erwiderte die ältere Schwester loyal. »Ich musste sie nur ein- oder zweimal anrempeln, wenn sie zu laut mit den Gebetbüchern spielte. Erzählen Sie, woran Sie sich noch erinnern.«

»Lass mich überlegen.« Marion schloss die Augen. Bilder zogen vorüber. Die goldgleißende Tafel auf dem Altar, mit bestickter Seide behängt. Die Emporen der Abbey, von denen rot-goldener Brokat hing. Der Krönungsstuhl inmitten seines goldenen Teppichmeers, der in all dem Pomp und Schmuck so schlicht und gerade deshalb so wichtig war. Die adligen Damen, die alle synchron vor Königin Mary knicksten – ein Feld anmutiger Gräser. Die gebeugten Knie, die Treueschwüre, die Schwerter, der Reichsapfel und das Zepter. Die im grellen Lampenlicht glitzernden Diademe und Halsketten. Das Glockengeläut der Abbey, in das sich Fanfarenstöße und Böllerschüsse mischten. Es fiel schwer, unter allen diesen überwältigenden Sehenswürdigkeiten und Klängen nur eine Sache auszuwählen.

»Haben Sie die Adligen gesehen?« Die Finger der Prinzessin waren mit den Gänseblümchen beschäftigt. »Sie hatten Sandwiches unter ihren Kronen versteckt!«

»Mir hat ›Crown Imperial‹ gefallen«, sagte Marion. Der schwungvolle Marsch des aufstrebenden jungen Komponisten William Walton war eigens für diesen Anlass komponiert worden.

Die Orgel befand sich direkt unter ihrem Sitzplatz, und sie hatte die Töne mit ihren Füßen spüren können. Eine kleine Gruppe Chorknaben hatte im Nachbarbalkon gesessen. Sie hatte sie beobachtet in ihren schneeweißen Roben und den ordentlich gescheitelten Haaren, wie sie während der besonders langwierigen Passagen des Gottesdienstes einander zwickten.

»Welches Gefolge hat Ihnen am besten gefallen? Das von Mami oder von Papa?«

Sie überlegte. Das des Königs war zwar eindrucksvoll gewesen, aber es gehörten zwei Reihen alter, ziemlich tatteriger Kleriker dazu. Ein einzelner prachtvoller Page hatte das dicke Pelzende der Schleppe gehalten. Den noch weitaus aufwendiger bestickten Umhang der Königin hatten sechs Schönheiten aus der Aristokratie gehalten, deren Kleider von Norman Hartnell entworfen worden waren. Die Kleine mit dem spitzen Haaransatz, Lady Ursula Manners, hatte es ihm wegen ihrer Ausgelassenheit besonders angetan. Weniger begeistert war er von der »furchterregenden alten Schachtel«, auch bekannt als Herzogin von Norfolk und Oberstholmeisterin der Königin, die direkt hinter der Schleppe in einem mit Pelz besetzten Kleid ging, der Inbegriff prachtvoller Hochmütigkeit.

Hartnells Kleider hatten umwerfend ausgesehen: auf Figur genähter weißer Satin mit Puffärmeln, vorn mit Korngarben bestickt. »Das sind keine Stickereien, meine Liebe, die sind was fürs Tablettdeckchen«, hatte sie seine Stimme noch im Ohr. »Das hier sind *Pailletten*.«

Nun wurden sie unterbrochen, weil die von der Porträtsitzung entlassene Margaret über den Rasen gerannt kam. Sie ließ sich zu Boden fallen.

»Ich denke, mir hat das Gefolge der Königin am besten gefallen«, sagte Marion zu Lilibet.

Margaret blickte auf. »Oh, ihr spielt *Habt ihr gesehen*. Kann ich mitmachen? Habt ihr gesehen, wie Dr. Lang den Faden verlor?«

Das war zu etwas wie einer *Cause célèbre* geworden: Der Erzbischof, in Sorge, er könnte die Krone falsch herum aufsetzen, hatte das richtige Ende mit einem farbigen Faden versehen. Aber im entscheidenden Moment war der rote Baumwollfetzen verschwunden. Man hatte den Erzbischof wie verrückt an dem schweren juwelenbesetzten Objekt herumfummeln und danach suchen sehen.

Lilibet sah ihre Schwester finster an. »Du weißt, dass Papa nicht will, dass man darüber spricht. Der Augenblick seiner Krönung war eine sehr ernste Angelegenheit.«

»Und er war schön«, versicherte Marion ihr und schickte einen warnenden Blick zu Margaret, die mit den Absätzen ihrer Sandalen gegen das Gras trommelte, um ihre aufgestaute Energie abzureagieren.

»Papa sah aus wie ein mittelalterlicher Ritter«, stimmte Lilibet ihr besänftigt zu. »In seinem hübschen langen goldenen Mantel.«

»Ich fand, dass er aussah wie ein Schlafrock«, kicherte ihre Schwester.

»Er sah fantastisch aus«, bestätigte Marion. Und das stimmte auch. Der Augenblick der Krönung war der Moment, der alle anderen Details nichtig werden ließ, denn alle Aufmerksamkeit ruhte auf der schmalen, blassen Gestalt auf dem Thron.

Lilibet kehrte zu ihrem Heft zurück und fing an vorzulesen. »Und als Mami gekrönt wurde, nahmen alle Peeresses mit ihren weißen Handschuhen gleichzeitig ihre Diademe ab, und die in der Luft schwebenden Arme und Diademe sahen wunderschön aus, und dann verschwanden die Arme wieder wie durch einen Zauber.«

Margaret hatte ihren Versuch, auch eine Gänseblümchenkette anzufertigen, aufgegeben. Ermattete Blumenköpfe lagen um den Saum ihres Kleids.

»Lilibet und ich bekamen mehr Jubelrufe als alle anderen«, verkündete sie. »Als wir in Großmamas Kutsche von der Abbey zurückfuhren. Auf irgendeinem Dach war eine Maschine angebracht, eine ganz spezielle, mit der man den Lärm messen kann. Unser Lärm war sogar noch lauter als der bei Mami und Papa.«

Überall auf den Dächern hatten Leute gestanden, wie Marion wusste. Fensterplätze entlang der Route waren für unglaubliche Geldsummen angeboten worden.

»Und dann mussten wir mit unseren Kronen noch ganz oft auf den Balkon hinaus. Hunderte und Hunderte und *Aberhunderte* Male. Diese vielen Menschen, die uns ansahen und laut jubelten.« Margarets violette Augen strahlten bei dieser Erinnerung.

»Noch im Dunkeln und bei Regen sangen die Leute die Nationalhymne«, ergänzte Lilibet leise.

Margaret kam auf die Beine. »Gib mir die Gänseblümchenkette«, sagte sie zu ihrer Schwester. »Ich werde dich jetzt krönen. Denn beim nächsten Mal wirst du diejenige sein. Und dann bin ich die Zweite im Land!«

Einundvierzigstes Kapitel

»Sie werden es sicher schon gehört haben?« Tommy neigte sich beim Mittagessen murmelnd Marion zu.

»Was gehört?« Sie war sofort in höchster Alarmbereitschaft. Die Krönungsfeierlichkeiten lagen einen Monat zurück und waren nur noch ein rauschendes Fest, nach dem alle mit einem Plumps wieder in der Wirklichkeit gelandet waren.

»Die Hochzeit.«

Der Herzog und die Herzogin von Windsor, erfuhr Marion nun, hatten im Château de Cande im Tal der Loire geheiratet. »Ausgerechnet am Geburtstag von George V, eine ziemlich fragwürdige Zeitplanung«, kommentierte Tommy. »Kein einziges Familienmitglied und nur sieben englische Freunde. Nicht mal Louis Mountbatten kam, und er und der Ex-König waren früher mal unzertrennlich. Aber Louis' Loyalität gilt in erster Linie sich selbst, also überrascht es mich nicht.«

Marion dachte an Wallis. Wie fühlte sie sich? Nach all dem Trara hatte sie den Prinzen im Verborgenen geheiratet. Wie es aussah, würden sie nun im Exil leben. Vielleicht war ihr das sogar das Liebste. Aber dennoch war es ein trauriges Ende einer folgenschweren Geschichte.

»Sie haben sich schlichtweg geweigert, ihr einen royalen Titel zu verleihen«, nuschelte Tommy unter seinem Schnauzbart hervor.

»Dann wird sie also keine Königliche Hoheit sein?«, fragte Marion. »Warum eigentlich nicht?« Der König hatte von seinem Thron abgedankt, sie hatten beide das Land verlassen. Wem könnte es schaden?

Tommy zog eine Augenbraue hoch. »Sagen wir mal, da oben mag jemand sie nicht.«

Marion wusste, dass er die Königin meinte. Wallis' unversöhnliche Widersacherin. Sie ließ die Szene in der Empfangshalle von Piccadilly Revue passieren: die ihren Schwager so zärtlich küssende Herzogin. Wie musste er sie heute hassen.

»Er ist natürlich außer sich.« Tommy schien ihre Gedanken zu lesen. »Offensichtlich wollte sie diesen Titel wirklich. Nun wird er es auf andere Art und Weise wettmachen müssen.«

Dass sie ihn gewollt hatte, bezweifelte Marion. Aber das Wettmachen auf andere Weise stimmte womöglich.

Einen Monat später traf die schockierende Nachricht ein, dass der Herzog und die Herzogin nach Deutschland gefahren waren und Hitler getroffen hatten. Pressefotos zeigten die beiden überaus angetan. »Auch wenn man sich in der Löwengrube befindet, ist es möglich, mit den Löwen zu essen, wenn man auf gutem Fuß mit ihnen steht«, wurde der Herzog zitiert.

Marion studierte die Fotos einer strahlenden Wallis. Sie erinnerte sich daran, dass sie abgestritten hatte, mit Ribbentrop befreundet zu sein. Das wirkte jetzt weniger glaubhaft. Dasselbe strahlende Lächeln, mit dem sie sich auf dem Foto Hitler zuwandte, war auch ihr zuteilgeworden. Bei diesem Gedanken wurde ihr übel. Da verkehrte der Ex-König mit einem üblen Diktator, der durchaus in der Lage war, Westeuropa anzugreifen. Aber würde er das auch tun?

Abgesehen von einem eigenwilligen Tory mittleren Alters namens Winston Churchill schien das niemand ernsthaft zu glauben. Und doch hatte Deutschland Vereinbarungen mit Italien und Japan unterschrieben und sich aktiv auf die faschistische Seite im zunehmend blutiger werdenden Spanischen Bürgerkrieg geschlagen.

Marion teilte ihre Sorgen ihrer Mutter mit. Aber der Brief wurde weder beantwortet noch überhaupt geöffnet. Als er eintraf, war Mrs Crawford bereits tot.

In Schockstarre reiste Marion nach Schottland.

Mit ihrem Verstand kämpfte sie gegen die Schuldgefühle und die Trauer an, die sie zu überwältigen drohten. Es war ja nicht so, dass sie nicht hatte zurückkommen wollen – sie hatte nicht gekonnt. Sie hatte die Prinzessinnen durch die Krönungsfeierlichkeiten geleitet. Eine Rückkehr nach Hause hatte außer Frage gestanden. Nun gab es kein Zuhause mehr, in das sie zurückkehren konnte. Der Gedanke brach ihr das Herz, war aber auch eine Befreiung, wie sie wusste. Ihre Mutter litt nicht mehr, und sie selbst war nun durch keinerlei Verpflichtungen mehr gebunden. Nun konnte sie sich voll und ganz auf die Mädchen, vor allem auf Lilibet, konzentrieren.

Wieder zurück im Palast, stürzte sie sich in ihre Arbeit. Ungeachtet des maroden Zustands und der labyrinthischen Wege verfügte der Buckingham Palace über außergewöhnliche Ressourcen, auf die sie für den Unterricht zugreifen konnte. In erster Linie war da die königliche Kunstsammlung. Kenneth Clark, Inspektor der Königsbilder, war der Mann, der einem Zutritt dazu verschaffte.

Zu ihrer Überraschung war dieser kein verstaubter alter Kauz voller Ablehnung, sondern er erwies sich als energiegeladener junger Mann, der nicht nur geistig, sondern auch modisch auf der Höhe der Zeit war und sich Marions Anliegen begeistert annahm. Jede Woche kamen zwei Männer in braunen Overalls und mit weißen Handschuhen ins Schulzimmer und schwankten unter dem Gewicht eines Rembrandts oder Canalettos. Marion brachte es nicht über sich, Clark, der Landseer verachtete, zu sagen, dass das Lieblingsgemälde der Mädchen *Dignity and Impudence* war, das zwei Hunde zeigte.

»Ich bin Dignity, und Lilibet ist Impudence«, behauptete Margaret in offenkundiger Verkehrung der Tatsachen.

Aber in letzter Zeit waren eigentlich beide Mädchen ziemlich frech. Als Margaret herausgefunden hatte, dass die Palastwachen ihr jedes Mal salutierten, wenn sie vorbeilief, nutzte sie nun jede Möglichkeit und rannte oftmals auch gleich wieder zurück, nur um sie die Prozedur wiederholen zu lassen. Wenn man sie nicht finden konnte, hielt sie sich für gewöhnlich auf dem Hof des Palasts auf und quälte das Regiment, das an diesem Tag das Pech hatte, im Dienst zu stehen.

Selbst Lilibet, früher ein so einsichtiges Kind, wurde vom Größenwahn gepackt. Zum allerersten Mal benahm sie sich im

Schulzimmer daneben und hatte sich neulich ein Tintenfass über den Kopf gekippt, um ihrem Unmut über den Französischunterricht Ausdruck zu verleihen. Die dunkelblaue Flüssigkeit ergoss sich in Kaskaden über ihre goldblonden Locken, tropfte ihr auf die Kleider und vereinigte sich dann auf dem Boden zu einer Lache. Marion war richtig wütend auf Lilibet gewesen, wie das nur selten der Fall war. Sie ließ sie Eimer und Wischmopp holen und die Schweinerei selbst beseitigen.

Das schien allerdings nicht die gewünschte Wirkung zu haben. Denn wenige Tage später kehrte die Prinzessin nach einer Kutschfahrt mit ihrer Großmutter in den Palast zurück. Der Diener hielt ihr den rot livrierten Arm hin. »Aussteigen, junge Dame.«

Aus der offenen Kutschentüre blitzte Lilibet ihn an. »Ich bin keine junge Dame«, erwiderte sie hochnäsig, »ich bin eine Prinzessin.«

In der Kutsche hörte man Königin Mary knurren: »Und eines Tages wirst du hoffentlich auch eine Dame sein.«

Nur der König und die Königin ignorierten das sich in letzter Zeit immer häufiger abzeichnende anmaßende Verhalten ihrer Töchter oder bekamen es gar nicht mit.

»Lilibet ist mein ganzer Stolz«, pflegte der König unbekümmert zu sagen, »und Margaret meine Freude.«

Selbst als es seiner Freude beim Tee mit ihrer Mutter und deren Freundin langweilig wurde, sie einen Diener kommen ließ und verkündete: »Rufen Sie uns doch freundlicherweise ein Taxi. Unser Gast möchte gehen«, blieb das ohne Konsequenzen.

Für Marion jedoch stand fest, dass etwas unternommen werden musste. Die Abdankung war vorbei, ebenso die Krönung. Die neue Regentschaft pendelte sich ein. Es war an der Zeit, zu den ersten Prinzipien zurückzukehren. Die Prinzessinnen mussten wieder Kontakt zur normalen Welt bekommen.

Aber mit ihnen rausgehen und ganz normale Dinge tun, war nun, da sie die Töchter des Königs waren, keine Option mehr. Sie konnten sich nicht länger inkognito bewegen. Aufgrund der Sicherheitsbedenken würden also normale Dinge zu ihnen kommen müssen. Aber welche könnten das sein?

Es war ein stickiger Sommer. Wie unter einem Deckel drückte die Hitze auf London. In den Parks wurde das Gras welk und braun. Die aufgeheizten Gehwege brannten sich durch die Schuhsohlen, und die sich in den Fensterscheiben brechende Sonne warf ihr grelles Licht in die Häuserschluchten. Marion befand sich eines Nachmittags an einer Straßenkreuzung, als sie auf der anderen Straßenseite ein Mädchen in blauer Uniform entdeckte. Es stand neben einer alten Dame, deren Arm es sanft hielt, offenbar in der Absicht, sie über die Straße zu führen. Ein Pfadfindermädchen, sagte sich Marion. Das darauf wartete, ihre gute Tat für diesen Tag zu tun.

Da machte es klick in ihr. Das war die Antwort. Die Pfadfinderinnen, deren Motto von ihnen verlangte, allzeit bereit zu sein, deren Mission es war, junge Frauen zu stärken, die international aufgestellt waren und zum gegenseitigen Nutzen und Verständnis alle Klassen miteinander mischten. Aus praktischer Sicht war es eine Organisation, die sich überall gründen konnte, selbst innerhalb der Palastmauern. Und man hätte Spaß dabei, was das Wichtigste daran wäre.

Miss Violet Synge, die Leiterin der Pfadfinderinnen, sah das eindeutig anders. Hinter ihrem Schreibtisch verbarrikadiert starrte diese stabile Gestalt in Uniform Marion ablehnend durch ihre Nickelbrille an. »Die Prinzessinnen können niemals Pfadfinderinnen werden«, sagte sie mit starkem Manchester-Akzent.

»Das könnte gar nicht funktionieren. Pfadfinderinnen müssen einander wie Schwestern begegnen.«

»Aber sie *sind* doch Schwestern.«

Miss Synge beugte sich vor, die fleischigen Hände gefaltet, die Miene unheilvoll. »Das sind sie in der Tat, Miss Crawford. Aber sie sind *Prinzessinnen*.« Sie schien dieses Wort nur mit äußerstem Widerwillen in den Mund zu nehmen.

»Aber sie möchten doch nur behandelt werden wie andere Mädchen ihres Alters.« Dabei versuchte Marion, nicht an Lilibet und den Diener und an Margaret und die Palastwachen zu denken.

Das breite Gesicht sah sie ungläubig an. »Miss Crawford. Die Pfadfinderbewegung verfolgt die Absicht, jenen eine Chance zu geben, die tiefer auf der sozialen Leiter stehen. Viele Pfadfinderinnen kommen aus der Arbeiterklasse. Prinzessinnen«, ergänzte sie, »haben sicherlich genug eigene Chancen.«

»Nicht notwendigerweise«, begann Marion und hielt dann inne. Das war nicht der richtige Ort, um intime Details über die Einschränkungen des Lebens in der königlichen Familie preiszugeben. Sie empfand Miss Synges mangelndes Mitgefühl fast als umgekehrten Standesdünkel.

Dann sprang ihr etwas ins Auge, und sie fasste Mut. Unverwandt begegnete sie dem skeptischen Blick der Leiterin. »Verstehe ich Sie richtig, Miss Synge, dass Mitglieder der Königsfamilie Ihrer Meinung nach keinen Platz in der Pfadfinderbewegung haben?«

Die kräftigen Arme verschränkten sich. Die Brillengläser funkelten argwöhnisch.

Marion zeigte auf die gerahmte Fotografie, die hinter Miss Synges Schreibtisch an der Wand hing. Sie zeigte Prinzessin Mary, die Kronprinzessin, Schwester des Königs und Patronin und

Wohltäterin der Pfadfinder. Miss Synge drehte sich danach um, wobei das Korsett unter ihrer Uniform hörbar knackte.

Marion beeilte sich, ihren Vorteil zu nutzen. »Wie ich es verstanden habe, haben ›die Marys des Empire‹ – die britischen Untertanen, die diesen Namen teilen – zur Hochzeit der Kronprinzessin einen Fonds aufgelegt. Der dann von der Prinzessin den Pfadfinderinnen übertragen wurde.«

Als Miss Synge sich knackend wieder umdrehte, war der Blick hinter den Brillengläsern weniger grimmig.

»Kommen Sie doch vorbei, und lernen Sie die Prinzessinnen kennen.« Es war ein Spiel. Nur wenige brachten es über sich, eine Einladung in den Buckingham-Palast auszuschlagen. Aber womöglich gehörte Miss Synge dazu. Doch dem war nicht so.

Lilibet zeigte sich der Situation gewachsen und kümmerte sich bis ins kleinste Detail um die Einladung zum Tee. Sie war wild entschlossen, Miss Synge zu überzeugen. Die Leiterin der Pfadfinderinnen traf prächtig herausgeputzt in ihrer blauen Uniform ein und wurde mit Schinken- und Käsesandwiches sowie einem Kuchen und Marmeladentalern bewirtet, ohne die keine königliche Teatime vollständig war.

Miss Synge häufte sich ihren Teller auf und aß geräuschvoll, während sie sich die atemlosen Erklärungen von Lilibet und Margaret anhörte, warum diese unbedingt Teil der Pfadfinderbewegung werden wollten. Niemand hätte ihre Aufrichtigkeit in Zweifel ziehen oder ihrem Charme widerstehen können.

Niemand außer Miss Synge. Als sie offenbar satt war, wischte sich die Leiterin ihren in Barthaare eingebetteten Mund mit einer Monogramm-Serviette ab. Ihre drei Gastgeberinnen richteten sich erwartungsvoll auf. Die Anhörung war vorbei, das Urteil wurde gefällt. Aber nach so viel Gastfreundschaft dürfte eine Verweigerung außer Frage stehen.

Miss Synge holte tief Luft. Ihr marineblau gewandeter Busen blies sich alarmierend auf. »Es tut mir leid«, sagte sie, »aber das geht nicht.«

»Was?« Lilibet schnappte nach Luft, während sich Margarets Augen mit Tränen füllten und ihre Unterlippe zu zittern begann.

Marion wäre der Frau am liebsten an die Gurgel gegangen. Alles im Palast war wunderbar vorbereitet. Sie und die Mädchen hatten das alte Sommerhaus von George V ausgeräumt, es sollte das Hauptquartier werden. Sie zwang sich, ruhig zu bleiben. »Darf ich fragen, warum nicht?«

Miss Synge beäugte sie wachsam durch die Brillengläser. »Weil Prinzessin Margaret zu jung ist, um Pfadfinderin zu sein.«

Für jemanden, der eine Organisation führte, die es sich auf die Fahne geschrieben hatte, Mädchen zu bestärken und zu befähigen, war Miss Synge eine der widersprüchlichsten Frauen, die Marion je kennengelernt hatte. Offenbar gehörten die zu stärkenden Frauen nur der Arbeiterklasse an und stammten aus dem Norden. Vielleicht sollte sie einfach aufgeben.

Lilibet allerdings verfügte noch über etwas Kampfgeist. »Sie denken also nicht, dass wir sie trotzdem aufnehmen können?« Ihre blauen Augen richteten sich überzeugend auf die störrische Leiterin.

Miss Synge schüttelte den Kopf. »Das steht außer Frage. Sie ist zu jung.«

Als sich nun ein Paar blaue Augen verzweifelt an sie wandte, war Marion bereit, ihr beizuspringen. »Verzeihen Sie, aber können Mädchen, die noch nicht das nötige Alter für Pfadfinderinnen haben, sich nicht den Wölflingen anschließen?«

Lilibet atmete schwer. »Margaret könnte ein Wölfling sein!«

Miss Synge stellte betont langsam ihre Teetasse ab. »Ich bin hergekommen, um über Pfadfinderinnen zu sprechen.«

Aber nachdem sie die Schwäche dieses Arguments erkannt hatte, biss Lilibet sich nun fest. »Margaret wäre ein ganz wunderbarer Wölfling. Sie ist sehr kräftig, wissen Sie«, ergänzte sie wie eine gute Verkäuferin in Reminiszenz an die Tage als Brotlieferantin. Sie sah ihre Schwester an. »Zieh deinen Rock hoch, Margaret, und zeig es Miss Synge.«

Die jüngere Prinzessin riss ihren Kilt hoch und entblößte ihre knubbeligen Knie.

»Nun sagen Sie nicht, dass das nicht wunderbare Wanderbeine sind, Miss Synge! Und sie macht sich auch gern schmutzig, nicht wahr, Margaret? Und sie würde mit Begeisterung Würstchen auf Stöcken braten!«

Marion musste sich ein Lächeln verkneifen. Lilibets mit allen Registern gezogener Charme hatte eine unwiderstehliche Wucht, der sich kein Mensch auf Erden entziehen konnte. Selbst die Leiterin schmolz sichtlich dahin. »Kann es nicht auch eine Wölflings-Gruppe für die kleineren Kinder geben?«, bettelte Lilibet.

»Rudel«, unterbrach Miss Synge. »Nicht Gruppe.« Aber ihr Ton hatte an Strenge verloren.

» ... angeschlossen an die ältere für die Pfadfinderinnen?«, kam Lilibet zum Schluss.

Die Leiterin sah sie an, zog eine Braue hoch und griff nach einem weiteren Marmeladentaler. Sie hielten die Luft an, als sie einen Bissen nahm und ihn mit Tee hinunterspülte. Schließlich legte sie ihre Serviette ab. »Nach gründlicher Überlegung ...«, begann sie gewichtig.

Sie hielten alle die Luft an.

» ... wüsste ich nicht, was dagegen spricht.«

Marion und die Prinzessinnen sahen sich an und jubelten.

Zweiundvierzigstes Kapitel

Das Jahr 1938 begann mit dem Rücktritt von Anthony Eden. Der gewandte Eton-Absolvent und Außenminister hatte sich der Politik von Premierminister Neville Chamberlain angeschlossen und Hitler nach dessen Einmarsch im Rheinland Zugeständnisse gemacht, um den Frieden zu wahren. Da Chamberlain zunehmend eine eigenmächtige Außenpolitik betrieb, sah Eden sich zum Rücktritt gezwungen. Funktioniert hatte die Appeasement-Politik bei Hitler ohnehin nicht. Wieder hatte der Führer den Frühlingsanfang genutzt, um mit seinen Truppen in ein anderes Land einzumarschieren – dieses Mal in Österreich. Einen Monat später hatte er auch das Sudetenland besetzt.

So surreal es angesichts dieser Ereignisse auch war, auf die Debütantinnensaison wurde nicht verzichtet. Die Mädchen hingen aufgeregt über der Balustrade und beobachteten den Einzug der Mädchen in Weiß.

»Wir haben von hier oben die Vogelperspektive!«, flüsterte Lilibet.

Eine Militärkapelle spielte beliebte Stücke. Unter den gewaltigen Kronleuchtern wirkten die Debütantinnen wie ein Haufen exotischer Vögel mit ihren wippenden Straußenfedern und den Spitzenschleppen, die gerafft über ihren in langen weißen Handschuhen steckenden Armen hingen. Marion fand das Spektakel anachronistisch. Auf diese Weise zu annoncieren, dass man einen reichen Mann suchte – wie erniedrigend. Doch den Mädchen gegenüber hielt sie sich zurück. Schließlich wollte sie nicht die Autorität von deren Eltern untergraben, die eindeutig darauf bauten, mit dieser altmodischen Zeremonie die altmodische Sicherheit ihrer angeschlagenen Regentschaft zu festigen.

»*Tea for two*«, trällerte Margaret und walzte im Morgenmantel über den Balkon.

»Da ist Großmama«, sagte Lilibet und lehnte sich gefährlich weit über die Balustrade. »Und die Bieress.«

Direkt unter ihnen standen Königin Mary und Mrs Ronnie. In Übereinstimmung mit ihrer Überzeugung, das Tragen von Juwelen sei eine sportliche Disziplin, war Letztere mit vielen Diamanten behängt, sodass sie funkelte wie ein Kronleuchter. Königin Mary war jedoch nicht bereit, sich ausstechen zu lassen, und trug Perlen so groß wie neue Kartoffeln.

»Da ist Tante Marina!«, hauchte Margaret ehrfürchtig. Die Herzogin von Kent sah bezaubernd aus in weißem Brokat, mit eingewebten rosa und silbernen Blumen.

Die weiß gewandete Prozession bewegte sich langsam auf die rot-goldenen Throne zu. Auf dem Oberkörper des Königs blinkten mehr Sterne als auf der Milchstraße, und das Kleid der Königin funkelte nicht weniger. Jede Debütantin blieb vor Ihren Majestäten stehen, wartete, bis ihr Name verkündet wurde, trat zurück und sank nieder zu einem tiefen Hofknicks. Zeremonienmeister folgten ihnen mit langen Stangen, um damit die endlosen Spitzenschleppen anzuheben und geschickt über die Arme ihrer Besitzerinnen zu werfen, wenn diese sich von ihrem Knicks erhoben. Verwandte, Schirmherren und Verehrer hatten sich versammelt, um diesen großen Moment der Debütantinnen zu verfolgen.

»Darum geht es also?«, fragte Lilibet unvermittelt.

Marion blinzelte. »Worum?«

»Sie machen sich alle hübsch zurecht, stehen im Stau, und alles nur, um vor Mami und Papa zu knicksen?«

»Genau.«

»Wie albern. Wenn ich Königin bin, will ich *das* nicht mehr.«

Ein triumphierendes Lächeln umspielte Marions Mund. Sie würde aus Lilibet doch noch eine Feministin machen.

Als sie die Mädchen später Alah übergeben hatte, machte sie sich auf den Weg in ihr Zimmer. Dabei kam sie durch die Bildergalerie, deren geschwungene Glasdecke den Raum tagsüber mit Licht flutete. Sie hielt wie jedes Mal inne, um die Gemälde der Alten Meister zu bewundern, die auf den rosa Brokatwänden wie Edelsteine schimmerten.

»Marion!«, sprach jemand sie an. Die Stimme – hell, herablassend – klang vertraut. Auf einem der gold-weißen Sofas, die sich unter den Gemälden reihten, saß eine blonde junge Frau in einem weißen Satinkleid mit weißen Federn im Haar.

»Debo!«

Marion fand sie umwerfend. Sie hatte den für Aristokratinnen typischen perfekten Teint, der offenbar zu dem Zweck gezüchtet worden war, die Familiendiamanten am vorteilhaftesten zu präsentieren. Sie blinkten um ihren Hals und auf dem Band, das sich um die perfekt ondulierten Haare legte.

»Ist ziemlich voll da drin.« Debo winkte lässig mit einer weiß behandschuhten Hand Richtung Eingang zum Ballsaal. »Ich mach mal eine Verschnaufpause. Bin aber schon ganz reizenden Herzögen begegnet. Besonders einem.«

»Schön«, sagte Marion und wollte eigentlich weitergehen.

»Mein herzliches Beileid«, ergänzte Debo mit unerwartetem Mitgefühl.

»Danke!« Es überraschte sie, dass die Nachricht vom Tod ihrer Mutter bis hierher gedrungen war.

»Er war so jung. So eine Vergeudung.«

Plötzlich hatte Marion das Gefühl, neben sich zu stehen. Sie beobachtete sich dabei, wie sie nach Luft schnappte, stolperte und Halt suchend eine Sessellehne umfing. Ihre Frage klang in den eigenen Ohren, als käme sie von weit her. »Von wem sprichst du?«

»Du weißt wohl gar nicht von Valentine?« Unter den wippenden Federn wurden die grünen Augen groß.

Die Musik aus dem Ballsaal schwoll in Marions Ohren an. »Was weiß ich nicht?«, murmelte sie, hatte aber bereits erraten, was Debo antworten würde.

In dieser Nacht fand sie keinen Schlaf. Sie wälzte sich hin und her und lauschte dem Wind, der im Kamin heulte. Eine schwere Traurigkeit lastete auf ihr, die, wie sie wusste, nicht allein Valentine galt. Sie beklagte vielmehr ihre Einsamkeit und all das, was sie sich selbst versagt hatte. Die Tragödie ihrer ersten echten Liebe – ihrer einzigen sogar – lag nicht darin, dass das helle Leuchten romantischen Glücks so rasch verblasst war. Sondern vielmehr darin, dass es sich nie wiederholt hatte und, solange sie für den König und die Königin arbeitete, auch nie wiederholen würde.

Dreiundvierzigstes Kapitel

»Neun Kinder! Können Sie sich das vorstellen?« Lilibet blickte Alah an, die ihr gerade den Rüschenrock zuknöpfte.

»Wie die alte Frau, die in einem Schuh lebte«, warf Margaret ein, die sich im Spiegel bewunderte.

»Tja, die hier wohnt in der amerikanischen Botschaft. Mrs Kennedy ist die Frau des amerikanischen Botschafters«, wusste Lilibet.

»Vielleicht hat sie all ihre Babys aus einem Laden«, schlug

Margaret vor. »Da kommen die Babys doch her, oder?« Sie sah Alah dabei dreist an.

Lilibet, die nun zugeknöpft war und gerade ihre Socken hochzog, blickte auf. »Natürlich nicht. Menschen sind wie Pferde, ihre Babys kommen zwischen ihren Beinen heraus.« Sie hatte kürzlich viel Zeit in den Windsor-Ställen verbracht.

Margaret starrte ihre Schwester angewidert an. »Das glaub ich dir nicht!«

»Das reicht jetzt.« Müde nahm Marion die Mädchen an die Hand. »Zeit für die Kirche.«

Die Kennedys waren vor einem Jahr nach London gekommen und verbrachten nun das Wochenende in Windsor. Gestern Abend hatte es ein Essen gegeben, und heute sollten die Prinzessinnen sie und ihre Kinder kennenlernen.

Eine Aura ungewöhnlicher Bedeutsamkeit schwebte über dieser Begegnung. Der König und die Königin unterstützten damit die diplomatischen Bemühungen ihres Landes. Das von Chamberlain mit großem Trara mit ausgehandelte Münchner Abkommen vom vergangenen September hielt noch. Darin wurde das Sudetenland an Hitler abgetreten, in das er sowieso schon sechs Monate zuvor einmarschiert war, doch jetzt wurden Mutmaßungen angestellt, was er mit dem Rest der Tschechoslowakei vorhatte.

Sollte die Befriedungspolitik versagen, wie Churchill zu prognostizieren nicht müde wurde, wäre Amerika ein mächtiger Verbündeter, wenn es zum Krieg käme. Die Frage war nur, ob man den neutralen Präsidenten Roosevelt dazu bewegen konnte.

Als Marion die Mädchen in das kühle, farbige Dunkel der St. George's Chapel scheuchte, sah sie, dass der Repräsentant Roosevelts und seine Familie bereits anwesend waren.

Er war ein seltsam aussehender Mann mit hoher Stirn, einer Brille mit dicken runden Gläsern und einem breiten manischen

Grinsen, das seine blitzenden Zähne entblößte. Mrs Kennedy, die ebenfalls begeistert lächelte, war so schlank und jung aussehend wie angekündigt. Die eine ganze Bankreihe füllenden Kinder waren der Inbegriff amerikanischer Gesundheit, allesamt mit kräftigen Haaren, gebräunt und den breiten weißen Zähnen ihres Vaters gesegnet. Das jüngste Kind durfte etwa in Margarets Alter sein, der älteste Junge war bestimmt schon Anfang zwanzig. Als die Prinzessinnen hinter ihren Eltern hereinkamen, wurden sie von allen ganz offen angestarrt. Lilibet blickte sittsam zu Boden, aber Margaret erwiderte die Blicke der Besucher kühn. Einer der älteren Jungs, ein gut aussehender braunhaariger Jugendlicher, zwinkerte ihr zu.

Beim anschließenden Frühstückskaffee beeilte Margaret sich, den Platz neben diesem zwinkernden Jungen zu ergattern. Trotz des Altersunterschieds unterhielten sie sich bald angeregt. Sie schienen viel zu lachen, doch Marion konnte nicht hören, worüber. Hoffentlich nicht über die Bombe, die Lilibet zuvor hatte platzen lassen.

Marion, die vorgeblich hier war, um sich um die Kinder zu kümmern, saß im hinteren Teil des Raums. Vom nahen Fenster aus hatte sie einen guten Blick auf den Wallgrabengarten des Schlosses und die überaus bewunderten Dahlien von Lord Wigram, dem Schlosswart.

Die Königin war in Bestform. Sie saß neben einem ziemlich schweigsamen König und gegenüber von den Kennedys auf einem grünen Seidensofa mit einem Rahmen aus geschnitzten goldenen Neptunen. Mit schick zurechtgemachten Haaren, hohen Absätzen, einem blauen Kleid und schicklich über den Knöcheln übereinandergeschlagenen Beinen plauderte sie fröhlich mit ihrem hingerissenen amerikanischen Publikum.

»Die Crew unseres Schiffs führte Maori-Hakas und die

Schweinetänze der Marquesas-Inseln auf«, flötete die Königin. Es ging um ihre Reise nach Australien vor gut zehn Jahren.

»Was für einen Tanz?«, fragte Mrs Kennedy.

Die Königin sah sie mit gespielter Überraschung an. »Sie haben noch nie einen marquesianischen Schweinetanz gesehen? Das ist wirklich zu entzückend, meine Liebe!«

Der Botschafter schlug sich aufs Knie und lachte gackernd. »Ihre Majestät, Sie sind mir die Richtige, wie wir in den Staaten sagen.«

Die Königin bedachte ihn mit ihrem strahlendsten Blick: »Besten Dank, Herr Botschafter! Und Sie sind mir auch der Richtige. Wir werden Männer wie Sie an unserer Seite brauchen, sollte die Lage mit Mr Hitler hässlich werden.«

Marion konnte an ihrem Platz nur verdutzt blinzeln. Die Königin hatte blitzschnell reagiert. Unter der Flagge des Small Talks hatte sie auf ihre Chance gewartet und sie genutzt.

Kennedy durchschaute es und nahm Abwehrhaltung ein. »Das amerikanische Volk will keinen Krieg«, sagte er und zitierte damit die offizielle Linie, während er seine Kaffeetasse nahm.

»Auch nicht, um die Demokratie zu verteidigen?«, meinte die Königin augenzwinkernd und mit einer Stimme so luftig und neckisch, dass man unmöglich hätte sagen können, ob sie es ernst meinte.

Jetzt verhärtete sich Kennedys Lächeln. »Wir haben uns am letzten Krieg beteiligt, um die Welt für die Demokratie abzusichern. Und nun sehen Sie, was passiert – eine ganze Brut von Diktaturen.«

Die Königin ließ sich nicht unterkriegen. »Aber überlegen Sie doch, wie das unsere Position bei den Diktatoren stärken würde, wenn wir die Vereinigten Staaten aktiv auf unserer Seite hätten!«

Marion hielt den Atem an. Die Königin ließ nicht locker. Der

Stahl unter dem umflorten Blau war nun sichtbar. Während sich die dunklen Wolken einer Konfliktsituation über dem Land zusammenbrauten, hatte Ihre Majestät sich dieser Herausforderung gestellt. Sie hatte die kapriziöse Maßlosigkeit abgestreift und sich als kühne und geschickt verhandelnde Diplomatin entpuppt. Aber würde es auch funktionieren?

Einen Moment herrschte Stille. Mrs Kennedy räusperte sich und glättete ihren Rock. Der König schaute an die Decke. Kennedy stellte seine Kaffeetasse zurück und beugte den Kopf, um sein Gesicht zu verbergen. Als er wieder aufblickte, strahlte auch er.

»Ihre Majestät, wissen Sie was, Sie sollten Amerika besuchen.«

»Eine königliche Tour!« Die Königin klatschte entzückt in die Hände. »Das würde mir *gefallen*. Ich kenne nur drei Amerikaner. Fred Astaire, J. P. Morgan – und *Sie*!«

Nun lachten alle. Der schwierige Moment war überwunden. Und noch viel wichtiger, man hatte einen diplomatischen Coup gelandet. Eine warme Welle der Bewunderung erfasste Marion. Der König empfand offenbar genauso, denn er sah seine Frau mit unverhohlener Wertschätzung an.

Die Königin war wieder zurück auf ihr Thema Hitler gekommen und plapperte amüsiert drauflos. »Meine Schwiegermutter Königin Mary kann ihn nicht ausstehen, wissen Sie. Sie meint, er spreche das *abscheulichste* Deutsch!«

Später berichtete Margaret von ihrem Gespräch mit dem Kennedy-Jungen. »Er heißt John, aber alle nennen ihn Jack. Er hat mal einen Toilettensitz mit einem Feuerwerkskörper hochgehen lassen«

»Was?«, hakte Lilibet nach.

»Als Scherz an der Schule«, fuhr Margaret bewundernd fort. »Abcr cr hat arge Schwierigkeiten deswegen bekommen. Der Direktor hat den Toilettensitz zur Versammlung in die Kapelle mitgenommen und damit *herumgefuchtelt*.«

»Seine armen Eltern«, schnaubte Alah. »Ein junger Mann wie er wird es nie zu etwas bringen.«

1939 brach an. Im März marschierte Hitler in Prag ein. Wie von allen befürchtet war dies das Ende der Tschechoslowakei. Das Münchner Abkommen war hinfällig geworden, der deutsche Botschafter wurde aus London abberufen, und man gab Polen die bedingungslose Garantie, dass Britannien im Fall einer Invasion zu Hilfe käme. Sollte ein europäischer Krieg ausbrechen, wäre es nicht nur sinnvoll, sondern sogar unerlässlich, Amerika als Bündnispartner zu haben.

Die Reise durch Kanada und die Vereinigten Staaten wurde für Mai festgelegt. Über ihre Wichtigkeit bestand nun keinerlei Zweifel mehr, obwohl die Königin noch immer vorgab, darin ein erfreuliches Abenteuer zu sehen. Die Weltbühne, die sie mit so viel Selbstvertrauen betreten hatte, schien ihr zu entsprechen, genauso wie ihre Rolle als Aushängeschild der Nation und Triebkraft für die Hebung der Moral.

Ihr besonderes Talent zeigte sich in der Leichtigkeit, mit der sie das anging, und in ihrem unerschütterlichen Sinn für Humor. »Kopf hoch, alter Knabe«, pflegte sie am Telefon zu Freunden zu sagen. »Und nieder mit den Nazis!« Nach holprigen Anfangsjahren hatte die Monarchie ihre Zweckbestimmung gefunden.

Zu den Vorbereitungen für die Reise gehörte eine umfangreiche neue Garderobe für die Königin. Und so war Norman Hartnell zu seiner großen Freude wieder im Palast gefragt. Eines Morgens lief Marion ihm in die Arme, als er mit der Dringlichkeit des Weißen Kaninchens über den roten Flurteppich flitzte.

»Hab keine Zeit! Muss Rüschen entwerfen, um dem Führer

eins auszuwischen! Und Abendkleider, um Göring zu Fall zu bringen! Himmler-abwehrende Säume! Kleider, welche die freie Welt retten werden!«

»Ist ja gut, Norman«, sagte Marion lachend.

Er zeigte auf eine kleine Frau, die hinter ihm herlief und unter Ballen von Seide, Tüll und Spitze in Zuckermandelfarben kaum zu sehen war. »Das ist Gladys. Sie ist hier, um Maß zu nehmen, das Band über den königlichen Busen zu legen und so weiter. Es gehört sich nicht, einen königlichen Kunden in Unterwäsche zu sehen. Stimmt's, Glad?«

»Stimmt, Mr Hartnell«, bestätigte Gladys mit seltsam tiefer, schroffer Stimme.

»Die Farben gefallen mir«, sagte Marion. »Und auch das Material. So romantisch.«

»Mehr als romantisch. Wir machen richtig einen auf Winterhalter!«

Seine Porträts hingen im Palast an vielen Stellen: Prinzessinnen und Kaiserinnen mit großen Augen, schmalen Taillen, gehüllt in weite, hauchdünne Krinolinenkleider. Sie standen für ein zuckriges viktorianisches Frauenideal, aber die Idee war zweifellos brillant, denn diese Mode würde der plumpen Figur der Königin schmeicheln und ihrer charmant altmodischen Ausstrahlung entgegenkommen. »Wie klug von Ihnen.«

»Sie werden es nicht glauben, aber es war die Idee des Königs. Hat mich von einem Porträt zum nächsten geschleift und gesagt: ›Ich möchte, dass sie so aussieht!‹«

Nicht zum ersten Mal sagte sich Marion, dass der König immer wieder für Überraschungen gut war.

Der königliche Terminplan war kräftezehrend. Die Prinzessinnen verfolgten ihn intensiv in den Zeitungen. Aber wenn die Königin ihre Töchter abends anrief, klang sie so munter, als wäre sie gerade erst aufgestanden.

»Mami hat einen Hotdog gegessen, einen heißen Hund!«, berichtete Margaret nach einem dieser Gespräche.

»Hör nicht hin, Susan.« Lilibet bückte sich und legte die Hände über die Ohren ihres Corgi.

Ihre für Ende Juni geplante Rückkehr wurde nicht nur von den Mädchen, sondern vom ganzen Land voller Vorfreude erwartet. Es gab nun keinen Zweifel mehr, dass das Volk hinter der Monarchie stand. Als Alah, Marion und die Prinzessinnen nach Southampton kamen, stießen sie dort auf jubelnde Menschenmassen am Hafenkai.

»Müssen wir rausfahren, um sie zu begrüßen?« Lilibet war von dieser Aussicht nicht begeistert.

Sie mochte die See nicht wegen ihrer Unberechenbarkeit. Wenngleich sie in letzter Zeit meist sehr gefasst war, traten bei Lilibet noch immer Ausprägungen des ängstlichen Kindes von früher zutage.

An Deck war es windig, und das Vibrieren des Schiffsmotors war laut. Alah verschwand sofort nach unten. Margaret zog los, um die Kabine des Kapitäns zu inspizieren, und kam zurück mit der Nachricht, dass diese erstaunlich schlicht und trostlos war. »Sein Spiegel hat die Größe einer Postkarte!«

»Der würde für dich niemals reichen«, frotzelte Lilibet.

Die Prinzessinnen bekamen Kirschen zu essen, ein seltener Leckerbissen. »Aber was sollen wir mit den Kernen machen?«, fragte die ordentliche Lilibet.

»Steck sie doch in die Lüftungsschächte«, sagte Margaret und ließ ihre ratternd in die nächste Röhre fallen.

Als der Dampfer der Eltern, die *Empress of Britain*, sich näherte, machte sich die Aufregung der Mädchen auf sehr unterschiedliche

Weise bemerkbar. Margaret tanzte herum und winkte wie verrückt, während Lilibet ganz still an der Reling stand und ihre Begeisterung für sich behielt.

Es war ein freudiges Wiedersehen. »Mami, Mami! Sieh nur, wie dünn ich geworden bin!« Margaret sprang auf und ab.

Die Königin, die ebenfalls bedeutend schlanker aussah, drückte ihre Töchter fest an sich. »Ihr werdet nie erraten, was ich euch mitgebracht habe! Einen Totempfahl!«

Es wurde ausgiebig gefeiert. Unglaublich starke Champagnercocktails wurden serviert und geleert. Marion gab sich alle Mühe, sich nicht anmerken zu lassen, dass ihr der Alkohol arg zusetzte, aber der Königin entging nichts, wie immer. »Oh, Crawfie! Ich hätte es Ihnen sagen sollen. Hier an Bord macht man sie besonders stark!«

Vielleicht spürten auch andere die Wirkung, denn der König fing an, Ballons durch die Bullaugen zu schieben, während einer seiner Stallmeister sie mit der Zigarettenglut zum Platzen zu bringen versuchte. An Deck wurde wild getanzt. Der König sah zu, wie seine älteste Tochter herumwirbelte.

Marion machte eine Verschnaufpause und trat neben ihn an die Reling. Die Cocktails hatten sie kühn gemacht. »Geht es Ihnen gut, Sir?«

Er erwiderte darauf mit einem verwunderten Ausdruck auf seinem schmalen Gesicht: »Irgendwas ist anders an Lilibet. Aber ich kann es nicht genau benennen.«

Marion betrachtete die lachende, tanzende Prinzessin mit ihren freudesprühenden Augen und den hüpfenden Haaren. Sie war wie immer genauso gekleidet wie ihre Schwester, aber unter ihrem kindlichen, bedruckten Kleid zeichneten sich eindeutig weibliche Formen ab, mit Hüften und reichlich Busen. Es versetzte ihr einen Stich, als sie sah, was der König nicht erkannte. Lilibet wurde erwachsen.

Vierundvierzigstes Kapitel

Einige Wochen später stand zu Lilibets Bestürzung eine weitere Seereise zur Diskussion, und zwar in der königlichen Jacht *Victoria and Albert* zum Dartmouth College, der Marine-Akademie in Devon, die der König als Junge selbst besucht hatte.

»Und Großpapa vor mir«, erklärte er seiner Ältesten im Versuch, sie dafür zu begeistern. »Sein Spitzname war S-sprotte.

»Wohl, weil er so wendig wie ein Fisch war? Und wie war deiner, Papa?«

Der König seufzte. »Bat Lugs.«

Margaret kreischte. »Fledermauslöffel, wohl wegen deiner Ohren, Papa?«

»V-vermutlich.«

Man erreichte das College, einen riesigen roten Ziegelbau, der auf einer Klippe über dem Fluss thronte, über eine lange steile Treppenflucht. Lilibet, die eine größere Version des rosa Mantels ihrer Schwester trug, setzte klaglos ihre in weißen Sandalen steckenden Füße einen vor den anderen.

»Es ist so langweilig«, schnaufte Margaret hinter ihr. »Warum kann Papa dieses blöde College nicht allein besuchen? Warum müssen wir hierherkommen?« Sie richtete den Blick nach oben. »Bitte, lieber Gott, lass was passieren, damit das aufhört.«

Lilibet war schockiert. »Du kannst Gott doch nicht um solche Dinge bitten.«

»Warum denn nicht?«

»Du musst dir deine Bitten an ihn für Wichtigeres aufsparen.«

»Das könnte aber was Wichtiges sein.« Margaret ließ sich nicht kleinkriegen.

Gott beantwortete ihr Stoßgebet. Als sie oben angekommen waren, erfuhren sie, dass zwei Kadetten an Mumps erkrankt waren. Um die Mädchen keinerlei Gefahr auszusetzen, brachte man sie rasch ins Captain's House. Sehr zur Freude Margarets, die Jungs liebte, aber nur selten Gelegenheit zur Kontaktaufnahme hatte, wohnten dort einige Brüder – die Dalrymple-Hamiltons.

»Ich danke dir, Gott!«

Doch die Dalrymple-Hamiltons erwiesen sich als Enttäuschung. Sie hatten kein Interesse zu flirten, sondern wollten den Prinzessinnen ihre Eisenbahn zeigen. Während ihre Schwester wütend schmollte, betrachtete Lilibet eingehend die hübschen kleinen Lokomotiven und die Details der Szenerie, durch die sie fuhren: die winzigen Bäume und Brücken, die am Bahnübergang wartenden Autos, die Tiere auf den Feldern. »Sieh dir diesen Mann auf dem Bahnsteig an. Man kann sogar seine Zeitung erkennen.« Als sie sich darüber beugte, um besser sehen zu können, fielen ihre Locken auf die winzigen Gleise. »Ich denke, es ist *The Times*.«

»Du bist ja besessen von *The Times*«, stöhnte Margaret. Der König war vor Kurzem dazu übergegangen, sie mit seiner älteren Tochter zu lesen, und zeigte ihr die Artikel, die sie interessieren könnten. Margaret, die sich nach wie vor mit *The Children's Newspaper* begnügen musste, war eifersüchtig wie immer.

Und wie üblich ignorierte Lilibet sie. »Hier ist eine Dame mit Schal und Hunden«, bemerkte sie gelassen. »Ich frage mich, ob es Pferde auf der Weide gibt, an der sie vorbeiläuft.« Sie setzte sich auf ihre Hacken und ergänzte träumerisch: »Wenn ich mal verheiratet bin, möchte ich eine Dame auf dem Land sein mit vielen Pferden und Hunden.«

Die auf Krawall gebürstete Margaret stürzte sich darauf. »Kannst du aber nicht«, erinnerte sie ihre Schwester schadenfroh. »Du wirst Königin sein. Du musst einen König heiraten.«

Lilibets kräftige Augenbrauen zogen sich zusammen, was ihr einen untypisch rebellischen Ausdruck verlieh. »Ich werde den heiraten, der mir gefällt«, erklärte sie.

»Kannst du aber nicht«, wiederholte Margaret spöttisch. »Das hat Onkel David versucht, und du siehst ja, was mit ihm passiert ist!«

Nun öffnete sich die Tür zum Spielzimmer, und jemand trat ein. Lilibet, die noch immer in die Spielzeugeisenbahn versunken war, blickte nicht sofort auf. Margaret jedoch schon. Marion sah, wie ihre violetten Augen sich weiteten und ihre Lippen sich leicht öffneten. Sie drehte sich um, um zu sehen, wer es war.

Ein groß gewachsener Junge von umwerfender Schönheit lehnte lässig in der Tür. Er war etwa achtzehn Jahre alt, hatte scharf geschnittene nordische Züge und so blonde Haare, dass sie fast weiß wirkten. Er kam Marion irgendwie bekannt vor, aber sie wusste nicht, woher. Der vorher so friedliche Raum war plötzlich spannungsgeladen.

Lilibet, die es spürte, blickte auf. Ihre Augen trafen seine, und der Spielzeugzug fiel ihr aus der Hand.

»Ihr sollt zum Mittagessen kommen«, sagte er abrupt.

Die Dalrymple-Hamiltons waren aufgesprungen. »Philip!«

Jetzt fiel es ihr wieder ein. Dieser außergewöhnliche Jugendliche war der Cousin von Prinzessin Marina, Prinz Philip von Griechenland.

Der Lunch wurde auf der in Gold und Weiß gehaltenen und mit Kretonne-Vorhängen und aufgemalten Wappen geschmückten *Victoria and Albert* serviert. Lilibet, die sich während der Fahrt von London hierher über das Stampfen und Schlingern beschwert hatte, klagte nicht mehr.

Den Blick unverwandt auf Philip von Griechenland gerichtet, rührte sie kaum etwas von ihrem Teller an. Er hingegen ignorierte sie völlig und schaufelte die Garnelen in sich hinein. Lilibet verfolgte, wie seine langen Finger sie äußerst geschickt auseinanderrissen. Neben seinem Teller mit Monogramm wuchs ein rosa Schalenhaufen.

Mrs Ronnie, der es mit ihrem üblichen Einfallsreichtum gelungen war, sich einen Platz in der königlichen Gruppe zu sicher, neigte sich Marion zu. Die gepuderten Wangen wackelten, als sie ihr zuraunte, »Ich liebe die *Jugend!*«, und dabei schossen ihre Augen bedeutungsvoll zwischen dem griechischen Prinzen und der englischen Prinzessin hin und her.

Das Gespräch drehte sich unvermeidlich um Hitler. »Ich frage mich, wie er als Mensch sein mag«, warf jemand ein.

Der König, der ein rechter Kobold sein konnte, zielte mit einem boshaften Blick auf Marions Nachbarin. »Fragen Sie Mrs R-ronnie. Sie ist ihm begegnet.«

»Das ist schon viele Jahre her. Bevor er das wurde, was er heute ist«, polterte die Sammlerin von Salonlöwen, die in diesem Fall aber ziemlich danebengegriffen hatte. Die gepuderten Wangen röteten sich vor Peinlichkeit.

Anschließend erklomm Marion zusammen mit den Prinzessinnen und Philip wieder die vom Hafen nach oben führenden steilen Stufen. An den Tennisplätzen des Colleges flankte er in einem offenkundigen Versuch, sie zu beeindrucken, über die Netze. Lilibet stand in seinem Bann. »Sehen Sie nur, wie hoch er springen kann, Crawfie! Ist er nicht gut?«

Marion fragte sich, wie hoch Philip wohl in einer ganz anderen Angelegenheit springen würde. Seine Nonchalance hatte etwas

Zielgerichtetes, als wüsste er genau, dass er, um Lilibet zu beeindrucken, sich ihr gegenüber flapsig geben musste, während er zugleich viel Trara um ihre Schwester machte.

Als später die Maschinen der *Victoria and Albert* wieder liefen, wurden sie von Dartmouth-Kadetten begleitet, deren Flotille aus allen verfügbaren Schiffen bestand, derer sie habhaft werden konnten. Lilibet und Margaret standen an Deck und winkten ihrer jubelnden jungen Eskorte fröhlich zu, die unbeeindruckt von Witterung und rauer See auf einer patriotischen Verabschiedung bestand.

Die schwere Jacht pflügte mühelos durch das kabbelige Gewässer. Als sie sich der Einmündung in den Ärmelkanal näherten, waren die sie begleitenden Ruder- und Motorboote mit den begeisterten Jungs noch immer hinter ihnen. Der Wind an Deck wurde stürmischer, zerzauste ihre Haare, riss an Schals und trug die Gespräche von einem Ende des Decks ans andere. Der König, der nun, da sie sich London näherten, wo das Amt rief, nichts mehr von der beim Mittagessen gezeigten Fröhlichkeit erkennen ließ, bellte den Kapitän wegen der Jungs an. »Das ist doch albern und recht gefährlich! Sie müssen ihnen das Signal zum Umkehren geben.«

Margaret und Marion verfolgten, wie der Seemann die entsprechende Flagge auswählte und diese geheimnisvolle maritime Nachricht hisste. Lilibet, die sich an der Reling festgeklammert und die ganze Zeit aufs Meer hinausgeschaut hatte, schien sich in einer völlig anderen Welt zu befinden. Als die Jungs nach und nach zurückfielen und wendeten, um nach Dartmouth zurückzufahren, ruhten ihre Augen auf dem einen Boot, das ihnen noch immer folgte, ein von einem Wikingergott bemanntes Ruderboot, der sich mit seiner ganz Kraft in die Riemen legte und der See trotzte.

»Der junge N-narr«, ereiferte sich der König, der mit dem Fernglas vor Augen hinter seiner Tochter stand. »Er m-muss umkehren! Oder wir müssen beidrehen und ihn zurückschicken!«

Lilibet sagte nichts, sondern drehte sich um und nahm ihrem Vater das Fernglas aus der Hand. Sie hielt es sich vor die Augen und betrachtete Philip lange Zeit. Währenddessen hatte man sich um sie herum lautstark mit dem Megafon an den wagemutigen Prinzen im Boot gewandt, bis er die Botschaft verstand und wendete, um zurückzurudern.

Erst als er nur noch ein ganz kleiner Punkt in der Ferne war, senkte Lilibet seufzend das Fernglas.

»Lilibet liebt Philip!«, spottete Margaret.

Die Königin sah ihre älteste Tochter an. »Du kannst dich nicht in den ersten Jungen verlieben, der dir begegnet, Liebling. Liebe auf den ersten Blick ist ein Mythos.«

Lilibet ging nicht darauf ein.

Fünfundvierzigstes Kapitel

»Denken Sie wirklich, dass es Krieg geben wird?«, fragte Lilibet. Zu dritt saßen sie auf der kleinen Erhebung im Palastgarten von Buckingham. Die Septembersonne lag warm auf ihren Gesichtern, und im blauen Himmel über ihnen kreisten die Vögel und stürzten sich herab.

Fast sicher, sagte sich Marion. Es lag regelrecht in der Luft – eine trostlose Aussicht. Man konnte es kommen sehen. Auf der gegenüberliegenden Straßenseite, im Hyde Park, hatte man Gräben ausgehoben. Vor den Büros von Whitehall, wo man plante, Londoner Kinder aufs Land zu schicken, türmten sich Sandsäcke.

Sie sah Lilibet an. Sie war dank ihrer Zeitungslektüre gut informiert. Abspeisen würde sie sich nicht lassen. Ehrlichkeit war für gewöhnlich die beste Politik.

»Das hängt jetzt von Russland ab«, sagte sie. »Stalin hat sich den Achsenmächten noch nicht angeschlossen.«

»Aber wenn er sich auch auf Hitlers Seite stellt, werden die Nazis sich Polen einverleiben«, folgerte Lilibet. »Und wer weiß, was dann passieren wird.«

»Grauenvoller Hitler!« Margaret zupfte Gänseblümchen aus dem Gras. »Verdirbt uns unsere Reise nach Balmoral!«

Lilibet sah ihre Schwester an. »Nun, wenigstens reisen wir nicht nach Kanada.«

Es war anfangs vorgeschlagen worden, die königliche Familie solle das Land verlassen. Die Königin hatte sich dem entschieden widersetzt. »Die Kinder würden niemals ohne mich gehen. Und ich würde nie ohne den König weggehen. Und der König wird niemals weggehen«, lautete ihre viel zitierte Antwort.

Ihre Verwandlung von der Gesellschaftslöwin zur Galionsfigur des Staates vollzog sich weiterhin in großen Schritten. Als sie erfuhr, dass Hitler sie »die gefährlichste Frau Europas« genannt hatte, war sie begeistert.

»Was kann die gefährlichste Frau Europas für Sie tun, Crawfie?«, krähte sie, wann immer Marion sie konsultierte. »Die gefährlichste Frau Europas ist am Apparat!«, kicherte sie, wenn sie ihre Freunde anrief.

Aber sie hatte immer darauf geachtet, dies nicht in Hörweite ihrer Töchter zu tun, die, wie sie glaubte, weitgehend keine Ahnung hatten vom Krieg oder wer ihn ausgelöst hatte. Natürlich täuschte sie sich, vor allem was Lilibet anging, die gerade versuchte, ihrer Schwester zu erklären, wer Hitler war.

»Er ist der Führer von Deutschland«, begann sie. »Sie nennen ihn Kanzler.

»Wir haben auch so einen«, warf Margaret selbstsicher ein. »Er kümmert sich um all das Geld.«

»Nicht diese Sorte Kanzler. Hitler ist eher ein Premierminister und Präsident in einem. Er ist allmächtig und hat keine legale Opposition.«

»Dann ist er also der König von allem?« Margaret schien beeindruckt zu sein.

»Man nennt es Diktator.«

»Ich habe Fotos von ihm gesehen.« Margaret schlang die Arme um ihre Beine. »Er zieht nie seinen Mantel aus. Nicht mal, wenn es heiß ist. Ich wette, der stinkt.« Sie zauste den Corgi, der ihr am nächsten war. »Ich frage mich, ob Hitler Haustiere hat.«

»Ich glaube, er hat eine Katze namens Schnitzel.«

Marion sah Lilibet erstaunt an. Ihr Gedächtnis für Details war erstaunlich. Wo hatte sie das nur wieder aufgeschnappt?

»Wie konnte er so mächtig werden?«, wollte Margaret wissen. Das war natürlich eine schwierige Frage.

Lilibet sah Marion verblüfft an.

Sie holte tief Luft. »Er ist ein sehr guter Redner. Die Leute glauben ihm, was er sagt.«

»Aber was sagt er denn?«

Marion zögerte. »Er erzählt den Deutschen, dass sie dazu geboren sind, über andere Menschen zu herrschen.«

»Papa wurde auch geboren, um über andere Menschen zu herrschen!«, rief Margaret.

»Ja, schon, aber nicht auf diese Weise.«

Vier herausfordernde blaue Augen sahen sie an. »Warum nicht?«

»Nun, weil wir eine Demokratie sind. Unsere Monarchie ist konstitutionell und erhält ihre Macht durch die Erlaubnis des Parlaments und des Volkes. Sie kann nicht eigenmächtig handeln.«

Die Prinzessinnen sahen sie verdutzt an.

»Hitler sagt den Deutschen, dass er ihnen Arbeit geben wird. Denn viele Deutsche haben ihre Arbeit verloren und waren deswegen unglücklich.«

Lilibet war alarmiert. »Aber die Leute hier haben auch keine Arbeit und sind unglücklich.«

»Das schon. Aber es ist nicht ganz dasselbe.«

»Aber warum denn nicht?«, wollte die logisch denkende Lilibet wissen. Sie dachte eindeutig voraus und verband Dinge miteinander. »Was wäre, wenn wir hier einen Diktator bekämen? Was wird dann aus Mami und Papa und Margaret und mir?« Sie schielte auf die Hunde, die einander durch das Heidekraut jagten. »Und aus Dookie und Susan?«

Margaret schüttelte ihre Faust. »Keine Sorge, Lilibet! Wir werden diesem abscheulichen Deutschen die Hölle heißmachen!«

»Unsere letzten Unterrichtsstunden im Frieden«, skandierte Margaret am Morgen des dritten Septembers.

Hitler war wie erwartet in Polen einmarschiert, und die Deutschen hatten, ebenfalls vorhersehbar, die Bitte der Briten ignoriert, ihre Truppen abzuziehen. Sofern sie dies bis elf Uhr morgens nicht getan hatten, würde Britannien den Krieg erklären.

»Sei still«, sagte Lilibet und warf mit ihrem Arbeitsbuch nach ihr.

»Scheusal!«

»Rohling!«

»Das sieht für mich aber nicht nach Frieden aus«, ging Marion dazwischen.

Die beiden Mädchen ließen die Uhr an der Wand über ihrem Schreibtisch nicht aus den Augen.

»Halb elf!«, verkündete Margaret. Dann, fünfzehn Minuten später: »Viertel vor elf!«

Obwohl Marion sich in Gelassenheit übte, musste sie feststellen, dass ihre Knie unter dem Schreibtisch zitterten.

»Elf!«, krähte Margaret und fing an, durch den Klassenraum zu tanzen.

»Hör auf! Hör auf damit!«, brüllte Lilibet. »Sagen Sie ihr, dass sie aufhören soll, Crawfie!«

Marion schaltete das Radio im Schulzimmer an. Die traurige, ruhige Stimme des Premierministers schwebte in den Raum. »Es tut mir leid, Ihnen mitteilen zu müssen«, sagte der ehemalige Verteidiger der Appeasement-Politik, »dass wir keine Zusage erhalten haben und sich dieses Land infolgedessen nun mit Deutschland im Krieg befindet.«

Margaret hörte mit ihrem Geschrei auf. Sie wandte sich mit angsterfülltem Blick an Marion. »Crawfie! Was wird jetzt passieren?«

Sechsundvierzigstes Kapitel

Als der Wagen in den steinernen Rachen des nach Henry VIII benannten Tores von Windsor Castle glitt, fühlte es sich an wie die Einfahrt in ein Gefängnis.

»Es ist so dunkel«, wimmerte Margaret und sah sich in dem lichtlosen Hof um. »Es gefällt mir nicht.«

»Du darfst dich nicht beklagen«, sagte Alah streng. »Du hast großes Glück. Denk doch nur an all die kleinen Evakuierten, die ihre Familien verlassen mussten und nun weiß Gott wo untergebracht sind. Womöglich sehen sie ihre Mummys und Daddys nie wieder.«

Die Reaktion war vorhersehbar gewesen. Die jüngste Prinzessin brach in Tränen aus.

»Wie lange werden wir denn in Windsor bleiben?«, wollte Lilibet wissen. Sie saß still neben Marion im Wagen.

»Nur für den Rest der Woche«, sagte Alah entschlossen.

So hatte zwar die Anweisung der Königin gelautet, als sie am Vormittag in der Royal Lodge anrief, aber etwas in ihrer Stimme hatte Marions Verdacht erregt. Daraufhin hatte sie sofort ihre ganzen Habseligkeiten zusammengepackt.

Der sogenannte Sitzkrieg dauerte nun schon seit Monaten an. Aber nun zeichnete sich eine Veränderung ab. Die Berichte aus Europa waren allesamt deprimierend, nachdem Norwegen und die Niederlande in die Hände der Nazis gefallen und die Alliierten an die Küste der Normandie zurückgedrängt worden waren. Würde Frankreich das nächste Land sein? Die holländische Königin Wilhelmina war erst vor wenigen Tagen mit nichts als den Kleidern, die sie anhatte, im Buckingham Palace eingetroffen. Diese Geschichte hatte sie von Norman Hartnell, der gerufen worden war, um den königlichen Flüchtling auszustaffieren. »Wir haben ihr jede Menge Hüte gezeigt«, berichtete er und verdrehte dabei die Augen. »Aber Ihrer Majestät gefiel keiner davon, oh nein. Dann sah sie den Hut von Gladys – meine Assistentin, Sie erinnern sich ...«

Marion erinnerte sich an die kleine ältere Frau, die mit Seide und Tüll beladen zusammen mit Norman Hartnell zur Anprobe für die Amerikatour gekommen war.

» ... und zeigte darauf und sagte, ›Ich will den hier!‹«

Man hatte Chamberlain gezwungen, von seinem Posten als Premierminister zurückzutreten, und an seiner Stelle kam Churchill, der Hitler-Hasser, der so lange als Außenseiter allein auf weiter Flur gestanden hatte, ins Amt. Marion bewunderte ihn für seine Worte, die er bei seiner Amtseinführung im Parlament gesagt hatte. »Blut, Schinderei, Tränen und Schweiß«; »Sieg um jeden Preis« und das Gelübde »Krieg gegen eine monströse Tyrannei zu führen, wie sie im dunklen, beklagenswerten Katalog menschlicher Verbrechen unübertroffen ist«. Seine zündende Sprache gefiel ihr genauso wie die unermüdliche Entschlossenheit, die er ausstrahlte, und vor allem sein knurrender, verächtlicher Ton, wenn er sich auf Hitlers Anhänger, die »Naazis«, bezog.

»Warum müssen Mami und Papa in London bleiben?«, meldete Margaret sich zu Wort. »Glauben Sie, die Deutschen werden kommen und sie mitnehmen?«

»Keine Chance«, versicherte Marion, bevor Alah wieder eine ihrer düsteren Vorhersagen äußern konnte.

»Ich hoffe nur, dass Hitler nicht hier rüberkommt«, sagte Lilibet nervös.

»Na ja, wenn er das tut, wird man sich schon um ihn kümmern«, sagte Alah, als wollte sie ihn persönlich übers Knie legen und mit einer Haarbürste versohlen.

Die gewaltigen mittelalterlichen Tore von Windsor schlugen hinter ihnen zu.

Der Hofmeister erwartete sie und führte sie durch dunkle Gänge, deren Wandverkleidung im Dunkel schwarz aussah.

»Wir ziehen uns zum Abendessen um«, verkündete der Meister mit gepflegter Aussprache. Sein Name Sir Hill Child war so unmöglich wie seine Anweisung. Von allem anderen einmal abgesehen gab es kaum Lichtquellen, alle Kronleuchter waren abgenommen und alle hellen Glühbirnen durch schwächere ersetzt worden.

»Wir dinieren im Kinderzimmer mit Ihren Königlichen Hoheiten«, erwiderte Alah anmaßend, indem sie sich des königlichen Plurals bediente.

»Aber *wir* nicht«, stellte Marion rasch klar. Wie auch immer die Umstände sein mochten, ein Abendessen mit Erwachsenen sollte man nicht ausschlagen.

»Acht Uhr im Octagon Room«, lautete die Anweisung von Sir Hill, bevor er im Dunkel abtauchte.

Nur gut, überlegte Marion, dass sie ihr Abendkleid mitgebracht hatte, das nun zerknautscht in ihrem hastig gepackten Koffer lag. War es tapfer oder verrückt, dass sich mitten im Krieg Leute in einem mittelalterlichen Schloss so verhielten, als befänden sie sich auf einer Party in einem Landhaus? Was gewissermaßen sogar der Fall war, denn an alle britischen und amerikanischen Zeitungen war die Meldung rausgegangen, dass die Prinzessinnen in »ein Haus auf dem Land« evakuiert worden waren.

Lilibet, Margaret und Alah waren im Lancaster Tower untergebracht, wo ein prasselndes Feuer die Kinderzimmersuite in Rosa und Beige wärmte, in der sie auch sonst bei Besuchen auf Windsor Castle wohnten. Aber aus Gründen, die Marion nicht kannte, hatte man sie in einer abgelegenen Ecke der Festung einquartiert, ganz allein oben in einem Turm, über eine Wendeltreppe erreichbar. Die Steinstufen waren von den Füßen vieler Jahrhunderte ausgetreten. Ein weiteres Zeichen jahrhundertelanger Nutzung war die in Ellbogenhöhe marmorglatte Wand des ansonsten rauen Mauerwerks.

Ihr Schlafzimmer war riesig, dunkelrot und kalt wie eine Gruft. Es roch so muffig, als wäre es schon lange Zeit nicht mehr benutzt worden. Dazu gehörte ein ebenfalls großes düsteres Wohnzimmer in Dunkelgrün, geschmückt mit kleinen tristen Ölgemälden an den Wänden. In beiden Räumen gab es kleine offene Kamine, doch obwohl die Feuer brannten, war von ihrer Wirkung nicht viel zu spüren. Das wenige Licht, das durch die mittelalterlichen Lanzettbogenfenster einfiel, wehrte der Verdunkelungsvorhang ab. Das Badezimmer, wenn es diesen Namen verdiente, befand sich in einer Hütte auf dem Dach. »Aber sie haben das alles für sich allein, Madam«, sagte der Diener, der sie hergebracht hatte.

Marion versuchte gute Miene zu machen, als sie sich umsah. Es war eiskalt und ermangelte jedes Komforts, den sie vom Buckingham Palace gewohnt war. Hier gab es nicht mal eine Maus. Nur ein winziges Stück Seife, in Streifen geschnittenes Zeitungspapier an einem Nagel in der Toilette und eine schwarze Linie in der Badewanne zur Markierung, wie hoch das Wasser steigen durfte. Offenbar acht Zentimeter hoch. Damit hatte man die Initiative des Königs umgesetzt, der sehr darauf bedacht war, keine Ressourcen zu vergeuden. Ein kleines Tier könnte ein schönes Bad nehmen. Aber keine ausgewachsene Person, vor allem keine, die so groß war wie sie.

Der Turm, die Wendeltreppe, das düstere Schloss – man kam sich vor wie in einem Märchen. Rapunzel vielleicht, nur schade, dass ihr Haar zu kurz war. Dann also Hans und die Bohnenranke – aber nein, alle kühnen jungen Männer waren im Moment weit weg. Es gab jedoch ein Ungeheuer, und alle wussten, wer das war.

Mit Herzklopfen eilte Marion später durch Raumfluchten, vollgestellt mit Möbeln unter Schutzhauben. Schränke mit Glasfront hatte man den Wänden zugekehrt. Man hatte ihr erzählt, dass im Schloss jeden Abend so viele Fenster verdunkelt werden mussten, dass es draußen schon wieder hell war, wenn alles für die Nacht vorbereitet war.

In den unbeleuchteten Gängen erdrückte einen die tausendjährige Geschichte fast. Sie spitzte die Ohren, waren da Schritte? Ein fernes Klagen von vor langer Zeit? Jede Biegung schien sie weiter vom Octagon Room zu entfernen.

Ihren Schritten folgte das gruselige Schleifen von Samt auf

Stein, und sie drehte sich ein paarmal um, weil sie mit einem Furcht einflößenden Phantom rechnete. Aber da war nichts als gähnendes Dunkel. Ihr wurde bewusst, dass sie ihr eigenes Kleid hörte. Ihre Mutter hatte es aus blauem Gobelinstoff genäht, der einmal als Vorhang für ihr Zimmer gedacht gewesen war. Es hatte einen tiefen Ausschnitt, sehr zum Unmut von Marions Mutter, weshalb sie sich gestritten hatten, wie sie sich jetzt voller Bedauern erinnerte.

Plötzlich kam nach der nächsten Biegung das Zeichen, dass sie ihr Ziel erreicht hatte. Eine halb offene Tür führte in eine dunkle Höhle von einem Raum mit behauener gotischer Decke und einem Feuer, das in einem schwarzen Marmorkamin prasselte. Als sie zögernd an der Schwelle stand, sah sie, dass es tatsächlich die Form eines Oktogons hatte.

Im Lichtschein einer einzigen trüben Birne saßen drei Männer in untadeliger Abendgarderobe an einem mit Silber und Kristall gedeckten Tisch. Es sah aus wie ein Dinner in der Unterwelt.

In das surreale Tableau kam Bewegung, als Sir Hill sich erhob. »Miss Crawford. Darf ich Sie mit Sir Dudley Colles und Mr Gerald Kelly bekannt machen? Ich glaube, Sie sind sich schon begegnet.«

Marion nickte dem kleinen, immer gut gelaunten Iren zu. Kerald Jelly, wie die Prinzessinnen ihn nannten, war ein vertrauter Anblick im Palast. Er hatte in den letzten Jahren Krönungsporträts vom König und der Königin gemalt, von denen keins je fertig zu werden schien. Es hieß, er genieße das Leben im royalen Umfeld so sehr, dass er immer wieder einen Teil des gerade Gemalten wegwischte, um seine Anstellung zu verlängern.

Schritte näherten sich auf dem Steinboden des Flurs. Wie ihr jetzt auffiel, war der Tisch für fünf gedeckt. Der Platz neben ihrem war frei, aber der Gast würde gleich auftauchen. Sie spürte einen

Luftzug, und ihre Muskeln verspannten sich. Ihre Nackenhaare stellten sich auf.

»Tommy! Schön, Sie zu sehen, alter Knabe.« Ein Stuhl wurde gerückt, als Sir Hill erneut aufstand und eine lange weiße Hand ausstreckte.

Und da war er, schneidig in einem Dinnerjacket, das dichte schwarze Haar schimmernd im Kerzenschein. Trotz des vertraut in ihr emporschnellenden Verlangens schaffte sie es, ihm gefasst die Hand zu schütteln. Seine Berührung schien ihr die Haut zu verbrühen, und der dunkle Blick, der sie aus den Tiefen seiner Brauen erreichte, schnellte wie eine Reitgerte über ihre Brüste. Sie spürte es, und ihr Blut raste.

Als sie sich setzten, sah er sie kurz ausdruckslos an, stellte sein Bein aber dicht neben ihrem ab. Eine Schockwelle erfasste sie. Sie spürte, dass das kein Zufall war, sondern eine unausgesprochene Frage.

Es war, als wäre ein schon lang nicht mehr berührter Schalter umgelegt worden. Sie fühlte sich plötzlich springlebendig. Sie rührte sich nicht. Sein Schenkel presste sich wie zur Bestätigung noch mal an ihren und rückte dann ab. Er machte es sich auf seinem Platz bequem.

Dass ihr flau im Magen wurde, hatte durchaus seine Berechtigung angesichts des Essens, das nun in angemessener Zeremonie von zwei Dienern aufgetragen wurde. Sie schielte auf die braune Kartoffelkruste mit einer Art von Gehacktem darunter.

Tommy neigte sich ihr zu. »Shepherd's Pie«, sagte er leise. »Vermutlich mit einem echten Schäfer drin.«

Schrumpelige Lammkoteletts ruhten in einem dünnen Bett grauen Kartoffelbreis. Jede Hoffnung, Windsor möge vielleicht von der allgemeinen Rationierung ausgenommen sein, erwies sich als unbegründet. Aber es machte ihr nichts aus. Sic war erfüllt von einer kaum zu kontrollierenden Erregung. Diese dunkle, beengte Welt in Kriegszeiten war plötzlich voll spannender Möglichkeiten.

Tommy unterhielt den Tisch mit seiner lakonischen Lockerheit, die sie unter diesen Umständen erstaunte. Er beschrieb, wie der hilflos kichernde König ihn während einer Zugfahrt auf der Tour durch Nordamerika zum Ritter geschlagen hatte.

»Und wie geht es Lady Lascelles?«, erkundigte sich Dudley unvermittelt. »Ist sie auch hier in Windsor?«

Marion hielt die Luft an. Sie kam sich vor wie eine Glasvase, die gleich vom Regal fallen würde.

»Auf dem Land«, erwiderte Tommy ruhig, und sie spürte, wie ihr ganzer Körper sich entspannte.

Das Gespräch drehte sich um die Königin. »Der bloße Anblick Ihrer Majestät hebt die Moral«, bemerkte Sir Dudley zu ihren Besuchen beim Frauenfreiwilligendienst, beim Luftschutz und den Einheiten des Roten Kreuzes, die über ganz London verteilt waren.

»Aber sie trägt nie Uniform«, ergänzte Sir Hill. »Und das ist das Brillante daran. Ihre Majestät ist immer wie eine Zivilistin gekleidet, der König trägt immer Uniform. Während er also für all die kämpfenden Männer steht, repräsentiert sie sämtliche britischen Hausfrauen.«

»Die gefährlichste Frau Europas«, sagte Sir Dudley lächelnd, während er mit dem Kotelett kämpfte.

Man kam überein, dass sich der König mit dem Krieg sehr viel schwerer tat. »Ohne die Königin würde er unter dieser Anspannung zusammenbrechen«, war die allgemeine Ansicht.

»Ihre großen blauen Augen«, bemerkte Kelly träumerisch und schenkte sich großzügig Portwein nach. »Aber dahinter ist sie zäh wie altes Schuhleder.«

Blaue Augen und ein eiserner Wille, erinnerte Marion sich. *Das ist alles, was eine Dame braucht!* Der Nachtisch kam: ein graues Gelee.

»Erinnert mich an Leichenfinger in der Schule«, bemerkte Sir Hill nach einem Blick darauf.

»Wir nannten es Nonnenzehennägel«, fiel Sir Gerald dazu ein.

Als nach langer Zeit endlich das letzte Glas geleert war und alle sich erhoben, wandte Tommy sich an Marion. »Wegen der Dunkelheit gestatten Sie mir vielleicht, Sie zu Ihrer Tür zu begleiten, Miss Crawford.« Sein Ton, der so täuschend formell und distanziert war, schickte ihr einen köstlichen Schauder über den Rücken. Übermächtiges Verlangen erfüllte sie. Das war der Moment!

Sie gingen der Reihe nach hinaus. Man wünschte sich gegenseitig höflich eine gute Nacht. Die Absätze handgefertigter Schuhe entfernten sich knirschend über die Steinböden der Flure. Sie blieben allein zurück.

Sie wartete. Im Dunkeln war er kaum zu sehen. Nur die glimmende Zigarette verriet, wo sein Mund war. Sie schluckte.

Als seine Finger ihren Ellbogen berührten, zuckte sie zusammen. »Hier entlang, Miss Crawford.«

»Marion *bitte*«, sagte sich kichernd. Der Wein war ihr ein wenig zu Kopf gestiegen.

Er führte sie weiter und redete übers Gärtnern. »Letztes Wochenende haben Joan und ich die Kartoffeln aus der Erde geholt, die Ernte war gut. Dabei musste ich ständig daran denken, wie viel Ähnlichkeit General de Gaulle mit einer Kartoffel hat, wenngleich Letztere formbarer ist als er.«

»Wie bitte?« Er erging sich in absoluten Banalitäten und erwähnte dabei seine Frau. Und hatte doch auf ihre Brüste gestarrt und sein Bein an ihres gepresst. Dessen war sie sich sicher. War sie das? Hatte sie wieder einmal die Situation falsch interpretiert?

Er ließ sie an der Eingangstür zu ihrem Turm allein. Sie blieb stehen und sah ihm nach, wie er im Dunkel verschwand. »Gute Nacht, Miss Crawford!«

Siebenundvierzigstes Kapitel

Die Mädchen hatten sich überraschend gut auf die Kriegszeit eingestellt. Sie schienen ohne Wehmut mit ihrem vergangenen Luxusleben abgeschlossen zu haben und genossen freudig gewisse Aspekte des neuen. In Lilibets Fall waren dies die offiziellen Empfehlungen. Sie befriedigten ihr starkes Ordnungsbedürfnis. Wenn sie über Stadtplänen brütete, ermittelte sie sehr rasch die Standpunkte aller Erste-Hilfe-Posten, Feuerwachen, Telefonhäuschen und Polizeiwachen der Umgebung.

»Wenn man weiß, wo sie sind, kann man jemandem bei einem Fliegeralarm ein paar kostbare Minuten ersparen«, teilte sie Marion ernst mit, die daraufhin nickte, wenngleich die Wahrscheinlichkeit, dass die Prinzessin dies jemandem würde mitteilen müssen, ziemlich gering war. Schade eigentlich. Denn Lilibet wäre ein ganz hervorragender Luftschutzwart geworden.

Die Einschränkungen zum Energiesparen nahm sie genauso ernst. Sie beobachtete Alah wie ein Habicht, um sicherzustellen, dass die Badewanne nicht über die erlaubten zwölf Zentimeter gefüllt war, und schob Pappringe unter die Abdeckungen der Lichtschalter. Die hatten die Form eines Gesichts mit dem Schalter als Nase. *Bitte schalt mich aus*, stand in der unverwechselbaren Handschrift der Prinzessin um den Rand herumgeschrieben.

»Ist das von den Essensgruppen eins bis vier?«, erkundigte sie sich bei den Mahlzeiten, indem sie in ihrem Bezugsscheinheft nachschlug und die Butter mit dem königlichen Monogramm ansah, die von den Höfen Windsors kam. »Denk dran«, ergänzte sie sachlich und zitierte den Slogan auf den Plakaten, »man kann alles vom Schwein nutzen, bis auf sein Quieken!«

Margaret hingegen war von der Idee der fünften Kolonne angetan, von heimtückischen feindlichen Agenten, die sich als Nonnen oder Mütter mit Babys verkleideten. »Ich wette, dass unter diesem Bettzeug ein Maschinengewehr steckt«, zischte sie, wann immer sie einer Frau begegneten, die im Windsor Great Park einen Kinderwagen vor sich herschob. Von Zeit zu Zeit kamen Marion und die Mädchen an Grüppchen von Freiwilligen vorbei, die mit allem, was sie hatten finden können, die Verteidigung im Ernstfall probten: Küchenmesser an Besenstielen, Mistgabeln, Gartenspaten. Vor ihnen marschierte ein älterer Spieß auf und ab und brüllte mit starkem Cockneyakzent: »Wir wollen den Deutschen nicht erschießen, sondern aufspießen! Denn kalten Stahl mögen die Deutschen gar nicht. Nicht, wenn er auf sie gerichtet ist! Also stecht zu, in die Kehle, in die Lungen oder in den Magen, und beim Rausziehen dreht ihr die Waffe noch mal ein wenig.«

Wenn sie die Prinzessinnen sahen, richteten sie sich stolz auf und salutierten. »Oh Mann«, bemerkte Margaret ungnädig, wenn sie den zusammengewürfelten Haufen aus alten Männern und jungen Burschen hinter sich gelassen hatten. »Da wird Hitler es nicht schwer haben, wenn er herkommt, oder?«

»Margaret!«, empörte sich Lilibet. »Sei nicht so gemein!«

Ein brütend heißer Tag folgte auf den anderen. Ganz im Sinne der Kampagne des Landwirtschaftsministeriums *Dig for Victory* gruben sie die Schlossgärten für den Gemüseanbau um und brachten dabei die im Royal Lodge erworbenen gärtnerischen Fertigkeiten zum Einsatz. Wenn sie dann später beim Tee die Berichte in den Nachrichten hörten, verschob Lilibet die Fähnchen auf einer großen Landkarte, um die jeweiligen Truppenbewegungen nachzuvollziehen. Ermutigend waren die Berichte nicht. Hitler hatte die Niederlande und Belgien eingenommen. In Frankreich war er auf dem Vormarsch.

Als eines Tages ohrenbetäubende Explosionen und Schüsse zu hören waren und eine Maschine der Royal Air Force nach der anderen über sie flog, unterbrachen die Mädchen ihr Versteckspiel. »Was ist los, Crawfie?«

Die Antwort erfuhren sie später, als sie die Children's Hour im Radio hörten. Eine neue Stimme meldete sich zu Wort, ein Mann, dessen entschlossene und ruhige Stimme voller Dringlichkeit war.

»Was erzählt er da?«, wollte Margaret aufgebracht aus ihrer Ecke im Kinderzimmer wissen, wo sie mit ihrem Spitfire-Piloten spielte. »Was ist denn aus unserem Hörspiel mit *Larry the Lamb* geworden?«

»Pst!«, ermahnte Lilibet sie mit gerunzelter Stirn. Sie lauschte angestrengt.

»Etwas mit Booten?«, wollte die Schwester wissen. Nun hörte sie selbst zu und wiederholte die Worte. »Wenn Sie über ein Boot verfügen, mit dem sich der Ärmelkanal überqueren lässt, dann bringen Sie es jetzt an die französische Küste, um einige britische Soldaten heimzuholen.« Sie starrte verdutzt die anderen an. »Aber warum? Wozu?«

Lilibets Auffassungsgabe war schneller. Alle Farbe war aus ihrem Gesicht gewichen, als sie Marion ansah. »Weil die Nazis uns zurückgeschlagen haben.«

Marion schnürte es die Kehle zu. Tränen brannten in ihren Augen. Sie blinzelte entschlossen dagegen an und versuchte, Lilibet beschwichtigend anzulächeln.

Aber die Prinzessin sagte bedächtig: »Das bedeutet, dass Hitler nun die gesamte Meeresküste von Island bis hinunter nach Spanien besetzt hat. Oh, Crawfie!« Tränen füllten ihre blauen Augen. »Das ist zutiefst beängstigend. Was wird nur aus uns werden?«

Margaret hatte sich nun auch erhoben und stand in ihrem Sommerkleid mit zusammengezogenen Brauen und blitzenden Augen da. »Wir kämpfen, und wenn wir mit dem Rücken zur Wand stehen. Zum Äußersten entschlossen!«, erklärte sie mit bebender Stimme. Sie lasen im Moment *Der Kampf um die Insel*, und Margaret hatte auf Anhieb in der mutigen Nancy Blackett ihre literarische Seelenverwandte gefunden. »Jeder Eindringling, der seinen Fuß auf britischen Boden setzt, kann sich auf was gefasst machen! Keine Gnade! Wir werden die Fallschirmjäger abschießen und Handgranaten schleudern!«

Lilibets bleicher, verängstigter Ausdruck war verschwunden. Sie grinste breit und sagte mit einem vertrauten Cockney-Akzent: »Wir wollen den Deutschen nicht erschießen, sondern aufspießen! Denn kalten Stahl mögen die Deutschen gar nicht. Nicht, wenn er auf sie gerichtet ist! Und ich weiß auch, wo ich zustechen muss.«

Sie strahlte ihre Schwester an, und gemeinsam sagten sie: »In die Kehle, in die Lungen oder in den Magen! Und beim Rausziehen die Waffe noch mal ein wenig umdrehen!«

Der Kampfgeist der Mädchen spiegelte den des restlichen Landes wider, insbesondere den von Premierminister Churchill, dessen Rede, die er nach der Schlacht in Dünkirchen im britischen Unterhaus gehalten hatte, in den Radionachrichten zitiert wurde.

»Wir werden bis ans Ende gehen ... Wir werden unsere Insel um jeden Preis verteidigen. Wir werden an den Küsten kämpfen, wir werden an den Anlegestellen kämpfen, wir werden auf den Feldern und in den Straßen kämpfen, wir werden in den Bergen kämpfen, wir werden uns niemals ergeben.«

»Niemals!«, stimmte Margaret ihm zu und fuchtelte mit ihrem Bleistift herum. Sie zeichnete einen Squander Bug, das wanzenähnliche Monster, das auf Plakaten der Regierung die Menschen aufforderte, für die Kriegsanstrengungen zu sparen und ihr Geld nicht für Konsumgüter auszugeben. Der Bug hatte Zähne und das Gesicht des Führers und über den ganzen Bauch verteilte Swastiken.

Dennoch sah es zunehmend danach aus, als würde Britannien ganz allein kämpfen. Frankreichs Kapitulation vor den Deutschen war ein Schock gewesen, und die Amerikaner verfolgten trotz der Bemühungen der Königin und Norman Hartnells femininen Kleidern noch immer eine Politik der Neutralität. Wann würde, wie Churchill in seiner Rede gefordert hatte, die Neue Welt mit all ihrer Macht und Gewalt der Alten zu Hilfe kommen?

Achtundvierzigstes Kapitel

Die Prinzessinnen betrachteten erstaunt die runde Metalldose.

»Eine Keksdose!«, sagte Lilibet. »Papa möchte, dass wir die Kronjuwelen *in einer Keksdose* verstauen?«

Ein Lächeln huschte über das schmale Gelehrtengesicht von Sir Owen Morshead, Bibliothekar von Windsor Castle und der Mann, der auserwählt worden war, die neuesten Befehle des Königs in die Tat umzusetzen.

»Die Größe ist perfekt, Ihre Königliche Hoheit«, erklärte er, als der Diener mit dem Behältnis in den Keller verschwand, der extra für diesen Zweck in das Kalkfundament des Schlosses gegraben und mit zwei doppelten Metalltüren gesichert worden war.

»Ich halte das für eine gute Idee«, meinte Margaret beherzt. »Niemals wird Hitler in den Sinn kommen, nach dem Rubin des

Schwarzen Prinzen in einer Keksdose zu suchen.« Sie hielte inne und überlegte. »Es sei denn natürlich, er mag Kekse.«

Margaret selbst aß liebend gern Kekse, die ihr nun aber wegen der Rationierung weitgehend versagt blieben. Um sie abzulenken, ließ Marion sie laut überlegen, welche Kekse der Führer wohl bevorzugte. Denn schließlich konnte man die Notwendigkeit, die Kronjuwelen zu vergraben, nur als stillschweigendes Eingeständnis dessen verstehen, dass man mit einem Einmarsch rechnen musste. Die Idee eines Fotos von Hitler mit der St.-Edwards-Krone ließ man gar nicht erst aufkommen.

Hitler hatte mit alldem nicht gerechnet. Seine Erwartung, Britannien würde nach der Kapitulation Frankreichs eine Kehrtwende machen und sich ergeben, hatte sich als Fehleinschätzung erwiesen. Churchill hatte sich erneut zu einer aufrüttelnden Rede aufgeschwungen und dies als Britanniens Sternstunde bezeichnet. Seine entschlossene Hoffnung brachte viele gegen ihn auf, die geglaubt hatten, dass der Kampf vorbei sei. Selbst der König und die Königin hatten ihre Zweifel.

»Er hat mir gerade gesagt, dass Erfolg darin besteht, von einem Misserfolg zum nächsten weiterzumachen, ohne dabei die Begeisterung zu verlieren«, berichtete der König seiner Frau nach einem Treffen mit dem Premierminister.

»Mir hat er gesagt, wenn man durch die Hölle geht, müsse man weitergehen«, erwiderte die Königin kopfschüttelnd. »Aber er hat recht, Bertie. Was sollen wir denn sonst machen als weiterwursteln?«

Inzwischen hatte am Himmel über Südengland die Luftschlacht um England begonnen. Brutale Luftkämpfe zwischen der Luftwaffe und der Royal Air Force gehörten nun zum Alltag.

»Hitler möchte die Royal Air Force zerstören, damit er einmarschieren kann«, sagte Lilibet. »Aber da hat er sich das falsche Land ausgesucht!«

Ihre Lieblingsmaschine war der Lancaster-Bomber. Margaret hingegen war von Spitfires besessen. »Stimmt es denn«, wollte diese wissen, »dass sie nach jemandes schlecht gelaunter kleiner Tochter benannt wurden?«

Das hatte ihr der König erzählt, und offenbar war sie neidisch auf das betroffene Kind. Sie war entschlossen, zum Spitfire-Fond beizutragen, den Lord Beaverbrook, der Minister für Flugzeugproduktion, ins Leben gerufen hatte. Hausfrauen wurden gebeten, Pfannen und Kessel, Zinkbadewannen und sonst alles Mögliche zu spenden, was für die Produktion eines Flugzeugs eingeschmolzen werden konnte.

»Was hast du da unter deinem Kleid, Margaret?«, fragte die Königin eines Mittags, als ihre jüngste Tochter vom Tisch aufstand und auf verdächtig vorsichtige Weise und ein wenig klimpernd den Raum verlassen wollte. Nach entschlossenem, aber fruchtlosem Widerstand hob Margaret ihr Kleid und enthüllte eine Menge Silberbesteck, das sie sich seitlich in die Unterhose gesteckt hatte.

»W-as?«, setzte der König an.

»Der Spitfire-Fonds!«, kreischte Lilibet und hielt sich vergnügt die Hände vor den Mund.

Margaret warf ihr einen verärgerten Blick zu. Sie wollte sich nicht die Show stehlen lassen.

»Margaret?«, sprach die Königin sie sanft an, und ihre Mundwinkel zuckten dabei verräterisch.

Die Prinzessin richtete einen aufmüpfigen Blick auf ihre Eltern. »Eine ganze Spitfire kostet fünftausend Pfund«, verkündete sie.

»Eher zwölfeinhalb«, murmelte der König, wirkte aber belustigt.

»Aber mit zweitausendfünfhundert Pfund lässt sich der Rumpf bezahlen und mit tausendachthundert Pfund die Flügel, und damit« – sie hob zwei Fäuste voll mit Messern und Gabeln hoch – »lassen sich einige Schrauben und Nieten und vielleicht auch ein Rollo für den Nachtflug kaufen. Sie kosten sieben und sechs Pfund«, ergänzte sie mit Nachdruck.

Im Laufe des Sommers flog die deutsche Luftwaffe, die bisher den Ärmelkanal bombardiert hatte, auch übers Inland. Kondensstreifen und das Ratatat von Maschinengewehren gehörten bald zum Alltag, wenn die deutschen Bomber mit den sie begleitenden Kampfflugzeugen versuchten, durch die Spitfires und Hurricanes zu kommen, die aufstiegen, um sie abzufangen.

Beide Mädchen wurden Expertinnen darin, die über ihnen brummenden Flugzeuge anhand ihrer Gestalt zu identifizieren. Manchmal flogen sie so tief, dass die Rumpfmarkierung zu erkennen war.

»Unsere!«, riefen die Mädchen freudig, wenn eine Maschine mit rot-weiß-blauer Kennung vorbeiflog.

»Ihre«, knurrten sie angewidert, wenn es eine mit Swastika war.

Eines sonnigen Nachmittags im September hörten sie ein undeutliches, aber unheilvolles Brummen, das immer lauter wurde. Es war das Motorengeräusch von Flugzeugen. Lilibet, die bereits mit einem Fuß auf einem Baumstamm war, verharrte. »Horch.«

»Unsere«, sagte Margaret zuversichtlich von weiter oben in den Ästen. »Fliegt zu einer Bombardierung.«

In der Ferne hörte man gedämpfte Explosionen. Lilibet hielt die Luft an. »Ihre. Das kommt von London.«

Dookie hatte die Situation vor allen anderen erfasst. Er sauste davon über den Rasen, zurück ins Schloss. Nachdem Marion und die Mädchen heruntergeklettert und ihm nachgerannt waren, fanden sie den Hund im Badezimmer der Kindersuite, wo er verängstigt hinter der Toilettenschüssel hockte. Er weigerte sich herauszukommen, selbst als die Sirene einen Fliegeralarm ankündigte.

»Nun komm schon«, sagte Marion und packte den dicken rotbraunen Körper und zog ihn heraus. »Lasst uns in den Bunker gehen.«

Der Bunker von Windsor befand sich in den Verliesen des Schlosses. Er war improvisiert: Ein paar hastige und unfertige Verstärkungen waren angebracht, und kleine Betten wurden für die Mädchen aufgestellt. Ringsherum in der Düsternis sah man in harten Stein eingefügte Eisenringe und Gewölbekammern, die in unergründlichem Dunkel endeten. Die Atmosphäre war nicht nur wegen der feuchten Luft bedrückend, sondern auch gesättigt von der Todesangst all jener, die im Lauf der Jahrhunderte hier gefangen gehalten worden waren.

Wie immer entschlossen, die Mädchen abzulenken, verteilte Marion Exemplare von *Ein Sommernachtstraum*, den sie dann mit verteilten Rollen lasen. Und angesichts der urkomischen Szene mit den rüpelhaften Handwerkern, die ein Stück proben, waren die Nazis bald vergessen. Als sie wieder nach draußen kamen, war der Himmel über London glutrot.

»Keine Sorge«, beruhigte Margaret Dookie wacker, den sie im Arm hielt, »wir werden diese Deutschen grün und blau schlagen.«

Und dann begann der Blitzkrieg. Das klagende Geräusch von Wailing Willie, wie die Luftschutzsirenen genannt wurden, und das Ratatat der Flugabwehrgeschütze hielt Einzug in das Leben aller.

Eines Nachts wurde Marion von lautem Glockengeläut wach,

die Wächter auf dem Schlossdach schlugen Alarm. Sie streifte das Nachthemd ab und griff nach ihrem dicken Luftschutzanzug aus grünem Samt, packte ihre Gasmaske und rannte los.

In die Verliese gelangte man über eine Falltür hinter der riesigen Schlossküche. Eine steile Treppe, auf der sich Käfer und Spinnen tummelten, führte hinab in die Eingeweide der Erde. Beim Hinunterlaufen schloss Marion die Augen.

Im Luftschutzbunker trug Sir Hill Child noch immer Abendgarderobe. Seine Gasmaske hing ihm leicht schief um den Hals. Er hielt eine Taschenlampe, und sein verzerrter Schatten zuckte geisterhaft über die rauen Steinwände. »Wo sind Ihre Königlichen Hoheiten?«, fragte Sir Hill.

»Bei Alah«, antwortete Marion. Während eines nächtlichen Fliegerangriffs war Alah dafür zuständig, die Prinzessinnen in den Bunker zu bringen.

Sir Hill stöhnte. »Wo ist die Frau? Hat sie die Glocke nicht gehört?«

»Das ist unmöglich.« Lord Wigram, der Schlossvogt trat vor. Auch er war im Abendanzug. »Das ist eine verschärfte Luftschutzwarnung, Miss Crawford. Es wird eine Bombardierung erwartet. Die Prinzessinnen müssen *sofort* in den Luftschutzbunker.«

Marion stürzte aus dem Bunker und rannte zurück über den Flur, wobei sie jede Minute damit rechnete, drei rennenden Gestalten, eine groß und zwei klein, zu begegnen, begleitet von den Ermahnungen der Nanny, vorsichtig zu sein und nicht auszurutschen. Aber das Dunkel blieb leer.

Wieder mussten die glitschigen Steinstufen mit den grausigen Insekten überwunden werden. Sie würden doch wohl kommen? Mit Herzschmerzen von der Anstrengung und schweren Beinen im dicken grünen Samt eilte sie durch dunkle Kammern und schob mit Eisen beschlagene massive Türen auf. Die Alarmglocke bimmelte weiter.

Endlich hatte sie den Lancaster Tower erreicht. Sie wankte hoch zu den Kinderzimmern. Beim Näherkommen hörte sie hohe, mädchenhafte Stimmen, in die sich Alahs tiefes Knurren mischte. Sie waren alle noch da!

»Alah!« Marion stand jetzt direkt vor der Tür zur Kindersuite. Sie rappelte an der Klinke. »Ich bin es – Crawfie! Lord Wigram und Sir Hill und alle anderen warten im Luftschutzkeller, und Sie müssen jetzt runterkommen. Was *machen* Sie denn?«

Die Tür öffnete sich, und da stand Alah in makelloser Uniform, nur die Kappe ein wenig schief. Sie war offensichtlich gerade damit beschäftigt gewesen, sie akkurat auszurichten. Ihre Gasmaske war nirgendwo zu sehen, und als sie Marions ansichtig wurde, spiegelte ihr Gesicht die vorhersehbare Entrüstung.

Lilibet meldete sich. »Wir ziehen uns an, Crawfie«, rief sie. »Alah sagt, wir müssen uns anziehen.«

Marions fassungsloser Blick an der kräftigen Figur der Nanny vorbei fiel auf das Ende eines Rüschenkleids und ein Paar weiße Socken, die ordentlich auf dem Bett lagen. Da rastete etwas in ihr aus.

»Kommt mit mir!«, brüllte sie. »Jetzt!«

Eine Minute später eilte sie mit den Mädchen, die über ihre Nachthemden Mäntel geworfen hatten und ihre Mickey-Mouse-Gasmasken hielten, nach unten. Alah folgte grummelnd in einiger Entfernung.

Der Luftschutzkeller war voller als zuvor. Andere Schlossbewohner waren dazugekommen. Sir Hill war ein Nervenbündel, Lord Wigram lief unruhig auf und ab. Ihre Erleichterung war spürbar, als die kleine Gruppe eintrat.

Bald darauf war Margaret auf Marions Schoß eingeschlafen,

während Lilibet ruhig auf einem der Betten lag und las. Sir Hill machte im Lampenschein das Kreuzworträtsel in *The Times*, Lord Wigram war dicht neben ihm in einen Dahlienkatalog vertieft.

Gerald Kelly saß ganz hinten im Dunkel und plauderte leise. Gelegentlich hörte man aus seiner Richtung ein Klirren wie von einer Flasche Portwein gegen Bleikristall. Alah hatte ihr Strickzeug dabei und arbeitete an Socken für Matrosen, offenbar hatte sie die Absicht, die gesamte Royal Navy zu versorgen.

Seltsam friedlich wirkte diese Kriegsszene, wie Marion fand. Gesellig, fast gemütlich. Sie verlagerte das warme Gewicht des Kindes und hörte gelegentlich Papierrascheln, wenn die vertiefte Lilibet umblätterte. Sie vergrub die Nase in Margarets weichen Haaren und schickte ein stilles Gebet um Sicherheit nach oben und dass sie alle überlebten.

Erst um zwei Uhr morgens kam die Entwarnung. So abscheulich der Klang auch war, in den Ohren tönte er wie schöne Musik.

Sir Hill verbeugte sich zeremoniell vor Lilibet. »Jetzt dürfen Sie zu Bett gehen, Ma'am.«

Am nächsten Morgen erklärte Lilibet mit trotziger Wut: »Ich möchte zur Armee!«

»Das bist du bereits«, erinnerte Margaret sie. »Du bist Ehrenoberst der Grenadier Guards.«

Marion verkniff sich ein Lächeln. Diese Ehre war Lilibet kürzlich zuteilgeworden, und wie immer nahm sie ihre Inspektionspflichten ernst. Nachdem sie bei der ersten von ihr abgehaltenen Parade mit ihrer hohen Stimme mehrere Soldaten wegen ihrer Stiefel zur Rede gestellt hatte, war der befehlshabende Offizier auf Marion zugekommen und hatte sie zur Seite genommen. »Miss Crawford. Könnten Sie Ihrer Königlichen Hoheit gegenüber erwähnen, dass die Grundvoraussetzung eines wirklich guten Offiziers die Fähigkeit ist, Gerechtigkeit mit Gnade abzumildern.«

Lilibet war zwar noch zu jung, um richtig in die Armee einzutreten, aber die Idee ließ Marion nicht los. Die Kerkerhaft in Windsor wurde als zunehmend erdrückend empfunden. Keiner schien zu wissen, wie lange der Krieg noch andauerte, und wenn doch, sagte man es nicht.

Mit der unerwarteten Ankunft von Antoinette de Bellaigue, einer eleganten jungen Aristokratin, die kurz vor der Invasion der Deutschen aus ihrem Land geflüchtet war, verstärkte Marions Unruhe sich zusätzlich. Wie gewöhnlich waren keine Erklärungen abgegeben worden, aber Marion erfuhr häppchenweise und verschwommen, dass man ihre Kenntnisse des Französischen offenbar für ausgereizt und Unterricht von einer Muttersprachlerin für angemessen hielt.

Insgeheim war sie erleichtert, dass sie diese Stunden abgeben konnte, doch es schmerzte, dazu nicht gefragt worden zu sein. Selbst wenn, wie Marion sich vor Augen hielt, der König und die Königin an die Verteidigung einer ganzen Nation denken mussten.

Es dauerte nicht lang, und von den Lippen der Prinzessinnen hörte man immer nur »Toni«. Vor allem Margaret war hin und weg von Mademoiselle de Bellaigues perfekter Kleidung und den glänzenden dunklen Haaren. Sie war, wie Marion trübsinnig feststellte, entkommen, ohne dass ihr französisches Stilgefühl Schaden genommen hatte. Und Toni schien sich bei den Mädchen sofort wohlzufühlen. »Lilibet ist *tres naturelle*«, erklärte sie Marion mit ihrem bezaubernden Akzent. »So viel Pflichtgefühl! Und doch *quelle joie de vivre!*«

Bald darauf erfolgte die nächste unerwartete Neuerung: Zeichenunterricht in Gesellschaft von Alathea Fitzalan-Howard, einer jungen Adeligen, kaum älter als die Mädchen, die für die Dauer des Kriegs in den Great Park gezogen war. Dann bekam Lilibet beigebracht, im Damensattel zu reiten. Marion hatte langsam das Gefühl, als wären alle ihre Versuche, die Mädchen in die reale Welt einzubinden, vergeblich gewesen.

Selbst die Buckingham-Palastwachen und die einst so wichtigen Pfadfinderinnen schienen sie nicht mehr zu interessieren. Wenngleich sie zugeben musste, dass dieses Projekt sich anders entwickelt hatte als geplant.

Nachdem es ihnen gelungen war, sich gegenüber der Respekt einflößenden Leiterin der Pfadfinderinnen durchzusetzen, schien der Erfolg greifbar zu sein. Der für die Treffen gewählte Ort war das kleine Sommerhaus in den Palastgärten, wo George V einst bei gutem Wetter gearbeitet hatte. Den Schreibtisch hatte man belassen, wie er war, mit Stiften und Papier noch auf ihrem Platz. Die Mädchen und Marion hatten es eigenhändig ausgeräumt. Beim Eröffnungstreffen waren die beiden, adrett herausgeputzt in ihren neuen Uniformen, vor Aufregung ganz aus dem Häuschen. Auch der König hatte großes Interesse an ihrer Ausstaffierung gezeigt.

»Keine schwarzen Strümpfe«, sagte er. »Die erinnern mich an meine Kindheit. Sie sollen lieber Beige tragen.« Als Prinzessin Mary kam, um ihres Amtes zu walten, stand er hinter seiner Schwester und murmelte ihr ermunternde Worte zu, um sie aufzuheitern. Es war eine Seite des Königs, die Marion seit den alten Zeiten in Piccadilly nicht mehr an ihm wahrgenommen hatte.

Als unvorhergesehenes Problem erwiesen sich die anderen Rekrutinnen, die Töchter von Hofbeamten und Freunden der Familie. Bei ihrem ersten Treffen wandte Lilibet sich entsetzt an Marion. »Warum haben sie alle ihre Nannys mitgebracht?«, zischte sie.

Tatsächlich, und sie alle reihten sich auf und machten viel Theater um ihre Schützlinge. Im luftigen, hellen Sommerhaus wirkten sie wie ein schwarzer Schwarm aus Hüten und dunklen Mänteln.

»Einige von ihnen tragen nicht mal Uniform«, knurrte Margaret. »Sie sind in Partykleidern gekommen!«

»Lasst uns anfangen«, sagte Marion, die befürchtete, die ganze Sache könnte im Sande verlaufen, bevor sie überhaupt begonnen hatte. Und dafür hatte sie sich nicht die Prozedur mit Miss Violet Synge angetan.

Um das Eis zu brechen, begannen sie mit einem Spiel. Jede musste ihre Schuhe ausziehen und in der Mitte des Raums auf einen Haufen werfen. Auf ein Signal hin mussten die Mädchen sich diese dann holen, anziehen und wieder an ihren Ausgangsplatz zurückkehren. Gewinnerin war, wer diese Übung als Erste geschafft hatte.

»Und los!«, rief Marion, und die Mädchen stürzten sich auf den Haufen.

Doch die freudige Anspannung ließ rasch nach, denn anhand der leeren Gesichter und des verdutzten Kramens und in einigen Fällen sogar durch Tränen wurde offensichtlich, dass die meisten Pfadfinderinnen keine Ahnung hatten, welche Schuhe ihnen gehörten. Oder, wenn sie es wussten, unfähig waren, sie sich anzuziehen. Mädchen in Partykleidern hüpften mit einem halb beschuhten Fuß zur Nanny, den anderen Schuh baumelnd in der Hand.

Seitdem hatte sich die Frustration bei Marion nur noch verstärkt. Denn seit Kriegsbeginn und dem Umzug nach Windsor hatten sich dem ohnehin schon exklusiven Pfadfinderinnenrudel nun auch noch die Sprösslinge hoher Militärs angeschlossen. Die ursprüngliche Idee, die Prinzessinnen mit Kindern eines anderen gesellschaftlichen Hintergrunds zusammenzubringen, schien weiter entfernt denn je. Vielleicht war dies jetzt sogar ganz unmöglich geworden, und sie kämpfte auf verlorenem Posten.

Womöglich war es an der Zeit, in einen anderen Kampf zu ziehen. Dort, wo alle anderen kämpften. Viele junge Frauen wie sie waren beim Militär. Sie hatte die Plakate an der Windsor High Street gesehen. »Schließt euch dem königlichen Marinedienst der Frauen an! Lieber sich dem Kugelhagel stellen, als zu Hause von einer Bombe getötet zu werden!«

Marion konnte dem nur zustimmen. Sie wurde von der Familie nicht mehr gebraucht. Und es war sicherlich wichtiger, Freiheit und Demokratie zu verteidigen, als zwei jungen Prinzessinnen zu zeigen, wie das Leben vor den Palastmauern aussah. Warum nicht zum Militär gehen und ihren Teil beitragen? Für König und Land kämpfen? In ihrem Fall natürlich würde sie den König verlassen müssen, um für das Land zu kämpfen. Sie glaubte nicht, dass es schwer werden würde. Man würde sie wohl kaum vermissen.

Aber wie immer, wenn sich eine wahrhaft große Frage stellte, war die Königin nicht zu erreichen. Windsor Castle war weitläufig, und außerdem verbrachte Ihre Majestät die Wochentage im Buckingham Palace. Marion nutzte die Anwesenheit von Toni, um nach Windsor zum Bahnhof Eton zu eilen und von dort den Vormittagszug nach London zu nehmen. Er war voll mit Soldaten, die scherzten und einander auf die Schippe nahmen. Die Moral schien trotz allem gut zu sein. Stolzgeschwellt sagte Marion sich, dass Ihre Majestäten daran nicht ganz unbeteiligt waren.

Am Piccadilly Circus war die Eros-Statue verschwunden. Aber es schien noch immer ein beliebter Treffpunkt zu sein: Soldaten und ihre Liebsten schlenderten fröhlich umher.

Sie lief die Piccadilly entlang und blickte in leere Schaufenster.

Das Kaufhaus Fortnum mühte sich tapfer, war aber nur noch ein Schatten des vormaligen Luxustempels. Wie hätte es auch anders sein können, wenn überall auf offiziellen Plakaten zu lesen war: »Extravaganz in Kriegszeiten schickt sich nicht und ist unpatriotisch«?

Sie lief durch den Green Park. Wo früher Liegestühle gestanden hatten, waren jetzt Beete angelegt, in die man Gemüse gepflanzt hatte. Selbst hier hieß es für die Leute »Graben für den Sieg«.

Der Palast ragte vor ihr auf, die graue Fassade schimmerte in der Septembersonne. Während Marion darauf zueilte, schwoll etwas in ihren Ohren an. Das surrende Dröhnen von etwas Großem, Schwerem.

Sie blickte hoch. Das Flugzeug kam aus östlicher Richtung. Sie wurde seiner Präsenz erst richtig gewahr, als es über der Mall war und die Sonne verdeckte. Nun war die deutsche Kennung auf dem Rumpf gut zu erkennen. Dann tosender Motorlärm, als das Flugzeug mit großer Geschwindigkeit zum Sinkflug ansetzte. Als Marion sich zu Boden warf, hörte sie das unmissverständliche Geräusch eines Bombenabwurfs, dann eine ohrenbetäubende Explosion. Danach entsetzliche Stille.

Marion blieb sekundenlang mit dem Gesicht im Staub liegen. Sie bekam keine Luft. Alles war so schnell gegangen und unbegreiflich. Sie hob den Kopf. Menschen versammelten sich, sprachen zutiefst erschüttert miteinander. Sie rappelte sich hoch und rannte los.

Die Palastfassade war mehr oder weniger intakt, abgesehen von den Fenstern. Keine einzige Scheibe war ganz geblieben. Marion starrte darauf. Es war ein warmer Tag, aber ihr war kalt. Trotz allem, was schon passiert war, fragte sie sich, ob sie bis jetzt wirklich an den Krieg geglaubt hatte.

Sie eilte durch die verängstigten Menschengruppen vor den Zäunen. »Ist Seine Majestät unversehrt? Die Königin?« Die Polizei tat ihr Bestes, die Fragen zu beantworten, aber Marion sah ihnen an, dass sie keine Ahnung hatten, und stellte sich dieselbe Frage.

»Verzeihung, Miss, Sie können hier nicht durch ... oh. Miss Crawford, Sie sind es. Gehen Sie weiter.«

Alles war so irreal, als sie weiterging und sich über das zerborstene Glas ihren Weg in den Vorhof bahnte. Leute waren bleich vor Entsetzen herausgekommen, einige klammerten sich aneinander, aber allem Anschein nach war keiner wirklich verletzt.

Hinter dem Hauptbogen im viereckigen Innenhof, dem Quadrangel, türmten sich Erdhaufen, und dicke schwarze Rauchschwaden stiegen auf. Mehrere Schutthaufen umgaben ein riesiges klaffendes Loch, aus dem allem Anschein nach vor Kurzem ein Ungeheuer entstiegen war. Doch natürlich war es genau andersherum, hier hatte das Ungeheuer eingeschlagen, und hier war der Schaden am größten.

Sie schlich näher heran, ihre Absätze knirschten im Schutt. In den Rauchschwaden war kaum etwas zu erkennen, aber etwas vom linken Gebäudeteil schien zu fehlen, weggerissen wie die offene Front eines Puppenhauses. Drinnen zerstörte Pracht: Sparren aus vergoldetem Holz, heruntergerissener verkohlter Stoff, zerbrochene Vasen, zerschlagene Statuen. Eine kleine Marmorhand lag auf dem Boden – von einem Cherub. Vor Marions Augen verschwamm alles – Gott sei Dank waren die Mädchen in Windsor.

»Miss Crawford.«

Selbst unter diesen fatalen Umständen schwang in seinem Ton leichte Ironie mit. Durch die Rauchfetzen sah sie, dass er so makellos wie immer aussah. Seine Manschetten waren schneeweiß, sein Schnurrbart perfekt getrimmt, und selbst seine Fliege saß akkurat. Sie dachte an ihr mit dem Staub vom Green Park beschmutztes Kleid.

»Mr Lascelles! Wie … wie *geht* es Ihnen?«

»Na ja, mein Bad wurde weggeblasen«, erwiderte er trocken, »aber zum Glück ist auch diese Ausstülpung links von meinem Fenster zerstört.«

Sie erinnerte sich mit Unbehagen an sein Fenster und versuchte sich vorzustellen, was davon noch übrig war. »Sie meinen die Schwimmhalle?«

Er neigte seinen Kopf, auf dem keine einzige Haarsträhne verrutscht war. »Ganz genau.«

Wieder erwärmte sie sich für ihn. Er war ein seltsamer Mensch, aber bewunderungswürdig. Seine Gelassenheit hatte Klasse. Und war auf einzigartige Weise britisch, genauso wie sein Understatement. Emblematisch für den nationalen Kampfgeist. Sie sollte sich ein Beispiel an ihm nehmen.

Sie hob ihr Kinn. »Der König?«, fragte sie. »Die Königin?«

Er zog die Brauen hoch. »Ah.«

Der Kampfgeist ließ sich schwerlich aufrechterhalten, wenn sie sich die beiden in den Ruinen liegend vorstellte, das berühmte Nebelblau der Königin von Blut besudelt. »Ah?«

Lascelles beruhigte sie. »Es geht ihnen bestens.«

Obwohl sie vor Erleichterung weiche Knie hatte, bemühte sie sich um einen geschäftsmäßigen Ton. »Ich muss Ihre Majestät sehen. Wissen Sie, wo sie ist?«

»Sie finden sie im Garten bei Seiner Majestät. Ach, übrigens, Miss Crawford«, ergänzte Lascelles leichthin, als sie auf unsicheren Beinen davonwankte.

Sie drehte sich um. »Ja, Mr Lascelles?«

»Nehmen Sie lieber nicht den Garteneingang. Er existiert

nämlich nicht mehr. Mein Tipp wäre, Sie nehmen eine der Seitentüren.«

Sie starrte ihn an. »Danke, Mr Lascelles!«

Das Glas in der Tür war zerbrochen und die Klinke weggesprengt. Sie musste ihr Taschentuch um die Hand binden, um die innere Klinke runterzudrücken. Im Korridor schlug ihr dicker, stinkender Rauch entgegen, auf dem roten Teppich lagen Schmutz und Staub. Marion musste daran denken, dass die Mitte einmal den Familienmitgliedern vorbehalten gewesen war. Jetzt war er auch dort richtig abgetreten.

In der Ferne konnte sie Leute husten hören und die Rufe der Luftschutzwarte des Palasts. Sie musste die Königin finden, bevor dieses notorisch übereifrige Personal sie aufhielt und zurückschickte.

Vor ihr tauchte eine Gestalt auf. Sie trug helle Kleidung und etwas Hohes, Weißes auf dem Kopf. Ihr Herz zog sich zusammen, und eine Sekunde lang glaubte sie ein aus dem Erdboden auferstandenes Gespenst zu sehen. Dann realisierte sie, dass die Kopfbedeckung eine ziemlich eingedrückte Kochmütze war und der Mann darunter der Chefkoch des Palasts.

»Monsieur«, Marion bemühte sich um korrekte Aussprache. »*Ça va?*«, fragte sie, was natürlich eine alberne Frage war.

Dem Koch, dessen weiße Kleidung deutlich geschwärzt war, gelang ein Kopfnicken. Er hielt noch immer einen Kochlöffel in der Hand und meinte dann: »*Ça va, mademoiselle. Un petit chelque chose dans le coin, c'est tout. Un petit bruit.*«

Eine Kleinigkeit in der Ecke, mehr nicht, übersetzte sich Marion. *Ein wenig Lärm.*

Sie war den Tränen nah. Wie tapfer. Sie hatte sich geirrt, es waren nicht nur die Briten wie Lascelles, die Haltung bewahrten und zum Understatement neigten. Auch die Franzosen bewiesen

Mut. Und sie musste an Toni denken, diesmal ohne Ressentiments, sondern mitfühlend. Versteckte sich unter ihrem albernen Auftreten die Trauer über die Demütigung ihres Heimatlandes?

Sie lächelte den Koch an und legte eine Hand auf ihre Brust. *»Vive la France!«*

Sein Kopf schoss hoch. Er rückte die Schultern gerade. Selbst seine Kochmütze schien sich aufzurichten. *»Vive la France!«*

Lascelles hatte nicht übertrieben, der Garteneingang befand sich nun unter einem Haufen Schutt. Da man durch ein Loch in der zerborstenen Mauer hindurchgelangte, brauchte sie nicht erst nach einer Seitentür zu suchen. Marion hielt den Atem an, um nicht allzu viel Staub einzuatmen, und duckte sich dann hindurch, wobei sie sich ständig nach herabfallendem Mauerwerk oder Balken umsah, die womöglich nachgaben, oder einer Glasscheibe, die sich genau jetzt entschloss herauszufallen.

Endlich war sie im Garten. Wenn man sich nicht umdrehte, war nicht zu bemerken, dass gerade erst eine Bombe eingeschlagen hatte. Das Gras glänzte, und die Blumenbeete leuchteten in Herbstfarben: Hortensien in schäumendem Blau und Weiß, Dahlien von Fuchsienrot bis Rost und hier und da noch eine letzte Rose in Pink oder Apricot. Die großen, weit ausladenden Bäume wechselten die Farbe und tupften ihr grünes Blattwerk mit Gold, Kupfer und Rot. Eine träge Biene summte vorbei.

Die Luft war frisch und klar, und endlich konnte Marion tief durchatmen. Wo mochten der König und die Königin sein? Dass sie hier draußen sein sollten, fand sie nach allem, was gerade erst passiert war, ein wenig befremdlich. Sie würden doch jetzt nicht etwa gärtnern? Man konnte es auch übertreiben mit dem Bulldoggen-Kampfgeist.

Sie lief auf den See zu und hielt Ausschau nach einem Flecken des vertrauten Nebelblaus. Doch nichts deutete auf ihre Arbeitgeber hin. Sie konnten überall sein, und der Palastgarten war riesig. Sie beschloss, nach ihnen zu rufen. »Ma'am? Sir?« Nichts.

Dann aus dem Nichts der scharfe Knall eines einzelnen Schusses. Hallend durchschnitt er die Luft. Ein Vogel kreischte und flog auf. Dann wieder Stille. Aus einem der Bäume lösten sich zwei goldene Blätter und schwebten langsam ins Gras.

Marion ertappte sich dabei, dass sie sich die Hände fest auf den Mund gepresst hatte, offenbar um einem Angstschrei zu unterdrücken. Sie hatte Herzrasen und zitterte. Sie warf einen Blick zurück zum beschädigten Palast – sollte sie dorthin zurück? Hilfe holen? Aber wofür?

Sie setzte ihren Weg in die Richtung fort, aus der sie den Schuss gehört hatte. Schreckensbilder drängten sich ihr auf, die sie vergeblich zu verscheuchen suchte. Der König und die Königin von England tot im Gras und darüber ein Nazioffizier in voller Uniform. In diesem Moment schien alles möglich.

Ein großer Rhododendronbusch vor ihr bäumte sich auf. Jetzt dürfte sie nah an der Stelle sein, wo der Schuss abgefeuert worden war. Sie zwang sich weiterzugehen, wimmerte fast vor Angst.

»Das war's, L-liebling«, hörte sie den König sagen.

Von Erleichterung überwältigt lief Marion weiter, um gleich darauf der Königin gegenüberzustehen, die mit einer Waffe direkt auf ihr Herz zielte.

»Crawfie!« Ein Knall, und Marion kippte zu Boden.

»Meine Güte, Crawfie«, sagte die Königin. »Ich hätte Sie beinah erschossen.«

»D-das war«, stimmte der König ein, »v-verdammt k-knapp.« Der Krieg hatte sein Stottern wieder mit voller Wucht ausbrechen lassen.

Marion saß flankiert von ihren Arbeitgebern auf einer Bank

am See und versuchte, ihre Begegnung mit der eigenen Sterblichkeit zusammen mit der Nachricht zu verarbeiten, dass die Königin Schießunterricht nahm.

»Nur für den Fall, dass ich Mr Hitler oder einem seiner Freunde begegne«, erklärte sie und drehte den Revolver mit Perlmuttgriff in ihren Händen.

»Ich m-möchte n-nicht in s-seiner Haut st-stecken, wenn das p-passiert«, sagte der König. »Du bist eine Meisterschützin, Elizabeth.«

Die Königin nahm das Kompliment erfreut entgegen.

»Es tut mir so leid um den Palast«, sagte Marion.

Die Königin sah sie mit kühlem Blick an. »Also, ich bin froh. Auf diese Weise können wir jetzt dem East End ins Gesicht sehen.«

Ihre Unbekümmertheit erinnerte sie an die von Lascelles und die Tapferkeit des Kochs. Es beeindruckte Marion, dass die Heimatfront genauso wichtig und mutig war wie die Kampffront. Sie waren ein und dasselbe. An beiden Orten begegnete man Kugeln und Bomben. Vielleicht brauchte sie sich ja gar nicht dem königlichen Marinedienst der Frauen anzuschließen. Sie war jetzt froh, dass sie mit keinem darüber gesprochen hatte. Gut möglich, dass sie es Toni gegenüber erwähnt hatte, aber da Toni so wenig Interesse an ihr zeigte, würde das keine Folgen haben.

Der beherzte Gesang einer Amsel begann irgendwo im Gebüsch. »Hört euch das an«, meinte die Königin lächelnd. »Wir werden diesen Krieg gewinnen. Es wird alles gut werden, ihr werdet sehen. Amseln irren sich nie.«

Marion schluckte. Der Drang, den Tränen freien Lauf zu lassen, war groß. Dieser Nachmittag war ein Schock gewesen, eine ganze Schockfolge.

Die Königin sah sie putzmunter an. »Oh, Crawfie! Wir hatten ja keine Ahnung, was auf uns zukommen würde, nicht wahr?«

Marion schüttelte den Kopf, der Kloß in ihrer Kehle hätte kein Wort herausgelassen.

Die Königin tätschelte ihr die Hand. »Der König und ich haben Glück mit unseren Angestellten. Ganz besonders mit Ihnen. Ohne Sie könnten der König und ich nicht weitermachen.«

Jetzt liefen die Tränen ungehemmt über Marions Wangen. Wie hatte sie ans Weggehen denken können? Auch diejenigen, die sich um die Kinder kümmerten, leisteten ihren Dienst. Und es waren nicht irgendwelche Kinder, es waren die Kinder der Oberhäupter des Landes. Die ohne sie nicht weitermachen könnten. Sie brauchten sie also doch, sagte sie sich voller Stolz.

»Wie auch immer, Crawfie.« Die blauen Augen sahen sie spitzbübisch an. »Selbst wenn Sie zum Marinedienst gingen, würden Sie nur irgendeinem alten Admiral sein Frühstück machen.«

Neunundvierzigstes Kapitel

»Unterricht in *Verfassungsgeschichte?*«, wiederholte Lilibet entsetzt. »Aber ich möchte lernen, wie eine Waffe funktioniert.«

Es war die Idee des Königs gewesen. Marion war alles andere als glücklich darüber, zumal nach der Toni-Geschichte. Ihr Französisch mochte wackelig sein, aber war Geschichte nicht das Fach gewesen, das ihr gefiel und in dem sie geglänzt hatte? Aber wieder hatte man eine Entscheidung über ihren Kopf hinweg getroffen und sie nicht mit einbezogen. Es war, als hätte das Gespräch mit der Königin im Garten niemals stattgefunden und sie würden wieder von vorn anfangen.

Sir Henry Marten, Vize-Provost des Eton College sollte Lilibet in die Geheimnisse von Regierung und Monarchie einführen. Die Schule lag in der Nähe des Schlosses. Sie waren unterwegs dorthin, und Marion kämpfte gegen ihren Unmut an, um ihre besorgte Schülerin zu beruhigen.

Sie standen vor der Pförtnerloge. Jungen kamen in Gruppen vorbei, sie trugen Zylinder und Frack. Marion glaubte, in eine Tagung von jugendlichen Bestattern geraten zu sein.

Lilibet kam aus dem Staunen nicht heraus. »Manche Hüte sind staubig«, flüsterte sie. »Andere glänzen wie poliert.«

Ein langgesichtiger Mann mit Melone tauchte auf. »Hier ist Ihre Königliche Hoheit Prinzessin Elizabeth«, teilte Marion ihm mit.

Den Pförtner schien das nicht zu beeindrucken. Er fing einen vorbeikommenden Jungen ab. »Douglas-Home. Besucher für Sir Henry.«

»Besucher!«, kicherte Lilibet belustigt.

Marion sah sie überrascht an. Sie war sehr viel weniger verängstigt als gedacht.

Die Kopfbedeckung von Douglas-Home gehörte zu den polierten Exemplaren. Er zog sie höflich ab und entblößte einen glatt gescheitelten Kopf, der Marion an ihre eigene Eton-Crop-Frisur denken ließ. Wie lange war das schon her!

Douglas-Home schritt mit seinen langen Nadelstreifenbeinen flott aus. Sie eilten ihm über den großen gepflasterten Hof hinterher. Dieser war in lockerer Anordnung von niedrigen Gebäuden mit Koppelfenstern und burgartigen Dachlinien umgeben. Ein Glockenturm mit Türmchen bildete den Mittelpunkt, und daneben erhob sich die berühmte Kapelle des Colleges. Marion ließ die hohen Fenster, die kunstvollen Turmhelme und Steinmetzarbeiten, die Anmut und das erstaunliche Alter auf sich wirken.

»Das ist aber eine hübsche Kapelle«, sagte sie zu dem schweigsamen Jungen.

Douglas-Home zuckte seine befrackten Schultern. »Nach einer Weile fällt sie einem gar nicht mehr auf.«

»Ist Sir Henry denn ein netter Lehrer?«, forschte Marion nach.

Er sah sie verächtlich an. »Bei uns heißt er nur Schnabel, wie alle unsere Lehrer.«

»Schnabel?« Lilibet kicherte. »Das ist aber komisch.«

In der mittelalterlichen Enklave, beherrscht von Zylindern und einem anwachsenden Gemurmel, konnte man leicht vergessen, dass Krieg war. Doch schon näherte sich Motorenlärm am Himmel. Die Jungs blickten nach oben. »Eine Junkers Ju 87«, schrie einer übermütig.

»Eine Junkers Ju 88«, korrigierte Lilibet ihn selbstbewusst. »Die hat zwei Motoren, siehst du?«

Das Arbeitszimmer von Sir Henry war leer – wenn man davon absah, dass der Raum mit Büchern vollgestopft war. Sie waren überall, quollen aus den Regalen, stapelten sich auf Tischen und schienen wie Stalagmiten aus dem Fußboden herauszuwachsen.

»Glauben Sie, er hat sie alle gelesen?« Lilibet bestaunte den Bücherhaufen neben ihr. Sie trugen Titel wie *The Law and Custom of the Constitution* von William Anson, *English Social History* von G. M. Trevelyan und *Imperial Commonwealth* von Lord Elton.

Marion tippte auf den breiten Rücken von *The Groundwork of British History* von Sir Henry Marten. »Das hier hat er bestimmt gelesen.«

Douglas-Home verbeugte sich tief vor Lilibet und nickte Marion knapp zu. Er wusste schließlich doch, wer sie waren. Dann polterte er über die Steinstufen nach unten.

Eine weitere Tür öffnete sich, und ein kleiner Mann mit rundem Gesicht trat ein. Auf seiner Schulter saß etwas dunkel Schimmerndes. Marion brauchte ein wenig, bis sie erkannte, was es war.

Lilibet war schneller. »Ein Rabe!«, rief sie. »Ist das der Grund, warum Sie Schnabel genannt werden?«

Sir Henry sah sie überrascht an. »Vielleicht«, sagte er. »Offen gestanden hat mich das bisher noch keiner gefragt.«

»Prinzessin Elizabeth«, meinte Marion lächelnd, »hat eine sehr originelle Auffassungsgabe. Es ist ein Vergnügen, sie zu unterrichten.«

Sir Henry schien sie nicht zu hören. Vielleicht war er ein wenig taub. Sie kramte in ihrer Handtasche nach den Notizen, die sie zu Lilibets bisherigen Fortschritten gemacht hatte. Sie ging auf Sir Henry zu und hielt sie ihm hin.

Der Rabe, der auf dem chaotischen Schreibtisch auf einen Lampenschirm gehüpft war, hielt den Kopf schief und starrte sie an.

»Sollen wir anfangen, Gentlemen?«, fragte Sir Henry Lilibet. Er sah dabei sogar Marion an, die mit ihren Zetteln in der Hand vor ihm stand.

»Gentlemen!«, kicherte Lilibet. »Ich bin ein Mädchen, Sir Henry.«

»Aber ein ganz besonderes Mädchen«, warf Marion rasch ein, bevor sie sich stoppen konnte. Die Worte schienen im Raum zu hängen. Sie errötete und musste sich erschrocken eingestehen, dass sie sich genauso anhörte wie Alah damals, als sie in die Royal Lodge gekommen war.

Sir Henry schien sie ohnehin nicht zu hören. »Weißt du denn, was ein Palimpsest ist?«, sagte er an Lilibet gewandt.

»Ist das so was wie ein Pickel?«

»Es ist ein Pergament, das viele, viele Mal überschrieben worden ist. Und das ist im Kern unsere britische Verfassung.«

Die Unterrichtsstunde hatte begonnen, stellte Marion überrascht fest, und zwar ganz ohne sie in irgendeiner Form mit einzubeziehen. Es war, als wäre sie gar nicht vorhanden. Enttäuscht und fassungslos räusperte sie sich auf, wie sie hoffte, durchsetzungsstarke Weise.

Ein Paar freundliche milde Augen wandten sich ihr zu und schienen sie zum ersten Mal wahrzunehmen. »Oh, Miss ... äh?«

»Crawford. Marion Crawford. Ich bin die Gouvernante der Prinzessin. Ich unterrichte sie seit einigen Jahren und ...«

»Hätten Sie gern was zu lesen?«, fiel Sir Henry ihr ins Wort. Als er aufstand, sah man, dass er noch die Fahrradclips an seiner Hose hatte. Er ging zu seinem Schreibtisch, nahm etwas und reichte es ihr. »Es ist sein Letztes, glaube ich.«

Marion starrte auf den Umschlag von *Onkels Erwachen*. Mit verhaltener Wut legte sie das Buch weg und ging, unbemerkt von Sir Henry oder seiner Schülerin, zur Tür. Der Rabe kommentierte krächzend ihren Weggang, als wollte er sich über sie lustig machen.

Draußen auf dem Hof neben der prächtigen mittelalterlichen Kapelle, die man nach einer Weile gar nicht mehr bemerkte, lief Marion wütend auf und ab, den Blick gesenkt. Sie fühlte sich gedemütigt und bevormundet.

»Marion? Bist du's wirklich?«

»Peter!«

Er war es, unter dem mit Quaste versehenen Doktorhut, den Körper in ein weites schwarzes Gewand gehüllt. Auch er war älter geworden – noch immer schlank, aber irgendwie beeindruckender. Er war eindeutig eine Autoritätsperson.

Dann war dies also die Schule im Süden, an die er gegangen war. Und die er von Anfang an im Auge gehabt hatte.

»Du bist endlich hier!«, freute sie sich.

»Ich würde mir das nicht allzu sehr zu Herzen nehmen«, riet Peter ihr, als er sich ihren Bericht angehört hatte. »Sir Henry ist kein wirklich schlechter Kerl.«

Sie waren in seiner Unterkunft, die klein, aber peinlich sauber und ordentlich war. Bücher säumten die Wände, und zwei abgewetzte Ledersessel standen beidseits eines kleinen Kamins. Es roch nach Wachspolitur, und die rautenförmigen Fenster waren blitzblank. Man sah den geräumigen Hof und grüppchenweise Jungs, die ihn schlurfend, die Hände lässig in den Hosentaschen, überquerten.

»Das sind gute Jungs«, sagte Peter, als er ihren schiefen Blick sah. »Und es macht Freude, sie zu unterrichten, jedenfalls einige davon.«

»Sir Henry hat mich wie eine Bedienstete behandelt«, beschwerte sie sich. »Und nicht die hellste dazu.«

Peter lächelte. »Er ist der Vertreter einer Generation, in der sich die Weiblichkeit in Bedienstete oder Ehefrauen aufteilte. Vermutlich ist er noch nie einer weiblichen Lehrkraft begegnet, geschweige denn einer jungen.«

»Oder einer Schülerin. Er hat Lilibet mit ›Gentlemen‹ angesprochen.«

Peter schüttelte nachsichtig den Kopf. »Streng genommen gehört er gar nicht ins zwanzigste Jahrhundert.«

»Gehört irgendwas an dieser Schule dazu?« Marion biss von ihrem Teilchen ab. Der viele Zucker beruhigte.

»Wahrscheinlich nicht«, gab Peter zu. »Aber wenn man sich ansieht, wie sich das zwanzigste Jahrhundert entwickelt, weiß ich nicht mal, ob das so schlecht ist.«

Er hatte ihr bereits erklärt, dass er für den aktiven Militärdienst als untauglich eingestuft worden war. »Aber es ist schlimm, zusehen zu müssen, wie die älteren Jungs eingezogen werden. Wer weiß, ob sie jemals wieder zurückkommen.«

Er war traurig, als er hörte, dass ihre Mutter gestorben war. »So eine gute Frau. Und sie war so stolz auf dich.«

Marion nickte. Sie versuchte, nicht daran zu denken, was ihre Mutter von der demütigenden Szene bei Sir Henry gehalten hätte.

»Wirst du bei der Königsfamilie bleiben? Denn sei mir nicht böse, aber es hört sich alles ein wenig frustrierend an«, meinte Peter.

Sie sah ihn entrüstet an. »Es ist eine wichtige Aufgabe, Peter. Sie ist die Tochter des Staatsoberhaupts, und wir sind im Krieg.«

Er spielte mit einem Teelöffel. Sie spürte, dass er überlegte, ob er seine Gedanken aussprechen sollte. Schließlich hob er den Kopf. Seiner Stimme war seine Verwunderung anzuhören. »Es ist einfach nicht das, was ich mir als deine Arbeit vorgestellt habe. Du warst immer so voller Leidenschaft, wenn es um die Arbeit in den Slums, um die Bildung der Armen ging.«

Das bin ich immer noch, lag ihr auf der Zunge. Doch sie sprach es nicht aus. Sie wollte es, aber es ging nicht.

Peter rührte seinen Tee um und meinte lächelnd: »Neben dir habe ich mich immer ganz schlecht gefühlt, weil ich an einer Privatschule unterrichten wollte. All die Reden, die du über gleiche Bildungschancen gehalten hast.«

Diese Reden waren für Marion sehr weit weg. Und inzwischen eher eine Last als etwas, das sie aufzurichten vermochte.

»Und du bist noch immer nicht verheiratet?«, war Peters nächste Frage. Sie war entnervt. Offenbar wollte er ihr eine unangenehme Frage nach der anderen stellen.

»Nein. Ich bin jetzt mit meinem Job verheiratet«, versicherte sie ihm munter. »Wie du.«

Er zog die Brauen hoch. »Ich habe ehrlich gesagt darüber nachgedacht. Die Zeit verrinnt, und ich hätte gern eigene Kinder.«

Als seine blassen Augen auf ihr ruhten, wandte sie sich ab. »Es gibt doch sicherlich ein paar kluge, reiche Witwen an eurer Schule?«, fragte sie. Es war ein Scherz, zugegebenermaßen kein guter.

Peters gutmütigem Gesicht war anzusehen, dass er sich angegriffen fühlte. »Es geht hier nicht um *Verfall und Untergang*, Marion.« Er bezog sich auf den Roman von Evelyn Waugh, den sie kürzlich gelesen hatte und in dem es um einen glücklosen Schulleiter in einer heillosen Privatschule ging.

Sie errötete. »Natürlich nicht. Ich wollte nicht ...«

Er fiel ihr ins Wort: »Ich möchte nicht Lady Tangent oder wie auch immer sie hieß, heiraten. Aber ich sehe von dieser Sorte tatsächlich eine ganze Menge. Ich stelle mir meine Ehefrau als ganz normalen Menschen vor, der mit beiden Füßen im Leben steht.«

Bald darauf brach sie auf, nachdem sie sich unbeholfen verabschiedet hatten.

»Es war schön, dich zu sehen, Marion«, sagte Peter wenig überzeugend. »Komm vorbei, wann immer du möchtest.«

Zu ihrer Erleichterung dauerte die Stunde noch an. Sie konnte die unverwechselbare Stimme des Vize-Provost hören, als sie die Treppe hinaufeilte. »Der Monarch muss alle vom Parlament beschlossenen Gesetze unterschreiben.«

»Was ist, wenn er das nicht tun will?« Lilibets Stimme klang hell und klar.

»Das Konzept eines Vetos ist undenkbar, aber die Möglichkeit besteht.«

»Mir scheint, Sir Henry, Monarch zu sein, definiert sich eher über das, was man nicht tut, als über das, was man tut.«

»Ich finde, Ma'am, dass du, wenn ich das so formulieren darf, den Nagel auf den Kopf getroffen hast.«

Fünfzigstes Kapitel

Siebenundfünfzig Nächte in Folge war London nun von Heinkel-Bombern angegriffen worden. Tausende Menschen waren tot. Das East End lag in Trümmern. Jetzt weitete die deutsche Luftwaffe ihre Angriffe auf andere Städte und Häfen aus. Am Himmel krachte es gewaltig, und die Explosionen erschütterten sogar den Kalkhügel, auf dem das Schloss erbaut war. Als Marion eines Nachts zitternd nach draußen zu ihrem Badezimmer auf dem Dach ging, sah sie auf einem der Nachbardächer zwei unverwechselbare Gestalten. Sie standen dicht beisammen, der Mann hatte seinen Arm um die Frau gelegt, und beide Gesichter schauten nach Osten, wo die Hauptstadt brannte. Die Frau hob die Hand ans Gesicht, als wollte sie sich Tränen wegwischen. Es war ein seltener Anblick der Verzweiflung an der unbeugsamen Königin.

Margarets anfängliche Begeisterung für den Krieg war in Langeweile übergegangen. »Wisst ihr«, sagte sie einmal beim Frühstück, »ich kann mich kaum noch daran erinnern, als noch kein Krieg war.«

Marion wusste, was sie meinte. Es fiel schwer, sich eine Zeit vorzustellen, in der Lebensmittel nicht knapp waren, die Nacht nicht wie ein dickes schwarzes Tuch herabfiel und man nicht in ständiger Erwartung des gefürchteten Brummens von Bombern war. Aber vielen Menschen ging es viel schlechter als ihnen hier auf Windsor Castle.

Margaret hingegen meinte, sie hätte es am schwersten. Sie war jetzt zehn und rastlos. Auf einen Ort beschränkt zu sein, forderte seinen Tribut genauso wie das immer gleiche soziale Umfeld.

»Lilibet darf raus zur Jungsschule«, beschwerte sie sich. »Warum nicht auch ich?«

»Weil ich älter bin als du«, erklärte ihr die Schwester. »Ich bin vierzehn.«

Margaret zog einen Schmollmund. »Das ist nicht *fair*, was ist mit *mir*? Welches Vergnügen habe *ich* denn?«

»Es ist kein Vergnügen«, betonte Lilibet ziemlich bigott. »Ich erfahre etwas über Verfassungsgeschichte.«

»Vermutlich, weil du eines Tages Königin sein wirst«, schäumte Margaret. »Aber was ist mit mir? Was wird aus mir?«

Es dauerte nicht lang, und sie begann andere zu ärgern. Tannenzapfen wurden in Gummistiefel gelegt und klebrige Süßigkeiten in Manteltaschen gesteckt. Der Gärtner, der ihr nur kurz den Rücken zugekehrt hatte, entdeckte, dass sein Besen gestohlen worden war. Die Lage spitzte sich zu, als jemand – es kam nie wirklich heraus, wer es war – den Knopf der Alarmglocke des Schlosses drückte und alle Bewohner zur Evakuation gezwungen waren. Glücklicherweise weilten der König und die Königin in London, aber es lag auf der Hand, dass mit Margaret etwas geschehen musste.

Marion dachte darüber nach, als sie in die Stadt Windsor wanderte. Ihr Weg führte sie an der St. George's Chapel vorbei, deren Buntglasfenster man abgeklebt und verrammelt und deren Statuen man weitgehend in Sicherheit gebracht hatte. Aber die im Überfluss vorhandenen Strebepfeiler, die Schönheit des Maßwerks und die voller Zuversicht hoch aufragenden, goldgekrönten Fialen ließen sich nicht verstecken. Auf einer davon saß eine Amsel und trällerte ihr Lied, und Marion erinnerte sich an die Worte der Königin. *Alles wird gut werden. Amseln irren sich nie.*

Sie lief weiter durch das Tor, das seinen Namen Henry VIII verdankte, und dann über die gepflasterte Zufahrt, vorbei an der Statue von Königin Victoria, die zwar Kriege erlebt hatte, aber keinen wie diesen. Marion blieb stehen und betrachtete die plump und stolz mit Weltkugel und Zepter dargestellte Herrscherin. Auch sie schien eine unbesiegbare Zuversicht auszustrahlen.

Auf der gewundenen Hauptstraße der Stadt sah man die Schlossmauern hinter raschelnden herbstbunten Bäumen. Die tief stehende Herbstsonne betonte die dekorativen Details des skurrilen alten Gebäudes. Pubs mit niedrigen Decken, aus denen der Geruch von Leder, Bier und Tabak kam, machten sich den Platz mit Läden streitig, die mit Erkerfassaden und Butzenscheiben prunkten. Hufgetrappel hallte durch die Gassen wie schon seit Jahrhunderten. Nur das Klebeband über einigen Fenstern und hier und da ein Sandsack deuteten darauf hin, dass ein Krieg wütete.

Vor dem Spielzeugladen blieb sie stehen. Margaret behauptete, sie sei jetzt zu alt für Spielsachen, außerdem hatten die hier ausgestellten alle was entschieden Militärisches. Die Spielzeughaubitze, die Bleikugeln in drei Reichweiten abfeuerte, hätte Libet vielleicht interessiert, nicht aber ihre Schwester. Aber Margaret war noch immer ein Spitfire-Fan und könnte sich vielleicht für das maßstabsgetreue Modell der Hawker Hurricane begeistern. Selbst das Leiterspiel war den Kriegszeiten angepasst worden, wie Marion sah. Man vermarktete es jetzt, dem Blitzkrieg geschuldet, als Luftschutzübung. Es gab auch ein Kartenspiel für den Evakuierungsfall, bei dem Kinder und Familien zusammengebracht werden mussten.

Marions Blick blieb an dem Kartenspiel hängen. Sie fühlte sich angesprochen. Um Windsor herum gab es viele Evakuierte, Kinder, die man vor den Angriffen der Luftwaffe in die relative Sicherheit auf dem Land gebracht hatte. Viele kamen aus den Londoner Slums, waren gewissermaßen Verwandte der Grassmarket-Kinder, die sie einst gekannt hatte und denen sie hatte helfen wollen. Ein schwaches Echo ihrer alten Leidenschaft erfasste sie. Sie erinnerte sich an Peters Worte in seinem Arbeitszimmer in Eton. *»Du warst immer so voller Leidenschaft, wenn es um die Arbeit in den Slums, um die Bildung der Armen ging.«*

Aber das war damals, sagte sie sich. Und wie sie Peter erklärt hatte, kam sie jetzt einer anderen wichtigen Aufgabe nach. Sie beschützte die Kinder des Königspaars, während dieses sich in dieser dunkelsten Stunde schützend vor die Nation stellte. Was konnte wichtiger sein?

Während sie ins Schaufenster blickte, bemerkte sie als Spiegelung in der Scheibe eine Frau, die hinter ihr auf und ab lief und sie neugierig ansah. Jetzt blieb sie stehen und sprach Marion an.

»Maz? Du bist es doch, oder?«

Marion wirbelte herum. Das scharf geschnittene kleine Gesicht, auf das die Herbstsonne fiel, sah viel älter aus. Graue Strähnen durchzogen das dunkle Haar. Aber sie war es ganz zweifellos.

»Ivy!«

Ein Paar schmale, aber kräftige Arme packten sie. »Du bist ja nur noch Haut und Knochen, Mädchen!«, rief Ivy.

»Und du bist nur noch Knochen!« Unter ihrem dunklen Kleid war Ivy kaum noch existent.

»Was machst du denn hier?« Ivy schielte auf das Schloss hinter ihnen. Ihr Lächeln wurde unsicher. »Maz! Nun sag bloß nicht, dass du *noch immer* für die königliche Familie arbeitest?«

»Na ja ... doch. Ja.« Sie sah ihrer Freundin ins erstaunte Gesicht. »Und was machst du hier?«

»Urlaub.« Ivy warf einen Blick nach oben. »Hab ich Mr Göring zu verdanken.«

»Du bist evakuiert worden?« Marion schielte auf das Kartenspiel. Ein seltsamer Zufall. Kein Wunder, dass sie sich angesprochen gefühlt hatte, es war eine Vorahnung.

»Mit meiner Schule. Uns hat's ganz schön dick erwischt, ich sag's dir. Mussten während des Blitzkriegs Schutz in der U-Bahn suchen. Die Leute haben sogar auf den Rolltreppen geschlafen.«

Aber bei Marion war nur ein Wort hängen geblieben. »Deine *Schule?*«

»Wusstest du nicht, dass ich jetzt unterrichte? Ja, das stimmt wirklich«, ergänzte Ivy lachend, als Marion sie perplex ansah. »Ich hab mir ein Beispiel an dir genommen, Maz. Bin aufs College gegangen, gleich nachdem ich weg war. Die Erste in unserer Familie, die 'nen Abschluss gemacht hat«, ergänzte Ivy stolz.

Marion hatte sich wieder gefangen. »Das ist ja unglaublich, Ivy! Herzlichen Glückwunsch! Hast du Zeit für einen Tee?«

»Dafür hab ich immer Zeit.«

Als Ivy im nächstgelegenen Café gierig in ein süßes Brötchen biss, machte Marion sich klar, dass nicht jeder so wie sie von den königlichen Bauernhöfen und Molkereien profitierte. Ungeachtet des Kriegs gab es Milch, Sahne und Butter, und das machte das Leben mit Zuteilungen um einiges leichter.

»Komisch, nicht wahr«, sagte Ivy. »Ich bin den Royals entflohen und wurde Lehrerin. Du hast es genau andersherum gemacht, Maz.«

Marion stellte ihre Tasse ab. Die Wiedersehensfreude trübte sich ein wenig. Takt war noch nie Ivys Stärke gewesen. »Gar nicht wahr«, sagte sie leichthin.

Aber Ivy beäugte sie mit scharfem Blick. »Mir brauchst du nichts vorzumachen, Maz. Ich war da. Ich weiß, wie es ist. Verdammt mittelalterlich. Als gäbe es das zwanzigste Jahrhundert gar nicht.«

Aber die Schlussfolgerung, dass Ivy eine altmodische Institution gegen einen modernen Beruf getauscht hatte, während sie das Gegenteil getan hatte, traf sie schmerzlich. Wie in Peters Arbeitszimmer glaubte sie, sich rechtfertigen zu müssen.

»Ich habe nämlich sehr viel unternommen, um die Mädchen mit der Welt bekannt zu machen und ihnen zu zeigen, wie normale Menschen leben«, sagte Marion ziemlich hitzig.

Ivy starrte sie an. »Verdammt, Maz, beruhige dich. Ich frotzele doch nur. Erinnerst du dich, dass du damals dachtest, ich scherze nur? Als ich dir von Balmoral erzählt habe?«

Marion lächelte angespannt. Es war lange her, dass sie irgendwas auf Balmoral komisch gefunden hatte, so sehr hatte sie sich daran gewöhnt. Inzwischen gefiel es ihr sogar. Sie beschloss, das Thema zu wechseln. »Wie geht es eigentlich Alf? Hat er nicht als Obsthändler gearbeitet?«

Zu ihrem Entsetzen füllten Ivys Augen sich mit Tränen. »Nicht mehr.«

»Er ist nicht …?«

Aber Ivy nickte. »In einem Lancaster-Bomber.«

Lilibets Lieblingsflugzeug, schoss es Marion durch den Kopf.

»Er wollte Pilot werden, aber Heckschützen waren mehr gefragt.« Ivy hielt inne. »Mir hätte klar sein müssen, warum das so war, aber zu spät. Piloten überleben nicht mehr als durchschnittlich sechs Einsätze, und wenn sie abgeschossen werden, haben sie eine Lebenserwartung von zweiundzwanzig Sekunden. Es ging wenigstens schnell.«

Impulsiv streckte Marion ihre Hand über das karierte Tischtuch aus. »Ich weiß, wie das ist«, sagte sie sanft. »Ich habe das auch erlebt.«

Sie kam sich unredlich dabei vor. Aber als Ablenkungsmanöver hatte es funktioniert.

Ivys Gesicht, das gerade noch anklagend war, reagierte mit mitfühlendem Entsetzen. »Oh, Maz! Ich hatte ja keine Ahnung. Ich war davon ausgegangen, dass du wegen deines Postens die Männer ganz aufgegeben hattest. Alles geopfert hast.«

Marion senkte ihren Blick. Warum um Himmels willen hatte sie das gesagt? Sie schämte sich, aber jetzt war es zu spät für einen Rückzieher. Sie hoffte nur, Ivy würde nicht weiter nachforschen. Einzugestehen, dass sie sich lange vor Valentines Tod von ihm getrennt hatte und er inzwischen mit einer anderen zusammen war, ließ sich wohl kaum mit dem vergleichen, was Ivy erlitten hatte.

Doch Ivy ließ es dabei bewenden. »Und jetzt habe ich nur noch meine Kinder, die ich unterrichte.«

Marion nickte mit gesenktem Kopf. »Ich auch.«

»Alf und ich hatten nie eigene Kinder. Wir hatten keine Zeit dafür.« Sie blinzelte entschlossen gegen die wieder aufsteigenden Tränen an. »Du vermutlich auch nicht.«

Wieder schüttelte sich der gesenkte Kopf.

Ivy schniefte. »Aber was geschehen ist, ist geschehen, da hilft kein Weinen.«

»Nein.« Marion hob den Kopf. »Wie ist denn deine Schule, Ivy?«

Die schwarzen Augen verdrehten sich. »Ein verdammter Albtraum, wenn ich das so sagen darf. Eine Kirche dient uns als Klassenzimmer, und der Vikar ist ziemlich verschnupft deswegen, und außerdem ist es so dunkel, dass man kaum was sieht. Kein fließend Wasser, keine Toiletten, nur Eimer. Es gibt auch nicht genügend Stifte und Papier. Die Kinder müssen sich beim Schreiben abwechseln. Außerdem sind alle Altersgruppen zusammen in einer Klasse.« Ivy schüttelte den Kopf und nahm dann zur Stärkung einen Schluck Tee.

Marion fragte sich, ob es auf dem Landsitz von Windsor nicht irgendwelche leeren Anwesen gab. Gebäude gab es jedenfalls viele. Vielleicht sollte sie sich erkundigen. Es wäre eine Wiedergutmachung. Sie hatte Ivy zwar nicht willentlich hintergangen, aber doch irregeführt.

»Aber mir ist das lieber«, ergänzte Ivy, »als in Windsor eingesperrt zu sein. Das muss ein echter Albtraum sein. Den Mädchen ist bestimmt todlangweilig.«

»Schon ein wenig«, gab Marion zu und dachte dabei an Margaret und dass ein Eingeständnis diplomatisch wäre. Ivy wusste schließlich zu gut Bescheid.

»Wir sollten sie zusammenbringen«, scherzte Ivy. »Prinzessinnen und Evakuierte. Das würde beiden die Augen öffnen.«

Marion wollte schon loslachen, aber hatte Ivy da nicht ins Schwarze getroffen?

Sie hörte wieder Peters Stimme. »*Du warst immer so voller Leidenschaft, wenn es um die Arbeit in den Slums, um die Bildung der Armen ging.*«

Und hier bot sich die Gelegenheit, ihr Engagement für die Armen unter Beweis zu stellen und zugleich die Prinzessinnen mit völlig neuen Gefährten zusammenzubringen. Mit ganz normalen Kindern, wie Marion das anfangs vorhatte.

»Das sollten wir auf jeden Fall«, sagte sie.

Einundfünfzigstes Kapitel

Es war ein kleines, weiß gestrichenes Cottage in der Nähe des Frogmore-Sees. Die Prinzessinnen zögerten, als sie näher kamen.

»Nun kommt schon«, bedrängte Marion sie. »Die fressen euch schon nicht auf. Es sind Kinder, genau wie ihr.«

»Nicht *ganz* wie wir«, betonte Margaret mit ihrer Prinzessinnenstimme.

Und tatsächlich schien die Kinder des Königs in ihren aufeinander abgestimmten blauen Mänteln, Baretts und blütenweißen Socken wenig mit denen seiner ärmsten Untertanen zu verbinden.

»Alah sagt, sie schlafen auf Stühlen.«

»Ja, aber nicht, weil sie das so gut finden.« Von Ivy wusste sie, dass sie ziemlich vielen der Evakuierten aus den ärmsten Familien, wo es zu wenig Betten gab, erst beibringen musste, sich hinzulegen.

Ivy war begeistert gewesen, dass der König ihnen großzügig das Cottage am See zur Verfügung stellte. Ihm wiederum gefiel die Idee, dass seine Töchter Umgang mit den Evakuierten pflegten. Der neue Egalitarismus machte auch vor den königlichen Kreisen nicht halt. Wenn der König die Truppen besuchte, achtete er darauf, sich auch den niedersten Rängen zuzuwenden und nicht nur ihren Vorgesetzten. Seine Stallmeister kamen zu Tommys Entsetzen nicht mehr länger nur aus Aristokratenkreisen.

Obwohl das Gebäude nicht als Schule gedacht war, verfügte es doch über genügend Platz und Licht, um den Anforderungen gerecht zu werden. Außerdem gab es eine Toilette und fließend Wasser und keinen übellaunigen Vikar. Man hatte jede Menge Pulte und Stühle zusammengetragen, Schreibmaterial blieb allerdings ein Problem, denn der königliche Haushalt war genauso rationiert wie jeder andere, wenn nicht sogar noch mehr in Anbetracht des Eifers, mit dem der König auf die Umsetzung der Regeln achtete.

»Ihr müsst den Kindern ihre Befangenheit nehmen«, erklärte Marion den Prinzessinnen, als sie sich der kleinen Eingangstür näherten. »Sie sind weit weg von ihren Familien, und das Zuhause von vielen ist den Bomben zum Opfer gefallen.«

Ivy öffnete ihnen die Tür und lächelte die Mädchen einladend an. »Kommt rein, kommt rein.« Sie gingen überheblich an ihr vorbei, und Ivy wandte sich enttäuscht an Marion.

»Habe ich nicht tief genug geknickst? Ich bin ein wenig aus der Übung. War in Bermondsey auch nicht gefragt.«

»Sie sind nur nervös«, murmelte Marion und konnte sich ihre Verärgerung nicht verkneifen.

Ivy sah sie mit hochgezogenen Brauen an.

»Guten Morgen, Königliche Hoheiten«, sagte die Klasse im Chor, als die Mädchen eintraten. Mochte ihr Ton auch respektvoll gewesen sein, so spiegelte sich in den etwa vierzig East-End-Augen, die sich nun auf Margaret und Lilibet hefteten, das genaue Gegenteil. Lilibet warf Marion einen ziemlich verzweifelten Blick zu.

Ivy, die von keinem der Mädchen als ehemalige Bedienstete des königlichen Haushalts wiedererkannt wurde, begann hastig mit den Vorstellungen. »Das ist Reg«, sagte sie und zeigte auf einen sommersprossigen Jungen von etwa vierzehn Jahren, dessen Haare unbändig in alle Richtungen abstanden. Er hatte schmale grüne Augen und ein spitzes Kinn und sah wie ein boshafter Kobold aus.

Reg erhob sich und streckte Lilibet seine Hand hin. »Tag, Mam-wie-in-Spam-nicht-Marm-wie-in-Smarm.«

»Was?«, fragte Lilibet, während Marion loskicherte.

Regs Blick wanderte indigniert von Lilibet zu Ivy. »Sie sagten doch, dass ich sie so ansprechen soll, Miss. Mam-wie-in-Spam-nicht-Marm-wie-in-Smarm.«

»Ja, aber doch nicht mit der ganzen Erklärung dazu, Reg«, sagte Ivy, während der Rest der Klasse hinter vorgehaltenen Händen kicherte und sich anrempelte. »Nur das erste Wort. Ma'am.«

Das Lachen wurde lauter und ausgelassener. Und Reg münzte

die erfahrene Kränkung in Vergnügen um. Er, der ganz offiziell das Eis gebrochen hatte, war der Held der Stunde.

Margaret setzte sich neben ihn. »Wie ist es denn, bombardiert zu werden?«, fragte sie.

Marion blieb bei so viel Taktlosigkeit die Luft weg, aber Reg freute sich, es ihr zu erklären. »Also schön isses nicht, wenn Ziegel auf einen drauffallen«, begann er. »Aber aufregend schon. Erst fliegen haufenweise Heinkels über einen drüber. Wie große grässliche schwarze Käfer, alle beschützt von ihren Kampfflugzeugen. Wir versuchen, mit unseren Kampfflugzeugen dazwischenzugehen und sie abzuschießen. *Ratatatat, Ratatatat!*« Er machte erschreckend lebensechte Maschinengewehrgeräusche.

»Wie machst du das?«, wollte Margaret wissen.

»Is ganz einfach. Drück einfach die Zunge an die Zähne. So. *Ratatatatat!*«

Lilibet war inzwischen nach hinten durchgegangen.

Ivy folgte ihr. »Das hier ist Susan«, sagte sie und stellte ihr ein rothaariges Mädchen etwa im Alter der Prinzessin vor. Die beiden wussten nicht recht, was sie miteinander anstellen sollten.

»Wie gefällt es dir denn auf dem Land?«, erkundigte Lilibet sich steif.

»Ist sehr ruhig, nicht wahr?«, sagte Susan.

»Stimmt, das ist es wohl.«

Susan grinste plötzlich. »Aber das macht ja nichts. Wir sind hier in der Nähe von Slough, und da ist die Fabrik, die Mars-Riegel herstellt. Die sind daheim rationiert.«

Der Junge vor ihr drehte sich um. »Alles ist so verdammt rationiert«, meinte er düster, grinste dann aber. »Auch Seife!«

Vorne unterhielt Reg die gebannt lauschende Margaret mit Geschichten von Bombardierungen. »Ich war mit Schuhen und Socken im Bett«, schilderte er die Bombardierung seines Hauses.

Offenbar war dies für ihn das größte Drama. »Ich wurde von einer Seite meines Zimmers zum Bett meines Bruders auf der anderen geschleudert. Dann bin ich mit meiner Mum zum Luftschutzkeller gerannt und hab mir einen Mülleimerdeckel über den Kopf gehalten.«

Margaret riss die Augen auf. »Was ist denn ein Mülleimerdeckel?«

Marion und Ivy sahen einander mit hochgezogenen Brauen an.

Mehrere Reihen weiter hinten entdeckten Lilibet und Susan ein gemeinsames Interesse an Tieren.

»Ich hatte eine Katze«, erzählte das Mädchen traurig. »Eine kleine schwarze Streunerin. Die war so süß. Ich habe sie Winston genannt nach dem Premierminister. Weiß aber nicht, wo sie jetzt ist. Wird wohl in die Luft gejagt worden sein.«

Lilibets Augen füllten sich mit Tränen. Sie ertrug es nicht, wenn Tieren Schlimmes widerfuhr. »Das ist ja schrecklich. Du musst mal kommen und dir meine Hunde ansehen. Die sind ganz bezaubernd.«

»Nicht gerade die Beschreibung, die ich wählen würde«, murmelte Ivy und schielte auf ihre Fußknöchel. »Ich hab noch immer Narben.«

»Dookie benimmt sich inzwischen aber besser«, hörte Marion sich sagen.

Ivy sah sie kurz an, als wollte sie etwas erwidern. Doch sie schien es sich zu verkneifen und blickte in die Runde. »Jetzt brauchen wir nur noch ein paar Lehrbücher und was zum Schreiben. Bist du dir sicher, dass Ihre Majestäten nicht ein paar Stifte übrig haben?«

Marion nickte. »Ich habe gefragt, das kannst du mir glauben. Aber offenbar wird alles für den Haushalt benötigt.«

Ivy zog die Brauen zusammen. »Wir müssen doch irgendwoher welche bekommen können. Gibt es nicht jemanden, den wir fragen können?«

Marion wollte schon den Kopf schütteln, aber dann fiel ihr Peter ein. In Eton schien alles im Überfluss vorhanden zu sein. Wieder verspürte sie den Drang, bei Ivy Wiedergutmachung zu leisten. Die privilegierteste Schule des Landes würde doch wohl einer der sozial schwächsten ein paar Unterrichtsmaterialien abgeben können?

»Könnte ein wenig heikel werden«, warnte sie, nachdem sie ihr den Plan dargelegt hatte. Sie wusste weder, wie sie die Bitte vorbringen sollte, noch, wie Peter darauf reagieren würde.

»Aber allemal besser, als Stifte durchbrechen und Papier in Stücke reißen zu müssen, um über die Runden zu kommen!«

Die beeindruckenden Säulentore von Eton ragten vor ihnen auf. Marion beeilte sich, Ivy zuvorzukommen.

»Du kannst da nicht einfach reingehen. Lass mich das regeln.«

Ivy ließ sich nicht abhalten. Sie betrachtete staunend den Kolleghof mit der prächtigen Kapelle und den hübschen, locker angeordneten Gebäuden, in denen zukünftige Führungspersönlichkeiten ausgebildet wurden. »Oh Mann«, sagte sie. »Gut, dass ich mich schick gemacht habe.«

Ivy hatte sich mehr als schick gemacht, wie Marion fand. Ihr bestes Kostüm, das wie angegossen saß, betonte ihre zarte Gestalt. Üppig aufgetragene Wimperntusche und leuchtend roter Lippenstift verliehen ihrem blassen, scharf geschnittenen Gesicht den glutvollen Ausdruck einer spanischen Senhorita. Auf ihren schmalen Schultern ringelte sich das schwarze Haar.

»Marion, was machst du denn hier? Es ist doch gar nicht dein Tag, oder?« Als hätte er sie abgepasst, kam Peter aus der Portiersloge. Im sanften Abendlicht wirkte er jugendlich und adrett in einem gut geschnittenen Anzug anstatt seiner schwarzen, flatternden Robe.

»Wir sind zufällig vorbeigekommen«, begann Marion unsicher.

»Wir brauchen Ihre Hilfe«, fiel Ivy gleich mit der Tür ins Haus.

»Bekommen wir vielleicht auch einen Tee?«, ergänzte Marion.

Aber sie sah Peter an, dass er gar nicht hinhörte. Sein Blick ruhte auf Ivy, als würde ihm eine großartige Wahrheit dämmern.

»Ja«, erwiderte er nur. »Absolut. Natürlich. Wollt ihr mir beide folgen?«

Ivy bekam ihr Material. Das Schreibpapier war violett umrandet und trug das unverwechselbare Wappen der Schule – Lilien auf einem Schild mit »FLOREAT ETONIA« darunter. »Weiß der Kuckuck, was ihre Eltern denken werden«, sagte sie und verteilte es, damit die Kinder endlich Briefe nach Hause schreiben konnten.

Lilibet und Margaret, die nun eifrige Besucher der Schule am See waren, erklärten sich bereit, bei der Korrespondenz zu helfen und Sätze zur Beschreibung der ungewohnten ländlichen Sehenswürdigkeiten beizusteuern.

Äpfel wachsen auf Bäumen, Mum, schrieb Susan. *Nicht in Kisten im Laden. Stell dir das mal vor!*

PS: Ich bin noch von keiner Bombe getroffen worden!, schrieb Reg. *PPS: Bin auch noch nicht vergast worden! PPPS: Hatte noch keinen Kontakt mit einem Luftgewehr!*

Margaret half, die Briefe zu adressieren, allerdings mit mehr Begeisterung als Taktgefühl. *Regs Mum*, schrieb sie etwa. *Die Slums, London*. Marion ließ den Umschlag verschwinden, bevor Reg ihn sehen konnte.

Ivy bekam außerdem einen neuen Mitarbeiter. Peter verbrachte seine Mittagspausen in der Schule am See, um die Klassiker zu unterrichten. Die anfangs misstrauischen Kinder hatten ihn bald ins Herz geschlossen.

»Waffen besing ich und ihn!«, brüllte Reg, wenn der vertraute konische Schädel mit der Andeutung heller Haare am Klassenzimmerfenster auftauchte.

Peter erkannte in Reg das Potenzial für einen Stipendiaten. »Er ist blitzgescheit«, erklärte er Ivy, die ihn hocherfreut ansah.

Marion hatte bemerkt, dass Ivy in letzter Zeit ziemlich oft hocherfreut wirkte, genauso wie Peter. In ihr regte sich ein wenig Eifersucht. Die Liebe war zwar aus ihrem Leben verschwunden, doch sie hatte Spuren hinterlassen. Gott sei Dank hatte sie die beiden kleinen Mädchen, insbesondere das eine, um die Lücke zu füllen. Sie waren jetzt alles für sie.

Zweiundfünfzigstes Kapitel

Eines Nachmittags begleiteten Marion und die Prinzessinnen ihre Eltern ins East End. Jubelnde Cockneys schwenkten Union Jacks auf den mit Glassplittern übersäten zerborstenen Gehwegen. Hinter ihnen ragten Trümmerhaufen auf, die einst Häuser gewesen waren. Riesige Löcher klafften in der Erde, und gruselig ausgebrannte Ruinen standen da wie geschwärzte, zerbrochene Zähne. Auf dem Schutt türmten sich Trümmer von Mobiliar und kaputte Pubschilder, zwischen denen Kindern auf Schatzsuche gingen.

Die Mädchen waren schreckensbleich. Aber die Königin hatte ihnen strikte Anweisung erteilt, unter allen Umständen zu lächeln. Das sei, wie sie meinte, äußerst wichtig für die Moral. Und so schickten Margaret und Lilibet folgsam zittrig strahlende Blicke durch die Autoscheiben.

Sie beobachteten aus dem Wagen, wie der König und die Königin, von allen Seiten von Menschen bedrängt, die diesen kurzen königlichen Sonnenstrahl in ihre zerstörten Leben und gebrochenen Herzen begierig aufnahmen, in den Trümmern herumkletterten.

»Wir danken Gott für einen guten König!«, rief ein Mann.

Der König lächelte und fasste sich an seine goldbetresste Kappenkrempe. »Wir danken Gott für ein gutes Volk.«

Marions Augen schwammen in Tränen, sodass sie kaum etwas sehen konnte.

Plötzlich kicherte Margaret, die neben ihr saß. »Hast du gehört, was diese Dame gesagt hat?« Sie zeigte auf eine gebeugte alte Frau, die sich über das, was von ihrem Tor noch übrig war, mit der Königin unterhielt. Das Haus hinter ihr lag in Trümmern.

»Nein, was denn?«, fragte Lilibet.

Margaret bemühte ihren besten Cockney-Regiolekt. »Wir lass'n uns doch von so einem Hitler nicht besiegen!«

Die Wahrscheinlichkeit, besiegt zu werden, war tatsächlich geringer geworden. Nach siebzehn Monaten einsamen Kämpfens war England nicht mehr allein. Die lang ersehnte Hilfe aus der Neuen Welt war endlich da.

1942 war ein fürchterliches Jahr gewesen. Es gab Zeiten, da schien es nur Niederlagen zu geben: U-Boote zerstörten die Nordmeergeleitzüge, Leningrad wurde belagert, und langsam kam die abscheuliche Wahrheit über Hitlers polnische Todeslager ans Licht. Zu Hause war der Tod des Herzogs von Kent bei einem Flugzeugabsturz ein blutiger Schlag für die königliche Familie. Der König und die Königin waren am Boden zerstört, und Prinzessin Marina, die nun ihre drei Kinder allein aufziehen musste, brachte die Trauer fast um den Verstand. Was für ein langer trauriger Weg, überlegte Marion, von jener triumphierenden jungen Frau in der Abbey, die in Norman Hartnells Kleid den Gang entlanggerauscht war.

Aber nachdem die Japaner Pearl Harbor auf Hawaii bombardiert hatten, wo die amerikanische Pazifikflotte vor Anker lag, waren die USA nun im Krieg »bis zum Hals und bis zum Tod«, wie Margaret es mit blutrünstigem Vergnügen formulierte. »Hast 'nen Kaugummi, Kumpel?«, fragte sie Lilibet.

»Was?«

»*Got any gum, chum*. So musst du die Amerikaner begrüßen«, erklärte Margaret mit großer Autorität.

Die frisch eingetroffenen GIs, Teil von Roosevelts »Europe First«-Strategie, lösten bei den Prinzessinnen und Evakuierten gleichermaßen elektrisierende Begeisterung aus. Wie nicht anders zu erwarten, war Reg der Erste, der sofort zum nahe gelegenen Camp aufbrach und sich mit den Snowflakes anfreundete, wie die weiß-behelmte Militärpolizei genannt wurde. Sie schickten ihn auf Botengänge, für die er mit der einzigen Währung bezahlt wurde, die zählte. Jedes Mal, wenn Margaret und Lilibet zu Besuch kamen, zeigte er stolz seine Auswahl an Süßigkeiten: Hershey-Schokoriegel, Baby Ruths und Life Savers, aber auch die »Funnies«, amerikanische Comics mit den Helden Superman, Captain Marvel, Looney Tunes und Bugs Bunny.

»Gib das mir!«, forderte Margaret und schnappte sich gebieterisch Bugs Bunny.

»He!«, erwiderte Reg und riss es wieder an sich. Immer mal wieder verschwanden die beiden und kamen dann umwölkt von einem verdächtigen Geruch zurück.

Ivy nahm sich den unbändigen Jungen zur Brust. »Du hast nicht zufällig Zigaretten dabei, Reg?«

»Warum fragen Sie, Miss?«, kam die dreiste Antwort. »Möchten Sie eine?«

Susans Interesse an den Amerikanern galt anderen Dingen. »Überbezahlt, unersättlich und überall«, sagte sie kichernd zu Lilibet.

»Wie bitte?«

Susan kannte eine ältere Evakuierte, die mit ihr im gleichen Haus untergebracht war und den »Passion Wagon« für sich entdeckt hatte, mit dem Mädchen aus dem Stadtzentrum zum Tanzen raus zu den Stützpunkten der Amerikaner gebracht wurden. Susan schilderte mit großen Augen die Pracht des Tanzsaals. »Dort hängen *Stars and Stripes* und *Union Jacks* zusammen! Es wird wunderbare Musik gespielt.« Und sie begann *Moonlight Serenade* zu summen. »Außerdem kennen sie alle neuen Tänze.« Sie brachte Lilibet den Jitterbug bei und drehte ihr die Haare zur Tolle auf.

Marion beobachtete all dies und wunderte sich, dass ihre Freude darüber sich in Grenzen hielt. Eigentlich hätte doch die Zusammenführung der Prinzessinnen mit Kindern aus dem East End den Höhepunkt all ihrer Bemühungen darstellen müssen. Stattdessen wünschte sie sich, es nicht getan zu haben.

Sie hatte nicht vorhergesehen, welche Empfindungen es in ihr auslösen würde, wenn sie die Mädchen mit anderen Menschen teilen musste. Es war viel schwerer als erwartet. Sie hatte sich so sehr daran gewöhnt, ihre ständige Begleiterin zu sein, ihr Ein und Alles. Die anderen kamen und gingen – Monty, Sir Henry, der König und die Königin, die vorwiegend in London gebraucht wurden. Selbst Alah bewachte mehr oder weniger nur ihren Schlaf. Aber sie, Marion, regelte ihre Tage.

Die fast an ein Gefängnis gemahnenden Umstände mit den allgegenwärtigen Gefahren hatten das Zusammengehörigkeitsgefühl noch verstärkt. Sie hatte die Abhängigkeit der Mädchen von ihr genossen und in Erweiterung dessen die Abhängigkeit der königlichen Eltern von ihr. Das Gefühl, dass in gewisser Weise das Schicksal der Nation von ihr abhing, war höchst verführerisch gewesen. Doch verführerischer und mächtiger war darüber hinaus die Vorstellung, dass die Mädchen im Grunde genommen ihre Töchter waren und sie ihre Mutter.

Und jetzt hatte sie diese Macht abgegeben.

Es war Monate her, seit sie Tommy Lascelles zuletzt gesehen hatte. Als Privatsekretär des Königs war sein Sitz im Buckingham Palace. Und so kreuzten ihre Wege sich nur noch selten. Doch plötzlich war er da und kam unter spätherbstlicher Sonne auf den gepflasterten Hof von Windsor. Er begrüßte sie fröhlich. »Miss Crawford! Marion, wenn ich darf.«

»Sie dürfen«, erwiderte Marion knapp. Sie war entschlossen, keine Zeit an ihn zu vergeuden. Er schaffte es nach wie vor, ein inneres Beben bei ihr auszulösen, aber daraus würde nie etwas werden.

Dennoch musste sie feststellen, dass er so attraktiv war wie eh und je. Der Krieg hatte keine nennenswerten Spuren hinterlassen, allerdings war er immer schon eine asketische Erscheinung gewesen. Aus den Höhlen unter seinen Brauen fixierte er sie mit seinem spöttischen Blick. Weil sie das vertraute aufwühlende Verlangen spürte, wandte sie sich ab.

»Wie geht es Ihnen denn in Windsor? Suchen Sie immer noch Schutz vor den Heinkels in den Verliesen?«

Das süffisante Grinsen, mit dem sie ihm darauf antwortete, verriet nicht, wie wichtig ihr selbst das geworden war. Dass es verrückt war, sich beinah auf die Luftangriffe zu freuen, wusste sie natürlich, aber sie hatte sich daran gewöhnt, die intime Dunkelheit der alten Kerker, die Nähe der jungen Mädchen und das triumphierende Wissen zu genießen, dass sie und nicht ihre Eltern diese in Zeiten tödlicher Gefahr beschützte. Sie schlug einen sachlichen Ton an. »Man kann sich schwer vorstellen, dass es auch anders sein könnte.«

Seine dunklen Augen strahlten sie an. »Oh, das wird es aber. Es ist nun keine Frage mehr, ob oder wann wir sie schlagen werden, sondern wie wir sie loswerden sollen, wenn sie besiegt sind. Amerika ist auf unserer Seite, vergessen Sie das nicht. Alles hat sich verändert.«

Er erzählte vom bevorstehenden Besuch Eleanor Roosevelts. »Der Bürgermeister von London ist etwas schwierig. Er besteht darauf, Mrs Roosevelt auf den Stufen von St. Paul's zu empfangen.

»Und was spricht dagegen?«

Tommy zeigte einen Anflug von Verzweiflung. »Weil sie vorrangig den Eindruck mit in die USA nehmen soll, dass es uns einzig und allein um den Sieg über Hitler geht. Da wäre es abträglich, wenn wir sie mit einer mittelalterlichen Zeremonie begrüßen.«

Da hatte er nicht unrecht, überlegte sie bewundernd. »Sie denken wirklich an alles.«

»Das ist meine Aufgabe.« Er sah sie eindringlich an. Sie wich seinem Blick aus. Sie hatte sich zweimal zum Narren gemacht, ein drittes Mal würde ihr das nicht passieren. »Und auch Ihre«, ergänzte er. »Keiner sonst versteht das.«

»Versteht was?« Sie bemühte sich, ihm zu widerstehen, aber das dunkle Feuer in seinen Augen fesselte sie.

»Was wir tun, Sie und ich.«

Sie schluckte. »Sie und ich?«

»Dass sie uns brauchen, der König und die Königin, und dass niemand von außerhalb verstehen kann, wie das ist. Wie viel Hingabe einem das abverlangt und wie intensiv das ist, sodass man nie abschalten kann. Keiner weiß das, abgesehen von uns beiden.«

Überwältigt von der Wahrheit seiner Worte und der Leidenschaft, mit der sie diesen zustimmte, senkte sie den Blick. Er hatte recht. Keiner verstand das. Ivy sicherlich nicht, Peter nicht, vielleicht nicht mal der König und die Königin. Und wenn auch die Prinzessinnen es nicht verstanden – wie sollten sie das auch, so jung, wie sie waren –, war dies verzeihlich. Es ging dabei ohnehin nur um sie.

»Sollen wir uns setzen?«, schlug Tommy vor.

Sie fanden eine Bank im Garten vor einer von der Sonne gewärmten Turmmauer. Der süße Duft der späten Rosen umwehte sie, und vor ihnen lag die grüne, hügelige Landschaft von Berkshire.

»Prachtvoll, nicht wahr?«, murmelte Tommy, aber sein Blick war auf sie gerichtet.

Die Welt drehte sich langsamer und wurde still. *Keiner von außerhalb. Wir beide.* Er beugte sich ihr zu, sein Atem ging heftig. Sein würziges Parfüm stieg ihr in die Nase. Jetzt würde er sie gleich küssen. Endlich.

Sie schloss die Augen. Nichts geschah. Sie hörte, wie er seine Sitzposition veränderte und sich räusperte. Spürte, dass er abgerückt war.

»Ich lese ein höchst interessantes Buch«, meinte er lässig. »Die gesammelten Briefe eines gewissen Ponsonby, eines ehemaligen Privatsekretärs von Queen Victoria.«

Marions Blick schweifte hinaus in die Landschaft, ihre Wangen brannten, und sie hörte nur halb hin. Hatte sie es sich wieder nur eingebildet?

»Königin Mary hat sich mit aller Macht der Veröffentlichung widersetzt. Aber wenn jene hinter den Kulissen nie etwas zu Papier brächten, entgingen der Geschichtswissenschaft sicherlich ihre informativsten Dokumente. Und ich wüsste nicht, wie die Geschichte zur Wahrheit vorstoßen kann, sofern es Zeitgenossen nicht erlaubt ist, diese zu beschreiben.«

Dreiundfünfzigstes Kapitel

Die amerikanische First Lady saß sichtlich gerührt im Salon von Windsor Castle. Tief eingesunken in einem grünen Brokatsessel, hielt Mrs Roosevelt das englischste aller Symbole, eine Tasse Tee, zusammen mit einem Stück amerikanischstem Gebäck, dem Kürbiskuchen, in den Händen. »Ich kann gar nicht sagen, wie sehr mich das bewegt«, sagte sie, und ihre großen Augen schimmerten feucht. »Was für eine wunderbare Idee!«

»Das war die Idee der Mädchen«, strahlte die Königin. »Sie hofften, es würde Ihnen gefallen.« Sie saß ihrem Gast gegenüber auf einem grünen Seidensofa. Makellos frisiert, in hochhackigen Schuhen und blauem Kleid, die Beine elegant an den Knöcheln übereinandergeschlagen, war sie der Inbegriff einer entspannten Gastgeberin. Keiner würde sie für die Königin eines bedrohten Landes im Gespräch mit ihrer mächtigsten Verbündeten halten.

Marion, die im hinteren Teil des Raums am Fenster saß, musste sich damit abfinden, dass ihr die Anerkennung versagt blieb, denn tatsächlich war der Kürbiskuchen ihre Idee gewesen. Aber sie wusste selbst, wie kleinlich dieser Gedanke war, und erklärte der König der Nation nicht ständig im Radio, dass sie in diesen Tagen alle in einem Boot saßen?

Der Duft von Zimt und Muskat hing in der Luft, als Lilibet ihrer Gouvernante einen schuldbewussten Blick zuwarf. »Wir haben bei Crawfie im Unterricht Amerika und die Pilgerväter durchgenommen«, warf sie äußerst diplomatisch ein.

Mrs Roosevelt betrachtete Marion mit freundlichem Interesse. »Ist das so? Gut gemacht, Crawfie.«

»Und so haben wir uns überlegt, dass wir Thanksgiving feiern wollen, solange Sie hier sind«, ergänzte die Königin geschickt. »Ein wenig zu früh, ich weiß.«

Mrs Roosevelt hob die silberne Gabel, aß einen Bissen und war verzückt. »Der frühe Vogel bekommt den besten Kürbiskuchen!«

Alle lachten höflich. Der Rest der Gruppe bestand aus Mrs Roosevelts Sekretärin, der Hofdame Delia Peel und einer dunkelhaarigen männlichen Gestalt neben Marion, die sie sich bemühte, nicht anzusehen.

Die Königin klatschte fröhlich in ihre glitzernden kleinen weißen Hände. »Gut gemacht, Margaret und Lilibet!«

Die Gruppe klatschte folgsam, und die Aktivität gab der dunkelhaarigen Gestalt Gelegenheit, näher an Marion heranzurücken. Sie atmete den vertrauten Duft ein, hielt aber den Kopf nach vorn gerichtet. Nur kein Interesse zeigen, auf keinen Fall.

»Ich vermute, er ist wirklich gut gelungen, Miss Crawford«, wandte die tiefe Stimme sich heiter an sie.

»Die Mädchen haben geholfen«, erwiderte sie steif. »Sie haben von allen die Zuckerrationen gesammelt.«

Lascelles prustete. »Das dürfte sicher großen Anklang gefunden haben.«

Marion blickte weiter stur geradeaus. »Aber wie ich höre, sind Sie derjenige, dem gratuliert werden sollte, Mr Lascelles. Mrs Roosevelts Besuch ist ein großer Erfolg.«

Tommy hatte seine Arbeit in der Tat gut gemacht. Der Bürgermeister und seine Entourage waren nirgendwo zu sehen gewesen.

Vom Moment ihrer Ankunft an hatte Mrs Roosevelt ein Britannien erlebt, das von seinen Feinden übel zugerichtet, aber standhaft geblieben war. Von Paddington aus hatte man sie auf schnellstem Weg zum Buckingham Palace gebracht, wo sie die verrammelten Fenster und die schwarze Linie sah, die in jeder Badewanne anzutreffen war. Von hier dann ins East End mit seinen von Glasscherben übersäten Straßen und rauchenden Trümmerhaufen und zu St. Paul's mit seinem zum Himmel offenen Kirchenschiff.

»Ich kann nicht den ganzen Ruhm einheimsen«, murmelte Lascelles. »Die Schränke waren die Idee Ihrer Majestät.«

Cecil Beaton, ein aufstrebender Fotograf, war in den Palast gerufen worden, um Fotos von Mrs Roosevelt vor endlosen Reihen von Küchenschränken zu machen. Der König, der seine Nation ungern in einem derart erbärmlichen Licht zeigen wollte, war alles andere als begeistert. Aber seine Gemahlin hatte sich mit sicherem Gespür für die Wirkung durchgesetzt.

Und sie hatte es nicht dabei bewenden lassen, sondern dafür gesorgt, dass Mrs Roosevelt in ihrem Schlafzimmer mit verrammelten Fenstern und einem Elektroöfchen schlief, das auf Sparflamme lief. Sie hatte von goldenen Tellern gegessen, aber die auf Karten mit Monogramm handschriftlich aufgeführten Speisen waren ganz einfach gewesen. Die First Lady hatte »falsche Gans« genossen, wenn man das so sagen kann – geschichtete Kartoffeln und Äpfel überbacken mit Käse und eingelegten Zwiebeln, zum Nachtisch gab es Rote-Beete-Pudding. Kein Wunder, dass sie sich so begeistert über den Kürbiskuchen zeigte.

Der Tee in Windsor war ihr letzter Termin vor der Abreise. Der womöglich größte Coup der Königin war jedoch, dass man über dem grünen Brokatsessel, auf dem Mrs Roosevelt saß, die Löcher in der Decke sah, an der einst Kristalllüster gefunkelt hatten, aus der nun aber nur noch die Drähte wie schwarze Wurzeln heraushingen. Die antiken Anrichten und Tische, deren Schnitzereien und Vergoldungen mit Tüchern abgedeckt waren, standen verkehrt herum entlang der mit Gobelinteppichen behängten Wände.

Neben Marion meldete sich erneut Tommy zu Wort. »Ich verfüge«, murmelte er, »über eine sehr interessante Information.«

Gegen ihren Willen hatte er ihre Neugier geweckt. Berichte von Geheimagenten auf der ganzen Welt gingen täglich über seinen Tisch. Würde sie ein unglaubliches Geheimnis erfahren? Sie wusste, dass sich in Ägypten was zusammenbraute. Der König saß wie auf glühenden Kohlen, so heiß wie die Wüste Nordafrikas, in der Montgomery und seine Achte Armee sich im Moment befanden. Und jetzt wandte sie sich ihm schließlich doch zu. Die dunklen Augen glitzerten spitzbübisch.

»Wie ich höre«, sagte er, »organisieren Sie ein Märchenspiel?«

»Ist *das* Ihre interessante Information?«

»Stimmt es etwa nicht?«

»Doch, ja. Schon. Wir führen *Aschenputtel* auf.«

Es hatte als beiläufiger Vorschlag im Luftschutzbunker begonnen, geboren aus der Lesung mit verteilten Rollen von *Ein Sommernachtstraum*. Margaret und Lilibet hatten den Vorschlag sofort begeistert aufgegriffen, und daraufhin hatte Marion ihn Ivy und Peter unterbreitet, die es beide für die ideale Zerstreuung ihrer Schüler hielten.

Peter mit seiner Kenntnis klassischer Dramen hatte sich angeboten, das Stück zu schreiben.

»Mach es nicht zu leidgetränkt«, warnte Ivy.

Peter sah sie milde an. »Die Alten haben nicht nur die Tragödie, sondern auch die Komödie erfunden.«

»Wenn du das sagst«, meinte Ivy achselzuckend, aber zärtlich.

»Wie ich höre, hat Prinzessin Margaret die Hauptrolle bekommen«, sagte Tommy.

»Wer auch sonst?«

»Das war immer eins meiner Lieblingsmärchen«, fuhr er fort. »Das einfache Mädchen, das zu großen, glorreichen Höhen aufsteigt.«

Dann hörte man einen Knall, als würden Türen aufgerissen. Eine Frau stand in der Tür, dunkelhaarig in einem hübschen marineblauen Kostüm mit enger Taille und einem weit ausladenden Rock. Sie trug aberwitzig hohe Schuhe, ihre Lippen waren rot geschminkt, und die funkelnden dunklen Augen tanzten suchend durch den Raum. Die rasche, scharfsichtige Bestandsaufnahme stand für Marion im Widerspruch zu ihrer comichaft vorgebrachten Entschuldigung.

»Entschuldigen Sie mich, Ma'am, Ma'ams«, keuchte sie und fuchtelte hilflos mit den Armen, während sie vor allen wie verrückt knickste.

Ein Diener im Kampfanzug, wie sie für die Dauer des Kriegs verteilt worden waren, holte sie außer Atem ein. Man sah ihm seine Verzweiflung an.

»Ihre Majestät, ich entschuldige mich, aber diese Lady beharrte darauf, von Ihnen erwartet zu werden.«

Die Königin verharrte gefasst auf ihrem Sofa, die Beine noch immer übereinandergeschlagen. Auf ihrem Gesicht war nur leichte Verwunderung zu lesen. Margaret und Lilibet neben ihr waren gespannt. Marion schielte auf Tommy. Seine aristokratische Lässigkeit war verschwunden, er machte einen unumwunden entsetzten Eindruck.

Lady Delia Peel, die Hofdame, war rot angelaufen.

Mrs Roosevelts breites Gesicht mit den Hängebacken spiegelte Verwirrung.

Völlig unverfroren rannte die gerade Angekommene direkt zur Königin. Sie sank zu einem kunstvollen Knicks nieder. »Ihre Majestät«, rief sie und klimperte mit den Wimpern, »wir sind uns bei Lady Astor begegnet. Ich war mit Mrs Roosevelt dort, wie Sie sich vielleicht erinnern.« Sie schickte ein breites Lächeln in Richtung der First Lady. »Mrs Roosevelt erwähnte diesen Tee heute und schlug vor, dass ich vorbeikomme.«

Nun gesellte sich Verlegenheit zur Verwunderung auf Mrs Roosevelts großem, gutmütigem Gesicht. Es war offensichtlich, dass sie sich an eine solche Einladung nicht erinnerte, aber ihrer Landsmännin in Gegenwart der Königin wohl kaum widersprechen konnte.

Marion konnte wie alle anderen nur in erstauntem Schweigen zusehen. War diese Frau unwissend oder einfach nur einfältig? Dies war nicht der erste ungeladene königliche Gast, den Marion gesehen hatte, Jahr für Jahr versuchten Leute, sich ungeladen zu den Gartenpartys im Palast einzuschleichen. Aber dies hier, eine private Zusammenkunft, bei der die Königin die First Lady der Vereinigten Staaten bewirtete, noch dazu in Kriegszeiten, war etwas völlig anderes. Noch nie hatte sie jemand einen solchen Versuch unternehmen, geschweige denn Erfolg damit haben sehen.

Die Frau redete unbeirrt und schien sich keiner Peinlichkeit bewusst zu sein. »Ich bin schon mal hier gewesen«, rief sie, »nur dass ich mit den Beefeaters und den Soldaten und so ein paar Probleme hatte.«

Marion, die in die Runde blickte, erkannte, dass es nun jedem dämmerte, dass diese Frau offenbar sämtliche Wachen von Windsor Castle beschwatzt hatte. Wer um alles auf der Welt war sie?

Die Königin stellte sich offenbar dieselbe Frage. Sie richtete ihre blauen Augen forschend auf Mrs Roosevelt. »Ma'am«, begann die First Lady verlegen, »erlauben Sie mir, Ihnen Mrs ...« Sie zögerte, hatte offenbar Mühe, sich zu erinnern.

»Mrs Gould, Beatrice Gould.« Die dunkelhaarige Frau strahlte unerschrocken und wandte sich wieder an die Königin. »Wir haben uns bei Lady Astor unterhalten, Ma'am. Sie waren so freundlich einzuwilligen, ein paar Artikel für meine Zeitschrift zu schreiben.«

»Ihre ... Zeitschrift?«, wiederholte die Königin matt.

»Das ist richtig, Ma'am. Die Zeitschrift, deren Herausgeberin ich bin. Amerikas *The Ladies' Home Journal*!«

Marion blieb angesichts der unglaublichen Chuzpe dieser Frau der Mund offen stehen. Das war kein schlichtes Gemüt, so viel stand fest. Die schusselige Atemlosigkeit war nur gespielt. Sie hatte den Blick von Beatrice Gould gesehen, als dieser von der Ehefrau des Präsidenten zur Ehefrau des Königs schwenkte, und etwas von dem schwarzen Funkeln war bei ihr hängen geblieben. Es war ein Blick von absoluter, furchtloser Entschlossenheit gewesen.

Vierundfünfzigstes Kapitel

»Die Prinzessin Margaret Rose«, sagte Alah, »ist ganz grün im Gesicht.«

»Sie scherzen wohl«, sagte Marion. Aber das hatte Alah noch nie getan, nicht ein Mal in all den Jahren. »Margaret ist zu krank, um aufzutreten?«

»*Erbsengrün*, Miss Crawford.«

Marion stöhnte. Der Prinzessin Margaret Rose war es bis eben noch sehr gut gegangen. Außerdem waren alle bereit. Ivys Evakuierte. Peters Etonianer. Monty, dessen gallische Ausstrahlung, verstärkt durch Kostümierung und Schminke, sehr gelegen kam. Einige der Wachen von Windsor Castle. Hunderte von Zuschauern wurden erwartet. Dank der Ticketeinnahmen von einem bis zu sieben Schilling pro Platz hatte man fast neunhundert Pfund – ein gewaltiger Betrag – für den Wollfonds der Königin eingenommen.

Lilibet war geschockt gewesen. »Es wird doch keiner dafür zahlen, um *uns* zu sehen!«

»Unsinn!«, hatte Margaret entgegnet. »Sie werden alles zahlen, um uns zu sehen.«

Nur dass sie jetzt vermutlich Margaret nicht sehen würden. Marion wollte zu ihr und sie schütteln. Warum all die Mühen so vieler guter Menschen zunichtemachen? Natürlich, weil sie es konnte.

Frustriert kehrte sie in die Waterloo Chamber zurück, wo die von Queen Victoria für häusliche Aufführungen eingerichtete Bühne für das Märchenspiel bereitstand. Das schön gemalte Bühnenbild, die Arbeit von zwei Freiwilligen, zeigte eine Schlossküche, komplett bis zum Bratenwender. Aschenputtels Besen stand in der Küche bereit.

Sie ging über die Bühne hinter die Kulissen, wo die Ständer mit den kunstvollen Kleidern, die mit Bändern versehenen Perücken und Schuhe mit Silberschnallen standen, die man alle von einem Theaterschneider ausgeliehen und dann mit Etiketten den diversen Schauspielern zugeteilt hatte. Da stand auch Queen Annes Sänfte, die als Aschenputtels Kürbiskutsche zu ungeahnten Ehren kam.

Der unerwartete Anblick Seiner Majestät erschreckte Marion. Er stand in den Kulissen, die Hände in den Taschen und sah sich mit kritischem Blick um.

»Sir!« Sie verneigte sich zum Knicks.

Das Interesse des Königs an der Aufführung war bis vor einer Woche recht gering gewesen, doch dann war unvermittelt sein innerer Cecil B. DeMille auf spektakuläre Weise entfesselt worden. Er hatte darauf bestanden, jeden Aspekt genauso gründlich durchzugehen wie die Schlachtpläne mit Churchill.

Der König drehte sich zu ihr um. »Alles in Ordnung, Crawfie?«

»Nicht ganz, Sir, wir haben ein Problem.«

Er lachte kurz auf. »Wem sagen Sie das. K-kenn ich zur Genüge. Obwohl es jetzt zugegebenermaßen ein b-bisschen besser aussieht.« Er bezog sich, wie sie wusste, auf den kürzlichen Sieg bei El Alamein, der ersten größeren Niederlage der deutschen Streitkräfte.

Sie schilderte das Problem, er hörte ihr zu. Sein Lächeln verschwand. Er setzte sich auf Aschenputtels dreibeinigen Hocker und dachte nach. Dann erhob er sich. »Ich weiß, was zu tun ist, Crawfie!«

»Sir?«

»Sie werden Margaret ersetzen. Sie kennen schließlich den Text.«

Sie überlegte. Die Kostüme würden natürlich nicht passen. Abgesehen von den älteren Eton-Schülern und den einen Meter fünfundachtzig großen Windsor-Wachen, die zum Finale einmarschierten, war sie doppelt so groß wie die anderen Schauspieler.

»Vielleicht eins der anderen Kinder, Sir? Ich bin keine gute Schauspielerin.«

Der König sah sie an. »Sie und ich, wir sind beide Schauspieler Crawfie. Wir st-stehen jeden Tag vor Publikum. Wir haben lernen müssen, gut darin zu sein.«

Und wie der König es gelernt hatte, sagte sich Marion. Sein Selbstvertrauen war gewachsen, je mehr sein Stottern nachließ. Das gute Beispiel der Königin hatte ihm den Weg gezeigt.

Er lächelte wieder und zeigte dabei das breite Grinsen seiner Tochter. »Aber wenn Sie Ihre Königliche Hoheit wissen lassen, dass Sie für sie einspringen, könnte es gut sein, dass Sie gar nicht erst ins Rampenlicht treten müssen.«

Er hatte natürlich recht. Denn tatsächlich sprang Margaret nach einer spontanen Wunderheilung sofort aus dem Bett und war auch nicht mehr erbsengrün.

Die Aufführung war ein unglaublicher Erfolg. Das aus Städtern und Arbeitern des Schlossguts zusammenwürfelte Publikum füllte den riesigen Raum. Da durfte auch Kerald Jelly nicht fehlen, der nach einem harten Tag ein paar weitere »Feinarbeiten« an den Porträts von König und Königin vorgenommen hatte. Die beiden saßen in der ersten Reihe, Letztere mit Diamanten behangen, die ihr von der kürzlich verschiedenen Mrs Ronnie vermacht worden waren. Mochte deren Anwesen in Surrey schlussendlich doch an den National Trust übergegangen sein, so waren diese der Trostpreis dafür.

Das vom König überarbeitete Finale des Stücks war die beste Szene überhaupt: Die Wache von Windsor Castle marschierte prachtvoll in Rot und glänzenden schwarzen Stiefeln über die Bühne und wieder zurück, während die Kinder riesige Union Jacks entfalteten und sie zu donnerndem Applaus schwenkten.

Die Besetzung, vor allem Margaret, verbeugte sich immer wieder und nahm den Applaus begeistert auf. Ihr lebhaftes kleines Gesicht, das in der Bühnenbeleuchtung besonders liebreizend aussah, ließ nicht erkennen, dass dahinter jemals ein boshafter Gedanke gewohnt hatte.

Auch Lilibet machte einen zufriedenen Eindruck, aber die Freude auf ihrem rosigen Gesicht hatte weniger mit dem Applaus zu tun, wie Marion wusste, als mit einer bestimmten Gestalt in der ersten Reihe. Und es waren weder ihr Vater noch ihre Mutter. Es war Philip Mountbatten.

Marion hatte ihn auf Anhieb erkannt, als er hereinkam, genauso wie alle anderen Frauen im Raum. Mit seiner beeindruckenden Größe, der Energie, die er versprühte, und seinem guten Aussehen zog er alle Augen auf sich. Er war sofort nach vorn marschiert, hatte sich hingesetzt und seine langen Beine ausgestreckt und mit seinem Gefährten gescherzt, der wie er in Marineuniform erschienen war. Die Goldtresse an seinen Ärmeln glänzte so hell wie seine blonden Haare. Er hatte sich im Krieg hervorgetan, war in Kriegsberichten über eine Seeschlacht vor der griechischen Küste erwähnt worden. Italienische Kriegsschiffe waren versenkt worden. Philip hatte die Suchscheinwerfer bedient.

Auch jetzt bediente er ganz offenkundig einen und richtete ihn auf Lilibet. Sie glänzte, sie funkelte. Mochte sie auf der Bühne auch einen Märchenprinzen geben, so saß die Person, die im echten Leben diesen Namen verdiente, nur wenige Meter weit entfernt und starrte anerkennend auf ihre Beine in Strumpfhosen.

Der König und die Königin schienen von alldem nichts mitzubekommen. Sie warfen hin und wieder einen belustigten Blick auf Philip, aber nicht mehr. Für sie war Lilibet nach wie vor das brave Kind. Dass sie eine junge Frau von sechzehn Jahren mit einem eigenen Kopf und zudem verliebt war, war bei ihnen noch nicht angekommen. Aber bei Marion. Philips kühn auf das Mädchen gerichteter Blick, das sie ein Jahrzehnt lang umsorgt hatte, ließ sie erschaudern. Es war mehr als Ablehnung oder Antipathie. Es war Angst, wie sie sich eingestand.

»Miss Crawford! Meinen Glückwunsch zu einer ausgezeichneten Produktion.« Tommys leicht spöttischer Ton erreichte sie von hinten. Marion holte tief Luft und drehte sich dann um.

Joan war an seiner Seite, wie immer eine makellos gepflegte

Erscheinung von den blonden Wellen bis zum modischen Kleid aus bedruckter Seide, das ihrer eleganten Gestalt schmeichelte. Sie streifte Marion mit einem kurzen, unbeeindruckten Blick, bevor sie sich ostentativ nach interessanteren und bedeutenderen Leuten umsah. »Sieh nur, Liebling, da drüben. Ist das nicht der …?«

»Warum gehst du nicht schon mal hin und sprichst mit ihnen, Liebling? Ich muss noch kurz etwas mit Miss Crawford besprechen.«

Er nahm ihren Arm und versuchte, sie in einen freien Winkel zu ziehen. Sie schüttelte seine Hand ab und blieb stehen. Er sah sie überrascht an. »Ich wollte Sie doch nur ins Bild setzen.«

»Worüber denn?«

»Unsere letzte Begegnung war ein wenig peinlich, gelinde ausgedrückt.«

Er meinte den Teenachmittag mit Mrs Roosevelt, als sie von dem ungebetenen Gast gestört worden waren. »Delia Peel und ich hatten anschließend eine sehr unerfreuliche Viertelstunde mit Ihren Majestäten«, berichtete Tommy kläglich. »Und der Ärger ist noch nicht vorbei.«

»Wie meinen Sie das?« Marions Neugierde war geweckt. Die First Lady war schon vor Wochen zurückgekehrt. »Ist Mrs … wie hieß sie noch mal?« Sie zog die Stirn kraus, weil ihr von der Frau außer ihrem zu allem entschlossenen Blick nichts in Erinnerung geblieben war. Diesen Blick kannte sie nur zu gut, aber woher, war ihr entfallen.

»Gould und ja, es geht um sie, um diese Frau, die einen zum Wahnsinn treibt. Ich musste zu ihr und sie im Ritz aufsuchen. Auf Geheiß der Königin.«

»Sie ist noch immer hier?« Marion blieb der Mund offen stehen. »Warum?« Nach allem, was passiert war, war sie davon ausgegangen, dass man Mrs Gould als Ausgestoßene behandeln würde. Und nicht als eine Person, die vom Privatsekretär des Königs Besuch in einem noblen Hotel bekam.

»Wegen der Artikel, die Mrs Gould erwähnte.«

»Die Königin wird sie doch nicht schreiben?«

Tommy schüttelte den schmalen dunklen Kopf. »Ich habe eine Stunde lang mit ihr verhandelt.«

»Eine ganze Stunde?«

»Habe ihr erklärt, dass die Königin über der Politik steht. Sagte ihr, dass sie zwar Sympathien für die Mission eines wachsenden Vertrauens zwischen britischen und amerikanischen Frauen hege, aber keinesfalls selbst Artikel schreiben werde.«

Marion sah ihn fassungslos an. Sie verstand nicht, warum die Königin sich dazu herabließ, dies einer neureichen Journalistin ausrichten zu lassen. Noch dazu von Tommy. In einem einstündigen Gespräch. Was für eine Zeitvergeudung.

»Na ja, jetzt ist sie wieder in Amerika, und wir haben sie hoffentlich zum letzten Mal gesehen.« Tommy wandte sich ab. »Auf Wiedersehen, Marion! Ich wünsche Ihnen frohe Weihnachten.«

Fünfundfünfzigstes Kapitel

Auf Lilibets Kaminsims im Schlafzimmer war ein Foto von Philip aufgetaucht. Ihre Eltern schienen es, offenbar durch gemeinsame Willensanstrengung, nicht zu bemerken. Sie, die sich furchtlos gegen Hitler stellten, hatten nur zu offensichtlich Angst anzuerkennen, dass ihre Tochter verliebt war. Marion konnte sie verstehen. Sie empfand genauso.

Margaret hingegen kannte solche Skrupel wie immer nicht.

»Wirst du denn heiraten? Lilibet?«, zog sie ihre Schwester auf. »So wie alle anderen. Wie Ivy und Peter.«

Die beiden hatten sich verlobt und heirateten noch im selben Monat. Die Hochzeit im hübschen georgianischen Ambiente des Standesamts von Windsor war schnörkellos, aber entzückend. Ivy trug lavendelblauen Tweed mit einer leuchtend gelben Zucchiniblüte aus dem Schrebergarten im Revers. Peter, der sein Glück kaum fassen zu können schien, hatte sich in seinen eleganten dunklen Dreiteiler eine Eton-Lilie gesteckt.

»Du warst immer zu gut für mich«, sagte Marion, als sie ihn umarmte. Und es war ihr ernst damit. Jetzt hatte er die Frau bekommen, die er verdiente und wollte: *ein ganz normales Wesen, das mit beiden Füßen im Leben steht.*

»Du hast recht«, warf Ivy ein, die mitgehört hatte. »Und du bist außerdem mit diesen verdammten Windsors verheiratet.«

Margaret, Lilibet und die übrigen Evakuierten hatten ihre Zuckerrationen gespart, aber der Kuchen, den der Koch von Windsor Castle gebacken hatte, hatte nach diesem Kommentar einen bitteren Beigeschmack.

Lilibets Leidenschaft für den aktiven Offizier des britischen Militärs befeuerte ihren alten Wunsch, zur Armee zu gehen. Mit sechzehn durfte sie das endlich, aber der König und die Königin zögerten mit ihrer Erlaubnis. Mit dem für sie üblichen Geschick, unangenehmen Dingen aus dem Weg zu gehen, wechselten sie jedes Mal das Thema, wenn davon die Rede war.

Aber die Prinzessin ließ sich nicht mehr länger einfach abspeisen. Sie schmollte nur selten, aber jetzt stapfte sie mit gefurchter Stirn umher, der Mund ein beleidigter Strich.

»Können Sie denn nicht mit Papa reden, Crawfie?«, bettelte sie. »Auf Sie hört er doch.«

Marion bezweifelte das, aber das Ansinnen war schmeichelhaft. Ebenso wie Lilibets flehentliche Miene. Die Bitte an sich bestürzte sie allerdings. Genauso wenig, wie sie wollte, dass Lilibet Philip heiratete, wollte sie, dass sie Militärdienst leistete. Die Armee würde ihr die Prinzessin wegnehmen, vielleicht für immer. Wenn sie erst einmal aktiven Dienst geleistet hatte, würde sie wohl kaum ins Schulzimmer zurückkehren.

Aber es blieb ihr keine Wahl. Wenn Lilibet ihr Herz an etwas gehängt hatte, ließ sie nicht mehr locker. Und Marion machte sich widerstrebend auf zur Tür des Königs.

»Dürfte ich Seine Majestät wohl fünf Minuten sprechen?«, fragte sie den neuen Stallmeister, einen schlanken Kerl mit hohen Wangenknochen und dunklen, gewellten Haaren.

Peter Townsend warf einen Blick auf seine Uhr. Er war einer der neuen, nicht aristokratischen Stallmeister, ein vielfach ausgezeichneter Oberst der Royal Air Force. Er dürfte, schätzte sie, Ende zwanzig sein, sah aber älter aus. Trotz seines zartgliedrigen, fast femininen Körperbaus trugen seine Züge den vertrauten Stempel des Kriegs. »Die Sitzung sollte gleich vorbei sein«, sagte er. »Wenn Sie hier ein paar Minuten warten wollen.«

Marion nickte. Sie mochte Oberst Townsend. Er war zurückhaltend und bescheiden, hatte dabei aber Rückgrat. Als Spitfire-Pilot war er mehrmals abgeschossen und dafür ausgezeichnet worden.

»Hat die Nerven verloren«, meinte Tommy verächtlich. »Deshalb hat er den Schreibtischjob bekommen.«

Aber obwohl sie das Thema immer wieder taktvoll anschnitt, hatte Marion ihn nie dazu gebracht, über seine Kriegserlebnisse zu sprechen. Er machte dicht, und hinter seinen Augen schien sich ein Vorhang zu schließen. Sie fragte sich, ob er sich seiner Frau gegenüber öffnete, die sie nie kennengelernt hatte, die aber angeblich hübsch und lebhaft war. Es gab auch ein Kind, einen Sohn.

Nun stand Townsend linkisch in seiner graublauen Air-Force-Uniform neben ihr und starrte auf seine gewienerten Stiefel. An seiner markanten Wange zuckte ein Muskel, als würde er die Zähne zusammenbeißen. Immer wieder wanderte sein Blick zur Arbeitszimmertür des Königs, als könnte er diese kraft seines Willens öffnen.

Doch die Tür blieb geschlossen. Davor standen noch immer die Schaukelpferde, jetzt alt und abgenutzt, die Farbe abgeblättert und die Mähnen teilweise kahl von allzu stürmischen Ritten. Schon seit Jahren hatte keins der Mädchen mehr draufgesessen, aber man behielt sie hier zur Erinnerung an die Kindheit, aus der sich zu befreien insbesondere Lilibet wild entschlossen war.

Plötzlich ging die Tür auf. Townsend stand sofort stramm und salutierte flott vor keinem Geringeren als Churchill, der gefolgt vom König zwischen den Schaukelpferden auftauchte.

Marion verharrte ehrfürchtig. Der Premierminister mit seinen Hängebacken und Falten trug einen abgetragenen Nadelstreifenanzug und hielt seine berühmte Melone in der Hand. Ein Paar gewitzte, kluge Augen trafen ihre. Churchill nickte und ging dann breitbeinig an ihr vorbei. Sie schaute ihm benommen hinterher.

Mit seinem Weggang verlor die Atmosphäre an Spannkraft. Der in der Tür zurückgebliebene König wirkte jetzt eingefallen und grau. Zwischen seinen schmalen Fingern qualmte wie immer eine Zigarette.

»Gehen Sie schon mal rein, Crawfie. Ich muss noch was mit Townsend besprechen.«

In seinem Arbeitszimmer war die Luft zum Schneiden, und die Mischung aus Zigarren- und Zigarettenqualm löste bei Marion einen Hustenreiz aus. An der Wand hingen Landkarten, stachelig von vielen Steckstiften. Auf dem königlichen Schreibtisch lagen Papiere verstreut, allesamt rot als geheim markiert und mit dem Titel »Overlord« versehen.

Marion setzte sich. Das zuoberst liegende Schreiben konnte sie lesen.

OBERSTES HAUPTQUARTIER DER ALLIIERTEN STREITKRÄFTE

Soldaten, Matrosen und Flieger der Alliierten Streitkräfte! Sie werden sich auf den Großen Kreuzzug einlassen, den wir viele Monate lang vorbereitet haben. Die Augen der Welt ruhen auf Ihnen …

Der König war zurückgekehrt. »C-crawfie. Was kann ich für Sie tun?«

Sie erklärte ihm rasch und ohne Umschweife ihre Mission. Mit ein wenig Glück würde er direkt mit »Nein« darauf antworten. Die Prinzessin wäre enttäuscht, aber sie wäre noch immer hier. »Lilibet möchte einer der Streitkräfte beitreten, Sir.«

Der König, der hinter seinem Schreibtisch Platz genommen hatte, stöhnte. »Lilibet gibt aber auch nie auf, oder?« Er zog an seiner Zigarette und fing zu husten an.

Sein Ringen nach Luft war heftig und rasselnd, und es schien endlos zu dauern, bis er einen Schluck Wasser aus einem Kristallbecher nehmen konnte, der zwischen anderen Gläsern stand, in denen bernsteinfarbene Spuren von Whisky zurückgeblieben waren. Er sah Marion aus tränenden Augen an. »Nun gut, Crawfie. Wir werden sehen, was wir arrangieren können.«

Sie sah ihn erstaunt an. »Ist das ein Ja, Sir?«

Er nickte und zog eins seiner Overlord-Dokumente an sich heran.

Sie verließ ihn, so schnell sie konnte. Die goldene Klinke an der Tür ließ sich geräuschlos bewegen, und die gut geölten Scharniere schlossen sich lautlos hinter ihr.

Im Flur fand ein Gespräch im Flüsterton statt. Die Teilnehmer standen etwas entfernt hinter einer Biegung. Sie hatten sie offenbar nicht herauskommen hören.

»Zwanzig Monate lang Tag und Nacht Kampf«, hörte sie eine gedämpfte Männerstimme, die sie als die von Townsend erkannte. »Ich war ein des Schlafs beraubtes Wrack. Ich war dem Tod so oft begegnet, dass das Leben kaum mehr Bedeutung zu haben schien.«

Marion war überrascht. Townsend hatte immer geschwiegen, wenn sie ihn nach seinen Kriegserlebnissen befragte. Wem gegenüber öffnete er sich derart bereitwillig?

»Oh, Peter!«, vernahm sie die vertraute hohe Stimme von Margaret mit einem Unterton atemloser Bewunderung. »Das muss ja *fürchterlich* gewesen sein!«

»Jedes Mal, wenn ich abhob, hatte ich das Gefühl, es sei das letzte Mal.«

»Oh, Peter! Gott sei Dank war es das nicht!«

Lilibet war ganz offensichtlich nicht die Einzige, die erwachsen wurde.

Die Uniform traf fast umgehend ein. Lilibet hob in ihrem Zimmer vorsichtig den Deckel einer großen Pappschachtel und entfernte das Seidenpapier. Ihr Begeisterungsschrei erschreckte Marion.

Margaret, die auf der Fensterbank gesessen hatte, rutschte vom Polster und kam herüber, um das Kleidungsstück zu inspizieren.

»Abscheuliche Farbe«, lautete ihr Kommentar, als sie den dicken, groben Stoff zwischen die Finger nahm. »Du wirst darin ganz fürchterlich aussehen, Lilibet.«

Wie immer ging ihre Schwester nicht auf die Provokation ein. »Das ist ja auch nicht für eine Modenschau gedacht«, erwiderte sie und griff nach dem Käppi mit dem glänzenden schwarzen Schirm.

Marion beobachtete sie, wie sie damit zu dem kleinen ovalen Spiegel über der schlichten Frisierkommode ging und es sich auf die dunklen Locken drückte. »Das ist die Uniform des Auxiliary Territorial Service. Und ich«, sagte sie und zeigte ihr typisches breites Freudegrinsen, »bin Zweite Subalternoffizierin Elizabeth Windsor.«

Margaret verschränkte die Arme vor der Brust, schob die Unterlippe vor und ließ jeglichen Versuch des Desinteresses fallen. »Das ist nicht fair. Warum muss ich den ganzen Tag im Schulzimmer verbringen, während alle anderen aufregende Dinge tun können?«

Lilibet hatte nun ihre Jacke angezogen. Die Brusttaschen betonten ihren üppigen Busen. Der Gürtel, der ihre schmale Taille eng umfing, betonte ihre Hüften. Marion überlegte, dass womöglich eine nicht geringe Anziehungskraft der Armee auf sie auch daher rührte, dass sie nun endlich etwas anderes als ihre Schwester tragen konnte.

»Es ist einfach ungerecht, dass Papa es dir erlaubt, mir aber nicht!«, jammerte Margaret.

»Bald bist du auch alt genug dafür.«

»Ja, aber dann wird der Krieg *vorbei* sein!«

Nur für Margaret konnte es eine schlechte Nachricht sein, dass sich nach El Alamein das Blatt endlich zugunsten der Alliierten wendete. In Italien, Osteuropa und im Pazifik konnte man Landgewinne verzeichnen. Und etwas nicht weniger Bedeutungsschweres schien sich anzubahnen: Lilibet hatte vor wenigen Tagen fast dreihundert Boeing B-17 Flying Fortresses der amerikanischen Streitkräfte über das Schloss fliegen sehen. »Bei zweihundertvierundachtzig habe ich aufgegeben!«

Marion fragte sich, ob sie etwas mit den Overlord-Dokumenten zu tun hatten, die sie gesehen hatte.

Lilibet sprang nun aus dem Zimmer, um ihre neue Uniform den Eltern zu präsentieren. Mehrere aufgeregte Hunde folgten ihr und dahinter Margaret. Das Schlusslicht machte Marion, erfüllt von der plötzlichen Erkenntnis, dass sich nun alles ändern würde.

Es war ein warmer, sonniger Tag mit einem strahlend blauen Himmel. Der König und die Königin nahmen ihren Tee auf der Terrasse ein. Darunter stand der Rosengarten des Schlosses in voller Blüte, und der geballten Farbenpracht entstiegen warme Düfte. Das lange weiße Tafeltuch streifte den Boden. In so einer Szenerie spielte der Krieg keine Rolle, bis die uniformierte Lilibet hineinplatzte.

Sie eilte zu ihrem Vater und salutierte. »Sir!«

Die Königin, die gerade einschenken wollte, verharrte mit der silbernen Teekanne in der Hand und betrachtete ihre nun unbestreitbar erwachsene Tochter. »Oh, Liebling!« Ihre Stimme gehorchte ihr nicht ganz, als wäre sie gezwungen, etwas anzuerkennen, was sie lange nicht hatte sehen wollen.

Der König wirkte ebenfalls verstört, aber andere Stimmen füllten nun das Schweigen. Laute, dröhnende, mit einem unmissverständlich transatlantischen Näseln, die immer näher kamen. Die sorgenvolle Miene des Königs schlug in Erschrecken um. »M-mein G-gott! Es ist Eisenhower!«

»Was macht der denn hier?«, fragte Lilibet.

»Der kommt, um sich von dir Befehle erteilen zu lassen!«, frotzelte Margaret. »Zweite Subalternoffizierin Elizabeth Windsor.«

»Wir haben später eine B-besprechung«, wich der König aus.

»Aber im Moment bekommt Eisenhower eine Sch-schlossführung. Wenn er um die Ecke biegt, wird er uns sehen.«

»Wäre das so schlimm?«, fragte Margaret fast sehnsüchtig. Der oft in den Zeitungen abgebildete Eisenhower mit seinem sonnigen Lachen war bekannt für seine große Gestalt und sein lässig-elegantes Auftreten.

»Ja, weil wir hier oben sind und er dort unten sein wird«, gab ihre Mutter zu bedenken. »Wir werden rufen müssen, um uns zu verständigen, und das ist höchst peinlich.«

Lilibet hatte das Problem erfasst. Ihre Uniform schien sie mit neuer Entschlossenheit ausgestattet zu haben. Während ihre Eltern zögerten, ergriff sie das Kommando. »Da bleibt uns nur eine Möglichkeit«, zischte sie, während die amerikanischen Stimmen lauter wurden und näher kamen. »Alle unters Tischtuch!«

Und so waren, als der Oberbefehlshaber der Alliierten Streitkräfte in Europa im Rosengarten auftauchte, seine Gastgeber nirgendwo zu sehen.

»Kommen Sie, General, ich zeige Ihnen unsere Parkrosen – sie heißen Maiden's Blush«, schwebte die Stimme von Lord Wigram nach oben.

»Hör auf!«, zischte Lilibet ihre Schwester an, die vor unterdrücktem Lachen bebte. »Dann sieht er doch, dass der Tisch wackelt!«

»Und unsere Rosen mit den wunderbaren Namen Madame Hardy und Mrs Finch haben ebenfalls ein großartiges Jahr.«

»Das freut mich zu hören«, ertönte amüsiert die warm klingende Idaho-Stimme des Generals.

»Und Königin Elizabeth ist einfach prachtvoll.«

»Die gefährlichste Rose Europas«, witzelte Eisenhower, während die menschliche Entsprechung der Blume Mühe hatte, nicht loszuprusten.

Sechsundfünfzigstes Kapitel

»Alle Amerikaner sind weg«, klagte Susan.

Nach Lilibets Abschied aus dem Klassenzimmer war dies ein weiterer großer persönlicher Schlag. »Aber wir wissen nicht, wohin.«

Das sollte sie bald erfahren. An diesem Abend wandte sich der König überschwänglich an sein Land. »Vor vier Jahren standen unsere Nation und das Empire allein mit dem Rücken zur Wand gegen einen übermächtigen Feind. Wie nie zuvor auf die Probe gestellt, überlebten wir sie dank Gottes Vorsehung. Jetzt müssen wir uns einer weiteren höchsten Probe stellen.«

Marion, die mit den Mädchen im Arbeitszimmer des Königs saß, sah, wie er sich mit feucht schimmernden Augen vom Mikrofon abwandte. Die Königin wirkte gleichermaßen bedrückt, was nur selten vorkam. Es standen viele Menschenleben auf dem Spiel, und die auf den Befehlshabern ruhende Verantwortung wog zweifellos schwer.

»Es ist D-Day«, brüllte Reg am nächsten Tag. »Wir sind in Frankreich gelandet! Die Invasion hat begonnen! Der Krieg ist fast vorbei. Wir können nach Hause gehen!«

Doch so weit war es noch nicht, sie konnten nicht nach Hause. Deutschland setzte seine letzte Geheimwaffe ein: die entsetzlichen führerlosen Bomben, die den ganzen Tag über scharenweise herüberkamen, sich schnarrend ihren Weg über den Himmel bahnten, bevor sie plötzlich stoppten und zur Erde fielen. Einen Monat nach dem D-Day waren fast dreitausend Menschen getötet worden und achttausend lagen verletzt in Krankenhäusern.

»Was ist denn ein Doodlebug?«, fragte Margaret. »Ich meine das echte Tier, nicht das Flugzeug.«

»Eine Assel, die am Mississippi beheimatet ist«, antwortete

Susan, die auf dem Land ihre Leidenschaft für Naturgeschichte entdeckt hatte. Sie hoffte, studieren zu können.

»Die Deutschen nennen sie Vergeltungswaffe Eins, kurz V1«, sagte Reg. »Sie sind gut siebeneinhalb Meter lang und können eine Distanz von bis zu 225 Kilometern überwinden.« Trotz der finsteren Absicht fand er die Technik dahinter faszinierend.

Peter sah in ihm einen begabten Mathematiker wie auch Altphilologen. In der neuen Welt nach dem Krieg, die sich nun am Horizont abzuzeichnen begann, würden Kinder wie er und Susan große Chancen haben. Erst neulich war ein Erziehungsgesetz in Kraft getreten, das für Kinder aus einfachen Verhältnissen staatliche Unterstützungsleistungen von der Grundschule bis zur Universität festschrieb. Trotz all seiner Schrecken hatte der Krieg die Fortschritte beschleunigt und Türen geöffnet, die ehemals geschlossen waren, nicht nur für Arme, sondern auch für Prinzessinnen.

Lilibet nahm ihre Pflichten beim Militär sehr ernst. Den ganzen Tag verbrachte sie in der Niederlassung in Camberley und kehrte erst am Abend ins Schloss zurück, um alle dann mit ihren Erlebnissen zu unterhalten. »Heute Nachmittag hatten wir einen Vortrag über Mechanik.«

»Wie *langweilig*«, fiel Margaret ihr wütend ins Wort.

Lilibet schnitt unbeirrt ein Stück von ihrem Käsetoast ab. »Dann wurden wir über die verschiedenen Ölsorten informiert.«

»*Öl*?«

Aber plötzlich änderte Margaret den Ton.

»Können wir nicht mal nach Camberley fahren und Lilibet dort besuchen?«, schmeichelte sie.

Marion sah sie mit hochgezogener Braue an. »Findest du es nicht ... *langweilig*?«

»Doch sehr«, lautete die luftige Antwort. »Aber ich denke, sie würde sich über Ermutigung freuen, das arme Ding.«

Es sollte ein informeller Besuch werden, aber dann beschlossen der König und die Königin ebenfalls mitzukommen. Wenn Lilibet abends nach Hause kam, erzählte sie aufgeregt von den umfangreichen Vorbereitungen. »Spucke, Politur und Panik«, fasste sie knapp zusammen. »Alle polieren alles auf Hochglanz. Ich hatte keine Ahnung, was passiert, wenn Mami und Papa irgendwohin zu Besuch kommen.«

»Und ich«, warf Margaret erbittert ein. »Vergiss mich nicht.«

Bei ganz wunderbarem Frühlingswetter fuhren sie raus zum Depot. Margaret, die ihren Eltern folgte, als diese zur Inspektion antraten, prustete los, als sie ihre salutierende Schwester sah. In der Werkstatt gab Lilibet sich größte Mühe, ihrer Familie zu zeigen, was sie von Motorenwartung verstand. Und Marion, die Margaret im Auge hatte, bemerkte das plötzlich Aufleuchten in deren Augen.

»Lilibet! Der Kompressor!«

Ihre Schwester starrte den Motor an. »Was ist damit?«

»Er fehlt«, sagte Margaret selbstbewusst.

Lilibet warf einen Blick auf ihre Eltern und die diversen Offiziere, die sie begleiteten, bevor sie trotzig ihre Schwester ansah. »Und woher willst *du* das wissen?«

Margaret stupste dreist einen der Uniformknöpfe ihrer Schwester an. »Warum denn nicht?«

Wieder zurück in Windsor, steuerte Marion direkt die Stallungen an, wo die königlichen Autos geparkt waren. »Oh ja«, bestätigte der Chauffeur. »Ihre Königliche Hoheit hat uns in letzter Zeit tatsächlich aufgesucht. Und uns mit Fragen gelöchert.«

Im September ließ Deutschland die zweite tödliche Geheimwaffe vom Stapel: die V2. Ihre Wirkung war noch verheerender. »Eine einzige Rakete kann einen sechzehn Meter breiten und drei Meter tiefen Krater schlagen und eine ganze Häuserzeile zerstören«, wusste Reg zu berichten. Als eine V2 das Woolworths-Gebäude in New Cross, südlich von London zerstörte, war Margaret außer sich vor Wut.

Aber das Blatt hatte sich definitiv gewendet. Nun wurden die Verdunkelungen an den Fenstern durch Teilverdunkelungen abgelöst. Die Russen standen vor Berlin. Die Schreckensmeldungen aus Bergen-Belsen und Buchenwald füllten die Zeitungen, die Marion nach Möglichkeit vor Margaret verbarg, genauso wie Ivy vor ihren Schülern.

Und endlich konnten die Evakuierten zurückkehren. Da Lilibet in Camberley war, kamen nur Margaret und Marion zu ihrer Verabschiedung.

Das kleine Grüppchen stand auf dem Bahnsteig von Windsor. Neben ihm schnaufte und dampfte der für London bestimmte Zug wie ein ungeduldiges Pferd. Abteiltüren wurden geschlagen. Leute eilten hin und her. Die kleineren Kinder schwatzten und kreischten vor Vergnügen, dass es zu einem Wiedersehen mit den Eltern nach Hause ging.

Aber über Reg, Susan und Margaret hing unbeholfenes Schweigen. Genauso wie über Ivy und Marion. Ivy fuhr nicht mit ihren Schützlingen zurück. Sie zog bei Peter in Eton ein, was, wie Marion wusste, eigentlich Grund zur Freude sein sollte. Sie könnten sich viel öfter sehen.

Dennoch überkam sie dieser Tage eine Enge und Anspannung, wenn sie ihre alte Freundin sah. Ivy ließ kaum eine Gelegenheit ungenutzt, sie zu bedrängen, ihren königlichen Dienst zu verlassen, zumal jetzt, wo das Ende des Kriegs nahe war.

»Du solltest dich losreißen, Maz! Such dir einen Mann! Ein Leben! Bekomm Kinder!«

Ivy verstand es nicht, sagte sich Marion. Sie hatte ein Leben und Kinder, wenn es auch nicht ihre eigenen waren. Und was die Männer betraf, so war sie fertig mit ihnen.

Margaret brach als Erste das Schweigen auf dem Bahnsteig. »Dann also gute Reise«, sagte sie höflich und streckte Reg ihre Hand entgegen.

Reg in einem roten Pullover, den Pappkoffer in der Hand, war seine Überraschung anzusehen. Er war es gewohnt, seine Freundin zu umarmen. Dann dämmerte es ihm. Der Krieg war fast vorbei. Die soziale Ordnung würde wiederhergestellt werden. Margaret war eine Prinzessin. Reg machte ein langes Gesicht, als wäre er irgendwie betrogen worden.

Ein Pfiff. Die nach London fahrenden Kinder stiegen ein. »Tara!«, rief Ivy. »Liebe Grüße an Bermondsey!«

Reg blieb zögernd in der Waggontür stehen. »Es war schön mit dir«, sagte er zu Margaret.

Margaret stieß ein unterdrücktes Schluchzen aus. Tränen liefen ihr übers Gesicht. Reg kletterte wieder nach unten, und der Junge und das Mädchen fielen sich in die Arme. Der Stationsvorsteher trennte sie, indem er abpfiff. Sekunden später schlugen die Türen zu, und die Lokomotive schnaufte davon, Hände winkten wild aus den Abteilfenstern.

Präsident Roosevelts plötzlicher Tod im April 1945 traf vor der Nachricht von Mussolinis Ermordung und Hitlers Selbstmord ein. »Hitler und Mussolini binnen achtundvierzig Stunden«, bemerkte Tommy. »Kein Böser mehr übrig.«

Und dann, nach einer Nacht voll Donner und Blitz, klingelte an einem schönen Sonntagmorgen Anfang Mai das Telefon in den

Privatgemächern von Windsor Castle. Der König und die Königin, die gerade zur Kirche aufbrechen wollten, wurden nach London zurückgerufen, die Prinzessinnen mit ihnen. Alles war vorbei. Wie nach einem Gewitter hellte sich die Atmosphäre auf. Nach Jahren der Düsternis kam die Sonne heraus.

Siebenundfünfzigstes Kapitel

Das Gebrüll von draußen brandete durch die geöffneten Glastüren herein. Marion blickte auf die vertrauten Gestalten auf dem Balkon, die ihr den Rücken zukehrten. Der König wirkte zerbrechlich, aber erleichtert in seiner Admiralsuniform mit den schweren Goldmanschetten. Lilibet war unglaublich stolz in ihrer Uniform mit glänzender Gürtelschnalle und Knöpfen. Neben ihnen stand die Königin mit einem ihrer markanten Hüte mit triumphierend nach oben geschwungener Krempe und winkte dem Menschenteppich unter ihr zu. Margaret gab mit ihrem Rüschenkragen ganz das gesittete Schulmädchen, das sie mit Sicherheit nicht war.

Und mittendrin eine kleine, rundliche Gestalt mit einer schiefen Fliege und Uhrkette. Wenn sie sich zur Seite drehte, um mitzubekommen, was der König sagte, sah Marion, dass Churchill völlig ungeniert die Tränen über die Hängebacken liefen.

Auch sie konnte die ihren nicht zurückhalten. Keiner hatte etwas gesagt, aber es war ziemlich unwahrscheinlich, dass Lilibet ihre Uniform an den Nagel hängte, auf die sie so stolz war, und widerstandslos wieder ins Schulzimmer zurückkehren würde. Margaret indessen war seit Monaten rastlos und unaufmerksam. Und jetzt stand sie auf vor einer jubelnden Menge, die um den Palast herumwogte und sich bis in die Mall erstreckte. Ein kochendes

Meer ekstatischer Menschen schrie, sang und schwenkte Fahnen. Wie konnte sie danach wieder zur Algebra zurückkehren?

Marion kehrte in den Raum zurück. Die prächtigen goldgerahmten Spiegel reflektierten eine Szene vornehmer Verwüstung. Keine Bomben diesmal, nur Champagnergläser. Auf den Tischen, entlang der Kaminsimse und überall sonst, wo die kürzlich hier Versammelten gestanden hatten. Sie entdeckte Margarets liegen gebliebene Handtasche und ging darauf zu. Aber jemand anders kam ihr zuvor, eine schlanke, zartgliedrige Gestalt in Royal-Air-Force-Uniform.

»Überlassen Sie mir das«, sagte er. »Ich gebe sie ihr.«

Sie sah ihm hinterher, als er zur Balkontür ging. Dort stellte er sich direkt hinter die jüngere Prinzessin, die seine Präsenz sofort wahrzunehmen schien. Sie drehte sich um und strahlte ihn an. Als er ihr die Tasche gab, berührten ihre Finger sich, nicht kurz, sondern verweilend.

Und doch geschah es so schnell, dass Marion sich fragte, ob sie es sich nur eingebildet hatte. Aber das glühende Gesicht der Prinzessin, als sie Townsend ansah, ließ keinen Zweifel zu. Da war etwas im Busch.

Die Festivitäten im Palast gingen nach dem Auftritt auf dem Balkon noch lange weiter. Irgendwann führten der König, die Königin und die Prinzessinnen eine Polonaise durch die Prunkräume an. Begeisterungsrufe stiegen auf, und die stampfenden Schritte entlockten den Kronleuchtern ein leises Klirren. Tommy, der sich an der Königin festhielt, schien sich nicht ganz wohlzufühlen, während Peter Townsend Margaret fröhlich gepackt hielt. Diener in Kampfuniform sahen zu und hätten sich sicherlich gern angeschlossen, brachten dann aber selbst in diesem Moment nationaler Vereinigung doch nicht den Mut dazu auf.

Plötzlich wandten sich große violette Augen, gerahmt von unglaublich langen Wimpern aufgeregt an Marion. Zarte Finger zupften an ihrem Ärmel.

Margarets Stimme war abgehackt vor Begeisterung. »Crawfie! Was denken Sie?«

»Was denn?«

»Papa erlaubt uns, heute Abend rauszugehen.«

»Uns?«

»Lilibet und mir.«

»Raus? Du meinst ... vor den Palast?«

Das lebhafte kleine Gesicht nickte. »Ganz genau. Richtig raus, in die Menge. Um mit allen anderen zu feiern.«

»Wie aufregend!« Auch Marion spürte die Erregung. »Wann brechen wir auf?«

Margarets Lächeln verschwand. »Nicht Sie, Crawfie. Nur wir. Oh, und ein paar Stallmeister.«

Sie konnte sich gut vorstellen, welche das waren, als Margaret in der Polonaise davontanzte. Aufgewühlt blieb Marion mit aus Verletzung und echter Angst gemischten Gefühlen zurück. Wie konnte Margaret sich herausnehmen, so mit ihr zu sprechen? Würden die Mädchen in dieser großen Siegesmenge wirklich sicher sein? In Begleitung eines sehr verheirateten Mannes, der ein Auge auf Margaret geworfen hatte?

Ihr kam der Gedanke, dass es womöglich gar nicht stimmte und keine Erlaubnis erteilt worden war. Margaret war es durchaus zuzutrauen, so etwas zu erfinden und sich die Situation zunutze zu machen, sodass danach die Schuld auf andere fiel. Sie wollte ganz sichergehen.

Sie hielt Ausschau nach dem König und entdeckte ihn schließlich, er machte eine etwas unpassende Figur in dieser Polonaise. Sie eilte neben ihn. »Ihre Majestät. Margaret sagt mir, sie und Lilibet werden heute Abend ausgehen ...«

Der König hustete wegen der Anstrengung, die sich auf seine Lungen zu schlagen schien. Er nickte, seine Augen tränten, während er nach Luft rang. »Die Armen«, räumte er ein. »Sie hatten noch nie irgendwelchen Spaß.« Dann zog er weiter.

Marion musste an all die Dinge denken, die sie und die Mädchen im Lauf der Jahre unternommen hatten. Hatte wirklich nichts davon Spaß gemacht? Sie setzte sich auf einen Stuhl im Korridor. Die Tänzer zogen ausgelassen an ihr vorbei.

Als sie später allein war, zog es auch sie hinaus in die Menge. Es schien, als würde die ganze Welt frohlocken. Wie durch eine dicke Glasscheibe verfolgte sie, wie Soldaten, Matrosen und Frauen in verschiedenen Uniformen von dankbaren Menschen in Zivil umarmt und belagert wurden.

Alle brüllten das Soldatenlied *Roll out the barrel*. Der Lärm war ohrenbetäubend. Allem Anschein nach brüllte, kreischte und schrie ganz London vor Euphorie. Menschen lachten und weinten. Fremde küssten und umarmten sich. Jahre der Dunkelheit, der Entbehrungen, des Schreckens und des Leids brachen sich Bahn in hysterischer Erleichterung, die alle einte. Alle außer Marion, wie es schien. Sie fühlte sich innerlich leer, taub und außerstande mitzufeiern.

Sie wich den laut geschmetterten und flott getanzten Hokey Cokeys und Lambeth Walks aus, bis die Menge ihr an den Löwen am Trafalgar Square einen jungen Mann in den Weg schob.

»Verzeihung«, versuchte er, den Lärm zu überbrüllen.

Sie zuckte mit den Achseln, eine Entschuldigung brauchte es nicht.

»Kommen Sie mit auf einen Drink?«

Sie zögerte erst, nickte dann aber. Ein Drink könnte ihr wenigstens zu künstlicher Heiterkeit verhelfen. Inmitten all dieser

Ekstase fühlte sie sich in ihrem Unglücklichsein wie ein Wesen von einem anderen Planeten.

Er packte sie am Arm, und sie ließ sich von ihm durch das Menschenmeer ziehen. »Ich weiß nicht mal, wie Sie heißen?«

»George!«, rief er über die Schulter. »Major George Buthlay zu Ihren Diensten!«

Im Pub war es laut und so heiß, dass man kaum atmen konnte. Der Lärm der Betrunkenen war ohrenbetäubend. Jemand hämmerte auf das Klavier ein. Die Gruppe, die daneben stand, sang so laut, dass man keinem Gespräch folgen konnte. *Run rabbit run rabbit run run run …*

Dass er Major war, beeindruckte sie. »Wo ist Ihre Uniform?«, brüllte sie. Seine Antwort war kaum zu verstehen. Offenbar hatte er im Nahen Osten gedient, doch seine Einheit war früh aufgelöst worden. Sie war bereit für die nächste Frage. »Wo leben Sie?«

»In der silbernen Stadt mit den goldenen Sanden.«

Sie sah ihn fragend an.

»Aberdeen.«

Sie riss die Augen auf. Er war also auch Schotte. Bei all dem Lärm hatte sie das nicht heraushören können. »Diese Formulierung habe ich noch nie gehört.«

Er grinste. »Warum auch? Sie sind Engländerin.«

»Ich bin Schottin!«, erwiderte Marion entrüstet.

»Tatsächlich?« Die dunklen Augen betrachteten sie spöttisch. »Sie klingen aber nicht danach. Wie heißen Sie?« Seine schnoddrige Art hätte sie irritieren können, tat es aber nicht. Nicht heute Abend, wo normales Verhalten außer Kraft gesetzt war.

Sie gab vor, ihn nicht gehört zu haben. Wo arbeitete er?

»In einer Bank«, schrie er. »Und was ist mit Ihnen?«

»Ich bin Lehrerin«, brüllte sie.

Er musterte sie von oben bis unten. »Heute werde ich Ihnen

was beibringen.« Und damit zog er sie an sich und küsste sie stürmisch.

Achtundfünfzigstes Kapitel

An Weihnachten starb Alah. Sie wurde in dem Dorf in Hertfordshire begraben, wo sie auch zur Welt gekommen war. Marion, die an der Beerdigung ihrer alten Widersacherin teilnahm, war erschrocken, wie arm die Gemeinde war. In der aus dem sechzehnten Jahrhundert stammenden Kirche verhallten die durchdringenden Stimmen der wenigen alten Damen. Keiner aus der königlichen Familie, der die Verstorbene so loyal gedient hatte, war gekommen, um ihr das letzte Geleit zu geben. Eine Karte von der Königin und ein Veilchengebinde schienen ihr nach einem ganzen Leben voller Hingabe eine dürftige Geste zu sein. Marion schauderte. War es das, was auch sie erwartete? Sollte sie weggehen? Schließlich hatte sie jetzt George.

Nach ihrer Begegnung am V-Day, dem Tag der Siegesfeier, waren sie nicht getrennter Wege in der Menge untergetaucht, womit sie eigentlich gerechnet hatte. Es war seitdem zu vielen ähnlichen Treffen gekommen. Dazwischen hatte er sie häufig ausgeführt, meist zu Konzerten. Für jemanden, der so forsch und scheinbar ungehobelt auftrat, hatte er einen unerwartet feinsinnigen Musikgeschmack.

Aus der Arena der Albert Hall hatte sie ehrfürchtig nach oben geblickt. Staunend betrachtete sie den umwerfenden Konzertsaal mit seinen gestuften Balkonen, Bögen, den ansteigenden Sitzreihen, der riesigen geschwungenen Bühne. Dann legte das Orchester los, und sie verlor sich in der Musik – Elgar – mit ihrem lieblich-traurigen Geheimnis. Sehnsüchtig gab sie sich ihrem Zauber hin. Nach der Pause wurde Rachmaninow gespielt: dramatische Abstürze und ein Dahingleiten, von dem sie sich in höhere Sphären tragen ließ. Alles zusammen bestärkte sie in ihrem schwindelerregenden und zugleich verwirrenden Gefühl, verliebt zu sein.

»Ich möchte weg«, sagte sie zu George. Es hatte einige Zeit gedauert, bis sie zugeben konnte, wer ihre Arbeitgeber waren. Aber er war gut damit klargekommen, und das bestärkte sie in ihrer Liebe zu ihm.

Er sah sie perplex an. »Aber die zweite Hälfte hat gerade erst begonnen.«

Sie lachte. »Nicht von Rachmaninow! Von der königlichen Familie!«

Lächelnd strich er ihr zärtlich mit dem Finger über die Wange. »Das hat keine Eile. Lass dir Zeit.«

Aber ihr blieb nicht mehr so viel Zeit, überlegte sie, als die Musik wieder anschwoll. Sie war jetzt Mitte dreißig. Noch war es nicht zu spät für eigene Kinder und einen Wiedereinstieg in ihren alten Beruf.

»Heirate mich!«, murmelte sie, als sie gegenüber des Buckingham Palace im Schatten des Green Parks standen. Er hatte sie nach Hause begleitet. Als seine Zunge über ihren Hals wanderte, bekam ihre Lust durch das Wissen um die Nähe ihrer Arbeitgeber eine rebellische Würze.

Die Zunge hielt inne.

»Was?«, hakte er nach.

Sie wiederholte es.

»Ich dachte, der Mann macht den Heiratsantrag«, sagte er verdutzt, aber amüsiert.

»Willkommen in der modernen Welt. Warum sollte nicht auch die Frau den Mann bitten, sie zu heiraten?«

Er sah sie an und grinste. »Du hast recht. Warum nicht?«

Lilibet konnte Philip natürlich nicht bitten, sie zu heiraten, so gern sie das auch zweifellos getan hätte. Er musste die Erlaubnis von ihrem Vater einholen, und dass dieser sie ihm erteilen würde, schien unwahrscheinlich. Jetzt und für alle Zeit.

Sein erster Besuch auf Balmoral war nicht gut angekommen. Er hatte das braune Wasser, das in Krügen in die Schlafzimmer gestellt wurde, verabscheut, sich über die Kilts lustig gemacht und sie »weibisch« genannt. Zum Abendessen war er in einem schlecht sitzenden Jackett erschienen und in Flanell – anstatt in Tweedhosen – auf die Jagd gegangen. All dies trug nicht dazu bei, sich beim König beliebt zu machen, aber Marion sah es voller Genugtuung. Philip erntete nur, was er gesät hatte – als das unangenehme, arrogante Wesen, das er war.

»Es ist mir nicht erlaubt zu lieben«, schäumte die Prinzessin, als wäre dies das Problem und nicht Philips Manieren.

»Nun stöhn nicht«, sagte Margaret. »Denk dran, wir fahren bald nach Südafrika.«

Sie befanden sich in der Lilibet kürzlich im Palast zugewiesenen Suite mit einem Schlaf- und einem Wohnzimmer für sie allein. Wieder ein Hinweis, sofern nötig, darauf, dass die Prinzessin nun erwachsen war. Doch die Räume ließen jeden Charme vermissen, Lilibet verfügte nicht über das Stilbewusstsein ihrer Schwester und auch nicht über das Talent ihrer Mutter, jeden Ort zu einem Zuhause zu machen. Sie hatte alles akzeptiert, was man ihr aus den Abstellkammern des Palasts nach oben brachte, und beließ es dort, wo es abgestellt worden war.

»Ich will aber nicht nach Südafrika!«, blaffte Lilibet. »Mami und Papa begründen die Reise damit, dass sie den Südafrikanern für ihre Unterstützung im Krieg danken wollen. Aber ich weiß, dass dahinter die Absicht steckt, mich Philip vergessen zu lassen.« Und nach einer Pause ergänzte sie: »Aber das *werde* ich *nicht*.«

»Crawfie beklagt sich auch nicht«, sagte Margaret und schielte dabei schalkhaft auf Marion. »Und sie wird *ihren* Freund zurücklassen müssen. Nicht wahr, Crawfie?«

Als die violetten Augen spöttisch auf ihr ruhten, spürte Marion ärgerlicherweise, dass sie rot wurde. Die Fähigkeit Margarets, ihr Gegenüber zu durchschauen, und ihr Instinkt für die wunden Punkte eines Menschen hatten sich weiterentwickelt, je älter sie wurde.

»Nun sei nicht albern«, entgegnete sie barsch, nachdem sie ihre Stimme wiedergefunden hatte.

»Genau, lass es«, stimmte Lilibet ihr zu. »Crawfie ist unsere Gouvernante. Wie kann *sie* verliebt sein?«

Sosehr sie sich auch bemühte, diese Bemerkung zu vergessen, sie traf sie schmerzlich. Sie redete sich ein, dass Lilibet es nicht so gemeint hatte, sondern nur Philips wegen aufgebracht war. Und sah in der für Lilibet untypisch abschätzigen Art ihrer Äußerung nur das Echo seines ungehobelten und unangenehmen Auftretens. Je eher sie ihn loswurde, umso besser.

Es sollte eine Reise von Stadt zu Stadt werden. Kapstadt, Port Elizabeth, Grahamstown, Ladysmith, Pietermaritzburg. Durban, Pretoria, Johannisburg. Sie würde mit der Familie im White Train reisen. Dieses erstaunliche Verkehrsmittel, eine moderne Version des königlichen Zugs für die Reise nach Schottland, verfügte über vierzehn Wagen, üppige Suiten, einen Speisewagen und einen Salonwagen mit großen, bequemen Sesseln und sogar mit Telefonen.

»Ein Wunder der Wissenschaft im Dienste des Luxus«, hatte George es genannt. Er empfand diese Reise als großartige Gelegenheit und wollte nichts davon hören, dass sie seinetwegen in London bleiben wollte. Und nach und nach hatte sie akzeptiert, dass er recht hatte.

Hartnell kümmerte sich um die Garderobe und wurde wieder zu einem vertrauten Anblick auf den Fluren, das Maßband über den massigen Schultern. Er war nun korpulenter als früher, und in seinen walnussfarbenen Locken zeigten sich die ersten Silberfäden. Aber er jammerte noch genauso gern wie eh und je.

»Es ist diesmal die dreifache Arbeit!«, ließ er Marion wissen. »Zumal Maggie sich ständig einmischt und Teenagermode verlangt. Zweifellos, um ihren hübschen Piloten zu beeindrucken!«

Marion schüttelte den Kopf. Norman entging wirklich nichts. Bis jetzt hatte nur sie die Gründe gekannt, warum die jüngste Prinzessin und das ehemalige Flieger-Ass derart ausgedehnte Ritte in Windsor unternahmen. Doch womöglich hatte es auch Rosemary Townsend erraten, es gab Gerüchte von Problemen. Wie es enden würde, war unklar. Hoffentlich ebenso wie die Tändelei ihrer Schwester auf der bevorstehenden Tour durch Südafrika.

»Kleider für jeden Anlass und jede mögliche Witterung«, ereiferte sich Norman. »Windige Paradetribünen stellen eine besondere Gefahr dar, wie man mir erzählt hat.«

»Windige Paradetribünen. Na ja, nicht für mich.«

Norman ging nicht darauf ein. »Die Antwort darauf, falls es Sie interessiert, sind Gewichte in den Säumen. Und es ist nicht nur der Wind, lassen Sie sich das gesagt sein. Es dürfen auch keine Materialien sein, die stofffressende Insekten anziehen. Ebenso wenig Nadeln, die in der Feuchtigkeit rosten könnten.

»Woran Sie alles denken müssen.«

»Sprechen wir doch mal über das, woran Sie denken müssen. Irgendwelche Neuigkeiten von der Verlobung?«

Sie schüttelte den Kopf. »Wir haben beschlossen, sie zu verschieben, bis ich von Südafrika zurückkomme.«

»Sonst wäre es auch etwas überstürzt«, hatte George gemeint.

Sie sah das nicht so, denn schließlich mussten nur ein Ring gekauft und Leute informiert werden. Aber sie hatte zugestimmt.

Norman sah sie fassungslos an. »Nicht Ihre, meine Liebe. Ich meine Betty und ihre Sexbombe von einem Matrosen. Ich bin fest entschlossen, das Brautkleid zu entwerfen.«

Die Jahreszeiten wechselten, aus Sommer wurde Herbst. Die Tage wurden kürzer. Und schon konnte Marion am Spätnachmittag vom Fenster des Schulzimmers aus den gelben Schein der Autos auf der Mall sehen. Dass die Lichter, die in ganz Europa ausgegangen waren, nun alle wieder leuchteten, war noch immer ein Wunder. Und wunderbar war es auch, wieder zu lieben und geliebt zu werden.

»Crawfie! Hier sind Sie ja!« Es war die Stimme der Königin, ganz freundliches Entzücken. »Ich habe Sie schon überall gesucht!«

Hinter ihr sah sie am Eingang das sich entfernende Aufblitzen der weiß bestrumpften Wade eines Dieners. Ein anderer hatte also überall nach ihr gesucht.

Die anmutig in Chiffon des immer gleichen nebelblauen Farbtons gekleidete Königin nahm mit einem strahlenden Lächeln Platz. »Wir hatten anfangs«, verkündete sie fröhlich, »überlegt, Sie mit uns nach Südafrika zu nehmen. Aber da wir für Angestellte sehr wenig Platz haben, nehmen war stattdessen einen zusätzlichen Stallmeister mit.«

Die Blicke der beiden Frauen trafen sich. Die Situation kam Marion so vertraut vor. Sie hatte sich auf eine Sache eingestellt, aber die Königin teilte ihr so reizend wie moglich mit, dass das genaue Gegenteil der Fall war. Diese Erfahrung hatte sie im Lauf der Jahre oft machen müssen und war nach diesen Treffen für gewöhnlich verletzt und gereizt. Aber jetzt verspürte sie nichts als

Erleichterung. Gut. Sie könnte also in London bleiben. Und darüber hinaus wäre nun vielleicht der Zeitpunkt gekommen, einen Schlussstrich zu ziehen.

»Insbesondere Margaret war erpicht darauf, dass Peter mitkommt. Dort soll es offenbar ganz zauberhafte Reitstrände geben, und Peter ist so ein wunderbarer Reiter. Sie haben sich ja nie besonders fürs Reiten interessiert, nicht wahr, Crawfie?« Das dünne rote Lächeln ganz freundliche Anfrage.

Marion richtete ihren fassungslosen Blick auf das Linoleum. Es lag auf der Hand, dass Margaret das Argument mit dem Reiten eingebracht hatte, damit sie nicht mit auf die Reise kam. Die jüngere Prinzessin wusste sehr gut, dass Marion das wahre Wesen ihres Interesses an Peter durchschaut hatte. Und würde sich ihren Spaß nicht von einer ablehnend eingestellten Gouvernante verderben lassen.

Aber war das nicht die Gelegenheit, auf die sie gewartet hatte? Lilibet wollte sie nicht mehr und Margaret ebenso wenig. Wozu also noch weitermachen?

Sie hob den Kopf und zwang sich zu lächeln. »Meinen Sie nicht, Ma'am«, sagte sie geschickt, »dass nun vielleicht der Zeitpunkt gekommen ist, ganz aufzuhören? Margaret wird erwachsen. Ich bin mir nicht sicher, ob sie nach ihrer Rückkehr von der Reise wieder zurück ins Lernen finden wird.«

Nachdem die Worte jetzt ausgesprochen waren, fühlte sie sich leicht und frei. Es war eigentlich ganz einfach gewesen.

Aber die Königin sah sie entsetzt an. »Crawfie! Was schlagen Sie da vor? Natürlich muss sie weiter unterrichtet werden. Denken Sie ja nicht dran, uns zu verlassen. Ohne Sie kämen wir nicht zurecht.«

»Aber ich bleibe *nicht*«, sagte sie später zu George, der ihren Nacken liebkoste.

»Sie ist die Königin«, meinte er scherzhaft. »Du willst doch nicht im Tower enden.«

Sie drehte sich herum und starrte ihn an. »George! Man könnte fast denken, du möchtest, dass ich dortbleibe! Willst du nicht auch ein eigenes Leben?«

Er legte einen Finger auf ihre Lippen, bevor er sie küsste. »Keine Sorge«, flüsterte er und ließ seine Hand unter ihre Bluse gleiten. »Dafür ist noch jede Menge Zeit.«

Neunundfünfzigstes Kapitel

Der Winter des Jahres 1947 versprach der schlimmste seit Menschengedenken zu werden. Alles war gefroren. Straßen waren entweder durch Schnee unpassierbar oder hoffnungslos vereist. Die Läden leerten sich, weil der Nachschub ausblieb. Eines Morgens war Marion mit blutigem Gesicht aufgewacht, weil sie sich an einem Eiskristall geschnitten hatte, der sich durch ihren Atem an der Bettdecke gebildet hatte.

In den Zeitungen sah man Fotos von Schafen, die steif gefroren auf den Feldern standen, einige in der Nähe von Balmoral. Marion schickte in Beantwortung der regelmäßig von den Mädchen eintreffenden Briefe Zeitungsausschnitte nach Südafrika. Lilibet brachte in den Antwortschreiben ihren Kummer über das Leid des britischen Volkes zum Ausdruck.

Ihr eigenes Leid erwähnte sie nicht. Aber das Foto war aus ihrem Zimmer verschwunden, vermutlich hatte sie es mitgenommen. Lilibet war bei der Abreise bleich und traurig gewesen. In sämtlichen Zeitungen sah man das Foto der an der Schiffsreling stehenden Prinzessin, das Gesicht wehmütig zurück auf England gerichtet. Man hatte angenommen, es sei das Land, das sie vermisste.

Aus Margarets Briefen hingegen sprach reinste Begeisterung. Südafrika war herrlich. Der White Train war wunderbar. Aber auf die wahre Begeisterung ging sie nicht ein. Peter Townsend wurde nicht erwähnt.

»Ich könnte jetzt aufhören, während sie weg sind«, teilte Marion George mit. Es war ein Sonntagmorgen, und sie befanden sich in der Pension *Earl's Court*. Dies erforderte Einfallsreichtum, denn um dem Adlerauge von Mrs Batstone zu entgehen, verkleidete Marion sich mit Georges Anzügen und gab sich als sein Kollege aus.

»Aber könnte das nicht als Hinterlist ausgelegt werden?«, hielt George ihr vor. »Du willst doch nicht klammheimlich abhauen. Nicht nach so vielen Jahren.«

»Will ich nicht?« Aber die Wochen verstrichen und mit ihnen ihre Chance. Für sie war es naheliegend, ihren Abschied zu nehmen, während ihre königlichen Arbeitgeber außer Landes waren. Sie war erfüllt von Rastlosigkeit und dem alten Drang, das Beste aus den sich bietenden Gelegenheiten zu machen. Früher, vor langer Zeit, war sie ein modernes Mädchen in einer damals weitgehend altmodischen Welt gewesen. Jetzt war sie das Relikt einer feudalen Vergangenheit in einem mutigen neuen Britannien.

Durch das Nachkriegs-England wehte ein frischer Wind und fegte die alte Ehrerbietigkeit weg, fegte sogar Winston Churchill weg, dessen Unterstützer sich mit ihrer Forderung »*Lasst ihn seinen Job zu Ende bringen*« nicht hatten durchsetzen können. Er war als Premierminister von Clement Attlee abgelöst worden, dessen Labour-Regierung ein kostenloses Gesundheitssystem auf die Beine stellte, die Slums abriss und durch anständige Häuser ersetzte, alles in allem einen Wohlfahrtsstaat aufbaute, der auch den Ärmsten in der Gesellschaft zugutekommen würde. In so einer Welt war kein Platz mehr für Gouvernanten. Vielleicht auch keiner mehr für ein Königshaus.

»Nein, das tust du nicht«, befand George entschlossen. »Du musst erhobenen Hauptes weggehen. Geschmückt mit Lametta und einer netten dicken Pension.«

»Lametta?« Sie sah ihn verdutzt an. An eine Pension hatte sie nicht im Traum gedacht. Sie würde als Lehrerin arbeiten, hatte noch Jahre vor sich.

»Nun, das Verdienstkreuz, ein Adelstitel, du weißt schon. Außerdem sind sie verpflichtet, dir ein Hofdiensthaus zur Verfügung zu stellen.«

Sie lachte. »Sei nicht albern.«

»Bin ich nicht. Ich denke nur an dich.«

Die Familie kam zurück. Philips flotter Sportwagen wurde abends bald schon zur Institution am kleinen Seiteneingang des Palasts, und Marion konnte selbst aus der Distanz ihres Schlafzimmers den Tumult aus Lilibets Wohnzimmer hören, in dem sie, Philip und Margret zu Abend aßen und einander anschließend über die Flure jagten.

Sie selbst wurde zu diesen Abendessen nie eingeladen. Nicht, dass Philip sie nicht mochte, viel schlimmer – er nahm sie gar nicht wahr. Für ihn war sie eine Bedienstete, ohne Belang und Tragweite. Was Philip dachte, war ihr egal, aber dass Lilibet womöglich unter seinem Einfluss genauso empfinden würde, war unerträglich.

Marion hegte keinerlei freundliche Gefühle für den Prinzen von Griechenland. Sein Sinn für Humor hatte was Rüpelhaftes. Aber Lilibet, die immer so vernünftig und sensibel gewesen war, fand ihn zweifellos lustig. Fröhlich machte sie mit, wenn mit Bällen auf Glühbirnen geworfen wurde – Glühbirnen, die für den seltenen Luxus von Elektrizität standen und jemand würde ersetzen müssen. Früher einmal hätte Lilibet das alles bekümmert.

Und so reifte in Marion eines Nachts vor dem Hintergrundgeräusch, das Philip und die Prinzessinnen machten, indem sie auf scheppernden Metalltabletts die Treppen hinunterrutschten, der Entschluss zu gehen, bevor sie dazu gedrängt wurde. Sobald sie die Notiz dem Diener überreicht hatte, schlich sie sich aus dem Palast und rief George an.

»Ich habe sie um ein Gespräch in einer sehr wichtigen und dringenden persönlichen Angelegenheit gebeten«, teilte sie ihm mit.

Am anderen Ende der Leitung herrschte einen Moment lang Schweigen. »Verstehe.«

Unruhe breitete sich in Marion aus. »Möchtest du denn nicht, dass wir heiraten?«

»Doch, natürlich«, sagte er sofort beschwichtigend. »Es kommt nur ein bisschen ungelegen. Ulick hat mir gerade einen Job angeboten. Als Bankdirektor.«

Marion war perplex. »Ulick? Sir Ulick *Alexander*?« Der kühle, ehrwürdige Finanzmanager der Royals, auch Keeper of the Privy Purse genannt? Ihr war nicht bekannt gewesen, dass George ihn überhaupt kannte.

»Ja, er hat ihn mir angeboten«, sagte George. »Du weißt schon, Majore unter sich.« Er nahm nur selten Bezug auf seine Kriegszeit.

Verwirrt und argwöhnisch legte sie auf. Geschah dies auf Betreiben der Königin? Wollte sie ihr den Abschied schwerer machen, indem sie auch George ins königliche Joch einspannte? Ihr lief nun wirklich die Zeit davon.

Zur festgelegten Stunde eilte sie aufgewühlt ins Arbeitszimmer der Königin.

»Crawfie! Kommen Sie herein!«

Sie saß am Schreibtisch, beinah versteckt hinter der Ansammlung fransenbehängter Lampen und silbergerahmter Fotos. Wie immer war der Raum überhitzt und von Rosenduft geschwängert.

Als der Diener unauffällig hinter ihr die Türen schloss, setzte Marion bedächtig einen Fuß vor den anderen. Zur Stärkung ihres Selbstvertrauens trug sie ihr neuestes Kleid aus roter Seide, zu dem George sie überredet hatte. Es war auffällig und modisch, mit schmal geschnittenem Rock und breiten gepolsterten Schultern. Die Pfennigabsätze, zu denen er ihr ebenfalls geraten hatte, sanken tief in den Teppich ein, und es fiel ihr schwer, die Balance zu halten, zumal sie ein großes gerahmtes Foto in Händen hielt. Auch dies war ihr als gute Idee erschienen, jetzt war sie sich dessen nicht mehr ganz so sicher.

Die Königin, der es eigentlich hätte ins Auge springen müssen, hatte es nicht mal bemerkt. Stattdessen allerdings die Biene auf einer der Rosen.

»Im Oranje-Freistaat ist etwas unglaublich Lustiges mit Bienen passiert«, erzählte sie fröhlich. »Als einer der Lokalhelden seinen Hut abnahm, war der voller Bienen. Lag offenbar an seiner Pomade. Wirklich amüsant!«

Marion hatte den Schreibtisch nun fast erreicht. Ein tiefer Hofknicks mit einem Bild unter dem Arm war eine noch größere Herausforderung als das Gehen. Langsam und wackelnd sank sie nieder.

Die Königin sprach in ihrer forschen Art weiter. »Auf St. Helena sind wir einer zweihundert Jahre alten Schildkröte begegnet. Die muss Napoleon noch persönlich gekannt haben.«

Marions Finger umfingen den Bilderrahmen. Der Augenblick

ließ sich nicht länger hinausschieben. Sie erhob sich und streckte die Fotografie vor. »Dies, Ma'am, ist die dringende persönliche Angelegenheit, deretwegen ich zu Ihnen gekommen bin.«

Die Königin erhob sich, sie trug wie immer Chiffon und nahm das Foto. Sie starrte auf dessen schlichten Holzrahmen. Sie sagte nichts, und die Stille, vielleicht aber auch die Biene, summte in Marions Ohren.

»Wie heißt er?«

»Major George Buthlay. Er ist aus Aberdeen.« Das sagte sie voller Stolz und Hoffnung. Die schottische Abstammung und besonders die Nähe zu Balmoral waren sicherlich eine Empfehlung für die Wahl ihres Ehemanns.

Die Königin gab ihr das Foto zurück und setzte sich hinter ihren Sichtschutz aus silbernen Rahmen und Lampenschirmen. »Sie können uns nicht verlassen«, sagte sie schlicht. »Eine Veränderung in diesem Stadium ist für Margaret nicht wünschenswert.«

Panik erfasste Marion. »Aber Ihre Majestät. Ich ...«

Das Telefon auf dem königlichen Schreibtisch schrillte. Die Königin nahm ab und rief munter: »Hallo, Fatty!«

Als sie später, noch immer fassungslos über ihr Versagen, wieder in ihrem Zimmer war, klopfte jemand an ihre Tür. In der verzweifelten Hoffnung, die Königin würde ihr nun doch noch den Segen zu ihrem Abschied erteilen und sie sofort freigeben, eilte sie in zerknautschter roter Seide und auf Strümpfen zur Tür.

Dort stand Lilibet und strahlte in einem sonnengelben Kleid vor Glück.

»Crawfie!« Sie trat ein, schloss hinter sich die Tür und streckte ihr die linke Hand hin. Am blassen, wohlgeformten Finger saß ein großer quadratischer Diamant, umfasst von kleineren Diamanten. »Ist der nicht wundervoll!« Aufgeregt begann sie zu erklären, dass Philips Mutter ihr Diadem aus Athen geschickt hatte, um es der Steine wegen auseinanderzunehmen. »Philip war zu arm, um mir einen zu kaufen, verstehen Sie. Hat wirklich keinen Penny! Ist das nicht süß? Wie finden Sie es?«

Marions Worte saßen unter dem Kloß in ihrer Kehle fest. Es wurde als Freude interpretiert.

»Endlich ist es so weit!«, jubelte Lilibet. »Philip und ich werden heiraten!«

Sechzigstes Kapitel

»Mit dem Glas dürfte es am leichtesten gehen«, sagte die Tochter des Earls gedehnt. »Da braucht es nur einen kräftigen Tritt. Das Silber loszuwerden ist schon viel schwerer. Walter und ich hatten so ein Glück. Unseres wurde gestohlen, als wir in den Flitterwochen waren.«

Als die Gruppe daraufhin in brüllendes Gelächter ausbrach, wandte Marion sich angewidert ab. Die meisten dieser Leute waren Freunde von Philip, er schien sich mit einer flotten, gerissenen Truppe herumzutreiben. Vor allem, nachdem er Lilibet abends am Palast abgesetzt hatte, wie man hörte.

Bisher war die Prinzessin solchen Leuten immer aus dem Weg gegangen. Aber nun zeigte sie ihnen die zur Schau gestellten Hochzeitsgeschenke mit sichtlichem Vergnügen. Heute war die Voransicht, morgen konnte sich die Öffentlichkeit für einen Schilling Eintritt daran ergötzen. Die Schlangen würden kilometerweit reichen. Die Nation war im Hochzeitswahn.

Ein riesiger weiß abgedeckter Tisch erstreckte sich über die gesamte Länge des Ballsaals im St. James' Palace. Darauf waren vor einem ohnehin überladenen Hintergrund aus riesigen Porträts in dicken Goldrahmen nicht weniger als 2.667 Geschenke arrangiert. Sie waren nicht nur aus den entferntesten Winkeln des Empire geschickt worden, sondern aus der ganzen Welt. Jetzt verwandelten sie den Ballsaal in eine märchenhafte Höhle aus *Tausendundeiner Nacht*. Porzellan und Glas glitzerten, Silber und Gold schimmerten. Waren aus Leder und Messing sowie Möbel glänzten. Bilder und Spiegel leuchteten. Aus alledem ließe sich nicht nur das Haus eines frisch vermählten Paares ausstatten, sondern viele, viele Paläste.

Angeführt wurde die Gruppe von der Prinzessin in ihrem maisgelben Kleid, von dem sie sich im Moment offenbar gar nicht trennen konnte. Es gefiel Philip wohl, wie Marion mutmaßte. Er hatte einen guten Geschmack, das musste sie ihm lassen, das Gelb war ein wunderbarer Kontrast zu Lilibets dunklen Haaren, den vollen roten Lippen und der cremigen, rosa gepuderten Haut. Sie verwendete nur wenig Make-up, und die Aura des unschuldigen Mädchens war noch nicht ganz verschwunden.

Was allerdings nicht auf die weltmännisch auftretenden Aristokratinnen zutraf, die auf ihren jungen Beinen herumstaksten und sich Pelzstolen über elegante Schultern warfen. Eine weiß behandschuhte Hand strich erstaunt über einen großen Stapel kunstvoll in Leder gebundener Bücher. »Die sind von Mr Churchill«, erläuterte Lilibet mit ihrer hohen, klaren Stimme. »Er hat sie für uns mit seinem Autogramm versehen.«

Die Besitzerin der weiß behandschuhten Hand las den goldgeprägten Titel. »*The World Crisis*? Dürfte wohl kaum Bettlektüre sein! Da gefällt mir das schon besser!« Die Tochter des Earls blieb vor einem Haufen prachtvoller Rubine stehen.

»Die sind aus Burma«, erklärte Lilibet.

»Du meine Güte, seht euch diese Diamanten an«, warf die Tochter eines Herzogs ein. »Die sind ja umwerfend.«

»Sie kommen vom Nizam von Hyderabad.«

Das wurde mit schrillem Gekicher kommentiert. »Der was von wo?«

»Was zum Teufel ist ein Nizam?«

»Ist das wichtig?«, murmelte das weiß behandschuhte Mädchen mit Blick auf die Diamanten. Noch mehr Gekicher.

Und so ging es weiter rund um die ausgestellten Stücke. Bewunderndes Aufstöhnen wechselte sich mit verwirrten Aufschreien ab.

»Was wird das wohl sein, meine Liebe?«

Die gewitzte Truppe war vor einem rosafarbenen Steinklumpen stehen geblieben.

Lilibet schaute strahlend in die Runde. »Das ist ein Rohdiamant.«

»Ist das hier auch einer?« Die Herzogstochter war vorangegangen und zeigte nun auf einen großen grauen Felsbrocken.

»Das ist ein Stück vom Snowdon. Ein alter Mann aus Wales hat ihn geschickt. In seinem Brief schrieb er, er solle Glück bringen.«

Glück, überlegte Marion düster. Nichts davon hatte erkennbares Glück gebracht. Wie befürchtet wurde sie zurückgesetzt und ignoriert, mitgeschleift zum Tragen der Handtaschen. Sie, die einmal Lilibets Ein und Alles gewesen war. Ihre Freundin und Gefährtin, ihre zuverlässige Lehrerin, ihre Spielkameradin, ihre Trösterin im Krieg. Das war nun alles vergessen, seit Philip die Bühne betreten hatte.

Neben dem Stück vom Berg lag ein kleiner Goldklumpen. »Von den Menschen aus Wales für meinen Ehering«, tönte Lilibets trillernde Stimme.

Wieder mal die Menschen aus Wales, sagte sich Marion und musste dabei an ihren ersten Besuch in The Little House denken.

Unvermittelt schossen ihr Tränen in die Augen, und sie musste sich abwenden.

Die Gruppe ging weiter, ohne den wunderbar handbestickten viktorianischen Spitzenunterrock eines Blickes zu würdigen, der über Generationen von den Bräuten der Familie einer alten Dame getragen worden war. Nun nicht mehr – und auch Lilibet würde ihn nicht tragen.

»Was ist das?« Weiße Handschuhe zeigten auf ein schlichtes Stück Stoff.

»Es ist ein Lendentuch. Von Mahatma Gandhi. Er hat den Faden selbst am Spinnrad gesponnen.«

»Warum sollte er das tun?«

»Na ja, er hat allem weltlichen Besitz abgeschworen, wisst ihr.« Lilibet ging weiter zu einem silbernen Aschenbecher. »Von den Eisenhowers. Mir wäre lieber, sie hätten ihn nicht geschickt, weil Philip versprochen hat, mit dem Rauchen aufzuhören.«

Es gab angewiderte Ausrufe angesichts zweier unförmiger schwarzer Klumpen auf einem Teller. Marion hatte auch dieses Paket geöffnet. Die Klumpen waren verbrannter Toast, geschickt von zwei ausgelassenen jungen Frauen, die ihn sich zubereitet hatten, als die Nachricht von der königlichen Verlobung im Radio verkündet wurde. Sie waren so aus dem Häuschen gewesen, dass ihr Abendessen verbrannte.

»Na so was, einfach Toast zu schicken«, empörte sich die Herzogstochter.

»Stell dir vor, ihn zu *machen*«, ergänzte Weißhandschuh abfällig.

Als die Prinzessin darauf in trillerndes Lachen ausbrach, musste Marion an die Schutzhütte von Balmoral denken. Wie begeistert hatte die kleine Lilibet den Toast damals ins Feuer gehalten.

»Es ist ein Albtraum.« Norman Hartnell hatte abgenommen und rauchte viel. »Sie bestechen alle meine Mitarbeiter. Meinem Verpacker hat man sogar eine Jacht angeboten.«

Marion drückte sich die Jacke an den Körper. Es war Ende Oktober und sehr kalt, aber sie hielten sich im Palastgarten auf, weil Hartnell überzeugt davon war, dass die von ihm benutzten Räume verwanzt waren. Inzwischen suchte er jeden Winkel an der Decke nach Spionagekameras ab. Marion fühlte sich eindringlich an Cameron, den königlichen Detektiv, und ihren Ausflug zum Christlichen Verein junger Frauen erinnert. Glückliche, längst vergangene Tage.

Sie versuchte, sich zu konzentrieren. »Eine *Jacht*? Tatsächlich?«

»Es ist die Hölle, ich sag's Ihnen.« In Hartnells Ton hielten sich Hysterie und Entzücken die Waage. »Die ganze Welt will Fotos von meinem Kleid. Ich musste alle meine Fenster mit Musselin zuhängen. Mein Manager schläft sogar schon im Salon.« Er zündete sich die nächste Zigarette an und zog nervös daran.

Es hatte Monate gedauert, den richtigen Entwurf zu finden. Nun aber war er perfekt, ein Traum aus Seide und Perlen und jener exquisiten Stickerei, die Hartnells Markenzeichen war und seinen Ruf begründet hatte. Marion gehörte zu der Handvoll Leute, die sich Skizzen hatte ansehen dürfen. Die Königin jedoch, die das letzte Wort hatte, war lange unschlüssig gewesen.

Offenbar eine Hinhaltetaktik. Sowohl der König als auch die Königin versuchten beherzt, sich ihre Furcht und Verzweiflung angesichts der bevorstehenden Trennung nicht anmerken zu lassen. Überschüttet von Gratulationen, die alle gar nicht erwünscht waren, gab der König sich alle Mühe, fröhliche Miene dazu zu machen. Das abgeklärte Lächeln der Königin verlangte ihr mit Sicherheit genauso viel Courage ab wie jeder im Krieg zur Schau gestellte Wagemut.

Marion betrachtete die Bäume, die noch in ihren Herbstfarben prunkten. Ihnen haftete etwas Elegisches an. Als ihr Blick auf den silbern schimmernden See fiel, tauchte eine weitere Erinnerung auf – der Tag, an dem Lilibet hineinfiel. Tommys muskulöser Oberkörper. Sie verdrängte das Bild und dachte stattdessen an den muskulösen Oberkörper von George.

»Und natürlich«, sagte Hartnell, »bin ich gerade erst über die Würmer hinweggekommen.«

»Mir war gar nicht bewusst, dass Sie krank waren.«

»Die *Seidenraupen*.« Norman seufzte tief. »Die Leute dachten, es seien italienische oder womöglich japanische. Ich wurde beschuldigt, feindliche Seidenraupen zu benutzen.« Er stieß eine Wolke Zigarettenrauch aus.

»Ich dachte, der Krieg sei vorbei.«

»Nicht auf dem Feld der Hochzeitskleider, meine Liebe.«

Marion prustete. Es tat gut, wieder mit Hartnell zu lachen. »Was halten Sie denn von Philip?«, fragte sie.

»Göttergleich.«

Sie stupste ihn an. »Ich spreche davon, welche Art von *Mensch* er ist.«

»Ist das wichtig?« Er streifte sich ein herabgefallenes Blatt vom Jackett. Das Zwitschern und Tirilieren der Vögel füllte das Schweigen, das darauf folgte. Auch sie würden bald aufbrechen. Alle gingen weg, nur sie blieb.

»Den Kuchen finde ich ja ein wenig sonderbar«, sagte Hartnell schließlich. »Man hat eine Kampfszene eingebaut. Auf der dritten Etage. Den Kampf, in den Philip verwickelt war. Hat den Suchscheinwerfer bedient oder so.«

»Matapan?«

»Royal Icing, habe ich gehört. Mit essbarer Farbe.«

Sie rempelte ihn an. »Nicht Marzipan. Matapan. Der Name der Schlacht.«

Hartnell zupfte beleidigt seinen makellosen Jackettärmel zurecht. »Wenn Sie das sagen. Aber welcher Mann möchte auf seinem Hochzeitskuchen eine Schlacht dargestellt haben? Muss ein ziemlicher Macho sein, oder?

Einundsechzigstes Kapitel

Es war der Hochzeitsmorgen. Marion hatte nur wenig geschlafen. Die ganze Nacht waren Bilder durch ihren Kopf gewirbelt. Wie Lilibet in Birkhall Blätter fing, um sich glückliche Tage zu sichern. Wie sie sorgfältig im Schulraum schrieb. Wild an Marions mit Glöckchen behangenen Zügeln zog, um Brot in Hamilton Gardens auszuliefern.

Weil sie spürte, dass auch die Prinzessin nicht geschlafen hatte, war sie im Morgengrauen noch im Morgenmantel zu deren Suite gegangen. Es war die einzige Möglichkeit, sie heute noch allein anzutreffen. Am Abend würde sie mit Philip den Palast verlassen. Das war der Abschied. Nach vierzehn Jahren war dies das Ende.

Sie standen gemeinsam am Fenster in Lilibets Wohnzimmer. Das trübe Licht des heraufziehenden Tages kämpfte sich durch die langen Netzvorhänge. Draußen füllte die Mall sich bereits mit Menschenmassen, viele hatten offenbar im Freien übernachtet. Berittene Polizei trottete prächtig geschmückt an kleinen Grüppchen vorbei, die auf Gasbrennern Speck brieten. Das Fenster war nur angelehnt, und so wehte mit dem Lärmen der Menge auch Kaffeeduft herein.

Sie betrachtete die Prinzessin, die verwundert auf die Menschenmenge hinabsah. Winzig in ihrem Morgenmantel, das Haar zerzaust, sah die zukünftige Braut dem kleinen goldhaarigen Mädchen so ähnlich, das mit der an den Bettpfosten befestigten Morgenmantelkordel ihr Gespann um den Park herumlenkte. Und die plötzlich aufwallende übergroße Liebe, die Marion für sie empfand, zog ihr fast den Boden unter den Füßen weg.

Sie genoss einen letzten langen Blick auf ihren Schützling. Die Neigung des Kopfes, das zarte Profil, die reine blasse Haut. Der weiche Glanz der dunklen Haare. Wann genau hatte Lilibet sich von Blond nach Brünett verändert? Sie war zu dicht dran gewesen, um es zu bemerken. Kostbare, intime Momente, Millionen im Lauf der Jahre, waren fast unbemerkt vorbeigegangen. Immer gab es einen nächsten. Aber das hier war der allerletzte.

Lilibet kehrte an ihren Frisiertisch zurück und strahlte dabei unmissverständlich aus, dass sie weitermachen wollte. Es war Zeit zu gehen.

Marion hatte sich ein rasches, lächelndes Lebwohl vorgestellt. Aber ihre Schritte waren schwer wie Blei, als sie sich der Prinzessin näherte. Sie kämpfte gegen ihre Tränen an.

»Auf Wiedersehen«, würgte sie hervor, und es war nur ein Flüstern.

Lilibet hielt ihr den Rücken zugekehrt, während sie in den Spiegel sah. Der Widerschein des blauen Blicks war sachlich, beinahe abweisend. »Auf Wiedersehen, Crawfie«, sagte sie knapp. »Ich sehe Sie dann in der Abbey.«

Da sie nun verlobt waren, hatte man auch George auf die Gästeliste gesetzt. Jetzt saßen sie im Poet's Corner, Marion in rotem Samt, der Lieblingsfarbe von George. Sie trug einen breitkrempigen schwarzen Hut, an den schwarze Straußenfedern mit rubinroten Clips befestigt waren. Er war ausladender, als es sonst ihr Stil war, aber der Schatten, den er auf ihr Gesicht warf, könnte sich als nützlich erweisen.

Aus dem trüben Licht der Morgendämmerung war ein wolkenverhangener Morgen geworden. Dank der bunten Glasfenster vollbrachte selbst die wässrige Sonne ein brillantes Farbenspiel. Es leuchtete auf dem alten Mauerwerk und tanzte über die Diamanten und Perlen, Seidengewänder und Federn, Medaillen und Tressen der wartenden Gäste. Wie oft war sie schon hier gewesen, überlegte Marion. So viele Hochzeiten, Beerdigungen und Taufen. Sie konnte sich noch an jede Einzelheit erinnern.

Genauso wie Tommy, vermutete sie. Er saß ganz in der Nähe, untadelig im Cut, an seiner Seite die unvermeidliche Joan mit Diadem und langen weißen Handschuhen. Marion nickte beiden zu. Tommy nickte zurück und ließ seinen Blick ein paar Sekunden lang teilnahmslos auf George ruhen.

»Wer ist dieser verdammte Wichtigtuer?«, zischte George.

Fünf Könige, acht Königinnen und acht Prinzen und Prinzessinnen von Rumänien bis zum Irak über Dänemark, Norwegen und Holland waren angetreten, um der Hochzeit der englischen Thronerbin beizuwohnen.

Philip, frisch zum britischen Bürger gekürt, hatte seinen griechischen Titel aufgegeben, nur um sofort von britischen überhäuft zu werden, vom Herzog bis zum Baron, umsichtig über das ganze Inselreich verteilt. Seine Mutter, die merkwürdige Prinzessin Alice, die man manchmal wie ein dunkles Gespenst in Nonnentracht durch die Gänge huschen sah, saß im Hauptschiff. Seine Schwestern, allesamt mit früheren hochrangigen Nazis verheiratet, waren nicht anwesend.

Aber nicht alle schwarzen Schafe gehörten zu Philip. Verdächtig machte sich auch der jetzt in Paris lebende Herzog von Windsor durch seine Abwesenheit. Marion fragte sich, wie es wohl Wallis ging, an die sie eigentlich nur noch selten dachte. Dass es auch kein anderer tat, musste Absicht sein. Ihr Exil war absolut und gewollt. Wenn die Königin jemanden loswerden wollte, kam diese Person nie mehr zurück.

Sie konnte die Königin von ihrem Platz aus sehen. Sie trug, gänzlich untypisch für sie, ein schlichtes Gewand aus einem Brokatstoff in Apricot. Trotz der zur Schau getragenen Miene freundlicher Gelassenheit ahnte Marion, was ihr ausgerechnet heute durch den sonst so abgründigen Kopf gehen mochte.

»Wer ist die große Puppe dort vorn?« George nickte in Richtung einer Brünetten in der ersten Reihe des Hauptschiffs.

»Edwina Mountbatten.« Die gertenschlanke, schöne und erstaunlich reiche Ehefrau von Lord Louis. Er stand neben ihr und wirkte gleichermaßen raubvogelhaft und hochnäsig, hatte aber violette Augenringe.

Am gestrigen Abend hatte man Philips Junggesellenabschied gefeiert. Fotografen waren der Gruppe von Marineoffizieren ins Dorchester gefolgt, wo Mountbatten vorgeschlagen hatte, die Feiernden sollten zuerst Fotos von den Zeitungsleuten machen. Die ihnen daraufhin ausgehändigten Kameras waren sofort von Philip und seinen Freunden auf dem Marmorboden der Lobby zertrümmert worden. Der Vorfall war als Beispiel für Mountbattens Einfallsreichtum gefeiert worden, Marion fand ihn jedoch kalt und grausam. Sie fragte sich, ob einer der Fotografen womöglich Tom gewesen war.

Die Orgel spielte leise. Von Zeit zu Zeit öffneten sich die Türen, um Nachzügler einzulassen, und man hörte die Rufe der Menge draußen. »Wir wollen Elizabeth! Wir wollen Philip!«

»Wir auch«, murmelte George. »Wir sitzen hier schon eine verdammte Ewigkeit. Wo bleiben sie denn?«

Erwartungsvolles Tuscheln setzte ein, als die großen Türflügel sich erneut öffneten. Unter dem gewölbten Eingang, der jahrhundertelang Monarchen willkommen geheißen hatte, stand eine kühne, sofort zu erkennende, aber ungeheuerlich verspätet eintreffende Gestalt. Mit der treuen Clementine am Arm bewegte Churchill sich langsam durchs Kirchenschiff zu seinem Platz in den vorderen Reihen.

»Hat der Kerl denn keine Uhr? Nicht gerade seine beste Stunde, wenn du verstehst, was ich meine.« George lachte über seinen eigenen Scherz in sich hinein.

Aber nun war es endlich so weit. Alle Augen wandten sich dem großen Westportal zu. Marion hielt die Luft an. Dort stand Lilibet.

Langsam kam sie am goldbetressten Arm des Königs den Gang entlang. Marion war gleichermaßen von stolzem Hochgefühl und niederdrückender Betrübnis erfüllt. Wie ein Schiff, ein schönes, funkelndes Schiff, aus dem sie sich wie ein Mast aus ihren langen, weiten Röcken erhob, gekrönt von einer Schleierwolke, die ihr wie ein Segel folgte, hielt Lilibet Einzug. Sie glitt über das rote Teppichmeer auf ihren Marineleutnant zu.

Die nicht feindlichen Seidenraupen hatten gute Arbeit geleistet, der Satin glänzte reinweiß im gelben Schimmer der Kandelaber. Die Stickerei auf den vielen Rockbahnen war spektakulär: haufenweise Saatperlen und Kristalle, aus denen Rosen, Flieder und Jasmin erblühten. Norman behauptete, er habe sich an Botticellis *Primavera* orientiert, aber Marion konnte keinerlei Ähnlichkeit zu der heidnischen Schönheit mit den wild wehenden Haaren auf dem Gemälde erkennen. Lilibet jedenfalls war sehr viel hübscher als der Renaissance-Frühling.

George stupste sie an. »Atmen!«

Marion stieß die angehaltene Luft aus. Sie hatte das Gefühl, von großer Höhe herabzusteigen.

»Da ist Maggie!«, flüsterte George.

Marion war nun mit ganzem Herzen bei Margaret, die in Tüll gehüllt, den glänzenden Kopf hoch erhoben, in würdevoller Einsamkeit der Braut über den Gang folgte und zugleich die Brautjungfern anführte. Dass sie von diesen getrennt war, sollte ihren Rang betonen, machte sie aber zu einer einsamen, ja sogar verletzlichen Gestalt. Sie war erst siebzehn. Wie würde sie ohne Lilibet im Palast zurechtkommen? *Und wie soll ich mit ihr zurechtkommen?*, fragte sich Marion bedrückt. Trübe Aussichten.

Der Gottesdienst war im Nu vorbei. Der Erzbischof von York vereinigte das junge Paar »in Geduld und der Bereitschaft zu Mitgefühl und Nachsicht«.

George schnaubte. »Wofür brauchen die Nachsicht?«

Für eine Menge, sagte sich Marion und sah dabei in Philips arrogantes, hübsches Gesicht.

Das Paar ging in die Sakristei und kam wieder heraus, Lilibet strahlte vor Glück. Sie schritt zurück durch den Gang, und als sie die Stelle erreichte, wo ihre Eltern standen, hielt sie inne und sank zu einem tiefen, äußerst gelungenen Knicks zu Boden. Als sich bei Marion gewaltsam die Erinnerung an jenen ersten Knicks vor dem König am Tag der Thronbesteigung meldete, kramte sie nach ihrem Taschentuch.

Unter das laute Glockenläuten mischten sich die Jubelrufe der Menge, die sich um die Abbey drängte. Margaret tauchte mit Peter Townsend an ihrer Seite auf, ganz fesch in seiner Royal-Air-Force-Uniform. Sie blickte auf eine Weise zu ihm auf, die nur eine Deutung zuließ.

Dann trat die Königin ins Freie. Sie blieb neben Marion stehen und lächelte. »Ich denke, sie ist glücklich, Crawfie.« Die glasigen blauen Augen blickten wehmütig.

»Ich weiß, was Sie empfinden, Ma'am«, erwiderte Marion aus ganzem Herzen. »Auch ich habe das Gefühl, eine Tochter verloren zu haben.«

Die Königin wich zurück. Nach einer kurzen Pause erwiderte sie mit dem ihr eigenen gelassenen Lächeln: »Das glaube ich Ihnen gern, Crawfie. Aber sie werden erwachsen und verlassen uns, und wir müssen das Beste daraus machen.«

Dann ging sie an ihr vorbei zu ihrer Kutsche. Die von Lilibet und Philip war bereits abgefahren, begleitet von Sonnenschein und getragen von Jubelrufen ihrer herrlichen Zukunft entgegen.

TEIL VIER

NOTTINGHAM COTTAGE 1949

Zweiundsechzigstes Kapitel

Marion jätete und zog lange Grashalme aus der Lavendelrabatte. Die Luft war warm und erfüllt von Vogelgesang.

Das Cottage hinter ihr war aus alten schmalen roten Ziegelsteinen erbaut, hatte ein Ziegeldach und einen von Rosen umrankten Eingang. Es war wie aus einem Märchen, vor allem wenn auf der Weide daneben die wollig weißen Schafe standen und am Abend die Tauben in den Bäumen gurrten. Sie konnte wirklich zufrieden sein.

Ein niedriger weißer Zaun mit einem kleinen Tor darin umgab den Garten. Darauf stand in schwarzen Großbuchstaben NOTTINGHAM COTTAGE. Darum herum lagen verstreut die lang gestreckten Gebäude des Kensington Palace. Der Verkehr auf der nahe gelegenen High Street war hier fast nicht zu hören. Niemals hätte man gedacht, sich im Zentrum einer der größten Städte der Welt zu befinden.

Es war das perfekte Heim für ein frisch verheiratetes Paar. Und doch schien das Glück sie verlassen zu haben.

Georges Klavierspiel schwebte durch das kleine weiß gestrichene Fenster, das wegen des warmen Tags hochgeschoben war. Es klang jedoch wütend und dissonant, und Marion reagierte darauf entsprechend bestürzt. Ihre Ehe hatte unter einem unglücklichen Stern begonnen.

Nach einem anstrengenden Jahr, in dem Marion mit aller Kraft versucht hatte, Margaret bei der Stange halten, war sie mit ihrem Latein am Ende.

»Wir sind nur einmal jung, Crawfie«, lautete die gleichmütige

Antwort der Königin. »Sie soll eine schöne Zeit haben. Nachdem Lilibet nicht mehr da ist, fühlt sie sich einsam.«

Marion bezweifelte, dass einsam das richtige Wort war. Der König hatte die jungen Offiziere, mit denen sie sich die Nächte um die Ohren schlug, zu »Leibwächtern« erklärt, und der immer zuvorkommende Townsend erteilte ihr Fahrstunden. Margarets immer schon bemerkenswerte Schönheit stand nun in voller Blüte. Mit ihrer schmalen Taille, dem üppigen Busen, einem großen Mund und großen Augen betörte sie jeden Mann, der sie sah.

Aufgrund der Politik, dass verheiratete Paare im Palast nicht geduldet waren, hatte George nach Schottland zurückkehren müssen, was eine große Belastung für die junge Ehe von Marion und ihm bedeutete. Da war es wenig hilfreich, in Lilibets Briefen nichts als Wonne und Glückseligkeit vermittelt zu bekommen. Die Ankunft des kleinen Prinzen hatte noch mehr Salz in die Wunde gestreut. Die permanente Abwesenheit ihres Ehemanns rückte die Aussicht auf eine eigene Familie für Marion in noch weitere Ferne als Aberdeen.

Wir sind nur einmal jung. Ihre Jugend war im königlichen Dienst verebbt. Bald wurde sie vierzig und hatte noch immer nicht die Kontrolle über ihr Leben.

Und dann war eines Tages alles vorbei.

Marion wurde einbestellt, und man teilte ihr mit, sie solle aus dem Dienst ausscheiden, der König werde ihr lebenslang eines der Hofdiensthäuser überlassen, über das er verfügen könne. Sie hatte es kaum glauben können. Endlich hatten der König und die Königin das Unausweichliche akzeptiert. Und endlich konnte sie mit George zusammen sein.

Ohne es zu merken, war sie mit der Lavendelrabatte fertig. Sie hockte sich einen kurzen Moment hin, blickte hoch in den blauen

Himmel und lächelte. Hinter ihr im Haus wurde weiterhin wütend auf die Tasten eingeschlagen.

Georges dauerhafter Umzug nach London sollte eigentlich den Beginn ihres Glücks bedeuten. Aber aus irgendeinem Grund markierte er anscheinend dessen Ende. Und das Lächeln verschwand aus Marions Gesicht.

Wo sie einst gelacht hatten, stritten sie nun. Er war mit allem unzufrieden. So fand er etwa das Cottage viel zu klein.

»Aber mir gefällt es«, hatte Marion ihm entgegengehalten. »Und es ist umsonst. Wir müssen nichts dafür bezahlen. Wir sollten dankbar sein. Wir ...«

»Sollten einem geschenkten Gaul nicht ins Maul schauen?«, unterbrach er sie. »Aber du hast ihnen die besten Jahre deines Lebens geschenkt, was ist mit diesen alten Schachteln, denen man hier Zehnzimmerwohnungen gibt? Nur weil sie Verwandte sind?«

Er hatte recht, einige alte Prinzessinnen waren prächtig untergebracht in der »Tantenhalde«, wie Lilibet und Margaret den Kensington Palace nannten. Aber Marion war mehr als glücklich mit dem, was ihr zugestanden worden war.

George übte auch heftige Kritik an ihrer Pension und meinte, sie hätte weitaus großzügiger ausfallen müssen. Auch fand er, dass sie anstelle des ihr verliehenen Titels eines CVOs die Stufe DCVO des Victoria-Ordens hätte bekommen müssen.

»Eine regelrechte Beleidigung«, schäumte George. »Wärst du eine dieser affektierten Hofdamen, hätte man dich zur Dame ernannt.«

Eigene Kinder hätten sicherlich etwas verändert, aber sie hatten keine bekommen. Darüber nachzusinnen, belastete ihr Liebesleben mit unmöglichen Erwartungen. Hatten sie sich früher nachts aneinandergeschmiegt, lagen sie jetzt getrennt. Außerdem hatte sie plötzlich keine Aufgabe mehr. Selbst Margaret zum

Lernen aufzufordern, schien ihr nun erstrebenswerter als die langen Tage des Wartens auf Georges Rückkehr oder die Zeit im Garten.

Wie hatte alles so schieflaufen können? Warum war alles, worauf sie gehofft hatte, zu Staub zerronnen? War es ihre Schuld? Wenn sie im Rückblick die Ereigniskette nachvollzog, die zu dieser oder jener Entscheidung geführt hatte, stand am Ende hinter jeder: die Königin.

»Mrs Booth?« Abgehackte Worte drangen in ihre Tagträumerei. Jemand stand zwischen ihr und dem Sonnenschein. Eine große, schlanke und aufrechte Gestalt.

»Buthlay. Mrs Buthlay.« Marion erhob sich, strich sich das Gras vom Kleid und drehte sich um, um zu sehen, wer vor ihr den Hut zog.

»Tommy!«, rief sie.

»Ach, verzeihen Sie mir. Ich bin es so gewohnt, an Sie als Miss Crawford zu denken.«

An Sie zu denken. Selbst jetzt noch jagte ihr das einen Schauder über den Rücken. Sie wollte nicht erröten, tat es aber doch.

Hinter ihr im Cottage stoppte das Klavierspiel. George tauchte am Fenster in Hosenträgern auf, die Ärmel bis zu den Ellbogen aufgerollt. Er bedachte Tommy mit einem feindseligen Blick.

Tommy ließ sich nicht aus der Ruhe bringen. Er reckte sein knochiges Kinn und hob erneut seine Melone. »Guten Morgen, Mr Buthlay. Heute nicht bei der Arbeit?«

Marion ließ den Kopf hängen. Wie jedermann wusste, war George nie bei der Arbeit, heute nicht und an keinem anderen Tag. Aus der Stelle als Bankdirektor war letztendlich doch nichts geworden.

Lascelles musterte Garten und Haus. Sie sah, wie er jedes Detail mit seinen scharfen dunklen Augen aufnahm. »Sie haben hier wirklich ein höchst attraktives Plätzchen erwischt, Mrs Buthlay. Ganz im Unterschied zu den anderen von Christopher Wren entworfenen Gebäuden, würde ich sagen.«

»Darf ich Ihnen eine Tasse Tee anbieten, Tommy?« Marion hoffte, er würde sich auf dieses Stichwort hin entschuldigen und seiner Wege gehen. Aber der königliche Privatsekretär verweilte am Zaun, die makellosen Nadelstreifen gerahmt von spitzen weißen Staketen.

»Dazu sage ich nicht Nein«, erwiderte er. »Ich bin nämlich gekommen, weil ich etwas mit Ihnen besprechen möchte.«

»Wirklich reizend«, sagte Tommy, als er sich in der kleinen Küche umsah. Das Wohnzimmer hatten sie nicht benutzen können, weil George wieder auf das Klavier einhämmerte.

»Mein Ehemann ist ein großer Musikliebhaber«, entschuldigte Marion sich und schloss die Verbindungstür. Das Klavier verstummte, und ein an Blechbläser erinnerndes Geschmetter erfüllte den Raum.

»Tatsächlich. Und er spielt auch Trompete?«

»Nein, das ist der Boiler.« Marion gab sich alle Mühe, George zu ignorieren, der die Tür wieder geöffnet hatte. Spionierte er sie aus?

Sie sprach weiter. »Der ist ziemlich launisch. Das Wasser wird zu den verrücktesten Zeiten heiß, und man muss es sofort ablassen. Wir baden hier zu allen möglichen und unmöglichen Tageszeiten.« Sie war bemüht, es als entzückende Verschrobenheit darzustellen und nicht als die Unannehmlichkeit, die es tatsächlich war. »Ich habe neulich gerade eins genommen, als Lilibet und Philip vor meiner Tür auftauchten.« Sie lächelte verlegen. Warum nur hatte sie diese Anekdote erzählt?

Aber es schien genau das zu sein, was ihr Besuch hören wollte. Er sprang sofort darauf an. »Tatsächlich, Mrs Buthley ...«

»Marion, bitte.« Unvermittelt verfiel sie der Illusion, dass die alten Tage noch nicht ganz vorbei waren.

»Marion.« Lascelles nickte. »Ich wollte mit Ihnen über die Prinzessin sprechen. Erinnern Sie sich an die erstaunliche Mrs Gould?«

»Vage. Sie wollte doch, dass die Königin Artikel für ihre Zeitschrift schreibt. Und Sie mussten zu ihr und sie im Ritz aufsuchen.«

»Ihr Gedächtnis ist beeindruckend.« Tommy trank wieder einen Schluck. »Und genau darüber möchte ich auch mit Ihnen sprechen. Ausgezeichneter Tee übrigens.«

»Sie möchten über mein Gedächtnis sprechen?«

Ein lauernder Ausdruck huschte über Tommys Gesicht. »Diesmal möchte Mrs Gould, dass Prinzessin Elizabeth die Artikel schreibt.«

Marion runzelte verdutzt die Stirn. »Ich kann Ihnen nicht folgen, Tommy.« Die Musik von nebenan hatte ganz aufgehört. Selbst der Bläsersatz hatte sich beruhigt. »Lilibet kann das natürlich nicht machen. Aber was hat das mit meinem Gedächtnis zu tun?«

Tommy ließ ein paar Sekunden verstreichen. »Es besteht ein gewisses Interesse an Artikeln, die, äh, internationale Verbindungen von Frauen befördern.«

Marion starrte ihn an.

»Ich paraphrasiere hier Mrs Gould«, ergänzte der Privatsekretär und schien sich unbehaglich dabei zu fühlen. Er strich mit seiner schmalen Hand durch sein noch immer dichtes dunkles Haar. »Sie ist sehr resolut, wie Sie wissen. Sie ist, wenn Sie den Ausdruck verzeihen, ganz wild auf diese Artikel und hat dazu die Unterstützung von sehr hoher Stelle. Lady Astor steht hinter ihr, ebenso der amerikanische Botschafter. Und das Foreign Office.«

»*Das Foreign Office?*« Das erstaunte Marion. »Sie hat *die* auf ihre Seite gebracht?«

»In der Tat, und von dort hat man sich dann an den Palast gewandt. Man nennt es Lobbyarbeit. Überredung. Druck.« Er seufzte.

Marion drehte ihre Teetasse in den Händen. »Ich verstehe noch immer nicht, was das alles mit mir zu tun hat.«

Tommy neigte sich ihr zu. In seinem dunklen Blick blitzte etwas auf. »Eine ganze Menge sogar. Ich habe mir etwas überlegt. Prinzessin Elizabeth kann diese Artikel nicht selbst schreiben, da haben Sie ganz recht. Die Lösung, auf die man sich nun geeinigt hat, ist die einer Reihe von Beiträgen über Prinzessin Elizabeth, nur von jemand anders verfasst.«

In Marions Ohren rauschte das Blut. »Sie meinen mich? Sie möchten, dass ich sie schreibe?« Sie dachte an all die langen Briefe, die sie an ihre Mutter geschrieben hatte. Und an ihre langen, sinnentleerten Tage. Das würde ihr etwas zu tun geben. Ihrem Leben einen Sinn. »Das würde ich sehr gern«, sagte sie und empfand eine Freude und Begeisterung wie schon lange nicht mehr.

Sie zügelte sich. Er hatte seine Hand erhoben.

»Nicht Sie. *Natürlich* nicht«, sagte er mit einem ungläubigen Unterton. »Der Autor wurde von Mrs Gould bereits beauftragt. Für eine recht beträchtliche Summe, wie ich gehört habe.«

Marion war perplex. Dass es auch mit Geld verbunden sein könnte, war ihr nicht in den Sinn gekommen. »Wer ist es?«

»Ein guter Freund von mir. Heißt Morrah. Dermot Morrah. Ausgezeichneter Bursche. Wir haben auf dem Weg nach Südafrika die ganze Zeit Schach gespielt. Und auf dem Rückweg auch.«

Südafrika. Dann war er also mit auf der Reise gewesen, die man ihr gestrichen hatte. Dermot Morrah. Den Namen kannte sie nicht. Aber wenn Tommy mit ihm Schach spielte, dürfte er mit Sicherheit über eine gewisse Klasse verfügen.

»Und die Königin möchte, dass er die Berichte schreibt?« Aber was wusste Morrah über Lilibet? »Ich war vierzehn Jahre lang an der Seite von Prinzessin Elizabeth«, führte sie ins Feld. »Ich kenne sie besser als jeder andere.«

Sie hatte mit einem irritierten Blick von Tommy gerechnet, doch er sah sie dankbar an. »Ganz genau. Dann können Sie doch auch mit ihm reden und ihm alles erzählen, was Sie wissen. Und das kann er dann alles in seine Artikel einbringen.«

Dreiundsechzigstes Kapitel

Die Fahrt vom Kensington Palace zum Buckingham Palace war kurz. Normalerweise wäre Marion zu Fuß gegangen, aber heute ließ sie einen Wagen kommen. Und dies nicht aus Faulheit und auch nicht um die Vergünstigungen auszunutzen, zu denen neben einem mietfreien Haus auch die Dienste eines Chauffeurs gehörten. George nahm diese sehr viel häufiger in Anspruch als sie.

Heute benutzte sie den Fahrdienst, weil sie etwas zu transportieren hatte. Es war das polierte Kästchen aus dem Holz des versenkten Schiffs, das sie vor langer Zeit von ihrer Mutter bekommen hatte. Hübsch war es immer gewesen, jetzt aber sogar noch schöner, denn im Lauf der Jahre hatte sich die Farbe des Holzes vertieft, sodass die in hellerem Holz eingelegten Initialen auf der geschwungenen Decke nur umso schärfer hervortraten.

Marion balancierte es auf den Knien, als der Wagen durch die Kensington Gore fuhr. Sie hielt es mit beiden Händen fest, aus Sorge, der Inhalt könnte herausfallen. Drinnen lagen, ordentlich getrennt und gebündelt, die Briefe von Lilibet und Margaret aus sechzehn Jahren. Sie hatte sie während ihrer kurzen Urlaube bei ihrer Mutter in Schottland bekommen. In allen stand, wie sehr die beiden sie vermissten und dass sie bald zurückkommen sollte, ergänzt durch kurze Nachrichten.

Die Handschrift ließ sich als kalligrafische Geschichte der Entwicklung beider Mädchen lesen, beginnend mit dem ersten kindlichen Bleistiftgekrakel, illustriert mit üppigem Buntstifteinsatz, zum abgerundeten Schriftbild früher Teenagerjahre und zuletzt der eleganten Schrift junger Damen. Alle waren auf geprägtem Papier der diversen königlichen Residenzen geschrieben und endeten mit überschwänglichen Zuneigungsbekundungen: *Von Ihrer Sie liebenden Lilibet* oder *Ganz liebe Grüße von Margaret*.

Marion warf oft einen Blick hinein, in letzter Zeit sogar immer häufiger. Während ihrer Jahre bei den Mädchen hatte das Kästchen nur der Aufbewahrung gedient, ein nützlicher Ort, um etwas zu verstauen. Aber jetzt war dies ihr kostbarster Besitz. Es enthielt wertvolle Erinnerungen und Zuneigungsbekundungen der beiden Geschöpfe, die sie mehr geliebt hatte als alles andere. Und noch immer liebte, weil sie in der Zwischenzeit keine Kinder bekommen hatte, denen sie ihre Zuneigung hätte schenken können.

Wenn George sie verspottete und kritisierte, erinnerte das Kästchen sie daran, dass sie einmal wirklich gebraucht worden war. Man hatte sie respektiert, war von ihr abhängig gewesen, sie wurde gefragt und verehrt. Es war wie Balsam für ihre Seele, wenn sie die Bündel herausnahm und vorsichtig die verblassten Bänder löste, das Papier glatt strich und dann wehmütig und glücklich zugleich die liebevollen Worte las.

George hatte keine Ahnung, dass es dieses Kästchen gab. Es vor ihm geheim zu halten, war nicht einfach gewesen, denn Misstrauen und Unaufrichtigkeit gehörten leider zu seinem Charakter, weshalb sie ihre Geldbörse oft leerer vorfand als erwartet. Er brauchte sie nur um Geld zu bitten, tat es aber nicht. Im Hinterkopf lauerte immer die Angst, er könnte das Kästchen entdecken und seinen kostbaren Inhalt zum Verkauf anbieten. Sie versteckte es ganz oben in ihrem Kleiderschrank hinter den Hutschachteln.

Aber nun hatte sie es heruntergeholt. Es begleitete sie zur Königin, als Beweis – sofern erforderlich –, dass niemand die Geschichte von Lilibets Kindheit besser kannte als sie.

»Guten Morgen, Miss Crawford«, grüßte der Polizist des Buckingham Palace sie lächelnd. »Wir haben Sie schon länger nicht mehr gesehen.«

Marion, das Kästchen schützend unter dem Arm, richtete sich auf. »Ich bin jetzt Mrs Buthlay, Constable Jenkins. Ich habe den Palast verlassen.«

Er sah sie wissend an. »Für mich werden Sie immer Miss Crawford sein. Und keiner verlässt je den Palast ganz. Das wissen Sie doch.«

»Nur zu wahr.« Marion erwiderte sein Lächeln und drückte ihr Kästchen an sich.

Es war ein seltsames Gefühl, sich inmitten der breiten roten Flure und goldenen Ornamente wiederzufinden. Die langen Wege hatte sie vergessen, aber nicht die Menschen. Und wie es schien, hatte wie PC Jenkins auch sie keiner vergessen.

Hausmädchen nickten und lächelten. Diener grinsten. Vertraute Gestalten tauchten in der Ferne auf. Dort war Mr Linnet, der täglich kam, um die Blumenvasen zu füllen. Hinter einer Flurbiegung entdeckte sie den Mann – seinen Namen hatte sie nie erfahren –, dessen tägliche Aufgabe es war, die Hunderte von Palastuhren aufzuziehen. Und zweifellos erledigte auch irgendwo in dem riesigen Gebäude der Schädlingsbekämpfer seinen Job.

Eine heftige Sehnsuchtswelle erfasste Marion, als sie dem Pagen der Königin über die Flure folgte. Sie hatte vierzehn Jahre hier gewohnt. Jeder Winkel war mit einer Assoziation verbunden. Fast konnte sie die Freudenschreie der kleinen Mädchen hören, wenn sie ausgelassen den Premierministern und Prinzen hinterherliefen, oftmals mit ihr als Schlusslicht.

Es stimmte, man verließ den Palast nicht wirklich.

Sie wartete, als der Page der Königin klopfte. »Mrs Marion Buthley, Ihre Majestät.«

Die Königin saß nicht wie erwartet hinter ihrem Schreibtisch, sondern auf einem Chintzsofa vor einem lodernden Feuer. Sie trug ein Kleid in blassem Lavendel und eine mehrreihige Perlenkette. Eine fast leere Pralinenschachtel stand neben ihr auf einem kleinen Tischchen.

Sie legte *The Times* seufzend ab. »So abscheuliche Nachrichten, Crawfie! Cripps wertet das Pfund ab, sodass die Rationierungen noch schlimmer werden. Und dieser fürchterliche Mao Tse-tung. Wussten Sie, dass er China gerade zu einer kommunistischen Republik erklärt hat?«

»Ja, Ma'am.« Sie las nach wie vor die Zeitungen. Das gehörte zu den wenigen Dingen, die ihren Tag füllten.

Die Königin klopfte lächelnd auf die Polster neben sich. »Kommen Sie, Crawfie, setzen Sie sich neben mich, dann vergessen wir eine Weile die arme zerrissene Welt und ihre Probleme!«

Angesichts dieser warmherzigen Begrüßung verließ Marion der Mut. Diese Taktik der Königin gehörte zu ihren schärfsten Geschützen, und sie weckte die Erinnerung an ähnliche Unterredungen in der Vergangenheit. Marion hatte Herzklopfen. Jetzt wünschte sie sich, ihr Ehemann und nicht sie selbst würde an die Frau auf dem Sofa herantreten.

Sobald Tommy Lascelles das Nottingham Cottage verlassen hatte, war George wie verwandelt. All seine Ziellosigkeit, Rastlosigkeit und Unzufriedenheit waren mit dem Einrasten des Türschlosses verschwunden. Er hatte das ganze Gespräch mitgehört und beurteilt.

Es sei ungeheuerlich, behauptete er, einen anderen als Marion über Prinzessin Elizabeth schreiben zu lassen. Sie müsse die Königin aufsuchen und sich von ihr die Erlaubnis geben lassen, die man bereits Dermot Morrah erteilt hatte. Diesem sei die Aufgabe nicht wegen seiner Sachkenntnis übertragen worden, sondern weil er ein Höfling war. Daraus lasse sich schließen, dass man Marion, obwohl sie den Werdegang der Prinzessin hautnah miterlebt hatte, den Bediensteten zuordne und sie für unwürdig erachte. Nach so vielen Jahren treuer Dienste sei das unfassbar.

Marion gab ihm recht. Georges Wüten hatte in ihr ein ähnliches Maß selbstgerechten Zorns entfacht. Diesen versuchte sie nun heraufzubeschwören, als sie auf der Sofakante Platz nahm. Ihr Fuß stieß an etwas – die Pfote eines Tiers. Von unter dem Sofa ertönte wildes Gekläff.

»Crackers wie immer«, meinte lächelnd die Königin.

»Verzeihung, Ihre Majestät.« Marion musste noch verwirrter wirken, als sie dachte.

Die blauen Augen sahen sie überrascht an. »Nein, er *heißt* Crackers«, sagte sie und lachte schallend.

Hatte Marion sich selbst oder die Königin sie zur Närrin gemacht, überlegte sie? Wie immer ließ sich das nur schwer entscheiden. Aber es war gewiss kein guter Einstieg.

Nachdem sie sich die Augen abgetupft hatte, fing die Königin sich wieder. »Nun, was gibt es, Crawfie, was möchten Sie mit mir besprechen?«

Sie bebte vor nervöser Anspannung, riss sich aber zusammen und erklärte kurz ihre Mission. Die Königin hörte ihr schweigend zu. Als Marion fertig war, wandte sie sich ab. Bang zählte Marion die verstreichenden Sekunden.

Endlich richtete sich der Blick der Königin auf das Kästchen, dessen Zweck Marion erklärt hatte. »Sie waren so lange bei uns, Crawfie«, begann sie mit so sanfter Stimme, dass Marion zu hoffen wagte.

»In der Tat, Ma'am. Sechzehn Jahre.«

»Sie haben ein gutes Gespür und waren immer liebevoll und loyal.«

»Danke, Ma'am!« Die Erleichterung war fast überwältigend.

Die Königin hob ihr Kinn ein wenig an. Die blauen Augen bohrten sich wie ein Scheinwerfer in die von Marion, obwohl die Stimme luftig und angenehm blieb. »Aber ich bin der festen Ansicht, dass Sie der Versuchung des amerikanischen Geldes widerstehen müssen. Sie dürfen nicht auf hartnäckige Herausgeber hören. Sie müssen Nein zu den Ihnen angebotenen Dollars für Artikel sagen, in denen es um so etwas Privates und Kostbares wie unsere Familie geht.«

Marion war verwirrt. »Aber Mr Morrah ...« Er hatte dem allen nicht widerstanden. Dollars, Herausgebern, dem Eindringen in die Privatsphäre. Ihm war das alles höchst königlich bewilligt worden. Und warum sollte das nicht auch für sie gelten, wie George nicht müde wurde zu betonen?

Die hohe, luftige Stimme sprach freundlich weiter. »Es ist schön, wenn Ihre Erinnerungen Eingang in seine Artikel finden. Aber Sie können diese nicht unter Ihrem Namen veröffentlichen. Das könnte zu« – die dünnen roten Lippen zuckten – »Peinlichkeiten führen.«

Marion war bestürzt. »Aber ich würde doch niemals etwas schreiben, was die Familie verstimmen könnte, Ma'am. Nicht im Traum dächte ich daran, so etwas zu tun.« Sie schluckte und kämpfte gegen aufwallende Tränen an. »Ich liebe Ihre Töchter, als wären es meine eigenen, Ma'am. Und sie mochten mich so sehr.« Zum Beweis streckte sie ihr das Kästchen hin.

Die Königin wandte sich ab wie von etwas Widerlichem. »Sie waren«, sprach sie an den Kamin gewandt, »in all den Jahren, die Sie bei uns waren, wunderbar diskret. Aber ich finde dennoch, dass Sie unter Ihrem Namen keine Artikel über die Kinder schreiben dürfen. Wenn Sie das täten, könnten wir niemandem mehr trauen.«

Aber Morrah traute sie. Hatte er etwa ergebene sechzehn Jahre für sie gearbeitet? Seine Jugend aufgegeben, seine Hoffnungen auf ein Familienleben?

Der blaue Scheinwerfer schwang zurück. »Sie müssen verstehen, Crawfie, dass Menschen in Vertrauenspositionen bei uns zu absoluter Verschwiegenheit verpflichtet sind.«

Das war eindeutig das letzte Wort. Der Page war zurück in den Raum gekommen. Die Tür stand offen. Marion erhob sich und knickste tief.

»Vielleicht ...«, ergänzte die Königin unvermittelt.

Von neuer Hoffnung angetrieben wirbelte Marion herum. »Ma'am?«

»Vielleicht sollten Sie dieses Kästchen lieber bei mir lassen. Zur sicheren Aufbewahrung?« Die Königin begleitete ihre Worte mit einem strahlenden Lächeln.

Marion schluckte und drückte das Kästchen so fest an sich, dass es ihr fast die Rippen quetschte. »Es ist bei mir absolut sicher, Ma'am.« Dabei bedachte sie ihre frühere Arbeitgeberin mit einem Blick voller Trotz und Verzweiflung. *Nimm mir das nicht weg. Bitte. Es ist alles, was mir von ihnen geblieben ist.*

Die Königin wirkte irritiert, ließ es aber dabei bewenden. Als Marion hinauseilte, hörte sie unter dem Sofa Crackers Knurren.

Als sie nach Hause kam, blieb ihr gerade noch Zeit, das Kästchen zu verstauen, denn auch George kehrte gerade zurück.

»Du solltest dennoch deine eigene Geschichte schreiben«, sagte er aufbrausend, nachdem sie ihm die Antwort der Königin mitgeteilt hatte.

Sie gab ihm recht, es war ungeheuerlich und ungerecht, dass einem Höfling erlaubt wurde, was ihr untersagt war. Aber die Königin hatte Nein gesagt, und damit war die Sache erledigt. Es brachte nichts, sich weiter damit zu befassen. Sie musste versuchen, die ganze Sache hinter sich zu lassen. Sie zum Anlass nehmen, London zu verlassen und endlich anderswo ein neues Leben anzufangen.

»Was soll ich denn sonst tun?«, fragte sie George. »Wem sollte ich meine eigene Version anbieten, selbst wenn ich sie schriebe?«

Vierundsechzigstes Kapitel

Der Champagner traf die Kristallglasschale in einem glitzernden goldenen Strahl. Marion verfolgte den Wirbel, der sich um den Zuckerwürfel bildete und die Zitronenzeste nach unten zog. Inmitten der Bläschen tanzte eine hellrote Kirsche.

Funkelnd spiegelte sich die Raumbeleuchtung im Glas. Kristallisationspunkt war der zentrale Kronleuchter, dessen Lichtschein vom vergoldeten Stuck zurückgeworfen wurde. Cherubs, Zierleisten und Friese erinnerten an den Buckingham Palace, und auch hier thronte eine dunkelhaarige, sehr kleine Frau mitten im Raum. Doch dies war nicht der Palast, sondern eine Suite im Ritz. Und die Frau war nicht die Königin, sondern Beatrice Gould.

Beatrice hatte Marion auf dem mit Bändern und Blumengebinden gemusterten Teppich mit einer Warmherzigkeit begrüßt, als hätten sie sich erst letzte Woche und nicht vor sieben langen Jahren zuletzt gesehen. Die Zeit war gnädig mit ihr umgegangen, sie hatte eine gute Figur und ein lebhaftes Gesicht mit Augen so leuchtend und zielstrebig, wie Marion sie erinnerte. Doch die Frau, die sie zuletzt als ungebetenen Gast eine königliche Einladung zum Tee hatte aufmischen sehen, hatte ihr Erscheinungsbild seitdem etwas aufpoliert.

Vielleicht ein wenig zu viel und zu großzügig aufgetragen. Ihr Lippenstift leuchtete rot und passte zu den lackierten Fingernägeln. Ihr schwarz-weißes Kostüm hingegen, zu dem sie eine mehrreihige Perlenkette trug, wirkte beinahe lächerlich adrett.

»Zum Wohl, Marion!« Der satte Ohio-Klang von Bruce Gould dröhnte ihr ins Ohr. Er war die Karikatur eines Amerikaners, breit gebaut, leutselig und riesengroß, und sein Cocktail schwappte im Glas, als er es hob. »Es ist schön, Sie zu sehen und wieder in England zu sein, wo wir viele gute Freunde haben. Lady Astor, die Marquise von Reading und die Baroness Elliot, um nur ein paar zu nennen.«

»Ganz zu schweigen von unseren vielen guten Freunden in der Regierung«, beeilte Beatrice sich hinzuzufügen. »Und im Foreign Office und natürlich am königlichen Hof.«

»Nun«, ergriff Bruce wieder das Wort. »Wie geht es Ihnen, Marion? Ich darf Sie doch Marion nennen?«

George, der abseits stand, nickte auffordernd. »Gern. Und wie geht es Ihnen, Mrs Gould?«

»Beatrice, bitte! Oh, mir geht es hervorragend, danke. Ganz großartig sogar. *The Ladies' Home Journal* verzeichnet immer größere Erfolge.«

»Beatrice und ich haben neuen Schwung hineingebracht«, warf Bruce ein. »Es hat weltweit die größte Verbreitung.«

»Für eine Zeitschrift dieses Typs«, korrigierte Beatrice.

»Anderthalb Millionen treue Ladys von Amerika! So nennen wir unsere Leserinnen«, ergänzte Bruce.

»Wollen Sie wissen, was unser Geheimnis ist?« Beatrice beugte sich vor. Ihre rot lackierte Hand lag auf Marions rotem Samtknie, demselben Kostüm, das sie auf Lilibets Hochzeit getragen hatte. »Wir geben unseren Leserinnen das, was sie lesen wollen. Und wir beauftragen dazu eine Menge Topautoren.«

»Und Sie könnten eine davon sein«, warf Bruce ein. »Und ihre Artikel über die Erziehung der kleinen Prinzessinnen werden von anderthalb Millionen Ladys von Amerika gelesen.« Der Champagner zischte in ihrem Glas, als er ihr nachschenkte.

Marion sah ihn an. »Aber Ihre Majestät möchte nicht, dass ich für Sie schreibe. Sie möchte, dass Dermot Morrah das übernimmt.«

»Und das ist offen gesagt einfach verrückt!«, rief Beatrice. »Verrückt! Dermot ist ein *schauderhafter* Autor. Und er kennt die Prinzessinnen nicht, wie Sie sie kennen. Es macht viel mehr Sinn, wenn Sie das schreiben.«

»Und bringt sehr viel mehr Geld«, ergänzte Bruce mit einem Augenzwinkern zu George.

Beatrice' Hand drückte die ihre. »Es muss Sie doch verletzen, derart behandelt zu werden. Sie haben sich sechzehn Jahre lang um diese Prinzessinnen gekümmert, stimmt's?«

»Hat sie«, warf George ein.

Beatrice ignorierte ihn und hielt ihren Blick fest auf Marion gerichtet. »Sie haben für diese Mädchen alles gegeben. Waren an ihrer Seite, wenn ihre Eltern es nicht waren. Den Krieg hindurch, durch alles. Habe ich recht?«

»Stimmt«, sagte George.

»*Sie* waren ihre Mutter, meine Liebe, nicht Königin Elizabeth. *Sie* waren diejenige, die sie großgezogen hat. Und das wollen die

Ladys von Amerika erfahren. Prinzessin Elizabeth wird eine spitzenmäßige Königin sein und die Welt entscheidend prägen. Dank *Ihnen*, meine Liebe.«

Marion, die einen Kloß im Hals hatte, wagte nicht zu sprechen. Es stimmte – es stimmte alles. Sie nahm Zuflucht zu ihrem Cocktail.

»Internationale Beziehungen«, ergänzte Bruce, »machen einen Großteil unserer Arbeit an *The Ladies' Home Journal* aus. Wir glauben daran, Verbindungen über den Atlantik zu schmieden. Wir möchten Amerika und England enger zusammenbringen. Sie erinnern sich sicherlich, dass Beatrice während des Kriegs mit Mrs Roosevelt rübergekommen war.«

»Wir glauben voller Leidenschaft daran, dass das geschriebene Wort Nationen vereinen kann«, ergänzte seine Ehefrau und übernahm geschickt das Ruder. »Wir sind absolut überzeugt davon, Marion, dass Ihre Geschichte sehr viel dazu beitragen kann, zwischen England und den Vereinigten Staaten echte Freundschaft und Verständnis wachsen zu lassen.«

Marion starrte auf die Bänder, die sich über den Teppich zu bewegen schienen. Sie holte tief Luft. »Aber ich darf es nicht, das ist das Problem. Als ich die Königin um Erlaubnis bat, verweigerte sie mir diese. Sie hat mir sogar noch einen Brief hinterhergeschickt, der ihre Worte wiederholte. Der Ton war ziemlich streng, muss ich sagen.«

»Und verfasst zwei Monate nach Ihrem Besuch«, stellte Beatrice rasch fest. »Also dürfte es ihr nicht so wichtig gewesen sein.«

Marion schielte auf George. Sie brauchte nicht lang zu überlegen, um zu ahnen, von wem Beatrice diese Information hatte. Er erwiderte ihren Blick, indem er ihr fröhlich den erhobenen Daumen zeigte.

»Meine Liebe.« Beatrice lehnte sich vor, um ihren Worten

Nachdruck zu verleihen. »Die Königin ist ganz wild darauf, dass diese Artikel erscheinen, glauben Sie mir. Und auch das Foreign Office und der königliche Hof. Alle stehen voll und ganz dahinter. Auch Lady Astor. Ihr Freund Tommy hat Sie doch aufgesucht, richtig?«

»Aber ich habe doch erklärt, ich kann nicht ...«

Doch es nutzte nichts. Beatrice war wie ein unkontrollierbarer Zug. Wenn sie Schwung geholt hatte, war sie nicht mehr aufzuhalten. »Unsere anderthalb Millionen Ladys von Amerika werden begeistert sein von Ihrem Bericht, wie Sie aus einem jungen Mädchen die beste englische Monarchin seit Elizabeth der Ersten gemacht haben. Sie wird dann Elizabeth die Dritte sein, richtig?«

»Die Zweite«, korrigierte Marion rasch.

»Aber ihre Mutter heißt doch auch Elizabeth und ist Königin?« Bruce' massiges Gesicht furchte sich vor Verwunderung.

Als Marion dann das Prinzgemahlin-System erklärte, glättete es sich wieder. »Das soll wohl ein Scherz sein? Es gibt also zweierlei Arten von Königinnen? Das ist verrückt. Und genau das, was unsere Ladys faszinieren wird!«

Marion spürte, wie sie schwach wurde. Der Cocktail, ihre Wut, die Idee, über das Thema zu schreiben, das sie wie kein anderer kannte, das alles war höchst attraktiv. »Aber Ihre Majestät hat mich angewiesen, es nicht zu tun.«

Daraufhin herrschte Schweigen. Endlich schien sie zu ihnen durchgedrungen zu sein.

»Meine Liebe«, sagte Beatrice, »Sie brauchen ihre Erlaubnis nicht. Sie können es dennoch tun.«

»Sie kann Sie nicht aufhalten«, ergänzte Bruce. »Und am Ende wird sie einlenken, Sie werden sehen. Dies wird ein so großer Beitrag zur Verständigung und zur Freundschaft zwischen den Frauen unserer beiden Nationen sein. Das Foreign Office wird begeistert sein. Auch der königliche Hof, der ganze verdammte Haufen. Und am Ende auch sie, glauben Sie mir.«

»Es ist ein patriotischer Akt«, bedrängte Beatrice sie. »Sie werden ein Vermögen verdienen und kommen zugleich ihrer Pflicht gegenüber König und Land nach.

Und das«, ergänzte Beatrice mit einem Blick auf George, »obwohl sie ihrer Pflicht Ihnen gegenüber nicht nachgekommen sind.«

Blitzartig erfasste Marion, dass sie zweifellos schlecht behandelt worden war, vor allem in letzter Zeit. Die Manipulationen der Königin, Margarets Ignoranz, Lilibet, die ihr die kalte Schulter zeigte, wenn auch beeinflusst von Philip. Man hatte sie als Selbstverständlichkeit hingenommen, missachtet und ignoriert. Lilibet hatte sie seit der Geburt von Baby Charles erst ein einziges Mal gesehen. Sie jedoch hatte ihr Privatleben für dieses Mädchen und ihre Schwester geopfert. Hatte den beiden alles gegeben. Im Bemühen, sie aus ihrem Gefängnis zu befreien, hatte sie sich selbst eingekerkert. Sie dachte an Alahs einsamen Sarg, und ihr wurde übel. Sie hatte etwas Besseres verdient. Sie hatte überhaupt etwas verdient.

Beatrice drückte wieder ihre Hand. »Wir möchten, dass Sie Ihre Geschichte über die Erziehung der Prinzessinnen schreiben. Unter Ihrem eigenen Namen und mit der vollen Zustimmung der Königin. Das wollen die Ladys von Amerika. Wir hoffen, dass Ihre Majestät ein Vorwort für uns schreibt.«

»Wir sind uns *sicher*, dass sie das tun wird«, korrigierte Bruce, »und haben uns deshalb die Mühe gemacht, das hier vorzubereiten.« Er legte etwas Weißes auf die Zeitungen vor ihr.

Marion warf einen Blick darauf. »Was ist das?«

»Ein Vertrag!«, sagte Beatrice fröhlich.

Bruce ging die einzelnen Punkte rasch durch. Es gab jede

Menge davon. Jede Eventualität schien abgedeckt zu sein. »Glücklich?«, fragte er und hielt ihr mit seiner großen Hand einen dicken schwarzen Füller hin.

Marion blickte alle drei an. Sah sich in diesem palastähnlichen Raum um und bekam wieder Zweifel.

Beatrice neigte sich ihr eifrig zu. »Sie sind es sich schuldig!«, erklärte sie. »Die Leute sollten die erstaunliche Geschichte erfahren, die Sie zu erzählen haben.«

»Und überlegen Sie doch«, stimmte Bruce mit ein, »wenn all jene hinter den Kulissen nie etwas zu Papier brächten, würde die Geschichte auf einige ihrer wertvollsten Dokumente verzichten müssen.«

Aus Marions Gedankenstrudel löste sich etwas ganz klar heraus. Hatte nicht Tommy genau dasselbe gesagt, an einem sonnigen Abend in Windsor während des Kriegs? *Aber wenn jene hinter den Kulissen nie etwas zu Papier brächten, entgingen der Geschichtswissenschaft sicherlich ihre informativsten Dokumente. Und ich wüsste nicht, wie die Geschichte zur Wahrheit vorstoßen kann, sofern es Zeitgenossen nicht erlaubt ist, diese zu beschreiben.*

Und Tommy war natürlich mit seinem Besuch im Nottingham Cottage der Anstifter hinter der ganzen Sache gewesen.

Lächelnd ergriff sie den schwarzen Füller, den Bruce ihr hinhielt. Die goldene Feder zögerte über dem weißen Papier.

Gold und Weiß. Die Farben des Buckingham Palace. Die einer Perle auf einer Krone. Die von Lilibet mit sechs Jahren.

Die Feder senkte sich. Sie unterschrieb.

Beatrice jauchzte, sprang auf und warf ihre Arme um Marion. Die Umarmung war unerwartet heftig, als würde sie in einen Schraubstock eingespannt. George erhob sich zum kräftigen Handschlag mit Bruce, bevor er Marion einen Kuss auf den Mund drückte, der ihr den Atem raubte. Ihr Glücksgefühl trug sie davon wie ein großer roter Ballon.

Epilog

Aberdeen Schottland
Juli 1987

Die Limousinen setzten ihre Fahrt auf der Hauptstraße fort. Bald schon waren sie verschwunden. Die Frau hörte auf zu winken und ließ ihre Hand langsam sinken.

Nun schien sie zu schrumpfen. Ihre Gestalt sackte zusammen, und das Gesicht verlor sich in seinen Falten. Sie sah nun so alt aus, wie sie war, sogar älter. Ihre Augen unter den schweren, schlaffen Lidern wirkten müde und hoffnungsleer, erloschen.

Dennoch verharrte sie am Fenster. Die Stunden verstrichen. Die Sonne wanderte über die Mauern. Die Bilder auf dem Kaminsims verschwammen im schwindenden Licht. Das Kästchen in der Ecke verlor sich im Dämmerlicht.

Im Esszimmer hatten die Blumen ihre Blüten geschlossen. Das letzte Leuchten des pinkfarbenen Sonnenuntergangs spiegelte sich im polierten Silberbesteck. Im Dunkel der Küche wellten sich die Ränder der trocken gewordenen Sandwiches.

Endlich kam Bewegung in die alte Frau. Ihre Hände waren taub, und ihre steifen Beine schmerzten. In ihren für diesen Anlass gekauften neuen Schuhen trat sie langsam den Rückzug über den Teppich an und verließ den Raum, ohne die Vorhänge zuzuziehen. Vom Kaminsims schaute ihr die Königin über die gekrönten Köpfe ihrer beiden Töchter hinweg teilnahmslos hinterher.

Ein kalter Silbermond stand nun am samtschwarzen Himmel. Sein Licht breitete sich über der schlafenden Stadt aus und holte das Glitzern des Katzensilbers aus dem Granit, wie es tagsüber die Sonne getan hatte. Stille lag über der Straße und ihren wohlhabenden Anwohnern. Das Mondlicht beschien hübsche Gärten, liebkoste die weit ausladenden Bäume und fiel auf die geschlossenen Vorhänge in den großen, frei stehenden Häusern.

Nur die Vorhänge im Schlafzimmer der alten Frau blieben geöffnet und ließen den Mondschein durchs Fenster und aufs Bett fallen. Scheinbar reglos lag sie in dessen Mitte in ihrem pinkfarbenen Kleid. Aber unter der weißen, kreuzförmigen Brosche, die sie über ihrem Herzen angebracht hatte, war noch immer ein wenig Bewegung zu sehen. Sie atmete noch, sie träumte noch.

Eine Erinnerung tauchte auf. Lilibets Krönung. Damals war sie schon seit zwei Jahren in Aberdeen, aber man hatte ihr keine Einladung geschickt. Es kamen ohnehin wenige Einladungen, Marion blieb für sich. Keiner brauchte zu erfahren, wer sie gewesen war und wo. Und schon bald hörten die Anwohner dieser Straße mit ihrem Luxus von Distanz und Privatsphäre auf, sich Fragen zu stellen.

Wieder eine Erinnerung. Margaret und Peter Townsend. Sie war die Einzige, die es hatte kommen sehen. In ihrem Traum spürte die alte Frau schmerzhaft, was das Mädchen durchmachte. Aber ihr Mitgefühl war unerwünscht. Alle Briefe, die sie an den Palast schrieb, kamen ungeöffnet zurück. Seit der Veröffentlichung von Marions Buch *The Little Princesses* bekam sie nur noch ihre eigene Korrespondenz.

Alle hatten sie zurückgewiesen – jene, für die sie ihre Jugend aufgegeben hatte. Eigene Kinder waren ihr versagt geblieben. Die Ehe mit George war unglücklich gewesen. Nach seinem Tod hatte sie ein einsames Leben geführt. Und jetzt war das Ende nah. Man könnte es als tragisch bezeichnen.

Aber die alte Frau im Bett lächelte. Sie spürte ein inneres Licht. Hell und leuchtend verbannte es die Schatten der unmittelbaren Gegenwart und enthüllte eine strahlende Vergangenheit.

Und was für eine Vergangenheit! Aufregend, außergewöhnlich, von epischen Ausmaßen. Sie hatte gelebt, wirklich gelebt, wie nur wenige Menschen. Sie war Augenzeugin der Geschichte gewesen. Hatte Könige gekannt und eine Königin hervorgebracht.

Sie war gebraucht worden. Ihr Leben war glücklich und erfüllt gewesen. Sie hatte leidenschaftlich geliebt. Ob diese Liebe erwidert oder verdient worden war, zählte nicht mehr. Auf das Lieben kam es an. Sie hatte geliebt wie nur wenige. Sie hatte übergroßes Glück gehabt.

Ihr Leben war keine Tragödie. Es war ein Triumph. Sie hatte ihren Weg selbst gewählt, war ihrem Stern gefolgt. Gemessen an den Standards anderer hatte sie eine erstaunliche Karriere gemacht. Und als diese dann zu Ende war, blieben ihr die Erinnerungen. Wunderbare Erinnerungen, die sie dank ihres Buchs überdauern würden. Jetzt, am Ende, konnte sie nicht mal das mehr bedauern.

Draußen am schwarzen Himmel stieg der Mond in immer hellerem Leuchten auf. Das Strahlen in ihr schien sich nach außen auszuweiten. Es drückte auf ihre Lider wie die Sonne im Spätsommer, einem Sommer aus der Vergangenheit, bevor all der Ärger begann. Da waren Wärme und Farbe, die sich nun vor ihrem geistigen Auge zu Bildern formten. Ein schottischer Garten an einem Augustmorgen. Würzige, vom Holzrauch geschwängerte Luft, süß vom Duft sonnenwarmen Ginsters. Dahinter Moorlandschaft, weinrot, die am Horizont in violette Berge überging.

Und vor ihr drei Figuren, alle blau gekleidet, die über den grünen Rasen auf sie zukamen. Sie lächelten sie an, die Herzogin und ihre Töchter, so wie sie diese kennengelernt hatte vor langer Zeit.

Nachwort

Seit Jahren schon hatte ich einen Roman über die Windsors schreiben wollen, als mir die Geschichte von Marion Crawford regelrecht vor die Füße fiel. *The Little Princesses* – die Autobiografie über ihre sechzehn Jahre bei der königlichen Familie, die ihr so viel Ärger eingebracht hatte – purzelte an einem verregneten Tag vom Regal eines Antiquariats im Norden von England. Ich hob es auf und blätterte es durch und entdeckte dabei, dass dies der perfekte Zugang in ein Milieu war, das mich seit meiner Kindheit fasziniert hatte.

Als Kind hatte ich die kleine Sammlung königlicher Souvenirbücher verschlungen, vor allem einen großen goldenen Band über die Krönung von 1937. Die Sepiafotografien zeigten die überlebensgroßen Persönlichkeiten wie Mitwirkende in einem Theaterstück. Die immer grollend dreinblickende Königin Mary, König George V mit seinen großen müden Augen; der blonde glamouröse Prinz von Wales und die geheimnisvolle Mrs Simpson, die einen Schoßhund hielt und einen Smaragd von der Größe einer Bodenfliese zur Schau stellte (so empfand ich es jedenfalls). Und natürlich die Yorks: der zerbrechliche Prinz Albert (später George VI), die goldige, aber stahlharte Herzogin von York (später Königin Elizabeth) und ihre Töchter Prinzessin Elizabeth und Prinzessin Margaret, um deren Kindheit es in diesem Roman geht.

In keinem der Bücher war ein Bild von Marion Crawford zu sehen oder auch nur ein Hinweis auf sie zu finden. Die lebenslustige, linksorientierte junge schottische Lehrerin, deren Rolle für das Heranwachsen der Prinzessinnen so entscheidend und von langer Dauer war, war weitgehend aus der Geschichte ausradiert worden. Wenn in wissenschaftlichen Biografien, die sich mit dieser Periode beschäftigen, Bezug auf sie genommen wird, dann spärlich und kurz. Hauptsächlich beschränken sie sich auf die allgemeine Meinung, sie habe einen törichten Fehler begangen, indem sie ein dummes Buch schrieb, und sich die darauf folgende Zurückweisung durch jene, mit denen sie ihre besten Jahre verbracht hatte, selbst zuzuschreiben. Hugo Vickers unternimmt in seiner brillanten Biografie *Elizabeth, the Queen Mother* (Arrow) den eher seltenen Versuch, aufzudröseln, was tatsächlich vorgefallen ist, und anzudeuten, dass man Marion womöglich schlecht behandelt hat. In einer neueren, hervorragenden Publikation stellt Robert Lacey in *The Crown: Die ganze Geschichte*, übersetzt von Cornela Panzacchi, Edel Books (das Buch zur Netflix-Serie) dies ähnlich dar. Vielleicht erfährt Marion endlich die Neubewertung, die sie verdient.

Was von Anfang an mein Interesse an ihrer Geschichte weckte, steht gleich auf der ersten Seite von *The Little Princesses*, als sie uns erzählt, dass sie die Absicht hatte, in den Slums von Edinburgh zu unterrichten. Ich fragte mich, wie um alles in der Welt kam jemand mit einer Berufung für die Armen dazu, am Ende einige der reichsten Menschen der Welt zu unterrichten? Ich las weiter. Mir wurde klar, dass sie sehr jung – erst zweiundzwanzig –, aber vor allem *modern* war und einer der ersten Frauengenerationen angehörte, die eine Ausbildung und einen Beruf als ihr Recht ansahen. Warum also hatte diese kecke Pionierin mit ihren liberalen Ansichten sich auf die Arbeit in einer Institution eingelassen, die patriarchalischer nicht sein könnte?

All dies war an sich schon interessant genug, dazu kam aber noch, dass die von ihr durchlebte Zeit unglaublich dramatisch war, eine der erschütterndsten und bewegtesten der Geschichte Großbritanniens. Das Drama der Abdankung, der Glamour der Krönung, das Trauma des Zweiten Weltkriegs. Marion befand sich währenddessen immer im Zentrum der königlichen Familie, den kleinen Prinzessinnen so nah wie eine Mutter, vielleicht noch näher. Danach jedoch führte ein Fehltritt dazu, sie für immer in der Versenkung verschwinden zu lassen. Ihre Geschichte endete tragisch, aber während ihrer Glanzzeit lebte sie, lebte wirklich. Ich konnte es kaum glauben, dass ihre Geschichte noch nie erzählt worden war. Jetzt ist sie es.

Wendy Holden, London 2020

Danksagungen

Für meine Schilderung von Marion Crawfords Geschichte habe ich alle Fakten zusammengetragen, die ich in die Finger bekommen konnte, und die Lücken dann mit meiner Vorstellungsgabe gefüllt. Die Quellen, denen ich zu Dank verpflichtet bin, sind so vielfältig wie unterschiedlich und reichen von einem auf amüsante Weise überholten *The Complete Book of Etiquette*, von Mary und John Bolton verfasst (die es tatsächlich gegeben haben mag oder auch nicht) und bei Foulsham & Co. Ltd irgendwann in den Fünfzigerjahren erschienen, bis zu dem gelehrten Werk *Queen Mary* (Phoenix Press) von James Pope-Hennessy, den es wirklich gab.

Zu den weiteren von mir benutzten Büchern gehören: *Marcus Adams: Royal Photographer* von Lisa Heighway (Royal Collection Enterprises); *Britain Between the World Wars 1918–1939* von Marion Yass (Wayland); *The Children's War*, Juliet Gardiner (Portrait/IWM) und das großartige Buch derselben Autorin *The Thirties: An Intimate History*. Außerdem *Queen Elizabeth the Queen Mother: The Official Biography* von William Shawcross (Macmillan); *Word War II Day by Day* von Anthony Shaw (Spellmount) *The Heart Has Its Reasons* von The Duchess of Windsor (Michael Joseph) und *A King's Story: The Memoirs of the Duke of Windsor* (Prion). *The Coronation Souvenir Book 1937* von Gordon Beckes (Daily Express Publications) habe ich bereits erwähnt, aber auch folgende Titel dienten mir zur Inspiration und

Information: *Hunnen und Rebellen* von Jessica Mitford, übersetzt von Joachim Kalka (Berenberg Verlag); *King's Counsellor: Abdiction and War – The Diaries of Sir Alan Lascelles*. Duff Hart-Davis (W&N) und *These Tremendous Years* (Daily Express Publications).

Letzteres, ein altmodisches fotografisches Sammelalbum, das detailreich die sensationellen Ereignisse der Zwanziger- und Dreißigerjahre beleuchtet, habe ich an einem Antiquariatsstand auf dem ganz ausgezeichneten wöchentlichen Flohmarkt in Chesterfield, Derbyshire, entdeckt. Mehrere Jahre lang bewahrte Richard, der Besitzer, mir alle möglichen um die Royals kreisenden Bücher auf, an die er über örtliche Haushaltsauflösungen kam, und es ist ihm zu verdanken – und einer offensichtlich disproportional großen Anzahl kürzlich verstorbener Royalisten in dieser Gegend –, dass ich nun einen ganzen Raum voller hagiografischer Erinnerungspublikationen habe mit Titeln wie *Queen Mary: A Picture Pageant of her Wonderful Years* und *Britain's Glorious Navy*. Und wie sich herausstellte, ließ sich selbst in der überschwänglichsten Lobhudelei über den Königshof noch ein kleiner harter Kern finden, der wirklich interessant und enthüllend war.

Meine Hauptquelle war natürlich Marion Crawfords eigene Autobiografie *The Little Princesses* (Odhams Press) zusammen mit ihren anderen Büchern *Queen Elizabeth II* und *The Queen Mother* (George Newnes).

Nun möchte ich allen Menschen danken, ohne die ***Teatime mit Lilibet*** niemals erschienen wäre. Das sind meine Agenten Jonathan Lloyd von Curtis Brown und (in den USA) Deborah Schneider von Gelfman Schneider, die beide von Anfang an daran geglaubt haben. Ebenso Lucy Morris von Curtis Brown, die später an Bord kam und sehr inspirierend war. Und Jon Elek, meinem Lektor beim Welbeck Verlag. Ich bin mehr als begeistert, bei diesem aufregenden neuen Verlagshaus zu sein.

Zu guter Letzt ein Dank an meine Familie, meinen Ehemann Jon McLeod und die Kinder Andrew und Isabella. Alle haben sich geduldig und für Jahre mit meiner Fixierung aufs Königshaus abgefunden, aber da ich jetzt an einem Roman über Wallis Simpson sitze, fürchte ich, dass es noch nicht vorbei ist!